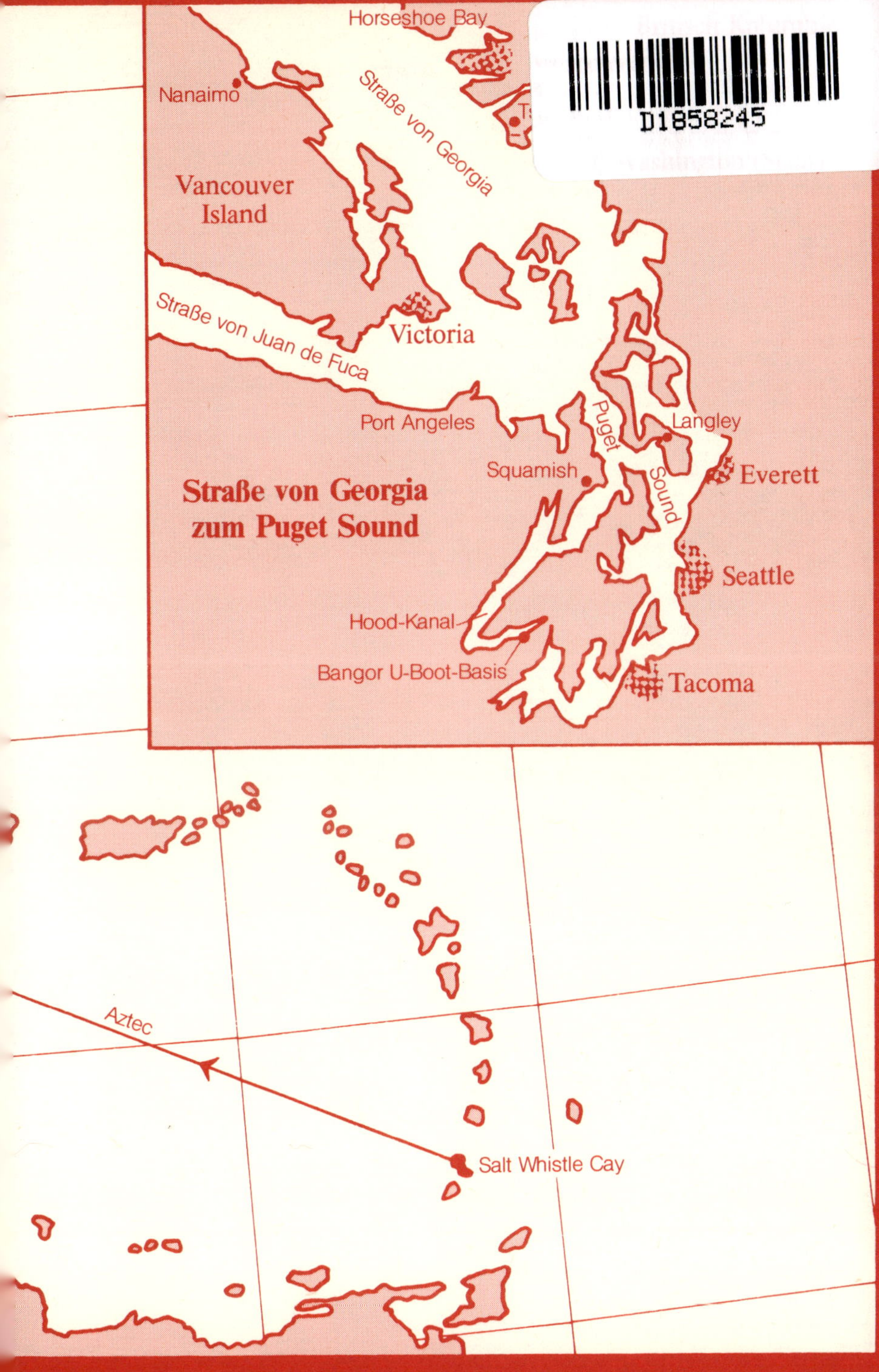
Straße von Georgia
zum Puget Sound
Horseshoe Bay
Nanaimo
Straße von Georgia
Vancouver
Island
Straße von Juan de Fuca
Victoria
Port Angeles
Puget
Sound
Langley
Squamish
Everett
Seattle
Hood-Kanal
Bangor U-Boot-Basis
Tacoma
Aztec
Salt Whistle Cay

Douglas Terman
Der erste Schlag

Douglas Terman

Der erste Schlag

Roman

Aus dem Amerikanischen
übertragen von
Georg Auerbach

GUSTAV LÜBBE VERLAG

Titel der Originalausgabe: First Strike

Aus dem Amerikanischen übertragen von Georg Auerbach
Schutzumschlag: Roberto Patelli, Köln
Satz: Neo-Satz, 5030 Hürth-Efferen
Druck und Einband: Ebner Ulm

ISBN 3-7857-0257-4

1

Der atomare Sprengsatz – Länge 88 cm, Durchmesser 63 cm – ruhte auf einem pneumatisch gefederten Transportgefährt. Von der zylindrischen Oberfläche hob sich einzig ein dünnes, biegbares Flechtkabel ab, das in einer Trennschalterbuchse steckte. Sein anderes Ende war mit Monitoren in einem Schaltkasten verbunden, die die Kerntemperatur, die Gammastrahlung und die Stärke des Zündstroms registrierten.
Der Oberst strich mit der Hand über die Oberfläche der Bombe und spürte mit den Fingerspitzen den feinen Unebenheiten der geschliffenen Metallhülse nach. Seine Hand folgte dem Kabel bis hin zum Schaltkasten.
»Kann man gefahrlos damit umgehen? Schließlich hat das Ding einen langen Transport vor sich?«
Der Wissenschaftler, Chef des mit der Entwicklung dieser Waffe betrauten Teams, nahm einen Aktenordner von seinem Schreibtisch und begann darin zu blättern. Er war älter und hatte gewelltes, an den Schläfen graumeliertes Haar, das zerzaust wirkte, aber sorgsam geschnitten war. Die haselnußbraunen Augen, durchsetzt mit grünen Pünktchen, waren hinter getönten Brillengläsern verborgen und wirkten im Licht der fluoreszierenden Lampen schwarz. Er fand endlich die gesuchte Seite, überflog sie, um die Angaben zu finden, die, wie er wußte, darauf stehen mußten, und legte den Ordner auf die Schreibtischplatte.
»Sofern man nicht mit einem Panzer drüberfährt, passiert nichts. Es wird in einer stabilen Holzkiste verstaut, die wir noch mit stoßdämpfendem Styropor ausschäumen lassen. Bis zu einer Tiefe von zweihundert Metern ist das Ganze wasserdicht. Sie werden sich noch an den Vorfall unweit der spanischen Küste erinnern. Eine B-52 des *Strategic Air Command* ließ 1963 drei ähnliche Dinger ins Mittelmeer fallen. Im großen ganzen geschah nichts.«
Der Oberst, der zuhörte, ohne sich umzudrehen, betrachtete weiter-

hin den Sprengsatz. Für ihn war der Wissenschaftler gleichsam nur ein Anhängsel der Waffe, eine Informationsquelle, der Bahnbeamte, der die Abfahrtszeiten ausruft.
»Was steht auf dem Schild da?« fragte er und bückte sich, um die Schrift auf der Plakette an der Bombenunterseite zu lesen, die wegen des Schattens schwer zu entziffern war.
»*U. S. Navy, Mark 97-A.* Das ist also ein verhältnismäßig moderner Sprengkopf, mit dem auch die Langstreckenraketen der Trident-I-C4-U-Boote mit ihren drei gesondert programmierbaren Sprengköpfen bestückt sind. – Allerdings«, fügte er hinzu, »fehlen die übliche höhenempfindliche Zündvorrichtung und der Hitzeschild. Sonst ist es ein völlig genaues Duplikat bis hin zu der Plakette, die Sie eben gelesen haben.«
»Auch die Legierungen?« Der Oberst kratzte an der Unterseite der Bombe.
»Auch die Legierungen. Der Mantel besteht aus einer ganz bestimmten Alcoa-Legierung. Sie entspricht mehr oder minder dem, was wir T-2887G nennen. Die Amerikaner verwenden jedoch der besseren Formbarkeit wegen etwa zwei Prozent mehr Kupfer.«
»*Etwa* zwei Prozent mehr?« Der Oberst richtete sich auf und blickte den Wissenschaftler an. »Sie hatten doch die Anweisung, die Bombe detailgetreu nachzubauen. Zwei unserer Leute mußten ihr Leben riskieren, um die Informationen zu kriegen, und Sie sprechen von einem Unterschied von ›etwa zwei Prozent‹!«
Der Wissenschaftler zuckte mit der Schulter und setzte sich auf die Schreibtischkante. Seine Bewegungen wirkten gemessen, wohlüberlegt, wie die einer Katze, die es sich auf ihrem Lieblingskissen bequem macht. »Tut mir leid«, sagte er. »Es sind 1,79 Prozent Kupfer, wenn Sie schon die genaue Zahl wissen wollen. Hinzu kommt die entsprechende Menge an Mangan, Beryllium und anderes mehr.« Er deutete auf den Aktenordner. »Steht alles hier drin, falls Sie Näheres wissen wollen.« Dann wies er mit einer Kopfbewegung auf den Sprengsatz. »Auch die Unebenheiten der Ummantelung, die Sie vorhin so interessiert haben, entsprechen der Hitzebehandlung der Legierung.« Er nahm die Brille ab, klappte die Bügel sorgsam um und schob sie in das Etui in seiner Brusttasche. Der Oberst schloß aus dieser Geste, daß die Erläuterungen zu Ende seien.
»Tee?« erkundigte sich der Wissenschaftler. »Ich habe *Earl Grey* da. Oder möchten Sie lieber Kaffee?« Er stand auf und brachte den

Ordner zum offenstehenden Safe. Er legte ihn in ein Fach, schloß die Safetür und stellte die Kombination ein. »Das sind meine Unterlagen. Die andere Mappe befindet sich in der Zentrale.«
Oberst Anatoli Antonovitsch Petrov richtete sich zur vollen Größe auf und rieb sich die Hände. Die Berührung des Metallmantels hatte einen leichten Ölfilm auf seiner Haut hinterlassen. Er holte ein Taschentuch aus der Brusttasche seiner grünen Litewka hervor und säuberte penibel jeden Finger. »Das ist mir bekannt. Schließlich hat die Abteilung des Genossen Rametka das Projekt angeregt.« Er streckte sich. Da er wegen des langen Fluges nach Shignask schon um drei Uhr früh hatte aufstehen müssen, fühlte er sich müde. Eine Tasse Kaffee würde guttun, aber ihm stand noch der sechsstündige Rückflug nach Moskau und anschließend am Abend das Zusammentreffen mit Juri Andropov bevor.
»Leider muß ich auf eine Erfrischung verzichten«, sagte er und schlüpfte in seinen Ledermantel, der zwar nicht den Dienstvorschriften entsprach, aber sein ganzer Stolz war. Er hatte ihn in der DDR nach Maß anfertigen lassen, aus Elch, nicht aus dem sonst üblichen Kunstleder. Überdies ein Geschenk seines Schwagers.
»Und wie steht's um die beiden anderen Sprengsätze?« fragte er noch und griff nach seiner Schirmmütze, die er auf einem Karteikasten abgelegt hatte. »Wie lange wird's damit noch dauern?«
Striganov, die Hände in den Taschen seines weißen Laborkittels vergraben, begleitete Oberst Petrov zur Tür. Ihm, dem nunmehr Fünfundfünfzigjährigen, unterstanden 93 Forscher und Techniker; er leitete die Projektgruppe 17 der Abteilung für die Entwicklung und Erprobung von Nuklearwaffen im Distrikt I. Er besaß eine Tschaika-Limousine, einen Sondereinkaufspaß für die GUM-Kaufhäuser, und seine Frau trug in Helsinki angefertigte Hosenanzüge. All das – wie auch die ihm verliehenen Auszeichnungen – zeigte, welchen Wert der Staat ihm zumaß. Ein Oberst vom KGB konnte ihn da nicht einschüchtern.
»Nummer zwei und drei befinden sich in der letzten Montagephase«, sagte er schließlich. »In zwei Wochen werden wir Nummer drei auf Nowaja Semlja unterirdisch erproben.« Er ging am Oberst vorbei und drehte am Türknauf.
Petrov hielt inne. »Sie haben ausgezeichnete Arbeit geleistet, Dr. Striganov. Das soll höheren Ortes berichtet werden.«
Striganov reagierte darauf mit einem kurzen Lächeln. Sie schüttelten einander die Hand. Dann ging Oberst Petrov.

Oben, jenseits der 43 Meter dicken Stahlbetondecke, die die Fertigungsanlage für Atomwaffen bei Shignask zu schützen hatte, fegte der arktische Wind über die asiatische Steppe.

Juri Andropov lehnte sich in dem üppig gepolsterten Sessel zurück und hielt das Streichholz behutsam zwischen Daumen und Zeigefinger, als sei es ein Schmetterling. Dann näherte er die Flamme dem Kopf seiner Pfeife und sog mehrmals, bis der Tabak zu glosen begann. Das Geräusch erinnerte Petrov an eine alte Frau, die einem Baby einen schmatzenden Kuß gibt.
Mit einer schnellen Handbewegung löschte Andropov die Streichholzflamme. »Sie sind also mit dem Plan einverstanden, Oberst Petrov?« Er warf das abgebrannte Zündholz zielsicher in den Messingaschenbecher und lehnte sich im Sessel noch tiefer zurück. Er musterte Petrov mit argwöhnisch zusammengezogenen Augenbrauen.
Andropov war Ende Sechzig, ein eleganter Mann, der allerdings zur Fülle neigte. Petrov war bisher nur zweimal mit ihm zusammengetroffen. Aber er hatte ihn zusammen mit dem Ersten Sekretär und den übrigen Parteispitzen bei Paraden auf der Tribüne gesehen, hatte mitverfolgt, wie Andropov allmählich aus dem Hintergrund bis zur vorderen Reihe vorrückte und 1973 zum designierten Vorsitzenden des KGB ernannt wurde. Zwischen Andropov und dem Ersten Sekretär gab es sogar eine gewisse Ähnlichkeit im Aussehen, dachte Petrov. Das mußte an den dichten schwarzen Augenbrauen liegen, die sich wie ein Wall zwischen die hohe Stirn und die tiefliegenden Augen schoben. Und es lag auch an Andropovs Haar, das am Ansatz von gelblichgrauer Farbe war, sich zu einer Tolle auftürmte, dann eng am Schädel anlag und im Nacken in einem Stoppelkranz auslief. Der Mund ist noch auffallender, dachte er. Von einer Oberlippe ist kaum etwas zu sehen, nur glatte, pralle Haut, die zu einem Schlitz abfällt. Deswegen ließ sich Andropovs Mienenspiel auch schwer durchschauen. Die schmale Kerbe verschob sich kaum aus der Horizontalen, als seien die Muskeln im Mundwinkel verkümmert. Aber wahrscheinlich blockierte sie der disziplinierte Verstand, der Juri Andropov fünf Jahrzehnte lang unbeschadet durch sämtliche Parteiintrigen und Gesinnungsumschwünge geleitet hatte. Andropovs Niederschlagung des Aufstands in Ungarn 1956 hatte ihm die Mitgliedschaft im Politbüro eingetragen und schließlich die unbestrittene Kontrolle über den KGB.

»Ich finde Rametkas Plan durchaus praktikabel«, antwortete Petrov nach einer Weile, als habe er in der Zwischenzeit jede Einzelheit noch einmal durchdacht. Der Tonfall, in dem er das sagte, befriedigte ihn nicht, deshalb fügte er hinzu: »Als Leiter der Aktion sehe ich keinerlei Probleme bei der Durchführung, Genosse Vorsitzender.«

Andropov sog an seiner Pfeife und blies einen bläulichen Ring in die Luft, der langsam nach oben schwebte und sich mit den Rauchschwaden über seinem Kopf vermischte.

»Nur keine Aufregung, Petrov!« erwiderte er. »Das ist schließlich kein Verhör. Mich interessieren nur Meinungen, Alternativvorschläge, wie Sie etwa gewisse operative Einzelheiten durchführen wollen. Der Erste Sekretär ist von dem Projekt überaus angetan. Er möchte täglich auf dem laufenden gehalten werden. Von noch größerer Bedeutung ist, daß diese Operation sich auf unsere strategischen Planungen entscheidend auswirken und vielleicht zur Verschiebung des Kräftegleichgewichts beitragen wird.«

Andropovs Stimmung hatte umgeschlagen, was das Gespräch ein wenig entkrampfte. Er beugte sich vor und klopfte die Pfeife – Kopf nach unten – am Plattenrand des offenen Kamins aus. Danach stellte er sie in einen Pfeifenständer und lehnte sich wieder zurück, wobei er die Hände über dem Bauch verschränkte.

»Das Essen war ausgezeichnet, nicht wahr, Anatoli? Mein Arzt rät mir zwar zu mehr Bewegung, aber ich weiß nicht, was stärker ist, meine Vorliebe für gutes Essen oder meine Abneigung gegen körperliche Betätigung. Inzwischen setze ich immer mehr Fett an.« Er rülpste, als könne er nicht anders.

»Der Stör war exzellent«, bestätigte Petrov, »wie das ganze Essen.« Er griff nach seinem Glas und schwenkte den Rest Cognac.

Andropov erhob sich. Er war einen Kopf kleiner als Petrov. »Kommen Sie!« sagte er. »Ich will Ihnen etwas zeigen. Etwas streng Geheimes.« Er blieb stehen und blickte Petrov an. »Ich möchte aber, daß Sie es für sich behalten.«

Er ging durch die Bibliothek mit ihren Leuchtern aus der Zarenzeit, vorbei an den Bücherregalen, hinweg über die burgunderrot und rehbraun gemusterten Teppiche aus Tadschikistan, die zentimeterhoch den Boden bedeckten. Der Sekretär des KGB-Vorsitzenden, ein Mann in den Zwanzigern, der nach Talkumpuder roch, gesellte sich, als habe er bereits eine entsprechende Anweisung erhalten, zu ihnen und schritt durch einen Korridor voran, vorbei an einem dunklen

Salon und einem Bankettsaal, wo Ordonnanzen eine Tafel abräumten und Kristallvasen mit frischen Blumen versahen.
Der Korridor endete vor einer bündig in die Wand gesetzten Tür, die nichts von dem ornamentalen Zierat der übrigen Räume aufwies. Der Sekretär schloß die Tür auf und trat beiseite, um Andropov und Petrov einzulassen.
Der Raum war eine Mischung von Werkstatt und Arbeitszimmer, eingerichtet mit modernen skandinavischen Möbeln und bunten Teppichen aus Rjasan. In dem von weiß gekalkten Ziegelsteinen umrahmten Kamin flackerte ein Feuer. Der Geruch brennender Birkenscheite weckte Erinnerungen. Petrov, der seine Jugend am Rand des Waldgebietes südlich von Nowgorod verlebt hatte, fühlte sich angenehm berührt.
»Meine bäuerliche Herkunft läßt sich nicht verleugnen«, meinte Andropov, als er Petrovs Reaktion bemerkte. »Das hier erinnert mich daran, daß es noch was anderes gibt als Städte.« Er schaltete über der Werkbank ein helles Licht an.
Der Lichtschein fiel auf ein kunstvoll angefertigtes Schiffsmodell mit kompletter Takelage. Petrov sah sich die Arbeit genauer an. Winzige Taljen waren an den Rahen befestigt, Ankerkette und Takelung waren straff gespannt. Alles war detailgetreu nachgebildet. Auf dem Deck sah man das sonstige Zubehör – Bilgepumpen, Ankerwinde – alles im Miniaturformat. Die Bronzekanonen auf ihren Hartholzlafetten ließen sich mittels Flaschenzügen vor- und zurückschieben. Die Genauigkeit dieser Arbeit ist ein Spiegel von Andropovs Charakter, schoß es Petrov durch den Kopf.
»Das hier ist das französische Kriegsschiff *Redoutable*«, erläuterte Andropov. »Vom Besanmast aus schoß am 21. Oktober 1805 ein französischer Matrose auf Lord Nelson und traf ihn tödlich. Seeschlacht von Trafalgar.« Er drückte auf einen Schalter, und die hintere Wand wurde in diffuses Licht getaucht.
Petrov zählte insgesamt fünf wandlange Regale, die mit Segelschiffsmodellen angefüllt waren. Der KGB-Vorsitzende reichte Petrov ein Vergrößerungsglas.
»Falls Sie die Details interessieren . . . «, sagte er. »Sie sind alle wirklichkeitsgetreu nachgebaut. Jede Einzelheit ist historisch belegt.« Er lachte spöttisch auf. »Die meisten Einzelteile kamen mit der Diplomatenpost von einer Modellbaufirma in New Jersey. Die dort wären höchst erstaunt, wenn sie wüßten, wer einer ihrer besten Kunden ist.«

Petrov bückte sich, um sich das größte Schiffsmodell genauer anzusehen. Die Präzision war erstaunlich. Die Modelle hätten einem Schiffahrtsmuseum alle Ehre gemacht. »Unglaublich«, sagte er zu Andropov. »Und was ist das hier?« fragte er, dem Regal zugewandt. »Ist das auch ein Franzose?«
Der KGB-Vorsitzende trat einen Schritt zurück und setzte sich auf den gepolsterten Hocker neben der Werkbank. Er beschäftigte sich mit seiner Pfeife, drückte den Tabak fest und entzündete ihn. »Nein. Was Sie da sehen, ist die *Victory*, Nelsons Flaggschiff. Die übrigen sind Schiffe der vereinigten französischen und spanischen Flotte und die ihres Gegners, der Engländer. Ich habe vor, sämtliche Schiffe, bis hinunter zur kleinsten Schaluppe, die an der Schlacht teilgenommen haben, anzufertigen. Von den insgesamt sechzig Schiffen, die damals bei Cadiz aufeinanderstießen, habe ich bisher 34 gebaut.«
Ein stattlicher Airdale-Terrier, der Petrov bisher entgangen war, erhob sich von einer Matte unter der Werkbank, krümmte den Buckel und trottete steifbeinig zu dem KGB-Vorsitzenden. Dort setzte sich der Hund auf die Hinterbeine und wandte den Kopf Andropov zu. Als Andropov ihn am Ohr kraulte, drückte sich das Tier genüßlich gegen seine Hand und stieß einen dumpfen Laut des Behagens aus.
»Meine zweite Leidenschaft, Petrov. Der Hund heißt – wie könnte es anders sein – Hardy.«
Petrov zog die Augenbrauen hoch. »Der Name sagt mir nichts.«
»Hardy war der Kommandant von Nelsons Flaggschiff – und sein Freund. Nicht eben ein brillanter Kopf. Aber Gescheitheit qualifiziert einen Mann nicht unbedingt für eine Freundschaft. Wohl aber, daß man vertrauliche Informationen für sich behält.« Die letzten Worte sprach er mit unverkennbarem Nachdruck.
Petrov nickte. »Ich verstehe. Aber warum diese Geheimhaltung? Die Arbeiten sind doch bewundernswert. So was habe ich noch nie gesehen.«
Andropov ließ sich zu einem Lächeln herbei. Er hatte gelbe, schiefstehende Zähne. Unten fehlte ihm ein Zahn. »Vor einiger Zeit sagte mir mein Arzt, daß ich nicht mehr trinken dürfe. Irgendeine Nierengeschichte mit einem dieser fachchinesischen Namen. Daraufhin wurde das hier mein Laster. Es nimmt mich voll und ganz in Anspruch. Dennoch kann ich hier in diesem Raum meine Projekte am besten ausarbeiten. Und Hardy kritisiert mich nie.« Er zog

Hardy am Ohr, worauf der Hund sich mit ausgestreckten Vorderbeinen langsam niederließ und den Kopf auf Andropovs Schuhe legte. »Der Modellbau gefällt mir aus vielerlei Gründen; er erinnert mich daran, daß Kriege einst viel einfacher waren – eine einzige Schlacht konnte über Sieg oder Niederlage entscheiden. Außerdem verhilft er mir zu einem besseren Verständnis strategischen Planens. Nelson war darin ein Meister. Kühn, phantasievoll, ein Rebell gegen die herkömmliche Kriegsführung. – Können Sie meine Faszination verstehen?« Andropov wirkte mittlerweile viel gelockerter. Seine Augen leuchteten, und er unterstrich seine Worte mit eindrucksvollen Gesten.

Petrov lächelte gleichfalls und ließ sich von Andropovs Begeisterung anstecken. Er blickte um sich und sah dann Andropov an. »In der Zentrale hat man mir erzählt, daß Sie eingeschlossen in Ihrem Zimmer die Abende verbringen, Geheimberichte für das Zentralkomitee ausarbeiten, daß wir uns alle an Ihnen ein Beispiel nehmen sollten.« Daß man sich außerdem erzählte, Andropov leite persönlich die Verhöre, ließ er weg.

»Ich kenne auch das übrige«, sagte der KGB-Vorsitzende schulterzuckend. »Das, was Sie nicht erwähnt haben. All das kann nur von Vorteil sein. Es kommt der Führung nur zugute, wenn solche Geschichten verbreitet werden. – Dieser Zeitvertreib jedoch« – er wies auf die Schiffsmodelle – »ist mein persönliches Geheimnis. Meine Ablenkung sozusagen.« Andropov schaltete das Licht aus. »Wissen Sie, Anatoli, Nelson hätte kaum gesiegt, wenn er nicht einen Kundschafter gehabt hätte. Er mußte seine Flotte von der Küste fernhalten, außerhalb der Reichweite der Küstenbatterien, aber dennoch eine Position einnehmen, von der aus er dem Gegner den Weg abschneiden konnte, einerlei, ob jener nun Kurs nach Norden Richtung England nahm oder südwärts nach Gibraltar auslief. Captain Blackwood lag jede Nacht mit seiner Fregatte *Euryalus* nahe Cadiz in Lauerstellung und konnte so die Vorbereitungen der vereinigten spanisch-französischen Flotte vor dem Auslaufen mitverfolgen. Auf Blackwoods Signale hin griff Nelson mit seiner Armada in völlig neuartiger Formation an, bildete mit der gegnerischen Schlachtreihe das berühmte T. Am besagten Tag ging jeder englische Matrose völlig siegessicher in die Schlacht.«

Der Airdale-Terrier hob den Kopf und blickte auf Andropovs Hände, als dieser die Schlachtordnung erklärte.

»Nelson soll damals seinen Offizieren gesagt haben«, fuhr Andro-

pov fort, »daß kein Kapitän falsch handle, wenn er sein Schiff längsseits eines Gegners manövriere. – Ein gutes Motto für unser Unternehmen, meinen Sie nicht auch?« Er stand auf, schürte das Feuer und lehnte sich gegen den Kaminsims.
Im Raum war es stickig heiß. Das Kaminfeuer strahlte Hitzewellen aus. Dennoch fühlte sich Petrov wohl. Nach dem Essen und dem Cognac war er entspannt und zuversichtlich. Andropovs Ausstrahlung auf andere kam daher, daß er eine ebensolche Führernatur war wie Nelson.
»Sind Sie Offizier bei der Marine gewesen?«
Der Vorsitzende lächelte. »Nein, derlei verbreitet nur die Archivabteilung«, erwiderte er. »Ich hatte mit der Seefahrt nur insofern zu tun, als ich am Technikum für Schiffahrt inskribierte. Sozusagen als Schreibtischkapitän.« Er blickte Petrov mit ernster Miene an. »Dennoch sehe ich da eine Parallele«, sagte er. »Die Auseinandersetzung mit dem Gegner, das wichtige Element der Spionage, dann die alles entscheidende Schlacht, eine Schlacht, die über das Kräfteverhältnis zwischen zwei großen Völkern entscheidet.«
Petrov war sich klar darüber, daß Andropov auf den entscheidenden Punkt zu sprechen kam. Die Nelson-Blackwood-Parallele war ein verklausulierter Hinweis auf die Bedeutung ihrer Beziehung. »Das Projekt ist gut durchdacht«, erklärte er. »Rametka und das Chefdirektorium haben ausgezeichnete Arbeit geleistet.«
Andropov nickte. »Dieser Meinung bin ich auch. Ich habe den Plan eingehend studiert. Einige Dinge stören mich allerdings. Haben Sie sich den Sprengsatz angesehen?«
Die Frage überraschte Petrov. Er war sicher, daß Andropov über den Ablauf der Vorbereitungen stets unterrichtet gewesen war. »Soviel ich feststellen konnte, ist sie voll funktionsfähig«, erwiderte er vorsichtig. »Striganov und sein Team verdienen höchstes Lob. Heute nachmittag teilte er mir mit, daß man sie in zwei Wochen testen würde. Man will erreichen, daß die Emissionswerte nicht zu unterscheiden sind.«
»Darüber weiß ich Bescheid. Ich habe täglich mit Striganov Kontakt. Warum sind Sie eigentlich nach Shignask geflogen?«
Petrov massierte mit einer Hand die Knöchel der anderen. Der Flug von Shignask zurück nach Moskau war wegen der Kälte eine einzige Tortur gewesen. In der Iljuschin fiel die Heizung aus, dazu kamen katastrophale Flugbedingungen. Fünf Stunden lang beutelte ein Wintersturm die Maschine durch. »Ich hatte keinen besonderen

Grund«, antwortete er, näherte sich dem Feuer und wärmte sich die Hände. »Aus Rametkas Bericht ging hervor, daß der Nachbau des Sprengsatzes anstandslos gelungen war. Sogar mehr als das: detailgetreu!«
»Damit ist meine Frage nicht beantwortet.«
»Ich wollte mich selbst überzeugen, mich vergewissern, daß man die Sache gewissenhaft durchgezogen hatte.« Er wandte sich Andropov zu. »Ich kann zwar die technischen Einzelheiten nicht beurteilen, wohl aber Menschen. Striganov wirkte überaus zuversichtlich, sogar überheblich. Meiner Ansicht nach hat er Außerordentliches geleistet.«
»Sie sind also zufrieden?«
»Völlig, soweit ich das beurteilen kann. Wenn jetzt noch der Testversuch zufriedenstellend abläuft . . .«
»Und wie steht es mit der Jacht?« fiel ihm Andropov, der unbedingt eine Lagebeurteilung hören wollte, ins Wort.
Petrov ließ sich mit der Antwort Zeit, da er nicht wußte, was Rametka in seinem Bericht vorgeschlagen hatte. Nur sieben waren zur Auswahl gestanden. Zwei waren durchaus brauchbar, eine hielt er für ideal. »Die *Husar?*« fragte er. »Sie ist in den dortigen Gewässern bekannt. Die Mannschaft besteht aus einem älteren Ehepaar. Die Ausrüstung ist, soviel ich weiß, durchaus wunschgemäß – zwei Dieselmotoren, Radar, Stahlbauweise. Das waren die Voraussetzungen für eine Eignung. Rametka und ich sind mit der Wahl einverstanden. Den Eignern ist bereits über ein Schiffsmaklerbüro ein Chartervertrag zugestellt worden.«
»Ich würde gern die Konstruktionspläne der Jacht einsehen«, erwiderte Andropov und ging zu einem Telefonapparat im rückwärtigen Teil des Raums. »Möchten Sie noch einen Cognac? Ich nehme gewöhnlich um diese Zeit eine Tasse Bouillon zu mir.«
»Nein, danke. Keinen Cognac. Lieber Kaffee, falls es sich machen läßt.«
Andropov sagte ein paar Worte in die Sprechmuschel und legte dann den Hörer, ohne die Antwort abzuwarten, auf. »Doch nun zum anderen Teil des Projekts – welchen Politiker halten Sie für geeignet?« Der Airdale-Terrier, der ihm gefolgt war, ließ sich mit gesenktem Kopf nieder und schnupperte an Andropovs Hosenbeinen.
In diesem Punkt fühlte sich Petrov nicht auf so sicherem Boden, denn er hatte Rametka gegen sich. Er fuhr mit der Hand über sein

blondes Haar und spürte, daß er auf der Kopfhaut zu schwitzen begann. Die Sache konnte sich zu einem Tauziehen zwischen Rametka und ihm entwickeln, zu einer Auseinandersetzung, die entscheiden würde, wem die absolute Kontrolle zufiel. Er beschloß, das Risiko einzugehen.

»Welsh ist für mich der geeignete Kandidat. Rametka favorisiert den Kongreßabgeordneten aus Virginia, aber ich halte ihn für zu labil. Rametka setzt aus eben diesem Grunde seine Hoffnung auf ihn, und ich räume ein, daß der Mann deshalb leichter zu steuern wäre. Dennoch ist er emotional labil, überdies noch sehr religiös. Dieser Faktor macht ihn meiner Ansicht nach zu einem höchst unsicheren Kandidaten, was die Sympathien der amerikanischen Wähler anlangt.«

»Und Welsh?« fragte Andropov ruhig. Er ließ sich auf dem Hocker nieder, klemmte sich eine Lupe ins Auge und neigte sich vor, um die Takelage des Schiffsmodells zu betrachten. »Warum Welsh?«

»Er besitzt den geeigneten Background, ein Liberaler aus wohlhabender Familie, der politisch sehr ehrgeizig ist. Zudem hat er sich durch seinen Einsatz für ein Bundeshilfsprogramm für die Stadt New York einen Namen gemacht.«

Andropov nickte, ohne den Kopf zu wenden. Er hatte inzwischen mit einer Pinzette eine winzige Messingkette an einer Rahe befestigt und sie mit einer Schlaufe aus schwarzem Draht gesichert. Nun zwickte er die überstehenden Enden mit einer Drahtschere ab und legte das Werkzeug nieder. Regungslos wartete er, daß Petrov weitersprach.

»Welsh«, fuhr Petrov fort, »hat eine Neigung zur einseitigen Abrüstung zu erkennen gegeben. Es handelt sich dabei eher um eine realistische denn um eine emotionale Einschätzung der Lage, ausgehend von der Anerkennung unserer Stärke und den Kosten für die amerikanische Wirtschaft, falls die Regierung den Vorsprung aufholen möchte. Wir . . . « Er stockte und suchte nach einer anderen Formulierung. »Ich denke, daß er auf den Vorschlag eingehen wird. Schließlich stimmt er mit seiner Einstellung überein. Und zudem will er an die Macht.«

»Sehen Sie den Einsatz von Drogen vor?« erkundigte sich der Vorsitzende. Er schaltete die Lampe aus und entfernte die Lupe. Aber er blieb vor der nun dunklen Werkbank stehen und hielt die Augen auf das Schiff gerichtet, als sähe er, wie die Kanonen durch die Stückpforten geschoben wurden, wie die Kanoniere mit ihren

Wischern die Geschützrohre reinigten und die hinter den Geschützpforten lauernden Richtkanoniere das Schlingern des Schiffes abwarteten, um die 32-Pfünder abzufeuern.

»Das ist unnötig«, entgegnete Petrov. »Und vermutlich auch ungeeignet.« Er versuchte seinen Standpunkt klarer darzustellen. »Welsh ist Politiker. Er möchte sich durchsetzen. Er ist ein zu großer Pragmatiker, als daß er sich längerfristig an ein Programm halten würde, das ihm in ein paar Tagen mit Hilfe von Drogen aufoktroyiert wurde. Er wird nur das tun, was seinem Eigeninteresse nützt. Erforderlich sind dagegen psychologische Mittel, ein paar Tage intensiver Kontakte. Und am Ende werden Welshs Gier und Ehrgeiz unserer Sache behilflich sein.«

An der Tür klopfte es. Der Sekretär öffnete und ließ eine Ordonnanz im Rang eines Sergeanten mit einem Tablett eintreten. Der Sergeant stellte das Tablett auf einen Beistelltisch und nahm Haltung an. Andropov nickte, worauf sich der Sergeant zurückzog. »Tee um sechs!« rief ihm Andropov nach. »Und zwei Jaffa-Orangen! Geschält, bitte!« Letzteres hatte er mit Nachdruck gesagt. Der Sergeant drehte sich um und grinste, als handele es sich da um einen Witz, den nur sie beide verstanden. Dann wurde die Schiebetür geschlossen.

»Wieso glauben Sie, daß Sie mit Welsh unter vier Augen reden können?« fragte Andropov. Er nahm die Tasse, rührte die Bouillon mit dem Löffel um und trank.

»Er macht jedes Jahr Urlaub, meistens in der Karibik. In einem kleinen Ferienort auf den Bahamas oder auf einer der Kleinen Antillen. In Politikerkreisen sind sie zur Zeit in Mode, so wie bei uns das Schwarze Meer.«

»Wie wollen Sie herausfinden, wohin und wann der Senator in Urlaub fährt?«

Petrov begriff, daß ihm da aus seiner Ansicht eine Verpflichtung erwachsen konnte. Andropov horchte ihn aus, suchte nach einer Alternative zu Rametkas Vorschlag. »Das dürfte nicht allzu schwierig sein«, meinte er. »Welsh hängt wie die meisten amerikanischen Politiker seinen Winterurlaub nicht an die große Glocke. Der amerikanische Durchschnittspolitiker möchte seinen Wählern nicht auf die Nase binden, daß er, während sie vor Kälte schlottern, in einem tropischen Ferienort in der Sonne liegt. Wir haben einen ›toten‹ Agenten dort in der Gegend sitzen, den wir auf ihn ansetzen können.«

»Gehört er zu unserem bereits etablierten Informationsapparat? Ich möchte nicht, daß sich eine Verbindung zu unserem bestehenden Agentennetz herstellen läßt, falls etwas schiefgeht. Es darf davon nicht belastet werden.«
Petrov nippte von dem Kaffee. Er schmeckte fade. Vermutlich handelte es sich um ein inländisches Erzeugnis. Er setzte die Tasse ab. »Ich verstehe. – Unser Mann ist ein Este, der Ende der vierziger Jahre mit seiner Frau in die Vereinigten Staaten ausgewandert ist. Wir haben ihm bisher nur zweimal geheimdienstliche Aufträge gegeben. Er hat zwei Kinder. Zudem lebt seine Mutter noch in Estland. Er wird sich kaum gegen eine Kooperation sträuben.«
Der KGB-Vorsitzende erhob sich und blickte auf seine Armbanduhr. »Längst Schlafenszeit. Noch ein letzter Punkt, Petrov. Es geht um die Kommunikation. Ich möchte ständig über die Entwicklung auf dem laufenden gehalten werden. Die politischen Faktoren erfordern ein Höchstmaß an Koordination. Wir werden 48 Stunden vor Detonation des Sprengkopfs unsere Langstreckenraketen-Einheiten in Alarmbereitschaft versetzen und U-Boot-Einheiten der Roten Flotte in Schußposition dirigieren. Laut Rametka besteht die geringe Möglichkeit, daß die Amerikaner kopflos reagieren.«
»Darauf wird im Plan Bezug genommen. Wir bedienen uns der Saljut-Satelliten. Mit den genauen Daten ihrer Umlaufbahnen können wir sie mit empfindlichen Hochfrequenz-Funkgeräten anpeilen. Die Nachrichtenübermittlung findet beim direkten Überfliegen statt. Der Saljut-Satellit fängt die Nachricht auf, speichert sie und sendet sie über russischem Territorium aus. Die Maximalverzögerung beträgt lediglich 50 Minuten. Das bedeutet ferner, daß wir für die Nachrichtenübermittlung keine bestehenden Kommunikationssysteme einzusetzen brauchen.«
Andropov nickte. »Legen Sie mir morgen nachmittag ein Exposé Ihres Operationsplans vor. Ich habe bereits die Anweisung gegeben, daß Sie die Sache übernehmen.« Er hielt den Kopf schief und suchte Petrovs Blick. »Möchten Sie erfahren, warum ich mich dazu entschlossen habe? Rametka ist zwar ein ausgezeichneter Planer, aber er geht zu wissenschaftlich-akribisch vor. Ich glaube nicht, daß man diese Operation sozusagen nach Fahrplan ablaufen lassen kann. Je weniger man sich die Hände bindet, desto besser ist es. Die Sache muß flexibel gehandhabt werden. Hiermit übertrage ich Ihnen die Operationsleitung.«
Petrov streckte ihm die Hand entgegen, die Andropov schüttelte.

Dann gingen sie zur Tür. Andropov packte Petrov am Ellenbogen und drückte ihn. »Eine Menge hängt davon ab, Anatoli! Eine Menge! Seien Sie mein Blackwood!«
In der Eingangshalle wurde Petrov von einem KGB-Hauptmann mit blauem Kragenspiegel in Empfang genommmen. Der KGB-Vorsitzende hatte von »seiner Wohnung« gesprochen. Was für eine Untertreibung, dachte Petrov, als sie in dem Privatlift hinunterfuhren! Denn Andropovs »Wohnung« nahm eine ganze Etage in dem alten, unauffällig wirkenden Gebäude Nr. 26 am Kutusow-Prospekt ein. Nikolai Schtschelochov, der Minister für Staatssicherheit, hatte das Stockwerk darunter inne, und das Stockwerk darüber war die Stadtwohnung des Ersten Sekretärs.
Er verließ mit dem Hauptmann das Gebäude. Nachdem sie zwei Sicherheitsposten passiert hatten, traten sie hinaus in die trockenkalte Nacht, die über Moskau lag. Es war ein Uhr nachts. Am Bordstein wartete ein Wolga-M-124 mit laufendem Motor. Ein Windstoß wirbelte den lockeren Schnee hoch und trieb ihn wie einen Hagelschauer Petrov ins Gesicht. Der Hauptmann deutete eine Verbeugung an, salutierte und öffnete den Wagenschlag. »Zum Offizierskasino?«
Petrov hielt beim Einsteigen inne. Eigentlich wollte er den Tag beenden, es sich im Salon des Offizierskasinos bequem machen, einen doppelten Whisky zu sich nehmen und dann ins Bett gehen. Abgesehen von der Ausarbeitung der Änderungen im Plan, hatte er bis morgen nachmittag nur wenig zu erledigen. Jetzt noch Soja gegenüberzutreten, würde qualvoll sein. Aber er mußte auch das hinter sich bringen.
»Nein. Sagen Sie dem Fahrer, daß er den Ring-Boulevard zur Petrovka-Straße nehmen soll. Dort werde ich ihm weitere Anweisungen geben.«
Der Hauptmann begann zu lächeln, wollte noch etwas sagen, ließ es dann aber sein. Er schloß die Wagentür, nachdem er erneut salutiert hatte, und klopfte an der Fahrerseite ans Fenster. Durch die Glasscheibe, die ihn von dem uniformierten KGB-Fahrer trennte, konnte Petrov die beiden reden sehen. Der Fahrer schien halbherzig Einwände zu erheben, zuckte aber dann mit der Schulter, als der Hauptmann eine obszöne Geste – Daumen zwischen den gekrümmten Mittel- und Ringfinger gesteckt – machte. Der Fahrer fand sich damit ab, daß sein Dienst sich wohl auf die ganze Nacht erstrecken würde, legte den Gang ein und fuhr los. Petrov sah, daß er einmal

kurz in den Rückspiegel blickte und seinen Fahrgast musterte.
Die Straßen waren verlassen. Nur wenige Menschen strebten in dem eisigen Wind den Hauseingängen oder den Treppen der Metro zu. Paarweise patrouillierende Milizionäre suchten Schutz im Windschatten von Portalen und Warenhauseingängen.
Petrov lehnte sich erschöpft, aber höchst befriedigt zurück. Andropov hatte ihm unmißverständlich die Operationsführung anvertraut. Rametka würde zwar weiterhin der Planungschef bleiben, ihm aber unterstellt sein. Andropov hatte ihm ferner finanzielle Mittel in unbeschränkter Höhe und die nötigen Befugnisse zugesichert. Petrov berührte kurz das Lederetui mit den schriftlichen Vollmachten in seiner Brusttasche. Sie trugen sowohl die Unterschrift Andropovs wie auch die des Ersten Sekretärs und besagten, daß er über die Mittel des GRU und des KGB verfügen könne. Nicht schlecht für einen Neununddreißigjährigen im Oberstrang, dachte er. Er zündete sich eine Zigarette an und machte es sich bequem. Doch dann besann er sich anders und zog die Samtvorgänge an den Seitenfenstern zu; nur das Rückfenster ließ er frei. Er beugte den Kopf nach hinten, massierte die Nackenmuskeln und sah hinaus auf die vorbeihuschenden Straßenlampen, während der Wagen durch die ausgestorbene Stadt fuhr.
Er traf sie an, als sie eben den Jungen zu Bett brachte. Da sie ihn nicht erwartet hatte, wirkte sie nervös. Zuerst küßte sie ihn nur rasch auf die Wange, doch dann holte sie tief Luft und schlang die Arme um seinen Hals. Er wiegte sie in den Armen und spürte ihre zupackenden Hände durch seinen dicken Mantel. Über ihre Schulter hinweg sah er den Jungen, der mit einem unentschlossenen Gesichtsausdruck dastand, zwischen Lachen und Weinen schwankte, wie es bei Kindern der Fall ist, die sich nach der Reaktion ihrer Eltern richten.
Petrov zog eine Grimasse, um den Jungen zum Lachen zu bringen, aber dieser begann zu weinen.
»Schon gut, Anatoli!« sagte sie, hob das Kind auf, schmiegte den Kopf gegen seinen Hals und murmelte besänftigend vor sich hin. »Schon gut«, wiederholte sie. Petrov war nicht klar, ob das nun ihm oder dem Jungen galt.
Der Junge war knapp zwei Jahre alt. Sein Haar war, wie das von Petrov und das seiner Mutter, flachsfarben und ziemlich lang, so daß ein flüchtiger Beobachter ihn ebensogut für ein Mädchen hätte halten können. Und er hatte eisblaue Augen wie Petrov.

»Sag schön gute Nacht«, forderte sie den Jungen auf, griff nach seiner schlaff herabhängenden Hand und bewegte sie auf und ab. Auf ihre Worte hin lächelte der Junge plötzlich und begann heftig zu winken. »Nacht!« Beim Lächeln riß er den Mund so weit auf, daß man den rosigen Gaumen und die wenigen Zähne sah. »Nacht!« wiederholte er und winkte noch ein paarmal, wobei er das Haar seiner Mutter zerzauste. Dann verschwanden beide im Schlafzimmer.

Die Luft in der Wohnung war zum Schneiden. Es roch nach Essen, nach nicht ausgemachten Zigaretten, nach ungewaschenen Windeln. Zeitschriften – einige auch aus dem Westen – lagen in unordentlichen Stapeln herum. Der Teppich neben dem Stuhl wies ein großes Brandloch auf. Petrov ließ sich erschöpft auf das Sofa fallen und zündete sich eine Zigarette an.

»Gut siehst du aus«, sagte sie und schloß die Tür.

»Du auch«, erwiderte er und war sich klar darüber, daß sie beide harmlose Notlügen gebrauchten, um nicht gleich zur Sache kommen zu müssen.

»Die Wohnung ist ein Sauhaufen«, sagte sie. »Aber irgendwie ist mir das egal.«

»Ich kann dich gut verstehen.«

»Wirklich?« Sie ging in die Küche und kehrte mit einer Halbliterflasche *Stolitschnaja* und zwei Gläsern wieder, die sie inmitten des Wirrwarrs auf den Tisch setzte. »Verstehst du mich wirklich, Anatoli?« Sie goß jedem ein beträchtliches Quantum Wodka ein und hob ihr Glas. »Auf die Lebenden!« Sie leerte das Glas in zwei Zügen und schenkte sich noch mal ein.

Petrov musterte sie. Sie hatte die gleichen hohen Wangenknochen wie ihre Mutter. Die Nase war hübsch, vielleicht an der Spitze ein wenig zu breit. Aber das hatte sie nie gestört, und sie hatte ihm im Spaß vorgeworfen, daß schließlich er die Verunstaltung auf dem Gewissen habe, weil sie beide damals, in ihren Jugendtagen, mit seinem Fahrrad zu Sturz gekommen waren. »Wie kannst du ein Flugzeug steuern, wenn du nicht mal richtig radfahren kannst?« hatte sie ihn mal spöttisch gefragt. Und Sergej, ihr Mann, der zwei Jahre jünger war als Petrov, wollte sich ausschütten vor Lachen über Petrovs weitschweifige Erklärungen. Sergej, der aus der Ukraine stammte, war dunkelhaarig und von jähem Temperament gewesen. Mal barst er vor guter Laune, mal verfiel er in dumpfes Brüten, aus dem er sich jedoch bald wieder löste. Nachdem Sergej sein Schwager geworden war, wurde er ihm ein guter Freund, fast wie ein Bruder. Betroffen hielt sie die Hand vors Gesicht und zog die Falten um ihren Mund nach. »Mach dir keine Sorgen, Anatoli! Mir geht es bald besser. Ich brauche nur etwas Zeit.«

»Ich bin noch nicht lange im Lande, Soja«, begann er schließlich. »Ich habe sogleich seinen Geschwaderkommandeur angerufen, nachdem ich davon gehört hatte. Sergej führte eine Staffel von vier Maschinen an. Es war ein Patrouillenflug, eine reine Routinesache. Sie flogen östlich von Finnland über die Barents-See.« Er griff nach seinem Glas, nippte bedächtig von dem Wodka und versuchte, den Vorfall so schlicht wie möglich zu schildern.

»Auf dem Rückflug bekam eine der Maschinen ein Leck in der Hydraulik«, berichtete er leise. »Sergej ordnete an, daß die beiden anderen vor ihnen landen sollten. Er selbst blieb bei der defekten Maschine in der Luft, bis sie den restlichen Treibstoff verbraucht hatte. Beim Landeanflug ging er längsseits der anderen Maschine und lotste den Piloten. Der kam sicher herunter.«

Petrov sah Sergej vor sich, wie er sich durch die eisigen Nebelbänke hinunter zu der vereisten Landebahn auf der Halbinsel Kola tastete und zum erstenmal die Schwere der Verantwortung als Staffelführer spürte, verantwortlich für die nur durch eine Tragflächenlänge von ihm getrennte Maschine.

»Für seine eigene Landung reichte dann der Sprit nicht mehr. Zwei Kilometer vor der Landebahn stürzte seine Maschine ab.« Petrov hielt inne, ohne ihr in die Augen zu blicken. »Es gab keinen Aufschlagbrand.«

Es überraschte ihn, daß sie nicht weinte. Sie beugte sich vor und lehnte den Kopf, das Gesicht abgewandt, an seine Schulter. Petrov spürte am Hals ihren warmen Atem.

»Das hat man mir schon alles berichtet«, sagte sie. »Seine Staffelkameraden haben mir Blumen geschickt.« Sie verstummte.

»So etwas passiert nun mal, Soja.«

Sie hob den Kopf und sah ihn an. Ihre Augen waren gerötet. »Passiert es auch Chemikern? Das war doch Sergej eigentlich. Ein ausgezeichneter Chemiker.«

»Er tat nur wie wir alle seine Pflicht.«

»Wie es auch mein Sohn mal tun wird«, entgegnete sie mit scharfer Stimme. »Habe ich nur das von der Zukunft zu erwarten? Daß man mir auch seinetwegen eine Medaille umhängt?« Sie kreischte beinahe.

»Damit wird einmal Schluß sein«, sagte er. Hoffentlich bald, dachte er.

Petrov blieb bis zum Morgengrauen bei seiner Schwester, hielt schweigend ihre Hand, bis er draußen die Wagen der Straßenreinigung hörte.

David Fox ließ sich auf die Sitzbank in der Kombüse der Ketsch *Husar* fallen und blickte hinaus auf den Nebel, der unablässig von der Juan-de-Fuca-Straße hereinwallte. Die *Husar* zerrte an den Ankerleinen, und er vernahm das mißtönende Klatschen eines Falls, das er unfachmännisch gesichert hatte. Er stand auf und ging hinkend zum Herd hinüber, wo er sich frischen Kaffee eingoß und die Zigarette an der blauen Flamme des Gasbrenners entzündete. Dann kehrte er zur Sitzbank zurück, ließ sich schwer auf das Kissen fallen und sah empfindungslos zu, wie die Nebelbank den Horizont verschleierte.

Fox stand im mittleren Alter, war hager und hatte schütteres Haar. Nach seiner Pensionierung als Kapitän der Handelsmarine hatte er seine gesamten Ersparnisse und dazu noch die Erbschaft seiner Frau in die *Husar* gesteckt. In seinem ersten Jahr als Schiffseigner mußte er feststellen, daß es einen beträchtlichen Unterschied zwischen dem Kommmando über ein Schiff mit einer 28köpfigen, bezahlten Besatzung und dem Unterhalt einer großen Jacht mit einer Ein-Mann-Crew gab, die überdies noch aus einer Frau bestand, seiner Frau, die sich bislang ihre Zeit, da er auf See war, mit Bowling und Einladungen zum Tee vertrieben hatte. Seine Arbeitsüberlastung wurde noch dadurch verschlimmert, daß seine Frau keineswegs so fügsam und willfährig war, wie er sie von seinen Landurlauben kannte. Da ihr die *Husar* zur Hälfte gehörte, bedrängte sie ihn, mit dem Schiff auch Geld zu verdienen. Anfangs waren Kreuzfahrten ein durchaus idealer Zeitvertreib gewesen. Doch dann verringerte die Inflation die Kaufkraft seiner Pension. In den letzten fünf Jahren hatten sich die Kosten für Farbe und sonstiges Material verdreifacht. Fox kehrte zum Ausgangspunkt zurück. Er spielte wieder Kapitän eines Schiffes und beförderte gegen Entgelt Passagiere.

Myra, seine Frau, befand sich in der Duschkabine. Die Druckkesselpumpe im Kielraum begann zu laufen, sprang nach einer Weile nochmals an. Stirnrunzelnd bemerkte er, daß das Licht in der Kombüse beim letzten Anspringen unverkennbar schwächer gewor-

den war. Offensichtlich waren die Batterien am Ende, und er würde demnächst den Generator laufen lassen müssen.
Er lauschte einen Augenblick, um sich zu vergewissern, daß sie die Duschkabine nicht verlassen hatte, und holte dann aus einem Wandschränkchen in der Kombüse eine Flasche Rum hervor. Er goß sich noch eine Tasse Kaffee ein, fügte einen Schuß Rum und Zucker hinzu und trank dann das Gebräu in zwei hastigen Zügen. Diese Heimlichkeiten waren ihm zuwider, aber er wußte, daß er nur so seine Nerven beruhigen konnte. Bis zum Sonnenuntergang würde er sich nichts mehr genehmigen, nahm er sich vor, lehnte sich gegen die Teakholztäfelung im Niedergang, strich sachte mit der Hand über die sich ölig anfühlende Politur, schenkte sich erneut Kaffee ein und setzte die Tasse an die Lippen. Abermals sprang die Pumpe an.
Die *Husar* hatte eine Länge von 20 Metern, besaß zwei Motoren und war als Motorsegler Anfang der Fünfziger von *Abeking & Rasmussen* in Westdeutschland gebaut worden. Der Rumpf bestand aus sechs Millimeter starken Stahlplatten. Sie konnte so viel Trinkwasser und Treibstoff aufnehmen, daß man mit ihr ohne weiteres einen Ozean überqueren konnte.
Fox hatte sie auf Anhieb gefallen, als er und Myra vor zwei Jahren nach einer geeigneten Jacht suchten. Die *Husar* war – mit ihrer reichhaltig ausstaffierten Kombüse, den vier Einzelkabinen und dem geräumigen Salon – überaus komfortabel. Was ihn noch mehr beeindruckt hatte, war die übrige Ausrüstung, die man sonst nur auf großen Schiffen vorfand. Die *Husar* hatte Radar, zwei Funktelefone und massive, moderne Deckausstattung. Der Maschinenraum nahm die volle Breite des Schiffs ein und lag günstigerweise unter dem Salon. Im Maschinenraum, dessen lichte Höhe fast ausreichte, um sich aufgerichtet darin zu bewegen, befanden sich zwei von Stahlgrätings umgebene Mercedes-Dieselmotoren, ein 15-kW-Generator und eine kleine Werkstatt. Überdies besaß er gemäß den Vorschriften von Lloyds Schotten und eine wasserdichte Stahltür. Fox stellte später überrascht fest, daß er anfallende Reparaturarbeiten selbst vornehmen konnte. Auch wenn die Jacht nicht überall blitzblank wirkte, konnte Fox jederzeit mit Fug und Recht behaupten, daß die Ausrüstung tadellos in Schuß war.
Zur Zeit befand sich die *Husar* unweit der Horseshoe-Bay in Britisch-Kolumbien in einem Schwimmdock, das mitsamt den übrigen Anlagen einem gewissen Sudder gehörte. Es war Ende März. Seit einigen Tagen wehten aus dem Howe-Sund Windböen mit

nahezu Stärke 7 heulend in die Bucht, so daß die Wellen weiße Schaumkronen trugen. Und wenn mal der Wind erstarb, füllte kalter, dichter Nebel die Bucht.

Fox, der sich nicht dazu aufraffen konnte, die warme Kombüse zu verlassen, trank den Kaffee aus und stellte die Tasse umgedreht ins Spülbecken. Sie wird wieder mal zetern, dachte er. Wie oft hatte ihm Myra gesagt, daß er das Geschirr nach dem Gebrauch abzuwaschen und sogleich aufzuräumen habe! Das war so ihre Art, an ihm herumzunörgeln. Aber der lange, feuchtkalte Winter und ihr schrumpfendes Bankkonto hatten beider Nerven nicht gutgetan. Hoffentlich bringt der Sommer ein paar profitable Charterfahrten ein, sinnierte er. Sonst werden wir diesen verdammten Pott noch verkaufen müssen.

Er öffnete die Tür zum Maschinenraum und schaltete den Entlüfter ein, damit die Gase, die sich vielleicht in der Bilge angesammelt hatten, nach draußen befördert würden. Er stellte die Zeitdauer ein, ließ den Entlüfter volle fünf Minuten laufen und setzte dann befriedigt den Generator in Betrieb. Danach schloß er die Tür und verriegelte sie. Das Licht brannte nun heller.

Er hörte Myra trällern. Gott sei Dank, sie war guter Laune. Bis in die späte Nacht hatten sie sich gestritten. Sie wollte unbedingt, daß er die Chartergebühren für die *Husar* herabsetzte, um so mehr Kunden anzulocken. Von dem Erlös wollte sie die Fahrt in die Karibik bestreiten. »Nur dort kann man Geld machen!« hatte sie ihm mit Nachdruck erklärt und dabei mit der Faust auf den Tisch geschlagen. Aber für Fox bedeutete eine Herabsetzung der Charter mehr Arbeit für wesentlich weniger Geld. Vielleicht sollte er besser den Pott verkaufen und wieder zur Handelsmarine gehen. Zu verdrängen, daß man ihn aufgrund der weltweiten Rezession pensioniert hatte, fiel ihm nicht schwer. Hunderte von Seeleuten, viele mit weitaus besseren Qualifikationen, als er sie besaß, waren arbeitslos.

Er setzte den Wasserkessel auf und machte den Gasbrenner an. Ich werde ihr einen Kaffee servieren, dachte er. Gleichsam als Friedensangebot zu Beginn eines neuen Tages.

Plötzlich vernahm er einen unterdrückten Ruf. Er wandte sich um, wischte den Wasserdampf vom Bullauge und blickte hinaus auf das Dock. Clive Sudder, der Besitzer des Jachthafens, kam über den mit Halteseilen abgesicherten Steg an Bord. Er rief etwas, was Fox wegen des Generatorgedröhns nicht verstehen konnte. Humpelnd

stieg Fox den Niedergang hoch zum Salon und sah die Unordnung, die sie gestern nach ihrer Auseinandersetzung hinterlassen hatten. Auf dem Couchtisch standen überquellende Aschenbecher, auf der polierten Tischplatte zeichneten sich Wasserringe ab. Er fluchte halblaut und ging zur Eingangsluke, um sie zu öffnen.
Die Schwaden draußen wirkten wie eine durchlässige Membran, gar nicht wie die Nebel, die Fox in seiner Kindheit an der Küste von Maine kennengelernt hatte. Hier war der Nebel so dicht, daß er jegliches Geräusch erstickte, die Sicht verschleierte und einen völlig konfus machte. Von der Takelage tropfte Wasser. Sudders Ölzeug glänzte vor Nässe.
»Ein Einschreibbrief für Sie!« sagte Sudder.
Du alter Gauner, dachte Fox, du bist kein echter Kanadier, du bist ein mieser Schotte. Und meine Schulden hast du bis auf den Penny genau im Kopf.
»Sie sind mit Ihren Dockgebühren bereits drei Wochen im Rückstand«, sagte Sudder, der den dicken Brief noch immer festhielt und Fox mit dem Mißtrauen in den Augen anblickte, das Gläubiger auf der ganzen Welt für einen säumigen Zahler empfinden.
Fox griff nach dem Brief. »Nächsten Montag regle ich das. Die Geldüberweisung durch die Bank hat sich verzögert.«
»Das haben Sie mir schon mal gesagt. Sie sollten die Bank wechseln, Mister!« Sudder händigte ihm den Umschlag aus und ging stampfend davon. »Bis Montag also!« rief er über die Schulter zurück. Nach zwanzig Schritten war er im Nebel verschwunden.
Myra hatte mittlerweile die Kombüse durch den Gang neben der vorderen Kabine betreten und sah nach der heißen Dusche prall und rosig aus. Der Bademantel stand so weit offen, daß man die Wölbung ihres Busens sah. Sie war noch immer recht attraktiv und befand sich in dem Alter, wo die Frauen entweder eine Art von gereifter Grazie und Schönheit an den Tag legen oder zum kläglichen, schemenhaften Abbild dessen geworden sind, was sie in ihrer Jugend einmal waren.
»Um was ging's denn?« fragte sie und zuckerte ihren Kaffee. »Was wollte der Pfennigfuchser?«
Fox schenkte ihr keine Beachtung, sondern ließ sich auf die Sitzbank fallen, riß den Umschlag auf und klopfte den Inhalt heraus. Ein Kassenscheck und ein Brief flatterten auf die Tischplatte. Sie griff nach dem Scheck und stieß beinahe seine Tasse um.
»Großer Gott, Davy!« rief sie aus. »Zwölftausend Dollar!«

Er überflog den Brief und las ihn dann noch einmal mit aller Sorgfalt, wobei sein Gesichtsausdruck zuerst Verwirrung, dann allmählich Freude widerspiegelte.
»Was steht denn drin, Davy?« Sie neigte sich auf der Sitzbank zu ihm herüber und lehnte sich an seine Schulter.
»Eine Charterfahrt von drei Monaten Dauer!« Er flüsterte es fast. »Von Mitte Juni bis Mitte September. Die Hälfte als Anzahlung und den Rest, wenn die Leute an Bord kommen. Der Auftrag kommt von dem schwulen Typ in New York, der Chartern vermittelt. Der Vertrag ist ihm von einem Agenten in Hamburg zugeschickt worden. Zwei Ausländer möchten eine Kreuzfahrt vom Nordende der Queen-Charlotte-Straße bis zum Hood-Kanal im Staate Washington machen.« Er blickte Myra an. »Schätzchen, mit dem Geld sind wir Weihnachten schon in der Karibik. Der Agent schreibt noch, daß der Chartervertrag perfekt ist. Sie haben die Chartergebühren und die Maklerprovision bereits gezahlt. Bar auf den Tisch!«
Fox schoß jäh in die Höhe, zwängte sich an Myra vorbei und öffnete den Kühlschrank. Aus dem unteren Fach holte er eine Flasche Champagner hervor, die er eigentlich für ihren Geburtstag aufbewahrt hatte. Er machte sie umständlich auf und kümmerte sich nicht darum, als sich etwas Champagner über sein Hemd und die Hose ergoß. Er füllte zwei Gläser und reichte ihr das kleinere.
Bevor sie trank, legte sie den Arm um seinen Hals, zog sein Gesicht zu sich heran und küßte ihn.
Der eiskalte Champagner sickerte durch den Stoff und netzte seine Haut.
Hol's der Teufel, dachte er, ich werde im Ort eine neue Flasche kaufen. Lächelnd blickte er über ihren Kopf hinweg auf die sich auflösenden Nebelschwaden. Warum nicht gleich eine ganze Kiste?
In der Bucht war auflandiger Wind aufgekommen, der den Nebel landwärts drückte. Durch die zerfließenden Schwaden drang gelegentlich die Sonne. Eine Bö, kräftiger als die bisherigen, ließ die *Husar* erzittern. Die Taue ächzten unter der Beanspruchung. Die an der Heckreling angebrachte Fahne, deren Saum zerfetzt und deren einst rote Längsstreifen zu einem matten Rosa verblichen waren, knatterte im Wind.

Über den dunklen Atlantik hinweg zog Saljut VIII, seine Umlaufbahn war ein Balanceakt zwischen den Kräften der Erdanziehung, die ihn dem Verglühen in der Erdatmosphäre ausliefern, und den

Kräften, die ihn tiefer in den Weltraum ziehen wollten. Vor achtzehn Tagen war der acht Tonnen schwere Satellit von Kapustin Jar aus gestartet worden. Er war der dritte in der Serie von Aufklärungssatelliten, der 48. im Kosmos-Programm. In den ersten elf Tagen hatte Saljut VIII einen nahezu menschlich anmutenden Widerwillen gezeigt, verläßlich zu funktionieren. Die sowjetischen Techniker waren gezwungen gewesen, zur Kurskorrektur dreimal die Schubraketen zu zünden, bis sich die Umlaufbahn stabilisierte. Auch die Zusatzbatterien im Komplex V hatten sich als störanfällig erwiesen. Doch jetzt war der Satellit mit der projektierten Lebensdauer von 283 Tagen voll einsatzfähig. Mit über 19 000 Meilen in der Stunde raste Saljut VIII auf seiner Umlaufbahn durch den Weltraum Nordamerika entgegen. Noch ruhten seine Sensoren.
An diesem Morgen Ende März lag die Küste von Neu-England unter einer zehn Zentimeter hohen Decke aus nassem Schnee. Doch um ie Mittagszeit schwächte sich die Front, die die Niederschläge gebracht hatte, unter dem Einfluß des sich verstärkenden Hochs über Nord- und Süd-Karolina ab. Am Nachmittag hatte der Wind von Nordwest nach Süd umgeschlagen. Die Temperaturen stiegen schon am Nachmittag. Und am Abend bedeckte stellenweise schmelzender Schneematsch die bereits sprießende Vegetation.
Um 18 Uhr 43 befand sich der Satellit auf seiner Umlaufbahn in 93 Meilen Höhe über der Stadt Plattsburgh im Staate New York. Tief unter ihm gingen die Natriumdampflampen der Straßenbeleuchtung in den einzelnen Stadtteilen an und erweckten vom Satelliten aus gesehen den Eindruck, als laufe da ein großangelegtes elektronisch gesteuertes Spiel ab. Das Weichbild der Stadt zeigte deutlich seine Konturen, ebenso der Champlain-See, dessen Umrisse durch den leichten Verkehr auf den Uferstraßen sowohl auf der Vermonter wie auch auf der New Yorker Seite sichtbar wurden. Nördlich davon flimmerte und flirrte – von den atmosphärischen Bedingungen verursacht – das Lichtermeer von Montreal. Im Süden bildeten Albany, Syracuse und das Gewirr kleinerer Ortschaften einen Lichtkeil, der dort, wo der Hudson südwärts dem Meer entgegenfloß, immer heller wurde.
Die Infrarotkameras des Satelliten, dessen Sensoren nun in Funktion waren, suchten nach Wärmequellen auf den betonierten Abstellplätzen der Air-Force-Base von Plattsburgh. Die Informationen wurden in einen Converter eingespeist und sodann auf Magnetscheiben gespeichert. Elektromagnetische Sensoren sammelten

Daten, die mit den Informationen verglichen wurden, die der Satellit auf seinen vorherigen Umkreisungen gesammelt hatte. Etwaige Abweichungen wurden als neue Richtwerte einprogrammiert und gespeichert. Danach öffneten sich langsam die mit Solarzellen bestückten Flügel des Satelliten, orientierten sich nach Westen und luden sich mit neuer Energie auf, während der Satellit auf seiner westwärts gerichteten Bahn zum Pazifik hin an der Sonne vorüberzog.

Tief unten stand ein Mann am Ufer des noch zugefrorenen Sees und blickte auf seine Armbanduhr, als der Satellit auf seinem Westkurs im Sonnenlicht aufblinkte. Der Mann notierte sich die Zeit auf einem Zettel und verglich sie mit einem handgeschriebenen Zeitplan, der er aus seiner Manteltasche hervorgeholt hatte. Zufrieden steckte er die Unterlagen wieder ein und seufzte auf. Danach schlenderte er gut eine Stunde lang, bis es dunkelte, am Seeufer dahin, hob dann und wann einen Stein vom hartgefrorenen Boden auf und ließ ihn über die Eisfläche schlittern. Die flachen Steine gaben einen hellen, klirrenden Ton von sich, als sie über das Eis hüpften.

Als er, die Hände in die Manteltaschen vergraben am Ufer heimwärts ging, begegnete er seiner Frau. Er schien sie nicht wahrzunehmen.

»Was hast du?« fragte sie. Obwohl sie Ende Fünfzig war, hatte sie sich die Vitalität ihrer bäuerlichen Vorfahren bewahrt. Sie hatte kurze, stämmige Beine und trug derbe Schuhe. Sie hängte sich bei ihm ein, und stumm gingen sie weiter.

Nach einer Weile blieb er stehen und sah sie an. »Ich habe heute morgen einen Brief aus Orlando, Florida, erhalten.« Er fuhr mit der behandschuhten Hand über die Nase. »Die Briefmarken waren alle an einer Ecke eingerissen.«

Sie schwieg einen Augenblick, da sie die Bedeutung seiner Worte nicht sogleich begriff, und holte dann tief Atem. »Aber du hast doch gesagt, daß damit endgültig Schluß ist!« sagte sie vorwurfsvoll.

Mark Sommers nickte ein paarmal. Er zog ihr fürsorglich die Wollhaube tiefer in die Stirn und strich eine graue Haarsträhne zurück. »Das habe ich auch gedacht«, erwiderte er. »Schließlich ist es fünf Jahre her. Ich hoffte bereits, sie hätten mich abgeschrieben. Doch nun kam das hier!« Er reichte ihr einige beschriebene Blätter.

Sie blickte im Zwielicht angestrengt darauf und gab sie ihm wieder. »Ich kann's nicht lesen.« Ihre Stimme zitterte, als habe sie sich bereits mit seiner Reaktivierung abgefunden. Die Druckmittel fielen ihr ein, die dem KGB zur Verfügung standen, und sie wußte, daß sie keine Wahl hatten.

»Das sind die Umlaufdaten eines ihrer Satelliten«, erklärte er. »Ich soll mir ein Zwei-Meter-Funkgerät , wie es Amateure haben, besorgen und bestimmte Frequenzen verwenden, die der Satellit empfangen kann.«

»Und was sollst du tun?« fragte sie flüsternd. Ein Knacken ließ sie zusammenfahren.

»Das Eis bricht auf«, erklärte er. Er ging weiter und hielt sie an der behandschuhten Hand. Nach einigen Schritten verfing er sich im Ästegewirr eines umgestürzten Baums und verletzte sich am Schienbein.

»Egal, was es ist. Ignorier es einfach! Tu so, als hättest du den Brief nicht erhalten!« riet sie ihm. Aber ihre Stimme klang nicht zuversichtlich.

»Du weißt doch, daß das unmöglich ist«, entgegnete er. Auf der schmelzenden Schneedecke lag der Lichtschein vor ihrem Haus. Sie hielten auf der niedrigen Erhebung inne und blickten auf das kleine Fachwerkhaus. »Wir müssen an die Kinder denken. Und an meine Mutter in Estland. Wenn es nur um uns ginge . . . « Er ließ den Satz unvollendet.

»Was wollen sie denn von dir?« fragte sie.

Er sah auf seine Uhr und stellte fest, daß er über drei Stunden umhergewandert war. Das Schmelzwasser hatte seine Straßenschuhe durchnäßt. Sein Schienbein schmerzte.

»Informationen über einen Senator Welsh aus New York. Background-Informationen.«

Sie schritt weiter auf das Haus zu, ohne sich um ihn zu kümmern, und blieb dann stehen. »Wir wissen beide, daß sie immer wieder etwas verlangen werden.« Sie drehte sich um, ging langsam die Stufen zur Veranda hoch und hielt sich dabei wie eine alte Frau mit beiden Händen am Geländer fest.

2

Der 21. März ist gleichsam eine meteorologische Wasserscheide im alljährlichen Wetterkreislauf über der nördlichen Hemisphäre. An diesem Tag überquert die Sonne auf ihrer Wanderung nach Norden den Himmelsäquator. Das atlantische Hoch, ein ellipsenförmiges Hochdrucksystem, im Westen durch die Bermudas, im Osten durch die Azoren begrenzt, ist zu diesem Zeitpunkt völlig ausgebildet. Diese Luftmasse dehnt sich aus und begibt sich wegen der Erdrotation auf eine im Uhrzeigersinn verlaufende 15 000 Meilen lange Reise, wobei sie vier Erdteile streift.

Die Winde bewegen sich zuerst nach Süden entlang der afrikanischen Küste, schwenken dann, aufgrund der rechtsläufigen Auswirkung des Coriolis-Effekts, nach Westen und überqueren den Atlantik, wobei sie unter der Sonneneinwirkung Feuchtigkeit und Wärme speichern. An den Küsten des Westatlantiks biegt dieser Luftstrom, den man auch den Nordost-Passat nennt, nach Norden ab, streift dann die Küste von Mittelamerika und bringt Mexiko und den südlichen amerikanischen Bundesstaaten Wärme, dem Küstengebiet von Süd- und Nord-Karolina Nebel und den Neuengland-Staaten, die noch unter dem Winter leiden, Schnee und gefrierenden Regen.

Der 21. März, von den Astronomen Frühjahrsäquinokium genannt, wird gemeinhin als Frühlingsbeginn bezeichnet. Die Bewohner der Neuengland-Staaten sind da anderer Meinung und stellen sich auf Tau- und Frostwetter von vierwöchiger Dauer ein.

Der Mann – er stand im besten Alter – zog auf dem Kalender um den 21. März einen Kreis, wandte sich sodann vom Schreibtisch ab und blickte hinaus auf die kahlen Bäume, die sich im auffrischenden Wind bogen. Von dem morgendlichen Schneefall war nichts übriggeblieben. Der Boden war mit verrottetem Herbstlaub bedeckt. Man sah nichts Grünes, nur Grau-, Braun- und Schwarztöne. Mißmutig wandte er sich seiner Arbeit zu.

Obwohl Clifford Welsh die Vierzig längst überschritten hatte, wirkte er mit seiner straffen Gestalt um mindestens zehn Jahre jünger. Er wog bei einer Größe von knapp 1,80 Meter 90 Kilo und hielt dieses Gewicht, indem er in der Mittagspause durcharbeitete und nur einen Becher Joghurt zu sich nahm. Sein glattes braunes Haar war noch immer dicht und wurde allwöchentlich von einem italienischen Friseur geschnitten, der seine Aufgabe mit einem Rasiermesser und viel Geduld erledigte. Wenn sich irgendwo graue Strähnen zeigten, wurden sie braun gefärbt, nur nicht an den Schläfen, wo der Friseur der Tönung mit ein wenig Wasserstoffsuperoxid nachhalf.

Welshs Gesicht entsprach dem Image, das er pflegte. Die Regelmäßigkeit seiner Züge wurde durch die Hakennase gestört, die gleichsam das Erbe seiner Sippe war, die seit Jahrhunderten in Neuengland mit seinen bitterkalten Wintern lebte. Seine sanften haselnußbraunen Augen, die weit auseinanderstanden, hatten einen Ausdruck, den seine Anhänger als »mitfühlend«, seine Gegner als »leer« bezeichneten. Obwohl er seine Zähne hatte regulieren lassen, lächelte er nur selten, es sei denn in der Öffentlichkeit oder vor der Kamera.

Welsh nahm die Broschüre zur Hand und begann darin zu blättern. Es handelte sich um einen jener teuer aufgemachten Werbeprospekte, deren Herstellung Tausende von Dollars verschlingt und die kleine, abgelegene Ferienorte in der Karibik mit einem Begleittext anpreisen, der dem Urlauber Intimität zusichert, aber auch Prestigegewinn suggeriert. Die Fotos zeigten knackige Blondinen und virile junge Männer, die sich in die Brandung warfen oder auf einem unglaublich gepflegten Spielplatz mit wuchtigen Schlägen Tennisbälle über das Netz beförderten. Sie waren allesamt jung, makelos gebaut und gehörten der weißen Rasse an. Am Himmel sah man nicht eine einzige Wolke, nichts trübte die Schönheit des weißen Sandstrandes mit den anrollenden blauen Wogen. Man logierte in einzeln stehenden Bungalows, die keinen Telefonanschluß hatten. Das Personal bestand aus Schwarzen, die – zumindest bei der Arbeit – stets beflissen lächelten. Und die Aufenthaltskosten waren so hoch, daß ein gewisses Maß an Exklusivität gesichert war. Befriedigt schrieb Welsh eine Notiz auf den Umschlag und legte die Broschüre auf den Stapel, den seine Sekretärin morgen aufarbeiten sollte.

Eine Weile kritzelte er mit seinem Füllfederhalter auf dem Schreibblock, zeichnete spitze Pfeile und Dreiecke, schmückte sie mit zierlichen Schnörkeln und Spiralen aus und versuchte unbewußt, seinen inneren Konflikt zu verringern. Er ging nun zu Ovalen über, die er immer mehr in die Länge zog, schließlich mit Widerhaken versah, da er sich zu keiner Entscheidung aufraffen konnte. Er riß dann das Blatt vom Schreibblock, knüllte es zusammen und warf es in den lederbezogenen Papierkorb. Am nächsten Morgen würde der Inhalt in den Reißwolf wandern.

Unschlüssig wandte er sich dem Fenster zu und blickte hinaus auf den Hudson und die smogverschleierte Skyline von Manhattan. Seit kurzem wurden immer mehr Brenner von Öl- auf Kohlefeuerung umgestellt, und in den letzten drei Jahren waren die Emissionswerte für Kraftfahrzeuge bereits zweimal herabgesetzt worden.

Diese armen Irren, dachte er. Der Umweltverschmutzungsindex hatte seine Bedeutung längst verloren. Immer mehr Menschen trugen mittlerweile Gesichtsmasken wie die Japaner. Wer es sich leisten konnte, zog nach Süden in den sogenannten »Sonnengürtel«. In einer Titelgeschichte hatte das Nachrichtenmagazin TIME mal süffisant geschrieben, daß »im Süden der Smog zumindest wärmer« sei.

Er dachte an den frischen, sauberen Passat, der über den Atlantik wehte. Sein Vater hatte ihm mal erzählt, daß man am östlichen Gestade von Barbados zuweilen den Geruch der Herdfeuer in Afrika wahrnehmen könne. Die warme Sonne auf Rücken und Schultern zu spüren, würde ihm guttun. Doch das war vorerst nicht möglich. Widerstrebend wandte er sich der Realität seiner ehrgeizigen Ziele zu und den Millionen Menschen, die jenseits des Flusses auf ihn angewiesen waren.

Die einsetzende Dämmerung hatte sein Arbeitszimmer in Dunkel getaucht. Clifford Tannis Welsh II., aufstrebender Senator des Staates New York, schaltete die Messinglampe über dem Schreibtisch ein und zog die Vorhänge hinter sich zu. In der nächsten Stunde stellte er eine Liste der politischen Erfolge zusammen, die er im Senat, zum Wohle des Bundesstaates New York, aber auch des ganzen Landes, errungen hatte.

Vom Standpunkt des liberalen Wählers war daran wenig auszusetzen. Welsh hatte dem Senat eine Reihe von Vorschlägen unterbreitet und sie auch durchgesetzt, die New York gleichsam zu einem Mündel der Bundesregierung machten. Mit indirekten Kreditabsicherungen hatte man diese Riesenstadt vor ihren Gläubigern nicht schützen können. Selbst direkte Zuschüsse der Bundesregierung zur Stadtsanierung, zur Umschulung, zum Arbeitsbeschaffungsprogramm hatten die Abwanderung der Wohlhabenden, der Konzerngiganten, der Desillusionierten nicht unterbunden. Aber die Stadt kam über die Runden. Die Gehälter wurden gezahlt. Das Verdienst gebührte vor allem Welsh. Und die Wähler wußten es auch. Welshs Wiederwahl für eine dritte Amtsperiode war laut Meinungsumfragen gesichert.

Was jedoch das ganze Land anbetraf, so war sein politisches Profil nicht eben eindrucksvoll, aber durchaus vermarktbar.

NEIN zum B-1- und MX-Raketen-Komplex.

JA zu den Kanal-Verträgen, die allerdings zu einem Desaster geführt hatten. Mit einem 60-mm-Granatwerfergeschoß war auf der atlantischen Seite der Pedro-Miguel-Schleuse ein mit Zement beladener US-Frachter versenkt worden. Versuche, das Wrack zu entfernen, waren im Granatwerferfeuer gescheitert. Die Torrijos-Regierung war gestürzt worden. Die Regierungsmacht hatte eine von Kuba unterstützte Revolutionsarmee übernommen. Laut Artikel IV des Vertrags waren daraufhin Marineinfanteristen zur Verteidigung des Kanals gelandet. Aber die Ledernacken bekämpften einen Gegner, der unsichtbar blieb, und erlitten ständig Verluste.

Welsh lehnte sich zurück und überlegte. Zwei Drittel der Senatoren hatten den Vertrag ratifiziert, darunter auch eingefleischte Konservative. Wer könnte ihm daraus noch einen Strick drehen? Beide Seiten wären froh, wenn man die Sache unter den Teppich kehren würde. Er nahm sich den nächsten Punkt auf seiner Liste vor.

JA zur Einstellung der Finanzhilfe für Thailand.

NEIN zur Benzinrationierung. Er hatte sich jedoch geschickt mit einem Zusatzantrag abgesichert, demzufolge Bedürftigen unterhalb der Armutsgrenze Benzincoupons auf derselben Basis wie Lebensmittelkarten zugeteilt werden sollten, falls die Rationierung eingeführt wurde. Seine Vorlage war nur knapp gescheitert.

NEIN – und das nicht nur einmal – zum Gesetz über die Reduzierung der Kreditgewährung samt den fünf Novellen. Zwar waren Bankrotte derzeit sozusagen eine landesweite Epidemie, aber Welsh hatte ungerührt den Standpunkt verfochten, daß Insolvenz zumindest den Unterschichten die Möglichkeit eröffne, zur Mittelklasse aufzuschließen. Sein Antrag wurde abgelehnt, und im vergangenen Jahr hatten zwei größere Kreditkarteninstitute Pleite gemacht. Die wirtschaftliche Entwicklung lief allenthalben auf Barzahlung hinaus.

Welsh überflog die restlichen Posten auf seiner Liste. Sie spiegelten

den Niedergang einer Industriegesellschaft wider, eine Entwicklung, der er – abgesehen von der Absicherung seiner Wähler wie auch seines Amtes – kaum steuern konnte.
Seine Angaben zur Person waren durchaus brauchbar. Gediegene, keinesfalls auffällige Wohlhabenheit. Kindheit und Jugend in der Villa am Steilufer des Hudson, in der er jetzt wohnte. Rechtsstudium an der Columbia-Universität. Sein Vater, ein Kongreßabgeordneter, hatte ihn, als er sich um das Amt des Generalstaatsanwalts in seinem Heimatstaat bewarb, gut präpariert und ihm für den Wahlkampf den Rat gegeben: »Zeige dich in der Öffentlichkeit und kämpfe für die Arbeitnehmer!« Dieser banale Leitsatz hatte sich ausgezahlt. Welsh bemühte sich um den Kontakt zum Volk, besuchte die Gettos, das Textilarbeiterviertel, die Fabriken.
Er stützte die Ellenbogen auf die Schreibtischplatte, hielt die Unterarme aufrecht und legte das Kinn auf die gefalteten Hände. Alles war da, nur eine Angabe fehlte – der Einsatz für ein Sachproblem, das die gesamte Nation in Erregung versetzen konnte. Ein Sachproblem, das er allein zur Diskussion stellen mußte, das reichlich Zündstoff enthielt, um die Parteien und die Nation in zwei Lager zu spalten. Verlor er, dann war es eben ein politischer Opfergang gewesen. Setzte er sich jedoch durch, würde er den Gouverneurssitz in der Pennsylvania Avenue für vier Jahre beziehen – und falls es nach seinem Kopf ging noch länger.
Er lehnte sich zurück, schloß die Augen und fuhr mit der Zungenspitze über die Unterseite seiner Zähne. Die Rede in Utica, dachte er, würde darüber Aufschluß geben.
Die Tür zum Arbeitszimmer öffnete sich, ohne daß jemand geklopft hätte, und Judith, seine Frau, trat ein und drückte die Tür mit einer Hüftbewegung zu. Sie hielt in jeder Hand ein Glas.
»Es ist bereits nach sechs«, sagte sie. »Wie weit bist du mit deinem Wahlprogramm?« Sie stellte ein vor Kälte beschlagenes Glas auf die Schreibunterlage. Im Licht der einzigen Lampe schien der Whisky Wärme auszustrahlen.
»Es geht voran.« Er öffnete die Augen nur so weit, daß er ihre Gestalt, nicht aber ihr Gesicht sehen konnte. Dann rollte er den Schreibtischsessel auf dem Teppich zurück, drückte die Brust heraus und streckte die Beine unter dem Schreibtisch. Als habe er einen Entschluß gefaßt, warf er den Füller wie ein Geschoß auf den Schreibblock. Er streifte klirrend das Glas und blieb liegen. Der 14-karätige Goldüberzug hatte die gleiche Farbe wie der Whisky.

Er hob sein Glas, nickte ihr zu und sagte: »*Cheers!*«
»*Cheers!*« wiederholte sie lächelnd. Sie tranken schweigend.
Ab und zu vernahm man Gepolter aus der Etage darüber, wo Kinder und Hausangestellte sich für den Abend rüsteten. Aus der Ferne drang das Pfeifsignal eines Zuges. Welsh nahm die Metallbrille ab und legte sie bedächtig, als demonstriere er eine Zeitlupenaufnahme, auf den Schreibblock. Daraufhin fuhr er mit seinen schlanken Fingern über den Nasenrücken, massierte die Druckstelle, die vom langen Tragen der Brille etwas schmerzte, strich sich über die Stirn und betupfte die Augenfältchen.
»Viel ist noch nicht herausgekommen«, sagte er mißmutig.
»John Humberstall hat angerufen und wird sich gegen sieben noch mal melden. Und . . .« Judith hielt inne und nippte von ihrem Wein. ». . . Hagger vom CIA rief wegen einer Sitzung des Komitees zur Überwachung geheimdienstlicher Aktivitäten an. Es geht um den Irak. Sie ist auf Mittwoch angesetzt. Du sollst ihn morgen anrufen. Es ist nichts Dringendes.«
Er erhob sich und ging steifbeinig vom Schreibtisch zum Kamin, wo er das Gasventil öffnete und ein Streichholz entzündete. Die Ahornscheite fingen sogleich Feuer und brannten mit mattgelber Flamme. Dann stakte er zum Sofa und setzte sich neben sie.
»Ich werde allmählich alt, nicht wahr?«
Achselzuckend lehnte sie den Kopf an seine Schulter. »Das hat noch Zeit. Auf jeden Fall habe ich mehr von dir, als wenn du Aktien oder sonst was verkaufen würdest.« Sie leerte ihr Glas.
Eine Weile saßen sie schweigend da, sahen zu, wie die auflodernden Flammen die Scheite umzüngelten, und lauschten dem Zischen und Knacken des feuchten Holzes.
»Jetzt mal im Ernst – wie kommst du mit deinem Wahlprogramm voran?« fragte sie. »Ich war der Meinung, daß alles schon feststeht. DeSilva behauptet es wenigstens.«
»Das Wahlprogramm?« Welsh stand auf und ging zu der eingebauten Bar, aus der er eine Flasche *Bushmill's* hervorholte. Er schenkte sich ein und füllte ihr Glas mit Wein.
»Es ist doch immer das gleiche«, erwiderte er und nippte von dem Whisky. »DeSilva meint, ich soll mich dafür einsetzen, daß sämtliche Angestellten der Stadt von der Bundesregierung bezahlt werden. Mich vielleicht auch noch für einen Bundespensionsfonds für Lehrer stark machen. – Ich habe mich mit den Wahlvorbereitungen noch nicht allzusehr beschäftigt.«

Sie hob den Kopf und blickte zum Schreibblock hinüber. »Und was bedeutet das da?«
»Ich denke, ich werde mich nicht zur Wahl stellen.« Auf seine Worte folgte eine drückende Stille. Sie mied seinen Blick und schaute in die Flammen.
»Was also dann?« fragte sie gleichmütig.
»Ich möchte mich um einen Kabinettsposten bemühen. Um das Ministerium für Gesundheit, Erziehung und allgemeine Wohlfahrt vielleicht. Oder um den Posten des US-Delegierten bei der UNO. Um etwas, das im Blickfeld der Nation steht.«
Sie blickte ihn an. Ihr Gesicht war gerötet. »Aber warum nur?«
»Weil ich dann zwei Jahre Zeit habe. Zwei Jahre, um mir ein Image zu schaffen, eine Plattform, ein nationales Renommee. Zeit für den Anlauf zur Präsidentschaft.«
Behutsam setzte sie ihr Glas ab. »Bist du dir sicher?« fragte sie.
Welsh stöhnte auf. »Sicher? Nein, ich bin mir ganz und gar nicht sicher.« Er ging über den Teppich zum Kamin und schürte das Feuer. »DeSilva will nichts davon hören. Ich würde hier meine Machtbasis einbüßen, sagt er. Und letztlich bedeutet es, daß ich gegen meine eigene Partei und gegen einen noch amtierenden Präsidenten antrete. Ich bin mir ganz und gar nicht sicher.«
»Warum willst du es dennoch wagen?«
Er hängte den Schürhaken zum Kaminbesteck und wandte sich ihr zu. »DeSilva hat das mal so ausgedrückt: Es ist die Reaktion eines Mannes, der im Erdgeschoß einen Brand entdeckt und sich auf dem Dach in Sicherheit bringt. New York, wie fast alle Großstädte, lebt sozusagen auf Abruf. Gut, wir werden jetzt unterstützt. Wir haben genug, um uns von Monat zu Monat durchzulavieren. Aber die Steuerzahlerbasis verringert sich. Die Leute wandern in den Sonnengürtel oder in kleinere Orte ab. Jeder Dollar, der dem Fiskus verlorengeht, weil sich eine Firma nach Süden absetzt, macht einen Zuschuß von fünf Dollar nötig; denn mit dem Wegfallen der Betriebe entfallen auch die Arbeitsplätze. New York wird sich noch vier, fünf, vielleicht noch sechs Jahre halten. Aber beim nächsten wirtschaftlichen Tief versiegt die Quelle der Bundesmittel. Und die noch amtierenden Politiker bleiben auf der Strecke. Ich möchte dann nicht als Bittsteller mit dem Klingelbeutel umhergehen. Aber von einer nationalen Plattform aus könnte ich mich bei solchem Gang der Dinge profilieren, ein beherrschendes politisches Thema aufwerfen, von einer sicheren Basis wie beispielsweise dem Gesundheits-

ministerium vorgehen. Die Wähler werden mich als den Mann im Gedächtnis behalten, der New York vor dem Kollaps bewahrt, nicht als den Senator, der bis zuletzt ausgeharrt hat.«

Sie erhob sich und strich den Rock glatt.

Judith Welsh hatte ihr Studium am renommierten Radcliffe-College *summa cum laude* abgeschlossen. Dichtes dunkelbraunes Haar umrahmte die braunen Augen und das kleine, ebenmäßig geschnittene Gesicht. Daß sie Kinder geboren hatte, sah man ihr nicht an. Zur Imagepflege ließ sie sich bei der Eröffnung neuer Krankenhäuser fotografieren, und wenn die Presse sie beide interviewte, schmiegte sie sich an ihren Mann. Sie hatte einen Intelligenzquotienten von 130, was sie jedoch niemand, auch ihren Mann nicht, merken ließ. Sie liebte ihren Mann, wußte aber, daß er nicht die Überzeugungskraft, das Durchhaltevermögen und den unbedingten Siegenswillen hatte, die für die Erringung der Präsidentschaft nun mal nötig waren.

»Dazu brauchst du ein klares Programm«, meinte sie. »Welchen Standpunkt willst du denn vertreten?«

Er nahm die Notizen und legte sie neben sie. »Lies das hier bitte durch. Es ist die Grundlage eines Wahlprogramms. Ich möchte nicht nur DeSilvas Meinung hören.«

Sie öffnete das Schloß ihrer zweireihigen Perlenkette und legte sie auf den Schreibtisch. Dann griff sie nach den Notizen, warf einen kurzen Blick darauf und schob sie beiseite. »Ich lese sie später. Was ist der Grundgedanke?«

»Ich brüte über der Sache schon ein ganzes Jahr. Ich möchte sie in einer Rede testen, die ich dieses Wochenende in Utica halte. Es handelt sich dabei um etwas, was ich ›Ökonomie des Friedens‹ nenne. Der Grundgedanke ist eine Reduzierung des Verteidigungsbudgets um jährlich 20 Prozent bis hin zu einem permanenten Sockel von vierzig Prozent des derzeitigen Volumens. Das reicht für die Pensionen der Militärs und den Unterhalt einer rein defensiven Streitmacht völlig aus. Um das Spiel zu gewinnen, muß ich die Wähler überzeugen, daß wir in aller Sicherheit abrüsten können und das eingesparte Geld zur Finanzierung eines ganzen Spektrums von Sozialprogrammen dienen wird.«

Sie berührte die Notizen mit ihren zartgliedrigen, schlanken Fingern. »Eine Verringerung der Verteidigungsausgaben ist schon öfters angestrebt worden. Meistens haben sich die Befürworter eines solchen Antrags eine peinliche Abfuhr geholt.«

»Aber in diesem Ausmaß hat man es noch nicht versucht. In der Vergangenheit hat man lediglich versucht, die Verteidigungskosten um drei oder vier Prozent zu verringern. Die Einsparungen hätten kaum zu einer Steuersenkung geführt oder dem Mann auf der Straße irgendeine Erleichterung verschafft.« Er stand erregt auf und begann hin und her zu gehen. »Das entscheidende an meinem Plan ist, daß ich eine Verringerung der Verteidigungslasten mit Programmen kopple, die allen irgendeinen Vorteil bringen. Der Mittelklasse eine Steuersenkung, den Unterprivilegierten bessere Unterstützung, den Farmern größere Zuschüsse. Das heißt im Klartext, daß wir nach vier Jahren alljährlich pro Kopf über dreihundert Dollar lockermachen können.«

»Aber wie steht's dann um die Sicherheit unseres Landes?«

Welsh nahm ein Notizblatt von seinem Schreibtisch, zerknüllte es und warf es in die Flammen. Das Papier fing sofort Feuer. Er sah gebannt zu, bis nur noch schwarze Aschenflöckchen übrig waren, die von den Flammen hochgewirbelt wurden.

»Wer vermag das schon zu beurteilen?« entgegnete er nach einer Weile irritiert. »Die Leute im Pentagon wird allesamt der Schlag treffen. Dennoch bin ich der Meinung, daß wir besser dran wären, völlig abzurüsten, als den Russen den Vorrang zu lassen, wie es jetzt der Fall ist.«

»Die Regierung spricht aber von einer Kräfteparität«, warf sie ein. »Der Verteidigungsminister ist erst letzten Sonntag im Fernsehen darüber interviewt worden. Er behauptete, daß wir gleich stark wären wie die Russen. Und die Grafiken mit den bunten Linien . . .«

». . . besagen gar nichts«, fiel er ihr ins Wort. »Der Verteidigungsminister verglich 25 Jahre alte amerikanische Bomber mit zwei Jahre alten Mach-3-*Foxbats.* Hernach stellte er einen numerischen Vergleich zwischen unseren Minuteman-Raketen – die unbeweglich in ihren längst vom Gegner anvisierten Silos stecken und damit äußerst verletzlich sind – und den SS-16-Interkontinentalraketen an, deren Standort die Sowjets mit mobilen Trägerfahrzeugen ständig wechseln. Von der Möglichkeit, daß die Sowjets die Initiative ergreifen und den ersten Schlag führen könnten, war überhaupt nicht die Rede.« Er schob die Vorhänge ein wenig zurück, schaute auf den Rasen, ohne etwas wahrzunehmen, und kehrte sich dann seiner Frau zu. »Glaubst du denn, daß du mit einer Pistole in der Handtasche ausreichend bewaffnet bist für den Fall, daß sich ein

Verbrecher unbemerkt an dich heranschleicht und dir den Schädel mit einem Stein einschlägt?« Er zog die Vorhänge zu. »Es gibt Experten im Pentagon, die uns nur eine Chance von eins zu drei einräumen, einen ersten Schlag mit einem wirksamen Vergeltungsschlag beantworten zu können – was kaum ausreicht, um die Russen von einem Überfall abzuschrecken. Es steht sozusagen auf des Messers Schneide.«

Er schenkte sich noch einen Whisky ein und setzte sich auf den Schreibtisch. Seine Stimme klang müde. »Wenn du Sicherheit gegen wirtschaftliche Vernunft abwägst, gestehe ich ein, daß eine Verstärkung der amerikanischen Streitkräfte uns weitere zehn Jahre relativer Sicherheit bescheren könnte. Ungefähr in dem Ausmaß, wie wir es in den vergangenen dreißig Jahren gewohnt waren. Aber wir können es uns nicht mehr leisten. Deswegen kann nur in der Abrüstung der Weg zu wirtschaftlicher Vernunft liegen. Ohne strategische Waffen sind wir für die Russen keine ernsthafte Bedrohung, haben andererseits nahezu unbegrenzte Möglichkeiten zu sozialen Veränderungen.«

Beide schwiegen, da keiner das Thema weiter erörtern wollte. Er wartete ihre Reaktion ab, bereit, seinen Standpunkt zu verteidigen. Im Kamin knackten die Scheite.

Erregt brach er das Schweigen. »Was hältst du nun von meiner Idee einer einseitigen Abrüstung? Es ist die einzige sinnvolle Möglichkeit, die wir haben. Und bei der Präsidentenwahl könnte sich das als ein werbewirksamer Programmpunkt erweisen.«

Judith nahm die leeren Gläser und ging zur Tür. »Das Abendessen ist gleich fertig. Es gibt sautierte Kalbsleber.«

»Ich würde gern deine Meinung hören!« sagte er schärfer.

Sie zuckte hilflos mit der Achsel, da sie offensichtlich um eine Stellungnahme nicht herumkam. »Wenn ich zwischen Sicherheit *oder* wirtschaftlicher Vernunft zu entscheiden hätte, würde ich Sicherheit vorziehen. Ich habe zwei Söhne und einen Mann, die ich alle liebe. Alles übrige ist für mich bloße Theorie.« Sie zog die Tür hinter sich zu.

Welsh blieb geraume Zeit allein sitzen, nippte von seinem Whisky und sah zu, wie die Flammen die Scheite umzüngelten.

Der Satellit überquerte im Westen die Präriestaaten und jagte der Sonne nach. Die drei Kameras, der Infrarot-Scanner und die Magnetometer, vom Sonnenlicht und dem thermoelektrischen Kup-

fer-Selenid-Generator in Betrieb gesetzt, waren in Funktion und speisten ständig Informationen in die Datenbank ein. Aus 97 Meilen Höhe, an der Grenze zum Weltraum, wirkte der Halbkontinent darunter nahezu farblos. Nur der Kontrast zwischen blanker Erde und Schnee war deutlich auszumachen. Die Rocky Mountains lagen unter einer Schneedecke, auch die Sierras. Die Wüstenstriche dazwischen hoben sich dunkelbraun von ihnen ab.
Über der Mojave-Wüste leuchtete ein Lichtstrahl auf und tastete flirrend nach dem Satelliten. In der intensiven Hitze des Laserstrahls verschmorten 42 Solarzellen auf dem linken Schwenkflügel, was die Stromversorgung um sechs Prozent verringerte. Die Watt-Monitoren meldeten den Ausfall der Datenbank, während der russische Aufklärungssatellit die Küste von Kalifornien überflog und sich dem Punkt seiner größten Erdferne südlich von Guam näherte.
Nach 43 Minuten – die Batterien waren fast gänzlich aufgeladen – fuhr der Satellit Mikrowellenantennen aus, die auf eine Bodenantenne in Dobrekinov im südlichen Ural gerichtet waren, und übermittelte die in 89 Minuten gesammelten Daten innerhalb von 32 Sekunden. Mit gelöschter Datenbank strebte Saljut VIII Europa entgegen.

Was in Dobrekinov vor sich geht, ist den westlichen Geheimdiensten nur teilweise bekannt. Im Zweiten Weltkrieg, den die Sowjets den »großen vaterländischen Krieg« nennen, wurden Tausende von deutschen Kriegsgefangenen in offenen Eisenbahnwaggons über die Wolga und quer durch die Kirgisensteppe zu den südlichen Ausläufern des Ural gerollt. Über zwei Drittel überlebten die siebentägige Fahrt ohne Verpflegung und Schutz vor der Witterung nicht.
Dobrekinov war ursprünglich als unterirdischer Fabrikkomplex für die Produktion von Kugellagern und Flugzeugeinzelteilen entworfen worden. Als Standort wählte man ein enges Tal. Der erforderliche Raum wurde bis zu einer Tiefe von 123 Metern aus gewachsenem Fels herausgesprengt. Sodann baute man in Stahlbetonbauweise die achtstöckige Anlage hinein. Der Zugang erfolgte durch einen S-förmig herausgesprengten Tunnel und war durch acht Stahltore gesichert, die so geschaltet waren, daß sich nur drei zur selben Zeit öffnen ließen. Über der Anlage entstand ein Barackenkomplex, in dem die deutschen Kriegsgefangenen und das Verwaltungspersonal untergebracht wurden. Die Winter waren dermaßen kalt, daß die Deutschen ihre Toten draußen wie Brennholz stapeln

mußten, da eine Beerdigung erst zur Zeit der Frühjahrsschmelze möglich war.

Nach dem Sieg der Sowjets im Jahre 1945 befanden Stalins Berater, die einst die Errichtung der Kugellagerfabrik empfohlen hatten, über Dobrekinovs Zukunft. Wegen des Standorts weit im Süden und der Entfernung von Moskau schien die Anlage als sowjetisches Kommunikationszentrum, als Kommandozentrale der Luftverteidigung oder als Munitionslager nur wenig geeignet. Aber 1951 entschied ein dem Verteidigungsministerium unterstellter Ausschuß, daß gerade Dobrekinovs Entlegenheit und relative Unverwundbarkeit – nur ein Volltreffer von Multimegatonnensprengkraft konnte den Komplex gefährden – die Möglichkeit eröffneten, dort eine sichere Datenbank und eine Zentrale für die Beschaffung und Auswertung von strategisch wichtigen Geheimdienstinformationen einzurichten. Ein Apparatschik ging die Liste der vorhandenen Kodebezeichnungen durch und verlieh der ausbetonierten Felsenhöhle die Kennziffer AW-4.

Die Anlage war anfänglich von einem 80-Mann-Kader der Roten Armee besetzt. Die Dokumente, von denen manche noch aus der Zeit um die Jahrhundertwende stammten, wurden zwischen den Maschinen der stillgelegten Kugellagerfabrik gestapelt. Später richtete man in Etage II eine primitive Mikrofilmabteilung ein. Allmählich besserten sich die Arbeitsbedingungen, und die zumeist des Lesens und Schreibens unkundigen Soldaten wurden durch Angehörige der GRU und durch Mitglieder der Sowjetischen Akademie der Wissenschaften ersetzt. Mitte der fünfziger Jahre wurden vier Mikrowellenfunkstationen installiert, so daß AW-4 direkten Funkkontakt zum Kreml hatte. 1961 wurde eine stärkere Armierung der Schutzdecke angeordnet, so daß der Komplex von den Amerikanern höchstens durch einen Volltreffer mit einem atomaren Sprengkopf vom Typ Mark-Five ausgeschaltet werden konnte. Aus einem GULAG transportierte man 2200 Polithäftlinge herbei. Und im Winter 1962/63 sah man draußen wieder Leichenstapel.

Die Ortschaft Dobrekinov wird gelegentlich auf den vom Sportministerium herausgegebenen Listen als ein Wintertrainingslager ausgewiesen. Die einzigen Anlagen, die sich über der Erdoberfläche erheben, sind eine Eislaufbahn, zwei Holzbaracken und ein Friedhof, in dem namentlich nicht gekennzeichnet über 4500 Deutsche, Polen, Tschechen und Russen begraben liegen. 1965 hat man ihn allerdings zubetoniert und zu einer Startpiste für Hubschrauber ausgebaut.

Trotz all dieser baulichen Veränderungen wurde die Anlage erst in dem Augenblick zu einem bedeutenden Zentrum der sowjetischen Planungsmaschinerie, da Gorki Penkovski, Marschall der Roten Armee, ihre Leitung übernahm und AW-4 endgültig zu einer wichtigen Relaisstation bei der Beschaffung und strategischen Auswertung von geheimdienstlichen Informationen umgestaltete.
Marschall Penkovski war 1910 als zaristischer Leutnant zum Besuch der englischen Militärakademie Sandhurst abkommandiert worden. Damals lernte er Englisch und Deutsch und vervollständigte sein Französisch. Er eignete sich den Lehrstoff mühelos an, übersprang einen Lehrgang und freundete sich mit dem Militärexperten James Duncan an. Duncan war einer der ersten, der eine Weiterentwicklung der strategisch-militärischen Planspiele anstrebte. In der Anfangsphase ließ man noch Bleisoldatenarmeen im Sandkasten aufmarschieren. Aber das Konzept schloß bald fiktive Schlachtfelder und ganze Kontinente ein.
Penkovski verfolgte aufmerksam die politischen Ereignisse in Rußland, beugte sich ihnen, falls es angebracht schien, ließ sich aber vor niemandes Karren spannen. Was er plante, war für Mütterchen Rußland bestimmt, nicht für die jeweils herrschende Clique. Im Verlauf der Jahre wurde ihm dreimal – jeweils in der Ära eines anderen Regierungschefs – der Orden eines »Helden der Sowjetunion« verliehen. Die westliche Presse veröffentlichte nur einmal ein Foto von ihm: Er steht als Adjutant im Hintergrund, während Marschall Schukow mit nach Westen gerichtetem Arm der gegen die deutsche Wehrmacht an der 2000 Kilometer langen Front aufgefahrenen russischen Artillerie den Feuerbefehl gibt. Penkovski stand damals im Rang eines Obersten.
Kurz vor seinem Tod im Jahre 1969 war auf Marschall Penkovskis Initiative hin ein Planungsstab gebildet worden, hatte man der Abteilung für strategische Planung einen klaren Aufgabenbereich zugewiesen und Dobrekinov mit all der Ausrüstung versehen, die für die Durchsetzung von Penkovskis Plänen erforderlich war. Der Marschall starb friedlich in seinem Bett im Alter von 77 Jahren. Nur sein altersschwacher Terrier schien seinen Tod zu beklagen. Seine Ideen lebten allerdings weiter.
Penkovski hatte in den sechziger Jahren wiederholt erklärt, daß die Ära endgültig vorbei sei, in der die strategische Planung allein den Militärs vorbehalten gewesen war. Ein künftiger atomarer Krieg würde, wie er witzelte, »ebenso schnell verlaufen wie eine Darment-

leerung«. Die Daten, die man für eine erfolgreiche Kriegführung brauche, seien andere als früher, beispielsweise die Temperatur über Nord- und Südpol, die Ausbreitungstiefe der Isothermen im Pazifik, die Kampfmoral einer Fliegerstaffel in Minnesota und zehntausend andere mehr, die täglich, womöglich stündlich auf den neuesten Stand gebracht werden müßten. Die Computer würden die Berechnungen anstellen; die Menschen würden programmieren. Danach müsse man klare Zielvorstellungen erarbeiten und mit aller Macht ihre Durchsetzung anstreben.

Penkovski hatte, was Frieden oder Krieg anlangte, eine simple Richtschnur: »Wer nicht gewinnt, der verliert. Jede Situation kann sich jederzeit ändern.« Der ihm unterstellte Offizierskader machte sich seine Ideen zu eigen. Die Sowjets hatten dann von 1958 bis 1963 eine kritische Phase durchzustehen, als das amerikanische Kriegspotential – Atlas- und Titan-Interkontinentalraketen, Tausende von Düsenbombern, rund vierzig Atom-U-Boote – am größten war. Penkovski kam mit seinem Expertenkader zu der vorsichtigen Schlußfolgerung – unter Zuhilfenahme des ersten russischen Vakuumröhrencomputers –, daß die Vereinigten Staaten erst dann zuschlagen würden, wenn laut Berechnung der Fachleute die amerikanischen Verluste unter einer halben Million blieben und der Industrie keine größeren Zerstörungen drohten. Diese Periode verstrich, nicht ohne Spannungen, und Penkovski sah sich in seinen Annahmen bestätigt. Als in der Folgezeit die militärische Stärke der Sowjets anwuchs, die der Amerikaner hingegen abnahm, richtete Penkovski seine Anstrengungen auf die Berechnung der Chancen, die die Sowjets beim Auslösen eines Initiativkrieges hätten. Wenn Rußland nicht mehr als 18 Prozent seiner Industrie und 12 Prozent seiner Bevölkerung verlor und den derzeitigen Stand des Bruttosozialprodukts binnen fünf Jahren wiedererlangte, wäre der Krieg, so argumentierte er, als ein Erfolg zu bewerten, sofern natürlich die Vereinigten Staaten ohne größere Zerstörungen im industriellen und landwirtschaftlichen Bereich unter sowjetische Kontrolle geraten seien. Dieses Ziel müßte man durch einen einzigen massiven Angriff – bei einem eingeplanten Overkill-Faktor von 5 – auf die amerikanischen militärischen Anlagen zu erreichen suchen.

Aus solchen Überlegungen heraus entfaltete sich zur Beschaffung geheimdienstlicher Fakten eine vielschichtige Tätigkeit. Jede Information wurde auf ihre Bedeutung und Tragweite hin ausgewertet. Die Chancen für die erfolgreiche Durchführung eines Initiativkrieges bis auf 100 Prozent zu steigern, war laut Penkovski sinnlose Vergeudung. Ein gewisses Risiko mußte man einkalkulieren. Das Präsidium entschied schließlich, daß eine 89prozentige Erfolgswahrscheinlichkeit annehmbar sei. Penkovski ließ das kalt. Er hätte sich auch mit 60 Prozent begnügt. Denn letztlich würden, davon war er überzeugt, Entschlossenheit und Initiative und nicht schieres militärisches Übergewicht die Entscheidung herbeiführen. Vor Wankelmut mußte man sich hüten. Die Auslösung des Angriffs mußte ausschließlich auf Computerberechnungen und nicht auf politischen Erwägungen beruhen. Zu einer Abberufung von Diplomaten, zu einem Abbruch politischer Beziehungen durfte es gar nicht erst kommen. Was ihm vorschwebte, war eine zielbewußte, alles entscheidende Operation, ausgelöst durch die ausgeworfenen Daten einer Maschine.

An jenem Märztag saßen vier Männer und eine Frau um den Bildschirmtisch auf Etage VI und besprachen Faktoren, die zur Berechnung des 89-Prozent-Index einprogrammiert werden sollten. Die Situationsprojektion auf dem Bildschirmtisch entsprach im Kleinformat den Darstellungen auf den großen Schautafeln in dem riesigen Raum, den man von der verglasten Kanzel aus sehen konnte. Durch Anweisungen an die diensttuenden Techniker oder Inanspruchnahme des Sudypo-IV-Computers konnten Rohdaten abgerufen, neue Daten eingespeist oder Projektionen angefordert werden.

Die Gruppe bestand aus fünf der insgesamt sechs Mitglieder des »Komitees für Datenbeschaffung«, die unverfänglich klingende Bezeichnung für ein Team von Technokraten, das darüber zu entscheiden hatte, ob die Bedingungen für einen Krieg günstig seien. Vorsitzender war Marschall Georgi Shivotovski, Stellvertreter des KGB-Vorsitzenden. Er drückte seine Zigarette aus und wandte sich der Frau zu, die eben ein Referat hielt. Seine Stimme klang rauh, heiser, wegen eines Sprachfehlers fast wie ein Krächzen. »Ich möchte Ihre Schlußfolgerungen hören, Genossin Alexandra. Die Daten, die Sie da vortragen, können die Komiteemitglieder später in aller Ruhe selbst lesen. Kommen Sie zur Sache!«

Sie errötete und blätterte in ihren Unterlagen, bis sie zu den letzten Seiten kam. Die etwa Fünfzigjährige mit den leicht mongolischen Gesichtszügen trug ihr dickes schwarzes Haar streng zurückgekämmt und zu einem Knoten gebunden. Der Haarschopf glänzte im

Lampenlicht, als sei er mit Öl eingerieben. Sie schob die vorgerutschte Brille hinauf und sagte: »Aus den Untersuchungsergebnissen meiner Abteilung geht hervor, daß das Bruttosozialprodukt der Vereinigten Staaten im letzten Jahr nur um 2,43 Prozent gestiegen ist, einbezogen die Anpassung an die diesjährige Inflationsrate, die gegenwärtig bei knapp über 11 Prozent liegt. Daraus kann man schließen, daß das amerikanische Militärpotential seine derzeitige Zunahme nicht beibehalten kann. In dem Sektor, dessen Beobachtung zum Aufgabengebiet meiner Abteilung gehört, läßt sich eine Verzögerung von acht Monaten für den Produktionsbeginn der Boeing-86-Marschflugkörper vom Modell C voraussagen. Das wiederum wird voraussichtlich zu einer Verringerung der Ersatzteilproduktion für das Modell B führen. Wir schätzen die damit verbundene Reduzierung der Wehrbereitschaft, die im April einsetzt, auf vier Prozent, da die Geldmittel nicht mehr in dem Maße für die Einsatzbereitschaft, sondern mehr für Forschungs- und Testprogramme verwandt werden. – Irgendwelche Fragen?«
Ein hochgewachsener, knochiger Mann hob den Finger. Er trug einen weißen Laborkittel und hielt eine erloschene Pfeife zwischen den Zähnen.
»Genosse Korkin?« sagte sie fragend und nickte ihm zu.
Er richtete sich gelassen zu voller Größe auf. »Eine Frage, Genossin Alexandra.« Er stockte und blickte auf seine Notizen. »Wieso sehen Sie einen direkten Zusammenhang zwischen der Ersatzteilproduktion für das Modell B und der Entwicklung von Modell C, das ja laut Ihrem Memorandum eine Langstreckenversion von Modell B ist?«
Sie verzog die Lippen zu einem herablassenden Lächeln. »Die Produktion ist Teil desselben Programms, und damit auch die Finanzierung. Wenn nun die Herstellerfirma und die *Air-Force*-Zuständigen zu der Ansicht gelangen, daß die Entwicklung der Langstreckenversion durch eine Geldmittelverknappung behindert werden könnte, werden sie vermutlich dem Sektor der operativen Einsatzbereitschaft Finanzmittel entziehen und sie der Forschung und Entwicklung zukommen lassen. – Ist damit Ihre Frage zufriedenstellend beantwortet?«
Korkin nickte und klopfte seine Pfeife im Aschenbecher aus. »Welche Gesamtauswirkung hat das auf unseren 89-Prozent-Index?«
Sie blickte auf ihre Unterlagen und zögerte die Antwort hinaus, um mehr Eindruck zu machen, obwohl sie den Prozentsatz bis auf zwei Stellen hinter dem Komma auswendig wußte. »Äh, einen Anstieg

von 1,38 Prozent ab April. Vermutlich von über zwei Prozent ab Juli, sofern wir unsere Vorausberechnungen durch unsere US-Informationsquellen verifizieren können.«
»Hat sonst noch jemand Fragen?« Marschall Shivotovski sah reihum die Komiteemitglieder an. Alle schienen einverstanden zu sein. Nun speiste er in den Computer den Klassifikationskode, das Subprogramm und die Prozentangaben ein. Aller Augen waren auf den Bildschirm gerichtet, der kurz aufflimmerte und gleich darauf eine Steigerung des heute morgen berechneten Index auf 71,88 Prozent anzeigte.
»Schritt um Schritt«, murmelte er leise. Nachdem er sich eine Zigarette angezündet hatte, warf er einen Blick auf seine Notizen und wandte sich dem stämmigen Ukrainer zu, der ihm gegenübersaß. »Irgendwelche Veränderungen, Dr. Lostnev?«
Dr. Lostnev blieb sitzen. Er überflog seine Unterlagen und drückte die Nulländerungstaste des Sudypo-IV-Computers. »Diesmal keinerlei Informationen von Bedeutung, Genosse Marschall. Was die Luftverteidigung anbetrifft, so haben wir die Flugstützpunkte auf der Halbinsel Kola mit 18 MiG-23-Abfangjägern verstärkt. Ferner bin ich dafür, daß wir eine Anzahl dieser Maschinen in den Bereich der Warschauer-Pakt-Staaten verlegen. Unser militärisches Potential an der polnischen Grenze sollte erhöht werden. Der vollständige Bericht wird bei der morgigen Sitzung vorliegen.« Er hielt inne und kratzte sich am Kinn. »Da wäre noch was. Saljut VIII meldet einen sechsprozentigen Ausfall an Solarzellen. Dieser Verlust wurde durch eine ferngesteuerte Laserkanone im Westteil der Vereinigten Staaten herbeigeführt. Allerdings haben wir damit gerechnet.«
Der Marschall hob die dichten Augenbrauen. »Wieso?«
Dr. Lostnev deutete ein Lächeln an. »Wir machen schließlich das gleiche. Mittel dagegen wäre die Beschichtung der Solarzellenflügel mit einem Belag von seleketiver Wellenlängendurchlässigkeit. Das einfallende Sonnenlicht kann dann immer noch zu den Solarzellen vordringen; doch die von den Amerikanern derzeit verwendete Laserstrahlenfrequenz würde bis zu 95 Prozent abgewehrt. Saljut IX, dessen Start laut Plan im nächsten Monat vom Kosmosdrom Tjuratam aus stattfindet, ist bereits mit diesem Belag beschichtet. Ich werde darüber zur gegebenen Zeit Bericht erstatten. Zur Berechnung des 89-Prozent-Index habe ich sonst nichts beizutragen.«
Marschall Shivotovski nickte nahezu unmerklich mit dem Kopf.

»Einverstanden.« Er flüsterte fast. Dann musterte er die Mitglieder des Komitees. Er lächelte nie, sondern deutete seine Zufriedenheit durch einen eindringlichen Blick und ein leichtes Zusammenkneifen der Augen an. Er entzündete am brennenden Stummel eine neue Zigarette und begann dann bedächtig zu sprechen, wobei er gelegentlich auf das vor ihm liegende Fernschreiben schaute. »Damit wäre die Sache erledigt. Sämtliche Computereingaben sind akzeptabel. Dennoch ist zu bedenken, daß der Index im letzten Jahr um weniger als fünf Prozent gestiegen ist. Wir scheinen uns dem Punkt zu nähern, wo technologischer Fortschritt nicht mehr in dem Maße ins Gewicht fällt. Wir müssen trotzdem unseren Vorsprung in der Waffenproduktion wahrn und womöglich noch ausbauen. Aber solange die Vereinigten Staaten über ein Potential zum nuklearen Gegenschlag verfügen, sind unsere Erfolgsaussichten nicht allzu groß.« Er machte eine bedeutungsschwere Pause und musterte die Gesichter. Einige der Anwesenden hoben fragend die Augenbrauen.

»Sie wissen alle«, sagte er, wobei er seine Worte mit Rücksicht auf die laufenden Tonbandgeräte sorgsam wählte, »daß es zwischen den Amerikanern und den Chinesen, deren militärisches Potential zunimmt, zu einer politischen Entspannung gekommen ist. Falls wir nun warten, bis wir das militärische Übergewicht besitzen, das dem 89-Index entspricht, setzen wir uns möglicherweise einer Gefährdung durch das Nuklearpotential der Chinesen aus.« Abermals machte er eine bedeutungsschwere Pause.

»Vor mir liegt eine Botschaft des Ersten Sekretärs. Man hat entschieden, daß wir unsere Anstrengungen auf die Herbeiführung einer Situation richten sollen, die zu einer Abrüstung der Vereinigten Staaten führen könnte. Da es sich um politische Erwägungen handelt, fällt das in die Zuständigkeit der Abteilung für politische Angelegenheiten. Dr. Vasili Rametka, den Sie alle kennen . . .« bei diesen Worten wandten sich die Komiteemitglieder dem Wissenschaftler zu, der soeben den Raum betreten hatte und nun vor dem Sitzungstisch stand, ». . . war an unserem Erfolg in Afghanistan maßgeblich beteiligt. Zu seinen bedeutendsten Leistungen gehört die Herbeiführung einer politischen Situation, die schließlich den Austritt Italiens aus der NATO zur Folge hatte. Dr. Rametka hat nun einen Zwei-Phasen-Plan für die Abrüstung der Vereinigten Staaten ausgearbeitet, die binnen neun Monaten erfolgen soll. Wir sollten seinen Plan bei unserer Arbeit in Erwägung ziehen.« Er blickte Dr. Rametka an. »Sie haben das Wort, Genosse!«

3

Der Sprengsatz lagerte auf dem pneumatisch gefederten Transportgefährt in einem Bunker, wo es kühl, trocken und dunkel war. Ein weiteres, identisches Exemplar befand sich in einem 500 Meter entfernten Gewölbe von gleicher Beschaffenheit. Das dritte Exemplar war um zehn Uhr morgens auf der Insel Nowaja Semlja, dem sowjetischen Testgebiet für Atombombenversuche, in 2000 Meter Tiefe gezündet worden.
Die Testdaten wurden der Zentrale für die Entwicklung von Nuklearwaffen im 2800 Kilometer entfernten Shignask durch Fernschreiber, Funk und Computerverbund übermittelt.
Juri Striganov, der Leiter der Projektgruppe 17, kaute an einer Marmeladesemmel und las eingehend das Fernschreiben, das vor ihm lag. Ab und zu unterstrich er bestimmte Passagen mit seinem Kugelschreiber, murmelte leise, las die Stellen abermals und schob dann das Schreiben beiseite.
»Soweit ich sehe, Genosse Oberst, entsprechen die Testdaten genau unseren Erwartungen.« Striganov schaute Petrov an, die Lippen zu einem selbstzufriedenen Lächeln verzogen.
Petrov trug diesmal die Uniform eines Obersten der Raketengruppe. Warum sollte man es den Leuten auf die Nase binden, daß sich KGB und GRU für die Waffenentwicklung interessierten? Petrov blätterte um, überflog die aufgelisteten Emissionswerte, die der Test ergeben hatte, und verglich sie mit den projektierten Angaben des Wissenschaftlerteams unter Striganovs Leitung. Danach steckte er den Bericht in seine Aktenmappe und verschloß sie.
»Sieht recht positiv aus«, meinte er. »Die Sprengkraft liegt allerdings ein wenig höher als erwartet – 3 Megatonnen statt der vorausberechneten 2,1 bis 2,3. Hat das irgendeine Bedeutung?«
Striganov fuhr mit der Rückseite seines Zeigefingers über die Nase. »Kein Grund zur Beunruhigung. Diese Dinge lassen sich nie präzise bestimmen. Geringfügige Faktoren: etwa die Luftfeuchtigkeit, die

Temperatur der Außenluft, dazu solche, von denen wir noch keine Ahnung haben, beeinflussen die Sprengkraft. Eine amerikanische Bombe dieses Typs würde die gleichen geringfügigen Abweichungen aufzeigen.«

Petrov nickte. »Im übrigen stimmen die Emissionswerte genau überein. Die Bildung von Mangan 56 scheint sich in Grenzen zu halten. Ich kann mir denken, daß Sie damit zufrieden sind.« Petrov stand auf und reckte sich. »Jetzt könnte ich einen Kaffee vertragen. Die Sorte aus Kuba, wenn's geht.«

»Wir sind zufrieden«, erwiderte Striganov. »Überaus zufrieden.« Er drückte eine Taste auf der Gegensprechanlage. »Bringen Sie uns nochmals Kaffee von der Sorte aus dem Westen. Für mich ein Glas Tee. Und dazu noch Toast mit Johannisbeergelee, aber ohne Butter.« Eine hohl klingende, durch den Lautsprecher verzerrte Stimme wiederholte seine Anweisungen, worauf er die Taste freigab.

»Wie wirksam ist die Geheimhaltung bei einem Testversuch wie dem heutigen?« fragte Petrov. »Können die Amerikaner die Ergebnisse irgendwie feststellen und analysieren?«

Der Wissenschaftler holte einen Aktenordner aus dem Safe und begann darin zu blättern, bis er eine bestimmte Stelle fand, und verwahrte ihn dann wieder.

»Unsere Sicherheitsvorkehrungen könnten kaum besser sein. Sämtliche Beteiligten sind von unserer Dienststelle auf ihre politische Zuverlässigkeit hin überprüft worden. Die Unbedenklichkeitsbescheinigungen müssen ohnehin alljährlich erneuert werden.«

»Davon weiß ich.«

»Wir wurden angewiesen, bei dem heutigen Testversuch völlig normal vorzugehen, damit nicht etwaige aus dem Rahmen fallende Sicherheitsmaßnahmen die Aufmerksamkeit auf die Bombe lenken. Was die amerikanische Ausspähung anlangt, so kann sie erbringen, daß wir einen Testversuch unternommen haben und wie groß die ungefähre Sprengkraft in Megatonnen war. Das läßt sich durch seismische Ortung und Aufklärungssatelliten bewerkstelligen. Aber die exakten Fallout-Daten bei einem unterirdischen Test?« Er kratzte sich an der Lippe. »Das ist meiner Ansicht nach unmöglich.«

»Und die Chinesen?« erkundigte sich Petrov.

Striganov inhalierte nachdenklich und stieß dann mit ungehaltener Miene den Rauch aus. »Das gehört zu Ihrem Zuständigkeitsbereich, Oberst Petrov. Das KGB teilt uns nur selten die Ergebnisse seiner geheimdienstlichen Nachforschungen mit. Wenden Sie sich doch an die Sonderdienststelle II der 6. Abteilung. Dort befaßt man sich mit solchen Dingen.«

»Spielen Sie nicht Katz und Maus mit mir, Striganov! Ich wäre heute nicht hier, wenn ich ein KGB-Spitzel wäre. Ich habe zwar die Berichte gelesen, möchte aber dennoch Ihre Meinung hören.«

Striganovs Augenbrauen zuckten geringfügig.

»Dazu kann ich nicht viel sagen«, meinte er »In der Transbaikalregion leben viele Asiaten. Eine Infiltration läßt sich nur schwer nachweisen.«

»Wie viele Asiaten befinden sich in Ihrer Gruppe?«

»Sieben. Sie gehören schon seit fünf Jahren oder noch länger dem Team an.«

»Das besagt gar nichts«, entgegnete Petrov wie im Selbstgespräch.

Über der Tür begann eine Lampe zu blinken, eine ältere Frau trat ein, nachdem Striganov auf den Öffner gedrückt hatte. Sie servierte den Kaffee und den Tee, stellte eine Platte mit Toastscheiben daneben und entfernte sich dann mit dem Servierwagen.

Petrov goß Sahne in den schwarzen Kaffee und rührte um. »Ich werde zusätzliche Überprüfungen anordnen«, sagte er und trank von dem Kaffee. »Ich muß noch einmal darauf hinweisen, daß dieses Projekt in Sicherheitsstufe 9 fällt. Ich möchte, daß Sie Ihre Unterlagen der Zentrale zusenden, sobald sie komplett sind. Alle übrigen Unterlagen müssen vernichtet werden. Nicht ein einziger Hinweis darf aufbewahrt werden. Haben Sie mich verstanden?«

Juri Striganov nickte zustimmend. »Ich habe nichts dagegen. Allerdings möchte ich diesbezüglich eine schriftliche Anweisung.« Er blickte Petrov herausfordernd an.

»Eine brillante Idee!« spottete Petrov. »Sie verlangen für Ihre Ablage eine schriftliche Anweisung über die Vernichtung von Unterlagen, die es angeblich nie gegeben hat!« Er musterte Striganov durchdringend. »Außerdem«, fuhr er fort, »soll Sprengsatz Nr. II transportfähig gemacht werden. Die Angaben über die hölzerne Transportkiste haben Sie ja. Bereiten Sie alles für einen Lufttransport in zwei Tagen vor. Verstauen Sie alles in einem Metallcontainer und vergewissern Sie sich, daß auf der Oberseite außer der Bezeichnung ›Nr. II‹ keinerlei Angaben stehen. Der andere Sprengsatz bleibt vorläufig hier.«

»Ich brauche dennoch einen schriftlichen Befehl, Genosse Oberst«, wandte Striganov ein, der sich aufgrund seiner Position sicher fühlte. »Oder glauben Sie, daß ich Ihnen auf eine mündliche

Anweisung hin eine Atombombe ausliefere? Auch wir haben unsere Vorschriften!«

Petrov holte aus der Brusttasche ein Lederportefeuille hervor und legte es geöffnet auf Striganovs Schreibtisch. »Hier meine Vollmacht! Meine Fingerabdrücke sind von Ihren Sicherheitsbeamten bereits überprüft worden.«

Striganov nahm das Dokument und las:

ZENTRALKOMITEE AN GROPSYNC SICHERHEITSSTUFE NEUN STOP BESITZER DIESER VOLLMACHT KOMMA OBERST ANATOLI ANTONOVITSCH PETROV KOMMA ÜBERNIMMT KONTROLLE ÜBER EINSATZ DER IN SHIGNASK VON GRUPPE SIEBZEHN GEBAUTEN EINHEITEN ZWEI UND DREI STOP JEDE DIENSTSTELLE IST AUFGRUND DIESES BEFEHLS ZUR RÜCKHALTLOSEN WIEDERHOLE RÜCKHALTLOSEN KOOPERATION VERPFLICHTET STOP ÜBERPRÜFUNG ECHTHEIT ÜBER TELEX KGB STRICH VICTOR IN TAKTISCHEM KODE DELTA KOMMA KENNRUF SALMACIS STOP BESTÄTIGUNG KENNRUF PORT ARTHUR STOP SIGNATUR ERSTER SEKRETÄR STOP ENDE STOP

Striganov prüfte sorgfältig das Dokument, klappte es zusammen und schob es Petrov über den Schreibtisch zu.

»Ich kann nun ermessen, wie wichtig Ihr Auftrag ist, Genosse Oberst. Entschuldigen Sie bitte.« Er nahm einen Schluck von dem georgischen Tee und schob die Tasse beiseite. Dann holte er ein Kommunikationsnummernverzeichnis aus dem Schreibtischsafe, blätterte darin und notierte sich die Fernschreiber-Kennummer von Sektion Victor vom KGB. Die Raumtemperatur, auf 20 Grad Celsius gehalten, kam ihm mit einem Mal viel zu warm vor. Striganov ging zum Fernschreiber, tippte die kodierte Anschrift ein und wartete. Nach 22 Sekunden wurde der Rückruf-Kode durchgegeben. Striganov kodierte das Wort SALMACIS mit Hilfe des Chiffriergeräts und betätigte die Übermittlungstaste. Der Apparat summte leise und verstummte dann. Striganov hörte, wie Petrov im hinteren Teil des Büros ungeduldig hin und her ging.

Nach etwa einer Minute erwachte der Apparat wieder zum Leben, gab einen Index von zwei Zeilen Länge durch und druckte dann mit deutlich lesbaren, schwarzen Lettern das Wort PORT ARTHUR aus.

4

Die Morgendämmerung des 14. April überzog den Westhang des Mad-River-Tals mit Grau- und Rottönen, die allmählich einem zarten Rosa wichen. Die ersten Sonnenstrahlen fingen sich im verharschten Frühjahrsschnee und ließen den Grat in strahlendem Weiß aufleuchten. Die kahlen Felsen am Hang bildeten dazu einen Kontrast in Grau. Ihre Konturen verwischte der einsetzende Schneefall.

Die Fichten an den Talhängen trugen schwere Schneelast. Die Äste hingen so tief, daß man meinte, sie würden jeden Augenblick abbrechen. Doch bei jedem Windstoß fiel der Schnee mit dumpfem Geräusch zu Boden.

Weiter unten im Tal schmolz der frische Schnee, bildete Rinnsale, die zum schäumenden Mad River in der Talsohle abflossen. Auf Wiesen und Äckern zeigte sich der erste grüne Schimmer. Buntgescheckte Kühe trotteten von den Ställen zu den felsigen Weideflächen. Ein Traktor hatte eine Fehlzündung und setzte sich dann gemächlich tuckernd in Bewegung. Seine dunklen Abgase stiegen im Morgenlicht steil empor. Ein Tag zwischen Winter und Frühling war angebrochen.

Im Ostteil des Tals, nördlich der Landstraße und jenseits der Applewood-Farm führte ein Feldweg hinaus zum Waldrand. Obwohl es in der Nacht heftig geschneit hatte, war die Fahrspur braun und morastig. Am Waldrand parkte unter jungen Ahornbäumen ein betagter, dreckbespritzter Jaguar XK-120M. Dahinter, zwischen den Fichten noch im Schatten, den der Ostrand des Tals warf, lag ein erst zum Teil fertiggestelltes Dachhaus von eigenwilliger Bauart. Es war mit schwarzer Teerpappe gedeckt, die Wände aus Fichtenbrettern waren noch ungestrichen, wenn man von den Flekken in verschiedenen Brauntönen absah, die offenbar den halbherzigen Versuch des Bauherrn darstellten, sich für einen bestimmten Anstrich zu entscheiden.

Ein gelbbrauner Land Rover mit eingedellten Kotflügeln stand unter dem vorspringenden Balkon. Auf der Ladefläche lagen kreuz und quer zu Bündeln gebundene Holzschindeln und Blechbüchsen, von denen einige geöffnet waren und rostige Nägel enthielten.
Ein silbergrauer Schlittenhund trottete hinter dem Haus hervor, stockte neben dem aufgeschichteten Brennholz und schnüffelte. Der Geruch schien ihm nicht zu behagen, denn er wandte sich dem Bauholzstapel zu, um dort das Bein zu heben. Sichtlich zufrieden blieb der Husky mit gehobenem Bein und herabhängender Zunge im Schatten stehen, indes sein Atem wie eine weiße Dampfwolke emporstieg. Nachdem er sein Geschäft erledigt hatte, rannte er die Felssstufen zur Haustür hinauf und stieß mit der Schnauze dagegen. Da ihm niemand öffnete, legte er sich leise winselnd davor nieder.
Im Innern des Hauses war es still. Nur die sorgsam zusammengeschobene Glut im Holzofen fauchte leise. Ins Schlafzimmer drang das graue, gedämpfte Licht des frühen Morgens. Auf dem mit einem Zottelteppich bedeckten Boden lagen Kleidungsstücke, darunter ein blauer Blazer und verdreckte Jeans. Auf der Kommode lagen gleichfalls Jeans, aber von kleinerer Größe, ferner ein T-shirt mit dem aufgedruckten, mittlerweile verblichenen Profil von Daffy Duck und ein daunengefütterter Parka. Im Bad tropfte ein Wasserhahn.
Das Bett glich einem formlosen Gebilde aus zerknautschten Kissen und verschobenen Steppdecken. Auf einem Kissen lag ausgebreitet ein Schopf langer, blonder Haare. Das dazugehörige Gesicht war unter der Decke verborgen.
Plötzlich stieß die Schlafende einen langgezogenen Laut aus und begann sich zu rekeln. Über der Decke erschien eine Hand, die die Temperatur prüfte und gleich wieder verschwand.
Das Arrangement der Kissen und Decken änderte sich, und eine Weile herrschte Stille. Dann tauchte ein anderer Arm auf, mit vernarbten Brandwunden vom Ellenbogen bis zum Handgelenk, der abgewinkelt wurde, sich drehte, so daß man das Zifferblatt einer Rolex gut sehen konnte. Daraufhin lugte der Besitzer des Arms zwischen Steppdecke und Kissen hervor.
»So 'n Mist!« murmelte er und zog den Arm unter die warme Decke.
Von ihr hörte man nur einen Seufzer.
Der Schlittenhund mußte noch eine Stunde vor der Tür ausharren. Sein Atem bildete kleine Wölkchen. In der Morgensonne schmolzen die Schneeflocken auf seinem silbergrauen Pelz.

Vor zwei Jahren hatte Loss mit dem Bau des Holzhauses begonnen. Obwohl er kaum über handwerkliche Kenntnisse verfügte und nur eine Bauanleitung besaß, die er aus der Wochenendbeilage einer Zeitung gerissen hatte, kaufte er das benötigte Material und machte sich an die Arbeit. Da er nur einfaches Handwerkszeug verwendete, wurde ihm bald klar, daß die langsame Fortschritte machende, mühevolle Arbeit für ihn eine Art Therapie war, über die er jedoch nicht weiter nachdenken wollte. Drei Wochen benötigte er fürs Ausschachten, vier für die Erstellung der Fundamente. Nach Feierabend fuhr er mit dem Land-Rover hinunter zum Fluß und schwamm. Zuweilen legte er sich an einer seichten Stelle auf den Rücken, ließ sich vom lauwarmen Flußwasser umspülen und betrachtete die Wolken, die sich über ihm ballten und dann auseinanderstrebten. Er suchte keine Gesellschaft, bereitete sich seine Mahlzeiten auf dem Propankocher zu und las jeden Abend, bis es dunkelte. Und manchmal dachte er nach, ob er sie wohl je wiedersehen würde.

Wie viele junge Männer seiner Generation hatte auch Brian Loss als Soldat in Südostasien nur seine Pflicht getan, wie es zu Beginn des Konflikts in der Presse geheißen hatte. Erst nach drei Präsidenten und 50 000 Toten berichtete die Presse auch darüber, wie diese Soldaten kämpften, überlebten und starben. Ein UPI-Reporter hatte einmal Loss' Kopiloten gefragt, wie er sich als Soldat in Vietnam fühle. Leutnant Barber, ein rundgesichtigter Junge aus Arkansas mit einer unausrottbaren Vorliebe für die Mädchen von der *Paradise Bar* und dem Wunsch zu überleben, gab ihm zur Atwort: »Wie auf einem Präsentierteller, Sie Arsch!«
Barber und Loss flogen eine 24 Jahre alte Mühle. Ihre Einsätze führten sie zumeist über schmutzigbraune, von Gestrüpp überwucherte Hügel oder über endlos scheinende Dschungelgebiete. Collins, der Bordschütze, beschoß einen Gegner, den sie nur selten zu Gesicht bekamen und dessen Stellungen lediglich an den Rauchfahnen der Abwehrraketen zu erkennen waren. Alle drei fanden den Krieg grauenhaft und zugleich stumpfsinnig. Ein problemloser Stuhlgang oder ein widerrufener Einsatz boten gleichermaßen Grund zur Freude.
Ihre Maschine war ein betagter C-47-Transporter, in dem man nachträglich Bordgeschütze eingebaut hatte, mattschwarz gestrichen und mit ausgebesserten Läsuren aus drei Kriegen. Das Cockpit

stank nach dem Schweiß vieler Piloten. Die einen hatten Frachten nach Indien geflogen, die anderen im Koreakrieg Lederjacken aus Inchon evakuiert.
Ihre Unterschriften standen alle im Logbuch. Sie waren im Lauf der Jahre und aufgrund der Feuchtigkeit verblichen. Die Seiten hatten im Tropenklima Stockflecken bekommen. *Kramer, Buckholtz, McClue, Epstein.* Hunderte von Namen waren es. Barber hatte mal mit dem Taschenmesser vorsichtig die Lackschichten vom Armaturenbrett zu entfernen versucht. Nach sechzehn Schichten hatte er das Zählen aufgegeben.
Barber war mittlerweile tot, der Transporter verschrottet. Was Loss noch an die von Angst und Durchfall geprägten drei Jahre erinnerte, waren die Narben auf seinem Arm, die Urkunde über seine ehrenhafte Entlassung und ein tiefsitzender Argwohn vor Leuten, die feierliche Reden hielten.
1974 war er wegen zehnprozentiger Invalidität entlassen worden. Die Unterstützung langte kaum, um sich jeden dritten Tag eine Flasche Scotch zu leisten. Die Psychiater im Kriegsveteranenhospital in Van Nuys traktierten ihn mit bunten Kärtchen, sorgten sich um sein brachliegendes Sexualleben und schrieben danach mit den üblichen Phrasen in ihre Gutachten, daß seine Anpassung ans Zivilleben Fortschritte mache. 1976 erstand Loss eine Flasche pro Tag, lebte von Wohlfahrtsunterstützung und Gelegenheitsarbeiten und pißte nachts ins Bett, wenn ihn der Alptraum überfiel.
Von kleinen Veränderungen abgesehen, war es stets derselbe Traum. Er saß links, Barber rechts. Aber Barber war ihm keine Hilfe mehr, da er nur dasaß, ächzte und mit beiden Händen den hellen, arteriellen Blutstrom aufzuhalten suchte, der sich über seine Fliegerkombination ergoß. Einmal kicherte Barber sogar und wies auf das Stück Darm, das ihm aus der Wunde quoll. »Noch ein Blechschaden!« schrie er, während der Wind pfeifend durch das zerschossene Cockpit wehte.
Loss konnte Collins über die Bordsprechanlage nicht erreichen. Ihre Mühle war ein dahinfliegender Schrotthaufen. Die Vibrationen des Steuerbordmotors erschütterten den ganzen Rumpf. Die Instrumente waren teilweise ausgefallen. Loss versuchte die durch das Flattern der rechten Tragfläche bewirkte Abtrift auszusteuern.
Das Feuer in der Hydraulik war zwar erloschen, aber er wußte, daß Bremsen und Landeklappen nicht mehr funktionierten. Mit dem Fahrwerk konnte er nicht mehr rechnen. Die Flugleitstelle gab

durch, daß das linke Rad ausgefahren, das rechte nicht mehr vorhanden sei. Sein linker Handschuh wies Brandlöcher auf, und seine Fliegerkombination war versengt. Barber, der gute, alte Barber, hatte das Feuer mit Schaum erstickt. Und dann hatte die zweite Rakete sie erwischt.

Er flog in eine Kurve und setzte zur Landung an. Inzwischen war auch die Funkanlage ausgefallen. Aber er sah die grüne Leuchtrakete, die im Zwielicht emporstieg und zu einem herabstürzenden türkisgrünen Funkenregen zerplatzte.

Er flog mit gut neunzig Knoten. Die Maschine hörte sich bedenklich an, ein Knirschen und Knacken, dem er sich machtlos ausgeliefert fühlte. Er erhöhte die Leistung beider Motoren, worauf der rechte ein paarmal spuckte. Also Seitenruder nach links. Doch dann blieb der Steuerbordmotor aufjaulend stehen, und mit einem Ruck verbog sich der Propellerschaft. Er stemmte den linken Fuß gegen den Boden und hatte gerade noch Zeit, die Stromanlage auszuschalten. Dann sah er, wie die Erde auf ihn zuschoß und ihn vom Himmel holte. In diesen letzten Sekunden verlor er die Kontrolle über seine Harnblase.

Kitzner verhalf ihm zu neuem Leben, zumindest teilweise.

Loss lungerte so gut wie allabendlich in einer Bar in Marina Del Ray herum. Das Salzgebäck auf dem Tresen gab es nach fünf Uhr nachmittags gratis, und so gegen sieben war Loss dann meist in Hochstimmung. Er bemühte sich, bei den Frauen zu landen, die – mit sonnengebleichtem Haar und braungebranntem Gesicht – die Bar aufsuchten. Diese kalifornischen Schönheiten stammten aus Städten wie Detroit, Dallas, Wichita oder Winston-Salem. Manche ließen sich auf ein Gespräch ein, redeten über gemeinsamen Zeitvertreib, über die Bedeutung gemeinsamer Beziehungen. Gelegentlich steckten sie ihm den Hausschlüssel zu und forderten ihn auf, zu ihnen zu kommen. Als er es einmal tat, machte er die Erfahrung, daß er impotent war. Das Mädchen, eine Psychologiestudentin mit straffen kleinen Brüsten, hatte Mitleid mit ihm und gab ihm die Adresse eines Psychiaters in Laurel Canyon. Loss riß aufgebracht den Wandschmuck aus buntem Glas herunter, gab ihrer Katze einen Fußtritt und wechselte danach die Kneipe.

Kitzner traf er im *The Galley*, einem kleinen Lokal in Santa Monica, einer Ansammlung von spinnwebenbehangenen Räumen mit kahlen Böden und Fotos längst vergessener Berühmtheiten an den Wänden. Er versuchte die Stammkunden beim Pool-Billard auszu-

nehmen und kaufte sich vom Gewinn Whisky. Wenn er mal eine Glückssträhne hatte, konnte er sich sogar das 800-Gramm-Steak leisten, das er dann in einer fettigen Tüte aufbewahrte und sich in den nächsten drei Tagen portionsweise zumaß.
Loss hatte einen Mann mit roten Kordhosen, blauem Hemd und gemustertem Gürtel so gut wie geschlagen. Er lehnte an der Wand, hielt den Billardstock schräg vor der Brust und trank sein Bier aus. Der Mann verfehlte den Ball, warf einen Fünf-Dollar-Schein auf den Tisch, ehe Loss aus seiner günstigeren Position heraus die Kugel ins Loch schießen konnte.
»Wie wär's mit einer Partie?« Der das sagte, war Ende Vierzig oder Anfang Fünfzig. Er hatte eine kräftige, untersetzte Gestalt, eine großporige Haut und dunkles, struppiges Haar. Er legte einen Vierteldollar auf die Billardtischkante.
Loss nickte, steckte die Münze in den Geldschlitz und drückte den Spielhebel herunter. Die Billardkugeln fielen aus dem Fach und rollten klickend durch die Führung auf den Tisch. Loss arrangierte sie und blickte zu dem Mann hinüber. »Fünf Dollar das Spiel?«
Der Mann nickte kurz mit dem Kopf und streckte die Hand aus. »Kitzner«, stellte er sich vor.
Loss hatte anfangs nur Hemden mit langen Ärmeln und zugeknöpften Manschetten getragen, um die Narben zu verbergen. Erst seit einem Jahr war ihm das gleichgültig. Im allgemeinen vermieden es die Leute, einen Blick auf die vernarbte Haut zu werfen, die aussah, als hätte er sich in Kalifornien einen krebsigen Sonnenbrand geholt. Er schüttelte Kitzners Hand.
Kitzner fing an und brachte bis auf zwei alle Kugeln im Loch unter. Sein Arm bewegte sich bei jedem Stoß so exakt wie der Kolben eines Motors. An seiner geschickten Führung des Spielballs merkte man, wie geübt er war. Danach sah er Loss an. Seine Lippen waren aufeinandergepreßt. »Du bist dran, Sportsfreund.«
Loss gab sich einen Ruck und versuchte das lähmende Wohlgefühl zu verdrängen, in das ihn vier Bier versetzt hatten. Bei der letzten entscheidenden Karambolage patzte er, und Kitzner beendete die Partie mit zwei raschen Stößen. Loss gab ihm die fünf Dollar, die er dem Mann mit den roten Haaren abgenommen hatte.
»Vietnam?« fragte Kitzner, als er das Queue in den Halter stellte. Mit einer Kopfbewegung wies er auf Loss' Arm.
»Nein, vom Würstchenbraten bei einer Grillparty.«
Kitzner musterte ihn gespannt. »Und wo war die Party?«

»In einem Ort, der Quang Tri heißt.«
»Da war ich auch.«
Loss hob die Augenbrauen. »Wohl beim Nachschub, was?« Er wußte, daß es ein billiger Treffer war, den er gelandet hatte, und bereute es sogleich.
Kitzner bückte sich, richtete sich mit geschlossenen Augen wieder auf. Dann öffnete er den Mund, und Loss sah, daß er ein Auge zwischen seinen Lippen hielt, das sich langsam von links nach rechts bewegte. Kitzner bückte sich abermals, spuckte das Glasauge in die Hand und setzte es in die Augenhöhle ein. »Meine Sondervorstellung für Klugscheißer«, sagte er. Als er an Loss vorbeiging, blieb er kurz stehen und überreichte ihm eine Geschäftskarte. »Ich habe einen Betrieb draußen in San Bernardino Valley«, erklärte er. »Ich stelle nur Kriegsveteranen ein.«
Er zog seine Windjacke an und drehte sich auf dem Absatz um. »Aber nur, wenn sie nicht saufen«, fügte er hinzu.
Kitzner stellte in seinem Betrieb Wohnwagen aus Fiberglas her. Er wies Loss einen Arbeitsplatz am Fließband zu, wo Loss eine Form mit Fiberglasmatten auslegen und sodann mit Kunstharz bestreichen mußte, bis schließlich die nötige Schichtdicke erreicht war. Tagsüber mußte Loss wegen der Kunstharzdämpfe ständig husten, und nachts konnte er nicht schlafen, weil ihn die feinen Glashärchen auf der Haut juckten. Dennoch gelang es ihm, seinen Bierkonsum auf drei Bier pro Tag zu senken, dann auf zwei. Und schließlich brauchte er überhaupt kein Bier mehr. Kitzner versetzte ihn in die Montageabteilung und machte ihn dann zum Vorarbeiter.
Kitzner hatte nicht gelogen – nur Kriegsveteranen arbeiteten da, ausgeflippte Opfer des Vietnamkrieges. Andere Leute stellte Kitzner nicht ein. Am Empfang saß beispielsweise ein hochgewachsener, stämmiger Kerl namens Meeker. Die Besucher waren stets verwundert, wenn sie Meeker, einen Mann mit den Schultern eines Möbelpackers und Armen so dick wie eine Schiffstrosse, in tadellos weißem Hemd und mit sorgsam geknoteter Krawatte eifrig auf der Schreibmaschine tippen sah. Doch das Erstaunen verging ihnen, wenn sie dann bemerkten, daß Meeker im Rollstuhl saß, weil ihm beide Beine fehlten.
Innerhalb des Betriebs waren die Männer wie Kinder, die Zuflucht vor dem Sturm da draußen suchten, sich gleichsam aneinanderklammerten, aus ihrer Gemeinschaft Kraft schöpften. Einige wußten daraus keinen Nutzen zu ziehen und verschwanden wieder. Die

meisten jedoch hielten durch und faßten neuen Lebensmut. So auch Loss.
Was der Betrieb abwarf, steckte Kitzner in seinen großen Schoner *Surprise,* der im Hafen vor Anker lag. Übers Wochenende war jeder seiner Mitarbeiter an Bord willkommen. In der Pantry befand sich stets ein Vorrat von dicken Steaks, Salat und Kartoffeln. Zu trinken gab es nur Tomatensaft und Ginger-Ale. Und jeder wußte, daß es an Bord außer Aspirin und Dramamin keinerlei Drogen gab.
Auch an Bord mußte sich jeder wie im Betrieb sozusagen hochdienen – die Bilge reinigen, den Maschinenraum streichen, die Kabinen säubern. Wer durchhielt, durfte dann an den Marlpfriem ran. Unter dieser hochtrabenden Bezeichnung verstand Kitzner allerdings das Knüpfen von Seemansknoten und Tauespleißen. Aber die Unentwegten, die bei der Stange blieben, wurden im Verlauf der Zeit gute Segler und wußten mit einem Schiff umzugehen.
Die Dezembersonne hing knapp über dem Horizont, als sie von Catalina zurückfuhren. Die Segel, vom Alter und der Luftverschmutzung über der Bucht von Los Angeles vergilbt, färbten sich im Abendlicht rosa. Das Schiff wiegte sich in der westwärts rollenden Dünung. Auf dem Vordeck lagen bäuchlings zwei Männer von der Verpackungsabteilung und schliefen in der Wärme der untergehenden Sonne. Kitzner saß gekrümmt im Cockpit und kaute auf seiner erloschenen Zigarre, während Loss steuerte. Sonne und Wind hatten ihre Gesichter rot gegerbt. Sie waren müde, aber dennoch zufrieden wie Matrosen, die den Heimathafen anlaufen.
»Einen Schluck Rum, Sportsfreund?« fragte Kitzner nach einer Weile. Ohne die Antwort abzuwarten, bückte er sich und richtete sich dann mit zwei zur Hälfte gefüllten Gläsern und einer geöffneten Cola-Flasche auf. »Wieviel?« fragte er und schenkte ein.
»Das ist wohl der entscheidende Test, nicht wahr, Ed?« erwiderte Loss. Er schnippte die Zigarettenkippe ins Kielwasser. »Dann muß ich dir sagen, daß ich seit einem Jahr wieder trinke.«
Kitzner blickte hoch. »Wieviel denn?«
Loss nahm das Glas aus seiner Hand und nippte daran. »Es läppert sich zusammen«, antwortete er, stellte das Glas ins Fach am Kompaßhaus und steuerte gegen die Dünung an. »Manchmal eine ganze Flasche im Monat.«
Kitzner lächelte ihn an. »Du bist überm Berg.«
»Du hast mir geholfen, Ed«, erwiderte Loss. »Ich habe mich dafür noch nicht bedankt.«

Kitzner wandte sich ab, als wollte er davon nichts hören. Ein riesiger weißer Tanker zog nach Südwesten der Sonne entgegen. »Der da geht auf große Fahrt«, meinte Kitzner. Beide sahen dem Tanker nach, der eine dünne Rauchfahne hinter sich zog und dem Horizont zustrebte. Die Sonne spiegelte sich in der Glasfront seiner Kommandobrücke. Sie blickten ihm nach, bis sie wegen der Erdkrümmung nur noch die Aufbauten ausmachen konnten.
»Jetzt, da der Panama-Kanal gesperrt ist, hat er eine Fahrt von 8000 Meilen um Kap Horn zur Ostküste vor sich. Transportiert wohl Rohöl aus Alaska. Mit der Paketpost würde es schneller gehen.« Loss stemmte ein Bein gegen das Süll auf der Leeseite des Cockpits und ließ den Schoner ein wenig abfallen. »Aber gut klingt's schon«, fügte er hinzu.
»Was denn? Rohöl aus Alaska?«
»Nein. Auf große Fahrt gehen.« Loss lachte. »Wir sollten den Kurs ändern und zu den Tonga-Inseln segeln.«
»Seemännisch könntest du es mittlerweile schaffen«, meinte Kitzner. »Wenn ich noch weitere fünf Jahre im Geschäft bleibe, können wir's gemeinsam tun.« Ein Anflug von Hoffnungslosigkeit schwang in seiner Stimme. »Aber du könntest es schaffen. Auf der *Surprise* gibt es nicht einen Bolzen, den du nicht kennst. Und im Betrieb keine Arbeit, die du nicht tun kannst.« Kitzner trank einen Schluck und kippte den Rest ins Meer. Er entzündete den Zigarrenstummel, begann zu paffen und blickte Loss an. »Was hast du nun vor?« fragte er. »Ich meine, nach dem Job bei mir?«
Vor ihnen flimmerten die Lichter von Long Beach. Loss visierte das Blinklicht der Außenboje an und änderte etwas den Kurs. Die Frage überraschte ihn ein wenig. »Ich bin mir noch nicht sicher«, erwiderte er nach einer Weile. »Meine Tante in Vermont hat mir dort etwas Land vermacht. Ich möchte es mir ansehen. Vielleicht baue ich mir ein Haus. Vielleicht finde ich Gefallen daran, zu wissen, wo ich zu Hause bin.«
»Und wie steht's mit Arbeit?«
»Ich werde mir wohl einen Job als Pilot suchen. Den Alptraum habe ich nicht mehr. Ich würde ganz gern wieder mal dem Himmel entgegenfliegen.«
Kitzner stieß einen Seufzer aus, schlug die Augen nieder und strich mit dem Daumennagel über eine Fuge auf dem Deck. »Aber vergiß nicht unseren Törn in die Südsee! In fünf Jahren!« Er stand auf, reckte sich und ging nach vorn, um den Klüver einzuholen.

Am Montagmorgen fand Loss auf seinem Schreibtisch den Entlassungsbescheid und einen Scheck über zweitausend Dollar. Auf dem beiliegenden Zettel standen in Kitzners Handschrift die Worte: *Du kannst es schaffen!* Meeker sagte, Kitzner sei weggefahren. Obwohl die Tür hinter ihm geschlossen war, hörte Loss gedämpft, aber deutlich vernehmbar Kitzners Stimme, der mit einem Kunstharzlieferanten den Preis aushandelte.
Meeker streckte Loss die Hand entgegen, und sie verabschiedeten sich. »So regelt Kitzner die Dinge nun mal, Loss. Du hast deine Prüfung bestanden.«

Sie blieben im morgendlichen Zwielicht liegen und versuchten sich allmählich aus dem Schlaf zu lösen. Jeder nahm den anderen wahr, aber keiner bewegte sich oder wollte den anderen wecken. Nach einer Weile murmelte er etwas, drehte sich um und schmiegte sich an sie. Sein Kinn ruhte an ihrem Nacken, und seine Knie berührten ihre Schenkel. Sie stieß einen kurzen Laut aus, und er spürte, wie sie seine Nähe suchte, sich an ihn preßte. Ihr Körper war warm, und ihr Atemrhythmus unterschied sich von seinem.
Er versuchte, wieder einzuschlafen, eine kurze Weile nur. Aber er war bereits wach. Das Fenster war ein graues Geviert, das allmählich heller wurde. Er hörte den Hund winseln.
»Bist du schon wach?« fragte sie mit gedämpfter Stimme unter dem Kissen.
Ihr Nacken roch wie frisch gebackenes Brot. Er zog sie an sich.
»Nein«, antwortete er. »Deswegen bin ich auch nicht für das verantwortlich, was jetzt geschieht.«
Nachher schliefen sie – eng aneinandergeschmiegt – wieder ein.

Mit einem Gefühl der Erleichterung, wie er es seit seinem Collegeabschluß nicht mehr erlebt hatte, packte Loss seine Sachen, beglich ausstehende Rechnungen und fuhr dann mit seinem Land Rover nordwärts zur Route 101 Richtung kanadische Grenze. Die wenigen Habseligkeiten, die er besaß, lagen hinten im Wagen. In seiner Brusttasche steckten der Rest von seinem Sparkonto und Kitzners zweitausend Dollar. Er fuhr durch dichten Verkehr nach Norden, sang lauthals Beethovens »Hymne an die Freude« obwohl er den Text nicht kannte, und schlug im Takt mit der Faust aufs Armaturenbrett.
Am ersten Tag fuhr er 18 Stunden durch. Zuerst wandte er sich

nach Osten in die Sierras und fuhr dann nordwärts durch die Wüstengegend. Als er müde war, parkte er am Straßenrand und hüllte sich in seinen Schlafsack. Vier Stunden später, als die Vögel draußen im Müll am Straßenrand nach Futter suchten und die Dämmerung sich mit Gelb- und Orangetönen ankündigte, fuhr er weiter nach Norden. Was morgen oder übermorgen sein würde, bekümmerte ihn nicht. Zumindest im Augenblick nicht. Wonach er sich sehnte, waren öde, stille, verschneite Landstriche und die weißen Hänge der kanadischen Rocky Mountains. Er hatte reichlich Geld, um einen Monat lang Ski zu laufen, und die Zukunft war, wie die Vergangenheit, bedeutungslos. Wenn im Fraser Canyon die Obstgärten zu blühen beginnen würden, wollte er ostwärts nach Vermont fahren.

In zwei Tagen durchquerte er die Wüste von Nevada und das Gebiet um den Salmon River und fuhr dann die Bitterroot Range in Montana hinauf. Bei Sonnenuntergang, südlich der Stadt Anaconda, sah er sie und den Hund am Straßenrand stehen. Sie trug Jeans, eine wattierte Jacke und eine tief über die Ohren gezogene Quastenmütze, die fast die Augenbrauen verdeckte. Neben ihr stand im Schnee ein Rucksack mit einem Tragegestell. Er zögerte, schaltete beim Vorbeifahren herunter und bremste dann. Im Rückspiegel sah er die beiden hinterherlaufen.

»Wohin geht's denn?« fragte er, als sie und der Hund in den Wagen kletterten. Rucksack und Hund waren in der einsetzenden Dunkelheit auf dem Rücksitz nur noch schattenhaft zu erkennen.

»Zunächst nach Alaska.« Als sie die Mütze abnahm, fiel ihr das Haar auf die Schulter. Auf ihrer Stirn schälte sich die sonnenverbrannte Haut. Ihre Augen, die zu weit auseinanderstanden, um dem herkömmlichen Schönheitsideal zu genügen, blickten ihn an.

Er wartete eine Weile, ehe er den Gang einlegte. Sie hatte einen großzügig geschnittenen Mund und eine lange Nase. Die fein geschwungenen Backenknochen akzentuierten die blaugrauen Augen. Wie blaue Topase, dachte er. Oder wie die Perlen, die die Indianer als Schmuck tragen.

Ob sie nun im landläufigen Sinne schön war oder nicht, er fand sie hinreißend.

»Ist alles okay?« fragte sie. Sie verzog die Lippen zu einem unsicheren Lächeln. Ihre Hand lag noch immer auf dem Türöffner.

Er lächelte verlegen und machte das Innenlicht aus. »Alles okay«, erwiderte er.

In der einsetzenden Dunkelheit fuhren sie weiter. Die Straße mit dem schwarz wirkenden Asphaltbelag wurde beiderseits von Zitterpappeln und aufgetürmtem Altschnee gesäumt. Sie saß, vom Licht des Armaturenbretts beschienen, regungslos da und trällerte leise vor sich hin. Der Hund kam nach vorn und legte hechelnd die Schnauze auf die Oberkante ihres Sitzes. Es war ein Husky, ein Schlittenhund, den sie »Total« nannte.
»Wie bist du nur auf diesen Namen gekommen?« Ihn erinnerte er an irgendwelche Frühstücksflocken oder das Zeug, mit dem man die Achselhöhlen desodorierte.
»Als er ein paar Wochen alt war, wurde er von einem Wagen angefahren.« Sie griff nach dem Hund und kraulte ihn am Ohr. »Die Leute meinten, daß er total hinüber sei. Er blutete und hatte Knochenbrüche. Er sah erbärmlich aus. Sein Besitzer wollte ihn schon umbringen, aber ich schaffte ihn zu einem Freund, der Tiermedizin studierte.« Sie drehte sich um und vergrub ihr Gesicht im Fell des Hundes. Der Husky stieß einen freudig klingenden Laut aus.
Südlich von Missoula machten sie halt, um was zu essen. Sie bestellten *enchiladas* und teilten sich danach die Rechnung. Nachdem er gegessen hatte, lehnte er sich in der Nische zurück, trank den bitteren, aufgewärmten Kaffee und schaute ihr zu, wie sie auf jedem Bissen geraume Zeit herumkaute.
»Sechzehnmal soll man's machen«, erklärte sie, ohne aufzublicken, und schob mit dem Finger ein Fleischstück in die zusammengerollte Tortilla. »Das fördert die Verdauung. Aber die Dinger schmecken wie Stroh.«
Nach dem Essen fuhren sie weiter nach Norden. Dichtes Schneegestöber setzte ein. Große Flocken wirbelten in dem Lichttunnel, den die Scheinwerfer in die Dunkelheit schnitten. Die Temperatur war gefallen, und der trockene Schnee blieb nicht auf der Fahrbahn haften.
»Wo ich zu Hause bin, nennt man solch große Flocken Gänsedaunen«, sagte sie. »Das gibt wundervollen Pulverschnee.« Sie stammte aus Utah. Freimütig sprach sie über ihr Leben. Sie hatte in einem Gästehaus in Snowbird abends am Empfang gearbeitet. Tagsüber war sie Ski gelaufen. Doch dann hatte es ihr keinen Spaß mehr gemacht – all die Skihotels im Einheitslook, die Flachlandtouristen, die sich durch die Bars schleusen ließen, all die Schickeria. Sie wollte den Frühling in Alaska erleben. Ein gewisser Donny arbeitete oben

in Anchorage auf einem Krabbenkutter. Bei ihm wollte sie eine Weile bleiben. »Eigentlich weiß ich nicht, wohin ich will«, meinte sie abschließend. Ihm kam es vor, als würden sich diese Worte eher auf ihre Gefühle beziehen denn auf ein Reiseziel.
»Wie hat man dich in Utah genannt?« fragte er.
»Holly.«
»Und wie heißt du mit Familiennamen?«
Als sei der Familienname ihr kostbarer Besitz, den sie nicht preisgeben wollte, antwortete sie nur: »Utah. Holly aus Utah.«
Er lächelte und fragte nicht weiter.
Drei Tage fuhren die drei durch das Bergland von Britisch-Kolumbien und wandten sich dann nach Westen der Küste zu. Er erzählte ihr ein wenig von seiner Vergangenheit. Vom Krieg und von Kitzner. Zumeist von Kitzner. Das Reden löste seine Spannungen und machte ihn freier. Die Vergangenheit war endlich vorbei und schien ihm belanglos. Dennoch brachte er es nicht über sich, ihr zu sagen, daß er seit vier Jahren mit keiner Frau mehr geschlafen hatte. Er hatte das dumpfe Gefühl, daß er sich nichts erhoffen, nichts erwarten durfte.
Die Nächte verbrachten sie in billigen Motelzimmern. Sie holte ein paar Sachen aus ihrem Rucksack hervor, zog sich unbefangen aus und schlüpfte ins Bett. Er folgte ihr und empfand Angst und Begierde – Empfindungen, die ihm nicht weiterhalfen.
Als seien sie Kinder auf Campingtour, griff sie nach seiner Hand, drückte sie, drehte sich um und schlief ruhig ein. Da er sich durch sie nicht bedroht fühlte, fand er sich mit der Situation ab: Zwei Menschen reisten miteinander und teilten aus Sparsamkeitsgründen Tisch und Bett.
Das blieb so bis zum dritten Morgen. Er wachte auf und betrachtete das schimmernde Filigran der Eisblumen am Fenster. Sie umklammerte seine Hand über ihrer Brust. Er blieb regungslos liegen, täuschte Schlaf vor, hörte das stetige, ruhige Pochen ihres Herzens und spürte, wie sich in ihm ein ungewohntes Gefühl regte.
Zum Frühstück aßen sie eine Menge Pancakes aus Sauerteig und mußten lachen, als sie sich – wie Verschwörer – noch eine Portion bringen ließen, die er für den Hund in seine Jackentasche stopfte.
Auf dem Parkplatz nahm sie plötzlich sein Gesicht in beide Hände und küßte ihn auf die Nase. Als sie in die Highway einbogen, kletterte der Hund nach vorn, setzte sich auf die Mittelkonsole und ließ sich von ihr mit Pancakes füttern. Auch danach blieb der Hund

zwischen ihnen hocken und schaute vor sich hin, als habe er gemerkt, daß sich ihre Beziehung ein wenig geändert hatte.
Nach dem nächtlichen Schneefall war der Himmel wieder wolkenlos und in dieser Höhe von strahlender Bläue. Im Westen sah man die gestaffelten Ketten der kanadischen Rockies mit ihren von Schneehauben bedeckten Gipfeln. Von ihren Flanken aufstäubende Schneewächten funkelten im Sonnenlicht.
Nach einer Weile vertraute sie ihm an, daß ihr Familienname Stone sei. Sie heiße Holly Stone, wie ihre Urgroßmutter, die noch im Alter von Siebzig vom Fernweh getrieben wurde. Sie erzählte von ihrer Geburtsstadt Cedar City in Utah, wo ihr Vater lebte, von der stillen, eindrucksvollen Schönheit des hochgelegenen, wüstenartigen Landstrichs, von den Mormonen, die ihn bewohnten. Sie sei jetzt 28 oder 29. So genau wisse sie es nicht mehr. »Jedenfalls Anfang der schlimmen Dreißiger!« meinte sie auflachend.
Er fragte, wie lange sie in Snowbird gelebt habe.
»Drei Jahre etwa.« Sie machte eine vage Handbewegung. »Und vorher arbeitete ich als Architektin in einem Architekturbüro, das von sechzigjährigen Männern geleitet wurde. Sie ließen mich Pläne für Kanalisationssysteme entwerfen und mit Tusche auszeichnen.« Sie stockte, blickte zur Seite und betrachtete die Kühe, die zusammengedrängt vor dem Wind Schutz suchten. Dann wandte sie sich ihm zu. »Ich ließ mich auf eine Ehe ein, die jedoch schiefging. Alles mögliche kam zusammen. Ich mußte einfach ausbrechen. Ich habe in Snowbird nicht schlecht gelebt. Aber mein jetziges Leben gefällt mir besser.« Und wie zur Bekräftigung legte sie die behandschuhte Hand aufs Herz.
Sie fuhren mit dem Land Rover die Serpentinenstraßen in den Bergen an der Küste zum Fraser Canyon hinunter und mieden die östlichen Vororte von Vancouver. Loss steuerte dann den Howe-Sund entlang nach Norden zum Garibaldi Provincial Park.
Am Fuß des Whistler-Mountain quartierten sie sich in einem Ein-Zimmer-Holzhaus hinter dem Lebensmittelladen ein, und sie sagte, sie würde bleiben, wenn sie zu gleichen Teilen für Miete und Verpflegung aufkommen dürfe. Abends kochte sie Spaghetti, und sie tranken zwei Flaschen Rotwein aus dem Napa-Valley. Den Rest der Nudeln bekam der Hund. Er fraß sie schmatzend aus dem Topf, den er, da einige angebrannt waren, scheppernd über den Plattenboden schob.
Danach saßen sie vor dem Kamin und tranken die Flasche leer. Sie

betrachtete ihn im Licht des offenen Feuers und fuhr mit den Fingern über seinen höckerigen Nasenrücken, den er sich damals gebrochen hatte. »Woher stammt dieser Höcker?« fragte sie.
»Meine Maschine ging zu Bruch, und ich mit ihr.« Er erzählte ihr dann alles, den genauen Ablauf, von Barber, von seinem Alptraum.
»Quält dich dieser Alptraum immer noch?«
Er schüttelte den Kopf. »Das ist vorbei, abgeschlossen.«
Sie holte ein Kissen von der Couch, legte es auf den Boden und zog ihn zu sich. Sie blickten ins erlöschende Feuer, das nur noch dunkelrot glimmte.
Loss lag eine Weile reglos neben ihr. Sein Kopf ruhte auf ihrer Brust. Er begehrte sie, hatte aber gleichzeitig Angst. Als ihm die Vergangenheit einfiel, dachte er, daß all die Ereignisse, die sein Gedächtnis aufbewahrte, Schicksalsschläge waren, die ein anderer erlitten hatte, einer, über den er hinausgewachsen war, den er hinter sich lassen konnte.
Sie verschränkte die Hände unter dem Kopf, als würde sie sich ergeben. Ihr Sweater straffte sich, sein unterer Saum rutschte hoch, so daß man die nackte Haut sah. Sie hielt das Gesicht abgewandt und die Augen geschlossen. Ihre Haut war von der Hitze des Kaminfeuers gerötet.
Jede Hemmung hatte ihn verlassen, er streifte ihr sachte den Sweater über den Kopf und öffnete den Verschluß ihrer Jeans. Lächelnd drückte sie ihn an sich. Und dann vergaß er alles, empfand weder Schmerz noch Schuld und dachte nur, wie schön die sanften Hügel und Täler von Utah sein müßten.
Drei Tage liefen sie auf den Hängen des Whistler-Mountain Ski, wedelten durch die mit Pulverschnee gefüllten Mulden, stürzten dann und wann, lachten, bis sie außer Atem waren. Abends kehrten sie in das kleine Blockhaus zurück, aßen, tollten mit dem vor Freude japsenden Hund herum und liebten sich vor dem glimmenden Kaminfeuer. Als er ihr einmal sagte, wie sehr er sie mochte, rückte sie mit Tränen in den Augen von ihm ab.
Am Frühnachmittag des vierten Tages saßen sie unter einer Felsleiste in der Western Bowl, nahmen einen aus Käse, kanadischen Wein und Schwarzbrot bestehenden Imbiß zu sich und schauten in die Ferne. Die Sicht war klar, der Himmel wolkenlos. Jenseits der Coastal Mountains vermeinte er die Straße von Georgia zu sehen. Und der blaue Schimmer dahinter, das mußte ja wohl der Pazifik sein.

Sie schnitt ihm eine Scheibe Cheddar. »Es ist schön hier, nicht?« Loss blickte weiter nach Westen und legte den Arm um ihre Hüfte. »Schön ist nicht das richtige Wort. Hier ist die Welt noch so, wie Gott sie geschaffen hat.« Er drehte den Kopf und lachte sie an. Sein Gesicht war dunkelbraun bis auf den hellen Streifen, der von der Sonnenbrille herrührte.
»Mit weißen Ringen um die Augen siehst du wie ein Waschbär aus«, meinte sie.
Er küßte sie auf die Nase und auf die Wangen. Sie küßte ihn gleichfalls und schmiegte sich an ihn.
Nach einer Weile löste sie sich von ihm und nahm die Sonnenbrille ab. In ihren Augen standen Tränen. »Du bist okay, Loss«, sagte sie, stand auf und klopfte den Schnee von ihren Jeans. »Gib gut acht auf dich!«
Sie ließ die Skibindung einrasten, lief zu dem kleinen Vorsprung und fuhr dann in großen Schwüngen durch den Pulverschnee talwärts.
Er blickte ihr nach, bis sie zwischen den Bäumen verschwand. Er erspähte sie noch einmal, am Rand der East Ridge, von dem aus sie geschmeidig talwärts wedelte. Dann war ihr blauer Parka nicht mehr zu sehen.
Daran mußt du dich gewöhnen, dachte er. Diese wechselnden Stimmungen und der Unabhängigkeitsdrang gehören nun mal zu ihrer Persönlichkeit. Er verstaute Weinflasche und Essensreste im Rucksack und lehnte sich gegen den Felsen, um noch eine Zigarette zu rauchen.
Als er nach Süden Richtung Vancouver schaute, erspähte er den langen, dünnen Kondensstreifen eines Jets, der auf die Sonne zuflog. Er mußte daran denken, wie schön so ein Flug in großer Höhe war, und ihm wurde bewußt, daß er das Fliegen vermißte. Als Flugschüler hatte er es keineswegs schön gefunden. Damals hatte er nur Angst gehabt, Angst vor den Prüfungen, vor dem ersten Alleinflug, vor dem schon betagten Air-Force-Captain, der hinten in der zweisitzigen Schulungsmaschine saß und ins Mikro der Bordsprechanlage brüllte. Die ersten vierzehn Instruktionsstunden waren eine einzige Qual gewesen. Wie ein gefühlloser Automat hatte er damals reagiert.
An einem stechend heißen Julimorgen machte er mit Captain Slokum die vorgeschriebenen Flugmanöver dreimal und landete dann. Captain Slokum murmelte ins Mikro, daß Loss beim Lande-

flug die vorgeschriebene Geschwindigkeit einhalten solle. Nach der Landung befahl Loss, von der Hauptstartbahn abzubiegen. Danach kroch er aus dem Cockpit und kletterte auf der Tragfläche nach vorn. Da gerade eine Continental über sie hinwegflog, konnte Loss sine Worte kaum verstehen.
Der Captain schneuzte sich, lehnte sich gegen die Cockpitbrüstung und schrie Loss ins Ohr: »Sie fliegen so lausig, daß ich bezweifle, ob Sie den Kurs bestehen. Sie können nur hoffen, daß Sie die Mühle heil in die Luft bringen und daß der Himmel wolkenlos ist. Vielleicht kann Ihnen die Maschine selbst das Fliegen beibringen. Ich kann's nicht.« Er klopfte Loss auf die Schulter, lächelte, was Loss wie das Zähneblecken eines Pferdes vorkam, sprang von der Tragfläche zu Boden und ging, ohne sich noch einmal umzublicken, davon.
Mit zusammengebissenen Zähnen machte Loss eine Kehrtwendung und bremste die T-34 vor der Rollbahn ab. Er bat um Starterlaubnis und erhielt sie auch.
An das, was danach kam – Einstellen der Klappen, Einziehen des Fahrwerks, Kontrolle der Startleistung und der Motordrehzahl –, konnte er sich nur verschwommen erinnern. Obwohl er wußte, daß Slokum von ihm erwartete, er würde das Anfliegen und Durchstarten üben, verließ er den Bereich des Flughafens und nahm Kurs nach Osten. Er flog zu den immer größer werdenden Kumuluswolken, die wie fügsame Schafe über der texanischen Golfküste zu grasen schienen. Als er eine Höhe von 8000 Fuß erreicht hatte, merkte er, daß es im Cockpit angenehm kühl wurde. Bei 9000 Fuß ging er in den Horizontalflug über und steuerte eine riesige Kumuluswolke mit Türmchen, Wehrgängen und Wehrtürmen an. Er erhöhte ein wenig die Geschwindigkeit und ging in eine steile Kurve, so daß er mit der Tragfläche die Wolke streifte. Sodann zog er die Maschine zu einer Kehrtkurve hoch und ließ sie zum Sturzflug abkippen. Der Motor heulte auf, als er durch die Wolkenschluchten hinabstürzte. Er zwang der Maschine seinen Willen auf, und sie gehorchte. Zwei Stunden tobte er sich am Himmel aus, mal in Schweiß gebadet, mal fröstelnd. Er erprobte mit der T-34 sämtliche fliegerischen Möglichkeiten, vom Langsamflug bis zum Kurvenfliegen bei Höchstgeschwindigkeit. Er zwang die Schulungsmaschine in eine Rolle nach der anderen, dabei die Hebel ganz aus dem Gedächtnis bedienend, und kam dann aus der Rolle in entgegengesetzter Richtung fliegend wieder heraus. Dann brüllte er, so laut er konnte – das Mikro hatte er versehentlich eingeschaltet –, und

stellte die Maschine wieder gerade. Er hatte das Gefühl, daß der Himmel ihm gehöre, daß er ihn zumindest zeitweise gepachtet habe.
Im Kontrollturm hörte Slokum das fröhliche Gelächter aus dem Lautsprecher und wußte, was es zu bedeuten hatte.
Loss spähte nach dem Kondensstreifen, der mittlerweile am blauen Himmel wie ein verschwommener Kreidestrich wirkte. Es ist an der Zeit, daß ich wieder in ein Cockpit steige, dachte er.
Er erreichte das Blockhaus bei Sonnenuntergang. Im Kamin brannte Feuer, und auf dem Backrohr kühlte eine Fleischpastete aus. Sie hatte alle ihre Sachen mitgenommen. Er las den Zettel, den sie auf den Tisch aus Fichtenholz gelegt hatte. Darauf stand nur: »Wir kommen wieder. In Liebe Total und ich.« Ihr Name stand nicht darunter. Er lächelte. Alles Gute, dachte er.

Der Wecker klingelte und riß Loss aus seinem Dahindösen. Er schlug den Rand der Steppdecke zurück und schielte zur Uhr hinüber. Zehn vor sieben. Im Schlafzimmer war es kalt, so um den Gefrierpunkt. Am liebsten hätte er den Wecker einfach abgestellt, aber der befand sich außerhalb seiner Reichweite. Er zog die Decke über den Kopf und hörte sich, da er nichts dagegen tun konnte, das Klingeln bis zum Ende an.
Die Schlafzimmertür war zu, aber er hörte, wie der Hund aufgeregt über den Ahornholzboden in der Wohndiele hinaus in den Gang rannte, wo er schnüffelte, dann umkehrte und auf dem Plattenboden in der Küche umhertrottete. Loss nahm auch den Geruch von frisch gebrühtem Kaffee wahr.
Er gab sich einen Ruck, zählte bis zehn, sprang aus dem Bett und rannte ins Bad. Er stellte die Schaltuhr am Dampferzeuger ein und spurtete ins Bett zurück, wo er unter der Daunendecke schlotternd liegenblieb, bis er sich erwärmt hatte. Auf Hollys Seite lag ihr geöffneter Schlafsack. Der Saum mit dem Reißverschluß war ihm zugekehrt. Damit sich der Messingreißverschluß nicht so kalt anfühlte, hatten sie ihn mit Isolierband abgedeckt, das einzige Anzeichen dafür, daß sie ihrer Beziehung eine gewisse Dauer einräumen wollten. Loss seufzte und sah auf seine Rolex. Zehn Minuten wollte er sich noch gönnen, bis her heiße Wasserdampf das Bad durchwärmt hatte.
Gestern gegen fünf Uhr nachmittags hatte Welsh angerufen und die Anweisung gegeben, Loss möge ihn und seine Frau schon am

nächsten Morgen, zwei Tage eher als geplant, in Albany abholen. Daraufhin hatte Loss den Flugzeugmechaniker vom nahe gelegenen Flugplatz zum üblichen Service nach 100 Flugstunden überreden können und ihm in der Kälte bis in die späte Aprilnacht hinein, bis ein Uhr nachts, bei der Arbeit geholfen, damit die Maschine in Ordnung käme. Danach hatte er noch die Maschine gewaschen, denn er wußte, daß Welsh sie im tadellosen Zustand der Presse, die bei seinem Abflug gewiß anwesend sein würde, vorführen wollte. Gegen zwei Uhr nachts war er schließlich heimgekommen, durchnäßt, frierend und erschöpft.

Loss blickte abermals auf die Armbanduhr, beschloß, der Heizung im Bad weitere fünf Minuten einzuräumen, und döste vor sich hin.

Hollys Stimme ertönte. Sie sang von einem Cowboy im fernen Colorado, der am Rodeo teilnimmt. Ein Topf fiel scheppernd auf den Steinfußboden. Sie fluchte leise und sang weiter. Er mußte lächeln, weil er den Fluch kannte. »Scheißladen« gehörte zu ihren bevorzugten Kraftausdrücken.

Im späten Frühjahr war sie aus Alaska zurückgekommen, sechs Monate nach ihrer Begegnung in Montana. Von Donny und seinem Krabbenkutter sprach sie nicht, und Loss stellte auch keine Fragen. Mit ihrer Hilfe gelang es ihm, das Fachwerk in knapp einer Woche zu errichten. Von der Praxis des Hausbaus verstand sie nicht viel, aber sie war eine gute Architektin und verbesserte den Bauplan, indem sie da und dort sinnvolle Vorteile anbrachte. Das Gewächshaus an der Küchenaußenseite war ihre Idee gewesen, und Loss hatte danach als Salat allerlei grünes, geschmackloses Zeug und Bohnensprossen vorgesetzt bekommen. Schließlich gestand er ihr, daß diese Kost nur zu einer Erschlaffung seines Sexualtriebs führe. Daraufhin hatte sie den Gemüsebau unwirsch sein lassen und statt dessen Blumen gepflanzt.

Im Sommer hatte sich Loss auf eine Anzeige hin als Pilot beworben und war von Welsh angestellt worden, was dazu führte, daß Holly ein gut Teil der Endfertigung des Hauses übernahm. Wenn er von einem Flug zurückkehrte, stellte er fest, daß sie den Plan wieder einmal geändert hatte. Der offene Kamin aus Ziegelsteinen hatte ihr offenbar nicht zugesagt. Holly hatte statt dessen einen rustikalen gußeisernen Holzofen installiert. Die geplante versenkte Badewanne hatte einem Dampfbad weichen müssen, und den Eßbereich umgaben unverhofft Fenster aus buntem Glas. Loss zuckte jedesmal zusammen, wenn er all die Rechnungen sah, und hatte die düstere

Ahnung, daß dieses sein erstes eigenes Haus immer mehr zu einem Puppenheim wurde. Sie nahm seine Einwände gelassen hin, schob nur die Unterlippe ein wenig vor und bezeichnete die Abänderungen als »organisch«. Von da an ließ er sie gewähren.
Seit etwa zwei Jahren lebten sie mehr oder minder zusammen. Das Haus war noch immer unvollendet. Es gab Phasen, da sie begeistert weiterarbeitete, aber zwischendurch packte sie ihren Rucksack und verschwand. Sie verkündete dann eines schönen Morgens, daß sie für eine Weile verreisen wolle, verabschiedete sich mit einem Kuß und zog mit dem vor Freude herumhüpfenden Hund los. Einmal machte sie mit Freunden eine Wanderung entlang der Küste von Maine, und er bekam sie zwei Monate nicht zu Gesicht. Die einzigen Lebenszeichen waren pornographisch anmutende Postkarten aus Italien. Loss brachte es nicht über sich, sie nach ihren Reisegefährten zu fragen.
Aber mittlerweile hatte sich das gelegt, und seiner Ansicht nach war eine Phase der Konsolidierung angebrochen. Über eine Heirat wurde zwar nicht gesprochen, aber ihre Bindung wurde immer enger. Sie »verreiste« viel seltener und gebrauchte öfter das Wort »wir«. Sie redete davon, daß sie beide eine Reise nach Mexiko machen und den ganzen Appalachian Long Trail abfahren sollten. Loss kaufte sich daraufhin in einem eleganten Sportgeschäft in Westchester insgeheim ein Paar Bergstiefel und begann sie einzulaufen.
Der Job als Privatpilot war ideal. Loss brachte Welsh weder Sympathie noch Antipathie entgegen. Es war eine gutbezahlte Arbeit, die ihm keinerlei gefühlsmäßige Verpflichtungen abforderte. Wenn der Senator ihm einen Auftrag gab, flog Loss eben, einerlei, wie spät oder welcher Tag es war. Wenn Welsh die Maschine nicht benötigte, flog Loss heim zu Holly in ihr gemeinsames Tal und beschäftigte sich mit dem unvollendeten Bretterboden. Kurzum, es war ein äußerst vorteilhaftes Arbeitsverhältnis.
Der bevorstehende Flug fiel da ein wenig aus dem Rahmen. Welsh wollte zu einer der südlich gelegenen Antilleninseln fliegen, um dort Urlaub zu machen. Bei der Treibstoffknappheit wäre zwar ein Flug mit der Linienmaschine ratsamer gewesen, aber so war Welsh nun mal – sein politisches Image ging ihm über alles. Gewöhnlich plante er ein paar Aufenthalte ein, um an irgendwelchen Konferenzen teilzunehmen, über die er dann nach seiner Rückkehr ausführlich Bericht erstatten konnte. Auf diese Weise wurde ein Urlaub,

falls die Öffentlichkeit davon erfuhr, zu einer Informationsreise, die einem Senator ja anstand, und ein gut Teil der Ausgaben konnte überdies als Reisespesen abgebucht werden. Diesmal wollte er auf dem Rückflug in Florida zwischenlanden, um bei der Tagung über Solarenergie ein Referat zu halten.

Loss würde insgesamt zwei Wochen wegbleiben. Der Gedanke, daß sie bei seiner Rückkehr nicht da sein könnte, beunruhigte ihn zwar, aber er wollte nicht, daß sie sich seinetwegen Beschränkungen auferlegte.

Er blickte wieder auf die Uhr, ächzte und sprang aus dem Bett. Als er ins dampfende Bad rannte, stieß er sich eine Zehe an und fluchte lauthals. Sie mußte ihn gehört haben, da sie wenig später mit einer Tasse Kaffee erschien.

»Sieht ganz so aus, als wärst du schon in den Tropen«, meinte sie, wedelte den Dampf beiseite und reichte ihm die Tasse. Bevor sie die Glastür zum Bad schloß, rief sie ihm zu, daß die Frühstückseier seiner harrten.

Nach zehn Minuten nahm er neben ihr Platz. Sie holte die Eier vom Herd und setzte den Teller auf den Tisch aus rohen Fichtenbrettern. Sie schenkte Loss Kaffee nach, goß sich selbst eine Tasse Tee ein und setzte sich an seine Seite.

Die Eier waren nicht recht gelungen; dafür wirkte sie selbst äußerst attraktiv. Sie hatte das Haar hinten zu einem lockeren Knoten zusammengebunden und trug ein rotes Kopftuch wie eine Bäuerin. Auf ihren Lippen schimmerte nur ganz wenig Rouge, und sie roch wie immer nach Seife. Das Waschen ist für sie geradezu eine kultische Handlung, dachte er und kaute auf dem Eigelb. Sie wird mir fehlen, falls sie mich mal verläßt, dachte er.

Nachdem Loss die beiden Eier vertilgt hatte, stand sie auf und holte zwei weitere, die sie mit saurer Sahne übergoß und mit Schnittlauch garnierte.

»A la Holly«, sagte sie. »Ich wollte sie dir nicht als ersten Gang servieren. Na, was hältst du davon?«

»Mmm«, machte er nur. Sie schmeckten tatsächlich besser.

»Wie heißt der Ort, wohin du unseren Senator bringst?«

»Salt Whistle Cay. Ein winziges Felseneiland, das zur Inselgruppe der Grenadinen gehört. Etwa neunzig Meilen westlich von Barbados.« Er lehnte sich zurück und steckte sich eine Zigarette an.

»Wann mußt du fahren?« Sie blickte auf die Uhr über dem Eisschrank.

»Um viertel nach acht. Dann habe ich noch fünfundvierzig Minuten Zeit für all den Papierkram, die Maschinenkontrolle und für die Startvorbereitungen. Um zehn will ich in Albany sein.« Er rekelte sich. »Macht es dir was aus, wenn du mich in deiner Rostlaube zum Flughafen mitnimmst?« Der Jaguar draußen war eine Neuerwerbung von ihr. Mit ihm war sie von ihrer letzten Reise zurückgekommen. Sie hatte ihn in North-California in einer Scheune aufgestöbert. Zwar hatten Mäuse die Lederpolster zerfressen, aber für sie war es der Wagen, der noch immer 170 Spitze schaffte. Loss hatte ihr erst dann geglaubt, als sie ihm zwei Strafmandate wegen Schnellfahrens zeigte.

»Warum nicht! Ich habe deine Sachen ohnehin schon im Kofferraum verstaut. Und deine Flugtasche liegt hinten auf dem Rücksitz. Ich habe doch die neuen Jeppesen-Anflugkarten reingetan, die letzten Montag gekommen sind. Es waren Informationen über den Flughafen von San Juan dabei. Die Landebahn ist verlängert worden, glaube ich.«

Er zog die Brauen hoch. Aufgrund irgendeiner Genkombination schienen seine Brauen mit den Ohren verbunden zu sein, die sich nun anlegten. Ernst wirkte seine Miene dadurch keineswegs. »Ich hatte keine Ahnung, daß du so fürsorglich bist. Ich werde dich auf meine Lohnliste setzen.« Er zog noch einmal an der Zigarette und drückte sie dann aus. »Dabei hasse ich Änderungen. Es ist, als würde man eine neue Medizin bekommen, die einem auch nicht hilft.«

»Ich habe eben nicht nur ein hübsches Gesicht.« Sie mußte lachen. »Ich kann lesen, schreiben bis zehn zählen und noch andere Dinge.«

»Die anderen Dinge sind besonders gut«, erwiderte er und küßte sie auf den Nacken. Ihr Hemd war am Kragen nicht zugeknöpft, und ihre Brüste traten wie sanft gerundete Hügel unter dem Stoff hervor. Jetzt kenne ich sie schon seit siebenhundert Tagen, dachte er, aber wenn ich sie so reden höre, bin ich hingerissen wie am ersten Tag. »Wir sollten jetzt aufbrechen«, meinte er.

»Einen Augenblick noch«, sagte sie und schob die Zeitung hinüber. »Hast du schon gelesen, was dein Senator, vermutlich nicht für die breite Öffentlichkeit bestimmt, geäußert hat?«

In der Lokalzeitung stand ein kurzer Artikel über die Rede, die Senator Welsh Ende März am Utica-College gehalten hatte. Er war zur Einweihung eines neuen Flügels des Instituts für Wirtschaftswissenschaft gekommen und hatte in seiner Ansprache die verklausulierte Meinung ausgedrückt, daß man dem militärischen Bereich Geldmittel entziehen und sie dem Aufbau »der Ökonomie des Friedens«, wie er es nannte, zur Verfügung stellen solle. Nach der Einweihungszeremonie hatte ein Reporter den Senator um eine Erläuterung seines Standpunktes gebeten. Aber Welsh hatte sich darauf nicht eingelassen, sondern nur gemeint, der Rückzug amerikanischer Truppen aus Gebieten, um die es möglicherweise zu einem Weltkrieg kommen könnte, würde auf andere Nationen beispielhaft wirken. »Also eine einseitige Abrüstung?« hatte der Reporter gefragt. Welsh hatte erwidert, daß derartige Vorschläge natürlich gründlich überlegt werden müßten, und das Interview beendet. Über seine Rede war man geteilter Meinung gewesen. Doch ganz allgemein hatte man seinen Standpunkt verworfen.

Loss legte die Zeitung beiseite, ohne den Artikel zu Ende gelesen zu haben. »Manchmal habe ich den Eindruck, daß der Mann nicht recht bei Verstand ist. Sein Vater soll ein gewiefter Taktiker gewesen sein. Welsh scheint nur sein Geld geerbt zu haben. Ich würde ihn nicht mal in den Stadtrat wählen.«

»Das ist noch nicht alles«, entgegnete sie. »Die Rede hat er vor drei Wochen gehalten. In dem Artikel heißt es ferner, daß die *Washington Post* davon Wind bekam und von dem Reporter, einem Lokalkorrespondenten aus dem Staate New York, Näheres erfahren wollte. Der Reporter gab an, daß er Welsh zwar korrekt zitiert habe, aber darum ersucht worden sei, das Statement nicht zu veröffentlichen. Anscheinend hat Welshs Polit-Manager, ein gewisser DeSilva, den Reporter gebeten, das Interview nicht zu bringen. Die Geschichte wird also jetzt publik.«

»Sieh mal an! Wenn Welsh damit durchkommt, müssen wir uns einen Luftschutzbunker bauen.«

Sie blickte betroffen drein. »Ich dachte, du würdest ihm aufgrund deiner Erlebnisse in Vietnam beipflichten.«

Er stand auf, nahm den schmutzigen Teller und wusch ihn im Spülbecken. »Vietnam war sozusagen ein politscher Ego-Trip«, sagte er. »Es war eine völlig sinnlose Sache, und viele Soldaten mußten für die Reden der Politiker mit dem Leben bezahlen.« Er stellte den Teller ins Ablauffach. »Aber die Landesverteidigung ist was anderes. Die Russen wollen mehr als nur das bißchen Sumpfland in Südostasien.« Er lächelte sie freudlos an. »Außerdem spielt das keine Rolle. Ich kann mir nicht vorstellen, daß Welsh damit in Washington durchkommt.«

Er zog seine Schaffelljacke an und wartete ungeduldig neben dem Rollpult in der Diele, während sie sich ankleidete. Geistesabwesend ging er die Post vom vergangenen Tag durch und bemerkte einen Reklamezettel, auf dessen Rückseite mit grünem Filzstift geschrieben stand: »3800 Dollar für den Rover. Interessent wird anrufen oder Dich am Flughafen treffen.«

»He, Holly! Was soll dieser Zettel hier bedeuten?« rief er zum Schlafzimmer hinüber.

Sie erschien in der Diele und streifte die Haare über den Kragen ihrer Jacke. »Ach ja, ich habe vergessen, es dir auszurichten. Gestern abend hat ein Mann aus Plattsburgh angerufen. Er sagte, daß du angeblich deinen Land Rover verkaufen möchtest. Er würde bis 3800 Dollar zahlen, falls die Inspektion positiv ausfällt. Er wollte dich heute vormittag anrufen oder dich am Flughafen treffen, da er dort ohnehin zu tun hat.«

Total rannte vor der Tür hin und her und blickte immer wieder zu seiner Herrin hoch.

»Sonderbar«, meinte Loss halblaut. »Ich habe niemandem gesagt, daß ich ihn verkaufen möchte. 3800, das sind 1000 Dollar mehr, als er wert ist.« Er schaute sie fragend an. »Bist du sicher, daß du ihn richtig verstanden hast?«

Sie zuckte mit den Achseln und öffnete die Haustür. »Ich ließ mir die Summe zweimal nennen. Vielleicht will er unbedingt einen Land Rover haben, um den großen weißen Bwana zu spielen. Vielleicht trägt er schon Safarianzüge.«

Sie traten ins Freie. Es war ein klarer, frischer Aprilmorgen. Die Kiefern verströmten einen würzigen Duft. An den Stellen, wo der Schnee geschmolzen war, sproß bereits Gras.

Er warf einen kurzen Blick auf den Land Rover, der wegen der Streusalzflecken und der winterlichen Dreckspritzer ungepflegt aussah, und wünschte, es wäre anders. Mir soll's recht sein, dachte er. Wenn er den Land Rover will, kann er ihn haben. Das Geld reichte als Anzahlung für einen GM-Kombi, der sich für den langen Camping-Trip nach Mexiko ohnehin besser eignete.

Nach zehn Minuten Fahrt – gelegentlich geriet sie im Frühjahrsmorast ins Schlittern – gelangten sie zum Flughafen. Loss sagte, sie solle den Jaguar bis zum Hangar fahren, von wo aus sie das Gepäck müheloser verstauen könnten. Als sie zum Hangar einbogen, ließ John Malcomb, der Flugzeugwart, eben die Motorhaube der Maschine einrasten.

»Die anderen Vögel sind schon längst nach Süden geflogen!« rief er ihnen zu.
»Schade, daß ich dich nicht mitnehmen kann, John. Wie läuft die Backbordmaschine heute?«
Gestern abend hatten sie am linken Magneten einen Abfall von 200 Umdrehungen pro Minute festgestellt. Das war zwar ärgerlich, aber keineswegs bedenklich.
»Ich habe den Bügel ausgetauscht, und jetzt funktioniert das Ding wieder. Bei hoher Spannung zeigt die Isolierung um den dritten und vierten Zylinder Verschleißerscheinungen.« Malcomb trat zurück, wiegte sich auf den Fersen und wischte geistesabwesend die Hände an seinen Jeans sauber. »Ich mache die Rechnung fertig und benachrichtige die Flugleitstelle.« Er warf noch einen Blick auf die goldfarben-weiße Piper Aztec, ging ein paar Schritte und stockte. »Übrigens – im Büro wartet seit acht Uhr ein gewisser Sommers auf dich.«
»Sag ihm, daß ich gleich komme!« rief Loss. Er drehte sich um und wollte Holly beim Ausladen seines Gepäcks helfen. Ihr blauer Seemannssack lag auf dem Asphaltbelag zwischen seinen Flugtaschen.
»Was hat denn dein Seemannssack zu bedeuten?« fragte er mit erstauntem Lächeln.
»Ich möchte einen Freund besuchen. Kannst du mich bis Albany mitnehmen? Von dort nehme ich eine Linienmaschine.«
Er war verdutzt. Daß sie verreisen wollte, hatte sie ihm nicht gesagt.
»Und was wird aus Total?«
Sie lächelte grimmig, wie sie es immer tat, wenn sie sich in die Enge getrieben glaubte. »Soll ich erst mit dem Daumen winken, damit du mich mitnimmst? Malcomb und seine Frau werden sich um Total kümmern. Also, wie lautet deine Antwort?«
Er zuckte mit den Schultern. »Ja. Nein. Das heißt, natürlich nehme ich dich nach Albany mit. Ich war nur überrascht.«
Er ging über den verharschten Schnee zum Büro hinüber, den morastigen Stellen und dem sprießenden Gras aus dem Weg gehend. Er freute sich, daß sie mitkam. Es würde ihr erster gemeinsamer Flug sein. Und da sie für den Hund vorgesorgt hatte, wußte er, daß sie wiederkehren würde. Der Tag versprach sonnig zu werden, trotz der niedrigen Stratuswolken, die verstreut über dem Tag hingen. Oben würde es wolkenlos sein.
Ein hochgewachsener, magerer, etwa fünfzig Jahre alter Mann

lächelte Loss entgegen, als dieser die Bürotür aufstieß. Er trug eine großkarierte Joppe, sein Haar war graumeliert.
»Guten Morgen, Captain Loss. Ich bin Mark Sommers von der Firma *Sommers Electronics* in Plattsburgh.« Die Hand, die er Loss entgegenstreckte, war blau geädert.
Loss schüttelte sie mit der Linken, da er mit der anderen den Flugsack trug. »Guten Morgen. Leider bin ich in Eile. Ich fliege gleich nach Albany.«
Malcomb spähte aus seinem Kabuff und schwenkte ein Stück Papier. »Deine Rechnung ist gleich fertig. Die Flugleitstelle meldet Streuwolken in dreitausend Fuß Höhe bis nach Albany. Wind aus 290 Grad mit 15 Knoten. Gute Flugbedingungen.« Er verschwand hinter der Trennwand, und gleich darauf ertönte das Rasseln einer alten Rechenmaschine.
»Es tut mir leid, Captain Loss, daß ich nicht eher kommen konnte«, sagte Sommers. »Die Benzinknappheit und die Geschäftslage machen es einem heutzutage nicht leicht. Ich bin froh, daß ich Sie noch getroffen habe. Ich suche einen Land Rover und habe gehört, daß Sie Ihren Wagen verkaufen.«
Loss zuckte bei dem Titel *Captain* unwillkürlich zusammen. Es hörte sich an, als würde man den Besitzer eines fünf Meter langen Segelbootes großspurig *Skipper* nennen. Er fand den Mann unsympathisch.
»Mr. Sommers«, sagte er, »der Rover ist so viel Geld nicht wert. Vielleicht für mich, aber nicht nach seinem Marktwert. Der Motor ist zwar in Ordnung, aber die Karosserie müßte ausgebessert werden.«
Sommers nickte. »Ich kenne Gebrauchtwagenpreise. Aber einen Land Rover findet man nicht so leicht. Er ist für meinen Sohn und mich bestimmt. Wir sind begeisterte Jäger. Mein Sohn hat sich nun mal einen Rover in der Kopf gesetzt.« Sommers hob die Schultern, als wollte er damit andeuten, daß er gegen die ausgefallenen Wünsche seines Sohnes nichts machen könne. »Deswegen würde ich mir den Wagen gern mal ansehen. Wenn der Motor in Ordnung ist, mache ich Ihnen ein großzügiges Angebot, ein besseres, als Sie anderswo bekämen.«
Loss nickte zustimmend mit dem Kopf. »Das läßt sich hören. Wenn ich in zwei Wochen zurück bin, führe ich Ihnen den Wagen vor. Dann kann ihn Ihr Sohn gleichfalls begutachten. Vielleicht werden wir uns dann einig.«

Sommers schaute unschlüssig drein. »Ich weiß nicht recht, Captain Loss. Im Anzeigenteil einer Montrealer Zeitung wird ein Rover angeboten. Zwar schreckt uns all der Papierkram beim Importieren eines Wagens, aber wir möchten möglichst bald zu einer Entscheidung gelangen.« Er zögerte und blickte zur Startpiste hinüber. »Vielleicht . . .«

»Vielleicht was?«

Sommers trat von einem Bein aufs andere und blickte Loss in die Augen. »Vielleicht könnten Sie mir den Wagenschlüssel überlassen. Ich könnte dann noch heute den Wagen probefahren. Falls Sie einverstanden sind, würde ich Ihnen mein Angebot telegraphisch übermitteln. Wenn Sie es annehmen, hinterlasse ich bei Mr. Malcomb die vereinbarte Summe und kann den Wagen gleich mitnehmen. Den Papierkram können wir nach Ihrer Rückkehr erledigen.«

»Leider kann ich Ihnen keine Nachsendeadresse angeben, Mr. Sommers. Ich fliege mit meinem Boss. Er möchte nicht, daß sie bekannt wird.«

Sommers sah zutiefst enttäuscht drein. »Was macht das schon aus? Ich würde Ihren Rover ganz gern kaufen. Ich versichere Ihnen, daß ich . . .« Er verstummte und zuckte mit den Schultern.

Es war zehn nach neun. Loss mußte sich beeilen. Er überlegte kurz. »Okay. So wichtig ist es nicht. Ich kann Ihnen sagen, wo wir ab morgen nachmittag sein werden. Wenn Ihnen der Wagen zusagt, machen Sie mir telegraphisch ein Angebot. Meine telegraphische Bestätigung ist zugleich Ihre Vollmacht, den Rover zu übernehmen. John Malcomb wird den Scheck in Empfang nehmen und ihn bei der Bank einlösen.« Loss schrieb die Kabelanschrift in Sommers' Notizbuch und streckte ihm die Hand entgegen. »Von mir aus ist der Handel perfekt«, meinte er.

Sommers lächelte und deutete mit einem Kopfnicken seine Zustimmung an. »Es war mir ein Vergnügen, Captain Loss.« Die beiden schüttelten sich die Hände.

Der Backbordmotor der zweimotorigen Aztec F mit Turbolader hatte ein paar Fehlzündungen, fing sich aber, spuckte blaue Abgaswolken aus, als er auf Touren kam, und verfiel dann in den gleichmäßigen, störungsfreien Lauf einer fachmännisch gepflegten Maschine. Die Spatzen, die beim Hangar im erst kürzlich ausgesäten Gras umherpickten, stoben erschreckt auseinander. Der verharschte Schnee, vom Luftwirbel der Propeller erfaßt, flog wie Rehposten davon. Der rechte Motor wollte anfangs nicht ansprin-

gen, spuckte ein paarmal und lief schließlich regelmäßig. Loss rollte vom Abstellplatz zum Warteraum vor der Piste. Die Hartgummiklötze an den Scheibenbremsen quietschten, als er die Maschine in Windrichtung auf die Piste steuerte und zur Startposition fuhr.
Die Ahornbäume am Ende der Startbahn hatten schon Knospen angesetzt und waren grün überhaucht. Auf dem schneefreien Boden sproß bereits Gras. Die ersten Zugvögel waren zu sehen.
Loss wendete die Aztec am Ende der Piste, machte auf dem engen Raum des Runup-Pads, wo man die Motoren noch einmal probelaufen lassen konnte, eine Kehrtwendung von 180 Grad und rollte zur Startlinie. Er senkte die Klappen bis zum Anschlag und stellte sie auf Startposition ein. Die Motoren liefen gleichmäßig, ein Dröhnen, das zwischen dem hellen Ton beim Start und dem dumpfen Brummen lag, das hernach während des Flugs ertönen würde. Eine Weile blieb die Maschine so stehen, als wolle sie sich nicht in die Luft schwingen. Der Wind war verstummt. Über den Flugplatz strichen die Schatten der Wolken.
Dann heulten beide Motoren auf, die Maschine, von den Bremsen noch zurückgehalten, stemmte sich gegen das Bugrad und setzte zum Sprung an. Die Turbolader ertönten, die Bremsen wurden gelöst, und die Aztec schoß davon. Vom Cockpit aus sah man, wie die Streifen der Mittellinie allmählich zusammenwuchsen, einen fortlaufenden Strich bildeten und dann, als die Maschine abhob, in die Tiefe stürzten.
Das Fahrwerk schien noch einen Augenblick zu zögern und verschwand dann im Bauch der Maschine. Die Aztec flog durch die dünne Decke aus Stratuswolken der Sonne entgegen, die an diesem Vormittag frühlingshaft warm über Neuengland schien.
Loss stellte die Motoren auf die günstigste Steiggeschwindigkeit ein, überprüfte die übrigen Instrumente und verringerte allmählich die Drehzahl. Das Tal, das aus der Luft weder weiß noch grün wirkte, versank, während sich die zerklüfteten Felsgrate der Green Mountains vor ihnen auftürmten. Dann schienen die Felsen mit den Schneefeldern zu verschmelzen, und der Horizont erstreckte sich von den White Moutains im Osten bis zu den Adirondacks im Westen. Im Norden sah man verschwommen Montreal und im Süden einen Schimmer des Hudson-Tals.
Bei 10 500 Fuß ging Loss in den Horizontalflug über, verringerte Motorenleistung und Drehzahl, korrigierte die Trimmung und schaltete den Autopiloten ein.

»Jetzt verstehe ich, warum dir das Fliegen so viel Spaß macht«, sagte Holly, die völlig entspannt rechts neben ihm saß. Sie schaute abwechselnd nach vorn oder durchs rechte Seitenfenster in die Tiefe.

Zu ihrer Rechten, zwei Meilen unter ihnen, lag dort, wo sich der Champlain-See verengte, Fort Ticonderoga mit seinem fünfeckigen Grundriß. Und weiter südlich davon gingen die Senken von Vermont und des Staates New York in die Ebene von Schenectady über.

Holly holte vom Rücksitz eine Thermosflasche mit Kaffee. Aus ihrer Handtasche kramte sie einen Plastikbecher hervor und füllte ihn. »Warum hast du nie darüber gesprochen? Fliegen ist doch herrlich!«

Sie beugte sich über die Armaturen und schaute nach vorn, um einen Schwarm kanadischer Wildgänse zu betrachten, der tausend Fuß unter ihnen unerschütterlich gegen Norden flog.

»Es ist nicht immer so«, entgegnete er. »Manchmal ist's schlichtweg langweilig; manchmal bedeutet's nur harte Arbeit. Aber du hast schon recht. Ein Flug wie der heutige wiegt vieles auf.« Lächelnd prostete er ihr mit dem Becher zu.

»Wirst du's mir beibringen, Brian?« fragte sie zögernd. »Ich meine, in einer kleinen Maschine, nicht in so einer. Sie ist mir zu groß.« Sie stockte und lächelte verlegen.

»Okay. Ich mach's, aber du mußt mit Segelfliegen beginnen. Denn damit hat alles angefangen, und dorthin wird die Entwicklung vermutlich wieder verlaufen. Ich kann's jetzt nicht erklären. Wir sprechen darüber, wenn wir zu Hause sind. Aber ich verspreche es dir. Wenn wir wieder zurück sind.«

Sie hörte sich seine Worte schweigend an, nippte von dem Kaffee und schenkte ihm aus der Thermosflasche nach.

»Wohin fliegst du von Albany?« fragte er mit betont gleichmütiger Stimme. Er nahm das Gas etwas weg und trimmte neu ein.

Da sie nicht antwortete, dachte er, daß er zu leise gesprochen hatte; vielleicht hatte sie seine Frage nicht gehört. Erst nach einer Weile antwortete sie: »Der Ort heißt Carriacou. Die Gegend ist noch nicht überlaufen. Es ist schön dort.«

Loss kam der Name irgendwie vertraut vor. Es konnte in Venezuela sein oder in Schottland. Er dachte nach, aber er kam nicht darauf.

Sie umfaßte mit der linken Hand seinen Nacken und begann ihn zu massieren. »Dort lebt ein Freund von mir. Ich möchte ihn besuchen.«

Loss meldete sich beim Tower von Albany und wurde zwischen mehreren aus Norden anfliegenden Maschinen zur Landung eingeteilt. Die Äcker, die unter den Tragflächen vorüberglitten, wirkten grüner und frühlingshafter als die im Norden. Sie flogen über einen Fluß und sahen dann verschwommen den Stadtrand von Albany.

»Brian, du bist stur wie ein Maulesel«, sagte sie plötzlich. »Du würdest dich eher hängen lassen, als daß du mich fragtest, wo Carriacou liegt.« Sie blickte über die Armaturen gebeugt nach vorn – mit ausdrucksloser Miene und angespanntem Gesicht – und schaute auf die Landschaft, die unter der Aztec vorüberzog.

Er stieß einen Seufzer aus. »Hör zu, Holly! Wir haben nicht viel Zeit. In zwei Minuten wird's hektisch zugehen. Nach der Landung kann ich mich nicht um dich kümmern, sondern muß die Maschine für Welsh startklar machen. Natürlich würde ich gern erfahren, wo dieser Ort liegt. Aber du lebst dein Leben, wie es dir gefällt, und damit muß ich mich abfinden.« Er verstummte, nahm das Gas weg, paßte die Tourenzahl an und meldete sich beim Tower von Albany. Er warf ihr noch einen kurzen Blick zu und spähte dann nach vorn in die strahlende Sonne.

»Versteh mich doch bitte!« sagte er. »Ich habe Welsh gefragt, ob du nicht mit uns kommen könntest. Er hat es rundweg abgelehnt. Ich würde dich gern mitnehmen, aber ich kann's nicht. Ich kann dir nur versichern, daß ich dich gern um mich hätte. – Wo liegt nun dieses Carriacou?«

Er fuhr langsam die Landeklappen aus und schaltete die Tower-Frequenz ein. Sie sah zu, wie er all die Geräte bediente, die Motorenleistung leicht erhöhte, den Anstellwinkel der Propeller verkleinerte, der Maschine seinen Willen aufzwang.

»Carriacou«, erwiderte sie, »ist so nah oder so fern, wie es dir beliebt.« Dann blickte sie durch die Frontscheibe auf die Landebahn, die immer breiter wurde.

5

Mark Sommers blieb noch geraume Zeit in der Sonne stehen, die dann und wann von einer Wolke verdunkelt wurde, und blickte nach Süden, obwohl die Aztec längst verschwunden war. Ihm war unbehaglich zumute, nachdem er Welshs Zielort erfahren hatte, aber er wollte dieses Gefühl nicht weiter analysieren. Welche Bedeutung konnte das schon haben? Es war eine unbedeutende Information, mehr nicht. Wenn man sie allerdings in das Mosaik eines großangelegten Plans einfügte, würde sie weitaus mehr Gewicht, mehr Bedeutung erlangen . . . Er zwang sich, nicht weiter darüber nachzudenken.

Das Motorengedröhn war verstummt. Sommers hörte nur das Rauschen des Windes, der durch die kahlen Bäume strich und die Äste schüttelte. Der dahinschmelzende Schnee bildete Pfützen, deren Oberfläche der Wind kräuselte. Sommers kam sich alt und gebrechlich vor.

Malcomb, die Hände in die Taschen seiner Drillichjacke gesteckt, verließ schnellen Schritts das Bürogebäude. Er knallte die Tür hinter sich zu und pfiff einen Schlager.

»Ich habe gehört, daß Sie den Land Rover so gut wie gekauft haben, Mr. Sommers.« Er ging an Sommers vorbei zu der Zapfsäule, wo er einen Blick auf den Treibstoffanzeiger warf und sich die Zahl mit einem Kugelschreiber auf der Innenhand notierte.

Sommers stampfte ein paarmal gedankenverloren auf den verharschten Schnee. »Kann schon sein. Ich muß ihn mir erst ansehen.«

Malcomb nickte. »Ich kenne den Wagen. Loss hält den Motor tadellos in Schuß. Im letzten Herbst habe ich ihm bei einer Reparatur an den Ventilen geholfen. Wenn man noch etwas Arbeit reinsteckt, ist auch die Karosserie in Ordnung.« Er warf einen Blick auf die Zapfsäule und gab ihr verdrossen einen Fußtritt. »Der Sprit wird immer knapper. Der Besitzer der Aztec hat eine Treibstoffzutei-

lungskarte wie auch einige der anderen Flugzeugeigner hier.« Er zeigte auf die wenigen herumstehenden Maschinen. »Sie verfügen über eine Flugberechtigung Klasse II. Die restlichen erhalten nur so viel, daß sie im Monat knapp drei Stunden fliegen können. Ungemein belebend fürs Geschäft, wie Sie sich denken können.«
»Hat Sie Captain Loss über unsere Absprache informiert? Wenn mir der Land Rover zusagt, mache ich ihm telegraphisch ein Angebot.«
Malcomb schob seine Mütze zurück und grinste breit, so daß man sein tadelloses Gebiß sah. »Er gibt sein Einverständnis gleichfalls telegraphisch durch, und ich kassiere Ihren Scheck.« Er streckte Sommers die behandschuhte Rechte hin. »Kommen Sie danach ins Büro und teilen Sie mir Ihre Entscheidung mit. Meine Frau ist im rückwärtigen Büro. Sie wird Ihnen den Weg zu Loss' Haus beschreiben.« Malcomb drehte sich um und ging zum Hangar. Ab und zu blieb er stehen und stampfte die Erdschollen glatt, die der Frost gehoben hatte. Der Wind trug die Melodie, die er vor sich hin pfiff, zu Sommers herüber, der Malcomb nachblickte, bis er verschwunden war.
In zwanzig Minuten hatte Sommers seine Inspektion des Land Rovers abgeschlossen. Eigentlich war es nur eine Farce, da er Welshs Zielort ja kannte. Dennoch versuchte er einen glaubhaften Eindruck zu hinterlassen. Er stapfte im Schnee um den Rover, begutachtete die Wagenunterseite und ließ den Motor laufen. Er fuhr sogar bis zur Straße und wieder zurück und schaltete das Allradgetriebe ein. Zum Schluß ließ er mit gespielter Verachtung die Wagentür ins Schloß fallen, als habe er einen irreparablen Makel entdeckt.
Die Wagenschlüssel deponierte er im Flughafenbüro. Malcomb war nicht da, was Sommers überaus gelegen kam. Er hinterließ bei dessen Frau einen Zettel, auf dem nur stand, daß das Getriebe sich bedenklich anhöre, und fuhr mit seinem VW nach Plattsburgh zurück. Als er in die Bundesstraße Richtung Westen einscherte, holte er aus seiner Brusttasche zwei Pillen und legte sie unter seine Zunge. Dieser Teil des Auftrags wäre erledigt, dachte er.
Die Fahrt zur Fähre über den Champlain-See dauerte gut eine Stunde. Obwohl nicht viel Verkehr herrschte, fuhr Sommers knapp über sechzig Stundenkilometer. Er empfand Atembeschwerden und hatte die Wagenfenster trotz der Kühle des Aprilmorgens geöffnet. Als er zweimal von einem Streifenwagen überholt wurde, pochte ihm das Herz bis zum Hals.

Da die Fähre Verspätung hatte, mußte er eingekeilt zwischen den anderen Wagen warten. In den Händen hatte er kein Gefühl mehr. Er schwitzte am Hals und an den Armen. Er versuchte seine Angst, daß er sich verspäten könnte, zu unterdrücken, aber es fiel ihm schwer. In 83 Minuten würde Saljut VIII vorüberziehen.

Um 17 Uhr 49 östlicher Standardzeit hatte Sommers das Hochfrequenz-Funkgerät im Souterrain seines Hauses eingestellt. Er hatte die geographische Lage von Salt Whistle Cay nach Breiten- und Längengrad berechnet und sie sodann mit vierstelligen Zahlen verschlüsselt. Er warf noch einen Blick auf seine Uhr und auf die Zeittafel und wartete dann nervös, daß er im Empfänger etwas hörte.

Um 17 Uhr 44 trat Saljut VIII aus der Dunkelheit ins Sonnenlicht über den kanadischen Küstenprovinzen und zog in west-südwestlicher Richtung weiter. Die Sensoren und Kameras des acht Tonnen schweren Satelliten waren auf die militärischen Anlagen in Nordamerika gerichtet, speisten Bilder und Infrarotaufnahmen in die Analogcomputer ein, die wiederum die Informationen für die nachfolgende Übermittlung auf Magnetbändern speicherten.

Um 17 Uhr 47 wurden die ausgesandten telemetrischen Daten von einer 28 Schiffe zählenden Fangflotte der Ostblockstaaten im Atlantik empfangen – Wassertemperaturen über dem Kontinentalschelf, Windrichtung und Windgeschwindigkeit über dem Meer, Lage und Schichtung der Thermoklinen jenseits einer Tiefe von 100 Faden, Position der Schiffseinheiten der amerikanischen Flotte entlang der Atlantikküste.

Die Inertialnavigationsakzelerometer berechneten den genauen Kurs des Saljut-Satelliten 480mal pro Sekunde, programmierten die Frequenztabellen für die Übermittlung, den Empfang und die Korrelation des Datenmaterials. Wie auf einem von der Hand eines Lehrers gedrehten Globus zog tief unten der Subkontinent vorbei. Magdalen-Insel, Prinz-Eduard-Insel, Neubraunschweig.

Um 17 Uhr 49 übermittelte der Satellit verschlüsselte Nachrichten mit einer Frequenz von 17.155 Kilohertz, darunter die Anweisung an das U-Boot Z-689 der Roten Flotte, unverzüglich zur Überprüfung der SS-N-8-Raketen Sewerodwisk nahe Archangelsk anzulaufen, wie auch die Information an das sowjetische U-Boot RZ-122, daß man dem Navigationsoffizier zur Geburt eines 3,9 Kilogramm schweren Sohnes gratuliere.

Maine, New Hampshire, Vermont, New York.
Um 17 Uhr 53 Minuten 30 Sekunden richtete Saljut VIII eine Parabolantenne auf den nördlichen Teil des Bundesstaates New York und funkte mit einer Frequenz von 144:217 Megahertz eine siebenstellige Zahlenkombination.
Sommers vernahm das Identifizierungssignal, übermittelte seine Kodegruppen innerhalb von vierzig Sekunden dreimal und lauschte. Die siebenstellige Zahlenkombination war abermals deutlich zu hören, gefolgt von einer Rückübermittlung seiner Zahlenkombinationen. Während er noch lauschte, veränderte sich die Frequenz und blendete dann aus, als der Satellit über Pennsylvania nach Südwesten weiterzog.
Sommers schaltete das Funkgerät ab, zog den Stecker heraus und stellte den Apparat in das oberste Fach über der Werkbank.
Sein Puls war weiterhin flach und beschleunigt, aber der Schmerz in seiner Brust hatte nachgelassen. Er hörte die Schritte seiner Frau, die oben in der Küche umherging und das Abendessen zubereitete.
Mehr werde ich nicht für sie tun, nahm er sich vor, verbrannte die Zeittabellen und Entschlüsselungstafeln und verstreute die Asche unter der Werkbank. Nachdem er die Lampe ausgeschaltet hatte, blieb er noch eine halbe Stunde im dunklen Keller sitzen und lauschte dem Pochen seines schwachen Herzens.
Saljut VIII überquerte in elf Minuten und achtzehn Sekunden den nordamerikanischen Kontinent, flog sodann über den Pazifik und zog nordwärts über das Südchinesische Meer. Um 18 Uhr 38 wurde auf mehreren Kanälen eine Mikrowellenverbindung zwischen AW-4 und dem Satelliten hergestellt. Wenige Minuten darauf druckte der Fernschreiber im Büro des Ersten Direktors der Abteilung Sonderoperationen-West die von Sommers übermittelte, bereits entschlüsselte Nachricht aus. »Also 12 Grad 34,2 Minuten Nord, 61 Grad 19,7 Minuten West.« Der Mann schob seine Trifokalbrille auf die Stirn und blickte den Oberst der sowjetischen Raketentruppe an.
Petrov rekelte sich auf der Ledercouch, die Krawatte gelockert und die Augen zur Decke gerichtet. Er hob ein Bein und kratzte sich mit dem Absatz gedankenverloren am Schienbein des anderen. »Stellen Sie fest, um was es sich handelt. Die Datenzentrale muß darüber etwas haben. Ich vermute, daß der Ort unweit der Nordküste von Südamerika liegt, bei Trinidad oder in der südlichen Karibik.« Petrov holte aus seiner Hemdtasche eine Zigarette, zündete sie an und legte den Kopf auf die Armlehne der Couch.

Vasili Rametka, stellvertretender Direktor der Abteilung Sonderoperationen-West, schob die Brille herunter und las die Koordinatenangaben. Dann drückte er auf eine Taste der Gegensprechanlage und sprach leise mit einem gewissen Josif in der Datenzentrale. Offensichtlich zufriedengestellt, ließ Rametka die Taste zurückschnappen, lehnte sich in seinem Sessel zurück und kaute nachdenklich an seinem Kugelschreiber. »Halten Sie die von Striganov und seinem Team hergestellten Sprengkörper für funktionsfähig, Genosse Oberst?«

Petrov nickte zustimmend mit dem Kopf. »Sie haben den Bericht ja selbst gelesen. Ich habe dem Vorsitzenden Andropov in einem Schreiben empfohlen, Striganov den Leninorden zu verleihen. Aufgrund seiner Leistungen verdient er diese Auszeichnung.«

Rametka preßte die Lippen zusammen und warf verärgert den Kugelschreiber auf den Schreibtisch. »Damit wir uns richtig verstehen, Petrov: Meine Abteilung hat diese Operation ausgearbeitet. Zwar hat man dem KGB die Durchführung der operativen Phasen anvertraut, aber die Leitung liegt bei mir. Ich persönlich habe Sie aufgrund Ihrer Leistungen in Äthiopien und Belgien als Leiter des Teams angefordert. Sie sind mir überdies empfohlen worden, Genosse Oberst. Da mir sehr an einer harmonischen Zusammenarbeit gelegen ist, sollten zwischen uns beiden hinsichtlich der Befehlskette keinerlei Zweifel bestehen.«

Rametka war von zierlicher Gestalt und trug mit Vorliebe Nadelstreifanzüge, wie sie vor dem Krieg in Mode gewesen waren. Sein Gesicht hatte eine fahle, ungesunde Farbe und wirkte teigig. Um so mehr hoben sich die blutroten Lippen ab. Er stützte sich auf die Hände, die mit gespreizten Fingern auf der Schreibtischplatte ruhten, und beugte sich vor. »Ist das klar?«

»Das ist mir durchaus klar«, erwiderte Petrov. Er richtete sich auf und streckte die Arme. »Allerdings sind wir inzwischen an dem Punkt angelangt, wo die Planung mit der operativen Durchführung verschmilzt. Andropov hat mir die Operationsleitung übertragen. Die diesbezügliche Anweisung wird Ihnen noch zugestellt. Mit der Unterschrift des Ersten Sekretärs.« Er lächelte Rametka versöhnlich an. »Einigen wir uns darauf, Genosse Rametka: Sie und Ihr Mitarbeiterstab haben die Planung und Auswertung unter sich, ich leite die Operationen. Sobald ich mich im Einsatz befinde, haben Sie nur noch unterstützende Funktion.« Bedächtig drückte er die Zigarette im Aschenbecher aus – eine Geste, die Petrovs Rang verdeutlichen

sollte. Lächelnd blickte er auf. »Wir wollen dieses Problem nicht dadurch zu lösen versuchen, daß wir uns an unsere Vorgesetzten wenden. Das würde Ihrer Stellung nicht guttun. Überdies dürfen wir keine Zeit mehr verlieren.«
Der ältere Mann schwankte zwischen Unentschlossenheit und Verärgerung. Er wollte etwas sagen, überlegte es sich aber dann, daß diese Regelung auch ihre Vorteile hatte. Wenn Petrov als Operationsleiter im Einsatz versagte, konnte man seine Abteilung dafür kaum verantwortlich machen. Er erwiderte Petrovs Lächeln, wobei sich die Hautsäcke unter seinen Augen zu einem Netzwerk von Falten verzogen. »Einverstanden«, sagte er gleichgültig, ohne sich den Grund für seine Nachgiebigkeit anmerken zu lassen.
In diesem Augenblick schlug die Signalglocke am Fernschreiber an, und der Apparat begann zu summen. Zeile um Zeile erschien auf dem Streifen aus weichem Papier. Nachdem das Gerät die Nachricht ausgedruckt hatte, gab es noch drei weitere Zeilen durch und verstummte. Beide Männer standen auf, um die Information zu lesen. Petrov nahm wahr, daß Rametkas Atem leicht säuerlich roch und daß er unter den Achselhöhlen schwitzte. Es wird zwischen uns keinen Machtkampf mehr geben, schoß es ihm durch den Kopf.
Das Fernschreiben war kurz, aber aufschlußreich. Es lautete:

12/580P CEBDAT AN SPECOPS AW-4 STOP LAGE SALT WHISTLE CAY IN KARIBIK KOMMA GRUPPE DER INSELN UNTER DEM WINDE STOP ETWA EINEN QUADRATKILOMETER GROSSE FERIENINSEL KOMMA KORALLENINSEL VULKANISCHEN URSPRUNGS STOP EINST ENGLISCHE KOLONIE HEUTE ZUM BARBADOS/TRINIDAD BLOCK GEHÖRIG KOMMA PROWESTLICH BIS NEUTRAL STOP EINZIG ALS LUXURIÖSER FERIENORT VON BEDEUTUNG KOMMA NÄHERES ARCHIVBAND 2958889ARG STOP TOPOGRAPHISCHE BESCHREIBUNG UND AUFNAHMEN DURCH COSMOSSATELLIT NEUN FOLGEN ÜBER FAKSIMILEÜBERMITTLUNG STOP KOMMUNIKATION ÜBER TELEFON UND RUNDFUNK SENDER STOP TRANSPORTMÖGLICHKEITEN ZUR INSEL DURCH SCHIFFSVERKEHR KOMMA FERNER KLEINER FLUGHAFEN AUF BENACHBARTER UNION INSEL STOP ETWA VIERZIG MANN PERSONAL STOP WEITERES DATENMATERIAL DURCH ZUSTÄNDIGEN AGENTEN KOMMA BARBADOS KOMMA BEI ANFORDERUNG VON EINZELHEITEN STOP UNTERLIEGT KEINER SICHERHEITSSTUFE KOMMA ARCHIVBAND ZENTRALE 2203795ARG STOP ENDE

Petrov lächelte. »Sieh an, Senator Welsh macht also auf einer Karibikinsel Urlaub. Das kommt uns doch sehr gelegen?« Er sagte es mit fragender Stimme.
Vasili Rametka strich mit der Hand über sein schütteres Haar und las das Telexschreiben noch einmal. Daraufhin holte er drei Aktenmappen aus dem Safe, nahm wieder am Schreibtisch Platz und blätterte sie durch. Nach einer Weile legte er sie beiseite. »Welsh scheint mir keineswegs der ideale Kandidat zu sein, Genosse Oberst. Von den drei Politikern, die wir in Erwägung gezogen haben, halte ich ihn für den zweitbesten. Der Kongreßabgeordnete aus Ohio sagt mir am meisten zu. Welsh ist allem Anschein nach eine ausgeprägte Persönlichkeit und zudem ein ausgesprochener Pragmatiker. Ihn zu beeinflussen wird schwierig sein.«
Petrov fuhr mit der Zungenspitze über die Kante seiner Schneidezähne. »Darüber haben wir bereits gesprochen, Rametka. Nur während eines Urlaubs könnte ich einen dieser Männer in unserem Sinne beeinflussen. Meiner Einschätzung nach brauche ich dazu mindestens fünf Tage intensiver Arbeit, um eine verläßliche Kontrolle herzustellen. Der Abgeordnete aus Ohio verbringt seinen Urlaub in einem Wallfahrtsort. Eine Situation, mit der sich nichts anfangen läßt.« Er schnaubte verächtlich und schnitt eine Grimasse. »Oder können Sie sich mich als Pfaffen vorstellen?« Petrov begann in dem Raum hin und her zu gehen und schlug dann mit der Faust auf den Schreibtisch. »Nein, Vasili. Wir müssen uns mit Welsh begnügen. Da es sich um eine abgeschiedene Insel handelt, wird es leicht sein, als Urlauber seine Bekanntschaft zu machen. Und von da an geht es nur darum, sein Machtstreben zu wecken. Dr. Lunt vom Sebskij-Institut hat die psychologischen Grundzüge entwickelt, nach denen ich vorgehen soll. Er hat Welshs Background eingehend studiert und rechnet nicht mit großen Schwierigkeiten.«
Rametka nickte ein paarmal mit dem Kopf. »Ich räume ein, daß die Situation für die Herstellung einer Beziehung günstig ist. Dennoch rate ich Ihnen, langsam vorzugehen. Falls Welsh sich ablehnend verhält, sollten Sie sich unbedingt zurückziehen. Er muß der Meinung sein, daß er die Entscheidungen selbst trifft.« Rametka säuberte den Kopf seiner Tonpfeife und füllte ihn mit grobgeschnittenem Tabak. Er steckte die Pfeife an, setzte sich zurück und lehnte den Kopf an die Wand. Eine Zeitlang schwiegen beide. Rametka beschloß, seine Beurteilung in den Projektakten für den Fall zu protokollieren, daß Petrov die Sache nicht gelang. Damit wäre seine

Abteilung aller Verantwortung enthoben. Er neigte sich vor und überreiche Petrov das Dossier über Welsh. »Es bleibt also bei Welsh, Genosse Petrov. Aber es ist *Ihre* Entscheidung, wie Sie selbst zugegeben haben.« Er zog wieder an seiner Pfeife und stieß dichte Rauchschwaden aus, die vom Luftstrom der Klimaanlage zerfetzt wurden. »Wie wollen Sie vorgehen?«

Anatoli Petrov deutete ein Lächeln an. Rametka hatte seine Machtbefugnis endgültig abgetreten. Er nahm das Dossier und verstaute es in seiner Aktentasche. »Wie ich vorgehen werde?« wiederholte er. »Auf dem schnellsten Weg. Welsh hat seinen Termin um zwei Tage vorverlegt. Es sieht so aus, als hätte Sommers die Information über Welshs Zielort beinahe nicht erhalten. Ich fliege noch heute abend nach Zürich, um dort die finanzielle Seite der Sache zu regeln, und morgen vormittag dann weiter. Die Deutsche, die ich im vergangenen Sommer in Den Haag eingesetzt habe, werde ich wieder als meine Frau ausgeben. Sie ist psychologisch ausgezeichnet geschult. Die Dokumentation und die Kameraarbeit werde ich Heiss anvertrauen. Er und Sommers werden liquidiert, sobald der Kontakt zu Welsh hergestellt ist.«

Rametka runzelte die Brauen. »Ich war der Meinung, daß es zu keinen *mokrye dela* kommen würde.« Er gebrauchte einen Ausdruck aus der Stalin-Ära, den Beria häufig verwendet hatte.

Petrov atmete angewidert aus. Das kommt davon, wenn man es mit alten Männern, deren Zeit längst abgelaufen ist, zu tun hat. »Diese *nassen Angelegenheiten,* von denen Sie eben sprachen, Dr. Rametka, gehören der Vergangenheit an. Der Ausdruck klingt zu pathetisch. Eine Liquidierung bedeutet Ausschalten durch irgendeinen Unfall. Heiss und Sommers sind nun mal Glieder einer Kette, und diese Glieder müssen verschwinden. Es ist eine operative Notwendigkeit.« Er stockte und griff nach der gerahmten Fotografie auf Rametkas Schreibtisch. Sie zeigte eine sitzende Frau, umgeben von zwei Kindern. Im Vordergrund lag ein gelangweilt dreinblikkender Hund. »Ihre Familie?« fragte er.

Rametka nickte. »Meine Frau und die Kinder. Sie ist tot. Sie starb vor neun Jahren an einem Tumor.«

Petrov schüttelte bedauernd den Kopf. Das bekräftigte nur seine Ansicht, daß alte Männer Gefangene ihrer Vergangenheit waren. Er dachte kurz an Sergej und verdrängte dann die Erinnerung. Er begann wieder auf und ab zu gehen und überlegte, wie er das Informationsmosaik vervollständigen könne.

»Da ist noch was«, sagte er. »Ich benötige ein psychologisches Gutachten über Welshs Frau und Backgroundinformationen über sie, über ihre Neigungen und Aversionen. Ferner noch Informationen über Welshs Piloten, diesen Brian Loss.«
Rametka nickte und sagte ein paar Worte in die Gegensprechanlage. Nach einer kurzen Pause wurde seine Anweisung bestätigt.
»Die Informationen stehen in einer halben Stunde zur Verfügung. Fahren wir jetzt nach oben! Seit drei Tagen habe ich diese Höhle nicht verlassen. Ich weiß schon nicht mehr, wie der Himmel aussieht.«
Beide zogen ihre Mäntel an. Rametka schlüpfte in einen Tweedmantel, an dessen Revers eine emaillierte Miniaturausgabe des Leninordens prangte. Nachdem Petrov seinen dunklen Militärmantel angelegt hatte, verließen sie den Raum und begaben sich in den mit einem Läufer ausgelegten Gang von Etage VII. Sie passierten den Kontrollraum mit den Sicherheitsbeamten und fuhren mit dem Fahrstuhl zu Etage IV. Dort entschuldigte sich Petrov und betrat das Büro der KGB-Zweigstelle. Er schloß die Tür und ließ Rametka draußen stehen. Irritiert wartete der sowjetische Chefplaner.
Nach zwanzig Minuten kam Petrov heraus, packte Rametka am Ellenbogen und geleitete ihn zu den Fahrstühlen. Petrov machte nun einen freudig erregten, gelösten Eindruck. Er plauderte mit Rametka über alles mögliche und ließ sich über den Tabellenstand von Dynamo Moskau aus. Sie gelangten zu Etage II und passierten die letzte Kontrollstelle. Petrov redete den Wachtposten beim Vornamen an und gratulierte ihm zu seiner Beförderung zum Sergeanten. Als die beiden weiterschlenderten, salutierte der Wachtposten lächelnd.
Sie gingen durch die geöffneten Panzertüren, schritten gemächlich die flache betonierte Rampe empor und erblickten hinter der letzten Panzertür den blauen Himmel. Am Kontrollschalter beim Eingang zu AW-4 gaben sie ihre Passierscheine für den Innenbereich ab und erhielten grüne Passierscheine für den Außenbezirk. Danach traten sie ins Sonnenlicht.
Zu beiden Seiten des Tals ragten die Berge des Urals empor. Auf den Gipfeln lag noch Schnee. Rametka setzte seine Pelzmütze auf. Unterm dunklen Nerzfell wirkte sein Gesicht noch fahler. Er führte Petrov über einen hölzernen Laufsteg zur Eislaufbahn. Drei AW-4-Mitarbeiter, die dienstfrei hatten, tummelten sich auf dem Eis. Eine rotwangige Frau mit kasachischen Gesichtszügen lief mit großer

Meisterschaft. Sie schnellte hoch in die Luft, wirbelte geschmeidig um die eigene Achse und setzte dann auf einem Bein auf.
»So laufen zu können habe ich mir immer gewünscht«, sagte Rametka, der die Läufer beobachtete. »Ich habe zwei halbwüchsige Kinder und freue mich schon darauf, daß ich ihnen nach meiner Pensionierung mehr Zeit widmen kann. Es mag sonderbar klingen, aber oft stelle ich mir, wenn ich so an meinem Schreibtisch sitze, uns drei beim Schlittschuhlaufen im Gorki-Park vor. Wir halten uns an den Händen und lauschen der Musik. Danach trinken wir alle heiße Schokolade, und hinterher gehen wir ins Theater.«
Petrov musterte das Gesicht des alten Mannes, die feinen Fältchen um die Augen, die zu den schlaffen Backen liefen.
»Ich kann Sie gut verstehen, Vasili. Jeder wird irgendwann seines bisherigen Lebens überdrüssig. Aber vielleicht haben wir in ein paar Jahren alles zu unseren Gunsten entschieden.« Er blieb stehen und hob eine Handvoll Schnee auf, den er fest zusammenballte, bis Wasser austrat.
Rametka nahm die Pelzmütze ab und wandte sein Gesicht, die Augen geschlossen, der Sonne zu. »Ah, das tut gut!« erklärte er. »Wann soll denn der Transport des Sprengkopfs erfolgen?«
»Der Transport ist bereits erfolgt. Zur Zeit lagert er im Waffendepot III in Wladiwostok, bis *ich* weitere Anweisungen gebe.« Petrovs Betonung war unüberhörbar.
Rametka nickte und nahm widerspruchslos den selbstherrlichen Ton hin. »Was geschieht nach der Kontaktaufnahme zu Welsh? Ich möchte mich erst mit unserer Psychologengruppe beraten, was die Analyse der aufgezeichneten Gespräche zwischen Ihnen und Welsh betrifft, bevor wir uns endgültig binden.«
Petrov zog die Mundwinkel hoch und deutete ein Lächeln an. »Das habe ich bereits in Erwägung gezogen. Ich werde kaum Zeit haben, mit dem Material hierherzukommen. Voraussichtlich fliege ich von der Ferieninsel nach Mexiko und dann nach Kuba. Dort werde ich Sie und Ihr Team treffen. Wenn wir den Terminplan einhalten, kann ich Welsh auf der Insel noch einen Besuch abstatten, falls es sich als notwendig erweisen sollte.« Er klopfte Rametka behutsam auf die Schulter, als wäre dieser ein gebrechlicher Greis. »Es wird schon klappen, Vasili. Sie bekommen Ihre Pension und dazu den Orden eines Helden der Sowjetunion.«
Sie blickten nach Süden. Dort ging das Tal in die Kirgisensteppe über, wo jetzt die Weizenaussaat begann. Petrov lächelte.

6

Die Entstehung der Antillen gibt noch manches Rätsel auf. Die Geologen nehmen an, daß diese Inseln, die aus der Luft wie auf blauem Samt bogenförmig arrangierte Smaragde wirken, lediglich die Gipfel erloschener Vulkane sind, die vom Meeresboden emporragen.

In den erhalten gebliebenen Legenden der Kariben hingegen heißt es, Gott habe einst die Hände auf den Meeresboden gelegt und sodann zu drücken begonnen, so daß zwischen seinen Fingern die Felsrücken emporquollen. Danach hätten Wellen und Wind an den Felsrücken genagt, bis schließlich Lücken entstanden, die so breit sind wie die feste Erde dazwischen.

Die Antilleninseln, die von Hispaniola und Kuba im Norden bis nach Trinidad im Süden reichen, werden aufgrund ihrer Fläche in die Großen und Kleinen Antillen eingeteilt. Kuba mit seinem immerwährenden Sonnenschein, Puerto Rico, das sich unter Wolkenbänken duckt, und das abgekapselte Hispaniola oder Haiti bilden die Großen Antillen.

Die Kleinen Antillen beginnen mit den Jungfern-Inseln, setzen sich jenseits der Anegada-Passage mit der St.-Martins-Insel fort und beschreiben sodann einen nach Süden gerichteten Halbkreis bis hinunter nach Trinidad. Die südlichen Glieder dieser Kette heißen auch Windward-Inseln, und die sieben Inseln, aus denen sie geknüpft ist, sind nach Heiligen und Sündern, Seeleuten und Schurken benannt, die längst tot sind.

Die untersten Glieder bilden Grenada und St. Vincent und der zwischen beiden liegende Archipel – winzige Eilande, wogenumbrandete Riffe, stille Lagunen –, der den Namen Grenadinen trägt. Eins dieser Eilande heißt – warum, ist längst vergessen – Salt Whistle Cay.

In einer Höhe von 12 000 Fuß ging die Aztec – der Flughafen

St. John auf Antigua lag 41 Meilen hinter ihnen – in Horizontalflug über. Loss korrigierte Druck, Drehzahl und Treibstoffzufuhr und schaltete auf Reisegeschwindigkeit. Das eine Peilfunkgerät hatte Kontakt mit Guadeloupe, das andere stellte sich auf Lamentin auf Martinique ein, das 170 Meilen entfernt im Südwesten lag.
Welsh saß auf dem Kopilotensitz und tändelte mit dem Zeit- und Entfernungscomputer. Nach einer Weile drehte er am Radiokompaß, versuchte einen nahen Sender einzustellen und schaltete schließlich ungeduldig ab. In einem Flugzeug hatte sich Clifford Welsh noch nie wohl gefühlt. Loss flog auch nicht gern mit ihm, da Welsh stets an den Instrumenten herumfummelte, Fragen über die Spritreserve oder die Ankunftszeit stellte und sich alle möglichen bedenklichen Motorengeräusche einbildete.
Dennoch war er für die Massenmedien der »fliegende Senator«. Er hatte etliche Fachausdrücke gelernt, ein paar Flugstunden genommen und sich die Attribute und das Gehabe eines Sportfliegers zugelegt – graue Sonnenbrille, schlaksige Bewegungen, knappe Sätze. Niemand schien ihm gesagt zu haben, daß derlei seit dem Ende des 2. Weltkrieges samt dem Schwadronieren über angeblich geflogene Einsätze passé; war. Aber für die Presse war es ein gefundenes Fressen.
»Wie lang wird's noch dauern?« fragte Welsh und rückte die Sonnenbrille zurecht. Er warf einen Blick auf das weißgesprenkelte Meer tief unter ihnen.
Loss trimmte die Maschine neu ein und fütterte den Bordcomputer mit Zahlen. »Bis Martinique sind es noch etwa 48 Minuten und bis Union-Island 1 Stunde und 46 Minuten. Ich habe von Antiqua aus Salt Whistle Cay unsere voraussichtliche Ankunftszeit durchgegeben. Man wird uns rechtzeitig abholen. Wir sind unserem Zeitplan ohnehin um fünf Minuten voraus.«
Welsh war sichtlich erleichtert. Er blickte auf die vor ihnen liegende Inselkette. »Wie gefällt Ihnen all das, Brian?« fragte er und beschrieb mit der Hand einen Halbkreis über die Vorderseite des Kabinendachs.
Loss lehnte sich gegen das Plexiglas und schaute aufs Meer hinunter. Gegen Osten zu war der Atlantik aufgrund seiner Tiefe von indiofarbener Bläue; stellenweise verlieh ihm die im Westen stehende Sonne einen messingfarbenen Schimmer, und der Wind ließ ihn aufschäumen. Vor ihnen erstreckte sich die Inselkette, stemmte sich gleichsam gegen den ständig wehenden Passat und die anrollen-

den Wogen. Jede Insel war vom weißen Saum der Brandung umgeben. Die Erhebungen und Einschnitte waren olivgrün. Von den Gipfeln der gebirgigen Inseln zogen Schwaden von Kumuluswolken in Windrichtung nach Westen. Es war ein wundervoller Anblick. »Ich finde es hübsch hier, Senator«, erwiderte Loss, der sich wünschte, er würde allein über der ruhigen See dahinfliegen und nur das Dröhnen der Motoren und das Rauschen des am Cockpit vorbeistreichenden Windes hören.

Welsh lehnte sich auf dem Sitz zurück und schob die Sonnenbrille höher. »Lassen Sie doch den *Senator,* Brian. Ich weiß Ihre Höflichkeit zu schätzen, aber wir haben jetzt zwei Wochen ohne all den formellen Kram vor uns. Nennen Sie mich ruhig Cliff.« Er nestelte an seinem geriffelten Polohemd unter dem Kamelhaarsakko. »Auch möchte ich die Hotelgäste nicht wissen lassen, daß ich Senator bin. Wir wollen uns schließlich erholen.«

Loss nickte verständnisvoll, obwohl er wußte, daß Welsh binnen zwei Stunden den Senator hervorkehren würde, vermutlich zuerst gegenüber dem Hotelmanager. »In Ordnung, Cliff.« Loss ließ die Zusatzpumpe laufen, schaltete von den Haupttanks auf die Reservetanks und überprüfte, ob der Kraftstoffdruckanzeiger einen Durchfluß registrierte.

Welsh hatte sich mittlerweile umgewandt und blickte nach hinten. Seine Frau lag unter einer Wolldecke zusammengerollt auf den Rücksitzen. Ihr Mund stand ein wenig offen, sie schlief. Welsh strich die Decke glatt und drehte sich um. »Judith scheint völlig erschöpft zu sein«, meinte er. »Ich muß sagen, mir geht es auch nicht anders. Und in ein paar Monaten soll ich mich zur Wahl stellen. Wenn ich die Wahlkampagne und dazu noch mein normales Arbeitspensum durchstehe, bin ich im November reif fürs Sanatorium.« Er lachte auf. Es klang wie ein Röcheln.

Loss stellte die Kabinenheizung ein wenig höher und musterte seinen Arbeitgeber von der Seite. »Ihre Wiederwahl scheint doch gesichert zu sein. Oder wollen Sie wieder eine Wahlkampagne mit vollem Einsatz führen?« Aus dem Augenwinkel sah er, daß Welsh leicht mit den Achseln zuckte.

»Das ist noch nicht entschieden«, erwiderte Welsh tonlos.

Unter der linken Tragfläche glitt Guadeloupe vorbei. Sie schauten auf eine üppig grüne, gezackte Küste mit flachen Buchten und vorspringenden Landzungen, auf denen hier und da kleine Fischerdörfer lagen. Ein großer Schoner fuhr mit geblähten Segeln die

Küste entlang. Das weiße Kielwasser hob sich gut von all dem Blau ab.
»Wie im Bilderbuch!« meinte Welsh und deutete auf die kleine Ortschaft Basse-Terre. Dann wies er nach links auf die Berge im südlichen Teil der Insel.
»La Soufriére der Vulkan, der 1976 ausbrach.«
Der Krater war deutlich zu sehen. Im Zentrum befand sich ein kleiner, gelb schimmernder See. Graue Schwaden wehten vom Krater in Windrichtung davon.
Loss nickte, zog die Maschine in eine flache Linkskurve und flog dann in südöstlicher Richtung weiter. Vor ihnen lag ein breiter, mit kleinen Inseln gesprenkelter Meeresarm und dahinter Dominica, das in Wolken gehüllt war. Und dahinter wiederum lagen Martinique, St. Lucia und St. Vincent. Loss war froh, daß Welsh entspannt wirkte und nicht andauernd redete. Die Inseln sahen unsagbar schön aus. Eine lange Kette von verwunschen wirkenden Eilanden, die sich nach Süden erstreckten. Er begann leise zu pfeifen.
»Das Fliegen macht Ihnen Spaß, nicht wahr, Brian?« fragte Welsh.
»Ich sehe Landstriche wie diesen hier. Die Bezahlung ist gut. Ich kann mich nicht beklagen«, erwiderte Loss, den Welsh ein wenig aus der Fassung gebracht hatte. Es war, als würde man ein genäschiges Kind fragen, ob es Süßigkeiten mochte.
Welsh nickte gewichtig mit dem Kopf und setzte sich bequemer hin.
»Es muß wohltuend sein, einen Beruf zu haben, der einem nicht den Umgang mit Idioten abverlangt. Es macht einen mürbe, wenn man sich ständig mit Parteibossen, Politmanagern und störrischen Wählern abgeben muß.« Welsh verstummte eine Weile und schien nachzudenken. »Ich habe Sie sorgfältig überprüfen lassen, Brian, als Sie sich um die Anstellung bei mir bewarben.«
Loss zog überrascht die Augenbrauen hoch.
»Ach ja?«
»Von Ihrer Flugerfahrung, Ihren Fluglizenzen und Flugstunden mal abgesehen, habe ich durch das FBI Ihre Unbedenklichkeit, Ihre politischen Bindungen, Ihre Dienstzeit bei der Air Force und so fort überprüfen lassen. Einzig die Zeit, die Sie in Kalifornien verbracht haben, blieb unklar. Sie haben doch dort in einem Betrieb am Fließband gearbeitet, der . . . was war's doch gleich? . . . herstellte?«
»Wohnwagen«, ergänzte Loss leise. Während die Maschine dröhnend weiterflog, wanderten Loss' Gedanken in die Vergangenheit.

Sein einziger Brief an Kitzner war ungeöffnet zurückgekommen, mit dem verschmierten Stempelaufdruck »Empfänger verstorben«. Er fragte sich, was wohl aus all den Kriegsveteranen geworden war, aus dem aus Tuffsteinen erbauten Gebäude, aus der *Surprise*. In Kalifornien wechselte offenbar die Szenerie sehr rasch, wie in den Filmen, die man dort drehte. Das Vergangene wurde einfach ausgeblendet. In Kitzners Betrieb wurden jetzt vermutlich Skateboards produziert. Er bemerkte, daß Welsh auf ihn einsprach, und wandte sich wieder der Gegenwart zu.
». . . oberflächlich gesehen, ließ Sie die Bruchlandung, die Sie in Vietnam vollführt hatten, als ungeeignet erscheinen.« Welsh lachte verlegen auf. »Sie werden verstehen, daß ich nicht mit einem Piloten fliegen wollte, der aus seiner Maschine bei der Landung einen Schrotthaufen macht. Aber dann erhielt ich den Unfallbericht und stellte fest, daß Sie ja eine Menge Treffer abbekommen hatten.« Welsh strich sein Haar glatt und schob sorgsam die herabgerutschten Strähnen über die Ohren. »Warum haben Sie so lange in einer Fabrik gearbeitet? Jede Fluggesellschaft hätte doch . . .« Er brach mitten im Satz ab.
»Es war sozusagen meine Rehabilitation«, antwortete Loss. »Vielen Kriegsteilnehmern erging es ähnlich.« Er dachte an Kitzner und Meeker, Damian und Kosolick. »Man braucht eine Weile, bis man sich wieder angepaßt hat.«

Die Aztec war weit und breit die einzige Maschine, die über dem kristallklaren Meer flog. Tief unter ihnen lagen die Berge von Dominica im Schatten der sich auftürmenden Kumuluswolken. Loss sah die hohen, langgezogene Wogen, die vom Atlantik anrollten und das Meer kräuselten. Schatten huschten übers Wasser. Sie stammten von den länglichen Wolken, die alle unaufhaltsam nach Westen strebten, als seien sie aneinandergekettet.
Welsh döste mit zurückgelehntem Kopf und offenem Mund. Loss konnte sehen, wo die Zahnkronen ansetzten. Welsh hatte eine ungesunde Gesichtsfarbe, die im grellen Licht der Nachmittagssonne noch fahler wirkte. Loss verspürte plötzlich Mitleid mit ihm. Der Mann sah alt aus, verbraucht, erschöpft, als hätte er einen Kampf verloren, der noch gar nicht begonnen hatte. Loss wandte sich verlegen ab und wechselte auf dem Kanalselektor die Frequenzen. Schließlich handelt es sich nur um einen bezahlten Job, redet er sich ein.

Das Geräusch mußte Welsh geweckt haben. Schlaftrunken schüttelte er den Kopf und gähnte. »Wie spät ist es?« fragte er und reckte sich.
»Viertel vor vier. Noch 35 Minuten.«
Welsh rieb mit dem Finger über eine vermeintliche Schadstelle am Cockpitwulst. »Von dem Tag an, an dem man so ein Ding kauft, beginnt es kaputtzugehen.«
Loss stieß einen zustimmenden Laut aus und dachte, daß ein gut Teil des Kaufpreises und der Unterhaltskosten durch die steuerliche Abschreibung wieder hereinkam. »Jedenfalls ist Fliegen besser als Schwimmen«, meinte er und versuchte Welsh aus seinem Grübeln zu reißen. »Außerdem schießt niemand auf uns.«
Welsh nickte und deutete ein Lächeln an. »Haben Sie damals Angst gehabt?« fragt er. »Ich meine, als Sie beschossen wurden?«
Loss schüttelte den Kopf. »Nein, erst als die Kerle auch trafen.«
Der Senator lachte auf. »Das muß ich DeSilva erzählen! Er ist ein Realist wie Sie.« Welsh strich mit der Hand über sein stoppeliges Kinn und sagte nachdenklich: »Wissen Sie, Brian, diesen Ausspruch könnte ich gut nach einem Bankett anbringen. Ich könnte von einem Politiker reden, der bei seiner Rede mit Eiern beworfen wird.« Er lachte wieder. »Erst als die Kerle auch trafen!«
»Wie steht's um Ihre Wiederwahl, Cliff?« Loss bereute sogleich seine Frage. Auf dieses Thema wollte er sich eigentlich nicht einlassen.
»Nicht schlecht«, antwortete Welsh. »DeSilva meint, ich sollte mich weiterhin für eine raschere Müllbeseitigung in dem Moloch New York einsetzen. Aber mir wird all das leid. Es ist immer das gleiche.« Er sah Loss von der Seite an. »Haben Sie sich schon mal Gedanken über das Wettrüsten gemacht, Brian?«
Das war eine heikle Frage. Loss versuchte sich herauszuwinden. »Ich bin froh, daß ich mit militärischen Dingen nichts mehr zu schaffen habe.«
»Selbstverständlich haben Sie damit etwas zu schaffen«, meinte Welsh ausdruckslos. »Denn auch Sie haben vermutlich Ihre Stimme den Leuten gegeben, die das Wettrüsten vorantreiben. Sie kommen mit Ihren Steuern dafür auf. Haben Sie schon mal nachgedacht, was geschehen würde, wenn wir kein Militär hätten, wenn es die NATO nicht mehr gäbe?«
Im Spiegel konnte Loss sehen, daß Welsh zwar das Gesicht der Frontscheibe zukehrte, ihn aber aus dem Augenwinkel musterte.

»Sie sprechen von einer Abrüstung?«
Welsh nickte. »Von einer anfänglich einseitigen Abrüstung.«
»Meine Ansicht ist, daß sie uns dann, ohne zu zögern, wie mit einer Dampfwalze überrollen würden. Und wir wären dagegen hilflos.«
Welsh lehnte sich aufseufzend zurück, nahm die Sonnenbrille ab und massierte den Nasenrücken. Er setzte die Brille wieder auf und blickte finster in die strahlende Nachmittagssonne. »Ich weiß nicht recht, Brian. Wir können schließlich dieses wahnwitzige Wettrüsten nicht ständig aufrechterhalten. Ein dummer Unfall genügt, ein blindwütiger Bomberpilot, ein psychisch gestörter Kommandeur einer Interkontinentalraketenbatterie, und unsere Welt geht in Rauch und Flammen auf. Ein Land muß mit dem Abrüsten beginnen. Und dieses Land sollten die Vereinigten Staaten sein.«
Loss beugte sich vor und holte die Zeitung aus seinem Flugsack hervor. »Hier steht, daß Sie in dieser Hinsicht die Initiative ergreifen wollen!«
Welsh las den Artikel durch und gab die Zeitung zurück. »Das war nur ein Versuchsballon«, erwiderte er. »DeSilva mengte sich ein und versuchte die Sache abzuwürgen.« Er verstummte und klopfte gedankenverloren gegen das Schutzglas des Treibstoffdruckanzeigers. »Er glaubt nicht, daß die Wähler ein derartiges Programm honorieren werden.« Nach einer Weile fuhr er nahezu schwärmerisch fort: »Doch wenn wir abrüsten, Brian, könnten wir pro Jahr über 300 Milliarden für Sozialleistungen freistellen. Denken Sie nur, was man damit alles ändern könnte!«
Loss versuchte es sich vorzustellen – die Sanierung von New York, Arbeitsbeschaffungsprogramme, ein von der Bundesregierung garantiertes Existenzminimum für die Armen. »Man könnte damit allerhand erreichen«, erwiderte er und schaute nach Süden. »Eine Menge sogar.«
Welsh lachte auf. Es klang wie das nervöse Auflachen eines Mannes, der eben erfahren hat, daß seine Halsschmerzen nicht von einer Krebserkrankung herrühren. »Warten wir's ab, Brian. Ich denke, daß man es durchsetzen kann. Die Leute werden davon angetan sein, wenn man es ihnen nur richtig erklärt.«
Was für Leute sollen das sein, fragte sich Loss.
25 Minuten später setzte die Aztec auf der Asphaltpiste von Union-Island mit quietschenden Reifen auf. Nachdem ihnen in der kleinen Zollstation ein lächelnder, braunhäutiger Beamter mit einer Geste bedeutet hatte, daß sie durchgehen sollten, bestiegen sie den Fisch-

kutter, mit dem sie die restliche Strecke von vier Meilen zurücklegen würden.
Loss musterte Welsh, der, auf dem Kopf einen Strohhut mit hochgezogener Krempe, das Gesicht der untergehenden Sonne zugewandt, vor sich hin lächelte.

Carl Heiss las das entschlüsselte Fernschreiben aus Zürich aufmerksam zum drittenmal, zerriß es dann in Streifen, die er in der Toilette mit zweimaligem Wasserschwall hinunterspülte. Ein Streifen blieb dennoch in der Klosettschüssel hängen, und angewidert spülte er ein drittes Mal.
Er begab sich ins Wohnzimmer, schob die grauen Spitzengardinen einen Spalt auseinander und blickte hinaus auf die weiß aufschäumenden Wellen der Straße von Dover. Seufzend steckte er die Hände in die Taschen seines Frotteebademantels und verzog die Lippen zu einem Lächeln. Es gibt Tage, die einem unerwartete Freuden bescheren, dachte er.
Nachdenklich kratzte er an dem Pickel auf seiner rechten Wange und wählte eine Telephonnummer in Surrey.
Eine Frau meldete sich: »Mulgraves-Filmverleih.«
»Hallo, Schätzchen! Carl Heiss am Apparat. Ist Martin da?«
Sie nuschelte etwas, und dann drangen aus der Hörmuschel nur noch undeutliche Gesprächsfetzen. Heiss hörte im Hintergrund Rockmusik von BBC-1. Er wartete geduldig, betastete seinen Pickel und kraulte dann den alten Kater am Rücken, der sich einschmeichelnd an sein nacktes Bein schmiegte.
»Hier ist Martin!« ertönte es aus der Hörmuschel. Ein dumpfes A und ein rollendes R. Heiss gab dem Tier geistesabwesend einen Fußtritt, worauf der Kater, den Schwanz quergestellt, so daß man den Hodensack sehen konnte, davonhuschte.
»Martin? Hier ist Carl.«
Der Mann am anderen Ende der Leitung schnappte hörbar nach Luft.
»Hör mal zu, Martin«, fuhr Heiss fort, »ich muß wegen eines Auftrages verreisen. Es handelt sich um eine Fotoreportage über die Urlaubsorte in der Karibik. Kannst du dich während meiner Abwesenheit um meine Arbeit kümmern?« Heiss machte eine Pause und hörte Martins keuchende Atemzüge. Eines schönen Tages wird ein Infarkt Martin dahinraffen, dachte er.
Martin erhob Einwände, aber Heiss ließ ihn nicht ausreden.

»Martin, das läßt sich nicht ändern. Da es sich um einen lukrativen Auftrag handelt, mußt du einspringen. In etwa drei Wochen bin ich wieder zurück.«

Er legte auf.

Heiss ging zu dem mannshohen Spiegel, der in die Schranktür eingelassen war, und betrachtete seine gebeugte, magere Gestalt. Sein Haar war blond, glatt und selbst für einen Engländer, der er allerdings nicht war, zu lang. Über seine Ohren fielen einzelne Strähnen, die er nachdenklich zwirbelte und zu kräuseln versuchte. Er hatte ein längliches, schmales, nichtssagendes Gesicht. Unter der glatten Haut schienen sich keine Knochen zu befinden, die die Ausdruckslosigkeit gemildert hätten. Er schürzte die Lippen und öffnete dann den Mund, so daß er seine makellosen Zähne sehen konnte. Seine bläßlichen blauen Augen schienen aus gefärbtem Glas zu bestehen.

Der Kater beobachtete seinen Herrn von der Türschwelle des Schlafzimmers aus und peischte erregt mit dem Schwanz.

Heiss öffnete den Bademantel, um seinen ganzen Körper im Spiegel zu betrachten. Sein Dutzendgesicht stach von der kräftigen, sehnigen Gestalt ab. Über der rechten Hüfte lief eine schmale Narbe zum Schambein. Er war am Körper nahezu haarlos. Im Gegensatz zu seinem braungebrannten Oberkörper waren seine muskulösen Beine fahlweiß.

Aus der Wohnung einen Stock höher ertönte unterdrückt das eingeblendete Gelächter der Zuschauer bei einer Fernsehshow. Er konnte fast die Worte des Conférenciers verstehen.

Verdrossen musterte Heiss den Kater, der den Kopf am Sofabein rieb. Er hatte keine Zeit, das Tier jemandem anzuvertrauen. Anderseits konnte er es nicht gut in den Straßen von Ramsgate sich selbst überlassen. Es würde zweifellos zur vertrauten Wohnungstür zurückfinden.

Er bückte sich und packte den Kater am Nackenfell.

»Tut mir leid, Peter, aber dich muß ich loswerden«, sagte er und berührte die feuchte, rosige Nasenspitze des Katers mit den Lippen. Peter begann verängstigt zu zappeln. Heiss umklammerte den Hals des Katers und drückte jäh zu. Dem Tier quollen die Augen hervor, und es wand sich wie in Krämpfen. Heiss machte mit dem Handgelenk eine schlenkernde Bewegung, worauf der Kater in seinem Würgegriff erschlaffte. Heiss steckte ihn in einen Papierbeutel, warf diesen in den Plastikmülleimer und wusch sich hernach die Hände.

Dreiundvierzig Stunden später trank Carl Heiss seinen *Beefeater-and-Tonic* aus und drückte die Stirn gegen das kühle Glas des doppelscheibigen Perspexfensters, um aufs Meer zu schauen. Aber die zerfranste Wolkendecke, die über 30 000 Fuß unter ihnen lag, gewährte nur gelegentlich einen Blick auf das indigoblaue, leere Meer. Der Gin-Tonic hatte, wohl wegen der geringen Feuchtigkeit in der Maschine und wegen des Fluges in dieser Höhe, einen metallischen Geschmack in seinem Mund hinterlassen.

»Langweiliger Flug, nicht wahr?« Diese Worte, die keineswegs wie eine Frage klangen, kamen von seinem Sitznachbarn zur Linken. Seit dem Start vom Flughafen Heathrow in England hatte der ältere Mann eine Weile vor sich hin gedöst, eine kleine Portion des Abendessens zu sich genommen und danach zwei Exemplare des *Economist* ausgelesen. Seinem Tonfall merkte man an, daß er eine feudale *Public School* besucht hatte.

»Kann schon sein«, erwiderte Heiss schroff, um kein Gespräch aufkommen zu lassen.

Er verzog die Lippen zu einem Lächeln, wandte sich ab und preßte die Stirn gegen die kühle Glasscheibe.

»Kameras?« fragte der Nachbar und deutete auf den Alu-Koffer, der zwischen ihnen auf dem Mittelsitz lag.

»Ein schönes Hobby. Meine Frau hat sich gleichfalls damit beschäftigt. Sie besaß auch alle möglichen Objektive. Was man eben so benötigt. Sie haben eine erkleckliche Summe gekostet. Aber nun ist meine Frau tot.« Der Mann schwenkte das Exemplar des *Economist*, als wolle er so die Bedeutung seiner Worte unterstreichen. Er war von stämmiger Gestalt und hatte ein vor Gesundheit strotzendes Gesicht mit einer Hakennase. Das schüttere graue Haar war zurückgekämmt, so daß es eine kahle Stelle bedeckte, und kräuselte sich im Nacken. Die Krawatte in den Farben des *Royal-Thames*-Jachtclubs saß schief.

Heiss, der in Ruhe nachdenken wollte, unterdrückte einen Seufzer und erwiderte in verdrießlichem Ton: »Ja, Fotografieren kann Spaß machen. Ich arbeite nebenbei auch als Fotoreporter. Ohne besonderen Ehrgeiz allerdings, nur so aus Spaß. Dadurch kann ich manches von der Steuer absetzen.«

Eine Stewardeß schritt durch den Mittelgang und bedachte die Fluggäste mit einem kühlen, automatenhaften Lächeln. Sie sammelte mit manieriert wirkender Grazie die Plastikbecher ein und ging nach achtern zur Economy-Klasse.

Der vierschrötige Mann zündete eine Dunhill an, paffte ein paarmal und fragte dann hüstelnd: »Darf ich Ihnen auch eine anbieten?« Er reichte Heiss die Packung. »Es ist ein verdammtes Laster, ich weiß. Aber ich kann es mir nicht abgewöhnen. Es ist das einzige, was mir im Leben noch Vergnügen bereitet.«

Heiss hob abwehrend die Hand und setzte sich zurück. Obwohl er sich ärgerte, war sein Gesicht ausdruckslos. Der Mann neben ihm ließ sich gleichfalls zurückfallen.

Der Passagierraum der Boeing 747 lag abwechselnd im Sonnenlicht und im Wolkenschatten. Staubteilchen tanzten in der Luft. Die Triebwerke, deren Geräusch man kaum noch wahrnahm, dröhnten eine Oktave tiefer.

Die Musikberieselung setzte plötzlich aus und eine Zuversicht verbreitende Stimme ertönte: »*Good afternoon, ladies and gentlemen!* Hier spricht Flugkapitän Goodwin. Wir setzen in einer Höhe von 34 000 Fuß zum Landeanflug an und werden voraussichtlich in 23 Minuten auf dem Flughafen von Barbados landen. Dort herrscht eine Temperatur von 22 Grad Celsius. Der Himmel ist nahezu wolkenlos.«

»Schnallen Sie sich bitte an«, sprach die einschmeichelnde Baritonstimme weiter, »und stellen Sie das Rauchen ein. Ich hoffe, daß Ihnen der Flug mit der *Euro-Caribbean Airways* ebensoviel Freude bereitet hat wie uns Ihre Betreuung.« Die Musik erklang wieder, und die Warnlampen mit der Aufforderung, sich anzuschnallen, begannen zu blinken.

»Das Wetter könnte nicht prächtiger sein, meinen Sie nicht auch?« sagte der Vierschrötige. Heiss nickte schwach mit dem Kopf. Ob der Mann neben ihm seine Geste bemerkte oder nicht, war ihm gleichgültig.

Sechsundzwanzig Minuten später setzten sie auf Landebahn 08 des *Grantley Adams International Airport* von Barbados auf.

Heiss war unter den ersten Passagieren, die zur Paßkontrolle kamen. Er gab an, daß er auf Barbados nur eine Nacht bleiben werde, da er am nächsten Tag weiterfliege, und wurde anstandslos abgefertigt.

Der dunkelhäutige Zollbeamte zeigte kein Interesse für seine Reisetasche, betrachtete aber argwöhnisch den Alu-Koffer. Er musterte Heiss' Gesicht und suchte nach Anzeichen verräterischer Nervosität oder nach einem Ausdruck, der allzu gelassen wirken sollte. Aber er stellte nur fest, daß Heiss ihn ungehalten anblickte.

»Würden Sie bitte den Koffer öffnen, Sir?«
Heiss fuhr mit der Hand in die Hosentasche und suchte mit ausdrucksloser Miene nach dem Schlüssel. Dann schloß er den Koffer auf und hob den Deckel. Der Koffer war mit Schaumgummi ausgelegt und enthielt verschiedene Fächer, in denen eine Hasselblad mit drei Objektiven, eine Minox und ein Tonbandgerät im Taschenformat lagen.
»Das sind teure Kameras, Sir.« Der dunkelhäutige Zollbeamte berührte eins der Objektive und beobachtete gleichzeitig Heiss' Hände, die den Alu-Koffer auf der anderen Seite festhielten. Aber die Hände dieses weißhäutigen Touristen zuckten nicht im geringsten.
»Die Sachen sind mein persönliches Eigentum. Ich habe nicht die Absicht, sie zu verkaufen.« Heiss fixierte die dunklen Pupillen des Zollbeamten. »Geben Sie bitte acht auf das Objektiv. Es hat mich dreihundert Pfund gekostet.«
Einen Augenblick starrten sie sich an. Beide empfanden nur Abneigung füreinander. Dann wandte sich der Zollbeamte ab und winkte den nächsten Touristen heran. Heiss war unter seinem Kordsakko in Schweiß gebadet. Er stieß einen Gepäckträger beiseite und trat hinaus ins grelle Sonnenlicht.
Der Vierschrötige trat vom Fenster im ersten Stock des Flughafengebäudes von Barbados, wo das Büro der Sicherheitspolizei lag, zurück und lächelte dem dunkelhäutigen Leutnant der *Home Defense Force* von Barbados zu, der am Schreibtisch saß. Der Leutnant schob seinen Schulterriemen zurecht und lehnte sich zurück.
»Na, was halten Sie davon?« fragte der Engländer und wies mit der Zigarette auf die Fotos. Dabei murmelte er unhörbar »Verdammter Hund!«, begann auf und ab zu gehen und paffte nervös, bis nur noch ein kurzer Stummel übrigblieb, an dem er eine neue Zigarette entzündete.
Der dunkelhäutige Leutnant beachtete seinen Besucher nicht weiter, sondern führte jeden der fotografierten Gegenstände auf einer Liste auf, wobei er sich noch das Gewicht der Objekte notierte, das er einem Handbuch entnahm. Dann tippte er die Ergebnisse in einen Taschenrechner ein. »Gemäß den Gewichtsangaben in meinem Handbuch müßten es 9,22 Kilo sein. Mr. Heiss' Koffer wiegt jedoch 2,3 Kilo mehr. Auf der Teleaufnahme sind nur die Hasselblad, die drei Objektive und das Tonbandgerät zu erkennen. Es handelt sich

um einen handelsüblichen Alu-Koffer. Vermutlich befinden sich in einem der mit Schaumstoff ausgelegten Fächer noch ein paar Filter. Allerdings dürften sie nicht mehr als 100 Gramm wiegen. – Wissen Sie, Mr. Campbell, unsere Regierung mengt sich nicht gern in die Angelegenheiten des *Foreign Office*. Wir sind aber mit einer Zusammenarbeit einverstanden, wenn ein Verstoß gegen unsere Gesetze vorliegt. Andernfalls ist es allein Ihre Sache.«

Der Engländer bot dem dunkelhäutigen Leutnant eine Zigarette an, die dieser jedoch ablehnte. »Nein? Manchmal kommt es mir so vor, als sei ich der einzige auf der Welt, der so dumm ist, diese Glimmstengel zu rauchen«, sagte Campbell und stellte sich vor das Bild der Queen, als erhoffe er von dem vertrauten Gesicht eine Eingebung. »Sie haben völlig recht, Leutnant. Es ist allein unsere Angelegenheit. Ich glaube auch nicht, daß Heiss etwas im Schilde führt. Überdies werden wir feststellen, mit wem er hier Kontakt aufnimmt, falls er so was überhaupt vorhat. Er hat nämlich seinen Weiterflug nach Miami bereits gebucht. Wir werden jedenfalls der Sache nachgehen. Dessen können Sie sicher sein. – Damit Sie Bescheid wissen«, fuhr er fort und deutete mit der Zigarette auf das verhängte Fenster, »der Kerl da draußen ist ein deutschstämmiger Mitarbeiter der Sektion V des KGB und gehört zu den Spitzenkräften dieser Institution, was Observierung, Umgang mit versteckter Kamera und politisch motivierte Attentate – zwei sagt man ihm nach – anlangt.«

Der Leutnant betrachtete abermals die Fotos. Zwei waren über den Abfertigungstisch in der Zollstation hinweg mit einem 600-mm-Objektiv aufgenommen worden. Bei den anderen handelte es sich um Teleaufnahmen, die Heiss' Gesicht von vorn und von der Seite zeigten. Die Oberfläce war noch feucht von der Entwicklerflüssigkeit. »Ich hoffe nur, daß sie uns da nicht in eine unangenehme Lage bringen, Mr. Campbell.« Es klang wie eine Mahnung. Sie blickten einander an, und Campbell zuckte mit der Schulter.

Dann schellte das Telefon, und der Leutnant hob ab. Campbell trat ans Fenster und schaute hinaus auf das ebene Land mit seinen Zuckerrohrpflanzungen und palmengesäumten Straßen. Der Horizont flirrte in der Hitze.

Der Leutnant legte auf und sagte zögernd: »Heiss hat unser Taxi verlassen, ist mit einem anderen in die entgegengesetzte Richtung gefahren und dann an einer Straßenecke in Bridgetown ausgestiegen. Meine Leute haben seine Spur verloren.«

Campbell schmerzten die Augen in dem grellen Sonnenlicht, und vom Porträt der Königin war wohl kein Fingerzeig zu erwarten.

Heiss zwängte sich an dem Losverkäufer auf der Church Street vorbei und bog in die gepflasterte Gasse ein. Er blickte zurück und sah, daß ihm niemand folgte. Die Küchendünste und der Uringeruch ringsum waren unerträglich. Er musterte die Häuser und bemerkte eine dunkelhäutige Frau, die ihr Gesicht dem wolkenlosen Himmel zukehrte. Sie schaute nicht nach unten. Er schmiegte sich in einen Hauseingang, den ein Ziegelsteinbogen krönte, und versuchte die Klinke hinunterzudrücken. Doch die Tür war verschlossen und vermutlich auch verriegelt. Einige Schritte entfernt sah Heiss ein offenstehendes Garagentor. Er blieb abwartend unter dem Ziegelsteinbogen stehen und beobachtete die Gasse. Niemand kam. Auf seiner Uhr war es 16.23 Uhr.

Gemächlich schlenderte er die Gasse entlang zu der Garage und spähte hinein. Sie war leer. In einem Winkel stand eine rostige Waschmaschine mit abgedecktem Getriebe und heraushängenden Leitungsdrähten. Sonst befand sich nichts in der Garage. Auf dem Querbalken unter dem Dach lagen Sperrholzplatten und Bretter.

Er blickte zurück. Ein kleiner Junge ging auf der Gasse in seine Richtung und war noch gut hundert Meter entfernt. Kurz entschlossen schob Heiss das Gepäck auf die Querbalken, stieg auf die Waschmaschine und zog sich gewandt nach oben. Dann kroch er rasch über die Querbalken zum abgedeckten Teil und zog die Gepäckstücke hinter sich her auf diese Plattform. Vierzig Sekunden darauf sah er unten den Jungen vorbeischlendern.

Unter dem Garagendach war es drückend heiß. Auf der Plattform ruhten noch drei abgefahrene, mit einer dicken Staubschicht bedeckte Reifen. In dem Winkel über der Garagentür waren Exemplare des *Barbados Advocate,* der Zeitung *Town and Country* und einer geologischen Fachzeitschrift aufgestapelt.

Heiss öffnete den Alu-Koffer und holte die Hasselblad und das Teleobjektiv hervor. Er zerlegte beide mit einem kleinen Schraubenzieher, der sich ebenfalls in dem Koffer befunden hatte. In der Hasselblad steckten der Aluminiumrahmen und das Magazin einer polnischen Laskoy-7-mm-Automatik. Das Teleobjektiv enthielt zwei verschiedene Visierschieber und Läufe. Heiss wählte den neun Zentimeter langen Lauf und ließ ihn in den Rahmen einrasten. Aus dem Weitwinkelobjektiv, das er gleichfalls auseinandernahm, kam ein Schalldämpfer zum Vorschein. In knapp zehn Sekunden hatte er die Waffe zusammengesetzt. Er lud durch und sicherte dann die Pistole. Jetzt blieb ihm nichts mehr übrig als abzuwarten.

Heiss war nervös. Obwohl er sein Gewerbe nun schon seit vierzehn Jahren ausübte, war er noch immer davon überzeugt, daß der englische Geheimdienst von seiner Existenz nichts wußte. In den vierzehn Jahren hatte er seinen Kontrolloffizier nur zweimal getroffen, stets mit dem Ergebnis, daß er auf einem Parkplatz wartete, bis die Zielperson auf ihren Wagen zuging. In beiden Fällen hatte Heiss sein Opfer gefragt, ob es ihm Geld wechseln könne, und daraufhin aus kurzer Entfernung mit seiner schallgedämpften Laskoy-Automatik zwei Hohlgeschosse gefeuert. Mit stets der gleichen Wirkung.

In England arbeitete er freiberuflich als Fotoreporter für gewerbliche Fachzeitschriften und insbesondere für die Gewerkschaften. Ein Großteil des Nachrichtenmaterials über einzelne Gewerkschaftsführer, ihre Schwächen, ihr unbesonnenes Gerede, gelangte in die Kurierpost der Botschaften, die die Länder östlich der Oder repräsentierten. Die Weitergabe der Informationen verlief sehr diskret.

Nein, sagte er sich, es muß ein Zufall gewesen sein oder ich sehe schon Gespenster oder man hat mich mit jemand verwechselt. Denn wenn er Argwohn erregt hätte oder der Inhalt seines Kamera-Koffers, hätte man ihn sicherlich in der Zollstation auf dem Flughafen zur näheren Überprüfung festgehalten. Als er aus Gewohnheit das Taxi gewechselt hatte, hatte er bemerkt, daß der nachfolgende *Austin Princess* zu wenden versuchte. In dem Wagen hatte er drei Gesichter gesehen, einen Asiaten und zwei Neger, die ihn anstarrten. Einer der Insassen hatte verärgert mit der Faust auf die Sitzlehne geschlagen. Zwar hatte er sie nicht wiedergesehen, aber er wurde seine Zweifel nicht los.

Heiss döste den ganzen Nachmittag in der erstickenden Hitze vor sich hin. Seine Kleidung war verschmutzt und durchgeschwitzt. Um 18 Uhr 42 fuhr ein kleiner Lieferwagen oder Pkw in die Garage, und wenig später wurde die Garagentür heruntergezogen und von außen verschlossen. Dann hörte er, wie sich auf der Gasse Schritte entfernten.

Heiss kam zu dem Schluß, daß er sich vor 23 Uhr in der Garage nicht bewegen durfte, ohne sich zu gefährden. Seinen Kontrolloffizier würde er ohnehin erst morgen um 9 Uhr früh treffen. Eine qualvoll lange Wartezeit stand ihm bevor.

Er zog Sakko und Hemd aus und säuberte damit die Plattform von allem Staub und Dreck. Er mußte des öfteren ein Niesen unterdrükken und hielt sich dann das Unterhemd zum Schutz vor den Staubwolken vors Gesicht. Danach verstaute er die Kleidungsstücke in einem Winkel, legte sich hin und ließ den Schweiß auf seinem Körper trocknen.
Erst als der Abend kam, fiel die Außentemperatur. Das Dach fühlte sich kühler an. Heiss blieb liegen, massierte sich mit seinen kräftigen Händen, versuchte sich weiter zu entspannen und merkte, daß sein gewohntes Selbstvertrauen zurückkehrte. Er drehte sich um und öffnete die Reisetasche, aus der er eine kleine Flasche Wodka hervorholte. Er säuberte sich mit dem Wodka und verwendete dabei das Unterhemd als Waschlappen. Erfrischt streckte er sich wieder aus und wartete, bis er trocken war.
Als er einen Wagen langsam herankommen hörte, erstarrte er. Doch der Wagen fuhr vorbei, ohne die Geschwindigkeit zu verringern, und kehrte auch nicht um. Auf seiner Uhr war es 19.55. Drei Stunden mußte er noch warten.
Durch das kleine Giebelfenster, dessen Scheibe zerbrochen war, drangen tropischschwüle Nachtluft und ferner Straßenlärm. Ächzend holte er aus der Teleobjektivattrappe ein kleines Plastikröhrchen heraus. Sorgsam schraubte er in der Dunkelheit die Kappe ab und klopfte dann im Licht seines Feuerzeugs etwas sachte in die hohle Hand. Er verschloß das Röhrchen wieder, verstaute es im Objektiv und löschte das Feuerzeug. Dann hielt er die offene Hand unter die Nase und schnupfte gierig. Bald darauf verspürte der die wohlige Wirkung des Kokains. Er legte sich nieder und wartete auf das Gefühl wohliger Betäubung.

7

Fröstelnd und mit steifen Gliedern erwachte Carl Heiss. Es war 4 Uhr 18. Er fühlte sich hungrig und wie zerschlagen. Für 10 000 Pfund muß man eben eine Menge in Kauf nehmen, dachte er.
Er kroch zur Plattformkante und spähte in die Dunkelheit. Verschwommen sah er, daß unten ein Auto stand. Er knipste sein Feuerzeug an und erblickte etwa einen Meter unter sich einen kleinen blauen Kombiwagen. Er ließ sich vorsichtig auf das Wagendach nieder und sprang von da auf den Boden. Er lauschte, aber er vernahm kein Geräusch, nicht einmal Straßenlärm. Auf dem Vordersitz sah er den Sportteil des *Barbados Advocate* und eine leere Zigarettenschachtel liegen. Im trüben Licht der Innenbeleuchtung machte er auf der Ladefläche allerlei Werkzeug, Kanister mit einem Gefriermittel und verschiedene Manometer aus. Der Wagenbesitzer reparierte offenbar Kühlschränke. Heiss erspähte noch eine Flasche, die in ein ölbeschmiertes Handtuch gewickelt war. Er zog sie heraus und stellte fest, daß sie etwas weißen Rum enthielt. Nachdem er zuerst daran gerochen hatte, nahm er einen kräftigen Zug. Der hochprozentige Fusel brannte wie Feuer in seiner Kehle und in seinem leeren Magen. Er spuckte den Rest aus. Immerhin war er jetzt hellwach. Lächelnd durchsuchte er den Wagen weiter. Wie würden wohl die Schlagzeilen lauten? *Nackter Spion in einer Garage auf Barbados verhaftet.* Und darunter mit kleineren Lettern: *Bestreitet im betrunkenen Zustand jegliche Spionageabsicht.* Heiss fühlte sich wohl und ausgeruht.
Er ließ das schwache Innenlicht brennen, holte seine Reisetasche und den Alu-Koffer von der Plattform und stieg wieder in den Wagen. Er bestrich sein Gesicht mit Rasierkrem und rasierte sich sorgfältig. Danach stopfte er sich Watte in den Mund, damit sein glattes Gesicht voller und älter wirke. Einer Plastikdose entnahm er getönte Kontaktlinsen, setzte sie ein und hatte nun nicht mehr blaue, sondern braune Augen. Das Haar würde später drankommen.

Er zog ein Paar saubere Hosen aus grobem Leinen und einen leichten blauen Blazer an und ließ das Nylonhemd am Kragen offen. Aus dem Alu-Koffer entfernte er den Schaumstoffboden und riß ihn an einer nahezu unsichtbaren Nahtstelle auf. Aus diesem Versteck holte er einen holländischen Paß, verschiedene Ausweise, Kreditkarten und bezahlte Rechnungen hervor, die er gegen die Papiere in seiner Brieftasche austauschte. In dem gefälschten Paß befand sich bereits ein Einreisevermerk von Barbados. Geschickt trug er ein zwei Wochen zurückliegendes Datum ein und setzte die Unterschrift des Beamten der Paßkontrolle darunter, die er anhand des auf den Namen Carl Heiss lautenden Passes kopierte.
Er verglich sein Spiegelbild mit dem Foto in dem neuen Paß, der auf den Namen Pieter Bolken ausgestellt war. Obgleich sein blondes Haar nicht mit dem graumelierten von Pieter Bolken übereinstimmte, würde er einer oberflächlichen Inspektion ohne weiteres standhalten. Er wirkte wie ein holländischer Geschäftsmann mittleren Alters, der nicht gerade wohlhabend, aber auch nicht unbemittelt war. Vorläufig wollte er sein Haar unter der verblichenen braunen Mütze verbergen. Zwar paßte die Farbe nicht recht zu seiner übrigen Kleidung, aber so eine Mütze konnte ein Mann, der die tropische Sonne nicht gewohnt war, durchaus tragen, um sein kahles Haupt zu schützen.
Zuerst wollte Heiss die übrigen Sachen nicht auf der Plattform zurücklassen, aber dann dachte er, daß er mit Gepäck viel eher auffallen würde. Zögernd verstaute er es auf der Plattform, behielt aber die Pistole, die er in die Brusttasche seines Blazers steckte. Sie beulte den Stoff nicht mehr aus als eine volle Brieftasche.
Mittlerweile war es sechs Uhr geworden. Der Besitzer des Kombi mußte bald erscheinen, um mit dem Wagen zur täglichen Arbeit zu fahren. Heiss musterte den Boden ringsum und das Wageninnere, ob nicht irgend etwas seine nächtliche Anwesenheit verriete. Beruhigt kletterte er dann auf die Plattform.
Um 6 Uhr 48 schloß der Wagenbesitzer die Garagentür auf und fuhr mit dem Kombi davon. Gegen acht ließ sich Heiss, das heißt, Pieter Bolken, gelenkig hinunter, trat selbstsicher auf die menschenleere Gasse und machte sich auf den Weg zum zentralen Taxistand in der Bridge Street.
Eine Stunde und zehn Minuten darauf schlenderte Heiss, eine große Einkaufstüte im Arm, gemächlich eine palmenbestandene Allee entlang. Er wirkte wie ein Einwohner von Barbados, der nach den

morgendlichen Besorgungen heimging. Die luxuriöse Villa, die auf der anderen Seite etwas abseits von der Straße lag, enthielt vier geräumige Wohnungen . Am linken Fenster der obersten Wohnung prangte ein Rot-Kreuz-Plakat. Das Treffen würde also wie vereinbart stattfinden. Heiss sah sich nach allen Seiten um, überquerte die Fahrbahn, bog in den von Hibiskusbüschen gesäumten Weg zum Haus ein und ging die Freitreppe hinauf zur Wohnung Nr. II. Mit einem Blick auf seine Armbanduhr drückte er den Klingelknopf genau sieben Sekunden, wartete dann drei Sekunden und läutete nochmals sieben Sekunden.

Sogleich ging die Tür nach innen auf, als stünde jemand dahinter, und Heiss trat ein. Er vermied jede hastige Bewegung und stellte die Einkaufstüte auf dem niedrigen Keramiktisch zu seiner Rechten ab. Dann legte er behutsam seinen Blazer ab, ohne sich dem Wohnungsinhaber zuzuwenden, und sagte: »Ich bin Carl Heiss.«

Jemand zog ihm die Laskoy-Pistole aus dem Hosenbund, wohin er sie vor Erledigung der Einkäufe gesteckt hatte. »Wir haben Sie schon erwartet«, sagte eine Frauenstimme hinter ihm. »Nehmen Sie Platz! Ich serviere Ihnen gleich einen Kaffee. Das Badezimmer liegt rechts am Ende des Gangs.«

Heiss ging zu dem Sofa, setzte sich und musterte die Frau. Sie war weder groß noch klein, hatte blondes Haar, war etwa Anfang Dreißig, schlank und zierlich. Die lange, gerade Nase milderte die puppenhafte Hübschheit, verlieh dem Gesicht einen aparten Ausdruck und paßte zu den hoch angesetzten Wangenknochen.

»Nennen Sie mich Lousje! Er wird gleich da sein.« Sie drehte sich um, und Heiss verfolgte ihre geschmeidigen Bewegungen, als sie zur Küche ging.

Er saß eine Weile und sah sich in dem Zimmer um. Es war geräumig und mit Möbeln aus Rohrgeflecht eingerichtet. Die Wände zierten Batiktapeten. Den Terrazzoboden bedeckte eine handgeflochtene Schilfmatte. Die Glasscheiben der Schiebetüren gewährten einen Blick auf das Karibische Meer, das stahlblau und glitzernd im Sonnenschein lag. Es war ein behaglich eingerichtetes Domizil, das keinerlei Rückschlüsse auf seinen Besitzer zuließ. Die Farbzusammenstellung schien ein Computer besorgt zu haben.

Bald darauf erschien Lousje mit einem Tablett. Sie setzte es auf den Couchtisch, schenkte ihm eine Tasse Kaffee ein und stellte ein Milchkännchen und eine Zuckerdose daneben. »Es ist Locak-Zukker«, erklärte sie und zeigte auf die braunen, körnigen Würfel. »Es

ist schon sonderbar, wenn man bedenkt, daß einst alle möglichen Länder darum ebenso gekämpft haben wie heute um Rohöl.« Sie lächelte ihn kühl an, als gehöre er zum Personal.
»Da sind Sie ja, Heiss!« ertönte eine Männerstimme.
Heiss erhob sich. »Sie sind vermutlich Petrov?«
Die beiden Männer begrüßten sich mit einem Händedruck. Heiss bemerkte, daß seine Hand schweißfeucht war. Dann nahmen beide einander gegenüber am Tisch Platz – Petrov ließ sich behaglich fallen, während Heiss ein wenig Befangenheit verspürte. Petrov trug einen leichten Kordanzug und ein Strickhemd aus Baumwolle. Heiss sah, daß Petrov zwar leicht sonnengebräunt war, aber dunkle Augenringe hatte.
»Nennen Sie mich Robert Klist!« sagte Petrov. Aufmerksam musterte er Heiss, als müsse er sich jede Hautpore einprägen. »Was gibt's Neues in London?«
»In Ramsgate«, korrigierte ihn Heiss. »Nach London komme ich nur selten.«
Petrov nickte, als habe er das ohnehin gewußt.
»Zeigen Sie mir Ihren Paß!«
Heiss reichte ihn Petrov und sah zu, wie Petrov ihn gegen das Licht hielt, mit den Fingerspitzen die Struktur des Umschlags prüfte, den Paß durchblätterte und die Einreisevisa anschaute. »Ausgezeichnet, Pieter Bolken«, sagte er, blickte einmal Heiss, dann das Paßfoto an und vergewisserte sich, daß Heiss dem Mann auf dem Foto glich. »Ausgezeichnet. Bevor Sie fahren, müssen Sie noch Ihr Haar verändern.« Petrov legte ein Bein über die Armstütze des Rohrstuhls. »Die Pistole mitzubringen war töricht.«
»Ich dachte, sie könnte sich als nützlich erweisen.«
»Ich dachte, *Sie* würden sich als nützlich erweisen«, erwiderte Petrov bedächtig. »Langsam zweifle ich daran.« Er holte ein Foto aus seiner Jackentasche und warf es über den Tisch Heiss zu. »War das der Mann?«
Auf der grobkörnigen, überbelichteten Aufnahme war der vierschrötige Engländer im Profil zu sehen. Der Hintergrund war dunkel. Das verschwommene Gesicht befand sich in der unteren rechten Ecke.
»Das Foto wurde in der Portillo Road vom Wagen aus gemacht. Es ist nicht besonders scharf«, erläuterte Petrov.
»Das war der Mann«, bestätigte Heiss.
Petrov nickte nur und nahm die Aufnahme an sich. »Ihr Kollege

Martin Hughs-Scott vom . . . wie heißt die Firma gleich?« Er schnippte ungeduldig mit den Fingern.
»Mulgraves-Filmverleih.«
»Richtig. Dieser Hughs-Scott scheint MI 5 ein paar Informationen verkauft zu haben. Wir wissen noch nicht, um was es sich handelt, aber das hier« – er schwenkte das Foto – »deutet darauf hin, daß er denen was von Ihrem Auftrag berichtet haben muß. Was weiß er sonst noch?« Petrov drehte sich um und musterte Heiss' Gesicht.
Obwohl Heiss sich unbehaglich fühlte, versuchte er Petrov geradewegs in die Augen zu sehen. »Nichts. Ich sagte ihm nur, daß ich auf den Antillen eine Fotoreportage machen würde. Sonst nichts.«
»Wie sieht's mit Ihrem Weiterflug aus?«
»Ich habe einen Flug nach Aruba gebucht und den Rückflug über Caracas nach London. Auf den Namen Heiss. – Wer ist das?« Heiss deutete auf das Foto.
»Ian Campbell von der politischen Abteilung im MI 5. Martin Hughs-Scott muß etwas von Ihren vorherigen Aufträgen gewußt haben. Sie werden jedenfalls beschattet.« Er steckte das Foto ein. »Als Observierungsspezialist gehört Campbell nicht zur ersten Garnitur. Die Sache ist zwar unangenehm, aber keineswegs kritisch. Wenn sie etwas in der Hand hätten, wären Sie sicherlich festgehalten und nicht bloß verfolgt worden. Außerdem«, fügte er nachdenklich hinzu, »ist Barbados ein unabhängiges Land, wie die übrigen Inseln in der Karibik. Campbell ist also auf sich selbst angewiesen.«
»Wie haben Sie so rasch von Campbell erfahren?«
»Uns steht hier ein äußerst zuvorkommendes Konsulat mit ausgezeichneten Kommunikationsmöglichkeiten zur Verfügung. Aber das hat nichts mit Ihrem Auftrag zu schaffen. Das da ist Ihr Mann!« Petrov schob Heiss eine weitere Aufnahme zu. Das Hochglanzfoto aus einer Zeitung zeigte einen gutaussehenden Mann, der vor einer Reihe von Mikrophonen die Hände über dem Kopf verschränkte, als würde er sich zu einem Sieg gratulieren.
Danach nahmen die drei ein spätes Frühstück ein. Unauffällig beobachtete Heiss die Frau, die mit geschmeidigen Bewegungen aß. Sie trug ein buntes Sommerkleid mit einem V-förmigen Ausschnitt. Ihre Brüste wölbten den dünnen Stoff. Heiss konnte den Blick nicht abwenden. Er überlegte, welche Form und Farbe wohl ihre Brustwarzen hatten. Er stellte sie sich prall und dunkelbraun vor. Wenn sie sich vorlehnte, fiel ihr eine Haarsträhne über die Stirn. Sie könnte skandinavischer Herkunft sein, vermutete er.

Vorsichtig berührte Heiss mit seinem Fuß ihre Beine. Lächelnd blickte sie hoch. Und dann trat sie, das Gesicht zu einer Grimasse verzerrt, mit ihrem Pfennigabsatz wuchtig auf seinen Schuh. »Schwein!« sagte sie.

»Wie reizend!« sagte Petrov, der eben eine Mangoscheibe verzehrte. Er betupfte die Lippen mit seiner Serviette und betrachtete beide einen Augenblick lang. Ihr Gesicht hatte sich gerötet. Heiss hatte ein böses Lächeln aufgesetzt; seine Augen waren farblos hell.

»Ich kann die Sache auch ohne euch erledigen«, meinte Petrov. »Allerdings würden euch die Konsequenzen kaum gefallen.«

»Sie war's, die . . .« wehrte sich Heiss.

»Schluß jetzt!« Petrov hob die Hand und schlug Heiss mit der Kante ins Gesicht, wobei er ihn mit der Handwurzel am Kinn traf. Im letzten Augenblick milderte er den Schlag ein wenig ab. Heiss kippte mitsamt dem Stuhl um und stürzte krachend zu Boden.

Petrov stellte sich über ihn, schlenkerte die Hand und musterte seine Finger. Dann schaute er auf Heiss hinunter und trat mit einem Bein auf seine Genitalien. »Falls Sie noch nicht genug haben, Heiss, würde Ihnen vielleicht eine leichte Quetschung guttun.« Petrov trat etwas fester auf.

Heiss umklammerte in panischer Angst Petrovs Bein und zerrte daran. Der Russe beugte sich vor und verlagerte sein ganzes Gewicht vom linken auf den rechten Fuß. Heiss traten die Augen aus den Höhlen, er schrie auf.

Petrov verringerte den Druck und trat einen Schritt zurück. »Keine Mätzchen mehr, Heiss!« sagte er ruhig. »Haben Sie mich verstanden?« Gelassen ging er davon, als habe er Heiss nur deswegen nicht wie ein Ungeziefer zertreten, weil er sich die Schuhe nicht beschmutzen wollte. »Geben Sie Mr. Bolken ein halbes Glas Rum, Lousje!« rief Petrov aus dem Salon. »Ich würde gern mit ihm über seinen Auftrag sprechen, wenn er sich wieder zu benehmen weiß.«

Eine Viertelstunde später saß Heiss Petrov gegenüber. Nur mit Mühe konnte er das Verlangen unterdrücken, sich auf Petrov zu werfen und ihn zu erwürgen. Der Drang war nahezu unwiderstehlich. Nicht der Schmerz schürte seinen Haß, sondern die Tatsache, daß man ihn gedemütigt hatte. Befremdend war nur, daß er, als Petrov über ihm stand, eine sexuelle Erregung verspürt hatte und damit verbunden den Wunsch, ihm zu Gefallen zu sein. Trotz der widerstreitenden Gefühle versuchte er ein gleichmütiges Gesicht zu machen. Im Grunde war sie daran schuld, redete er sich ein. Ohne

sie wäre es nicht dazu gekommen. Er bedachte noch einmal den Vorfall und kam zu dem Schluß, daß sie mit ihrem Fuß sein Bein berührt hatte. Petrov war hier der Chef, die Frau nur Handlangerin.
»Ich bin bereit«, sagte er.
Petrov zog an der Zigarette und atmete langsam aus. Er blickte Heiss forschend an, da er dieser plötzlichen Fügsamkeit mißtraute. Er suchte nach Anzeichen dafür, daß Heiss' Widerstand noch nicht gebrochen war.
»Ist Ihnen klar, Heiss, daß es sich um eine äußerst wichtige Sache handelt?«
Heiss nickte und wandte den Blick ab.
»Das Warten gestern war wahrscheinlich zuviel für meine Nerven«, meinte er. »Anders kann ich's mir nicht erklären.« Er machte eine beschwichtigende Geste.
»Sie erhalten 10 000 Pfund für fünf Tage Arbeit. Ein Drittel der Summe befindet sich bereits auf Ihrem Konto in Zürich. Den Rest gibt's bei Beendigung des Auftrags. Ein reiner Überwachungsauftrag. Sie müssen nur diesen Welsh und mich zusammen fotografieren, wenn wir uns begrüßen, miteinander spazierengehen und so fort. Ihre Fotos müssen den Eindruck einer besonders intimen Beziehung erwecken. Sie besitzen doch die Objektive für eine derartige Arbeit?«
Heiss nickte. »Ein 500-mm-Objektiv und extrem lichtempfindliches Filmmaterial. Ferner eine Minox für Aufnahmen aus kurzer Entfernung«, antwortete er.
»Sie verwenden zudem dieses Tonbandgerät hier«, sagte Petrov und übergab ihm ein schwarzgestrichenes Kästchen. »Es ist ein tschechischer R-121. Er ist auf Stimmen programmiert und läuft erst bei einer bestimmten Tonlage. Band und Batterien sollten Sie täglich einmal überprüfen. Gelegenheit dazu wird Ihnen gegeben. Diese Ferienbungalows sind nicht verschlossen, und wann die Zimmermädchen ihre Arbeit verrichten, dürfte einem aufmerksamen Beobachter nicht entgegen.«
Trotz regte sich in Heiss. »Ich kenne mein Handwerk.«
Auf Petrov machte diese Bemerkung keinen Eindruck. »Aus dem, was Sie bislang geleistet haben, kann ich diesen Schluß nicht ziehen. Ich würde einen Ersatzmann anfordern, wenn es dazu nicht zu spät wäre. Erledigen Sie den Auftrag so, wie ich es Ihnen gesagt habe. Ihre einzige Kontaktperson auf der Insel ist Lousje. Mir brauchen Sie nicht aus dem Weg zu gehen, aber denken Sie daran, daß Sie für

mich nur irgendein Feriengast sind. Knipsen Sie soviel wie möglich, damit allen einleuchtet, daß das Fotografieren Ihr Hobby ist. Ist damit alles klar?«

Heiss nippte von dem Rum und nickte. »Wie komme ich von hier weg?«

»Mit einer Chartermaschine. Sie werden noch heute nachmittag auf den Namen Bolken einen Flug nach Guadeloupe buchen. Morgen chartern Sie dann ein Flugzeug, das Sie nach Union-Island bringt, wo Sie von der Hoteljacht abgeholt werden. Ich werde dafür sorgen, daß auch Ihr Gepäck mitkommt.«

»Was geschieht, wenn ich heute abend auf dem Flughafen geschnappt werde?«

Petrovs Kinnmuskeln spannten sich. »Sollten Sie geschnappt werden – ich bezweifle allerdings, daß man Sie für so wichtig hält –, dann verlieren Sie bloß nicht die Nerven, sondern nehmen Sie sich einen Anwalt. Ein Mann vom Konsulat wird außerdem Ihren Abflug überwachen.« Er lehnte sich zurück. Die Besprechung war für ihn zu Ende. »Allerdings«, fügte er hinzu, als sei ihm noch etwas eingefallen, »dürfte das dann wohl Ihr letzter Auftrag gewesen sein.«

Er stand im Morgengrauen auf, als die ersten Sonnenstrahlen die glatte, dunkle Fläche des Meeres streiften. Dann stieg im Osten die Sonne wie ein aufgeblähter Ballon aus dem Meer empor. Wenig später entschwand das Zauberbild. Ein Tag wie jeder andere brach an.

Clifford Welsh betrachtete, wie an den beiden Morgen zuvor, die Sonne mit der Aufmerksamkeit eines Menschen, der vergessen hat, wie sie überhaupt aussieht. Das morgendliche Licht überzog die kleine Inselwelt mit einer Vielfalt von Rottönen. Welsh stieß einen zufriedenen Seufzer aus und nahm einen Schluck von dem aromatischen Kaffee.

Er überlegte, ob er Judith wecken sollte, und blickte unwillkürlich auf sein Handgelenk nach seiner Uhr, die jedoch in einer Schublade der Frisierkommode ruhte. Der weiße Hautstreifen am Handgelenk war mittlerweile sonnengebräunt. Welsh betrachtete seine Arme und seinen Körper und war mit der Bräune vollauf zufrieden.

Der Ferienbungalow der Welshs lag am Rand einer steilen Felsklippe, von der aus man den Oststrand der kleinen Insel überblicken konnte. Vor der Veranda wuchsen allenthalben Agaven, die angeblich nur alle hundert Jahre einmal blühten. Die Klippe fiel etwa siebzig Meter schroff zu einem feinkörnigen Sandstrand ab. Korallenriffe stemmten sich gegen das Meer und umzingelten den Ostteil der Insel wie ein Wall. Und dahinter wogte der Atlantik.

Welsh blickte nach Süden den Strand entlang, wo ein Mann über den festen, von der Brandung herangespülten Sand lief. Er rannte stur geradeaus, durch das Wasser und über die Sandhügel hinweg, als strebe er einem unsichtbaren Ziel entgegen. Welsh sah, wie seine Füße den Sand aufwirbelten, wie das Wasser hochspritzte, als er durch die schäumenden Wellen lief. Der Mann erweckte den Eindruck, als sei ihm gleichgültig, ob seine Umwelt ihm freundlich oder feindlich gesonnen war. Der da, dachte Welsh, lebt sein Leben, als gäbe es keine Hindernisse. Ein Mann, mit dem sich niemand gern anlegt.

Sie trat von hinten an ihn heran und schlang die Arme um seinen Hals. Er wandte sich kurz seiner Frau zu, und dann schauten beide dem einsamen Läufer nach, bis er ihren Blicken entschwunden war. Möwen und Fregattvögel ließen sich vom Aufwind über den Klippen emportragen. Ein Fregattvogel schwebte vor ihnen nahezu regungslos im Aufwind, die Augen aufs Meer gerichtet.

»Ein wunderschönes Fleckchen Erde!« rief Judith begeistert und schmiegte sich an ihn.

Er strich ihr zärtlich übers Haar. »Ich hoffte, daß es dir gefallen würde.« Er nahm einen Schluck Kaffee und hielt ihr die Tasse hin. »Er ist leider schon kalt. Aber in der Thermoskanne ist noch welcher.« Die Kanne wurde jeden Abend für sie gefüllt.

Lächelnd nahm sie die Tasse und trank sie leer. Dann stellte sie sie auf den Tisch und setzte sich auf die niedrige Steinmauer, die die Veranda umgab.

Jenseits des Riffs kämpfte eine Sloop gegen den Wind an. Nur das Segel war zu sehen. Im Osten ragte eine Felsnadel aus dem Meer. Die Spitze war weiß von Guano. Welsh hatte erfahren, daß die Einheimischen diese Klippe *Sail Rock* nannten. Er konnte gut verstehen, daß man früher oft vom Krähennest eines Segelschiffes aus diesen Felsen für ein Kriegsschiff gehalten hatte, dessen Rumpf noch der Horizont verbarg.

Viel später dann saßen sie auf der Terrasse und frühstückten. Welsh hatte zwei Papayahälften verzehrt, danach gebratenen Speck und war nun mit einer Zwei-Eier-Omelette beschäftigt. Sie sah ihm amüsiert zu.

»Das scheint dir besser zu schmecken als das gewohnte Frühstücksei und dein Tee«, meinte sie lachend.
Er nickte ein paarmal und kaute weiter. »Wenn man älter wird«, sagte er und schob ein Stück Omelette in den Mund, »braucht man eben mehr Eiweiß.«
Sie lehnte sich zurück und ließ die Sonne auf ihr Gesicht scheinen. »Vom Altwerden habe ich nichts gemerkt, Mr. Welsh. Für die Technik gebührt dir eine Zwei. Aber deine Leidenschaft ist glatt eine Eins wert.« Sie lächelte.
»Du redest wie meine Sekretärin«, erwiderte er mit todernster Miene, worauf sie ihm einen Tritt gegen das Schienbein versetzte.
Als er satt war, wischte er sich den Mund ab und lächelte zufrieden. »Wenn du Lust hast, könnten wir schnorcheln.« Er deutete auf den südöstlichen Teil des Riffs unweit einer kleinen Klippe, die gerade noch aus dem Wasser ragte. »Diese Stelle hat mir die Frau des Hotelmanagers empfohlen.«
Sie überlegte eine Weile. »Ist es nicht zu gefährlich?«
Er stellte sich hinter ihren Stuhl und massierte ihr den Nacken. »Es ist keineswegs gefährlich, Mrs. Welsh. Es ist kinderleicht. Leichter noch als Schwimmen. Denn hinter der Taucherbrille befindet sich Luft, die dir Auftrieb gibt. Du brauchst nur langsam ein- und auszuatmen. In den Schnorchel dringt kein Wasser ein.« Er eilte in den Bungalow, um die Hotelprospekte zu holen.
»Hier findest du alles schwarz auf weiß erklärt«, sagte er.
»Dir gefällt es hier, nicht wahr, Clifford?« fragte sie und blickte zu ihm auf. »Was macht denn dein Sonnenbrand?«
Er strich behutsam über seine Schulter. »Wie dumm von mir, daß ich mich gestern in die Sonne gelegt habe! Ich werde mich mit einer Spezialcreme einreiben. Falls ich mich nicht häute, werde ich schön wie Valentino sein, ganz das Idol der arbeitenden Bevölkerung.«
Seine Worte rissen sie aus ihrer unbeschwerten Stimmung. Sie griff nach seinem Arm. »Ich habe auf dem Herflug dein Gespräch mit Brian gehört. Ihr habt über Abrüstung gesprochen. Du schienst mir nicht mehr so sicher zu sein. Hast du deine Meinung geändert?«
Er rieb sein unrasiertes Kinn. Es war ein prächtiger Tag. Er wollte nicht mit der Realität seiner politischen Karriere konfrontiert werden. »Ob ich meine Meinung geändert habe? Eigentlich nicht. DeSilva hält natürlich nichts von der Sache. Wohl deswegen nicht, weil es dadurch schwieriger wird, einem zweimaligen Wahlsieger zum dritten Sieg zu verhelfen. Er will unbedingt, daß ich mich

noch mal um den Senatorposten bewerbe. Aber er hat versprochen, durch Umfragen die Wählerreaktion auf einseitige Abrüstung zu testen. Bei unserer Rückkehr dürften die Ergebnisse vorliegen.«
Nachdenklich lehnte sie sich im Korbstuhl zurück. »Dennoch machst du nicht den Eindruck, als wärst du hundertprozentig von deiner Sache überzeugt. Loss war dagegen, nicht wahr?«
Welsh lachte verächtlich auf. »Loss ist stockkonservativ. Er kann sich von seiner Denkungsart nicht mehr lösen. Was er und Leute seines Schlags nicht begreifen wollen, ist, daß wir unsere militärischen Verpflichtungen überprüfen müssen, sowohl im Hinblick auf die Leistungsfähigkeit unserer Wirtschaft als auch darauf, wie die Russen handeln werden, wenn wir weiter aufrüsten.«
Er schwieg eine Zeitlang und blickte verdrossen aufs Meer. »Du weißt doch, Judy, daß ich dem Komitee für Sicherheitsfragen angehöre. Was man da zu hören bekommt, ist haarsträubend. Im Grunde läuft alles darauf hinaus, was gescheite Menschen ohnehin wissen, daß wir nämlich den Russen auf nahezu allen Gebieten unterlegen sind. Die B-52-Bomber haben nur noch Schrottwert. Das Lenkwaffenprogramm wird erst in sechs Jahren Realität sein. Vielleicht noch später, wenn der Kongreß dazwischenfunkt. Die veralteten Polaris-U-Boote werden jetzt erst allmählich durch Trident-U-Boote ersetzt. Die Interkontinentalraketen vom Typ Minuteman sind über 12 Jahre alt. Dabei redet man weiterhin davon, daß wir eine Weltmacht sind. Wir sind es nicht! Die naiven Gemüter bei uns glauben immer noch, daß es sozusagen unser gottgegebenes Recht ist, die Führungsmacht auf der Welt zu sein. Wenn die Regierung an der Aufrüstung festhält, wird sie die Inflationsrate immer höher treiben und unsere Wirtschaft ruinieren.«
Sie hielt begütigend seinen Arm fest. »Reg dich nicht auf, Clifford!« Sie stand auf. »Ich kenne dein Wahlprogramm. Du wirst die Wähler schon überzeugen. Nur ist es eine Frage der Zeit.«
»Und des Geldes«, fügte er hinzu. »Vor allem aber, Judy, ich komme dadurch im ganzen Land ins Gespräch!«
Sie nahm ihn bei der Hand und führte ihn ins Badezimmer. »Du könntest mir beim Duschen behilflich sein und dabei deine Position genauer erklären. Was mich betrifft, so bin ich mit jeder Position einverstanden«, sagte sie lächelnd. »Komm schon, du Held der Nation!«
Er trottete hinter ihr her und versetzte ihr einen Klaps auf den Po. »Ich werde mir Mühe geben«, erwiderte er.

8

Loss zog die dünne Decke über den Kopf und wühlte sich tiefer in die Kissen. So blieb er geraume Zeit liegen. Als er allmählich wach wurde, versuchte er die Geräusche des neuen Tages einzuordnen. Irgendwo knatterte ein Rasenmäher. Das Motorengeräusch kam in Wellen, als würde der Rasenmäher eine lange Strecke geradeaus fahren und dann die Richtung ändern. Loss versuchte sich an den Lärm zu gewöhnen und schlief halb ein. Doch dann gab der morgendliche Schnitter mehr Gas, als sei er auf besonders lange und widerspenstige Grasbüschel gestoßen.

Loss fiel ein, was Barber mal gesagt hatte. Barber, der von Abwechslung nicht viel hielt, sobald er einmal irgendwo todsicher auf seine Kosten kam, hatte seinen Fronturlaub stets in Saigon verbracht. »Im Scheiß-Paris des Ostens«, wie er es nannte. Wenn Saigon das war, dann mußte die »Paradise Bar« für ihn so etwas wie ein Vergnügungsetablissement am Montmartre gewesen sein, in dem man sich so rasch und intensiv wie möglich zu amüsieren hatte. Nach jedem Besuch war Barber ausgepumpt, mit rotunterlaufenen Augen und völlig abgebrannt in die Unterkunft gewankt, hatte sich beschwert, daß er im Mund »einen Geschmack wie nach Eulenpisse« habe, und sich dann, wie von der Axt gefällt, auf seine Pritsche geworfen.

Während Loss träge dalag, versuchte er die Erinnerung an Barber zu verdrängen, als wäre sie ein klebriges Gespinst, das er nicht zerreißen, nicht umgehen und vor dem er nicht flüchten konnte. »Ein Geschmack wie Eulenpisse«, murmelte er ins Kissen und war nun hellwach. Gestern hatte er zuviel Rum getrunken und zuviel geraucht. Er stellte sich vor, wie Kitzner ihn deswegen hänseln würde, und beschloß, für sein ausschweifendes Leben in der Sonnenhitze zu büßen.

Er sah auf seine Uhr. Es war genau zehn. Er schlug die Decke zurück, schlüpfte in seine Pantinen, ging gemächlichen Schritts zum Balkon und blickte hinab auf den Jachthafen.

Die Hoteljacht lag, das Heck dem Kai zugewandt, noch vor Anker. Die Motoren liefen warm für die morgendliche Fahrt nach Union-Island. Neue Gäste mußten abgeholt, Abreisende hinübergebracht werden. Hendrick, der Skipper, stand vorn am Bug und schrubbte das Aluminiumdeck.

Möwen kreischten über den kleinen Hafen. Das Blau des flachen Wassers spiegelte sich auf ihren Bäuchen und der Unterseite ihrer Schwingen, so daß sie sich kaum noch vom Himmel abhoben. Kleine Kumuluswolken hatten sich gebildet und trieben eng aneinandergedrängt nach Westen. Loss schätzte, daß der Wind aus Ost-Südost kam und eine Geschwindigkeit von rund zehn Knoten hatte. Einige wenige Schaumkronen trieben weiß im Meeresarm zwischen den beiden Inseln. Es war ein Tag, wie ihn kein Reiseprospekt schöner schildern konnte.

Loss mußte rülpsen und stapfte ins Bad. Er stellte sich unter die Dusche, drehte den Heißwasserhahn absichtlich nicht auf und sang aus Leibeskräften, auch wenn ihm zuweilen der Text zur Melodie nicht einfiel. Als er sich danach rasierte, schnitt er sich und bemerkte, daß das Rasiermesser in seiner Hand leicht zitterte. Heute abend gibt's höchstens zwei Drinks, nahm er sich vor.

Trotzdem stellte er verwundert fest, daß er sich pudelwohl fühlte. Zudem kam ja Welsh für seinen Aufenthalt auf, und arbeiten mußte er in den nächsten sechs Tagen nicht. Loss dachte an Holly und verwünschte Welsh, der nicht gestattet hatte, daß sie mitkäme. Sie fehlte ihm. Er malte sich aus, wie sie beide die Tage hätten verbringen können. Leider befand sie sich wer weiß wo, vielleicht in Gesellschaft eines anderen Mannes.

Das läßt sich nun mal nicht ändern, dachte er. Außerdem wimmelte es im Hotel von schönen Frauen. Dazu kamen noch all die hübschen Mädchen von den gecharterten Jachten, die überaus kontaktfreudig wirkten. Gestern abend hatte er eine Rhodesierin, eine Australierin und zwei Engländerinnen kennengelernt, alle von derselben Jacht. Der Skipper selbst hatte sich nicht blicken lassen. Vermutlich mußte er sich von den Anstrengungen erholen. Loss grinste. Barber hätte es Spaß gemacht. Doch an Barber wollte er nicht denken. Der Alptraum hatte keine Macht mehr über ihn. Nur beim Einschlafen und Wachwerden erschienen ihm Barber und die anderen.

Er zog weiße Baumwollhosen an und einen gestreiften Pulli, den Holly ihm geschenkt hatte, und setzte eine Sonnenbrille auf. Wenn er jetzt frühstückte, hatte er um die Mittagszeit noch einen vollen

Magen. Tennisspielen wäre wohl ratsamer in der abendlichen Kühle. Er beschloß, mit der *Striker* hinüber nach Union-Island zu fahren, um die Treibstofftanks auffüllen zu lassen und die Aztec gründlich zu säubern. Wenn er dann noch Zeit hatte, würde er sich die Insel ansehen, solange die Crew der Hoteljacht mit dem Verstauen der Lebensmittellieferung und dem Empfang der neuen Hotelgäste beschäftigt war.

Gemächlich schlenderte er über die sanft abfallende Rasenfläche zum Anliegeplatz. Zwei abreisende Hotelgäste gingen soeben an Bord. Die beiden Dieselmotoren tuckerten, die Taue wurden eingeholt, und die Jacht setzte sich in Bewegung. Loss stieß einen schrillen Pfiff aus, winkte und rannte zum Steg. Er sprang an Bord und sah keuchend und leicht schwitzend zu, wie die Mannschaft das letzte Tau löste und die Jacht sodann vorsichtig aus der Ankerbucht glitt.

Die Abreisenden, ein älteres Ehepaar, hatten es sich auf den Liegestühlen im Cockpit bequem gemacht. Sie musterten ihn und bedachten ihn mit jenem nachsichtigen Lächeln, das Braungebrannte gewöhnlich für vom Sonnenbrand gerötete Haut übrighaben. Loss nickte ihnen zu und ging zur Kommandobrücke, wo Hendrick am Steuerruder stand.

»Morgen, Hendrick!« sagte er und ließ sich auf den gepolsterten Stuhl neben dem Sitz des Steuermanns fallen.

»Guten Morgen, Sir!« erwiderte Hendrick breit lächelnd. Die blendendweißen Zähne stachen von seinem tiefbraunen Gesicht ab. Auf dem Kopf saß eine zerknautschte Matrosenmütze. Unter ihrem speckigen Rand lugten dunkle Locken hervor. »Haben Sie gestern abend das Backgammon-Spiel noch zu Ende gebracht?«

»Das und noch drei weitere. Richardson hat mir sechzehn Dollar abgeknöpft.« Und vier Drinks, hätte er beinahe hinzugefügt.

Hendrick wiegte nachdenklich den Kopf. »Es ist ein Spiel mit dem Feuer. Richardson hat eine glückliche Hand, so, als würde ihm irgendein westindischer Medizinmann ein wenig nachhelfen.« Er gab Gas und hielt die Jacht, nachdem sie das Riff am Westrand der Insel hinter sich gelassen hatten, auf geradem Kurs.

Loss durchquerte gebückt die Gemeinschaftskabine und ging nach achtern zum Hochsitz. Er stieg hinauf und blickte rundum. Der Passat hatte die Abgasschwaden der Dieselmotoren verweht. Die Jacht hielt geradewegs auf die noch drei Meilen entfernte Union-Insel zu, die sich mit ihren Vulkankegeln und der olivefarbenen

Vegetation wie ein Südsee-Eiland aus dem Meer erhob. Im Norden lagen weitere kleine Inseln. Die Küste von St. Vincent, der Hauptinsel, konnte man im Dunst gerade noch erkennen. Im Süden erblickte er eine Insel, die größer war als Union-Island. Mit ihrem gezackten Felsrücken und dem palmenbewachsenen Strand schien sie sich dem Passat entgegenzustemmen. Auf dem felsigen Hang sah er eine Ansammlung weißer Häuser. Von dort mußte der Ausblick überwältigend sein, dachte er. Nur Inseln und das weite Meer. Die vom Atlantik heranrollenden Wogen trafen auf die Riffbarriere, türmten sich auf, schienen einen Augenblick lang zu zögern, um dann weiß aufschäumend zu bersten. Dort, wo sie ihr Ende fanden, stand ein Regenbogen. Loss wünschte, Holly wäre bei ihm, um all das zu sehen.

Er stieg hinunter und setzte sich wieder zu Hendrick. Er bot ihm eine Zigarette an und nahm sich selbst eine. Der leichte Salzgeschmack auf seinen Lippen behagte ihm.

»Schön ist es hier«, meinte er.

Hendrick nickte. »So steht es in den Werbeprospekten.« Er schaute Loss spöttisch lächelnd an. »Aber wie lange hält man das durch? Der Juni gleicht dem September wie ein Ei dem andern, Mann. Und den August kann ich nur deswegen vom Februar unterscheiden, weil ich nicht mehr so viele Fische fange.« Er zog an der Zigarette und stieß den Rauch aus, ohne inhaliert zu haben. Achselzuckend warf er die Kippe ins Meer. »Schnee habe ich noch nie gesehen. Ich weiß nicht, ob Ihnen das auf die Dauer gefallen würde.«

Loss lächelte verständnisvoll und dachte sich, daß Hendrick vermutlich recht hatte. *Ice Cream* zum Nachtisch konnte köstlich sein. Aber wenn man es tagtäglich bekam, rief es Überdruß hervor und machte zudem noch dick.

Er wechselte das Thema. »Wie lange bleibt das Boot auf Union-Island?«

Hendrick verlangsamte die Fahrt, als die *Striker* die äußere Boje passierte und an dem Riff vorüberglitt, das Clifton Harbor vorgelagert war. Die Matrosen legten an Deck die Fender zurecht und hielten die Taue bereit.

»Ein oder zwei Stunden. Wir nehmen Proviant an Bord und liefern die Post wie auch anderes. Die abreisenden Gäste bleiben eine Nacht hier und fliegen morgen mit der LIAT weiter. Außerdem müssen wir auf Gäste warten, die mit einer Chartermaschine eintreffen. Wir sehen uns dann auf dem Flughafen.«

Nachdem die Jacht angelegt hatte, ging Loss an Land. Er kam an Kindern vorbei, die schwarze Korallen verkauften, und an alten Männern, die mit ausdrucksloser Miene in der Sonne vor sich hin dösten. Am Ende der betonierten Pier näherte sich ihm ein kleiner Negerjunge mit einem schlaff herabhängenden Fisch und bot ihn wiederholt für »Nur einen Schilling, Sir!« an. Loss lehnte den Handel schmunzelnd ab, worauf auch der Junge sein ernstes Gesicht zu einem breiten Grinsen verzog.

Loss und der Junge schlenderten gemeinsam eine unbefestigte Straße entlang und kamen an Kneipen und staubigen, pastellfarbenen Hütten vorbei. Der Junge rannte voraus und wartete ungeduldig im Schatten, bis Loss ihn eingeholt hatte. Sodann hüpfte er weiter, als führe er eine Parade an und schleifte den Fisch durch den Straßenstaub hinter sich her. Loss vergaß seine morgendliche Trägheit und ließ sich von der Fröhlichkeit des Jungen und der heiteren Atmosphäre des Tages anstecken.

Um 11 Uhr 30 war das Auffüllen der Tanks beendet. Er hatte das Cockpit gelüftet und den Jungen dazu angestellt, das Fahrwerk der Aztec zu waschen. Als der Junge mit seiner Arbeit fertig war, drückte ihm Loss zwei Dollar in die Hand, worauf der Junge ihm den Fisch schenkte. Mit sich und der Welt zufrieden, schloß Loss die Kabinentür ab und suchte das kleine Restaurant neben der Landebahn auf. Er bestellte eine *Quiche lorraine* und dazu einen leichten Chablis. Wie vielfältig doch die Küche auf diesen Inseln war. Sie entsprach dem bunten Völkergemisch, das diese Inseln bewohnte.

Loss rückte den Stuhl etwas vom Tisch ab und kam sich vor wie ein Reisender, der einen Teil der Strecke bereits zurückgelegt hat und nun rastet. Die Vergangenheit lag hinter ihm. Die Zukunft war ungewiß. Dazwischen lag eine Zeitspanne der Ruhe, die ihm zusagte.

Seine Pilotenohren vernahmen das leise Dröhnen des Flugzeugs viel eher als die anderen. Eine blau-weiße Cessna 310 erschien in der Senke zwischen den Berggipfeln und näherte sich mit überhöhter Geschwindigkeit. Der Pilot zog die Maschine in eine flache Kurve und fuhr das Fahrwerk und die Landeklappen aus. Loss zuckte unwillkürlich zusammen, als die zweimotorige Maschine mit aufheulenden Motoren und völlig gesenkten Klappen zum viel zu kurzen Anflug ansetzte. Sie landete im zweiten Drittel der Piste. Die Räder radierten über den Asphalt. Dann trat der Pilot auf die

Bremsen. Die Reifen begannen zu rauchen, die Maschine schien sich aufzubäumen. Knapp vor dem Erdwall blieb die Cessna stehen, machte eine Schwenkung von 180 Grad und rollte von der Piste.
»Nach dieser Landung wird den Passagieren ein Rumpunsch guttun«, meinte Hendrick, der gelassen an einem Pfosten lehnte und lächelte.
Dann schritten beide die Steinstufen hinunter und gingen über den Asphaltbelag zu dem gelandeten Flugzeug. Der Pilot holte eben das Gepäck aus dem Frachtraum und schwatzte mit dem Zollbeamten, der gekommen war, um die Maschine abzufertigen. Der einzige Passagier stand im Türrahmen, blinzelte ins grelle Licht und setzte eine Sonnenbrille mit Spiegelgläsern auf. Er ignorierte Hendrick, der sich ihm mit ausgestreckter Hand genähert hatte, und ging, eine KLM-Flugtasche über der Schulter, in der linken Hand einen Kamerakoffer aus Aluminium, auf Loss zu. Er blieb stehen und streckte Loss die Hand entgegen. Loss bemerkte, daß sein Atem nach Pfefferminz roch.
»Mein Name ist Pieter Bolken«, sagte er. »Vielleicht könnten Sie mir mein Gepäck tragen helfen.«

Auf der Veranda neben dem Speisesaal des Pavillons aßen sie zu dritt zu Abend. Der Wind hatte sich gelegt, und die Sterne schienen. Sie sprachen nur wenig beim Essen, verständigten sich mit Gesten. Das Abendessen war von raffinierter Schlichtheit – grüne Schildkrötensuppe, Tanya-Kroketten, glasierte Karotten, frischer Delphin. Keinerlei Firlefanz, keine flambierten Saucen, keine beflissen umherschleichenden Kellner. Man bediente sie gemessen und diskret. Sie beendeten das Mahl mit Cognac und Kaffee a ›la Martinique‹.
»Schade, daß es solche Lokale nicht häufiger gibt«, meinte Judith Welsh und rekelte sich auf ihrem Klappstuhl. Loss fand sie hübscher als sonst. Ihr Gesicht und ihre Arme hatten in den drei Tagen eine dunkelbraune Tönung angenommen. Sie trug keinerlei Make-up.
»Haben wir heute Vollmond, Brian?« fragte Welsh und ließ den Cognac in seinem Schwenker kreisen.
»Er wird bald aufgehen. Wir haben fast Vollmond.« Loss machte eine Pause und lächelte. »Vielen Dank. Das Essen war ausgezeichnet.«
Clifford verzog kurz die Lippen, so daß sein makelloses Gebiß sichtbar wurde. »Es war uns ein Vergnügen, Brian. Aber schließlich

soll uns allen der Aufenthalt hier Spaß machen, nicht wahr?«
Loss überlegte, ob Welsh ihn mit diesen freundlichen Worten zum Gehen aufforderte. Er hatte zuvor angedeutet, daß sie sich nach dem Essen mit einem befreundeten Ehepaar auf einen Drink treffen würden.
Da die Welshs schwiegen, begann er sich unbehaglich zu fühlen. Er prostete ihnen zu und trank seinen Cognac aus. »Es war ein wundervoller Abend, nochmals vielen Dank«, sagte er und erhob sich. »Genießen Sie die wundervolle Nacht. Ich muß ins Bett. Ich bin morgen früh um sechs zum Tennis verabredet«, log er.
»Dann gute Nacht, Brian!« erwiderte Welsh, der keinerlei Anstalten machte, aufzustehen, sondern nur seinen halbleeren Cognacschwenker hob.
Loss entfernte sich. Die beiden blieben im Halbdunkel sitzen, ganz wie ein junges, verliebtes Pärchen. Loss durchquerte die Bar und blieb einen Augenblick stehen, um Richardson und Hendrick beim Backgammonspiel zuzusehen. Der Mann, der sich Bolken nannte, saß allein an der Bar, schaute gleichfalls zu und schwieg. Sie blickten einander grußlos an.
Dann hielt er beim Tisch des kanadischen Ehepaars an, das den fünfzig Meter entfernten Bungalow auf der Leeseite des Strandes bewohnte. Die beiden waren im Ostteil Kanadas zu Hause, und ihrer Aussprache war das geruhsame Kolonialenglisch noch deutlich anzumerken. Nachmittags tranken sie wie gewohnt ihren Tee. Und wenn sie *Whisky* verlangten, meinten sie puren Bourbon und keinen Verschnitt. Loss mochte die beiden, da sie aus ihren Gefühlen keinen Hehl machten, eine Eigenart, die viele Kanadier auszeichnete.
Sie hob den Kopf mit dem grauen, kurzgeschnittenen Kraushaar und sagte: »Setzen Sie sich doch zu uns, Mr. Loss! Ich habe den ganzen Abend Ausschau gehalten, aber bisher haben sich die jungen Damen von der schmucken Segeljacht noch nicht an Land blicken lassen.« Dabei lächelte sie vielsagend.
»Vielen Dank, Mrs. Kent«, erwiderte er und setzte sich in den Liegestuhl. »Ich wollte eben einen Strandspaziergang machen. Darf ich Sie beide zu einem Drink einladen?« Er winkte den Kellner heran.
»Nein, danke«, antwortete Edwin Kent. »Aber bestellen *Sie* sich doch was. – Sam! Einen Whisky für Mr. Loss!« sagte er zu dem Kellner. Dann blickte er Loss wohlwollend an. »Sie haben ein

schönes Flugzeug, Brian. Margaret und ich haben es gestern auf Union-Island bewundert. Eine prächtige Maschine!« Edwin Kent hatte graumeliertes Haar und mochte etwa sechzig Jahre alt sein. Er war muskulös, wirkte durchtrainiert, und seine Hände sahen aus, als könnten sie kräftig zupacken.

Loss wartete, bis der Kellner den Whisky serviert hatte. »Es freut mich, daß Ihnen die Aztec gefällt«, erwiderte er. »Leider gehört sie mir nicht. Ich bin nur der Pilot. Mr. Welsh, den Sie sicher schon gesehen haben, ist der Besitzer. Aber Sie haben recht, die Aztec ist ein großartiges Flugzeug.«

Margaret Kent berührte leicht seinen Arm. »Edwin war mal bei der *Royal Canadian Air Force.* Wenn er ein Flugzeug sieht, gerät er ins Schwärmen, ob es sich nun um kleine Sportmaschinen oder die großen Dinger aus Aluminium handelt. Alles, was fliegen kann, macht ihm den Mund wäßrig. Er ist da wie ein zahnloser alter Hund, der einen schönen Knochen erblickt.« Sie sagte das ohne eine Spur von Spott.

»Ich fliege auch jetzt noch über Land«, erklärte er. »Ich besitze eine alte Piper Super-Cruiser. Seit 1951 schon. Im Sommer fliege ich sie mit Schwimmern, im Winter mit Schneekufen. So kann ich zumindest zeitweilig meiner besseren Hälfte entfliehen.« Er schmunzelte. »Nein, Margaret ist schon in Ordnung. – Ich war vorher bei der *Royal Air Force.* An der Schlacht um England hatte ich allerdings keinen Anteil. Ich bin nur mit einer Lancaster herumkutschiert. Nach meiner Rückkehr nach Kanada wurde ich im Luftverteidigungskommando eingesetzt, flog Maschinen vom Typ CF-100 und was es sonst noch alles gibt.«

Loss fiel plötzlich ein, wer Kent war – der einstige stellvertretende Kommandeur der kanadischen Luftstreitkräfte in der NATO. Auf einem nebelverhangenen Flugplatz in Frankreich hatte er im Zweiten Weltkrieg aus einer notgelandeten brennenden Canberra zwei Piloten gezogen, deren mit Sprit bespritzte Fliegerkombination Feuer gefangen hatte. Bei dieser Rettungsaktion hatte Kent sei linkes Bein eingebüßt. Trotzdem hatte er sich danach um die Genehmigung bemüht, moderne Abfangjäger fliegen zu dürfen, und sie auch erhalten. In Kanada war Kent eine Art Nationalheld.

Loss blickte Kent an. »Ich habe von Ihnen schon gehört.«

Kent winkte lächelnd ab. »Sie sollten nicht alles für bare Münze nehmen. Wenn ich mal tot bin, wird man mir noch mehr andichten. Die Menschen übertreiben nun mal gern.« Er hob sein Glas.

»Guten Abend«, sagte jemand hinter Loss. Er drehte sich um und sah, wie ein gutaussehendes Paar im Patio an einem Tisch nahe den Welshs Platz nahm.

»Ein hübsches Paar«, meinte Margaret Kent ohne rechte Überzeugung. Sie hob die Hand, um den beiden zuzuwinken, aber sie schauten nicht her.

»Sie heißen, glaube ich, Klist«, bemerkte Kent, der sie gleichfalls musterte. »Der Fotoreporter da drüben«, fuhr er fort und zeigte auf Bolken, »sagte mir, es handle sich um einen Industriellen aus Holland. Er stellt Transistoren oder so was her.«

»Ziemlich international, die Szene hier«, meinte Loss. »Mir ist es recht, wenn ich im Ausland nicht nur Landsleute treffe. Dieser Klist läuft jeden Morgen am Strand.«

»Margaret hat mir davon erzählt«, erwiderte Kent. »Ich liege um diese Zeit noch in den Federn. Aber für einen gebürtigen Holländer halte ich ihn nicht. Ich habe drei Jahre meiner Dienstzeit in Deutschland zugebracht. Aus Holland stammt der nicht.« Er hielt lächelnd inne. »Margaret bedeutet mir eben mit einem Fußtritt, daß ich nicht so geschwätzig sein soll. Aber schließlich sind wir offenherzige Kanadier, die allerdings insgeheim die Queen verehren. Und den Union Jack für alle Fälle in der Schublade parat halten!« Er lachte über seine Worte.

»Was für ein Landsmann ist er Ihrer Ansicht nach?« fragte Loss.

Kent schwenkte versonnen die Eiswürfel in seinem Glas. »Ich weiß nicht recht. Ein Deutscher oder vielleicht ein Pole. In den letzten dreißig Jahren haben sich die Europäer im Aussehen ziemlich angeglichen. Was mich darauf bringt, ist sein Auftreten, seine selbstbewußte Haltung, die kräftige Gestalt. Irgend etwas kommt mir bekannt vor. Ich weiß nicht, was. Er ist sicherlich kein Holländer.« Kent blickte zu dem Paar hinüber, das sich mittlerweile zu den Welshs gesetzt hatte. Er deutete unauffällig in ihre Richtung. »Die beiden scheinen sich mit Ihrem Boß und seiner Frau bereits angefreundet zu haben. Übrigens, er ist doch Senator Welsh, nicht wahr?«

Aus Loss' Zögern konnte man schließen, daß die Vermutung richtig war. Achselzuckend antwortete er: »Er wollte es nicht publik werden lassen. Schließlich will er ungestört Urlaub machen. Behalten Sie bitte diese Information für sich!«

»Bei Edwins Redseligkeit?« warf Kents Frau ein. »Nein, keine Angst, wir werden es selbstverständlich für uns behalten. Wissen

Sie, Brian, Kanada ist nicht so weit von New York entfernt. Unsere Zeitungen berichten des öfteren von Senator Welsh. Er gibt sich redlich Mühe, New York zu sanieren. So was würde auch Montreal nicht schaden.« Sie hielt die Hand vor den Mund und flüsterte Loss vernehmlich zu: »Reden Sie mit Edwin bloß nicht über die Frankokanadier! Damit bringen Sie ihn todsicher in Rage!«
Laut auflachend schob Kent seinen Stuhl zurück. »Glauben Sie ihr kein Wort, Brian! Solange ich nicht auf meine alten Tage noch Französisch lernen muß, sind sie mir gleichgültig. – Haben Sie keine Lust, morgen mit uns zu segeln? Wir haben die Hotel-Sloop gechartert. Platz wäre also reichlich vorhanden.«
Brian überlegte. Welsh würde morgen sicherlich nicht fliegen wollen. »Eine großartige Idee«, erwiderte er. »Wohin soll's denn gehen?«
Kent kramte in seiner Jackentasche und holte einen kleinformatigen Prospekt hervor. Er hielt ihn eine Armlänge von sich weg und las. »Meine Weitsichtigkeit wird immer ärger. Ach ja, da steht es. Wir segeln zur Tyrell-Bucht auf Carriacou.«
»Wie war das?« fragte Loss verblüfft, und seine Hand, die eben das Glas zum Mund führen wollte, verharrte mitten in der Bewegung.
»Zur Tyrell-Bucht«, wiederholte Kent, der aus seiner Brusttasche eine Brille zog und sie aufsetzte. »Der Segeltörn von hier bis zur Westküste von Carriacou dauert angeblich zwei Stunden. Dort soll es ein behagliches Hotel geben. Aber wir wollen auf dem Schiff zu Mittag essen, dann ein wenig die Küste erkunden und am Spätnachmittag zurückfahren.«
»Zwei Stunden Fahrt«, sagte Kents Frau gedankenverloren. »Wie weit mag das sein?«
Loss setzte mit verschmitzter Miene sein Glas ab. »Jemand sagte mir mal, Carriacou liege so nah oder so fern, wie's einem beliebt.«

9

Carl Heiss saß unbehaglich auf seinem Barhocker, langweilte sich und war nervös. Das Backgammonspiel am anderen Ende der Bar dauerte noch an. Mittlerweile hatten sich Kellner, deren Arbeit beendet war, dazugestellt.

Das Ehepaar, das sich mit Welshs Piloten unterhalten hatte, war inzwischen gegangen. Wenig später ging auch der Pilot, nachdem er seine Getränkerechnung abgezeichnet hatte. Zwei weitere Ehepaare, die Heiss jedoch nicht kannte, waren im Spielraum nebenan mit Wurfpfeilen beschäftigt. Sie gehörten vermutlich zu einer der Jachten. Die jüngere der beiden Frauen schien unter ihrem dünnen Flattergewand nackt zu sein.

Der Barkeeper löste sich von der Gruppe, die bei der Backgammonpartie zusah, und mixte eine Runde Drinks. Heiss wartete geduldig, bis einer der Kellner das Tablett mit den Getränken in den Patio trug. Die Drinks bedeuteten für ihn zwanzig ungestörte Minuten.

Er legte eine Fünf-Dollar-Note auf die Theke und durchquerte den dunklen Speisesaal. An Welshs Tisch saßen vier Personen. Die Gesichter konnte er im Licht der einzigen Kerze nicht genau erkennen. Man prostete einander zu.

Heiss blieb an der Patio-Umfriedung stehen und wartete, daß sich seine Augen an die Dunkelheit gewöhnten. Bis auf die Lämpchen, die den Weg zum Pavillon markierten, und den gedämpften Lichtschein aus den Bullaugen der ankernden Jachten war es ringsum finster. Er hörte das Knattern eines Außenbordmotors in der Bucht und lauschte, ob jemand an Land ging. Auf dem Schoner, der weiter draußen vor Anker lag, leuchteten plötzlich die Lampen an den Spreizern auf, wurden aber bald darauf gelöscht. Vermutlich stattete die Crew einer Jacht dem Schoner einen Besuch ab.

Da sich seine Augen mittlerweile an die Dunkelheit gewöhnt hatten, konnte er nun die Bäume ausmachen und den Trampelpfad, der zur Personalunterkunft führte. Heiss folgte diesem Weg und blieb alle

fünfzig Schritt lauschend stehen. Der Pfad führte eine Anhöhe hinauf und wurde dann felsiger. Heiss stolperte und schlug lang hin. Der stechende Schmerz in seiner Hand ließ ihn aufstöhnen. Heiss blieb eine Weile liegen und leckte an der Wunde. Das warme Blut schmeckte salzig, wie zerlaufene Butter. Langsam richtete er sich auf. Mit jedem Herzschlag schien der Schmerz erneut einzusetzen. Ein kühler Luftzug blies durch das Loch, das er sich am Knie in seine Hose gerissen hatte. Heiss fluchte halblaut vor sich hin. Die Hose war neu und hatte ihn in dem eleganten Laden in der Bond Street zwanzig Pfund gekostet. Abermals fluchte er leise.
Nach zehn Minuten verlief der Weg wieder eben, und er erspähte auf dem Hügel die Umrisse der beiden Häuser für das Personal. Das Gelände bot nicht die geringste Deckung. Er wandte sich nach links, umging die Gebäude und schlich durch hohes Limonengras zu der Straße, die zu den vier Bungalows am Ostrand der Steilküste führte. Plötzlich kam eine brennende Zigarette aus der Dunkelheit geflogen und zerplatzte funkensprühend etwa zwanzig Schritt zu seiner Rechten. Heiss blieb wie erstarrt stehen, duckte sich und ließ sich sachte zu Boden fallen. Als er das Gesicht ins Gras drückte, bildete er sich ein, unter sich Insekten krabbeln zu hören.
Ganz in der Nähe sprachen Leute in westindischem Tonfall. Er vernahm verschliffene, kehlige Laute. Eine Frauenstimme war darunter. Die Frau kicherte und rief aus: »Wirst du deine Hand stillhalten!« Dann kicherte sie abermals. Die kurzen, beschwörend klingenden Worte des Mannes waren wegen der tiefen Stimme weniger deutlich zu hören. Heiss blickte auf seine Uhr und war betroffen über die Helligkeit des Zifferblattes. Zwölf Minuten waren bereits verstrichen. Zentimeter um Zentimeter robbte er nach links und hoffte, daß das im Wind schwankende Gras seine Bewegungen unkenntlich machte. Nach vier Minuten gelangte er zu einer Strauchgruppe, die Deckung bot, und richtete sich auf. Die Stimmen waren nicht mehr zu hören. Er hörte nur das dumpfe Rauschen der Wogen, die sich an dem windwärts gelegenen Riff brachen.
Der Bungalow Nr. IV, den die Welshs bezogen hatten, stand allein auf einer Felsklippe. Die Zufahrt lag im Dunkeln. Nur den Fußweg zur Haustür beleuchteten einige Lämpchen.
Heiss horchte, ob sich jemand auf dem Fußweg näherte. Beruhigt überquerte er die Straße und ging die Anhöhe hinauf, wobei er sich von dem beleuchteten Fußweg fernhielt. An der Tür lauschte er

abermals und spähte zur Straße hinunter. Dann betrat er den Bungalow.
In den drei Räumen befand sich niemand. Im Licht seiner Stablampe untersuchte er zunächst die verletzte Hand und seine zerrissene Hose. Zähneknirschend verwünschte er seine Ungeschicklichkeit. Es wäre klüger gewesen, wenn er vom Pavillon geradewegs zu seinem Bungalow gegangen wäre und von dort den Strand entlang zum Bungalow der Welshs. »Zwanzig Pfund zum Teufel!« murmelte er und drückte an der Wunde, bis Blut hervorquoll. Er leckte daran und behielt die Blutstropfen im Mund, als würde er sauren Wein kosten.
Dann zog er die Schuhe aus, überprüfte, ob er auf dem Plattenboden Spuren hinterlassen hatte, und stieg auf die Kopfleiste des Bettes, um den Mauersims mit der Stablampe abzusuchen. Das Tonbandgerät war noch da. Er holte die Kassette heraus und setzte eine neue ein, die er seiner Brusttasche entnommen hatte. Der Stromindikator zeigte an, daß die Batterien noch funktionsfähig waren.
Er klopfte mit dem Daumennagel gegen das Kontaktmikrophon und sah, daß sich die Spulen sogleich in Bewegung setzten und dann anhielten. Es ließ sich nicht verhindern, daß der Mechanismus zuweilen auch durch Geräusche aus dem Bad, der Toilette oder durch Schritte aktiviert wurde. Aber die Kassette hatte eine Speicherkapazität von insgesamt vier Stunden, was für die Gespräche, die im Verlauf eines Tages geführt wurden, vollauf genügte.
Heiss beschäftigte sich daraufhin mit den beiden übrigen Geräten. Das eine befand sich auf einem Querbalken im Patio, das andere war im Erdreich unter den Frangipanibüschen am Rand des Patio versteckt. Daß Welsh nach »Wanzen« suchen würde, war nicht wahrscheinlich. Unter dem Eßzimmertisch haftete noch ein Mikrophon mit einem FM-Sender. Allerdings hatte sich die Entfernung für das Gerät in Welshs Bungalow als zu groß erwiesen. Das Fading war zu stark. Nur ein Drittel der aufgezeichneten Gespräche war brauchbar gewesen. Heiss hatte schon daran gedacht, den Minisender und ein Tonbandgerät in der Nähe des Pavillons zu verstecken. Aber dann war ihm eingefallen, daß ja Lousje ein kleines Aufnahmegerät in ihrer Handtasche mit sich führte, um wichtige Gespräche aufzuzeichnen.
Als er eben die Kassette im dritten Tonbandgerät auswechselte, schreckte ihn ein Geräusch auf. Er ließ sich im Patio hinter einem Sessel zu Boden fallen. Dann hörte er die Stimme von Judith Welsh.

Im Schlafzimmer flammte Licht auf. Die Schatten von Judith und Clifford Welsh, die vor den Nachttischlampen auf und ab gingen, huschten wie Scherenschnitte über den Patio.
Heiss, dem klar war, daß man ihn entdecken würde, wenn er jetzt floh, blieb regungslos liegen und merkte, wie sein Herz schneller pochte. Als er den Kopf ein wenig hob, sah er, daß Welsh und seine Frau Bademäntel anzogen. Ihre Bauchpartie zeigte erste Anzeichen des Schlaffwerdens, aber sonst war ihr sonnengebräunter Körper straff. Sie hatte kleine, hübsche Brüste. Beide gingen ins Bad, und Heiss begann langsam zu zählen. Bei zehn wollte er über die Steinmauer springen. Doch als er eben alle Muskeln anspannte, kehrte Judith Welsh ins Schlafzimmer zurück und kramte in ihrem Kosmetikkoffer. Welsh erschien gleichfalls, setzte sich aufs Bett und betrachtete im Spiegel seine sonnenverbrannten Schultern. Seine Frau streifte mit der Hand zärtlich seinen Hals und begab sich wieder ins Bad.
Sich jetzt zu entfernen war riskant. Er wollte noch eine Stunde warten, bis sie eingeschlafen waren, und sich dann aus dem Staub machen.
In der Toilette rauschte die Spülung, und Heiss mußte daran denken, daß die drei Tonbandgeräte nun getreulich das Geräusch des abfließenden Wassers aufzeichneten.
Heiss saugte an seiner Wunde, die wieder zu bluten begonnen hatte. Die Lichter im Schlafzimmer wurden gelöscht. Als Judith Welsh das Schlafzimmer betrat, wurde es auch im Bad dunkel. Die beiden sprachen leise miteinander. Eine Weile war es still. Dann hörte er, wie sie sich liebten. Er schaute auf seine Uhr. Einunddreißig Minuten dauerte es. Heiss, den es im Nachtwind fröstelte, fluchte unhörbar.

Im Licht der Morgensonne liefen die beiden Männer den Strand entlang. Keuchend rannten sie durch den lockeren, trockenen Sand, vorbei an der südlichen Landzunge, und gelangten zu dem flachen, wellenüberspülten Küstenstreifen, der sich nordwärts unterhalb der dem Wind ausgesetzten Felsklippen hinzog. Krabben, die sich auf Nahrungssuche befanden und die von den Läufern ausgelösten Erschütterungen wahrnahmen, eilten in ihre Schlupfwinkel.
Der jüngere der beiden begann hastiger zu atmen und verlangsamte das Tempo. Er wollte den anderen nicht in Verlegenheit bringen.
Welsh warf dem jungen Europäer einen Blick zu und blieb stolpernd

stehen. Der Holländer keuchte wie er, sah aber keineswegs erschöpft aus. Welsh hingegen spürte, wie ihm das Herz bis zum Hals schlug. Die beiden Männer ließen sich auf dem morgenkühlen Sand nieder und betrachteten schweigend die Lagune, die der aufkommende Wind zu kräuseln begann.
»Das sollte man eigentlich jeden Morgen machen, Robert«, sagte Welsh und war überrascht, wie heiser seine Stimme klang. Obwohl er weiterhin schwer atmete, war er stolz darauf, daß er mit dem Jüngeren hatte mithalten können.
»Das wäre mir zu anstrengend«, erwiderte Petrov. Er ließ Sand durch seine Finger rieseln und begrub zwei Ameisen, die an einem Futterbrocken zerrten. Nach einer Weile hatten sich die Ameisen herausgewühlt, und Petrov deckte sie abermals mit Sand zu. Danach erschienen sie nicht mehr.
Gestern abend hatten sie ein kurzes, aber freimütiges Gespräch geführt. Der Russe hatte Welsh gleich zu Beginn ohne Umschweife gefragt, ob er nicht der Senator aus New York sei. Welsh, geschmeichelt, daß er einem Europäer nicht nur namentlich, sondern auch vom Aussehen her bekannt war, hatte es bestätigt.
Petrov begann zu sprechen, so leise, daß Welsh sich zu ihm beugen mußte, um ihn zu verstehen. »Ich beobachte die politische Szenerie in den Vereinigten Staaten sehr aufmerksam, Clifford. Mir scheint die Politik dort eine viel ehrlichere . . . «
Er suchte nach einem passenden Ausdruck. » . . . Profession zu sein als bei uns in Europa. Welche politischen Ziele verfolgen Sie eigentlich?«
Die Frage war so unverblümt, daß Welsh ohne lange zu überlegen antwortete.
»Ich bin mir noch nicht ganz klar, Robert. Vermutlich möchte sich wohl jeder Politiker mal ums Präsidentenamt bewerben. Ich habe ebenfalls daran gedacht. Aber ich bin noch jung. Vielleicht versuche ich es in einigen Jahren, vielleicht schon eher. Einen Versuch ist es mir jedenfalls wert.«
»Auch Kennedy war noch jung«, entgegnete Petrov achselzuckend, als sei das Alter belanglos. Er schaute Welsh in die Augen und sagte leise: »In Europa sind viele wegen der politischen Entwicklung in den Vereinigten Staaten äußerst besorgt. Andere, zu denen auch ich gehöre, sind weiterhin optimistisch.«
Welsh stutzte. Wollte der Mann ihn aushorchen? Er verwarf diese Vermutung. Klist war gewiß kein Reporter. Überdies wußte er, wie

schwer es für ihn, als prominenten Politiker, war, die politischen Ansichten anderer zu erfahren. Er beschloß, dem Holländer so viel wie nur möglich von den politischen Meinungen und Vorurteilen der Europäer zu entlocken, seine eigene Meinung jedoch nicht preiszugeben.

Petrov merkte, daß Welshs Stimmung umgeschlagen hatte, und sprach sich lobend darüber aus, wie Welsh die Finanzmisere New Yorks gemeistert hatte. Sie redeten geraume Zeit darüber. Die Sonne schien jetzt wärmer und lockerte ihre vom Laufen verkrampften Muskeln.

Nach einer Weile kamen sie auf die finanzielle Situation in Europa zu sprechen und auf die Rückkehr zu einer durch Goldreserven abgedeckten Währung in den Ländern, die dem Internationalen Währungsfonds angehörten und deswegen uneins waren.

»Ich bin völlig Ihrer Ansicht. Es war ein großer Fehler von Burns, an der Abkehr vom Goldstandard festzuhalten«, sagte Welsh. »Unsere Regierung hat immer wieder versucht, Frankreich gleichfalls dazu zu bekehren.« Er machte eine wegwerfende Handbewegung. »Ich bin froh, daß damit mittlerweile Schluß ist.«

»Nicht ganz, Clifford«, erwiderte Petrov. »Der Boom in Europa hat sich mittlerweile stabilisiert. Aber wer Gold gehortet hat, verfügt nun über ein ständig steigendes Vermögen.« Er sagte es gleichmütig, ohne die Stimme zu heben oder zu senken.

Welsh lachte auf. Er setzte zum Reden an, hielt inne und lachte wieder. »Auch ich hätte gern ein paar Kilo gehortet, Robert! Aber was ich an Gold besitze, reicht gerade für ein paar Zahnplomben.«

Petrov beschattete die Augen mit der Hand und musterte Welsh. Es sah aus, als salutierte er. »Ist nicht auch Ihr Vater, der, glaube ich, gleichfalls Senator war, dafür eingetreten, daß eine Währung durch Goldreserven gedeckt sein sollte?«

Welsh war sich der Tragweite dieser Frage nicht bewußt. »Selbstverständlich«, antwortete er. »Mein Vater hat sich darüber mit Roosevelt oft genug gestritten. Er hielt es für höchst verantwortungslos, daß die Menge des im Umlauf befindlichen Papiergeldes von Politikern gesteuert wurde. Ich glaube, daß er recht hatte. Allerdings kann ich mich nicht erinnern, daß mein Vater sein Geld je in Gold investierte.«

Petrov erhob sich unvermittelt und klopfte den Sand von seinem Trainingsanzug. »Darüber sollten wir uns mal ausführlicher unterhalten, Clifford. Ich denke, daß Lousje schon mit dem Frühstück auf

mich wartet. Haben Sie Lust, heute abend auf einen Cocktail zu uns zu kommen?«
Welsh stand ein wenig mühsam auf. Ein Bein war ihm eingeschlafen. »Ich nehme Ihre Einladung mit Vergnügen an. Sagen wir gegen fünf?«
Der Russe nickte nur, ohne sich umzudrehen, und ging eiligen Schritts in nördlicher Richtung den Strand entlang davon.

Sie trafen sich zur vereinbarten Zeit im Klistschen Bungalow oben an der Straße neben dem Telescope Hill und setzten sich in den Patio. Klist trug eine maßgeschneiderte Hose und ein Rohseidenhemd. Die Schuhe waren offenbar von Gucci. Welsh kam sich vergleichsweise geradezu schäbig vor. Klists Frau servierte vom Hotel gelieferte *canapés* und schlängelte sich zwischen ihnen hindurch wie ein graziler, exotischer Fisch. Mit ihrem bodenlangen Kleid wirkte sie keineswegs deplaziert. Die Welshs hatten das Gefühl, daß der Abend sorgsam geplant worden sei, wie es bei guten Gastgebern nicht anders zu erwarten war.
»Ihre Gastfreundschaft überwältigt mich geradezu«, sagte Welsh und hob sein Glas. Weder Petrov noch Lousje erwiderten etwas darauf. Sie hoben gleichfalls ihr Glas und lächelten höflich.
Eine Zeitlang saßen alle still da und schauten auf die Bucht. Die *Mintar*, die hoteleigene Sloop, lavierte eben nach Backbord, um dann in die Bucht einzulaufen. Die Schatten wurden immer länger. Die letzten Sonnenstrahlen ließen die Bergspitzen auf den Inseln im Süden und im Westen rot aufleuchten. Mit der einsetzenden Dämmerung erstarb der Wind.
In der Bucht ankerten sieben Jachten von verschiedener Bauart, darunter ein altbewährter Stagsegelschoner, der weiter draußen auf der Reede lag, und eine kleine Ketsch aus Fiberglas, die mit dem Heck zum Strand an Kokospalmen vertäut war. Auf dem Achterschiff des Kutters am anderen Ende der Bucht glomm ein Hibachi.
Welsh nippte genüßlich von seinem Wodka-Tonic und hing seinen Gedanken nach.
Im Westen berührte die Sonne, jetzt eine riesige, orangerot glühende Kugel, den Horizont.
»Vielleicht sehen wir heute wieder den grünen Schimmer«, sagte Lousje. »Der Horizont ist wolkenlos.« Sie stand hinter ihrem Mann wie eine gehorsame Dienerin, die nur der Befehle ihres Herrn harrt.
Welsh fühlte sich etwas unbehaglich. Klists Frau kam ihm wie ein

gut dressiertes Mannequin vor. Er bezweifelte überdies, daß Klist und Lousje miteinander verheiratet waren. Er vermißte die kleinen Gesten, mit denen Ehepartner unwillkürlich Unwillen oder Sympathie ausdrücken. Dieses Paar aus Holland erinnerte ihn an Schauspieler, die irgendeine Rolle spielten. Darüber hinaus hatten sie nichts miteinander gemein. Ihr Gebahren wirkte irgendwie gekünstelt. Er wollte da eben vorsichtig ein wenig nachstochern, als sich Lousje an seine Frau wandte. »Judith, ich würde mir gern in der Hotelboutique eins von diesen bodenlangen, leichten Sommerkleidern kaufen. Sie wissen vermutlich über die Preise besser Bescheid. Würden Sie mich begleiten?« Es klang, als hätte sie auf ein Stichwort hin gesprochen.

Klist nickte, als sei er mit ihrem Fortgehen einverstanden, und Welsh, der sich unverhofft in eine Situation versetzt sah, die er nicht zu durchschauen vermochte, nickte gleichfalls, obwohl er nicht wußte, was er da billigte. Die beiden Männer erhoben sich. Lousje sagte noch ein paar Worte auf holländisch und erklärte dann Welsh auf englisch, daß sie sich in etwa einer Stunde im Pavillon zum Abendessen treffen würden. Sie warf Klist eine Kußhand zu, und dann waren beide in der Dämmerung verschwunden.

Nach einer Weile brach Klist das Schweigen. Er wies auf die Sonne, die im Westen ins Meer eintauchte. »Wenn Sie genau hinsehen, werden Sie einen leichten grünen Schimmer wahrnehmen«, sagte er. »Er ist nur bei wolkenlosem Horizont zu sehen.«

Und wie auf ein Stichwort hin versank die Sonne und hinterließ für den Bruchteil einer Sekunde einen smaragdgrünen Schimmer. Danach schienen von einem Punkt unterhalb des Horizonts blaue und goldfarbene Strahlen auszugehen.

Klist nahm das Glas, das nahezu leer vor Welsh auf dem Tisch stand. Er schenkte Welsh und sich nach und machte es sich wieder im Lehnstuhl bequem. Er musterte seinen Gast eine Weile. Sein Gesichtsausdruck wirkte herzlich und entspannt. Dann sagte er zögernd, als müsse er sich überwinden: »Wissen Sie, Clifford, ich bin Ihnen gegenüber nicht ehrlich gewesen. Aber vielleicht haben Sie das bereits geahnt.«

Welsh sah ihm, so eindringlich wie möglich, in die Augen. Bei Tage waren Klists Augen blau, jetzt aber, in der zunehmenden Dunkelheit der Tropennacht, wirkten sie beinahe schwarz.

»Inwiefern waren Sie nicht ehrlich?«

Klist entnahm einem flachen Goldetui eine Zigarette und steckte sie

an. Gelassen stieß er den Rauch aus, als habe er ihm zu innerem Frieden und einem plötzlichen Entschluß verholfen. Bedächtig begann er zu sprechen.
»Zunächst möchte ich sagen, daß ich kein Holländer bin. Sagen wir, ich bin ein Europäer. Vielleicht werden sich eines Tages alle Menschen in Europa nur als Europäer fühlen. Auch bin ich nicht das, als was ich mich hier ausgebe. Ich bin wohlhabend, das schon.« Klist machte eine Pause und zog an der Zigarette. Er atmete aus und redete, jedes Wort abwägend, weiter.
»Ich bin Repräsentant einer Gruppe von europäischen Industriellen – ich bin selbst einer –, die, das mag Sie überraschen, an der Steigerung ihres Profits nicht sonderlich interessiert sind. Aber«, fuhr er fort, »uns ist an Stabilität gelegen.«
Welsh hob abwehrend die Hand und wollte etwas sagen, aber Klist ließ ihn nicht zu Wort kommen. »Lassen Sie mich bitte ausreden, Clifford! Es ist nicht so, wie Sie vielleicht denken. Ich habe im Auftrag dieser Industriellengruppe Ihre Bekanntschaft gesucht, *weil*« – er machte eine bedeutungsvolle Pause – »weil wir der Ansicht sind, wir sollten Sie bei Ihrer Bewerbung um das Präsidentenamt unterstützen, ohne Ihnen dabei irgendwelche Bedingungen zu diktieren. Kurzum, wir möchten Ihnen helfen.«
Welsh war verblüfft. Er saß stumm da und überlegte blitzschnell, worauf Klist hinauswollte.
»Sprechen Sie weiter!« sagte er gefaßt, bemüht, sich keinerlei Regung anmerken zu lassen.
Als habe er sich von einer Last befreit, begann Klist nun ungezwungener, offener zu reden. Manchmal stockte er, um das richtige Wort zu finden.
»Die Meinung, die Sie jetzt offenbar von mir haben, muß ich zuvor richtigstellen, Clifford. Wenn wir nach einem Kandidaten Ausschau gehalten hätten, der uns Handelserleichterungen oder andere Begünstigungen gewähren könnte, hätten wir uns an Politiker gewandt, die, was Sie ebensogut wissen wie wir, der Nominierung zum Präsidentschaftskandidaten viel näher stehen als Sie, und diese zu bestechen versucht. Politiker sind nun mal bestechlich. Aber das war nicht unsere Absicht. Wir suchen einen Politiker, der mit voller Unterstützung der Wählerschaft in Ihrem Land an die Macht kommt und ein erneutes Wettrüsten von vornherein unterbindet. Denn davor haben wir in Europa große Angst.«
Sie saßen einander in der Dunkelheit gegenüber. Vom Meer kam

eine kühle Brise. Welsh dachte über Klists Worte nach, versuchte ihre geheime Bedeutung zu ergründen und hatte das Gefühl, als habe er sich da in etwas verstrickt. »Könnten Sie sich ein wenig deutlicher ausdrücken, Klist!« sagte Welsh und war freudig erstaunt darüber, wie fest seine Stimme klang. »Wollen Sie damit sagen, daß Sie und Ihre Gesinnungsgenossen in Europa mich bei der Wahlkampagne um die Präsidentschaft finanziell unterstützen möchten, ohne mir die politischen Richtlinien zu diktieren? Ist das richtig?«

»Ja«, antwortete der Russe, »im Rahmen dessen, wofür Sie sich, wie wir wissen, einsetzen. Uns geht es in der Hauptsache um die Abrüstung. Die amerikanische Innenpolitik interessiert uns nicht. Wir vertreten den Standpunkt, daß wir uns da nicht einmischen dürfen.«

»Reden Sie weiter!« forderte ihn Welsh auf und fühlte wieder Boden unter den Füßen.

Klist zog an seiner Zigarette. Im Licht der Glut sah man seine hohen Backenknochen. »Sie wissen doch selbst, Clifford, daß die NATO auf tönernen Fundamenten steht. Solange Amerika das Machtgleichgewicht aufrechterhielt, fühlten sich die schwächeren Länder zu einer gemeinsamen Verteidigung Europas verpflichtet. Nun haben aber die Vereinigten Staaten ihr militärisches Engagement in Asien wie auch in Europa drastisch reduziert, was wir zutiefst bedauern. Die Ostblockstaaten hingegen habe ihre Machtbasis beträchtlich ausbauen können. Wir in Europa sind nun der Ansicht, auch wenn Ihre Geheimdienste da anderer Meinung sind, daß die Gefahr eines Krieges nicht besteht, *solange Ihr Land die Russen nicht herausfordert.*«

Jetzt läßt er die Katze aus dem Sack, dachte Welsh. Woher kannten sie seine Ansichten so gut? Oder war es nur eine Frage der Zeit, wann ein amerikanischer Politiker derartige Ansichten äußern würde? Schließlich waren diese Leute keine Dummköpfe. »Worauf gründet sich Ihre Annahme, daß ich einer einseitigen Abrüstung zuneige?« fragte er und blickte forschend auf das Gesicht seines Gegenübers, das jedoch mittlerweile im Schatten lag.

»Es mag Sie vielleicht überraschen, Clifford, wenn ich Ihnen sage, daß wir acht Politiker Ihres Kalibers kennen, die unserer Einschätzung nach für die Präsidentschaft in Frage kommen. Überdies ist eine derartige Einstellung mittlerweile nichts Ungewöhnliches mehr. Die Idee ist bislang, wie man in Amerika sagt, auf dem politischen Markt noch nicht getestet worden. Wir verfolgen die

Karriere dieser Politiker, die wir für die künftige weltpolitische Entwicklung für wichtig erachten, sehr genau. Und Ihre Rede in Utica . . . « Klist verstummte.
Welsh saß im Dunkeln, überlegte das Gehörte und wägte Klists Worte gegen seine Anschauungen ab. Der Gedanke, daß es Europäern gestattet sein sollte, sich in die amerikanische Politik zu mischen, war im Grunde abwegig. Aber wenn sie nun gemeinsame Ziele hätten? Das Schlagwort vom »Frieden in unserer Zeit« fiel ihm ein. Ärgerlich verdrängte er es wieder. Immerhin konnte er sich ihre Vorschläge mal anhören. Schließlich sind es »ihre« Vorschläge, nicht »seine«, dachte er. Klist war sozusagen nur der Botenjunge.
»Inwiefern könnten mir Ihre Freunde bei meiner Präsidentschaftskampagne helfen, falls ich Ihrem Abrüstungskonzept prinzipiell zustimmen sollte?« fragte Welsh. Seine Stimme klang gleichmütig, beherrscht.
»Wir könnten eine ganze Menge tun«, antwortete Klist nahezu beflissen. »Aber es wäre selbstverständlich eine indirekte Unterstützung. Sie wissen, daß Europa mittlerweile mit den Ländern des Nahen und Fernen Ostens, aber auch mit Südamerika wirtschaftlich eng verflochtn ist. Folglich könnten wir wirtschaftlichen Druck ausüben, der sich vorteilhaft auswirken dürfte. Wenn Sie beispielsweise im Senat einen Antrag einbringen, demzufolge die Vereinigten Staaten auf *sämtliche* Militärbasen am Panamakanal verzichten, auch auf das Interventionsrecht in der Republik von Panama, würde die neue linkseingestellte Regierung von Panama darauf mit der Einstellung ihrer feindseligen Akte reagieren, den Rückzug der gegenwärtig dort stationierten US-Verbände erleichtern und Ihre Initiative lauthals begrüßen. Man würde Sie zu einer Informationsreise nach Panama einladen. Und Sie würden danach mit dem Entwurf eines Friedens- und Freundschaftsvertrages heimkehren, der überdies amerikanischen Schiffen die für alle Zeiten kostenlose Passage zusichert. Ein derartiger Schritt hin zur Völkerverständigung würde Sie in der amerikanischen Öffentlichkeit mit einem Schlag bekanntmachen. Ich brauche wohl nicht hinzuzufügen, daß ein ähnlicher Vorschlag seitens eines Mitglieds der jetzigen Regierung auf Gleichgültigkeit stoßen würde. Eine ähnliche Entwicklung könnte eintreten, wenn Sie den Antrag stellen, Kuba im Verlauf einer dreijährigen Übergangsperiode wieder sämtliche Hoheitsrechte über die Bucht von Guantánamo zurückzugeben. Kuba würde darauf mit dem sofortigen Rückzug seiner Truppen in Afrika reagie-

ren. Die Auslandspresse würde Ihre Initiativen zu einer neuen Entspannungspolitik in den höchsten Tönen preisen.«
Klist war sich seiner Sache nun sicher. Er hatte die Lage in beiden Fällen so dargestellt, daß man über den Verlauf der künftigen Entwicklung keinerlei Zweifel hegen konnte.
»Was für eine Gruppe repräsentieren Sie, Klist?« fragte Welsh. »Das alles klingt unglaublich. Wollen Sie sagen, daß die von Ihnen vertretene Gruppe Einfluß auf die höchsten Machtgremien der Regierungen hat? Ist diese Annahme richtig?«
Er hat angebissen, dachte sich Klist und lächelte im Dunkeln. Wenn ich weiterhin schrittweise vorgehe, zappelt er fest an der Angel. »Ganz so ist es nicht, Clifford. Vergessen Sie nicht, daß die Vereinigten Staaten ihre Forderungen bisher mehr oder minder diktatorisch gestellt haben. Zu Konzessionen hat sich Ihr Land nur unter Druck herbeigelassen. Dennoch würden einige Regierungen auf eine großzügige Geste positiv reagieren. Wir versuchen nur die Meinung einflußreicher Persönlichkeiten im Zentrum der Macht zu steuern, damit die Entwicklung in der erwünschten Richtung verläuft. Was nun Ihre Frage nach den Mitgliedern unserer Gruppe anlangt, so können Sie sich ein gutes Bild von ihnen machen, wenn Sie davon ausgehen, daß unsere Gruppe zehn Topindustrielle und leitende Persönlichkeiten auf Regierungsebene in Europa angehören. Wir sind jedoch der Meinung, daß die Kenntnis der Namen Sie möglicherweise in der Zukunft allzusehr beeinflussen könnte. Denn wir streben weder eine Begünstigung noch eine Verpflichtung Ihrerseits an. Wir wollen unseren Einfluß nur im Hinblick auf Ihre Präsidentschaftskandidatur einsetzen. Wir möchten, daß Ihre Weste sozusagen sauber bleibt.«
»Die Unterstützung durch Ihre Gruppe hängt also allein von meinem Standpunkt in der Abrüstungsfrage ab?« erkundigte sich Welsh.
Klist stand auf und begann – den Kopf geneigt, die Hände hinter dem Rücken verschränkt – im Patio hin und her zu gehen. Er setzte öfters zum Sprechen an und verstummte jedesmal, offenbar um seine Gedanken neu zu formulieren. Nach einer Weile sagte er: »Für Sie als Amerikaner ist es schwierig, die Denkungsart eines Europäers zu begreifen. Ich weiß, daß Sie etliche Monate in Europa verbracht haben und zwei Fremdsprachen beherrschen. Sie müssen bedenken, Europa ist schon so oft Schlachtfeld gewesen, daß sich kaum ein Land, nicht einmal Westdeutschland, auf die Dauer zu

einer Teilnahme an einem Nuklearkrieg verpflichten möchte, der im Grunde genommen zwischen den Vereinigten Staaten und Rußland ausgetragen werden würde. Andererseits kann sich Ihr Land ein derartiges Engagement – auf sich allein gestellte – schlecht leisten.
Dazu kommt noch die politische Führung in Rußland, die den Verlust von zwanzig Millionen Menschen im Zweiten Weltkrieg psychisch keineswegs bewältigt hat. Die forcierte Rüstung der Russen ist sozusagen eine Reflexreaktion. Auf die amerikanischen Panzer in Europa beispielsweise reagiert sie mit der Einstellung, daß nur eine Verdreifachung ihres Panzerpotentials Rußland Schutz gewährt. Allerdings wird auch sie diese wahnwitzige Aufrüstung nicht aufrechterhalten können. Denn der Bedarf an Wohnungen, Konsumartikeln, Lebensmitteln, Transportmöglichkeiten ist zu groß, als daß man diese volkswirtschaftliche Belastung auf die Dauer durchhalten kann.
Inzwischen scheinen wir am Scheideweg angelangt zu sein. Die Vereinigten Staaten gelten mittlerweile als zweitstärkste Militärmacht. Deswegen diskutiert man in Ihrer Heimat über eine massive und rasche Modernisierung des Waffenarsenals im Rahmen des SALT-II-Abkommens. Sollte es dazu kommen, befürchten wir einen Präventivschlag seitens der Russen, noch bevor Ihr Land die gesetzten Ziele erreicht hat.«
Klist schwieg eine Weile. »Es tut mir leid, Clifford«, meinte er dann. »All das wissen Sie ebensogut wie ich. Ich hatte nicht die Absicht, mich als Schulmeister aufzuspielen.« Er nahm die Gläser, um nachzuschenken.
»Danke. Ich möchte nichts mehr trinken«, erklärte Welsh.
»Vielleicht doch«, erwiderte Klist und stellte das gefüllte Glas vor seinen Gast. »Denn das war nicht alles, was ich Ihnen zu sagen habe. Das Bedeutsame kommt noch.«
Klist setzte sich und nippte an dem Glas. Er entzündete eine Zigarette und überlegte offensichtlich, wie er fortfahren sollte. Selbst im Halbdunkel merkte man ihm seine Bemühungen an.
»Was ich Ihnen jetzt mitteile, Clifford, läßt sich nicht belegen, nicht dokumentieren. Dennoch möchte ich es Ihnen berichten.
Ein Mitglied unserer Gruppe befand sich letztes Frühjahr in Prag, um dort Besprechungen wegen der Errichtung eines Walzwerkes für Qualitätsstahl zu führen. Von dem Parteifunktionär, mit dem unser Freund verhandelte, wurde er auf dessen Landsitz eingeladen. Nach dem Abendessen bat ihn der Gastgeber, den Aufbruch der übrigen

Gäste abzuwarten, da er ihm noch jemand vorstellen wolle. Gegen 23 Uhr betrat ein Mann die Bibliothek. Es handelte sich um das dritthöchste Mitglied im Präsidium des Obersten Sowjet. Der Russe diskutierte mit unserem Freund über Themen, die wir eben besprochen haben. Dabei erklärte er, für die Sowjetunion sei die Einleitung von Bemühungen um die Abrüstung ein Ding der Unmöglichkeit, da sie sich als Führungsmacht des Weltkommunismus dogmatisch allzusehr gebunden fühle. Falls die Sowjets gegenwärtig auf Entspannungskurs umschalteten, würden sie damit die Kontrolle über ihre Satelliten verringern.
Andererseits müßten sie eine Aufrüstung der Vereinigten Staaten als einen kriegerischen Akt ansehen, und militante Mitglieder des Sowjetpräsidiums könnten sodann ›eine rasche Ausschaltung der amerikanischen Militärmacht‹, wie er sich ausdrückte, fordern.
Wenn jedoch die Vereinigten Staaten Schritte zur einseitigen Abrüstung einleiteten, würde seiner Meinung nach die Sowjetunion allmählich gleichziehen müssen und schließlich nur noch ein Machtgleichgewicht mit den Chinesen für nötig erachten.«
»All das kann ich nur schwerlich glauben«, erwiderte Welsh, der von der Wahrheit des Gesagten gern überzeugt gewesen wäre.
»Ich versichere Ihnen, daß alles wahr ist«, sagte Klist. »Ich wäre wohl kaum hierher zu Ihnen entsandt worden, wenn wir die geringsten Zweifel hätten. Natürlich stellt sich die Frage, warum sich die Russen an uns gewandt haben und nicht unmittelbar an einen maßgebenden amerikanischen Politiker. Die Antwort ist simpel. Der Russe sagte, sie hätten sich in den letzten zwei Jahren des öfteren an den amerikanischen Außenminister gewandt. Dieser aber habe sämtliche einschlägigen Kontakte, auch inoffizielle, abgelehnt. Deswegen vertreten die Russen die Ansicht, die derzeitige amerikanische Regierung sperre sich gegen eine Erörterung dieses Themenkatalogs. Die Männer, die das Geschick Ihres Landes bestimmen, sind hartgesottene Realpolitiker. Ihre Überheblichkeit könnte sich einmal als gefährlich erweisen.
Sollte sich jedoch ein amerikanischer Präsidentschaftskandidat entschieden für eine einseitige Abrüstung einsetzen, überdies noch mit Unterstützung einer Organisation wie der unsrigen, könnte er, so die Ansicht der Russen, in der nächsten Wahl als Sieger hervorgehen. Dadurch bekämen die Russen einen gewissen Spielraum bei ihrer allmählichen Rüstungsreduzierung, die im Sinne einer Kooperation verlaufen würde und nicht im Rahmen festgelegter Be-

schränkungen, wie sie eine SALT-II- oder SALT-III-Übereinkunft ja aufoktroyiert. Bedenken Sie ferner, Clifford, daß die Russen den Chinesen militärisch gewachsen sein müssen, eine Notwendigkeit, die bei den SALT-Konferenzen bisher nicht genügend berücksichtigt worden ist.«

»Woher weiß ich, daß die Russen ihr Wort halten?« fragte Welsh, der mittlerweile die Kluft zwischen Wunsch und Entscheidung geistig übersprungen hatte.

»Eine Garantie kann Ihnen niemand geben, Clifford. Sie brauchen auch keine. Sollten Sie Präsident werden und die Abrüstung einleiten, gehen Sie auf eigene Faust vor. Sollten die Russen daraufhin positiv reagieren, haben Sie die Gewißheit, daß Sie diese Entwicklung gefahrlos, wenn auch mit einer gewissen Vorsicht vorantreiben können. Halten die Russen ihre Zusage nicht, kann niemand auf Sie Druck ausüben, sind Sie nicht verpflichtet, die Abrüstung forzusetzen. Überlegen Sie andererseits, welchen Eindruck es auf die Weltöffentlichkeit machen würde, wenn Sie, als Präsident, uns alle von der Last der Nuklearwaffen befreiten! Bedenken Sie all das Positive, das man in einer Gesellschaft, die frei von Angst ist, vollbringen könnte!«

Welsh, vom Sternenlicht beschienen, nickte nachdenklich.

10

Loss traf die Kents am nächsten Morgen. Sie standen zu dritt auf dem Landungssteg und warteten, daß die *Mintar* anlegte. Die Sonne stand noch tief im Osten und färbte das Meer silbern. Tief sog Loss den Geruch nach feuchter Erde und salzigem Tang ein. Im Westen, wohin sie segeln wollten, ragten die Gipfel von Carriacou empor, nackter Fels, durchsetzt mit grünen Matten, friedlich, von verhaltener Lebendigkeit. Eins mit sich und der Welt, atmete er wieder aus.

»Das wird ein schöner Tag«, meinte Kent. »Ich werde mir etliche hinter die Binde gießen und lose Reden führen. Was hältst du davon, Margaret?« Er neigte sich zu ihr und zauste ihr Haar.

»Hände weg!« schimpfte sie und zwinkerte Loss zu. »Wenn Mr. Loss uns seine Freundin vorstellt und du nur noch lallen kannst, werde ich dir gründlich den Kopf waschen.«

Loss hob überrascht die Augenbrauen. »Sie kennen Holly?«

Margaret Kent nickte verschmitzt. »Sie kam vor zwei Tagen am Nachmittag mit dem plumpen kleinen Boot, das immer die Frischeier und das Gemüse bringt, und fragte nach Ihnen. Edwin spielte wieder mal Sherlock Holmes und entlockte ihr die ganze Geschichte. Soviel ich weiß, waren Sie gerade an irgendeinem Riff.«

Kent blickte Brian mit pfiffiger Mine an und kniff ein Auge zu. »Sie kaufte zwei Flaschen Champagner. Aus Erfahrung weiß ich, daß derlei zumeist ein Friedensangebot ist.«

Seine Frau schnaubte entrüstet und knuffte ihren Mann in die Rippen. »Daß du manchmal so anzüglich sein mußt, Edwin!«

Loss mußte lachen. »Ich hätte es mir denken können, daß sie so was aushecken würde. Wo wohnt sie übrigens?«

»Im Hotel *Mermaid Tavern*», antwortete Margaret. »Aber seien Sie nicht zu ungestüm, Brian! Soviel ich weiß, ist sie die meiste Zeit mit dem jungen Biologen aus England zusammen, der in der meeresbiologischen Forschungsanstalt arbeitet. Er besitzt übrigens ein eigenes Flugzeug und scheint von einem ausreichenden Privateinkommen und einem großzügig bemessenenen Forschungsstipendium zu leben.«

Diese Nachricht bereitete Loss Unbehagen. Dennoch freute er sich, daß sie trotz Welshs Weigerung, sie im Flugzeug mitzunehmen, auf eigene Faust hierhergekommen war. Vielleicht änderte Welsh bis zum Rückflug seine Meinung. Der Gedanke, daß er einen Rivalen hatte, beunruhigte ihn allerdings. Aber vielleicht war Eifersucht tatsächlich, wie es hieß, ein gutes Aphrodisiakum.

Gegen neun Uhr legte die gecharterte Sloop am Landesteg an, und sie begaben sich an Bord. Kent bewegte sich trotz seiner Beinprothese recht gewandt. Giles Tobin, der Skipper, geleitete sie ins Cockpit, wo er ihnen heißen Kaffee servierte. Sie tranken aus emaillierten Blechtassen, während Giles das Tagesprogramm erläuterte.

Tobin, Ende der Zwanzig, hatte ein eulenartiges Gesicht, eine sehnige Gestalt und schlanke, durchtrainierte Muskeln. Eine Pilotenbrille verdeckte Augen und Backenknochen. Die Sonne hatte seine Haut dunkelbraun gebrannt. Er trug abgeschnittene Jeans, die so ausgebleicht waren, daß sie fast weiß wirkten. Er hatte langes, sonnengebleichtes Haar, das er am Hinterkopf zusammengebunden trug.

Giles Tobin wies mit dem Finger auf die Seekarte und schloß seine Erklärungen mit den Worten ab: »Auf der Rückfahrt kommen wir an diesen abgelegenen Inseln vorbei, steuern dann Gunn Point an und nehmen schließlich Kurs auf Salt Whistle Cay. Gegen 20 Uhr 30, spätestens 21 Uhr sind wir wieder da.«

Ein Minitransporter rollte auf den Landesteg. Auf der Ladefläche lagerten Eisblöcke und ein Kasten Bier. Giles Tobin warf einen Blick auf Kent und danach auf Loss. »Können Sie mir helfen, Mr. Loss?«

Loss half Giles beim Entladen der Eisblöcke, die sie auf der *Mintar* stapelten und hernach durch eine Luke im Vorderdeck schoben. Loss folgte Giles nach unten, wo sie die Blöcke gemeinsam nach achtern in die Kombüse schafften. Dort wuchteten sie sie in die Eiskiste. Giles begann sie mit einem Pickel zu zerkleinern.

»Das Schiff ist eine Hilyard, nicht wahr?« fragte Loss, der gegen ein Spant lehnte und mit den Händen den Querbalken neben der Deckluke umklammerte. Die Sloop roch, wie alle kleinen Boote rochen – nach Dieselöl, Bratenfett und Bootslack. Die Inneneinrichtung war längst nicht so gekonnt geschreinert wie die in Kitzners

Surprise. Das Schiff war auch nicht so geräumig, aber es wirkte durchaus seetüchtig.
Giles hielt inne und blickte Loos erstaunt an. »Das würden nicht viele auf Anhieb erkennen. Sie wurde 1949 in Little-Hampton gebaut. Das Gerippe aus Eichenholz, darüber Pechkiefer.« Er schob die Pilotenbrille auf die Stirn. »Die Amerikaner meinen immer – entschuldigen Sie, wenn ich es sage –, daß Segelboote nur aus Kunststoff hergestellt werden. An der amerikanischen Atlantikküste gibt es auch kaum noch richtige Bootsbauer.«
Loss nickte zustimmend. »Ich hätte es nicht gewußt, wenn nicht einmal eine Hilyard neben dem Schoner geankert hätte, mit dem ich segelte. Ich war mit dem Besitzer des Schoners gut befreundet.« Er erzählte von Kitzner und der *Surprise*.
Giles, den all das zu interessieren schien, fragte Loss nach Einzelheiten – wie Kitzner die Gaffel befestigt, ob die *Surprise* ein Stagsegel besessen habe, wie sie sich lavieren ließ und vieles mehr.
Loss antwortete, ohne zu zögern, und schilderte ausführlich das Schiff, da er es, wie Kitzner mal gesagt hatte, bis zum letzten Bolzen kannte.
»Muß ein feines Boot gewesen sein«, meinte Giles Tobin, blickte träumerisch in die Ferne und schien zu überlegen, ob nicht vielleicht die *Surprise* das ideale Schiff gewesen wäre.
Margaret Kent riß ihn aus seinem Grübeln. Sie steckte den Kopf in den Niedergang und rief: »Ist noch Kaffee da, Giles?«
»Kommt gleich!« rief er zurück. Er betätigte eine kleine Pumpe, füllte den Brenner mit Spiritus, entzündete ihn und wartete, bis das Wasser über dem Glühstrumpf zu sieden anfing.
»Warum verwenden Sie kein Propangas?« wollte Loss wissen.
Giles Tobin schaute erstaunt auf. »Viel zu gefährlich«, meinte er. »Ein Freund von mir hat damit in Gibraltar sein ganzes Boot in die Luft gejagt. Propangas kann sich in der Bilge ansammeln. Wenn man dann die Pumpe einschaltet oder irgendein anderes elektrisch betriebenes Gerät, explodiert das Zeug.«
Während das Kaffeewasser allmählich zu kochen begann, führte Giles Tobin Loss den Rest der *Mintar* vor, den Segelstauraum auf dem Vorderdeck, die kleine, im Bug untergebrachte Baby-Blake-Schiffstoilette, die nach Loss' Schätzung als Antiquität eine beträchtliche Summe wert war. Sie gingen nach achtern, wo Giles eine Klapptür öffnete und Loss in den kleinen Maschinenraum blicken ließ. »Ein Stuart-Turner-Diesel, zwei elektrische Bilgepum-

pen und die Batterien«, erklärte er. »Bei ruhiger See bringt der Motor das Boot auf vier Knoten.« Er schloß die Klapptür und verriegelte sie. »Maschinenräume sind mir ein Greuel«, sagte er lächelnd.

Loss ging mit dem frisch aufgebrühten Kaffee nach oben zu den Kents, die ungeduldig darauf warteten, daß die Törn endlich begann. Sie hörten, wie Tobin unter Deck herumhantierte, den Proviant verstaute und leise vor sich hin sang, von der rauhen See, von Männern, die ihr trotzten oder ihr erlagen, von den Frauen, die sie zurückgelassen hatten.

Während sich die Kents Kaffee einschenkten und halblaut miteinander redeten, musterte Loss die Takelage. Bei der Ankerwinde blieb er stehen und schaute zum Strand. Auf den Rasenflächen sah er vereinzelt Hotelangestellte, die Hecken schnitten oder sich an den Rabatten zu schaffen machten. Dort, wo der Rasen in hohes Gras überging, schob ein Mann einen Rasenmäher. Erst gegen Mittag könnten sich die Armen in den Schatten eines Baums legen und ein kühles Bier trinken, dachte er.

Zwei Männer liefen in südlicher Richtung den Strand entlang. Sie legten in der Morgensonne ein flottes Tempo vor. Das waren wohl dieser Klist und Welsh. Welsh und seine Frau waren nahezu ständig mit den Klists zusammen. Die Mahlzeiten nahmen sie gemeinsam mal im Welshschen, mal im Klistschen Bungalow ein. Nur auf einen abendlichen Drink kamen sie in den Pavillon. Die Männer hatten anscheinend unter vier Augen viel zu bereden. Als er gestern nachmittag Welsh aufgesucht hatte, um etwas zu besprechen, hatte dieser ihn wie einen Dienstboten abgefertigt.

Ein sonderbarer Mensch, dieser Welsh, dachte Loss. Der Öffentlichkeit präsentiert er sich als wagemutiger, zupackender, moralisch untadeliger Politiker. Die Wirklichkeit sah anders aus. Die Hochglanzfotos und der Bildschirm verrieten nichts von den Stimmungsschwankungen, dem Bedürfnis nach ständiger Seelenmassage, dem Drang nach Anerkennung. Dieser Mann suchte anscheinend irgendeinem Idealbild zu entsprechen. Vielleicht trieb ihn sein toter Vater dazu oder seine Frau. Vielleicht die Bevölkerung von New York. Vielleicht DeSilva. Wer oder was immer es war – Welsh schien jedenfalls nicht die Dinge um ihrer selbst willen zu tun. Stets mußte hinter den Kulissen etwas da sein, daß ihn dazu trieb, und vor ihm eine applaudierende Menge.

Vielleicht hatte Welshs Beziehung zu Klist berufliche Gründe.

Dennoch: das Ganze kam ihm irgendwie arrangiert vor, gesteuert, zu glatt – und geriet nun auch zu intensiv. Loss nahm sich vor, beim Hotelmanager nachzufragen, wann die Klists ihren Aufenthalt gebucht hatten. Wenn das Datum vor Welshs Reservierung lag, gab es zur Besorgnis vermutlich keinen Anlaß. Endlich kam Giles Tobin nach oben. Er wischte die Hände an den gekappten Jeans ab und ging zum Bug. Trotz seiner hageren, sehnigen Gestalt wirkten seine Bewegungen überaus geschmeidig, so, als wolle er nicht unnütz Energie verschwenden. Ein Mann, den man bei Sturm um sich wissen sollte, dachte Loss.

Tobin gab die Anweisungen zur Abfahrt. »Leute, wir segeln jetzt los! Mr. Loss, Sie lösen die Haltetaue. Zuerst am Bug, dann am Heck. Mr. Kent, Sie halten das Fall straff, wenn ich das Segel hisse.« Das Ruder vertraute er Mrs. Kent an. »Wenn wir uns vom Steg entfernt haben, halten Sie das Boot auf Westkurs.« Alle nickten. Alle waren froh, daß sie sich nützlich machen konnten.

Gegen 9 Uhr 30 lief die *Mintar* aus. Giles Tobin fühlte sich zufrieden, da er sich in seiner vertrauten Umgebung befand. Die Kents waren fröhlich und genossen den Tag. Und Loss dachte an Holly und fühlte, wie leicht die Sloop durch die Wellen glitt.

Heiss hatte ihre Abfahrt beobachtet. Mit seinem 7x50-Fernglas hatte er sämtliche Einzelheiten auf der Jacht und die Gesichter gut erkennen können. Er verstaute das Fernglas im Etui, ging hinüber zur Straße, die längs zur Küste verlief, und blickte noch einmal der *Mintar* nach, die vor dem Wind segelte. An der Südspitze der Insel ging die Sloop auf Backbordkurs, setzte ein kleines Stagsegel und nahm in der auffrischenden Brise Fahrt auf.

Er wartete, bis die *Mintar*, den Passat von achtern, nur noch als winziges weißes Dreieck zu erkennen war. Bei diesem Anblick geriet er unwillkürlich ins Träumen. Er sah sich als stolzen Besitzer einer Jacht, mit der er die Côte d'Azur entlangschipperte und die Häfen anlief, wo sich der Jet-set amüsierte. Kein mickriges kleines Segelboot sollte es sein, nein, eine Jacht mit zwei Motoren und einer weißgekleideten Crew. Er dachte an all die Frauen, die er in Cannes, Nizza, San Remo kennenlernen würde.

Heiss streifte den Tragriemen von der Schulter, nahm das Fernglasetui in die Hand und schlug den schmalen Pfad zu dem Teil des Strandes ein, wo Loss' Unterkunft lag. Ab und zu blieb er stehen, betrachtete die Blumen am Weg und schaute zur Bucht hinüber. Er

begegnete zwei westindischen Zimmermädchen, die einen mit Bettwäsche beladenen kleinen Wagen vor sich her schoben. Sie hielten die Hand vor den Mund und kicherten unterdrückt. Als er sie anblickte, verstummten sie, setzten ein höfliches Lächeln auf und verfielen in Haltung, die Schwarze in Gegenwart von Weißen einnehmen. Doch nachdem er sich ein paar Schritte entfernt hatte, hörte er sie wieder losprusten und bildete sich ein, daß sie sich über ihn lustig machten. Blöde Weiber, dachte er.
Vorsichtshalber klopfte er an die Tür von Loss' Bungalow, bevor er eintrat. Das Zimmer war aufgeräumt, das Bett gemacht, die Kissen aufgeschüttelt. In einer Vase prangten frische Hibiskusblüten.
Er überprüfte das einzige installierte Tonbandgerät und stellte fest, daß das Band nur um etwa zehn Zentimeter weitergespult war. Die Batterien waren bereits schwach. Die Nadel des Ladungsindikators befand sich im roten Bereich. Er wechselte die Batterien aus. Um keine Fingerabdrücke zu hinterlassen, trug er Handschuhe.
Es war das erstemal, daß Loss die Insel verlassen hatte. Heiss durchsuchte methodisch den Inhalt der Kommode, Loss' Flugtasche und den zerschrammten B-4-Militärkoffer, auf dessen verblichener Plakette stand, daß der Besitzer ein *Captain* Loss von der *US Air Force* sei.
Im Schrank fand er eine abgestoßene, fleckige Aktentasche, die allerdings verschlossen war. Heiss prägte sich vorerst die Lage genau ein und untersuchte im Licht seiner Stableuchte, ob sich nicht irgendwo zur Absicherung ein Haar oder ein Stückchen Papier befände, das Loss, falls er es verschob, verraten würde, daß jemand herumgeschnüffelt hatte. Sodann bearbeitete Heiss mit einer schmalen Wolframklinge die Schlösser, bis sie aufsprangen.
Vorsichtig öffnete er die Aktentasche und stellte fest, daß sie lediglich all die Dinge enthielt, die ein Reisender gewöhnlich mit sich führte – einen Paß, etliche Travellerscheckhefte, einen von einem Gummiband zusammengehaltenen Stapel Kreditkarten einer Mineralölgesellschaft. Was jedoch sein Interesse erregte, war eine 9-mm-Luger im Halfter. Langsam zog er die Waffe heraus. Die ölige, mattschwarze Oberfläche schimmerte im Morgenlicht. Er schnupperte am Lauf, wog die Pistole in der Hand, zielte mit ausgestrecktem Arm und empfand ein Gefühl der Sicherheit, als er Kimme und Korn zur Deckung brachte.
Sieh mal an, dachte er. So eine Waffe würde weder ein Agent noch ein Leibwächter benützen. Sie geladen mit sich herumzutragen war

nicht ungefährlich. Außerdem versagte dieses Modell häufig. Er vermutete, daß Loss als ehemaliger Soldat die Waffe aus reiner Gewohnheit behalten hatte. Dennoch war es aufschlußreich. Daß er von der Pistole wußte, konnte sich als nützlich erweisen. Klist würde er nichts sagen. Diese Imformation wollte er für sich behalten. Vielleicht zahlte es sich aus.
Heiss steckte die Waffe ins Halfter, das er in der Ledertasche verstaute. Er schloß diese ab und stellte sie an ihren Platz. Der Henkel zeigte wieder dieselbe Richtung, die Tennissocke lag wie vorher daneben.
Bevor Heiss den Bungalow verließ, warf er einen prüfenden Blick auf den Weg und den benachbarten Hügel. Danach schlenderte er gemächlich zu seiner Behausung. Gelegentlich machte er halt, um sich wie ein Feriengast die üppige Flora anzusehen. Das gehört nun mal dazu, dachte er spöttisch. Die Sonne stand mittlerweile höher im Osten. Da er Sandalen trug, spürte er die Wärme, die der felsige Weg abstrahlte. Sein Hemd war unter den Achseln durchgeschwitzt. Die Kopfhaut juckte in der Hitze. Und das grelle Licht tat seinen Augen weh.
Als Heiss zu seinem Bungalow hinüberblickte, bemerkte er eine weißgekleidete Gestalt, die aus dem Patio durch die offene Tür ins dunkle Innere trat. Er blieb im Schatten eines Manzanillabaums stehen, leicht keuchend nach dem anstrengenden Aufstieg, und spähte, ob er im dunklen Viereck der Fenster irgendeine Bewegung ausmachen konnte. Er fluchte unterdrückt, als ihm einfiel, daß er ja ein Fernglas dabei hatte. Er holte es hervor, stellte es ein und sah, daß im Bungalow jemand hin und her ging. Zweifellos eine Frau, bekleidet mit einem Bikini oder einem gestreiften Kleid. Eine Negerin war es nicht.
Nun schlenderte er unbefangen zum Bungalow. Ihm war klar, daß man ihn von innen deutlich sehen konnte.
Lousje ruhte auf der Chaiselongue und nippte an einem vor Kälte beschlagenen Glas. Die langen Beine waren graziös gekreuzt. Die sonnengebräunte Haut hob sich vom Weiß des Bikinis ab, eine dünne Schweißschicht verlieh ihr einen matten Schimmer, als wäre sie eingeölt. Dunkle Flecke auf dem Baumwollbezug der Chaiselongue zeigten, wo sie gelegen hatte.
»Setzen Sie sich. Ich habe Ihnen was zu sagen. Viel Zeit habe ich nicht.« Sie wies auf einen Rohrstuhl.
Er beachtete sie nicht, sondern ging zur Bar, wo er sich ein Bier

einschenkte. Er trank es zur Hälfte aus, wischte sich die Lippen ab und drehte sich um. »Sie sind wohl verblödet, was? Die Zimmermädchen müssen Sie gesehen haben. In einer Stunde wissen die Leute in der Bar Bescheid, danach das Küchenpersonal, und spätestens bis zum Abend hat man es auch Welsh hinterbracht.«

»Senator Welsh schickt mich zu Ihnen. Ich sagte ihm, daß ich nicht weiß, welcher Filter für meine Pentax am besten ist.« Sie zeigte auf die Kameratasche, die neben der Tür auf den Steinfliesen lag. »Er meinte, Sie könnten mich sicher beraten, da Sie ja stets mit einer Kamera herumlaufen.« Mit einer Kopfbewegung wies sie auf den Rohrstuhl. »Und jetzt setzen Sie sich hin und reden kein dummes Zeug. Wir verlieren nur Zeit.«

Heiss trank das Bier aus und holte aus dem Kühlfach eine weitere Flasche. Er mußte zugeben, daß sie hübsch gewachsen war. Sie war keineswegs so mager, wie er zunächst angenommen hatte, sondern wohlproportioniert. Sie bemerkte seinen musternden Blick.

»Heiss, Sie sind und bleiben ein Schwein.« Sie sagte es im Plauderton, so, als würde sie übers Wetter sprechen. »Petrov und ich verstehen in dieser Hinsicht keinen Spaß. Führen Sie Ihren Auftrag durch, und kassieren Sie danach Ihr Geld. Heben Sie sich Ihre kleinen Spielchen für andere Frauen auf.« Sie stockte und schwenkte die Eisstücke in ihrem Glas. »Oder sind Ihnen kleine Jungen lieber, Heiss?«

Er wollte sich auf sie stürzen, aber sie blieb ungerührt auf der Chaiselongue liegen. »Wenn Sie näher kommen, zerquetsche ich Ihnen die Eier!« Sie nippte von dem Drink, blickte ihn über den Glasrand hinweg gelassen an, senkte das Glas und fuhr mit der Zunge über die Oberlippe.

Ihre Worte hatten ihn zutiefst erschreckt. Sie hingegen schien keine Angst vor ihm zu haben. Er drehte sich um und schaute auf den Rasen.

»Es gibt kleine Jungen, denen Sie nicht das Wasser reichen können. Für Sie wären 20 DM der angemessene Preis.« Er trank einen Schluck Bier. »Was haben Sie mir auszurichten?«

Sie stellte das leereGlas auf den Boden. »Petrov möchte wissen, ob die Tonbandaufnahmen reichen. Ferner, wieviel Fotos Sie mittlerweile gemacht haben und welche Qualität sie besitzen.«

»Ich habe zwei oder drei Tonbänder mit Gesprächen zwischen Welsh und seiner Frau, etwa acht von Welsh und Petrov. Die Tonbandqualität habe ich noch nicht überprüft, aber sie müßte genügen.«

»Und Fotos?«

»Zwei- bis dreihundert. Ich habe zehn Filme verbraucht. Es sind ausgezeichnete Gruppenaufnahmen darunter, von vorn, von der Seite, Aufnahmen von ihren gemeinsamen Läufen am Strand. Dann noch Fotos von Welsh und seiner Frau. Ziemlich eindeutige Aufnahmen. Sie müßten brauchbar sein. Aber solange sie nicht entwikkelt sind, läßt sich nicht mehr sagen.«

Sie erhob sich, zog das Oberteil ihres Bikinis höher und schaute zum Patio. Unbewußt versuchte sie ihn zu reizen. Dabei war ihre Bewegung so unbefangen, als würde sie sich das Haar aus der Stirn streichen. Dennoch wirkte es herausfordernd. Sie packte die Kamera, hängte sie über die Schulter und schritt zur Tür.

»Petrov läßt Ihnen noch sagen, daß Sie die Bänder nicht abhören dürfen. Die Bänder sind gesichert, so daß ein Abhören jederzeit feststellbar ist. Neugierde würde Ihnen schlecht bekommen. Sie reisen morgen früh ab. Sie fliegen geradewegs nach Mexiko. Dort können Sie Ihr Geld gegen Pesos eintauschen und sich damit eine Menge *mestizas* leisten. Ihr Auftrag ist erledigt.«

»Wie komme ich dorthin? Es gibt keine Linienmaschine . . .«

»Mit einer Privatmaschine. Es ist alles arrangiert.«

Sie trat hinaus. Die Kamera schlug ihr gegen die Hüfte. Er schaute ihr nach, als sie auf dem betonierten Pfad zum Bungalow der Welshs schlenderte.

11

Welsh lehnte sich so weit zurück, daß der Klappstuhl nur noch auf den hinteren Beinen stand, und kniff die Augen zusammen. Obwohl der ausladende Sonnenschirm reichlich Schatten warf, kam es ihm so vor, als würde die Sonne durch das feste Gewebe brennen, durch sein Hemd, ja selbst durch die Haut, als würde sie sein Blut träger fließen lassen, seinen Herzschlag verlangsamen und sein Gehirn betäuben.

Er war beim dritten Rum-Tonic angelangt. Dabei war es noch nicht einmal Mittag. Aber er versuchte sich Mut zu machen, um Klist klipp und klar zu sagen, daß aus der Sache nichts werden würde. Die Augen fest zugekniffen, packte er das Glas, schwenkte den Drink und lauschte dem Klicken der Eiswürfel. Er war nicht nur leicht angetrunken, sondern auch übermüdet. Bis zum Morgengrauen hatte er mit Judith um diese Entscheidung gerungen. Widerstrebend hatte er dann eingeräumt, daß sie vielleicht recht haben könnte.

»Aus der Sache wird nichts«, sagte er schließlich.

Petrov hielt mit dem Schreiben inne, blickte hoch und legte den Füller beiseite. »Aus welcher Sache wird nichts?« Er reckte sich gähnend und lehnte sich gleichfalls zurück. Es war später Vormittag. Die Sonne brannte unbarmherzig. Das Erdreich sah völlig ausgedörrt aus. Der Wind hatte sich gelegt. Die Hitze war kaum noch zu ertragen. »Woraus wird nichts?« fragte Petrov leicht gereizt.

»Aus der Sache, die Sie mir vorgeschlagen haben, Klist. Aus dem ganzen unsinnigen Plan.«

Petrov beugte sich vor. Sein Oberkörper wurde vom Sonnenschirm beschattet. Seine Gesichtszüge strafften sich. Er musterte Welsh eindringlich. Dann holte er vernehmbar Luft und atmete langsam aus. »Ich will überhören, was Sie eben gesagt haben. Sie haben zuviel getrunken. Wir stecken beide schon so tief in der Sache, daß keiner von uns noch aussteigen kann.«

»Sie haben mich anscheinend nicht richtig verstanden«, erwiderte Welsh, dessen Zuversicht, daß er nicht schwach werden würde, mittlerweile gewachsen war. »Ich habe mir alles genau überlegt. Die Sache ist mir zu riskant, zu unsicher, als daß ich meine politische Zukunft daran koppeln möchte. Ferner behagt mir die Vorstellung nicht, daß ich sozusagen unter Kuratel stehe.« Er öffnete die Augen und suchte in Petrovs Gesicht nach Anzeichen von Einverständnis. »Ich versichere Ihnen, Robert, daß ich die guten Absichten Ihrer Gruppe nicht im geringsten bezweifle. Ich fühle mich sogar geschmeichelt, daß Sie gerade in mir einen künftigen Präsidentschaftskandidaten sehen. Aber die Sache ist mir zu abwegig. Sie läßt sich nicht durchführen.«

Petrov stand jählings auf, ging in den Salon, wo er seinen Aktenkoffer aufklappte und einen Stapel Dokumente hervorholte. An der Bar goß er sich ein Glas Orangensaft ein und kehrte dann in den Patio zurück. Eine Weile saß er, den Rücken Welsh zugekehrt, da, schaute hinüber zur Bucht, nippte von dem Orangensaft und schlug mit dem Dokumentenbündel auf den Oberschenkel.

»Könnten Sie mir Ihre Gründe darlegen?« fragte er.

Welsh fiel auf, daß Klists Stimme völlig gleichmütig klang, als habe die Diskussion nur theoretische Bedeutung. »Ich kann das Risiko nicht eingehen«, erklärte Welsh. »Der Plan ist mir zu unsicher, zu konstruiert. Sie verlangen, daß ich mich im Senat für einen Antrag einsetze, demzufolge der Panamakanal einer marxistischen Revolutionsregierung abgetreten werden soll. Dabei wissen Sie so gut wie ich, daß ein solcher Antrag kaum auf Begeisterung stoßen wird. Selbst die Liberalen werden ihn nicht ohne weiteres schlucken. Wenn es mit Ihrer Einflußnahme in Panama nicht klappt, stehe ich als der Befürworter einer Resolution da, die höchstwahrscheinlich mit überwältigender Mehrheit abgelehnt wird. Nach einem derartigen Fiasko wird man mich nicht mal zum Hundefänger wählen.« Er stellte sein Glas auf den Tisch und schob es heftig beiseite, so daß er den Wasserring verschmierte. »Nein, ich kann es einfach nicht wagen. Sollte außerdem der Inhalt unserer Gespräche jemals öffentlich bekanntwerden, würde man mich wegen eines für einen Senator unziemlichen Verhaltens, vielleicht sogar wegen Verletzung irgendwelcher Bundesgesetze zur Verantwortung ziehen.«

»Sie haben darüber mit Ihrer Frau gesprochen.« Petrov sagte das so, als konstatierte er eine Tatsache. »Sie war der Meinung, daß Sie sich verkaufen.« Er leerte sein Glas.

»So ungefähr.« Welsh hatte das Gefühl, als sträubten sich ihm vor Schreck sämtliche Haare.
»Nicht so ungefähr, Clifford! Das waren genau ihre Worte. Habe ich recht?«

Anfangs hatte Welsh seiner Frau nicht die Wahrheit gesagt, ihr über seine Gespräche mit Klist nur so viel gesagt, daß Klist ihm den Standpunkt der Europäer hinsichtlich der Abrüstungsfrage erläuterte. Aber sie durchschaute bald seine ausweichenden Erklärungen. Und nach zwei Tagen intensiver Gespräche mit Klist vertraute er sich ihr schließlich an.
»Du willst unbedingt Präsident werden, um deinem Vater selbst im Grab zu beweisen, daß er unrecht hatte, nicht wahr?« fragte sie. Sie hatte sich im Bett auf seine Seite gewälzt, und ihr Atem streifte seine Schulter.
»Ganz so ist es nicht«, log er. Welsh dachte verschwommen, daß auch sein langjähriges Streben nach politischer Macht nichts als der Versuch war, die hochgespannten Erwartungen seines Vaters zu erfüllen. Er hatte es zum Schlagmann der Rudermannschaft seiner Universität gebracht, war zum beliebtesten Studenten gewählt worden, danach im Bundesstaat New York der bisher jüngste Generalstaatsanwalt gewesen. Zwar war sein Vater schon lange tot, aber der von ihm gesetzte Leistungsstandard, den Welsh zu erfüllen trachtete, selbst wenn er ihm unerreichbar schien, prägte noch immer Welshs Leben.
Sie knetete schweigend seine Nackenmuskeln und sagte dann: »Denk doch mal darüber nach, ob dein Vater Klists Methoden billigen würde. Du verkaufst dich doch, nicht zuletzt deine Integrität.«
»Und was sonst noch?« erwiderte er gereizt.
»Auch das, was du als dein ›Vaterland‹ bezeichnest.«
Im Morgengrauen hatte er sich schließlich ihren Argumenten gebeugt, widerwillig zwar, weil er meinte, daß Klists Vorschlag sich vielleicht durchführen ließe. Andererseits war er erleichtert, da er nun nicht mehr in die Lage kommen konnte, sich Vorwürfe zu machen, falls die Sache schiefging.

Welsh blickte Petrov fassungslos an. »Woher wissen Sie, was meine Frau gesagt hat? Daß das genau ihre Worte waren?« Er kannte die Antwort. Jedes ihrer Gespräche war abgehört worden.

Statt einer Antwort breitete Petrov die Dokumente auf dem Tisch aus. Er nahm eins, warf einen Blick darauf und schob es dem Senator zu. »Unterlagen über Ihr Bankkonto in der Schweiz, das Sie von Ihrem Vater geerbt haben. Alle Formalitäten sind ordnungsgemäß geregelt worden. Die in der Schweiz gültigen Steuersätze sind berücksichtigt. Sie brauchen nur den Überweisungsantrag zu unterschreiben.« Petrov lehnte sich zurück, verschränkte die Hände vor der Brust und musterte Welshs Gesicht. Abermals hatte Welsh das beunruhigende Gefühl, daß Petrov ihn durchschaute, daß das Ergebnis ihres Gesprächs längst feststand.
Der Briefbogen war aus feinem Papier, trug den aufgeprägten Briefkopf der *Credit Suisse Commercial, S.A.* und war an einen Rechtsanwalt auf den Cayman-Inseln gerichtet. Die ersten beiden Absätze enthielten nur die in der Geschäftswelt üblichen Phrasen. Entscheidend war der dritte Absatz:

»Der derzeitige Wert des Besitzes, einschließlich des Landgutes in der Algarve, beläuft sich nach der gegenwärtigen Marktlage auf 3,872.221 Dollar. Wir stehen dem Senator in jeder Hinsicht, sowohl bei der Weiterveräußerung als auch bei der Überweisung der Geldmittel, zur Verfügung.«

Der markanten, aber unleserlichen Unterschrift folgten die Angaben: *M. Darrelline, Vermögensverwaltung.*
Welsh spürte, daß er unter den Achseln schwitzte, als befände er sich in einem Dampfbad. »Davon weiß ich nichts. Mein Vater starb vor neun Jahren. Soviel ich weiß, besaß er kein Vermögen in der Schweiz.«
Petrov nahm das Schreiben und überflog es. »Hier steht was anderes«, meinte er. »Etwas völlig anderes. Ich weiß zwar nicht viel vom amerikanischen Steuerrecht, aber ist es nicht ein Verstoß gegen die Steuergesetze Ihres Landes, wenn man Dividenden aus einem im Ausland angelegten Vermögen bezieht und diese nicht versteuert? Ihre Steuererklärungen in den letzten acht Jahren enthalten keinerlei Angaben über ein derartiges Einkommen.«
Welsh richtete sich auf. Sein Herz pochte zum Zerspringen. »Kein Mensch wird Ihnen diesen Schwindel abnehmen!«
Petrov zog die Augenbrauen hoch. »Einen Schwindel nennen Sie das? Wenn ein amerikanischer Bürger dem Fiskus nicht angibt, daß

er im Ausland insgeheim ein Vermögen besitzt?« Er zog aus dem Stapel ein weiteres Schreiben, einen Kontoauszug mit Angaben auf beiden Seiten. Als wäre er ein Pfarrer, der von der Kanzel einen Vers aus der Bibel vorliest, skandierte er: »1971 telegraphische Überweisung von über 12 000 Dollar nach den Bahamas. 1973 eine weitere von knapp 20 000 Kronen nach Dänemark. Drei weitere in den Jahren 1974 bis 1977 über rund 8000 Dollar. Jede Überweisung stimmt überdies, sowohl was den Bestimmungsort als auch den Zeitpunkt anlangt, mit Ihren Auslandsreisen überein.« Er legte das Blatt auf den Dokumentenstapel. »Sie sagten mir, kein Mensch würde mir das abnehmen. Sie sollten sich eher fragen, wer mir *nicht* glauben würde. Das politische Klima in Ihrer Heimat ist für solche Enthüllungen wie geschaffen.«
Welsh klappte den Mund auf und starrte den Holländer an. »Sie haben mich in eine Falle gelockt, Klist! Sie wollen mich erpressen!« Er stand schwankend auf und warf beinahe den Tisch um. Ein paar Papiere glitten die schräge Fläche hinab und flatterten zu Boden.
Petrov tat nichts, sondern hob nur besänftigend die Hand. »Setzen Sie sich, Clifford!« sagte er gleichmütig. »Diese Dokumente müssen ja nicht publik gemacht werden. Die Situation ist keineswegs so, wie Sie sich vielleicht einbilden.«
»Ich bilde mir gar nichts ein!« schrie Welsh. »Hier steht es doch schwarz auf weiß!« Er griff nach dem Schreiben der *Credit Suisse Commercial* und warf es Petrov zu.
Petrov hob es auf und glättete es mit dem Handballen auf der Tischplatte. Er bückte sich nach den übrigen Dokumenten und ordnete sie. »Setzen Sie sich, Clifford, und hören Sie mich erst an! Dann können Sie tun und lassen, was Sie für richtig halten.«
Welsh machte knapp vor der Tür halt. Die Papiere, die Petrov da in Händen hatte, waren vernichtend. Ihre Existenz war, selbst wenn sie gefälscht waren, nicht zu erklären. Die Sache mußte bereinigt werden. Er ging zur Bar und schenkte sich eine größere Portion Rum ein. Danach kehrte er in den Patio zurück und setzte sich. »Ich gebe Ihnen drei Minuten Zeit, Klist! Reden Sie!«
Petrovs Verhalten wandelte sich. Er war wieder so, wie er in den vergangenen Tagen gewesen war – freimütig, herzlich, vertrauensvoll. »Wissen Sie, Clifford, in gewisser Hinsicht bin ich an dieser Situation schuld. Ich habe Ihnen schon gesagt, daß wir mehrere Kandidaten zur Auswahl hatten. Was ich Ihnen allerdings nicht anvertraut habe, ist, daß Sie nach Meinung meiner Auftraggeber

der zweitbeste Mann waren. Bei meiner Ankunft hatte ich vor, mich mit Ihnen erst einmal ausführlich zu unterhalten, um Ihre Einstellung zu ergründen. Ich wollte herausfinden, ob Kandidat Nummer eins tatsächlich der beste Mann sei. Doch dann stellte ich fest, daß Sie weitaus mehr Einsicht in die politische Lage zeigten, als man Ihrem Dossier entnehmen konnte. Vor zwei Tagen wurde mir klar, daß von Ihrer verantwortungsbewußten Haltung sowohl die Vereinigten Staaten als auch Europa profitieren würden, daß Ihr Streben nach einer Rüstungsreduzierung wohlüberlegt war und sich im Einklang mit der weltpolitischen Realität befand. Bedenken Sie ferner, daß Sie mir in dieser Phase unserer Gespräche anvertrauten, Sie billigten den von mir dargelegten Plan. Kurzum, ich rief daraufhin meine Auftraggeber an und teilte ihnen mit, daß man unter keinen Umständen Kontakt zu den anderen Kandidaten suchen solle. Statt dessen solle man dieses Bankkonto in Zürich aktivieren und unverzüglich einen Bevollmächtigten nach Panama entsenden. Die Sache ist also angelaufen und läßt sich nicht mehr aufhalten.«

Welshs Empörung legte sich etwas. Er saß ruhig da und dachte, mit den Fingern über den Nasenrücken streichend, über das Gehörte nach. »Ich höre weiter!« sagte er dann.

»Über eins müssen Sie sich allerdings im klaren sein«, fuhr Petrov fort. »Sie sind eine Verpflichtung eingegangen. Auch wir sind eine Verpflichtung eingegangen; sie beläuft sich auf mehrere Millionen Dollar. Noch kritischer ist die kurze Zeitspanne, die wir haben, um Sie als einen akzeptablen Präsidentschaftskandidaten aufzubauen. Wenn unser gemeinsames Unternehmen mißlingt, wird unserer Einschätzung nach die Beibehaltung der gegenwärtigen amerikanischen Politik in Sachen Aufrüstung einen Krieg in Europa heraufbeschwören. Die übernächste Präsidentenwahl in vier Jahren abzuwarten, wird wohl kaum möglich sein.«

»All das rechtfertigt wohl kaum eine Erpressung.«

Petrov zuckte leicht mit den Schultern. »Was Sie eine Erpressung nennen, läßt sich treffender als Realpolitik bezeichnen, der Einsatz von realer politischer Macht in einer Welt, wie sie nun mal beschaffen ist. Ich wollte Ihnen mit diesen Dokumenten keineswegs drohen. Sie müssen jedoch einsehen, daß wir unsere Hoffnungen nicht allein von unserem Glauben an einen einzigen, mannigfachen Einflüssen unterworfenen Menschen abhängig machen können, der wie wir alle seinen wandelnden Stimmungen ausgeliefert ist.« Petrov drehte die Hände nach außen und deutete Hilflosigkeit an. »Wir

hätten es mit einem der übrigen Kandidaten nicht anders gemacht. Nachdem Sie unseren Vorschlag gebilligt hatten – erinnern Sie sich doch, Clifford! Sie taten es vor zwei Tagen aus freien Stücken, ohne daß ich mit Drohungen oder lukrativen Angeboten nachgeholfen hätte! –, mußten wir uns absichern, daß Sie die Sache auch durchführen. Ich habe Ihnen schon gesagt, daß der Einsatz für uns zu hoch ist, als daß wir nur auf Ihre Kooperation bauen dürfen. Deswegen sind all unsere Gespräche aufgezeichnet worden. Man hat uns beide zusammen fotografiert. Auch die Diskussionen zwischen Ihnen und Ihrer Frau sind mitgeschnitten worden. Dazu kommen noch diese Dokumente hier. Aber wir werden davon, wie ich schon sagte, keinen Gebrauch machen. Nur im Notfall, falls Sie plötzlich Ihre Verpflichtung nicht einhalten sollten.«
Welsh preßte die Lippen zusammen. Man sah ihm an, daß er wütend war. Er wollte etwas einwenden, aber Petrov brachte ihn mit einer Handbewegung zum Schweigen. »Seien Sie doch nicht so verbohrt, Clifford! Ich habe mich Ihnen mit Haut und Haar ausgeliefert, weil ich glaube, daß Sie der richtige Mann sind. Hören Sie mir nur noch einige Minuten zu, und entscheiden Sie sich dann!« Petrov blickte zur Seite. Seine Stimme klang leiser. »Aus den abgehörten Gesprächen zwischen Ihnen und Ihrer Frau weiß ich, daß sie weder mir noch dem von mir gemachten Angebot traut. Ich habe schon vor unserer Begegnung gewußt, daß vieles von dem, was Sie bisher in Ihrer politischen Karriere erreicht haben, das Ergebnis Ihres Strebens ist, den Vorstellungen Ihres Vaters zu entsprechen. In gewisser Beziehung sind wir ja alle jenen Menschen hörig, die wir lieben. Ich bin da nicht anders. Ich gestehe Ihnen freimütig, daß sich das, was ich hier tue, auf den Tod meines Bruders zurückzuführen läßt. Er wurde ein Opfer der unsinnigen Kriegsmaschinerie. Und nun wird abermals ein Krieg ausbrechen, falls wir nichts dagegen tun. Ich habe meinen Bruder sehr geliebt. Sein Tod ist mir eine Mahnung. Er hat vielleicht sterben müssen, damit ich die Notwendigkeit dessen sehe, was wir beide, Sie und ich, Clifford, anstreben. Aus diesem Grunde will ich mich auch nicht wegen der Erpressung, wie Sie es nennen, entschuldigen. Wir müssen uns einfach durchsetzen.« Er wandte sich Welsh zu und ballte die Faust. »Verstehen Sie? Wir müssen uns durchsetzen!« sagte er entschlossen.
»Was geschieht mit den Sachen hier? Mit diesem Wisch von der Bank und den Tonbandaufzeichnungen?« Welsh lehnte sich gespannt vor.

»Nichts, Clifford. Gar nichts. Und zwischen uns beiden hat sich auch nichts geändert. Sie erhalten demnächst ein Schreiben von der Bank, daß Ihr Vater ein Vermögen im Ausland hinterlassen hat, Sie aber darüber laut seiner Anweisung erst zehn Jahre nach seinem Tod informiert werden durften – vermutlich deswegen, damit das investierte Kapital in dieser langen Zeitspanne noch anwuchs und damit Sie aus eigener Kraft etwas erreichten, ohne daß dieses Vermögen Sie irgendwie beeinflussen konnte. Seine Gründe werden jedenfalls in dem Testament enthalten sein, das dem Schreiben beiliegt. Sie selbst müssen lediglich Ihr unerwartetes Erbe dem Fiskus melden und die entsprechenden Steuern entrichten. Mit dem Rest des Vermögens können Sie die ersten Ausgaben für Ihren Wahlfeldzug bestreiten. Die übrigen Dokumente und Tonbandaufzeichnungen werden nie an die Öffentlichkeit gelangen.«
Welsh lehnte sich mit geschlossenen Augen zurück. »Und wenn ich mich nicht an Ihre Marschroute halte?«
»Dann würden Sie meinen Auftraggebern keine andere Wahl lassen. Damit wäre Ihre Karriere ebenso vernichtet wie meine. Der Einsatz ist so hoch, Clifford, daß ich mehr als nur mein Ansehen zu verlieren habe. Ich habe Sie schließlich trotz der gegenteiligen Ansicht der anderen ausgewählt. Wir beide würden alles verlieren und nichts gewinnen. Es wäre kein ehrenvoller Abgang.« Petrov legte die Hände flach auf den Tisch, als wolle er damit andeuten, daß er seine Argumente vorgebracht habe und nun auf das Urteil warte. »Verstehen Sie mich jetzt, Clifford?«
Welsh holte tief Luft und sah Petrov in die Augen. »Vielleicht können Sie sich vorstellen, wie einsam man sich als Politiker fühlt, wenn man etwas durchsetzen möchte, wie schwer es ist, etwas Sinnvolles zu erreichen, wie viele Kompromisse man eingehen muß, wenn man über den Bau eines Staudamms in Utah verhandelt oder über die Aufstockung der Pensionskasse für die Lehrerschaft von New York, weil das dann mit einem finanziellen Kuhhandel in Texas gekoppelt wird. Unser ganzes System beruht auf solchem Kuhhandel.« Er verschränkte die Hände und schaute nachdenklich auf die hervortretenden Venen. »Na, schön«, sagte er aufblickend. »Das hier ist auch so ein Kuhhandel. Ich möchte die Präsidentschaft, weil ich meiner Ansicht nach etwas Sinnvolles erreichen kann. Und ich möchte die Abrüstung durchsetzen. Denn ich bin von der Richtigkeit meines Vorhabens überzeugt. Aber zuvor möchte ich, daß Sie mir eins zusichern, und zwar sofort. Ich werde mich in der

Panama- und Kuba-Frage so verhalten, wie Sie es vorgeschlagen haben, und die Situation politisch nutzen. Und ich werde auch für die Abrüstung eintreten. Aber mehr können Sie von mir nicht erhoffen. Keinerlei Begünstigungen, keinerlei geheime Absprachen, nichts. – Haben wir uns verstanden, Klist?«
»Einverstanden«, antwortete Petrov gelassen. »Allerdings ist da noch eine Sache, die ich heute mit Ihnen besprechen möchte. Sie ist möglicherweise für unseren Erfolg entscheidend.«
»Was für eine Sache?« fragte Welsh abgespannt.
»Die Vereinbarungen mit Panama und Kuba werden Sie landesweit bekanntmachen. Laut unseren Computerberechnungen haben Sie allein aufgrund dieser beiden politischen Siege eine vierzigprozentige Chance, die Wahl zu gewinnen.«
»Das reicht doch!« warf Welsh ein.
»Das reicht keineswegs«, entgegnete Petrov. »Sie könnten nämlich diese Chance durch eine kurze Ansprache im Fernsehen bis auf neunzig Prozent steigern.«
»Worüber soll ich sprechen?«
»Über eine einseitige Abrüstung und über die latente, bislang nicht erörterte Gefahr, die sich aus der Lagerung von Atomwaffen in den Vereinigten Staaten ergibt.«
»Ihr Computer scheint wohl defekt zu sein!«
»Ich bin mit meinen Ausführungen noch nicht am Ende«, entgegnete Petrov etwas schroffer. »Bedenken Sie doch Ihre Position in dieser Phase: Sie sind als Präsidentschaftskandidat ein unbeschriebenes Blatt. Sie haben sich zwar in der Öffentlichkeit einen Namen gemacht, aber die Zahl Ihrer Anhänger in der Partei ist noch klein. Sie haben höchstens die Chance, zum Kandidaten für die Vizepräsidentschaft ernannt zu werden – für einen Politiker eine Sackgasse. Nehmen wir jedoch an, daß Sie in Ihrer Rede nicht nur die wirtschaftlichen Vorteile herausstellen, wenn man sozusagen statt Kanonen Butter erzeugt, sondern die amerikanische Öffentlichkeit auch auf die Gefahren hinweisen, die in der Lagerung von Nuklearwaffen liegen – auf die Möglichkeit eines Unfalls beim Umgang mit derartigen Waffen, auf den Austritt von radioaktiver Strahlung aus atomaren Sprengköpfen, auf den Absturz eines mit Atomwaffen bestückten Bombers, auf eine unbeabsichtigte Detonation bei Manövern – darauf, daß innerhalb der Territorialgrenzen der Vereinigten Staaten über 6000 atomare Sprengköpfe gelagert sind und es 6000-mal zu einem Nuklearunfall kommen könnte.«

Welsh verzog das Gesicht. »Achtundfünfzig langhaarige Befürworter der Anti-Atom-Kampagne werden mir zuklatschen. Die Masse der Wähler wird gähnend weghören.«

»Aber nehmen wir an«, fuhr Petrov fort, »daß zwei Wochen darauf achtzig Schafe, die drei Meilen von einem Minuteman-Raketensilo in Wyoming entfernt in Windrichtung grasten, an radioaktiver Vergiftung krepieren.«

Welsh schaute ihn verblüfft an.

»Einige Tage vor Ihrer Rede werden die Wassertröge der Schafe mit radioaktivem Material, Jod 131 und Barium 140, verseucht. Es handelt sich um typische Emissionsprodukte einer Kernspaltung. Die Aufnahme dieser Substanzen durch die Schafe führt zu Erkrankung, Durchfall und schließlich zum Tod. Tierversuche haben eine Überlebenszeit von zwei Wochen ergeben.«

»Nein!« rief Welsh aus.

»Das radioaktive Material zerfällt sehr rasch«, sprach Petrov ungerührt weiter. »Es besitzt eine Halbwertszeit von acht bis zwölf Tagen. Menschen werden nicht zu Schaden kommen. Nur die Schafe werden an einer äußerst bedenklichen Überdosis von Radioaktivität eingehen. Und die Air Force wird sich schwer tun, zu beweisen, daß keine ihrer Minuteman-Raketen ein Leck besitzt.«

Welsh schüttelte den Kopf und wollte sich erheben. Seine Haut wirkte fahl. Der Schweiß brach ihm aus allen Poren.

«All das ist sorgfältig geplant, Clifford. Die radioaktiven Isotopen beziehen wir von einem Atomkraftwerk in Frankreich. Der Mann, der damit umgeht, ist ausgebildeter Atomtechniker. Ich versichere Ihnen, daß man alle Risiken überprüft und ausgeschaltet hat. Sie können damit keinesfalls in Verbindung gebracht werden.«

»Ich habe nein gesagt!« Welsh war aufgestanden und ging rückwärts zur Tür.

»Denken Sie in aller Ruhe darüber nach«, meinte Petrov. »Allerdings sollten Sie mir Ihre Entscheidung bis zum Abend mitteilen. Wenn wir die Sache anlaufen lassen wollen, sollten Sie Ihrem Piloten die Anweisung geben, daß er Bolken und mich morgen früh nach Mexiko fliegt. Ich muß jetzt noch ein paar Telegramme absenden.« Er machte eine Pause und ging gelassen auf Welsh zu. »Nur achtzig Schafe werden unserem Projekt geopfert, Clifford. Ein minimales Risiko, verglichen mit dem potentiellen Gewinn. – Überdies«, fügte er hinzu, »ist dieser Vorfall bereits eingeplant. Ein Zurück gibt es nicht mehr.«

12

Die Sonne malte goldfarbene Kringel auf den ausgetretenen Steinboden. Der Wind bauschte die dunklen Vorhänge. Im Innenhof raschelten Agavenpalmen, ihre Wedel streiften die Hauswand. Draußen ging jemand barfüßig den Gang entlang. Man hörte das Klirren von Eiswürfeln in einem Glaskrug. Die Schritte entfernten sich. Dann ging jemand die Stiege hinunter.

»Ich bin glücklich, daß du wieder bei mir bist«, sagte sie, streichelte seinen Rücken und schmiegte sich an ihn. »Nein, rühr dich nicht! Bleib so liegen. Ich möchte deinen Körper spüren.«

Aus der großen Nähe konnte er sie nur verschwommen sehen, ihr dunkles, gebräuntes Gesicht, die geschlossenen Augen, die unglaublich langen Wimpern. Das Blumenmuster des weißen Kissens wirkte wie ein Hintergrund á la Gauguin.

Er schmiegte seinen Kopf an ihren Hals und berührte mit den Lippen ihr Ohr. »Das also ist Carriacou«, flüsterte er.

Sie nickte leicht. Ihre Hände liebkosten ihn, umfaßten seine Taille, zogen ihn näher heran.

Er hatte das Gefühl, als schwebe er regungslos im Meer. Über ihm sprudelten schimmernde Luftblasen der sonnenbeschiedenen Oberfläche entgegen. Eine grüne Welt umgab ihn. Die Dünung des Pazifiks erfaßte ihn selbst in dieser Tiefe und ließ ihn rhythmisch auf und nieder schweben. Riementang streckte seine gelben Arme wie Fächer den unsichtbaren Wogen entgegen. Und jenseits des Rings aus Sonnenlicht war Dunkelheit.

Die Sonne glitt am sechsten Breitenkreis entlang nach Westen. Das Barometer fiel um drei Millibar, und der Gezeitenstrom schlug um nach Osten. In dieser Zeit schliefen sie, erwachten, liebten sich und schliefen wieder ein.

Um 17 Uhr 18 wurde er wach. Er verließ das Himmelbett aus Mahagoni, trat ans Fenster und schaute auf den Innenhof. Unter dem Mandelbaum saßen zwei Schwarze. Sie spielten Dame und tranken Bier aus dunkelgrünen Flaschen. Sie knallten die Steine auf das Brett, weil man nur so als rechter Mann zeigen kann, daß man gewinnt. Loss hörte das Klicken der Steine, ihr leises Schwatzen und ihr Gelächter. Die *Mintar* lag unweit des Strandes vor Anker und wiegte sich gemächlich in der von Hillsborough Bay kommenden Dünung. Über den nördlichen Quadranten des nachmittäglichen Himmels zogen aufgeplusterte Kumuluswolken.

»Mußt du schon gehen?«

Er wandte sich um. Sie lag ausgestreckt auf dem Bett, krümmte die Zehen und hielt die Hände unter dem Kopf verschränkt.

»Ja, bald«, erwiderte er. »Kommst du mit?«

»Du siehst komisch aus, wie du da stehst, mit ernstem Gesicht, während der Held des Tages in der Brise baumelt.« Sie strich sich lächelnd das Haar aus der Stirn. »Ihr Männer solltet stets nackt in die Schlacht ziehen. Dann hättet ihr solche Angst, daß man euch das Ding abschneidet, daß ihr nicht kämpfen würdet. Aber wenn ihr Hosen anhabt . . .«

»Kommst du mit mir?« fragte er abermals, unwirsch, belustigt, ein wenig verlegen.

»Ja. Weißt du nicht mehr, daß ich nach Carriacou gekommen bin, um einen Freund wiederzusehen?«

Sie trafen die Kents unten in der Bar und bestellten Rum-Punsch, nachdem sie Giles Tobin durch Zeichen zu verstehen gegeben hatten, daß er mit dem Beiboot an Land kommen solle. Margaret musterte sie beide und lächelte verständnisvoll. Um sie aus ihrer Verlegenheit zu befreien, breitete sie ihre Einkäufe aus, Armbänder aus Schildpatt und allerlei Krimskrams. Kent schilderte ihnen zwischendurch den Ausflug zu dem Hospital hoch oben in den Hügeln, wo man auf dem Rasen eine Kanone postiert hatte, die Mündung der Bucht zugekehrt. Während er sprach, blickte er sie amüsiert an.

Als Giles dann kam, tranken sie noch einen Punsch und brachen hernach auf. Beim Rudern des aufblasbaren Dingis wechselten sie sich ab. Gegen 18 Uhr segelten sie unter leichtem Nore die Leeküste entlang zurück.

Die Sonne ging früh und sehr rasch unter. Die Dämmerung war kurz. Aus Norden heranziehende Zirruswolken malten ein Streifenmuster auf den Himmel.

»Wir bekommen wohl schlechteres Wetter, was, Giles?« fragte Kent und deutete nach oben.

Giles Tobin warf seine Zigarette auf der Leeseite ins Wasser,

musterte nachdenklich den Himmel und kaute auf seiner Unterlippe. »Ich weiß nicht recht«, antwortete er. »Im Winter kann man hier häufig hoch dahinziehende Wolken sehen. Im allgemeinen bedeutet es, daß das Wetter weiter oben im Norden ziemlich schlecht ist. Wenn ich im Ärmelkanal wäre, würde ich schleunigst einen Hafen anlaufen.« Er schaute abermals im Dämmerlicht zum Himmel empor. »Man nennt sie auch Federwolken. Gewöhnlich ziehen sie ein paar hundert Meilen einer Kaltluftfront voran. Nördlich von ihnen stürmt es dann, die Wolken hängen tief, und es regnet in Strömen.« Er überließ das Steuerruder Kent und ging gebückt den Niedergang hinunter. Fünf Minuten darauf kehrte er mit einer Thermosflasche Kakao und einigen Bechern zurück. »Das Barometer ist um über sechs Millibar gefallen. Im Norden braut sich was zusammen. Morgen wird es höchstwahrscheinlich stürmen. Gerade der richtige Tag, um sich unter Deck nützlich zu machen.«
Holly lehnte sich an Loss und drückte ihn gegen das Cockpitsüll. Er spürte die Wärme ihres Körpers durch das dünne Material ihrer Windjacke. »Wenn's morgen regnet«, flüsterte sie und bohrte ihm einen Finger zwischen die Rippen, »müssen wir eben den ganzen Tag im Bett liegenbleiben«.
Er protestierte ächzend. Aber dann fielen ihm die zwei Flaschen Champagner ein, die in ihrem Matchsack steckten. »Wir könnten Kreuzworträtsel lösen«, meinte er schmunzelnd, worauf sie ihm den Ellenbogen in den Magen rammte. Loss blickte auf und sah, daß Kent lachte, während seine Frau ihm die Hand vor den Mund hielt. Dabei schaute sie mit gespielter Gleichgültigkeit nach achtern. Zwei gute Seelen, wie man sie nicht alle Tage findet, dachte Loss.
Das Dämmerlicht schwand, und bald war es ringsum dunkel. Giles machte die Positionslaternen und die Lampe am Kompaßhäuschen an, die sein Gesicht in mattes, rotes Licht tauchten. Über ihnen schienen die Sterne nach Westen zu ziehen. Schweigend tranken sie ihren heißen Kakao und lauschten dem Wind und dem Plätschern der Wellen unterm Bug. Sie gaben sich der angenehmen Illusion hin, daß die Zeit stillstehe.
Die *Mintar* wand sich durch die Riffe östlich von Carriacou. Giles blickte des öfteren über das Kompaßhäuschen hinweg auf die Leuchtbojen von Petit Martinique und Salt Whistle Cay, um seine Position zu bestimmen. Sie kamen zügig voran. Die Jacht stemmte sich gegen den Wind, durchschnitt die aus Norden anrollende Dünung und ließ sie auf der Leeseite weiterziehen. Mit

geblähten Segeln glitten sie in die Bucht. Der Wind war mittlerweile abgeflaut und wehte aus nördlicher Richtung.
Um 20 Uhr 40 hatte Giles die Sloop am Steg festgemacht, und sie verabschiedeten sich von ihm. Er wartete, bis sie hinter der Markierungslampe am Steg in der Dunkelheit verschwunden waren, und fuhr dann mit Motorkraft zu seinem Ankerplatz, wo er noch einen zweiten Sturmanker warf und die gerefften Segel doppelt absicherte. Nachdem seine Arbeit an Deck getan war, setzte er sich in den Niedergang, rauchte eine Zigarette und sah zu, wie die Sterne am nördlichen Quadranten, einer nach dem anderen, von den heraufziehenden Sturmwolken verschluckt wurden.
Der Wind kam nun aus Norden, und die Wogen, die in die geschützte Bucht einliefen, wurden immer höher. Mit der geschärften Aufmerksamkeit eines Mannes, der zumeist allein segelt, nahm er wahr, daß sich die Brandung am luvwärts gelegenen Riff anders anhörte. Wenn sich die Wellen brachen, gab es einen dumpfen, hohlen Ton, wie er ihn schon mal kurz vor einem Wintersturm an der Küste von Korsika gehört hatte.
Der Wind kam in Böen. Es war ein trockener Wind. Überdies war kein Tau gefallen. Und es wurde kälter. Er betrat die Kabine und entzündete die kardanisch aufgehängte Öllampe, die über dem Tisch hin und her schwankte. Das Barometer, das sich vor Sonnenuntergang eingependelt hatte, fiel rapide. Mit seinem altersschwachen Empfangsgerät konnte er den von Miami ausgestrahlten Wetterbericht für die Karibik nur undeutlich auffangen. Er hörte die unverständliche Stimme des Sprechers und dazwischen das Knistern atmosphärischer Störungen.
Ächzend legte er sein Ölzeug in der Steuerbordkoje bereit und zog sich aus, nachdem er den Wecker auf Mitternacht gestellt hatte. Da wollte er dann die Verankerung überprüfen und versuchen, ob er nicht den Wetterbericht von Trinidad hereinbekäme.
»Verdammter Mist!« murmelte er, löschte die Lampe und kroch in die enge Koje.

Bei ihrer Heimkehr von Carriacou hatte Loss den an der Bungalowtür angehefteten Zettel bemerkt. Am folgenden Morgen stand er in Welshs Bungalow. Von seinem Ölzeug tropfte Wasser.
Welsh lehnte am Panoramafenster, schaute hinaus auf die südliche Durchfahrt und drehte sich nicht um, um ihn zu begrüßen. Die Wellen trugen weiße Schaumkronen. Der Himmel war verhangen.

Aus Nordosten stürmten dunkle Wolkenfetzen heran. Die Jachten, die auf der Leeseite der Insel vor Anker gelegen waren, hatten geschütztere Ankerplätze aufgesucht. Nur die *Mintar* zerrte stampfend an den Haltetauen.
Welsh holte tief Luft und wandte sich Loss zu. »Haben Sie den Wetterbericht von Barbados gehört?«
Loss stülpte die Lippen vor und schnaufte verächtlich. Er fragte sich, ob Welsh wirklich nicht wußte, daß eine genaue Wettervoraussage für diesen Westteil des Atlantiks von Beobachtungen aus Flugzeugen und von Schiffen abhing, die jedoch nur sporadisch gemeldet wurden. »Laut Radio Barbados befindet sich im Norden eine ausgedehnte Tiefdruckzone, begleitet von einer kräftigen Kaltluftfront. Aufnahmen durch den *Tiros*-Wettersatelliten zeigen eine geschlossene Wolkendecke von Trinidad bis hin zur Floridastraße. Das Barometer zeigt neun-neun-zwei Millibar an, was knapp an der untersten Grenze ist. Über die Windgeschwindigkeit in größerer Höhe gibt es noch keinerlei Angaben. Einige Linienflüge sind verschoben worden. Kurzum, das Wetter könnte kaum ärger sein.«
Welsh begann unschlüssig hin und her zu gehen und blickte immer wieder auf den Himmel im Osten. Es war ein Tag, der Handlungsreisende in Trübsinn stürzte. Welsh wünschte sich weit weg von dieser gottverlassenen Insel. Er wünschte, er wäre wieder in seinem Haus am Hudson.
»Brian«, sagte er dann, »ich will es kurz machen. Klist ist für mich sehr wichtig. Er muß heute noch nach Mexiko fliegen. Ich möchte ihm gefällig sein. Würden Sie den Flug riskieren?«
Loss sah eine Weile auf die Meerenge hinaus. Über den Wellen hatte der Wind eine Stärke von mindestens 30 Knoten. In größerer Höhe waren es wahrscheinlich noch viel mehr. In einer Höhe von 15 000 Fuß würde sich eine Eisschicht bilden. »Ja, ich würde ihn riskieren«, antwortete er. »Wenn ich's bis Mexiko nicht schaffe, fliege ich Puerto Rico an und warte dort ab. Der Flughafen von San Juan ist für eine Instrumentenlandung ausgerüstet. Aber ich muß Ihnen gleich sagen, der Flug wird kein Vergnügen sein.«
Welsh schenkte sich Kaffee ein und setzte sich so schwerfällig auf die Chaiselongue, daß er sein Hemd mit Kaffee bespritzte. Er schien es nicht zu bemerken. Er leerte die Tasse und stellte sie auf den Plattenboden. »Puerto Rico kommt nicht in Frage, Brian. Auch nicht die Dominikanische Republik. Klist möchte . . . Ich möchte, daß Sie Mexiko direkt anfliegen. Sie haben reichlich Sprit, und wir

sind zusammen schon viel weiter geflogen, auch bei schlechtem Wetter. Der Flug ist – politisch gesehen – ein wenig heikel. Zudem fühle ich mich ihm verpflichtet. Der Flug nach Mexiko ist von entscheidender Bedeutung für . . .«

»Warum um Himmels willen soll ausgerechnet dieser Flug von entscheidender Bedeutung sein?« warf Loss gereizt ein. Gleich darauf taten ihm seine schroffen Worte leid. Welsh sah um zehn Jahre gealtert aus.

Mit einem Ruck wandte sich Welsh Loss zu, das Gesicht hektisch gerötet, und sagte stammelnd: »Loss, Sie sind ein sturer Bock. Um was ich Sie da bitte, ist für mein Leben von entscheidender Bedeutung. Zudem zahle ich Ihnen ja ein Gehalt.«

»Hören Sie zu, *Mister* Welsh!« entgegnete Loss. »Es handelt sich um eine Flugstrecke von rund 1300 Meilen. Selbst mit den Langstreckentanks wird es knapp werden. Wenn ich Mexiko direkt anfliege, habe ich keine Möglichkeit zur Funknavigation. Wir könnten Cozumel an der Küste von Mexiko um hundert Meilen verfehlen. Ich fliege, aber ich steure zuerst Santo Domingo an, versuche dort eine Funkpeilung zu erhalten und überprüfe die Treibstoffreserve, bevor ich 700 Meilen über das offene Meer gondele. Entweder Sie sind einverstanden, oder aus dem Flug wird nichts.«

Welsh fuhr mit den Fingern durchs Haar und ließ sich gegen die Lehne fallen. »Was Sie da sagen, Brian, klingt völlig vernünftig. Ich habe darüber schon mit Klist gesprochen. Er sagte voraus, daß Sie vermutlich so reagieren würden. Er ist damit einverstanden, solange Sie die Luftkorridore meiden und Funkstille wahren. Zum Auftanken schlägt er einen etwa achtzig Meilen nördlich von Haiti gelegenen Flugplatz vor, wo Sie landen können. Es ist Great Inagua, die südlichste Insel der Bahamas. Zwar ist der Flughafen nicht rund um die Uhr in Betrieb, aber Treibstoff ist dort jederzeit zu bekommen. Klist meint ferner, daß Sie notfalls mit Hilfe der Funkbake eine Instrumentenlandung machen können. Das reicht aus, denn die Insel ist flach wie ein Brett. Sie brauchen nicht zu befürchten, daß Sie bei der Landung mit irgendwelchen Hügeln kollidieren.«

Loss schaute verblüfft seinen Chef an. »Wollen Sie damit andeuten, daß ich fliegen soll, ohne einen Flugplan einzureichen? Und wie steht's mit Mexiko? Wenn ich ohne Erlaubnis in den mexikanischen Luftraum eindringe, werden sie die Maschine beschlagnahmen und uns in eins ihrer stinkenden Gefängnisse werfen.«

»Jetzt halten Sie endlich den Mund und hören Sie mir weiter zu!«

schrie Welsh ihn an. »Klist sagt, daß er dort einflußreiche Freunde hat. Er hat ihnen heute morgen telegrafiert, und sie treffen bereits die nötigen Vorkehrungen. Während des Fluges wird er mit ihnen über Funk auf dem Seitenfrequenzband Kontakt aufnehmen und sich vergewissern, daß ihr vor dem Eindringen in den mexikanischen Luftraum auch die Anflugerlaubnis erhaltet. Er kümmert sich auch darum, daß es wegen der Landung auf Great Inagua keine Scherereien gibt. Tun Sie also, was ich Ihnen sage, Loss, oder suchen Sie sich einen neuen Job!«

Loss merkte, wie seine Empörung wuchs. Er dachte an seinen Job. Dennoch ahnte er, daß es damit ohnehin vorbei war. Er näherte sich Welsh und beugte sich hinab, so daß beide Gesichter nur eine Handbreit voneinander entfernt waren. »Was wird hier gespielt, Welsh?« fragte er leise. »Schmuggeln Sie Rauschgift oder so was? Ich kann meine Pilotenlizenz verlieren und mir dazu noch in Mexiko zehn Jahre Gefängnis einhandeln.«

Welsh setzte zum Sprechen an. Er schloß die Augen, seinem Gesicht merkte man an, daß er völlig erschöpft war. »Fliegen Sie, Brian! Sie brauchen wegen des Fluges nach Mexiko keinerlei moralische Bedenken zu haben. Aber auf diese Weise kann Klist mit mir nicht unmittelbar in Verbindung gebracht werden. Ich würde Ihnen diesen Flug mit 5000 Dollar honorieren. »Dieser Bolken kommt gleichfalls mit. Er ist so was wie Klists Leibwächter oder Kurier. Klist möchte es so haben. Schaffen Sie die beiden dorthin, und kehren Sie am nächsten Tag zurück. Nach Ihrer Rückkehr möchte ich heimfliegen. Ich möchte so rasch wie möglich wieder in New York sein.«

Loss richtete sich auf und musterte Welsh, der schlaff in seinem Sessel hing. Immer noch hatte sich sein Zorn nicht gelegt. Dann fällte er seine endgültige Entscheidung. »Okay, Welsh. Ich fliege die beiden dorthin. Wenn das Unternehmen schiefgeht, müssen Sie mir Kaution stellen. Und wenn wir wieder in New York sind, sollten Sie sich nach einem anderen Piloten umsehen, der Sie durch die Gegend fliegt.«

Eigentlich hatte er nicht so weit gehen wollen. Aber seine Worte klärten zumindest die Sachlage. Welsh stand auf und blickte ihn an, als hätte er einen frechen Straßenbengel vor sich. »Sie fliegen die Maschine, Loss. Um das übrige kümmert sich Klist. Und Ihre Kündigung nehme ich erfreut an.« Er wandte sich ab, schritt zum Fenster und blickte hinaus aufs Meer.

13

Die Überfahrt von Salt Whistle Cay zur Union-Insel hätte kaum unruhiger verlaufen können. Die vier Meilen breite Wasserstraße, ansonsten zahm, war ein schäumender Wasserstrudel, in dem sich die Wogen völlig regellos brachen. Der Steuermann erklärte Loss mit lauter Stimme, die Kreuzsee sei darauf zurückzuführen, daß die Tide gegen den Wind auslief. Doch zur Besorgnis sei kein Grund vorhanden. Klist saß unten in der Kabine, rauchte und las in einer alten *Newsweek*-Ausgabe. Bolken hing über der Reling und kotzte sein Frühstück aus. Kann gemütlicher werden, dachte Loss.

Loss bat den Steuermann, nicht den Hauptkai in Clifton Harbor anzulaufen, sondern den schmalen Landesteg am Nordende des Hafens, der nahe der einspurigen Landebahn lag. Er wollte vermeiden, daß sie die Polizeistation passierten, in der sich auch der Beamte von der Zoll- und Paßkontrolle aufhielt.

Als sie anlegten, goß es in Strömen. Die Sichtweite betrug nur noch wenige hundert Meter. Loss sagte dem Steuermann, daß er nicht zu warten brauche. Mr. Klist sei hier auf der Union-Insel mit Freunden verabredet und er selbst würde Mr. Bolken nach Martinique zum Weiterflug mit einer Air-France-Maschine bringen. Der dunkelhäutige Mann, mit gelbem Ölzeug bekleidet, lächelte verständnisvoll und legte ab. Das Tuckern der Dieselmotoren war im niederprasselnden Regen kaum zu hören.

Der Flugplatz war wie leergefegt. Im Gras neben der Piste zerrten Möwen an dem Inhalt eines geplatzten Müllsacks. Loss konnte eben noch das Ende der etwa eine halbe Meile langen Startbahn ausmachen, die bis knapp zum Strand verlief. Dahinter lag der durch Riffe geschützte Hafen. Verschwommen sah man die Umrisse der ankernden Handelsschoner, die sich, von Windböen gepackt, auf die Seite legten.

Loss führte die beiden zur Maschine und verstaute den Großteil des Gepäcks samt dem tropfenden Ölzeug achtern.

Bolken setzte sich stumm, aber sichtlich nervös auf den Rücksitz. Trotz seiner durchnäßten Kleidung nahm Loss den Geruch der Angst wahr, den Bolken ausströmte. Bald wird es im Cockpit stinken, als hätten wir überreife Mangos geladen, dachte Loss, als er Bolken beim Verstauen des Kamerakoffers zusah. »Schnallen Sie das Ding mit dem Sitzgurt fest!« befahl er unwirsch.
»Wird's so schlimm werden?« fragte Bolken.
Loss grinste ihn statt einer Antwort nur an und nickte.
Er schob seinen Sitz etwas vor und ging dann die Checkliste durch. Klist saß auf dem rechten Vordersitz und gab sich desinteressiert, obwohl er mit den Startvorbereitungen völlig vertraut war. Er hatte auf diesem Platz bestanden und hinzugefügt, daß er schließlich die Frequenzen wisse und das Funkgerät in greifbarer Nähe haben müsse, bevor sie in den mexikanischen Luftraum einflogen. Loss war einverstanden gewesen, da ihm so ein Teil seiner Arbeit abgenommen wurde. Als er die Bedienung des Funkgeräts erklären wollte, erwiderte Klist, daß das überflüssig sei, da er sich mit solchen Geräten auskenne. Loss zuckte mit der Schulter und startete die Maschine.
Minuten darauf hob die Aztec ab und gewann Höhe. Das Fahrwerk verschwand im Rumpf. Sie flogen über den Hafen. Die von oben gedrungen aussehenden Maste eines Schoners glitten vorbei, als Loss nach Norden abdrehte. Er stellte Motorleistung und Drehzahl auf die günstigste Steigrate ein und zog die Maschine allmählich nach oben. Nachdem er noch die Startklappen stufenweise hochgestellt hatte, ging er die restlichen Punkte auf der Checkliste durch. Als er kurz nach unten blickte, sah er ein einsames Riff, über dem die anbrandenden Wogen zusammenschlugen. Kurz darauf wurden sie vom wogenden Wolkenmeer verschlungen.
Loss, der nun auf die Instrumente angewiesen war, trimmte die Maschine und schaltete die Armaturenbeleuchtung ein. Regen prasselte auf das Kabinendach, die Luftturbulenzen setzten ihnen zu.
Klist neigte sich zu Loss hinüber und fragte: »Ist die Staurohrheizung an?«
Loss, der sich weniger über diese Einmischung als über sich selbst ärgerte, schaltete die Heizung für das Pilotrohr an, was er beim Durchgehen der Checkliste übersehen hatte. Wenn der Druckmesser vereiste, hatte er keine Orientierung über die Luftgeschwindigkeit mehr. Und die Gefahr der Vereisung war gegeben, wenn sie in kältere Luftschichten gerieten.

Loss schaute Klist an, der gelassen dasaß und die Instrumente beobachtete. Er kannte bereits die Antwort, als er die Frage stellte: »Können Sie fliegen, Mr. Klist?«

Klist erwiderte nichts, sondern verzog nur die Lippen zu einem kurzen Lächeln.

Eine halbe Stunde dauerte der Steigflug durch Wolken und Regenschauer. Streckenweise gerieten sie in heftige Luftwirbel, die die Maschine durchschüttelten. In 12 000 Fuß Höhe setzte Loss die Sauerstoffmaske auf und bedeutete den beiden, daß sie seinem Beispiel folgen sollten. In 18 000 Fuß Höhe erreichten sie ein blaues Tal, das sich auftürmende Kumolonimbuswolken säumten. Loss steuerte die Maschine in dem Tal weiter nach oben und durchschnitt in 22 000 Fuß Höhe die Wolkengipfel, deren von Eiskristallen glitzernden Wolkenstümpfe mit dem Jetstream davontrieben.

Loss stellte den Autopiloten auf nordwestlichen Kurs ein, trimmte die Maschine auf Geradeausflug und verringerte Motorenleistung und Treibstoffzufuhr, um maximale Flugweite zu gewährleisten. Der Fahrtmesser zeigte konstant 145 Knoten an, der Treibstoffverbrauch war ein wenig höher, als er erwartet hatte. Es konnte knapp werden. Er öffnete die Tragflächentanks und überprüfte den Spritdurchfluß, entschlossen, den letzten Tropfen aus den Tanks herauszuholen.

»Sie scheinen zu weit nach Norden abgekommen zu sein, Captain Loss«, erklärte Klist, der die Sauerstoffmaske abgesetzt hatte. Arglos lächelnd klopfte er mit den Fingern gegen den Richtungsanzeiger.

»Hören Sie zu, Klist, das heißt, Mr. Klist!« erwiderte Loss. »Dieser Flug kostet uns eine Menge Sprit. Außerdem bin ich nicht der Captain irgendeiner Linienmaschine. Ich halte mich weiter nördlich für den Fall, daß wir irgendwo zum Auftanken landen müssen. Solange ich keinen einigermaßen verläßlichen Radiokontakt mit der Dominikanischen Republik oder Haiti habe, kann ich unsere Abtrift oder unsere Geschwindigkeit über Grund nicht berechnen. Und ohne diese Angaben werde ich den Vogel nicht in westlicher Richtung nach Mexiko steuern. Wir müssen eben abwarten, wie weit wir damit kommen.«

Klist lächelte weiter und ließ sich mit seiner Antwort Zeit. Nachdem er einen tiefen Zug aus der Sauerstoffmaske genommen hatte, erwiderte er: »Ich kann Ihre Einstellung verstehen, äh, *Mister* Loss. Ich halte das für vernünftig. Sie wissen vermutlich, daß auch

ich Pilot bin. Ich habe schon etliche tausend Flugstunden in allen möglichen Maschinen hinter mir. Behalten Sie Ihren Kurs bei. Ich möchte nur, daß wir uns südlich der Radaranflugkontrolle von Puerto Rico halten. Eine Positionsbestimmung anhand des Radios der Dominikanischen Republik reicht völlig aus.« Nach diesen Worten schnallte Klist die Maske fest und atmete wieder reinen Sauerstoff. Er wirkte so gelassen, als befände er sich auf einem Flug zwischen Boston und Washington. Die Zeitspanne ohne Sauerstoffzufuhr schien ihn, selbst in dieser Höhe, nicht angestrengt zu haben. Scheint wohl ein zäher teutonischer Typ zu sein, dachte Loss. Klist saß völlig entspannt da. Sein noch feuchtes Haar war ordentlich gekämmt. Er hatte eine gerade, gutgeschnittene Nase und wachsame gletscherblaue Augen.
Loss drehte sich zu Bolken um, um sich zu vergewissern, daß sein zweiter Passagier die Sauerstoffmaske richtig aufgesetzt hatte. Bolken erwiderte ausdruckslos seinen Blick. Die Maske verbarg seine Lippen. Die Gesichtsmuskeln waren angespannt. Die beiden sind wohl vom gleichen Schlag, dachte Loss mißmutig.
Loss stellte das erste Peilfunkgerät auf Radio Ponce auf Puerto Rico ein. Die Nadel schwankte und pendelte sich dann ein. Doch das rote Warnlicht zeigte an, daß der Empfang gestört war. Loss versuchte es daraufhin mit Santo Domingo und hatte diesmal mehr Glück. Er berechnete ihren Kurs und stellte zu seiner Überraschung fest, daß ihre jetzige Position mit dem Flugplan einigermaßen übereinstimmte. Klist blickte ihn von der Seite an. Seine Augen hatten einen spöttischen Ausdruck. Er schien unter der Maske zu lächeln. Loss zuckte mit den Achseln, notierte sich die Zeit der Positionsbestimmung und nahm sich vor, sie in zehn Minuten zu überprüfen, um eine ungefähre Position zu erhalten.
»Darf ich?« fragte Klist und deutete auf das Hochfrequenzfunkgerät. Loss nickte nur und rückte seine Maske zurecht.
»Es ist an der Zeit, daß ich meine Freunde in Mexiko informiere«, meinte Klist. »Vermutlich haben sie schon auf Empfang geschaltet. Sie werden sich darum kümmern, daß wir in den mexikanischen Luftraum einfliegen dürfen.«
»Ich habe nichts dagegen, Klist. Über die Hintergründe dieses Fluges wissen Sie besser Bescheid als ich. Wenn Sie schon so großartige Beziehungen haben, könnten Sie sich auch um einen Bericht über die Wetterlage um Cozumel und um die genaue Position der dortigen Funkbake bemühen. Ich habe bisher die

Feststellung gemacht, daß die Angaben des mexikanischen Küstenwetterdienstes ebenso gut sind wie das Leitungswasser in Mexiko. Aber denken Sie daran, daß unsere endgültige Flugroute noch nicht feststeht! Ich möchte zuerst unsere genaue Position haben.«
Klist hörte geduldig zu, wie man einem ängstlichen Kind zuhört: Er nickte mit dem Kopf, aber er nahm die Worte nicht ernst. Danach blickte er kurz in sein Notizbuch, wählte 6,2893 Megahertz und stellte das Funkgerät ein. Er sagte ein paar Worte in deutscher Sprache und wartete. Gleich darauf ertönte die Antwort in Englisch: »Machen Sie wie vereinbart weiter, Zulu vier! *Over.*«
»Schalte um. *Over*«, antwortete Klist, stellte den Synthesizer auf eine zehn Kilohertz tiefer liegende Frequenz ein und wählte das untere Seitenfrequenzband.
Nach einer Pause von wenigen Sekunden ertönte eine andere Stimme. Trotz der durch eine leichte Frequenzverzerrung verminderten Tonqualität hörte sie sich gebieterisch an. »Situationsmeldung und genaue Position, Zulu vier. Fox Alpha auf Empfang.«
Klist änderte abermals die Frequenz, wechselte zum oberen Seitenfrequenzband und sagte rasch einige Worte in Deutsch. Daraufhin erklang aus dem Lautsprecher abermals eine andere Stimme, die ihm in deutscher Sprache antwortete. Klist wechselte wiederum Frequenz und Seitenband, eine Prozedur, die sich bei allen Durchsagen wiederholte, und beendete den Funkkontakt, indem er dreimal auf die Mikrotaste drückte.
Danach schaltete er, als sei all das ein völlig normaler Vorgang gewesen, das Funkgerät aus und hing das Mikro an seinen Platz. Er warf noch einen Blick auf seine Notizen, machte es sich dann auf seinem Sitz bequem, legte die Sauerstoffmaske an und atmete in tiefen Zügen den reinen Sauerstoff ein.
Loss überlegte eine Weile und spürte dann so etwas wie Angst vor einer Situation, die er nicht durchschaute. Es war ein Gefühl, das er zum letztenmal vor Jahren empfunden hatte, als er mit seiner Maschine im Norden Vietnams über die demilitarisierte Zone geflogen war. Klist war bestimmt kein Geschäftsmann. Er bezweifelte, daß Klists Vorhaben legitim war. Welsh hatte sich da anscheinend in seiner Leichtgläubigkeit auf etwas eingelassen, das seine Kräfte überstieg. Seinen Job war er ohnehin los. Dennoch schien es ihm geboten, den Flug zu Ende zu führen und erst danach den Dingen auf den Grund zu gehen. Er musterte Klist von der Seite und stellte fest, daß dieser völlig entspannt mit geschlossenen Augen dasaß.

Daraufhin zog Loss die Maschine in eine nahezu unmerkliche Kurve. Die Instrumente zeigten die Kursänderung kaum an. Nur der Sonnenfleck auf dem Kabinendach verschob sich etwas. Die Dominikanische Republik lag irgendwo jenseits der rechten Tragfläche. Langsam rückte sie zum Bug hinüber.
»Warum ändern Sie den Kurs, Loss?« fragte Klist, der die Maske abgenommen hatte. »Damit machen Sie doch die auf Santo Domingo eingestellte laufende Position zunichte! Steuern Sie wieder den alten Kurs! Drei-vier-drei Grad waren es, glaube ich. Überdies habe ich einen ausführlichen Wetterbericht erhalten. Weiter westlich werden wir Rückenwind haben. Und was unseren Zielort anlangt, so werden wir über Cozumel in 3000 Fuß Höhe Streuwolken vorfinden. Die Windstärke beträgt 18 Knoten, und der Wind kommt aus 30 Grad. Die laufende Position wird uns über die Treibstoffreserve Aufschluß geben. Dann können *wir* die endgültige Entscheidung treffen. – Wir fliegen einer günstigeren Wetterlage entgegen. Rückenwind erhalten wir auch noch. Zudem ist die Wetterlage am Zielort erfreulich. Wovor haben Sie also Angst?«
Klist wandte sich Bolken zu und redete leise auf ihn ein. Loos steuerte wieder den vorherigen Kurs und blickte auf seine Uhr. Noch drei Minuten würde es dauern, bis er zur genauen Positionsbestimmung die andere Richtstrecke feststellen konnte. Danach konnte er den Kurs nach Santo Domingo berechnen. Im Westen schien sich das Wetter tatsächlich etwas zu bessern, aber er hatte das unbestimmte Gefühl, daß eine Gefahr drohte. Klists Andeutung, daß er Angst habe, stimmte. Nur Piloten, die keine Angst haben, steuern ihre Maschine nachts gegen einen Berg.
Nach drei Minuten zentrierte Loss das Peilfunkgerät, las die Position ab und trug sie sorgsam ein. Klist neigte sich vor und sah ihm aufmerksam zu. Die Richtstrecken der beiden Positionsbestimmungen kreuzten sich 110 Meilen süd-südwestlich von Islo Alto Velo, einer kleinen Insel nahe der Südwestspitze der Dominikanischen Republik. Loss stellte nun noch mit dem Taschenrechner den Treibstoffverbrauch und die Reserve fest. Dann zeigte er Klist das Ergebnis.
»Sieht nicht gut aus. Meiner Berechnung nach haben wir bei unserer jetzigen Geschwindigkeit über Grund für Cozumel eine Spritreserve von höchstens 25 Minuten. Bevor Sie was einwenden, muß ich Ihnen noch sagen, daß ich von Ihrer Wettervorhersage nicht viel halte. Ich weiß, wie unzuverlässig Wetterberichte sein

können, selbst in den Vereinigten Staaten. Wir werden in der Dominikanischen Republik auftanken. Ich werde Welsh telefonisch Bescheid geben und ihm noch ein paar Fragen stellen. Die Sache scheint mir nicht koscher zu sein. Mir ist zwar Ihre Abmachung mit Welsh gleichgültig, aber ich möchte weder meine Pilotenlizenz noch unser aller Leben riskieren. Wenn Welsh damit nicht einverstanden ist, kann er mir den Buckel runterrutschen. Ich habe ihm schon gesagt, daß ich meinen Job bei unserer Rückkehr in die Vereinigten Staaten aufgebe.«

Klist studierte seine Notizen. Sodann breitete er die Anflugkarte aus, warf einen kurzen Blick darauf und steckte sie wieder ins Clipboard. »Die Sache läßt sich regeln, ohne daß wir uns in die Haare geraten, Loss. Santo Domingo liegt mittlerweile hinter uns. Steuern Sie Haiti an, aber melden Sie sich vorläufig nicht bei deren Flugleitstelle. Ich glaube, ich kann Ihnen eine bessere Alternative vorschlagen.«

»Sie müßte schon erheblich besser sein«, erwiderte Loss und wählte am Peilfunkgerät die Frequenz der VOR-Station von Port-au-Prince auf Haiti. Klist hatte sich inzwischen umgedreht und redete leise mit Bolken. Das Gespräch verlief einseitig; Klist gab mit knappen Worten irgendwelche Anordnungen, während Bolken nur hin und wieder seine Zustimmung zu verstehen gab.

Der Indikator zeigte an, daß der Kontakt mit der VOR-Station von Port-au-Prince hergestellt war, worauf Loss den Kurs geringfügig nach Norden korrigierte. Dann wartete er gespannt auf Klists Vorschlag, der eigentlich nur auf die Great-Inagua-Alternative hinauslaufen konnte.

Klist setzte die Maske ab und sagte dann: »Sie haben recht, Loss, wenn Sie annehmen, daß ich kein Geschäftsmann aus Holland bin. Ich bin der Repräsentant einer Gruppe von einflußreichen Persönlichkeiten, die Senator Welsh bei seiner bevorstehenden Wahlkampagne unterstützen möchten. Wie das im einzelnen geschehen soll, hat Sie nicht zu beschäftigen. Ich versichere Ihnen jedoch, daß es sowohl Senator Welsh als auch Ihrem Vaterland zum Vorteil gereichen wird. Da wir jedoch Europäer sind, muß diese Unterstützung geheimgehalten werden. Können Sie mir so weit folgen?«

Loss nickte. Er glaubte zwar kein Wort, aber er wollte sich die Geschichte anhören.

»Aus diesem Grund«, sprach Klist weiter, »muß über diesen Flug Stillschweigen bewahrt werden. Ich versichere Ihnen, daß wir keine

Schmuggler oder Gauner sind. Die mexikanischen Behörden sind über diesen Flug informiert. Ich habe gestern abend meinen Freunden in Mexiko telegrafiert. Sie haben ja selbst gesehen«, er deutete auf das Funkgerät, »daß wir mit ihnen Kontakt haben. Ich habe mit einer Zwischenlandung zum Auftanken gerechnet und dafür Great Inagua vorgesehen. Es liegt knapp siebzig Meilen nördlich von Port-au-Prince. Die Insel besitzt eine asphaltierte Landebahn von 5 000 Fuß Länge und eine Funkbake, nach der Sie sich beim Anflug orientieren können. Treibstoff ist reichlich vorhanden, und die Behörden werden uns keinerlei Schwierigkeiten bereiten.«
»Wo liegt diese Insel genau?« fragte Loss.
Klist breitete die Karibikkarte aus und zeigte auf ein winziges Eiland nördlich von Haiti. Auf der Insel gab es nur eine einzige Ortschaft – Mathewtown –, und der Flugplatz lag vier Meilen nördlich davon an der Küste.
Loss atmete tief durch. Nach all dem Sauerstoff fühlte sich sein Mund trocken an. Zudem verspürte er leichte Kopfschmerzen. »Okay, ich bin einverstanden«, sagte er zu Klist. »Doch zuvor möchte ich noch einiges klarstellen: Falls wir mit den dortigen Behörden Schwierigkeiten bekommen, tragen Sie die Verantwortung. Ferner möchte ich, daß Sie Ihre Freunde noch mal anrufen. Wenn wir uns Mexiko bis auf hundert Meilen genähert haben, möchte ich die offizielle Einflugfreigabe der mexikanischen Luftfahrtkontrollstelle haben. – Sind wir uns einig?«
Klist deutete seine Einwilligung an, indem er beide Hände hob und sie klatschend auf die Schenkel fallen ließ. »Einverstanden. Ich werde sie nochmals anrufen.« Ohne weitere Diskussion stellte Klist das Seitenfrequenzband ein und setzte seinen Funkspruch in der Frequenz ab, die er zuletzt verwendet hatte. Er sprach wiederum deutsch.
Unmittelbar darauf kam die Antwort. Abermals wechselte Klist laufend die Frequenzen. Loss war sich klar darüber, daß mit diesem simplen Verfahren eine Abhörmöglichkeit nahezu ausgeschaltet war. Es war eine einfache, aber höchst wirksame Methode der Absicherung von Funksprüchen.
Diesmal klang Klists Stimme eindringlicher. Eine seiner Fragen wurde erst nach einer Pause von einigen Minuten beantwortet. Er schaltete ab und trug etwas in sein in schwarzes Leder gebundenes Notizbuch ein. »Meine Freunde haben alles geregelt. Wenn wir uns der Hundert-Meilen-Zone nähern, brauchen Sie nur den Tower von

Cozumel auf eins-eins-acht-Punkt-eins anzurufen. Man wird Ihnen die Einflugerlaubnis erteilen. Sie können dort übernachten und am nächsten Morgen zurückfliegen. Mit den Beamten auf Great Inagua werde ich selbst verhandeln.« Er klopfte ein paarmal an seine Brusttasche, wo vermutlich seine Brieftasche steckte, und lächelte.
»Sie müssen ja eine tolle Organisation hinter sich haben«, meinte Loss mißmutig. »Was sind Sie denn, Klist? Ein Deutscher?«
Der Russe hob die Schulter. »Spielt das eine Rolle, Mr. Loss? Es dient alles einem guten Zweck.« Er setzte die Maske auf und begann tief einzuatmen.
Loss schaltete auf die Haupttanks um und bereitete sich auf den Sinkflug vor. Die Wetterlage hatte sich ein wenig geändert. Unter ihnen lag weiterhin eine geschlossene Wolkendecke. Schwarze Gewitterwolken quollen aus den Schwaden empor. Er überlegte, wie weit die Wolkendecke hinabreichen mochte. Da es auf Great Inagua keinen Kontrollturm gab, konnte er nicht feststellen, in welcher Höhe die Aztec das Gewölk hinter sich lassen würde. Wenn die gleiche Witterung herrschte wie heute früh, würde die Wolkenhöhe etwa bei dreihundert Fuß liegen. Das reichte für den Anflug.
Er nahm die Sauerstoffmaske ab und wandte sich an Klist. »Ich werde jetzt von der Flugleitstelle in Port-au-Prince die Höhenangaben und die dortige Wetterlage anfordern. Daraus können wir ungefähr schließen, wie das Wetter um Mathewtown ist.«
Klist nahm einen tiefen Zug aus der Sauerstoffmaske und schüttelte gleichzeitig den Kopf. Dann setzte er die Maske ab. »Das ist überflüssig, Loss. Ich habe Ihnen doch gesagt, daß wir den Funkkontakt mit den Flugleitstellen so weit wie möglich einschränken müssen. Wenn Sie sich melden, wird man Ihre Registrierungsnummer, Ihre Position und den Zielflughafen erfahren wollen.« Er deutete mit seinem Kugelschreiber auf den VOR-Indikator. »Wir fliegen gleich in den Luftraum von Haiti ein. Wir sollten uns besser ihrer Radarkontrolle entziehen. Beginnen Sie den Sinkflug weiter westlich und drehen Sie dann nach Mathewtown ab. Sie können sich an der dortigen Radiostation orientieren. So vermeiden wir den Radarkontakt mit Port-au-Prince. Und Sie können über der offenen See zur Landung ansetzen, ohne das Vorhandensein von irgendwelchen Bergen befürchten zu müssen. Allerdings wäre es ratsam, die Frequenz der Flugleitstelle von Haiti abzuhören. Falls sie gerade Kontakt mit einer anderen Maschine hat, könnten wir etwas über die Wetterlage erfahren.«

Loss nickte. Dieser Kerl war mit allen Wassern gewaschen. Er drehte nach Westen ab.
Der Sinkflug begann. Die Motorenleistung war gedrosselt. Die Maschine fiel über 2000 Fuß pro Minute. Von der Flugleitstelle von Port-au-Prince war nichts zu hören. Loss versuchte abzuschätzen, wie weit er den Höhenmesserangaben trauen konnte. Wenn in diesem Gebiet die Wolkendecke bis auf dreihundert Fuß über dem Meer hinabreichte, hatte er noch genügend Zeit, um nach dem Austritt aus den Wolken in den Horizontalflug überzugehen. Aber bedenklich war die Sache dennoch.
Die Aztec stürzte in einen Regenschauer. Turbulenzen schüttelten die Maschine. Loss trimmte sie auf Sturzflug und versuchte die Eigengeschwindigkeit im Bereich des grünen Bogens auf dem Fahrtmesser zu halten. Er wollte die Kontrolle über die Maschine nicht verlieren, falls sie absackte oder die Geschwindigkeit bedenklich wurde. Er drehte die Armaturenbeleuchtung voll auf, stellte seinen Sitz auf die niedrigste Höhe, behielt die Instrumente im Auge und versuchte die dunklen Wolkenfetzen vor sich zu ignorieren.
Er hörte, wie sich Bolken auf dem Rücksitz erbrach. Wenn er die Sauerstoffmasken absetzte, würde der Gestank unerträglich sein. Plötzlich ertönte eine Stimme aus dem Empfänger. Darauf eine Antwort die von atmosphärischen Störungen zerhackt wurde: ». . . Regenschauer . . . Sturm im Westen . . . jetzige Höhe . . . neun- . . .fünf. . .Wind aus nördlicher . . . vierzig . . . frischt auf fünfzig . . .«
Loss spürte, daß sein Hemd am Rücken tropfnaß war. Er schwitzte unter den Achseln, Schweißtropfen liefen ihm über den Brustkorb. Wahrscheinlich war die Wetterlage bis zur unteren Wolkendecke so mies. In nördlicher Richtung wurde der Wind immer stärker. Den Höhenmesserangaben war nicht zu trauen.
Er schätzte, daß sie sich westlich von Port-au-Prince befanden. Zeit war nun keine mehr, die ILS-Angaben von Port-au-Prince anzufordern. Der Gedanke, daß in westlicher Richtung eine andere Maschine zur Instrumentenlandung ansetzen könnte, jagte ihm einen kalten Schauer über den Rücken. Zwar war die Gefahr gering, daß es zu einer Kollision in der Luft kommen könnte, aber das Unbehagen hielt an.
Sie befanden sich mittlerweile in einer Höhe von 8000 Fuß. Er steigerte die Spritzufuhr und erhöhte ein wenig die Motorenleistung, bis die Sinkflugrate 1500 Fuß in der Minute betrug.

»Schalten Sie die Frequenz von Great Inagua ein!« schrie er Klist ins Ohr. Wie Gewehrfeuer prasselte der Regen gegen die Frontscheibe. Loss konnte sich nicht weiter um Klist kümmern, sondern beobachtete aufmerksam die Instrumente. Aber eine Hand machte sich am ADF-Funkgerät zu schaffen, stellte die Frequenz ein und drückte eine Taste am Audiomixer. Trotz des Regengeprassels und des Rauschens der atmosphärischen Störungen im Lautsprecher hörte man ganz schwach die Tonfolgen einer Frequenz. Allerdings war das Kennsignal unverständlich.

Sie waren auf 5000 Fuß. Der Regen schien immer heftiger zu werden. Wassertropfen sickerten durch die Scheibenabdichtung.

Plötzlich wurde die Aztec nach oben geschleudert, so daß es ihnen fast den Magen umdrehte. Die Schwerkraft zogen ihnen die Haut über die Wangen. Die Arme fühlten sich an, als wären sie schwer wie Blei. Die Höhenmessernadel, die während des Sinkflugs stetig gefallen war, erzitterte und schoß nach oben, als sei der Mechanismus gestört. Die übrigen Instrumente, die bisher zuverlässig funktioniert hatten, erbebten und waren wegen der Vibration nicht ablesbar.

Loss verringerte die Motorenleistung fast bis zum Leerlauf. Dennoch stiegen sie im Sturmzentrum immer höher. Der Regen war nun mit Hagel gemischt. Die Maschine taumelte und schlingerte unkontrollierbar. Die Aztec ließ sich in ihrem Amokflug nicht mehr steuern.

Loss hörte hinter sich einen Aufschrei. Eine Faust trommelte gegen seinen Sitz.

Versuche Höhe zu gewinnen, war sein einziger Gedanke! Achte nur auf den Höhenmesser! Er hatte das Gefühl, als müsse er unter der Maske ersticken. Er bekam nicht genug Sauerstoff und riß die Maske herunter. Der Steuerknüppel wurde ihm aus der Hand gerissen und schlug ihm gegen die Knöchel. Er packte ihn, diesmal mit beiden Händen, versuchte die Stöße auszugleichen und konzentrierte seine gesamte Energie und Aufmerksamkeit auf die Bewegungen des weißen Querbalkens im Glasgehäuse des künstlichen Horizonts, um wenigstens den Anschein von Ordnung aufrechtzuerhalten.

Der Hagelschauer verstärkte sich, wurde zum ohrenbetäubenden Geprassel. Loss dachte kurz daran, welchen Schaden die Schloßen an den Tragflächen anrichten könnten, wenn sie auf der dünnen Aluminiumhaut aufschlugen und somit die Windschlüpfigkeit der

Maschine beeinträchtigen. Der Höhenmesseranzeiger signalisierte 16 000 Fuß.
Zumindest geht es nach oben, dachte er. Doch dann stürzte die Maschine jäh ab. Die Aufwärtsbewegung der Aztec hörte nicht allmählich auf. Es war, als würde die Maschine wie ein Käfer von einer Fliegenpatsche getroffen. Sie stürzten gleichsam in ein tiefes Loch, schienen in Luftkatarakten hin und her geschleudert zu werden, prallten gegen unsichtbare Klippen.
Das Strömungsabrißsignal ertönte. Die Warnlampe der Stromanlage begann aufzublinken. Er bemerkte es, aber es schien ihm bedeutungslos. Die negativen G-Kräfte hatten Flugkarten, Kugelschreiber, Sonnenbrillen und andere Sachen im Cockpit durcheinandergewirbelt. Klist schien seine preußische Gelassenheit eingebüßt zu haben und schrie Loss etwas in einer Sprache zu, die sich nicht wie Englisch, aber auch nicht wie Deutsch anhörte.
Der Vertikalgeschwindigkeitsmesser zeigte die unterste Grenze von 6000 Fuß pro Minute an. Die Nadel schlug gegen den Zapfen. Loss versuchte zweimal vergeblich, die Gashebel zu erreichen, verlor beinahe die Kontrolle über die Maschine. Schließlich rief er in dem Höllenlärm Klist zu: »Geben Sie Vollgas! Ich kann den Steuerknüppel nicht loslassen!«
Klist starrte ihn verstört an und stemmte sich mit beiden Händen gegen die Mittelstrebe der Frontscheibe, um so die Stöße abzufedern.
»Klist! Vollgas!« schrie ihm Loss abermals zu.
Klist, der endlich zu begreifen schien, griff nach den Gashebeln, riß sie zurück und unterbrach so die Treibstoffzufuhr zu den Motoren. Der Steuerbordmotor setzte sogleich aus. Der Propeller drehte leer durch. Der Backbordmotor begann zu stottern.
»Idiot!« schrie Loss, rammte Klist den rechten Ellenbogen ins Gesicht und brachte ihn so dazu, daß er die Gashebel losließ. Im gleißenden Licht eines Blitzes sah er, daß Klist das Blut aus Nase und Mund schoß. Klist heulte auf und drückte die Hände gegen das Kabinendach, um in der hin und her geschüttelten Maschine Halt zu finden.
Die Aztec zog mittlerweile mit hochgestelltem Bug bedenklich nach rechts. Dann kippte sie über die rechte Tragfläche und begann zu trudeln. In seiner Verzweiflung ließ Loss den Steuerknüppel mit der rechten Hand los und schob die Gashebel, den Prop-Versteller und den Gemischregler mit einer einzigen Bewegung auf volle Leistung

nach vorn. Der Aztec schien es die rechte Tragfläche hochzureißen. Der eine Motor heulte auf, als ob er sogleich explodieren würde. Der andere stotterte und hatte Fehlzündungen. Loss schob mit einem Ruck den Steuerknüppel nach vorn und stemmte sich, ein Stoßgebet auf den Lippen, auf das linke Ruder.

Ihre Eigengeschwindigkeit begann rasch zuzunehmen. Der Höhenmesser war nicht mehr ablesbar. Hagel prasselte mit ohrenbetäubendem Getöse gegen die Maschine. Es hörte sich an, als würde eine Wagenladung Tontöpfe in einen Fahrstuhlschlacht gekippt. Als sich dann der Kurvenindikator einpendelte, gab Loss das Ruder allmählich frei und verringerte die Motorenleistung. Zwar war die Gefahr des Trudelns gebannt, aber die Geschwindigkeit näherte sich der Grenze, die nicht überschritten werden durfte. Loss drosselte weiter die Leistung und versuchte die Maschine in ihrem Sturzflug aufzufangen. Ringsum zuckten noch Blitze, aber der Hagelschauer war vorbei. Wasser schlug gegen die Frontscheibe, als bespritzte man sie mit einem Feuerwehrschlauch.

Er spürte, wie die G-Kräfte ihn festschnürten. Eine ungeheure Last schien auf seinem Gesicht und Körper zu ruhen. Die Turbulenzen verringerten sich. Er versuchte die Augen trotz der bleischweren Lider offenzuhalten, spähte nach vorn, ob sich nicht Sekundenbruchteile vor dem Aufprall noch ein Stück offenes Meer sehen ließ. Hinter ihm barst etwas. Dann flog mit einem Knall das linke hintere Fenster hinaus. Papiere und Fetzen wirbelten durch die Öffnung. Loss nahm all das wahr, blieb aber gefaßt. Er blickte auf den Höhenmesser, der um 1000 Fuß sank. Wir haben die Höchstbelastungsgrenze längst überschritten, dachte er gleichmütig. Doch dann schien die Geschwindigkeit abzunehmen. Ich sollte es wenigstens versuchen, dachte er und bestätigte den Klappenhebel.

Die Klappen fuhren zum Teil aus, verlangsamten die Geschwindigkeit weiter und bewirkten einen Auftrieb bei einem Tempo von vierzig Knoten über der zulässigen Ausfahrgeschwindigkeit. Der Klappenmotor schaltete bei diesem Druck ab, und der Stromunterbrecher rastete aus. Aber Loss hatte dadurch immerhin 200 Fuß Höhe gewonnen.

Die Maschine ging allmählich in Horizontalflug über, während die Geschwindigkeit rapide abnahm. Loss merkte am Rütteln der Maschine, daß sie gleich durchsacken würde. Sie fiel, obwohl er die Motorenleistung erhöhte.

Sie durchbrachen die geschlossene Wolkendecke und tauchten gleich darauf in tiefliegende Stratuswolken. Er blickte auf den Höhenmesser, obwohl er wußte, daß dieser falsch anzeigte. Er signalisierte eine Höhe von über vierhundert Fuß und fiel noch immer. Loss hatte mittlerweile Vollgas gegeben, dennoch sank die Maschine weiter. Als dann die Aztec abermals die Wolkendecke durchbrach, stellte Loss mit einem Blick nach unten entsetzt fest, daß sie nur knapp fünfzig Fuß über den Wellenkämmen dahinflogen. Die Maschine ließ sich schwer steuern. Er trimmte sie erneut und überzeugte sich, daß er auf volle Leistung eingestellt hatte. Dennoch brachte der Steuerbordmotor 400 Umdrehungen zu wenig. Mehr konnte Loss nicht herausholen. Der Backbordmotor lief gleichmäßig.

Da die meisten Unterbrecher ausgerastet waren, drückte er sie mit einer schnellen Handbewegung wieder hinein. Zwei sprangen sogleich wieder heraus. Aber das Wechselstromwarnlicht erlosch, und im Empfänger begann es zu knacken.

Er versuchte, die Klappen hochzuziehen, aber der Unterbrecher sprang sofort wieder heraus. Die Maschine flog auf derselben Höhe dahin, schwankte, als würde sie jeden Augenblick gleich durchsakken, aber immerhin, sie flog. Er blickte flüchtig auf das dunkle Meer. Die Wellenkämme schäumten, der Gischt wurde von den Sturmböen davongetragen. Die Wellentäler dagegen wirkten glatter, wie aus grüner Seide.

Trotz des Geheuls der Windstöße hörte Loss, daß sich Bolken auf dem Rücksitz erbrach. Klist saß aufrecht neben ihm und schaute über den Kabinenrand aufs Meer hinunter. Sein Gesicht war von dunklem Blut überkrustet. Sein gepflegtes Aussehen hatte erheblich gelitten. Er klopfte mit dem Finger ans Seitenfenster und wies auf die Tragfläche. Loss sah, daß Oberfläche und Leitkante mit einer körnigen, unregelmäßigen Eisschicht überzogen waren. Damit kann sie nicht fliegen, dachte er. Nicht nur das Gewicht der Eisschicht, auch die rauhe Oberfläche minderte den Auftrieb. Er warf einen Blick auf den Enteisungsschalter und bemerkte, daß der Unterbrecher herausragte. Er drückte ihn hinein, und er rastete ein.

»Wir müssen den Vogel irgendwie runterbringen, Loss!« Klists Stimme klang heiser.

Loss überprüfte die Instrumente und suchte den Horizont ab – nichts als graue Wellenkämme und graue Regenwolken. »Ich kann sie in dieser Höhe halten, Klist. Sie müssen mir helfen. Stellen Sie den VOR-Sender von Port-au-Prince und die ADF-Station von

Great Inagua ein! Trimmen Sie das linke Ruder ein wenig ein. Aber sachte! Sonst sackt die Mühle durch!«
Von der rechten Tragfläche ertönte ein Geräusch, als würde etwas bersten. Die Aztec gierte jäh nach links, und Loss glich die Bewegung instinktiv mit dem Ruder aus.
Klist rief etwas und deutete auf die rechte Tragfläche. In der wärmeren Luftschicht hatte sich eine Eisplatte samt der Lackschicht von der Tragfläche gelöst. Die Leitkante war vom Hagelschlag völlig verformt.
»Stellen Sie endlich die Sender ein!« rief Loss Klist zu.
Obwohl sich Klist mehrmals bemühte, blieb der VOR-Sender stumm. Der Unterbrecher wollte nicht einrasten. Die ADF-Nadel bewegte sich und deutete in die Richtung der linken Tragflächenspitze. Das Kennsignal war zwar schwach, aber immerhin verständlich. »Das ist Mathewtown«, meinte Klist, der jetzt gefaßter wirkte.
»Wenden Sie!« Da war er wieder, der Befehlston.
»Wir werden warten, bis sich das Eis von der linken Tragfläche gelöst hat, Sie Klugscheißer«, erwiderte Loss, ohne den Blick vom Horizont abzuwenden. »Wenn wir jetzt wenden, beschädigen wir womöglich noch die Tragfläche. Die Geschwindigkeit hat um fünf Knoten zugenommen. Beruhigen Sie sich und tun Sie, was ich Ihnen sage. Der Abgasanalysator befindet sich auf Ihrer Seite. Geben Sie mir die Temperatur der Steuerbordmotorzylinder an. Der Motor läuft unregelmäßig.«
Klist überprüfte jeden Zylinder und gab jeweils die Temperatur an. Bis auf zwei waren alle Zylinder überhitzt, wenn auch nicht bedenklich. Der Öldruck war niedrig, die Öltemperatur hoch, aber immerhin noch im zulässigen Bereich. Die Aztec flog knapp über den Wellen dahin, gleichsam auf der Suche nach einem Windschutz, der den durch die verringerte Windschlüpfigkeit bedingten Strömungswiderstand vermindern könnte. Loss versuchte Great Inagua anzusteuern. Es gelang ihm mit einer weitgezogenen Kurve. Die Kursänderung dauerte über vier Minuten.
Die Eisschicht löste sich von den Tragflächen, und Loss gewann dadurch gut hundert Fuß Höhe. Ihre Lage sah etwas rosiger aus. Wenn nur der rechte Motor durchhielt!
Sie flogen der Insel entgegen, ihre Höhe nahm allmählich zu. Das Wellenspiel unter ihnen wandelte sich, die Wogen brachen sich nun regelloser, wirkten aber weniger bedrohlich.
Zwei Watvögel schossen unter der linken Tragfläche vorbei. Ein

gelber Schimmer überzog das Meer. Vom Sturm losgerissener Tang deutete auf nahes Land hin.
Zwar war die Eisschicht verschwunden, die Maschine leichter geworden, aber die lädierten Tragflächen gaben kaum noch Auftrieb. Loss war vorsichtig auf zweihundert Fuß geklettert. Sie berührten knapp die Wolkendecke über ihnen.
Plötzlich tauchte aus dem Regenschauer die Insel auf – ein zerklüfteter, gischtumsprühter Strand, eine einzige, von Holzhäusern gesäumte Straße. Sie flogen am Sendeturm vorbei. Unter ihnen lag braunes, flaches Land. Ein einsamer Esel stand, den Kopf gesenkt, im Regen und kehrte dem Wind die Kruppe zu. In südlicher Richtung sahen sie die Konkavantennen der telegrafen- und Radiostation emporragen. Dann waren sie über der Landebahn.
»Macht euch fertig! Und schnallt euch an!« rief Loss, stimmte die Motorenleistung ab und wollte den Unterbrecher des Klappenmotors einrasten lassen. Vergebens. Loss zog eine weite, flache Kurve aufs Meer hinaus. Die Piste lag nun zwei Meilen entfernt vor ihnen. Sie hatten nur noch eine Höhe von fünfzig Fuß.
»Wir haben starken Querwind. Langsamer kann ich nicht fliegen. Wenn ich das Fahrwerk ausfahre, wird der Strömungswiderstand zu groß. Wir haben also nur diese eine Chance. Wenn ich es sage, klappen Sie das Fahrwerk raus, Klist, und drücken auf den Unterbrecher. Wenn das Fahrwerk klemmt, machen wir eine Bauchlandung. Und dann nichts wie raus, sobald die Maschine steht!«
Die Aztec, geschüttelt von Böen, setzte zur Landung an. Sie stemmte sich seitwärts gegen den Wind, um die Abtrift auszugleichen, und näherte sich der mit Wasserpfützen übersäten Piste, die im Zwielicht dunkel schimmerte. Als Loss Vollgas gab, jaulten die überbeanspruchten Motoren auf. Dann überflogen sie den Küstenstreifen, und Loss schrie: »Fahrwerk raus!«
Das Fahrwerk klappte heraus und rastete Sekunden bevor sie aufsetzten, ein. Loss nahm das Gas weg, drückte das Bugrad auf die Piste, bremste, steuerte und bemühte sich, die Maschine auf der Mittellinie zu halten. Aber mit abnehmender Eigengeschwindigkeit wurden jedes Steuermanöver wirkungsloser. Die Aztec schlitterte nach links in den daherstürmenden, heulenden Querwind. Die Landebahn ging zu Ende, und Loss bremste mit aller Macht links ab. Die Maschine brach aus. Von den Reifen flogen Fetzen davon. Die Magnesiumfelgen entzündeten sich und zogen einen Flammenschweif hinter sich her. Schreie ertönten. Dann war es still.

14

Oberst Anatoli Antonovitsch Petrov von der Sektion V im KGB wischte die kalten Regentropfen von der Stirn und blickte auf die brennende Aztec. Auf der menschenleeren Piste regte sich nichts außer der schwarzen Rauchfahne, die von der lodernden Maschine aufstieg.

Er packte die beiden Koffer, seinen eigenen und den Bolkens mit den Tonbändern und dem Filmmaterial, und sprintete zum hohen Limonengras am Rande des Flugplatzes. Zweimal drehte er sich nach dem Flugzeug um, von dessen Unterseite schwarzer Qualm hervorquoll.

Dichter Regen fiel, durchnäßte seinen dünnen Kordanzug und klatschte ihm die Haare gegen die Stirn. Sein Sakko flatterte im Wind. Er blieb stehen, um es zuzuknöpfen, und stellte als Schutz vor den eisigen Böen den Kragen hoch.

Er schätzte, daß die kleine Ortschaft Mathewtown höchstens vier Meilen vom Flugplatz entfernt lag. Die Maschine mußte bei ihrem Anflug vom Meer her gesehen worden sein. Binnen kurzer Zeit würden irgendwelche Leute kommen.

Im Gras stieß er auf eine leere, rostige Öltonne, fast völlig überwuchert vom Gras. Er legte sich in ihren Windschatten und fühlte sich ein wenig vor den von Norden kommenden Regenschauern geborgen. Die Maschine brannte jetzt lichterloh. Orangefarbene Flammen umzüngelten den Tragflächenansatz und das Cockpit. Er wollte warten, bis das Flugzeug völlig ausgebrannt war.

Die Entscheidung fiel ihm leicht, wenn er an die letzten Minuten in der Aztec dachte.

Loss war die Landung meisterhaft gelungen. Petrov bezweifelte, ob sie ihm gleichfalls so geglückt wäre, ob er bei dem peitschenden Querwind, dessen Geschwindigkeit er auf knapp vierzig Knoten schätzte, hätte vermeiden können, daß sich die Maschine überschlug. Daß die Maschine ausbrach, war nicht zu verhindern gewesen. Als das Flugzeug schlitterte, schützte Petrov sein Gesicht mit

beiden Händen und stemmte sich gleichzeitig gegen die gepolsterte Umrandung des Armaturenbrettes. Die beiden Reifen platzten fast zur selben Zeit. Der gedämpfte Knall übertönte das metallische Kreischen. Dann blieb die Maschine stehen. Als Petrov sich aus seiner geschützten Position hervorwagte und den Kopf hob, sah er, daß die Maschine aufrecht und unversehrt dastand. Der Bug ruhte auf einer etwa fünf Meter vom Pistenrand entfernten Buhne. Loss hing schlaff über dem Steuerknüppel. Am Kopf hatte er eine klaffende, stark blutende Wunde, die er sich beim Aufprall gegen den Eckpfeiler der Frontscheibe zugezogen hatte.
Petrov schaltete sogleich die Hauptzündung und die Magnetzünder aus, da er eine Explosion befürchtete. Er wandte sich um und sah Heiss zusammengekrümmt auf dem Rücksitz liegen. Gesicht und Sitz waren mit Erbrochenem beschmiert. Der Gestank war unerträglich. Petrov wurde es übel. Wie von Furien gehetzt riß er die rechte Tür auf. Erst der peitschende Regen und der kalte Wind brachten ihn zu Besinnung. Zuallererst mußte er die Aztec und Loss vernichten. Auch Heiss. Denn dieser hatte die Bandaufnahmen gemacht. Die Beweise befanden sich in seinem Kamerakoffer.
Petrov kletterte auf die Tragfläche und blickte die Piste entlang. Weder ein Wagen noch ein Mensch waren zu sehen. Er kroch auf den rechten Vordersitz, beugte sich über Loss, packte ihn am Haar und richtete ihn auf. Loss stöhnte und schien zu sich zu kommen. Petrov packte ihn fester und schlug seinen Kopf mit großer Wucht gegen das Armaturenbrett. Dreimal machte er es. Der Aufprall war so heftig, daß die Instrumentendeckgläser splitterten. Blut spritzte über das Armaturenbrett.
Petrov, der nun überzeugt war, daß er Loss tödlich verletzt hatte, wandte sich von der über dem Steuerknüppel liegenden Gestalt ab. Als er hochblickte, sah er, daß Heiss sich aufgerichtet hatte und entsetzt auf Loss starrte.
»Nichts wie raus aus dieser Kiste, Heiss! Geben Sie mir Ihren Kamerakoffer!«
Heiss' Augen weiteten sich vor Angst, sein Gesicht war aschfahl. Sein dünnlippiger Mund stand offen. Man konnte die tadellose untere Zahnreihe sehen.
Petrov schlug Heiss mit den Knöcheln der geballten Faust ins Gesicht, so daß die Kruste von Erbrochenem vom Kinn flog.
»Schneller, du Trottel!« schrie er Heiss an, der ihn verständnislos anblickte. »Her mit dem Koffer!«

Heiss tastete mit den Händen nach unten und hob zögernd den Alu-Koffer hoch. Er schaute Petrov fest flehentlich in die Augen.
»So ist's richtig«, lobte Petrov und nahm ihm den Koffer vorsichtig aus der Hand.
»Na also!« sagte er, stieß die Tür auf und trat rückwärts auf die Tragfläche. Heiss gewann seine Fassung wieder, schnallte sich los und machte Anstalten, Petrov zu folgen. Petrov ließ zu, daß Heiss den Sitz vorklappte und den Fuß über die Cockpitschwelle setzte. Als er dann den Kopf vorstreckte, schlug ihm Petrov die Tür ins Gesicht. Heiss heulte wie ein Tier vor Schmerz auf. Er stieß mit einem Ruck die Tür wieder auf und hätte Petrov auf der regenglatten Tragfläche fast hinuntergestoßen. Er hielt die Hände vors Gesicht. Er war benommen, wußte aber, worum es ging.
Petrov stürzte sich auf den Taumelnden und rammte ihm die gestreckten Finger der rechten Hand in den Solarplexus. Heiss krümmte sich und fiel dann rückwärts in die Maschine, wo er auf dem rechten Vordersitz zusammenbrach und mit dem Kopf gegen Loss prallte.
Seit der Landung war kaum eine Minute vergangen. Petrov stand abwartend auf der Tragfläche. Sein Verstand funktionierte präzise wie ein Uhrwerk. Er bückte sich und schob Heiss' Füße ins Cockpit. Dann schnallte er Heiss fest und richtete ihn auf. Er packte ihn am Haar, wie er es bei Loss getan hatte, und schlug seinen Kopf mit aller Kraft gegen die Steuerkonsole.
Danach schloß er die Kabinentür und sprang gelenkig zu Boden, wobei er darauf achtete, daß er auf den Schleifspuren der Maschine aufsetzte. Er holte rasch seinen Koffer aus dem Gepäckraum und rannte mit den Gepäckstücken zum hohen Gras am Pistenrand.
Als er etwa fünfzig Schritt von der Maschine entfernt war, hielt er inne. Er keuchte vor Anstrengung. Die Regentropfen, die er mit der Zunge auffing, schmeckten wie Champagner.
Am rechten Rad züngelte eine orangefarbene Flamme. Der Reifen war geplatzt, und die Magnesiumfelge hatte sich in der durch das Dahinschlittern bewirkten Reibungshitze entzündet. Bremsflüssigkeit lief aus der geborstenen Leitung in die Flammen und ließ sie knatternd auflodern. Im Nu breitete sich das Feuer aus.
Nur nichts dem Zufall überlassen, dachte er und rannte, wobei er in der Schleifspur zu bleiben suchte, zurück zum Flugzeug. Er kroch unter die Tragfläche, schützte mit der Hand sein Gesicht vor dem Feuer und öffnete den Ablaufstutzen des linken Haupttanks. Als

sich die klare, bläulich schimmernde Flüssigkeit über seine Hände ergoß, lief er von Angst gepackt davon. Aber es gab keine Explosion. Sobald er wieder im hohen Limonengras lag, überlegte er verwundert, warum die Maschine noch nicht in ein Flammenmeer gehüllt war.

Doch als er zum Flugzeug hinüberschaute, sah er einen hellglühenden Lichtpunkt, der jäh zu einem tiefroten Feuerball anwuchs. Dann schossen mit einem pfeifenden Geräusch Metallstücke durch die Luft. Der Treibstofftank war explodiert. Dunkler Rauch breitete sich aus und umhüllte die Maschine.

Petrov fühlte sich nun wohler. Gebannt sah er zu, wie der Wind die Rauchwolken verwehte. Er wartete, daß weitere Flammen emporlodern würden. Aber die Maschine, deren rechte Tragfläche zerfetzt war, fiel nur in sich zusammen, und das Fahrwerk knickte ein. Ein paar Flammen züngelten über den Backbordmotor, dann erloschen sie im Regenschauer. Die Trümmer der explodierten Tragfläche lagen gut zehn Meter abseits, brannten zwar noch, waren aber zu weit entfernt, als daß die Flammen auf die Maschine übergreifen konnten.

Eine Bewegung am anderen Ende der Piste erregte seine Aufmerksamkeit. Er legte sich flach ins Gras und machte sich Gedanken wegen der Fußspuren, die er im aufgeweichten Boden bei der Maschine hinterlassen haben mußte. Das hohe Gras versperrte die Sicht. Er hörte das Heulen einer Autosirene. Vorsichtig schob er die Grasbüchel zur Seite und sah, wie zwei mit Regenmänteln bekleidete Neger durch den Schlamm zu der qualmenden Maschine liefen. Er verlor sie aus den Augen, als sie beim Flugzeug waren. Er hörte undeutlich Rufe. Nach einer Weile erschienen die beiden Neger wieder. Sie schleiften zwei leblose Körper durch den Morast.

Damit verwischen sie meine Fußspuren, dachte Petrov beruhigt. Er sah das Auto, das an die Maschine herangefahren war. Die beiden waren offensichtlich Zivilisten. Der Wagen war ein Chevrolet aus den 50er Jahren, das Blech vom Rost zerfressen, der Lack abgesplittert. Die vordere Stoßstange fehlte. An der Tür prangte in ungefügten weißen Lettern das Wort »Taxi«. Ein zweites Auto erschien auf der Piste. Ein drittes folgte. Beides mattgrau lackierte Land Rover. Die schwarze Aufschrift auf der Motorhaube ließ darauf schließen, daß es sich um Fahrzeuge irgendeiner Behörde handelte.

Petrov legte sich auf der aufgeweichten Erde ganz flach. Er war erschöpft. Er überlegte, was er seit der Bruchlandung alles getan hatte, und zog befriedigt den Schluß, daß er die Situation kaum hätte besser meistern können. Daß die Explosion die Flammen ausgeblasen hatte, war Pech. Heiss lebte vermutlich noch, vielleicht auch Loss. Doch wenn es ihm gelang, zu telefonieren oder einen Funkspruch abzusenden, ließ sich die Sache noch regeln.

Er zitterte vor Kälte. Dabei war er Kälte gewohnt. Nach dem Rückzug der Deutschen war er mit seiner Mutter in eisigen Regenschauern tagelang über aufgeweichte Landstraßen zu ihrem zerstörten Bauernhof gewandert, um ihn wiederaufzubauen. Und er hatte die Winter in der Mandschurei kennengelernt, als er chinesische Piloten an der MiG-21 ausbildete. Dort herrschte damals eine derartige Kälte, daß Metall wie dürres Holz brach. Es galt als todeswürdiges Verbrechen den Motor eines Fahrzeugs abzuschalten. Man hätte ihn erst im kommenden Frühjahr wieder in Gang gebracht. Verglichen damit, war die Kälte hier lediglich unangenehm, eine Widrigkeit, mit der sich sein durchtrainierter Körper abfinden mußte.

Einer der Wagen fuhr an. Der Wind trug ihm das Motorengeräusch zu. Der Regen wurde schwächer, aber die Kälte nahm zu. Ein weiterer Wagen fuhr los. Scheinwerferlicht huschte über das Gras, als der Wagen auf der Piste wendete. Ein Land Rover blieb zurück. Die Insassen sollten wohl den demolierten Rest der Aztec bewachen. Über eine halbe Stunde lang beobachtete Petrov den Wagen. Ab und zu ließ man den Motor laufen. Er sollte wohl das Wageninnere heizen. Aber dadurch beschlugen sich die Fenster. Nicht ein einziges Mal trat einer der Insassen heraus in die Regenschauer, die in Wellen über die öde Landschaft fegten.

Beruhigt zog sich Petrov durch das hohe Gras zurück. Er kroch rückwärts und schleifte die beiden Koffer nach. Schließlich gelangte er zu einer Baumgruppe, die ihm Deckung bot, richtete sich auf und rannte gebückt weiter. Da er wußte, daß der Wind aus Norden kam, schlug er die entgegengesetzte Richtung zur nahen Küste ein.

Zweimal stieß er auf eine schmale Straße mit rissigem Asphaltbelag. Er überquerte beide und hielt sich im Schutz von Strauchwerk und kümmerlichen Bäumen. Als er eine Anhöhe erklettert hatte, sah er zwar noch immer kein Haus, wohl aber – auf dem Kamm eines weiter südlich gelegenen Hügels – die ausladende Konkavantenne der Telegrafen- oder Funkstation, die ihm beim Landeanflug der Aztec aufgefallen war.

Vielleicht handelte es sich auch um eine Sendeanlage, die nur mit

wenigen Leuten besetzt war. Er sehnte sich nach einer Zigarette oder einem warmen Getränk. Der regengraue, tropische Nachmittag wich der einsetzenden Dämmerung. Entschlossen schritt er weiter. Sein Kopf war klar. Dem Gefühl der Erschöpfung durfte er jetzt nicht nachgeben.
Von der nächsten Erhebung aus hatte er eine bessere Sicht auf die Anlage. Zudem konnte er nun das Meer sehen. Der südwestliche Teil der Küste war wohl vor Stürmen am besten geschützt. Folglich mußte sich dort ein Hafen für kleinere Schiffe befinden. Nur 80 Kilometer im Westen lag Kuba – und dort der sowjetische Stützpunkt Cienfuegos.
Petrov wandte sich nach Osten der Küste zu. Er blieb stets in einiger Entfernung vom Strand und suchte Deckung hinter dem Gestrüpp, das auf den Buhnen wuchs und in den Mulden zwischen den grasbewachsenen Dünen. Zweimal blieb er stehen. Er untersuchte Heiss' Koffer und holte aus seinem einen Sweater hervor, den er sich wie ein Schal um den Hals wickelte. Dann machte er abermals halt, als er zweihundert Meter von der Küste entfernt einen kleinen, rostigen Fischkutter vorüberfahren sah. Bäuchlings im Sand zwischen dem angespülten Tang liegend, beobachtete er das Schiff. Es hatte keine Flagge gesetzt. Seine Länge schätzte er auf fünfzehn Meter. Ein einziger Dieselmotor blubberte vor sich hin. Das Kielwasser schäumte schmutzigweiß. Das Deck vor dem winzigen Ruderhaus wies keinerlei Aufbauten aus. Es war dem Aussehen nach zweifellos ein Fischkutter. Er seufzt erleichtert auf. Es war kaum anzunehmen, daß man ihn am Strand gesichtet hatte.
Die Sendeanlage brachte eine Enttäuschung. Sie war zwar unbewacht, aber durch einen vier Meter hohen Bretterzaun – oben dreifach von Stacheldraht gesäumt – abgesichert.
Er marschierte weiter in östlicher Richtung und umging die wenigen Fischerhütten am Strand. In einer schimmerte das matte Gelb einer Petroleumlampe.
Der Regen hatte aufgehört, der Wind flaute ab. Die tief dahintreibenden Wolkenschwaden waren verschwunden, der Himmel war nun von einer dichten Wolkendecke überzogen. Es dunkelte bereits. Er stellte fest, daß es kurz vor 18 Uhr war. Als er unter einem Busch eine geschützte Stelle fand, setzte er sich auf die Koffer. Er wollte die Dunkelheit abwarten und überlegen, wie er nach Kuba gelangen konnte und es hernach weitergehen sollte. Irgendwo an der Küste ankerte sicherlich ein Segelboot, das er stehlen konnte.

Um 18.30 Uhr wurde es finster. Als er nun in westlicher Richtung marschierte, um auf die Straße zu stoßen, die nach Mathewtown führte, hatten sich seine Augen an die Dunkelheit gewöhnt. Die Lichter der Ortschaft waren noch nicht zu sehen, nur ihr Widerschein an der niedrigen Wolkendecke. Er stieß auf die Straße und folgte ihr nach Westen. Er ging langsam und vorsichtig auf dem Bankett dahin und blieb öfter stehen, um zu horchen, ob sich nicht ein Fahrzeug näherte. Die geschlossene Wolkendecke löste sich stellenweise auf. Sterne funkelten zwischen den Wolkenfetzen.

Allmählich kam er in bewohntes Gebiet. Er passierte zwei Bauarbeiterhütten, deren Türen mit stabilen Vorhängeschlössern gesichert waren, ein rostiges VW-Wrack und ein Tuffsteinhaus, das abseits der Straße an einem schmalen Weg lag. Als ein Hund anschlug, blieb er erstarrt stehen. Er hörte, wie eine Tür geöffnet wurde und jemand etwas rief. Dann fiel die Tür ins Schloß, und es war wieder still. Er wartete geduldig fünf Minuten und ging dann weiter nach Westen.

Die Straße verlief nun längs der Küste. Kümmerliche Kiefern säumten den breiten Strand. Die frische Meeresluft mit ihrem scharfen Tanggeruch belebte ihn. Die Wellen brachen sich hier nicht so ungestüm; an der Nordküste war die Brandung heftiger gewesen. Die asphaltierte Straße wandte sich landeinwärts und führte über einen Hügel hinweg. Auf der Kuppe, dem Meer zugewandt, stand ein einstöckiges Haus, das sich gegen den Lichtschein von Mathentown schattenhaft abhob. Es war unbeleuchtet. Als Petrov den Hügel bestiegen hatte, stieß er auf einen Weg, den große Muscheln säumten.

Er umkreiste das Haus, das auf einem niedrigen Felsvorsprung errichtet war. Es war von einer Veranda umgeben. Hier konnte er sich nach seiner dreistündigen Flucht erstmals geborgen fühlen. Er zog die Schuhe aus, setzte die Koffer bei der Holztreppe ab und schritt dann die Veranda entlang. Er sah ganz deutlich die etwa einen Kilometer entfernte Hauptstraße von Mathentown. Längs der Küste liefen noch zwei Seitenstraßen. Das Licht von Straßenlampen schimmerten durch das Laubwerk der Bäume.

An der Wand neben der Haustür erblickte er ein Schild mit der verwitterten Aufschrift: »Jachtclub von Great Inagua. Zutritt nur für Mitglieder.« In der Nähe mußte also ein Ankerplatz oder ein kleiner Bootshafen liegen. Er wurde in seiner Ansicht noch bestärkt, als er – ans Haus gelehnt – zwei Alu-Maste für kleinere Segelboote entdeckte. Die zusammengerollten Segel waren mit Schnüren festgezurrt.

Von der Rückseite des Hauses führten Stufen hinab zu einem Weg, der über den Felsvorsprung hinweg zum Meer führte. Er zog wieder seine Schuhe an, packte die Koffer und folgte dem Pfad, den Frangipani- und Bougainvillea-Büsche säumten. Als sich der Weg gabelte, hielt er sich rechts und gelangte zu einigen Geräteschuppen. Alle waren fest verschlossen.

Er kehrte um und nahm den linken Pfad. Als er aus dem Buschwerk trat, sah er eine betonierte Pier vor sich. Und davor lag ein kleiner Hafen, der Segeljachten und Fischerbooten reichlich Platz bot. Ein Damm schützte das Becken. Die Ausfahrt markierte eine rote Lampe.

Das Hafenbecken hatte einen Durchmesser von knapp 100 Metern und glich eher einem von einer Mauer abgegrenzten Teich. Die Landestege waren nicht beleuchtet. Dennoch konnte Petrov die Umrisse kleiner Segelboote ausmachen, die miteinander vertäut waren. Dahinter sah er schattenhaft kleine Motorjachten liegen. Am Westrand des Beckens ragte, dunkel vor dem überhängenden Felsen, die Mastspitze einer größeren Jacht empor.

Vorsichtig ging er zum Westteil des Ankerplatzes. Die Pier war mit Moos überwachsen und rutschig. Irgendwelche Tiere huschten vor seinen Schritten davon. Es roch nach verrottendem Tang.

Allmählich traten aus der Dunkelheit die Umrisse einer Sloop hervor, die, gemessen an der Höhe des Mastes und am Gewirr der Takelage, erstaunlich klein war. Sie war mit einer dunklen Farbe – grün wahrscheinlich – gestrichen. Weitere Einzelheiten konnte Petrov vorerst nicht erkennen.

Er setzte die Koffer am Pierrand ab und blieb unschlüssig stehen.

Jenseits des Damms schlugen die vom Sturm aufgewühlten Wogen dumpf gegen die Quadern der Uferbefestigung. Es klang, als würde ein Zug über eine Eisenbrücke rollen. Der Himmel hatte aufgeklart. Zwischen den gefransten Kumuluswolken funkelten die Sterne.

Die kleine Sloop vor ihm zerrte dümpelnd an den Haltetauen. Ihre Mastspitze schwankte hin und her. Er trat näher und konnte nun Aufbauten und Takelung besser erkennen. Das Deck war mit drei Rettungsleinen gesichert, die durch stabile Stützen liefen. Achtern befanden sich zwei an Markierungsbojen befestigte Rettungsringe. Obwohl es dunkel war, konnte er den schwarz geschriebenen Namen des Schiffes entziffern: *Ulla – Göteborg.*

Plötzlich erstrahlte das Deck im Licht der beiden Spreizerlampen. Petrov zuckte zusammen und wollte fortlaufen.
»Ist da jemand?« rief eine Männerstimme vom Niedergang her. Es klang mehr fragend als argwöhnisch.
»Tut mir leid, wenn ich Sie gestört habe«, erwiderte Petrov gepreßt. »Ich suche die Jacht eines Freundes von mir. Er wollte heute eintreffen.«
»Heute ist keine Jacht eingelaufen. Gestern auch nicht«, antwortete der Mann, der anscheinend noch jung war, in skandinavischem Tonfall. Die Spreizerstrahler erloschen. Ein Mann trat ins Cockpit, wo er eine Lampe anmachte.
Er war tatsächlich noch jung, hochgewachsen und trug einen Vollbart. Er hatte ein Badetuch um die Mitte geschlungen. Die kleine Lampe beleuchtete seinen braungebrannten Körper und sein wettergegerbtes Gesicht.
Petrov, dessen Befürchtungen geschwunden waren, trat an die Pierkante und blickte ins Cockpit. Der Skandinavier riß seine Zigarettenpackung auf, nahm eine Zigarette und hielt das geöffnete Päckchen Petrov hin.
»Erstklassige schwedische Zigaretten«, sagte er schmunzelnd. »Sie schmecken scheußlich.«
Petrov, der nicht wußte, ob damit auch eine Einladung an Bord zu gehen, verbunden war, bediente sich und tat so, als würde er in seiner Hosentasche nach Streichhölzern suchen.
»Kommen Sie doch an Bord!« forderte ihn der Schwede auf. »Ich habe Zündhölzer.«
»Wenn ich nicht störe«, sagte Petrov entschuldigend, hielt sich an der Want fest und sprang ins Cockpit.
»Ich heißte Anders«, erklärte der Schwede und streckte ihm seine Pranke entgegen. »Nein, Sie haben mich gewiß nicht gestört. Ich saß gerade im Dunkeln vor dem Radio und hatte die Kopfhörer auf. Ich wollte hören, was mit dem Wetter los ist.« Er deutete auf den aufgeklarten Himmel. »Vermutlich wird's so, wie's jetzt schon aussieht. Das Wetter bessert sich.«
Petrov beugte sich über das brennende Zündholz und inhalierte den bitteren, fremdartig schmeckenden Zigarettenrauch. Nach dem Lungenzug wurde ihm fast schwindlig. Hustend versuchte er den aufgedruckten Markennamen zu lesen, was ihm in dem trüben Licht mißlang.
»Ich sagte Ihnen doch, daß sie scheußlich schmecken«, sagte der

Schwede belustigt. »Ich habe nur Wein an Bord. Wollen Sie welchen?« erkundigte er sich und ging zum Niedergang.
»Gern, Mr. Anders«, antwortete Petrov. »Ein Glas Wein wäre nicht schlecht. – Übrigens, ich heiße Robert Kline. Die Jacht auf die ich warte, gehört einem Freund von mir. Wir wollten uns hier treffen und danach zu den Bahamas segeln, um dort zu tauchen. Der Sturm muß ihn aufgehalten haben.«
Anders erschien im Niedergang und reichte Petrov ein hohes, mit dunklem Wein gefülltes Glas. Er stapfte die Stufen hoch und hielt ein ähnliches Glas in der Hand.
»Das kann ich mir gut vorstellen. Wir liegen hier schon seit drei Tagen fest und warten das Ende des Sturms ab. – *Skål!*«
Sie prosteten einander zu und tranken. Danach schwiegen sie eine Weile, rauchten und nippten von dem Wein.
»Eine hübsche Jacht haben Sie«, sagte Petrov, dem nicht entgangen war, wie gepflegt die Sloop aussah.
»Danke. Ulla und ich sind schon seit drei Jahren mit der Sloop unterwegs. Zuerst sind wir im Mittelmeer herumgeschippert. Dann haben wir den Atlantik überquert. Vielleicht segeln wir anschließend durch den Panama-Kanal in den Pazifik, bevor die Lage am Kanal noch schlimmer wird. Die Guerrilleros haben schon ein amerikanisches Schiff in die Luft gejagt. Vielleicht ist demnächst ein schwedisches dran. Oder sie sprengen gleich den ganzen Kanal.«
Petrov zuckte mit der Schulter. »Das bezweifle ich«, erwiderte er. »Die neue Regierung wird vermutlich mit den Amerikanern zu einer friedlichen Lösung gelangen. In Bälde, denke ich.«
Anders überlegte eine Weile und wies dann mit dem Glas auf den Strand. »All diese Inseln hier sind wundervoll«, erklärte er. »Aber die Einheimischen scheinen uns Weiße nicht besonders zu mögen. Ich denke, Ulla und ich werden uns in der Südsee wohler fühlen.«
»Ist Ulla Ihre Frau?« fragte Petrov und deutete auf den Niedergang.
»Ja. Das heißt, nicht formell«, antwortete der Schwede und lächelte. »Das werden wir eines Tages nachholen. Ulla hat mir beim Umbau der Sloop geholfen. Ihr gehört auch die Hälfte. Und jetzt segeln wir eben zusammen. Manchmal muß ich kochen. Es schmeckt grauenvoll.« Er lachte.
Petrov fuhr mit der Hand über eine Winsch. »Sie sind gut ausgerüstet. Eine Winsch von Barrient! Das sollen die besten sein.«
Anders nickte. »Unsere Ausrüstung könnte nicht besser sein», bestätigte er. »Wir haben fast zuviel davon.«

»Was haben Sie denn für Funkgeräte?«
Der Schwede schnaubte und schüttelte angewidert den Kopf. »Was sollen Ulla und ich mit diesem unnützen Kram anfangen? Sie beanspruchen nur Platz und funktionieren die meiste Zeit überhaupt nicht!«
Petrov wurde plötzlich klar, daß der Schwede betrunken war. »Sie haben demnach keine Funkausrüstung?« fragte er gleichmütig und schwenkte den Wein in seinem Glas.
»Aber nicht doch!« antwortete Anders und hielt sich an der Reling fest. »Die schwedische Regierung würde ein so kleines Boot ohne Funkgeräte doch nicht auslaufen lassen! Die Bürohengste bestimmen einfach, daß man ohne so ein verdammtes Ding nicht segeln darf, wohin man möchte. Wir haben ein VHF-Gerät und eins mit Niederfrequenzseitenband. Aber sie nehmen uns nur Platz weg und erhöhen das Eigengewicht. Ich hasse diese Dinger!«
Er schwang sich geschmeidig durch die offene Luke und tauchte mit einer vier Liter fassenden Korbflasche voll Wein auf. Er schenkte Petrov und sich nach und verschüttete dabei etwas von dem Burgunder auf den Teakholzboden im Cockpit.
»Ich bitte um Entschuldigung. Ich habe mich heute abend vollaufen lassen. Das viertägige Herumlungern im Hafen ist mir auf die Nerven gegangen. – Mein Vater«, sagte er, stockte dann und trank sein Glas fast zur Hälfte aus, »mein Vater – wir beide arbeiteten zusammen auf einem Bergungsschlepper – predigte mir immer, daß Schiff und Mannschaft im Hafen nur verkommen. Er hatte völlig recht. Wenn ich auf See bin, trinke ich nie. Nur im Hafen.« Er deutete mit dem Daumen zur Pier hinüber.
»Sie werden morgen also auslaufen?« fragte Petrov.
Der Schwede nickte und kratzte an seiner sonnenverbrannten Nase. Obwohl sich seine Haut schälte, sah man, daß er ein hübsches Gesicht hatte. Haar und Bart waren von der Sonne gebleicht. Vom Alkohol waren seine Augen glasig geworden. Er hatte weiße ebenmäßige Zähne. Und er schien gern zu lachen.
»Vielleicht sehen wir uns noch«, sagte Petrov und erhob sich, als wolle er aufbrechen. »Wenn's geht, will ich mit meinem Freund bei den Bahamas tauchen.« Dann fügte er noch hinzu, als wäre es ihm eben eingefallen: »Ich bin allerdings wegen der Haie ein wenig besorgt. Mein Freund läßt stets einen Mann von der Crew mit geladenem Gewehr Wache halten.«
Der Schwede lachte auf, schüttelte verwundert den Kopf und ent-

zündete an dem brennenden Stummel, den Petrov in der Hand hielt, eine Zigarette. »Das ist doch Unsinn!« Er schaute Petrov kurz in die Augen und runzelte nachdenklich die Stirn. »Sie brauchen keine Angst zu haben. Ulla und ich haben vor unserem Segeltörn auch so gedacht. Auch wir glaubten, Haie seien so wie im Film und würden Menschen sogleich angreifen. Uns hat noch keiner belästigt. Sie sind nur in einiger Entfernung um uns herumgeschwommen. Außerdem besitzen wir ein *Husqvarna*-Jagdgewehr. Mit dem paßte einer von uns auf, wenn der andere mitten im Atlantik bei ruhiger See badete. Aber genützt hätte es nicht viel. Wenn ein Hai richtig angreift, bleibt zur Gegenwehr kaum Zeit.«

Der Schwede deutete mit einer Handbewegung an, wie schnell der Angriff eines Hais erfolgt. Dabei floß Weinrest über sein Badetuch.

Mit vergnügter Miene nahm Petrov auf dem Sitzkissen im Cockpit Platz. »Sieh an, eine *Husqvarna* haben Sie!« wiederholte er nachdenklich. »Eine ausgezeichnete Waffe. Mein Großvater besaß mehrere. Könnte ich sie mal sehen? Ich bin nämlich ein passionierter Jäger.«

Der Schwede blickte ihn erfreut an und nickte.

15

Loss öffnete die Augen und schloß sie sogleich wieder. Das grelle Sonnenlicht tat ihm weh. Er ächzte und merkte, wie die einsetzenden Schmerzen sein Bewußtsein trübten. Seine Nerven schienen abgestorben zu sein. Sie meldeten ihm nichts von der Außenwelt. Irgend etwas oder irgend jemand drückte seinen Kopf immer tiefer. Er versank in einem grünen Abgrund. Luftblasen quollen aus seinem Mund und trieben nach oben. Er sah, wie die Pazifikwogen das Seegras hin und her bewegten. Nein, es war ihr goldblondes Haar, ein Kornfeld im Wind. Der Wind war heiß und trocken. Die Sonne, die das Wasser über ihm beschien, erhellte selbst die grüne Tiefe. Er gab mehr Gas, um dem Sonnenlicht entgegenzufliegen, aber die Motoren reagierten nicht. Er trieb dahin. Es wurde grün um ihn. Und dunkel.

Er öffnete abermals die Augen. Die Sonne war zusammengeschrumpft. Er sah einen dunklen Schatten und nahm Wodkageruch wahr. Ein Insekt hatte ihn gestochen, als er durchs Weizenfeld gegangen war. Nun legte er sich nieder, um die Erde zu riechen und zu schlafen, lange zu schlafen.

Es war eine Zeit voller Dunkelheit, Licht und Schmerzen. In der Maschine roch es nach Kohlensäure. Neben ihm saß Barber und spuckte Blut. Das Flugzeug kam kaum noch voran. Seine Armmuskeln schmerzten vom Festhalten des Steuerknüppels. Das rechte Rad klemmte. Irgend jemand rief über die Bordsprechanlage nach ihm.

»Mr. Loss!« Es war eine Frauenstimme. »Mr. Loss!«

Er wollte schreien, daß sie still sein solle. Doch es war zu anstrengend. Die da hinten waren ohnehin schon tot. Das ganze Flugzeug war tot, kaputt, ausgebrannt. Die Tragflächen waren eisüberkrustet. Klist sollte endlich das Fahrwerk ausfahren.

»Raus mit dem Fahrwerk!« stammelte er mühsam. Seine Stimme klang über die Bordsprechanlage hohl und weit entfernt.

Der Arm schmerzte ihn wieder. Es war wie von einem Stich. Eine Tür fiel ins Schloß. Die Instrumente verschwammen ihm vor den Augen.
»Er kommt zu sich«, erklärte die Krankenschwester und warf die Injektionsspritze in den Autoklav.
Die Oberschwester nickte und schrieb etwas ins Stationsbuch.
»Geben Sie ihm drei Abführpillen und alle 12 Stunden Tetracyclin. Dr. Detrick wird ihm noch schmerzstillende Tabletten verschreiben. – Hat er schon gesprochen, Schwester Wylie?« fragte die Oberschwester. Sie blickte hoch und klopfte mit dem Kugelschreiber auf das Stationsbuch.
»Ja, *Ma'am*. Er hat etwas von einem Fahrwerk gesagt.« Sie stand linkisch da und wartete darauf, gehen zu dürfen. Die weiße Tracht hob ihre dunkle Haut hervor. Es war zwei Uhr nachts. Im Schwesternzimmer wartete heißer Tee auf sie.
Die Oberschwester klopfte abermals auf das Stationsbuch. In dem stillen Korridor hörte es sich wie Getrommel an. Es war eine schwüle Nacht. Alles fühlte sich feucht an. Insekten flogen gegen das verhängte Fenster. Unentwegt strebten sie dem Lichtschimmer entgegen. Die Oberschwester stieß einen Seufzer aus. Sie wünschte, sie wäre wieder in Nassau. Dort könnte sie im vollklimatisierten Princess-Margaret-Hospital ihrer gewohnten Arbeit nachgehen. Doch auf dieser abgelegenen Insel mit all diesen Ignoranten?
Sie wuchtete ihre 190 Pfund aus dem Korbstuhl und fühlte sich unbehaglich, irgendwie bloßgestellt angesichts der dunklen Haut des Mädchens, das vor ihr stand und verlegen die Hände rang.
»Halten Sie sich gerade!« sagte sie schroff.
»Ja, *Ma'am!*«
»Ich sage es Ihnen zum letztenmal, Schwester Wylie: Nennen Sie mich ›Oberschwester!‹ Sie sind nicht meine Dienerin.« Sie seufzte abermals auf vor Ungeduld und Resignation. Sie nahm sich vor, erneut um ihre Versetzung nach Nassau einzukommen. Zum achtenmal nun schon.
Sie musterte das Mädchen und sagte dann mit ausdrucksloser, sachlich klingender Stimme: »Vor Dienstschluß kümmern Sie sich noch darum, daß der Nachtportier Dr. Detrick pünktlich um sieben weckt und daß Dr. Detrick über den Zustand des weißen Patienten informiert wird. Auch Mr. Campbell soll informiert werden. Er befindet sich im Gästehaus der Regierung. – Sie können jetzt gehen.«

Das Mädchen nickte beflissen und trat rückwärts in den dunklen Korridor, als fliehe sie vor dem trüben Licht, das auf den trommelnden Kugelschreiber der Oberschwester fiel.
Danach drehte sie sich um und ging eilends über den frisch geschrubbten Holzboden davon, als könne sie dadurch ihren Nachtdienst schneller beenden. Fettes schwarzes Miststück, dachte sie und schnitt eine Grimasse.

»Sie dürfen vermutlich noch nicht rauchen. Habe ich recht, Loss?«
Der Sprecher zog mit Daumen und Zeigefinger die kaum noch sichtbare Bügelfalte an seiner Hose hoch und setzte sich schwerfällig auf den Stuhl neben dem Fenster. »Deswegen biete ich Ihnen auch keine Zigarette an. Gesund ist das Zeug ohnehin nicht. Etwas Qualm stört sie doch nicht, oder? Warum auch? Tabak riecht gut. – Sie weilen also wieder unter uns Lebenden.«
Der vierschrötige Mann klopfte eine Dunhill-Filterzigarette gegen sein Handgelenk und steckte sie zwischen die vorgewölbten Lippen. Mit seiner Hakennase, seiner rosigen Gesichtsfarbe und der Zigarette zwischen den Lippen glich er einem Vogel, der eben einen Wurm fraß. Er zündete die Zigarette an, sog den Rauch ein und hielt ihn genießerisch lange in seiner Lunge.
Loss, der den Kopf auf das Kissen zurückfallen ließ, war es gleichgültig, wer oder was dieser Mann da war. Sein Körper schmerzte überall, trotz der Tabletten. Zweiundzwanzig Stiche hatte die Schwester gesagt, zweiundzwanzig Stiche vom Nasenrücken bis zum rechten Ohr. In seinem Kopf hämmerte es. Ihm war übel. Der Unterarm brannte wie Feuer, und der Verband näßte.
»Können wir nicht ein andermal reden?«
»Tut mir leid, Mr. Loss. Ich sollte längst abgereist sein. Und ich werde es auch tun. Doch vor dem Eintreffen der Polizei will ich mit Ihnen reden. Es ist auch in Ihrem Interesse.« Der Mann mit dem rosigen Gesicht streifte mit der Zigarette das Fensterbrett. Asche fiel auf sein Hemd.
Loss überlegte, ob er diesen Engländer schon einmal gesehen hatte. Der Mann hatte das Gesicht eines Trinkers – geplatzte Äderchen, Tränensäcke, nervösen Blick. Das Haar war gepflegt.
Loss deckte die Augen mit der Hand vor der Morgensonne ab. Die Schmerzen im rechten Arm waren kaum zu ertragen. »Lassen Sie bitte die Jalousie herunter! Das grelle Licht tut meinen Augen weh.«

»Mach' ich, Mr. Loss, mach' ich!« Mit erstaunlicher Gewandtheit lehnte sich der Besucher über die Armstütze und zog die Jalousie herunter. Sein weißes Hemd war unter den Achseln dunkel vor Schweiß.

»Mr. Loss«, sagte er sich zurücklehnend, »wir sind einander noch nicht begegnet. Mein Name ist Campbell, Ian Campbell. Ich stehe im Dienst Ihrer Majestät. Ich bin selbstverständlich inoffiziell hier. Die Bahamas sind keine Kolonie mehr. Ich werde hier sozusagen nur geduldet.«

Loss seufzte erschöpft. Er schloß die Augen und fragte: »Welchem Ministerium gehören Sie an, Mr. Campbell? Dem Luftfahrtministerium? Oder sind Sie Polizist?«

»Nichts dergleichen, Mr. Loss. Ich denke, ich sollte Sie erst mal darüber aufklären, was alles geschehen ist«

Loss, der jetzt aufmerksam zuhörte, nickte und verzog das Gesicht. Er hatte Schmerzen im Brustkorb. Die Wirkung der schmerzstillenden Mittel ließ wohl nach.

»Sie haben hier vor sechs Tagen eine Bruchlandung gemacht«, begann Campbell seinen Bericht. »Hier – das heißt auf dem Flugplatz von Mathewtown.«

Loss riß die Augen auf. Er versuchte, sich aufzurichten, wurde vor Schmerzen fast ohnmächtig.

Campbell machte eine beschwichtigende Geste. Seine Finger waren gelb vor Nikotin. »Nicht doch, Mr. Loss! Beruhigen Sie sich! Niemand ist dabei umgekommen. Sie hat es am schwersten erwischt. Aber Sie werden mit dem Leben davon kommen. Nur, die zuständige Behörde ist aus mehreren Gründen nicht gut auf Sie zu sprechen.« Er hob die linke Hand und begann mit Hilfe der Finger aufzuzählen. »Erstens: Besitz einer Schußwaffe, zweitens: Diebstahl eines Flugzeugs und drittens: Einfuhr verbotener Rauschgiftmittel. Ich glaube allerdings, daß man die letztere Anschuldigung fallenlassen wird, da sie eigentlich gegen Ihren Freund Bolken gerichtet sein müßte.«

Loss ächzte. »Von was reden Sie da? Gut, ich hatte eine Schußwaffe in meiner Aktentasche. Dort bewahre ich sie immer auf. Aber ich hatte keinerlei Drogen dabei. Und den Flug machte ich auf Anweisung meines Chefs. Ich sollte Bolken und Klist nach . . .« Beinahe hätte er »Mexiko« gesagt.

»Wer ist Klist?« fragte Campbell interessiert, zog aus seiner Hemdtasche einen Kugelschreiber und kramte in seiner Hosentasche, bis

er schließlich sein Notizbuch fand. »Buchstabieren Sie den Namen!«
»Klist«, wiederholte Loss ungeduldig. »K-L-I-S-T. Oder nennt er sich jetzt anders? Wo ist Bolken überhaupt?«
Campbell schwieg, da er eine Zigarette an dem brennenden Stummel zwischen seinen Fingern anzündete. Er atmete tief ein und begann zu husten. Es war das krächzende, gurgelnde Husten eines Mannes, der bald an einem Lungenemphysem leiden wird.
»Was sagen Sie da?« fragte Campbell. »Außer Bolken gab es keinen Passagier. Man hat nur Sie beide in der Maschine gefunden. Sie waren mit dem Gesicht gegen das Armaturenbrett geknallt, hatten eine schwere Gehirnerschütterung erlitten und eine klaffende Wunde an der Stirn. Dazu noch eine gebrochene Rippe. Bolken saß rechts neben Ihnen. Ebenfalls mit schweren Kopfverletzungen. Das Flugzeug hatte Feuer gefangen, aber die Explosion des Treibstofftanks muß es wieder ausgeblasen haben. Der Regen tat sein übriges. Erst zehn Minuten nach dem Unfall trafen Leute auf dem Flugplatz ein. Wie Sie wissen, gibt es da kein Personal.«
Die Jalousie klapperte im Wind. Loss vernahm das tiefe Summen eines Dieselgenerators. Draußen im Korridor ging jemand vorbei. Aus dem benachbarten Zimmer drangen leise Stimmen.
»Welche Rolle spielen Sie bei der Sache, Mr. Campbell?« fragte er, legte den Kopf wieder auf das Kissen und schloß die Augen.
Campbell rückte den Stuhl näher ans Bett. Die Stuhlbeine schrammten über den unebenen Boden. Er antwortete mit gesenkter Stimme und war so nah, daß Loss seinen faden Mundgeruch wahrnahm. »Wir haben nicht viel Zeit, Loss. Der diensttuende Arzt kann jeden Augenblick kommen. Ich gehöre einer Behörde an, der die Beobachtung von Ausländern obliegt, die sich auf unerwünschte Weise in England oder im Commonwealth politisch betätigen. Ich bin dem Mann, den Sie Bolken nennen, von England bis nach Barbados gefolgt, wo ich ihn aus den Augen verlor. Vor drei, nein vor vier Tagen sandte die Polizei der Bahamas Interpol die Fingerabdrücke Bolkens zu und bat um Aufklärung. Bolken gibt sich für einen Holländer aus. Meine Dienststelle überprüft routinemäßig solche Anfragen, da ja zuweilen politische Aktivitäten mit kriminellen einhergehen. Die Anfrage machte einen Kollegen stutzig, und er informierte mich. Ich hatte Bolkens Spur nur bis Guadeloupe verfolgen können.« Er zupfte an seinem Hemdkragen und lockerte die Krawatte. »Wir haben Ihren Background durchleuchtet, und ich

bin von der Richtigkeit Ihrer Angaben überzeugt. – Ihr Arbeitgeber«, sprach er mit einem Blick auf seine Notizen weiter, »Senator Welsh, behauptet, daß Sie die Anweisung hatten, Mr. Bolken nach Martinique zu einer Anschlußmaschine zu bringen. Von diesem Klist war keine Rede. Der Senator meinte ferner, daß aufgrund des schlechten Wetters Ihr Verschwinden keinen Grund zur Besorgnis darstellte. Er habe gedacht, Sie säßen in Fort de France fest und amüsierten sich inzwischen.«

»Das ist doch alles Unsinn!« rief Loss und setzte sich trotz der Schmerzen auf. »Welsh hat den Flug angeordnet. Und Bolken und Klist waren der Grund dafür. Ich sollte sie nach Mexiko fliegen. Westlich von Haiti gerieten wir in einen Sturm, der uns übel mitspielte. Man muß doch die Hagelschäden an den Tragflächen gesehen haben!«

»Regen Sie sich nicht auf!« bat Campbell. »Und schreien Sie nicht so! Ich glaube Ihnen ja. Lassen Sie mich ausreden! Die Polizei hat inzwischen die Maschine abschleppen lassen. Hier sind nur zwei Konstabler stationiert. Ich bezweifle, ob sich jetzt noch Fingerabdrücke feststellen lassen. Offiziell wird die Angelegenheit als Diebstahl angesehen. Sie sollen nach Nassau gebracht und wegen unerlaubten Waffenbesitzes und Diebstahls eines Flugzeug angeklagt werden. Möglicherweise wird noch eine Anklage der Behörde für Zivilluftfahrt folgen. Bolken hat Schnittwunden im Gesicht, auf der Stirn ein große Beule und befindet sich im Hotel. In seiner Reisetasche fand man eine kleine Menge Kokain, was normalerweise für die Polizei der Bahamas ein Grund zum Eingreifen wäre. Nun ist vor zwei Tagen aus Nassau ein auf den Bahamas wohnhafter deutscher Rechtsanwalt mit einer Chartermaschine eingetroffen. Es scheint, als würde man von einer Anklage, gegen eine entsprechend hohe Kaution natürlich, absehen. Bolken soll mit der nächsten Maschine nach Haiti abgeschoben werden – in zwei Tagen, glaube ich. Er hat bisher noch nichts zu Protokoll gegeben. Mit seinem Anwalt versteht er sich übrigens nicht besonders gut. Mit anderen Worten, nicht Bolken, sondern ein Unbekannter muß den Anwalt geschickt haben.«

»Ich sitze in der Klemme, was?« fragte Loss betroffen.

»Es hätte noch schlimmer kommen können, Mr. Loss«, erwiderte Campbell. »Ich habe die Maschine sorgfältig untersucht. Ich bezweifle, daß Sie die Angewohnheit haben, mit geöffnetem Tankstutzen umherzufliegen. Alles deutet darauf hin, daß sich noch eine

dritte Person an Bord befand, die einigermaßen unverletzt die Maschine verlassen konnte und danach den Ablaufstutzen öffnete, damit der Brand das ganze Flugzeug zerstörte. Eine ausgesprochene Gemeinheit, meinen Sie nicht auch?«
Loss riß die Augen auf und schaute den Mann an, der neben seinem Bett saß.
»Ich glaube nicht, daß es Bolken war, Mr. Loss. Seine Beule an der Stirn und die Schnittwunden sprechen dagegen. Zudem habe ich auf dem Rücksitz eingetrocknete Reste von Erbrochenem entdeckt. Zuerst hielt ich es für Hackfleisch. Hat Bolken hinten gesessen?«
Loss nickte.
»Jetzt wird mir die Sache schon klarer«, sagte Campbell leise, als führe er ein Selbstgespräch. »Man hat Sie offensichtlich zum Prügelknaben erkoren. Ich werde mich bei meiner Londoner Dienststelle über diesen Klist und über ein paar andere Dinge erkundigen. Wir werden uns noch einmal unterhalten müssen, Loss. Heute nachmittag vielleicht oder morgen. In der Zwischenzeit würde ich an Ihrer Stelle keinerlei Aussagen machen. Verlangen Sie einfach einen Anwalt. Und lassen Sie den Dingen ihren Lauf. Ich werde mich dafür einsetzen, daß man Bolken gleichfalls festhält.«
Er erhob sich schwerfällig. »Passen Sie gut auf sich auf!« sagte er und ging dann. Die Tür fiel ins Schloß. Loss stieß einen langen Seufzer aus und versuchte zu schlafen.

Sie kam am Spätnachmittag. Mit raschen Schritten ging sie über den Rasen, wo Kinder alte Fahrradfelgen wie Holzreifen über das verdorrte Gras trieben. Sie schritt durch die kühlen Korridore des kleinen Krankenhauses und kam an leeren Zimmern vorbei. Und dann stand sie im Türrahmen und wußte nicht, ob sie ihn wecken sollte. Seine Nackenmuskeln zuckten, während er schlief. Sein Gesicht war fahl und unrasiert. Er schien abgemagert zu sein. Der Kopf war bandagiert, das Haar struppig. Er rollte sich auf die andere Seite und vergrub ächzend das Gesicht in der Armbeuge.
Zweiundzwanzig Stiche, dachte sie. Die Narbe würde sein Gesicht entstellen. Die Stationsschwester hatte ihr gesagt, daß man ihm am Tag der Einlieferung drei Liter Blut transfundiert hatte. Sie zweifelte nicht daran, nachdem sie all die eingetrockneten, rostfarbenen Blutflecken auf dem Armaturenbrett in der Aztec gesehen hatte.
»Du riechst nach *Caress*«, sagte er. Sein Kopf ruhte noch immer in der Armbeuge. Aber seine Augen standen offen.

Sie schreckte zusammen, als seine Stimme unerwartet ertönte. Sie klang heiser, als hätte er stundenlang geschrien. Sie setzte sich auf die Bettkante, beugte sich über ihn und küßte ihn auf den Hals. »Du siehst ziemlich lädiert aus, Loss. Aber du wirst es überstehen. Das weiß ich aus zuverlässiger Quelle.«
Er rückte schweigend näher, zuckte zusammen und blies die Backen auf. Dann lächelte er sie an. Er hatte trockene, rissige Lippen. Von den oberen Schneidezähne war ein Stück abgebrochen. »Ich sehe zum Fürchten aus. Ich sollte vom Fliegen und von Politikern die Finger lassen.« Er griff nach ihrer Hand. »Schön, daß du gekommen bist. Wie hast du mich gefunden?«
»Das ist eine lange Geschichte.« Sie kramte in ihrer Strohtasche. »Ich habe dir was mitgebracht – Käse, Schokolade, Sachen, die ich hier im Krankenhaus bekam. Auch das da.« Sie stellte zwei kleine Cognacflaschen auf den Nachttisch. »Bedien dich. Aber nicht jetzt, bitte.«
Er packte einen Schokoladenriegel aus und biß hinein. Er verzog zwar vor Schmerzen das Gesicht, aber es schien ihm zu schmecken. »Heute bekam ich irgendeinen Brei mit Fischgräten zu Mittag. Und zum Frühstück gab's Bananenbrei und Tee. Du kannst dir nicht vorstellen, wie gut das schmeckt.«
Sie sah ihm beim Essen zu und kam sich vor wie eine Mutter, deren Sohn von einer Prügelei auf dem Schulhof nach Hause gekommen ist, ein wenig mitgenommen, aber keineswegs entmutigt. Sie rückte näher, nahm seinen Kopf zwischen die Hände und gab ihm einen Kuß. »In ein paar Tagen bist du wieder fit«, meinte sie. Er erwiderte ihren Kuß. Seine Lippen schmeckten nach Schokolade.
»Du weißt doch, was alles geschehen ist?« fragte er und wischte die Lippen am Bettlaken ab.
Sie schwieg und sah ihm nur in die Augen.
»Klist ist verschwunden«, berichtete er. »Als die Leute zur Unfallstelle kamen, saß nur noch Bolken in der Maschine. Die Polizei behauptet nun, ich hätte das Flugzeug gestohlen. In einigen Tagen soll ich in Nassau vor Gericht gestellt werden.«
Sie wiegte nachdenklich den Kopf. »Das ist noch nicht alles«, erklärte sie. »Ich kann dir natürlich nur das sagen, was ich erfahren oder mir inzwischen zusammengereimt habe. Am Nachmittag nach deinem Abflug rief die Polizei von Nassau an. Welsh nahm den Anruf entgegen. Danach verschwand er eine Stunde. Soviel ich weiß, hat er sich in dieser Zeit mit Mrs. Klist unterhalten. Später

rief er über die Telefonvermittlung in Nassau hier an. Ich weiß nicht, worum es bei diesem Anruf ging, aber offensichtlich muß er die Mitteilung erhalten haben, daß man nur dich und Bolken in der Maschine gefunden hat. Denn daraufhin erklärte er, daß du keineswegs die Befugnis hattest, so weit zu fliegen. Du solltest Bolken nur nach Martinique bringen. Er hat telefonisch Anklage gegen dich erhoben«.

Loss richtete sich mühsam auf. »Jemand muß doch gesehen haben, daß Klist mit uns abflog.«

»Nein, Brian«, antwortete sie und zündete sich eine Zigarette an. »Laut Aussagen von Zeugen seid ihr zwar miteinander zum Flughafen auf Union-Island gefahren, aber der Abflug ist nicht beobachtet worden. Du bist ja im Regen losgeflogen. Ich bezweifle, daß mehr als ein oder zwei Einheimische in der Nähe waren, als ihr die Maschine bestiegt. Die Beamten von der Paßkontrolle auf Union-Island sagen, du habest weder eine Startfreigabe eingeholt noch einen Flugplan eingereicht. Und Mrs. Klist hat angegeben, ihr Mann sei nach Union-Island gefahren, weil dort ein Freund mit seiner Jacht auf ihn wartete. Sie würde ihn in ein paar Tagen auf Grenada treffen. Am nächsten Tag flog sie mit einer Chartermaschine ab, als gäbe es überhaupt keinen Grund zur Besorgnis.«

»Und wie steht es mit Welsh und seiner Frau?« fragte er und strich mit der Hand über seine Bartstoppeln.

»Beide sind abgereist. Sie flogen nach Barbados und von da mit einer Linienmaschine zurück in die Vereinigten Staaten. Er hat bei der Polizei von Union-Island eine eidesstattliche Erklärung abgegeben. Diese ist dann nach Nassau geschickt worden. Er hat dir vor seinem Abflug kein gutes Zeugnis ausgestellt. Du seist ein Gewohnheitstrinker, und er hätte dir bereits gekündigt. Nach seiner Rückkehr in die Vereinigten Staaten sehe er deine Arbeit für beendet an.«

Loss, der aufrecht im Bett saß, fühlte sich müde, kraftlos und verraten. Zunächst einmal würde er seine Pilotenlizenz verlieren. Höchstens irgendeine obskure Flugschule würde ihn noch beschäftigen. Was die übrigen Vorwürfe anlangte, so mußte er sich zur Wehr setzen. Er mußte sich einen Anwalt nehmen und dafür sorgen, daß Bolken als Zeuge festgehalten wurde. Aber wie verläßlich war dieser Bolken als Zeuge schon?

»Mach dir keine Sorgen!« sagte er begütigend. »Du hast dein möglichstes getan. Eine Sache könntest du allerdings noch erledi-

gen. Versuche in Nassau einen Anwalt zu erreichen, der sich meines Falls annimmt. In meiner Aktentasche findest du Travellerschecks. Sie müssen im Gewahrsam der Polizei sein. . .«
»Das wird nicht gehen, Brian«, erklärte sie und blickte auf den kahlen Holzboden. »Ich hab's schon versucht. Ich habe in Nassau und Freeport vierzehn Anwälte angerufen. Keiner wollte deinen Fall übernehmen. Aber alle wußten von dem Unfall. Sie ließen mich ausreden, antworteten dann, daß sie keinen Termin mehr frei hätten und wimmelten mich höflich ab. Es ist ein abgekartetes Spiel. Jemand muß sie unter Druck gesetzt haben.«
Er ließ sich aufs Kissen fallen und schloß die Augen. »Ich kann mir nicht vorstellen, daß Welsh sich all das ausgedacht hat.«
Sie neigte sich vor. »Da ist noch was, Brian. Welsh hat vor seinem Abflug mit mir gesprochen. Er sagte, es tät ihm leid, aber er könne in dieser Angelegenheit nichts machen. Er war völlig außer sich. Der Mann sah um Jahre gealtert aus. Er meinte, wenn du dich schuldig bekennen würdest, würde man dich nur zu drei Jahren Haft verurteilen. Und solange du im Gefängnis bist, würdest du 3 000 Dollar im Monat erhalten. Du brauchtest ihm nur das Konto anzugeben. Doch wenn du alles abstreitest, könnte er für deine Sicherheit nicht garantieren. Schuldig sprechen werde man dich so oder so.«
»Dieses Schwein!« flüsterte er. »Klist und Welsh haben die Sache fein eingefädelt. Mich werfen sie den Wölfen zum Fraß vor. Ich muß fliehen.«
Sie stand auf, ging zur Tür, öffnete sie und spähte in den Gang. Offensichtlich beruhigt, setzte sie sich wieder aufs Bett und ergriff seine Hand. »Erinnerst du dich noch an Stroud?«
»Den Biologen, den du in Carriacou getroffen hast?«
Sie nickte. »Er war der einzige, an den ich mich um Hilfe wenden konnte. Mit einer Linienmaschine hätte ich über Miami fliegen müssen. Stroud ermöglichte den Direktflug. Er besitzt eine kleine einmotorige Maschine.«
Er öffnete die Augen und hörte ihr gespannt zu. »Na und?«
»Zwischen Stroud und mir war nichts, Brian. Er liebt mich – auf seine Art. Sozusagen platonisch. Er kennt deine jetzige Situation. Er weiß, daß du keine Wahl hast. Deswegen will er dir sein Flugzeug überlassen. Ich habe ihn darum gebeten.«
Loss atmete langsam aus, schloß die Augen und lauschte dem fernen Kindergeschrei.

16

Campbell saß Loss auf dem wackeligen Korbsessel gegenüber und ließ sein Gasfeuerzeug auf- und zuschnappen. Der Wind hatte sich gelegt. Selbst im Schatten des Mandelbaums, wo sie saßen, war die Luft schwül und drückend. Vor ihnen, jenseits der verdorrten Rasenfläche, lag grellweiß im Sonnenlicht das kleine Krankenhaus.
Ein dunkelhäutiger, noch junger Konstabler ging in einiger Entfernung mit gewichtiger Miene auf und ab. Er verlor Loss nicht aus den Augen. Der Weiße dort war am Kopf bandagiert. Aus dem Bademantelärmel schaute gleichfalls ein weißer Verband hervor. Humpelnd war er zusammen mit dem älteren Weißen zu den Korbstühlen unter dem Mandelbaum gegangen. Es war unwahrscheinlich, daß er einen Fluchtversuch wagen würde.
Konstabler Elias Wilson nahm den Schlagstock in die linke Hand, machte rechtsum kehrt und schritt wieder auf die beiden Weißen zu. Er versuchte, ihr Gespräch mitzuhören, aber es war vergebens. Die nachmittägliche Stille wurde nur von dem Geschrei der Kinder unterbrochen, die jenseits der Straße Cricket spielten.
Sein Vorgesetzter, Chefkonstabler Edwards, war heute morgen denkbar schlechter Laune gewesen und hatte Konstabler Wilson völlig grundlos angeschnauzt. Nassau hatte ihnen heute morgen telefonisch mitgeteilt, daß die Überführung des Häftlings geregelt sei. Morgen würden mit der Vormittagsmaschine zwei Kriminalbeamte eintreffen, um Loss abzuholen. Eigentlich hatte das Chefkonstabler Edwards selbst übernehmen wollen. Nun hatte man ihm seinen triumphalen Auftritt vermasselt. Hinzu kam die Verärgerung darüber, daß der Schwede mit seiner Jacht vor sieben Tagen ohne Genehmigung ausgelaufen war.
Da die Polizeistation nur mit ihnen beiden besetzt war, oblag die Paßkontrolle Konstabler Wilson. Der Schwede war nachts, ohne sich abzumelden, davongesegelt. Und Elias Wilson hatte den Rüffler einstecken müssen.

Allerdings machte die Zurechtweisung Wilson nicht viel aus. Er war in strammer Haltung vor seinem Chef gestanden, hatte sich gelegentlich Notizen gemacht und war dann mit zackiger Ehrenbezeigung abgetreten, aber der Alte stand kurz vor seiner Pensionierung und war folglich für Wilsons weitere Karriere bedeutungslos. Wilson hatte einen Bericht angefertigt und den Polizeistationen auf den umliegenden Inseln eine Suchmeldung durchgegeben. Damit war er für alle Fälle abgesichert.
In der drückenden Hitze klebte ihm das Hemd am Körper. Obwohl wir seit gut zehn Jahren unabhängig sind, dachte er, tragen wir immer noch die bei den Briten üblichen Wollhemden und müssen uns von Weißen wie diesem Campbell da herumkommandieren lassen, nur weil das englische *Foreign Office* an dieser Angelegenheit interessiert ist. Mit welchem Recht mischt der Kerl sich in unsere Angelegenheiten? Diese Karikatur eines englischen Kolonialbeamten aus dem 19. Jahrhundert?
Wilson hatte mittlerweise wieder eine Runde zurückgelegt, nahm nun den Schlagstock in die Rechte und machte auf dem Absatz seiner staubigen, derben Schuhe kehrt. Er konnte sich ein Lächeln nicht verkneifen. In fünf Monaten war er der Chefkonstabler hier, und dann würde er für einige Änderungen sorgen. Wachsam musterte er die beiden Weißen.
»Da war nichts zu machen«, erklärte Campbell und sah an Loss vorbei. »Die Zuständigen in Nassau lassen sich nicht davon abbringen, daß Bolken mit der nächsten Maschine nach Haiti abgeschoben wird, während Sie mit der morgigen Vormittagsmaschine nach Nassau transportiert werden. Bolkens Anwalt hat die Geldstrafe für seinen Mandanten entrichtet, und damit ist die Angelegenheit für sie abgeschlossen.«
»Wie lautet gleich Bolkens wirklicher Name?« fragte Loss und schnippte die Zigarettenkippe in den Staub zu seinen Füßen.
»Heiss, Carl Heiss. 1931 in Großenhain, Deutschland, geboren. 1938 ist er in Begleitung seines Vormunds nach England ausgewandert. Diente kurze Zeit Ende der vierziger in der englischen Armee und wurde laut Eintragung in seinem Soldbuch wegen ›unsoldatischen Verhaltens‹, eine höfliche Umschreibung für sexuelle Widernatürlichkeit, entlassen.« Campbell blickte auf seine Notizen, die er – wie ein Bankkassierer beim Geldzählen – mit dem Daumen umblätterte. »Heiß arbeitet beruflich als Fotograf. Ende der fünfziger reiste er viermal nach Deutschland.«

»Weshalb dann dieser Deckname?«
Campbell wischte den Schweiß von seinem rosigen Gesicht und steckte das Taschentuch unter den Hemdkragen. »Ich kann Sie nicht über sämtliche Einzelheiten aufklären, Brian. Ich kann Ihnen nur noch sagen, daß er ein paarmal für die Russen verbrecherische Aufträge erledigt hat. Mehr darf ich Ihnen nicht mitteilen.«
Loss richtete sich auf, beugte sich zu Campbell vor und sah ihm in die Augen. »Geben Sie mir damit zu verstehen, daß auch Klist für die Russen arbeitet?«
Campbell kratzte sich an der Braue und blickte zur Seite. »Das weiß ich nicht, Brian. Wir haben keinerlei Fingerabdrücke, keine Fotos, nichts. Wir wissen nicht, wer er ist. Wir wissen nur, daß sein Paß gefälscht war. In Holland ist kein Klist mit seinem Signalement gemeldet. Wir wissen nur, daß er nach Barbados kam, mit einer Chartermaschine weiter nach Union-Island flog und in Salt Whistle Cay weilte. Danach löste er sich gleichsam in Luft auf. Seine Frau behauptet, er sei auf einem Segeltörn. Sie selbst ist mittlerweile über Venezuela nach Europa zurückgekehrt. Eine Nachsendeadresse hat sie nicht hinterlassen.«
Loss lehnte sich zurück und musterte den auf und ab paradierenden Konstabler. Du sitzt ganz schön in der Klemme, dachte er sich. Er schaute Campbell an. »Ich bin überzeugt, daß sich Klist noch irgendwo auf dieser Insel befindet. In den vergangenen sieben Tagen ist nicht eine einzige Linienmaschine gelandet. Soviel Holly feststellen konnte, ist auch kein Schiff ausgelaufen. Wo kann er nur stecken? Warum sucht die Polizei nicht nach ihm?«
Campbell hob die Hände. »Weil er nicht mehr hier ist. Ihre Freundin irrt da, Brian. Am Tage Ihrer Ankunft lag im Hafen eine schwedische Jacht. Sie lief nachts ohne Abmeldung aus. Ich glaube nicht, daß wir sie noch aufspüren werden.«
»Wohin kann er gesegelt sein? Irgendwo muß er schließlich anlegen.«
Campbell lächelte. »Das ist richtig. Die zuständige Behörde hat bereits die umliegenden Inselstaaten um Amtshilfe gebeten. Ich glaube aber, daß unser mit allen Wassern gewaschener Mr. Klist nach Westen, nach Kuba gefahren ist, vorausgesetzt, daß er tatsächlich mit den Russen in Verbindung steht. Ein kurzer, problemloser Trip von zehn Stunden Dauer. Die ganze Zeit über Rückenwind. Ein Kinderspiel für ihn.«
»Und wie steht es mit Heiss?« fragte Loss. »Kann er in Haft

genommen werden? Er allein kann meine Aussagen bestätigen.«
Campbell schüttelte stirnrunzelnd den Kopf. »Heiss wird nach Entrichtung einer geringfügigen Geldstrafe wegen des Besitzes von Rauschgift ausgewiesen. Diese Entscheidung wurde in Nassau gefällt. Ich habe dagegen beim britischen Hochkommissar protestiert. Daraufhin hat man mir überaus höflich mitgeteilt, daß derlei nicht mehr in unseren Zuständigkeitsbereich falle. Zudem soll ich mit der nächsten Maschine nach London zurückfliegen. Die Angelegenheit scheint politisch überaus heikel zu sein.«
Loss schaute zu Boden. Ameisen krabbelten über den Zigarettenstummel. Er blickte Campbell fragend an. »Welche rechtlichen Möglichkeiten stehen mir noch offen? Welche Unterstützung können Sie mir geben?«
Campbell wirkte verlegen. Er steckte das Notizbuch in seine altmodische Aktentasche und stand auf. »Keine, Mr. Loss. Leider kann ich Ihnen nicht helfen. Sie sind geliefert, wie's im Krimijargon heißt. Irgendeine hochgestellte Persönlichkeit ist mit einem hübschen Sümmchen bestochen worden. Senator Welsh, Ihr Arbeitgeber, hält an seiner Behauptung fest, daß Sie das Flugzeug gestohlen hätten. Heiss weist jede Beschuldigung von sich und kommt mit heiler Haut davon. Und Sie, daran ist nicht zu rütteln, verwahrten eine Schußwaffe in Ihrer Aktentasche, was auf den Bahamas mit mindestens einem Jahr Gefängnis geahndet wird.« Campbell blickte über den Rasen hinweg auf die Cricket spielenden Kinder. »Ich fürchte, daß ich nichts für Sie tun kann.« Er gab Loss die Hand. »Ich muß mich auf den Weg machen.«
Loss schüttelte seine Hand, die sich fest und überraschend kühl anfühlte. Campbell wandte sich zum Gehen, blieb aber dann, als sei ihm etwas eingefallen, stehen.« Ihre Habseligkeiten, Mr. Loss, die selbstverständlich auch nach Nassau gebracht werden, befinden sich übrigens in einem klapprigen Aktenschrank im Büro des Chefkonstablers neben dem Telegrafenamt. Ich habe erfahren, daß der Büroschlüssel zumeist oben auf der Türleiste liegt. Aber gewiß ist es nicht. Auf den Inseln hier werden die Sicherheitsbestimmungen, wie Sie sich vielleicht denken können, nur sehr lax befolgt. Der letzte Mord fand, glaube ich, 1923 statt. Die Bevölkerung hält auf Recht und Ordnung. – Na denn, lassen Sie sich nicht unterkriegen!« sagte er und griff nach seiner Aktentasche.
Loss erhob sich, um ihm noch einmal die Hand zu schütteln. Campbell schmunzelte. »Ich muß Ihnen sagen, Mr. Loss, daß Ihre

Freundin äußerst hübsch ist. Und ungemein listig. Sie bat mich um den genauen Wetterbericht für heute abend und den morgigen Tag. Es freut mich, Ihnen sagen zu können, daß er nicht besser ausfallen könnte: In 12 000 Fuß Höhe weht der Wind aus östlicher Richtung mit einer Geschwindigkeit von etwa 15 Knoten. Abgesehen von gelegentlichen Gewittern am Nachmittag, wird der Himmel bis nach Miami völlig klar sein. Aber Sie wissen ja selbst, Meteorologen sind stets optimistisch. Na denn viel Glück!« Er wandte sich ab und ging, ohne sich noch einmal umzudrehen, über den sonnenverbrannten Rasen zum Gästehaus der Regierung.

Peter Bates Stround leerte den letzten Fünf-Gallonen-Kanister in den Außentank seiner Maschine und schraubte den Deckel fest zu. Er warf einen Blick auf seine Armbanduhr. Es war 17 Uhr 18. Er hatte also bis zum Einbruch der Nacht rund 45 Minuten Zeit. Er ließ den Bodensatz auslaufen und stellte den geöffneten Kanister auf die Piste, damit der Wind die Gasdämpfe verwehe.

Danach kontrollierte er den Ölstand. Obwohl der Meßstab acht Liter anzeigte, goß er noch einen Liter Shell-Flugzeugmotorenöl ein und verschloß den Einfüllstutzen. Er klappte die Motorhaube hoch und überprüfte sorgfältig die Stromkabel und sämtliche Anschlüsse. Nachdem die Überprüfung zu seiner Zufriedenheit ausgefallen war, klappte er die Alu-Haube zu und sicherte sie mit den Schnappverschlüssen.

Im spätnachmittäglichen Zwielicht setzte Stroud seine Inspektion fort. Er überprüfte die Funktionsfähigkeit sämtlicher Teile der Maschine und warf gelegentlich einen Blick auf die asphaltierte Straße, die von Mathewtown zum Flugplatz führte, um deren Länge abzuschätzen.

Das Flugzeug war eine einmotorige Piper-Comanche. Sie war kleiner und älter als die Aztec, die ausgebrannt und ausgeschlachtet eine halbe Meile von der Piste entfernt auf einer Wiese abgestellt war. Es handelte sich um ein Modell, das jemand kaufen würde, der oft auf Reisen war und eine Menge Gepäck mit sich führte. Die Maschine war eigentlich für vier Personen samt Handgepäck gedacht. Stroud hatte jedoch das Innere so umgebaut, daß nur zwei Personen bequem Platz hatten. Den übrigen Raum nahmen Treibstofftanks und seine Gerätschaften ein.

Vor vier Jahren hatte Stroud die Maschine in Kanada erstanden. Der blau-weiße Anstrich war zwar inzwischen ein wenig verblichen, aber sonst war das Flugzeug tadellos in Ordnung. Ungeachtet der Vorschriften des Transportministeriums hatte sich Stroud bisher um die Instandhaltung selbst gekümmert und seine im Logbuch eingetragenen Arbeiten von qualifizierten Flugzeugmechanikern inspizieren und abzeichnen lassen. Er war der Meinung, daß Funktionsfähigkeit nur das Ergebnis steter, penibler Pflege sei, zumal wenn es sich um die Zuverlässigkeit einer Maschine handelte, die anstandslos weite Flüge über unbewohnte Gebiete zu bewältigen hatte und überdies von ihm gesteuert wurde.

Stroud, mittlerweile 34, entstammte der englischen Mittelklasse. Er war in der Atmosphäre des englischen Wohlfahrtsstaates aufgewachsen und hatte sich an der *London School of Economics* linksliberale Anschauungen zu eigen gemacht. Diese legte er erst ab, als er als Soldat auf den regentrüben Straßen von Belfast das sinnlose Sterben seiner Kameraden miterlebte.

Nach Beendigung seiner Dienstzeit in der englischen Armee wechselte er sein Hauptfach und begann Biologie zu studieren. Von da an verbrachte er seine Zeit, soweit es Studium und Stipendium zuließen, fernab menschlicher Siedlungen.

Nachdem er sich von der gültigen Gesellschaftsstruktur gelöst hatte, begann er sich eine eigene zu schaffen, indem er das Verhalten intelligenter Säugetiere erforschte, die innerhalb eines zwar komplexen, aber durchaus sinnvollen Systems der Koexistenz lebten. Die Tiere, die angeblich zu einer freien Willensentscheidung nicht fähig waren, schienen ihm dennoch freier zu sein als Menschen, da sie nur in seltenen Fällen den Zwängen eines komplexen Gemeinschaftslebens unterworfen waren. Weitaus häufiger führten sie ein von Freiheit und Selbstbestimmung geprägtes Leben innerhalb jener weitgesteckten Grenzen, die ihnen eine friedliche Kooperation, die Nahrungssuche und die Behauptung eines gewissen Territoriums setzten.

Im Vergleich dazu schien es Stroud, daß die Menschen von der Idee der Selbstbestimmung, damit von der Ausübung ihres freien Willens abgerückt waren und dafür die billigen Gratifikationen und fadenscheinigen Sicherheiten eines gesellschaftlichen Systems bevorzugten, das ihnen immer mehr abforderte und immer weniger gab. Auf diesen einfachen Nenner ließ sich alles reduzieren. Da er keinen Ausweg aus diesem Dilemma sah, zog er den Schluß, daß er sich eben nur um sein Wohlergehen bemühen müsse. In der Folgezeit bereiste Stroud, finanziell abgesichert durch Ersparnisse und gelegentliche Forschungsstipendien, die noch unberührten Gebiete des amerikanischen Kontinents und erforschte die Gesellschaftsstruktur bestimmter Tierarten. Er befand sich im Gleichklang mit sich selbst und hielt sich, soweit es ihm möglich war, von den Menschen fern.

Mit dem Flugzeug hatte er sich gleichsam selbst beschenkt. Wenn er ohne Umwege direkt zu einem Beobachtungsgebiet fliegen könne, sagte er sich, würde er eine Menge Geld, Unannehmlichkeiten und auch Zeit sparen. Zudem würde er sich dadurch seine Ungebundenheit und Unabhängigkeit bewahren.

Mit dem Geld, das ihm für die Erforschung von Pelzrobben am Polarkreis zur Verfügung stand, nahm er Flugunterricht und kaufte sich dann ein Flugzeug. Da er ja später über unbewohntes Gebiet fliegen wollte, wandte er sich nicht an eine der schnieken Flugschulen, sondern an einen hageren Schotten, der vom Flugzeug aus die Wanderungen der Elche in den Weiten Kanadas beobachtete. Bei ihm lernte Stroud, wie man sich in einer unwirtlichen Umwelt behaupten kann, wobei sich fliegerische Ausbildung und calvinistisch geprägte Lebensweisheiten die Waage hielten.

Schwieriger war die Wahl einer geeigneten Maschine. Da Stroud insgesamt 15 000 kanadische Dollar zur Verfügung hatte, riet ihm der Schotte zu einer Cessna 180 mit hochangesetzten Tragflächen, an die man Kufen oder Schwimmer anbringen konnte, zu einer Maschine, die für jede Jahreszeit tauglich war. Für den Schotten war es »ein Gedicht von einem Flugzeug«.

Stroud, der sich im Norden Kanadas nur in den Sommermonaten aufhielt und den Rest des Jahres im Süden Argentiniens verbrachte, legte statt dessen mehr Wert auf einen möglichst großen Aktionsradius, auf Nutzlastkapazität und auf eine angemessene Reisegeschwindigkeit. Widerwillig und mit vielen düsteren Warnungen half ihm der Schotte bei der Suche nach einer passenden Maschine und beim nachfolgenden Umbau. Die Comanche hatte sich in der Folgezeit bewährt. Er besaß sie mittlerweile vier Jahre und hatte, bei knapp sechshundert Flugstunden, noch nie eine Panne erlebt.

Stroud befand sich gerade auf dem Weg nach Norden. Er hatte den Herbst in Argentinien hinter sich gelassen und flog sozusagen dem Frühling in Nordamerika entgegen. Zur Zeit der Schneeschmelze wollte er in seinem Robbenbeobachtungscamp nördlich der Hudson Bay sein. In der Zwischenzeit, solange die Frühlingswärme die Nordwestpassage noch nicht aufgetaut hatte, arbeitete er am Mee-

resbiologischen Institut in Carriacou und beschäftigte sich mit Delphinen und den in Herden auftauchenden Buckelwalen.
Hollister – Holly – Stone hatte Stroud in einer Tiefe von sieben Faden unweit des Riffs kennengelernt, das wie ein schützender Wall der Luvküste von Carriacou vorgelagert ist. Es war eine Zufallsbegegnung gewesen. Er hatte eine Gruppe von drei Schnabeldelphinen – *Tursiops truncatus* – verfolgt, die sich in einer Tiefe von zehn Faden tummelten. Da tauchte sie plötzlich aus der blauen Tiefe auf, mit nichts als den Sauerstofftanks und der Tauchermaske am Leib. In entgegengesetzter Richtung schwimmend, winkte sie ihm wie einem guten Bekannten auf einer belebten Straße freundlich zu und war dann verschwunden.
Zwei Tage darauf begegnete er ihr abermals. Sie lag am Kiesstrand nahe Gunn Point und las in Darwins »Über den Ursprung der Arten«. Nach einem halbstündigen Gespräch war er hingerissen von dieser jungen Frau, der er als bisher einzigem Menschen einen freien Willen zuerkannte.
Stroud hielt sich keineswegs für einen gutaussehenden Mann, womit er recht hatte. Er war hochgewachsen, schlaksig, hatte ein ausgezehrtes Gesicht und bereits schütteres Haar. Seine großen Hände wirkten ungeschlacht, seine Bewegungen fahrig, wenn er nicht gerade mit Tieren umging oder seine Maschine steuerte. Aber in Hollys Gegenwart taute er auf und kam sich nicht mehr so tölpelhaft vor.
Er verbrachte mit ihr zwei durch keinen Mißton getrübte Tage und erzählte von Dingen, die er seit fünf Jahren für sich behalten hatte. Nicht ein einziges Mal berührte er ihre Hand oder strich ihr übers Haar. Dennoch war er in sie verliebt, wie es ein Mann nur sein kann.
Daß sie Carriacou zusammen mit Loss verlassen hatte, betrübte ihn nicht im geringsten. Ihn tröstete der Gedanke, daß er einen freiheitsliebenden Menschen kennengelernt hatte. Und die Entfernung schien seine Liebe sogar noch zu vertiefen. Um ihre Bewunderung zu erringen, hätte Stroud wer weiß was gegeben. Den Verlust seiner Maschine konnte er da leicht verschmerzen.
Als sich die Sonne dem Horizont näherte, setzte Stroud seine Nickelbrille auf und schaute zu, wie sie allmählich versank. Er war mit sich zufrieden. Er hatte sämtliche Möglichkeiten bedacht. Die Maschine stand abflugbereit auf dem rissigen Beton des Abstellplatzes. Die Tanks waren randvoll. Auf dem Rücksitz und im Gepäck-

raum befanden sich noch zehn festgezurrte Kanister mit Treibstoff. Damit konnte die Maschine über zweitausend Meilen weit fliegen. Kanister voll Treibstoff mit der Oktanzahl 100 in einer Flugzeugkabine zu transportieren gilt im allgemeinen als höchst fahrlässig. Denn die austretenden Gase bilden ein hochexplosives Gemisch, was bei jedem Auftreten eines Funkens – durch Betätigung eines Schalters etwa – zu einer Katastrophe führen kann. Hinzu kommt, daß sich solche Kanister, abhängig vom Druck in der jeweiligen Höhe, ausdehnen und dann zusammenziehen. Selbst so stabile Behälter wie Thermosflaschen können, falls sie kein Ventil besitzen, in großer Höhe bersten.

Stroud hatte bei seinen studienbedingten Flügen zu den fernen Winkeln des amerikanischen Kontinents die Erfahrung gemacht, daß die Mitführung einer gewissen Treibstoffreserve unbedingt erforderlich war. Da man guten Sprit nicht überall bekam, hatte er eine Vorrichtung entwickelt, die ihm die Mitnahme einer Spritreserve ermöglichte. Jeder Kanister war mit einem Entlüftungsstutzen aus Plastik ausgestattet, der wiederum zu einem Verteilerrohr aus Messing führte, das die Gasdämpfe an die Außenluft abgab. Über ein weiteres Rohrsystem konnte er während des Fluges auftanken. Er stellte dazu den Autopiloten ein, beugte sich zum Rücksitz und schloß dann jeweils einen Kanister an eine Ballonsyphonpumpe an. Diese Auftankprozedur war zwar langwierig, aber verhältnismäßig sicher. Das Nachfüllen der Haupttanks im Rumpf der Maschine ließ sich so im Handbetrieb bewerkstelligen. Daß dieses Verfahren gegen sämtliche Sicherheitsbestimmungen verstieß, war für ihn ein Grund mehr, es anzuwenden. Denn es demonstrierte, daß man ohne weiteres ein eigenes System entwickeln und auch damit leben konnte. Die von ihm aufgestellten Regeln für ein sicheres Auftanken hatte er auf einer Karteikarte notiert, die an der Sonnenblende über dem Pilotensitz hing.

Für Loss hatte er überdies noch ausführliche Instruktionen niedergeschrieben, die das weitere Schicksal der Maschine betrafen, einerlei, wohin sie geflogen wurde. Falls die Maschine beschädigt werden sollte und er sich an die Versicherung um Entschädigung wandte, mußten Anzeichen eines Einbruchs festzustellen sein. Es verursachte ihm zwar Gewissensbisse, weil dadurch letztlich Lloyds in London geschröpft wurde, aber er hielt es dennoch für eine unumgängliche Maßnahme.

Bevor er in den gemieteten Ford stieg, warf er noch einen letzten

prüfenden Blick auf das Flugzeug. Es kam ihm größer und irgendwie bedeutungsvoller vor als sonst. Er wünschte, er könnte diesen Flug zusammen mit Holly unternehmen. Aber die ganze Aktion war gleichsam sein Geschenk an sie, und das genügte ihm.
Als er vorsichtig nach Mathewtown zurückfuhr, war die Straße völlig leer. Nur ein paar Landkrabben waren unterwegs, denen er achtsam auswich. Er kam am Krankenhaus und an dem leise summenden Kraftwerk vorbei und parkte den Wagen vor dem Telegrafenamt. Er ging hinein und erkundigte sich bei der Beamtin der Nachtschicht nach Anrufen aus Übersee. Sie gab ihm mit schläfriger Stimme einen abschlägigen Bescheid und las weiter in ihrer Zeitung, ohne ihn überhaupt angeblickt zu haben. Stroud stammelte verlegen ein paar freundliche Worte und trat in die kühle Nacht hinaus. Er blieb eine Weile in der Dunkelheit stehen und musterte die Straße, auf der ein einsamer Land Rover in östlicher Richtung zum Ortsrand fuhr. Aus der zweihundert Meter entfernten Kneipe ertönten Reggae-Klänge aus einer Musicbox. Dort saßen bestimmt noch ein paar Männer, tranken Rum und unterhielten sich über die Vorzüge dieses oder jenes Cricketspielers. Sonst aber schien die kleine Stadt schlafen gegangen zu sein.
Stroud rückte die Nickelbrille zurecht und blickte nervös durch ein Fenster des Telegrafenamtes. Die Telefonistin saß in bequemer Haltung am Schaltpult und war nach wie vor in ihre Lektüre vertieft. Ab und zu griff sie mit der Hand nach unten, um aus einer nicht sichtbaren Schachtel eine Praline herauszuholen, die sie sich in den Mund stopfte. Mehr konnte Stroud nicht ausmachen.
Mit leisen Schritten begab er sich zu der Tür zum Büro des Chefkonstablers und tastete entlang der Leiste nach dem Schlüssel. Seine Fingerspitzen berührten kühles Metall. Er nahm den Schlüssel und steckte ihn ins Schloß. Rasch trat er ins Büro und machte die Tür hinter sich zu. Aus seiner Windjacke holte er ein Paar ölverschmierte Lederhandschuhe, die er sonst beim Fliegen trug. Die Handschuhe fühlten sich weich an, saßen straff, und ihr Geruch schien ihm irgendwie Mut zu machen, als hätte er in der Fremde einen guten Bekannten getroffen.
Nach drei Minuten hatte er den Karteischrank mit einem Schraubenzieher aufgebracht. Die Tasche, die Holly ihm geschildert hatte, befand sich im untersten Fach. Er öffnete sie und überprüfte im Taschenlampenlicht ihren Inhalt. Er sah Travellerscheckhefte, einen Paß, flugtechnische Handbücher und eine ölig schimmernde Pistole.

Zuerst überlegte er, ob er die Schußwaffe in der Tasche belassen sollte. Vielleicht war Loss rachsüchtig. Aber dann ließ er die Pistole, wo sie war, da er sich in Loss' Entscheidungen nicht einmischen wollte.
Eine Weile wartete er am verhängten Fenster und musterte die Straße in beiden Richtungen. Da sie wie zuvor still und verlassen dalag, verließ er das Büro, verschloß es und legte den Schlüssel auf den gewohnten Platz. Nachdem er die Tasche und seine Handschuhe im Kofferraum des Ford verstaut hatte, ging er beschwingt zum Krankenhaus. Die Sache machte ihm Spaß.

Loss spielte derweil den quengeligen Patienten. Er sah auf seine Uhr. Es war 17 Uhr 18. Vor zehn Minuten war Holly gegangen. Er rollte sich auf die andere Seite und drückte auf den Klingenknopf. Er hörte, wie am anderen Ende des Gangs die Klingel wie ein Insekt zu summen begann. Er wartete zwanzig Sekunden und schellte abermals. Darauf vernahm er Schritte im Gang, die von den kahlen Wänden widerhallten. Lächelnd ließ er sich aufs Kopfkissen fallen.
Die Tür wurde aufgerissen.
»Was gibt's denn?«
Mürrisch schaute er die Schwester an.
»Bringen Sie mir frisches Wasser!«
»Auf Ihrem Nachttisch steht doch welches.« Die Schwester verlor allmählich die Geduld. Doch ihr dunkles Gesicht war ausdruckslos. Nur die fleischigen Nasenflügel bebten etwas.
»Ich weiß. Es ist mittlerweile warm geworden.«
»Die Oberschwester hat mir gesagt, daß sie Ihnen heute schon viermal frisches Wasser gebracht hätte. Das dürfte wohl genügen.«
Schwester Wylie warf einen angewiderten Blick auf den weißen Patienten und schloß trotz seiner Proteste die Tür. Sie gab sich einen Ruck und entfernte sich mit schnellen Schritten. Seine leiser werdende, herrische Stimme schien ihr zu folgen.
Am Schreibtisch blieb sie stehen und machte eine Eintragung ins Patientenbuch. Dann zählte sie, wie oft er bereits geklingelt hatte – nach Wasser, nach Kodein, nach jemanden, der ihm sein Hemd für den Flug nach Nassau waschen würde, und was es sonst noch alles gewesen war. Vierzehnmal seit dem Mittagessen. Daß der Mann eine weiße Haut hatte, störte sie nicht. Sie fühlte sich, anders als ihr Bruder, über solche Vorurteile erhaben. Aber dieser Mann schikanierte sie. Und deswegen wünschte sie ihm die Pest an den Hals.

Auf der Station lagen noch drei weitere Kranke. Aber einen Patienten, der so viel verlangte, geradezu anordnete, hatte sie in den zwei Jahren ihrer Tätigkeit als Krankenschwester bisher noch nicht erlebt.
Loss lächelte und machte es sich bequem. Das Mädchen hatte eine wahre Schafsgeduld. Er hätte an ihrer Stelle auf sein wiederholtes Läuten längst nicht mehr reagiert. Obwohl sie als Krankenschwester noch unerfahren war, hatte sie ihn in den Tagen, nachdem er das Bewußtsein wiedererlangt hatte, geschickt und aufmerksam umsorgt. Als er ihr einmal für ihre Pflege dankte – eine derartige Fürsorglichkeit hatte er noch in keinem Krankenhaus erlebt –, wich der maskenhaften Ausdruck ihres Gesichts einem strahlenden, vergnügten Lächeln. Es tat ihm leid, daß er sie so in Trab hielt.
Inzwischen war es 17 Uhr 30 geworden. Er holte die Bedienungsanleitung für die Comanche unter der Bettdecke hervor und las weiter. Zwar gab ihm die Maschine keinerlei Probleme auf, aber er konnte sich im dunklen Cockpit, noch dazu in einer brenzligen Situation, keine falschen Handgriffe leisten. Da die Maschine ein Gesamtgewicht von 1,4 Tonnen hatte und der Schwerpunkt nach achtern verlagert war, benötigte er zum Abheben eine Geschwindigkeit von 74 Knoten. Er schloß die Augen, stellte sich die Nadel des Fahrtmessers vor und prägte sich diese Zahl fest ein. Von entscheidender Bedeutung war natürlich, die Flugstrecke so weit wie möglich auszudehnen. Er überlegte, welche Steiggeschwindigkeit und Motorbelastung wohl am günstigsten seien. Am weitesten würde er mit einer vierzigprozentigen Motorauslastung in einer Durchschnittshöhe von 15 000 Fuß kommen. Mit dem Sauerstoffmangel mußten sie sich eben abfinden.
Niemand wußte von Strouds Treibstoffzufuhr aus mitgeführten Spritkanistern, auch nicht, daß die Maschine bereits von der Fabrik mit Langstreckentanks ausgeliefert war. Stroud würde diese Tatsache beim Verhör nicht erwähnen. Außerdem würde man wohl annehmen, daß der Fluchtversuch mit hoher Geschwindigkeit, folglich mit hohem Spritverbrauch durchgeführt worden sei. Stroud hatte sich überdies was einfallen lassen. Sie sollten ihn, den vor Wut schäumenden Besitzer der entführten Maschine, gefesselt auf dem Flugplatz zurücklassen. Beim Verhör würde man seine Schätzungen des Aktionsradius ohne weiteres schlucken und nach deren genauer Überprüfung zum Ergebnis kommen, daß der wahrscheinliche Flugradius bei durchschnittlichem Spritverbrauch etwa bei 800 Meilen

lag. Loss hingegen kam bei seinen Berechnungen – einbezogen sparsamer Spritverbrauch, herabgesetzte Motorleistung, der Treibstoff in den beiden Langstreckentanks und die Spritreserve in den Kanistern – auf eine Flugstrecke von über 2100 Meilen.
Ein Flug nach Süden zu einer der Inseln der Karibik war sinnlos. Diese Ministaaten unterhielten diplomatische Beziehungen zu den Bahamas. Auch Mexiko kam nicht in Frage. Anfänglich dachte er an eine Flucht in die Vereinigten Staaten, wo er Welsh in seiner vertrauten Umgebung stellen konnte. Doch dann fielen ihm die Kents in Neuschottland ein. Wenn er Nordamerika erreichen und das Risiko des Entdecktwerdens so gering wie möglich halten wollte, war es am ratsamsten, sich zu der Sandpiste auf der Kentschen Farm durchzuschlagen. Dort konnte er in aller Ruhe über die Möglichkeiten einer Abrechnung mit Welsh nachdenken. Und seine karibischen Straffälligkeiten brauchten ihn dort nicht zu bekümmern.
Er überlegte, was Heiss wohl alles wußte. Das Problem war nur, wie er ihm dieses Wissen entlocken konnte.
Zähneknirschend schlug Loss mit der Faust auf das Kissen ein. Die Erbitterung darüber, daß man ihn zum Sündenbock für irgendwelche illegalen Machenschaften gestempelt hatte, überkam ihn wieder. Er konnte es nicht fassen, daß Welsh ihm einen Diebstahl anhing und ihn damit wissentlich zum Verlust seiner Pilotenlizenz und zu drei Jahren Haft in einem ausländischen Gefängnis verdammte. Anfangs hatte er das Geschehene als einen Schicksalsschlag hingenommen. Inzwischen war ihm klargeworden, daß er nur eine unbedeutende Figur in einem abgekarteten Spiel war. Erstmals in seinem Leben begann Loss zu ahnen, was das Wort »Haß« alles umschloß.
Es klopfte an der Tür. Sie öffnete sich, ohne daß er etwas gesagt hätte. Schwester Wylie trat mit einem Essenstablett ein. Sie stellte es wortlos auf das Nachtkästchen und wollte wieder gehen.
»Nehmen Sie's bitte mit!«
»Es tut mir leid, Mr. Loss, aber das ist die Kost, die alle Patienten erhalten«, erwiderte sie mit Nachdruck. »Auch das Personal bekommt sie. Vielleicht verpflegt man Sie in Nassau besser.« Gleich darauf bedauerte sie, daß sie sich auf ein Gespräch mit diesem Weißen eingelassen hatte. In gewisser Beziehung hatte ihr Bruder schon recht.
Loss senkte die Stimme, wühlte sich in die Kissen und schloß die Augen. Sie konnte sein Gemurmel kaum verstehen. »Es tut mir

leid, Miss Wylie, Schwester Wylie. Ich habe keinen Hunger. Nehmen Sie das Tablett ruhig mit und bringen Sie mir statt dessen ein paar Schlaftabletten. Und lassen Sie bitte keine Besucher zu mir. Ich habe gräßliche Kopfschmerzen.«

Sie betrachtete den Weißen und hatte Verständnis für seine Gereiztheit. Die Nähte spannten wohl. Vermutlich bedrückte ihn auch der Gedanke an den morgigen Tag.

»Na schön«, erwiderte sie zögernd. »Ich bringe Ihnen gleich die Tabletten.« Sie zog die heruntergerutschte Bettdecke hoch und griff nach dem Tablett.

Als sie das Krankenzimmer verließ und den Gang entlangeilte, war sie froh, daß sie sich durch Loss' Verhalten nicht aus ihrer professionellen Ruhe hatte bringen lassen. Überdies konnte sie ihn jetzt verstehen. Wenn sie ihm die Schlaftabletten und etwas gegen seine Schmerzen brachte, würde er heute kaum noch Ärger machen. Und morgen verließ er ohnehin das Krankenhaus.

Nach knapp fünf Minuten kehrte sie mit einem Tablett zurück, auf dem zwei Pappbecher mit Pillen und ein Glas Wasser standen.

Er nahm die Pappbecher und ließ sich auf die Kissen fallen.

»Vielen Dank. Sie sind eine äußerst fürsorgliche Krankenschwester.«

Sie lächelte ihn erleichtert an.

»Gegen 23 Uhr komme ich noch mal vorbei, um Ihre Temperatur zu messen.« Sie betrachtete ihn mit professionellem Stolz. Zwischen ihnen beiden herrschte wieder die übliche Krankenschwester-Patient-Beziehung.

»Könnten wir nicht das Temperaturmessen heute lassen? Ich habe seit drei Tagen kein Fieber mehr und möchte mal durchschlafen.«

Was er da mit ruhiger Stimme sagte, klang vernünftig. Sie wußte zwar, daß es die Oberschwester für unbedingt erforderlich hielt, aber sie würde einfach sagen, sie habe es schlichtweg vergessen.

»Einverstanden, Mr. Loss. Nur dieses eine Mal. Schlafen Sie gut!« Sie lächelte breit, als sie das Zimmer verließ und die Tür sachte schloß.

Loss lauschte ihren immer leiser werdenden Schritten. Sie verhallten schließlich, und dann war es still. Das Risiko, daß man seine Abwesenheit heute noch bemerken würde, war gering. Morgen früh würde man Schwester Wylie die Hölle heiß machen. Sie tat ihm jetzt schon leid.

Er spuckte die vier Gelatinekapseln in die hohle Hand und spülte den

Mund mit klarem Wasser. Die beiden Schlaftabletten warf er in den Papierkorb. Die kaum aufgelösten Kapseln mit dem schmerzstillenden Mittel bewahrte er in der Tasche seines Bademantels auf. Vielleicht brauchte er sie noch.
Auf seiner Rolex war es 16 Minuten nach 18 Uhr. Er ging zum Fenster und musterte die dunkle Rasenfläche und die sich daran anschließende Straße. Von Strouds Ford war noch nichts zu sehen. Vom E-Werk ertönte dumpfes Summen. Es war im Rauschen des Passats gerade noch zu vernehmen. Im Telegrafenamt brannte Licht. Es würde erst um Mitternacht erlöschen. Mit Ausnahme der Rumkneipe unten in der Bay Street am Ostrand der Stadt waren die Lokale in Strandnähe dunkel.
Zögernd löste er sich vom Fenster. 19 Minuten nach 18 Uhr. Er rollte eine Wolldecke röhrenförmig zusammen und legte sie unter die Bettdecke. Überzeugend sah es nicht aus. Aber vielleicht hielt man das Gebilde im trüben Licht der Ganglampe für einen Schlafenden. Gern hätte er sich noch rasiert und geduscht. Aber daran war nicht zu denken. Er bedauerte überdies, daß er nicht um seine Brieftasche und Sonnenbrille gebeten hatte. Oder um seine blutbeschmierte Kleidung. Er hatte nur den krankenhauseigenen Bademantel an. Er mußte sich eben damit behelfen.
Das Geräusch hörte sich an, als würde ein Käfer gegen die Jalousie fliegen. Er drehte sich um und sah, wie ein Finger außen über die Lamellen strich.
»Stroud?« flüsterte er.
»Ja.« Ein mageres, in seiner Ernsthaftigkeit beinahe komisch wirkendes Gesicht tauchte auf. Auf den dicken Brillengläsern spiegelten sich zwei Lichtpünktchen. Das Gesicht verzog sich zu einem Lächeln. »Zeit zum Aufbruch!«
Loss machte die Nachttischlampe aus und ging zum Fenster. Dort wartete er, bis Stroud eine Öffnung in die Jalousie geschnitten hatte. Er machte es sorgfältig und ohne alle Hast, so, als würde er im Labor ein Tier sezieren.
Als er dem anderen die Hand schüttelte, nachdem er auf den Rasen hinuntergesprungen war, schmerzte ihn die gebrochene Rippe. Er verspürte einen Anflug von Verlegenheit über ihr Zusammentreffen, als seien sie zwei Jungen, die jetzt gleich einen Eid schwören würden, um danach die Kühe eines verhaßten Bauern mit weißer Farbe zu beschmieren.
»Ich bin Peter Stroud.« Er stand im Dunkeln. Man sah nur die

Lichtreflexe auf seiner Brille und sein strahlend weißes Gebiß.
»Gehen Sie voran, Peter! Meine Augen haben sich an die Dunkelheit noch nicht gewöhnt.«
Sie hielten sich im Schatten des Gebäudes und stapften durch die sorgsam gepflegten Rabatten. Die zertrampelten Blätter strömten einen stechenden Geruch aus. Loss mußte an sein erstes Rendezvous denken. Damals hatte es nach Flieder gerochen. Wie lange war das nun schon her?
»Der Wagen steht da drüben«, erklärte Stroud.
»Haben Sie die Aktentasche?«
»Ja. Die Pistole auch.«
Loss hielt inne und suchte nach passenden Worten. »Stroud, die Zeit ist zu kurz für eine lange Rede. Ich danke Ihnen.«
Stroud lächelte. Seine Zähne schimmerten in der Dunkelheit. »Schon gut. Ich bin sicher, Sie würden das gleiche für mich tun. Die Maschine ist aufgetankt und flugbereit. Verbrauchen Sie erst den Sprit in den Haupttanks. Diese können Sie dann mit dem Treibstoff in den Kanistern auffüllen, während Sie auf die Zusatztanks umgeschaltet haben. Die genaue Anweisung steht auf einer Karte an der Sonnenblende über dem Pilotensitz. Ich denke, daß Sie damit so an die 2200 Meilen weit gelangen werden. Im Ablagefach finden Sie Tabellen über den Treibstoffverbrauch bei bestimmter Motorleistung. Vielleicht nützen sie Ihnen.«
»In Ordnung«, erwiderte Loss. »Hören Sie, Peter, ich möchte den genauen Zielort nicht angeben. Ich will Ihnen nur sagen, daß ich versuchen werde, mich nach Kanada durchzuschlagen. Dort werde ich das Flugzeug unversehrt, hoffe ich, stehenlassen. Ich komme für die Kosten auf und hinterlege das Geld bei Freunden, die sich um die Maschine kümmern werden. Bis dahin müssen Sie behaupten, daß es Ihnen gestohlen wurde und daß der Flugradius bei der vorhandenen Treibstoffmenge höchstens 800 Meilen beträgt. In Kanada entferne ich die Kanister dann, so daß keiner irgendwie verfängliche Fragen stellen kann. Einverstanden?«
Stroud nickte. »Einverstanden, Brian. Machen Sie mit der Maschine, was Sie für richtig halten. Außerdem ist sie versichert. Wenn Sie mich aus der Sache raushalten können, wird mir nichts geschehen. Ich habe übrigens einen Liter Getriebeöl zusätzlich eingefüllt. Die Maschine verbraucht etwas mehr als üblich. Damit müßten Sie eigentlich auskommen. Geben Sie möglichst wenig Gas!«

»Danke. Ich werd's mir merken. Gehen wir jetzt!«
Sie musterten die Straße. Die wenigen Lampen schwankten im Wind. Sonst war keine Bewegung auszumachen. Sie überquerten die Rasenfläche vor dem Krankenhaus und die Fahrbahn. Sie gingen wachsam und ohne Hast. Loss setzte sich im Ford auf den Rücksitz und überließ Stroud das Steuer.
»Zum Flugplatz?«
»Nein«, antwortete Loss. »Wir müssen vorher noch . . . «
»Kopf runter!« zischte Stroud. Die Eingangstür zum Telegrafenamt wurde geöffnet, und die Telefonistin trat heraus. Kauend spähte sie in östlicher Richtung die Straße entlang. Stroud stieg aus, ohne sich nach Loss umzusehen, der sich hinter die Lehne des Vordersitzes duckte.
»Haben Sie's erhalten?« fragte Stroud höflich und stellte sich in den Lichtkegel der Straßenlampe.
»Was erhalten?« fragte die Telefonistin mürrisch und kaute weiter.
»Das Telegramm für mich. Ich warte schon den ganzen Tag darauf. Auf ein Telegramm von Barbados für Peter Stroud. So heiße ich nämlich.« Er stand vor ihr und lächelte verlegen.
»Es ist kein Telegramm gekommen«, antwortete sie und wandte sich ab, um die Tür zu verschließen.
Stroud kehrte zum Wagen zurück, startete den Motor und ließ ihn eine Weile laufen, als sei er noch unschlüssig. Dann verließ er den Parkplatz, bog in die Straße ein und fuhr langsam davon. »Wohin?« fragte er.
»Gut gemacht!« sagte Loss hinter ihm und richtete sich auf. »Okay, Peter, jetzt kommt der schwierige Teil. Biegen Sie bei der zweiten Kreuzung links ein und fahren Sie zwei Häuserblocks weiter. Kennen Sie die *Mary's Beach Cottages*? Unmittelbar am Strand liegen sie nicht, wie ihr Name andeutet. Aber wen wird das in diesem Nest schon stören?« Er deutete auf die Querstraße. »Jetzt links.«
Sie bogen von der längs der Bucht verlaufenden Straße ab und gelangten zu einer Allee. Die Straßenlampen verloren sich hinter ihnen. Nur wenige Häuser säumten die Straße. Es schien der vornehmere Teil des Ortes zu sein.
»Von jetzt an müssen Sie den entführten Flugzeugbesitzer spielen, Peter. Ich werde Sie fesseln und knebeln. Ich lasse Sie auf dem Vordersitz liegen. Danach schnappe ich mir Heiss in seinem Bungalow mitsamt seinem Anwalt, falls sie zusammen wohnen.«

Stroud nickte. Der schwache Lichtschein des Armaturenbretts lag auf seinem Gesicht.

»Prägen Sie sich genau ein, was Heiss mir mitteilt, damit Sie es hernach der Polizei berichten können. Auf dem Flugplatz nehme ich ihn mir vor. Es wird ein wenig rauh hergehen. Heiss wird wie Sie gefesselt sein, aber nicht in Ihrer Nähe liegen. Seien Sie vorsichtig, Peter! Trauen Sie ihm nicht. Laut Campbell ist er heimtückisch.«

»Und wie geht's dann weiter?« fragte Stroud und legte geräuschlos einen Gang ein.

»Nachdem ich so viel wie möglich aus Heiss herausgequetscht habe, fliege ich mit Holly los. Sie beide bleiben zurück. Ihre Fesseln werden so locker sein, daß Sie sich nach einer Weile selbst befreien können. Aber lassen sie sich Zeit. Um Heiss brauchen Sie sich keine Sorgen zu machen. Seine Fesseln sitzen stramm. Wir fliegen zuerst nach Süden und drehen dann nach Norden ab, sobald wir außer Sicht- und Hörweite sind. Sie lassen Heiss liegen und laufen zum Ort zurück. Melden Sie der Polizei den Diebstahl und geben Sie an, daß wir in südlicher Richtung davongeflogen seien. Und berichten Sie, was Heiss ausgesagt hat. Dann müssen Sie darauf warten, daß man sie davon in Kenntnis setzt, daß die Maschine aufgefunden worden ist. Wenn Sie wollen, können Sie auch Ihre Versicherung wegen der Entschädigung anschreiben. – Ist so weit alles klar?«

»Die Sache verspricht spannend zu werden«, erwiderte Stroud. »Da sind wir schon!«

Stroud verlangsamte das Tempo, fuhr an den Bordstein und löschte das Scheinwerferlicht. Vor ihnen lag, umgeben von Weißzedern und tropischen Bäumen, eine Ansammlung von Bungalows mit einem Gästehaus in der Mitte. Eine niedrige Hecke säumte das Gelände. Im Gästehaus brannte noch Licht. Die Personen im Inneren zeichneten sich schattenhaft ab. Der feuchte Nachtwind trug den leisen Klang einer Jim-Reeves-Platte zu ihnen herüber.

Sie beobachteten vom dunklen Wagen aus eine Zeitlang die Gebäude und das Gelände. Aber nur im Gästehaus schien noch Betrieb zu sein.

»Heiss und sein Anwalt haben Bungalow Nr. IV«, sagte Loss und deutete auf ein Gebäude, das zur linken Hand ein wenig versetzt zwischen Bäumen lag. Hinter den Vorhängen schimmerte eine Lampe.

Stroud kratzte sich gelangweilt am Kinn. »Was steht nun auf dem Programm?«

»Das wird sich gleich herausstellen. Haben Sie gekauft, was Holly Ihnen aufgetragen hat?«
»Es liegt im Kofferraum. Ein einfaseriges Nylonseil von fünfzig Meter Länge mit einer Zugbelastung von 50 Kilo, eine Rolle Klebeband, Plastiktüten und ein paar Tafeln Schokolade.«
Loss verließ leise den Ford und duckte sich lauschend in seinen Schatten. Nachdem er nichts Ungewöhnliches festgestellt hatte, öffnete er den Kofferraum. Er schloß die Aktentasche auf und tastete nach seiner Luger. Er ließ das Magazin ausrasten, zählte die Patronen und fuhr mit dem Daumennagel den Ladeschlitz entlang. Da, die achte Patrone. Er schob das Magazin wieder hinein und lud durch. Er hatte den Punkt erreicht, von dem aus es kein Zurück mehr gab.
Loss nahm nun das Nylonseil und begab sich zum Fahrersitz. Stroud hielt ihm bereitwillig die gekreuzten Hände entgegen, die Loss fesselte. Sodann band er Strouds Füße über den Knöcheln zusammen. Zum Schluß klebte er ihm einen Heftpflasterstreifen quer über den Mund. Dann schob er Stroud in eine möglichst bequeme Stellung. Der stieß trotz des Knebels einen Klagelaut aus. Loss schüttelte ihn an der Schulter und flüsterte: »Tut mir leid, mein Lieber. Aber falls ich geschnappt werde, können Sie sagen, ich hätte Sie mit vorgehaltener Waffe in Schach gehalten. Ich hole jetzt Heiss. Ducken Sie sich!«
Er huschte davon. Die Luger lag kühl in seiner trockenen Hand. Gebückt rannte Loss die Büsche entlang, die das Gelände einfriedeten. Heiss' Bungalow lag ganz außen. Ohne gesehen zu werden, gelangte er zur Hauswand.
Seine Schläfen pochten. Er fühlte sich matt und schwindlig. Der dünne Bademantel bot vor dem Nachtwind keinen Schutz. Gegen die Bungalowwand gelehnt, rastete er eine Weile.
Die Vorhänge waren zugezogen. Er hörte, daß die Spülung in der Toilette betätigt wurde und danach eine Tür ins Schloß fiel.
Er tastete sich die Mauer entlang zur Rückseite. Das Schlafzimmerfenster stand offen. Die Vorhänge waren nicht ganz zugezogen. Aber ins anschließende Wohnzimmer konnte Loss nicht sehen. Er hörte auch keine Stimmen, nur die gedämpften Country-Music-Klänge aus dem Hauptgebäude.
Ich kann nicht ewig hier warten, dachte er und huschte zur Eingangstür zurück. Über der Tür befand sich in einer Nische eine Kugellampe. Er schraubte die dunkle Glühbirne heraus und warf sie

fort. Dann klopfte er leicht an die Tür, sagte halblaut: »Telegramm für Sie, Mister Bolken!« stemmte sich gegen die Türfüllung und hielt die Luger in Brusthöhe.
Als die Tür aufgeschlossen wurde, zwängte sich Loss hinein und rammte Heiss den Lauf der Luger in den Bauch. Heiss taumelte rückwärts, verlor das Gleichgewicht und fiel schwer zu Boden. Bevor er sich aufrappeln konnte, hatte Loss die Tür bereits geschlossen.
»Legen Sie sich auf den Bauch und verschränken Sie die Hände auf dem Rücken! Wo ist Ihr Anwalt?«
Heiss befolgte die Anordnungen und blickte dann über die Schulter hinweg auf den Mann, der über ihm stand. Dieser war nur mit einem hellblauen Bademantel und Tennisschuhen bekleidet. Er trug einen Kopfverband. Die Augen lagen tief in den Höhlen. Von der Luger sah Heiss nur das dunkle Loch der Mündung. Es war auf seinen Kopf gerichtet. Er hatte nicht den geringsten Zweifel, daß sie geladen war.
»Was wollen Sie von mir, Loss? Ich kann Ihnen nicht helfen. Ich werde doch ausgewiesen.«
»Wo ist Ihr Anwalt, Heiss?«
Als Heiss sich aufrichten wollte, trat Loss einen Schritt zurück, nahm die Waffe in gebückter Haltung wie beim Comba-Schießen in beide Hände und zielte über den Lauf hinweg.
Heiss legte sich ächzend wieder hin, rollte sich auf den Bauch und kreuzte die Hände. »Sie sind doch verrückt, Mann!« stieß er aus. »Sie bekommen doch nur drei Jahre! Und dazu noch dreitausend Dollar im Monat! Wenn Sie Stunk machen, wird Klist Sie umlegen.«
»Der Anwalt, Heiss. Wo ist er?« fragte Loss drohend.
»Er ist in Bungalow Nr. I gezogen.«
»Kommt er heute noch zu Ihnen?«
Heiss schüttelte den Kopf. »Nein, er erwartet einen Funkspruch.«
Loss hatte inzwischen an dem einen Ende des Nylonseils eine Schlinge mit einem Laufknoten gemacht. Er rammte Heiss den Pistolenlauf zwischen die Oberschenkel und stellte sich rittlings über den vor ihm Liegenden.
»Hör zu, Heiss! Ich feßle jetzt deine Hände. Wenn du dich bewegst, schieße ich dir die Eier ab.«
Diese Methode hatte ihm in Vietnam ein Soldat von einer Eliteeinheit beigebracht. Ein bäuchlings daliegender Mann, auf dessen

Rücken eine Pistole gerichtet ist, kann immerhin noch versuchen, seitwärts wegzurollen. Wenn es ihn aber seine Hoden kosten kann, bleibt er regungslos liegen. Loss ließ die Schlaufe über Heiss' Handgelenke gleiten, zog sie fest an und wickelte das Seil noch ein paarmal herum.
»Halt still, Heiss! Jetzt sind deine Beine dran! Eine Bewegung, und du bist nur noch als Chorknabe zu gebrauchen.« Heiss spürte den harten, bedrohlichen Lauf der Luger. Am liebsten hätte er gepißt.
»Du Mistkerl!« zischelte er. »Wenn du mich umlegst, bist du wegen Mord dran. Ich kann dir keine Informationen geben. Klist hat sich abgesetzt. Er ist längst in Kuba. Sonst wäre der Anwalt nicht hier. Klist hat es arrangiert.«
»Was hast du für Klist tun müssen?«
»Reine Routinearbeit. Ich habe Gespräche mitgeschnitten, verfängliche Fotos gemacht. In die Sache selbst war ich nicht eingeweiht. Was Ihr Boß und Klist da ausgebrütet haben, weiß ich nicht. Das müssen Sie doch begreifen, Mann! Sie bringen sich immer tiefer in die Klemme.«
»Jetzt paß mal auf, Heiss! Ich denke nicht daran, ins Kittchen zu gehen, geschweige denn für drei Jahre. Ich brauche nur Beweise, die mich entlasten. Außerdem glaube ich, daß sich Welsh da auf eine krumme Sache eingelassen hat. Deshalb möchte ich mehr darüber erfahren, selbst wenn ich dir die Eier wegpusten muß. Wir beide machen jetzt einen kleinen Ausflug. Aber zuvor möchte ich dir noch einige Verhaltensregeln mit auf den Weg geben.«
Heiss lag mit wild flackernden Augen regungslos da.
»Das hier ist ein Müllsack«, sagte Loss und bauschte den grünen Plastiksack. »Den stülpe ich dir über Kopf und Schultern und binde ihn am Hals mit deinem Gürtel fest. Dann löse ich deine Fußfessel, und wir gehen gemeinsam zu meinem Wagen. Ich schieße dich nicht über den Haufen, wenn du wegzulaufen versuchst. Ich geb' dir nur mit der Pistole eins über den Schädel. Ich habe darin nicht viel Übung, schlage vielleicht zu fest zu. Im Plastiksack ist genügend Luft. Du kannst es mindestens eine Minute aushalten, wenn du keine Dummheiten machst. Versuchst du aber zu fliehen, wirst du dir entweder einen Schädelbruch zuziehen oder ersticken. Habe ich mich klar ausgedrückt?«
Heiss kniff die Augen zusammen und nickte.
Loss schob den Vorhang einen Spalt beiseite und schaute über die Rasenfläche hinweg auf die übrigen Bungalows. Von hier aus ließ

sich nicht feststellen, welcher die Nr. I war. Zumindest sah er, daß sich draußen nichts bewegte.

Als er Heiss' Gürtel aus den Bundschlaufen zog, kam ihm ein Gedanke. Die Luger weiterhin auf Heiss gerichtet, ging er rückwärts in das Schlafzimmer und räumte den Kleiderschrank aus. Er trug die Sachen ins Wohnzimmer, wo er sich eine graue Flanellhose und einen leichten Wollpullover aussuchte. Nachdem er sich umgezogen und noch einmal das Gelände draußen gemustert hatte, kniete er neben Heiss nieder und half ihm auf die Beine. Schwankend richtete sich Heiss auf. Loss zog ihm den Plastiksack über Kopf und Oberkörper, wand den Gürtel zweimal darum herum und band ihn locker fest. Danach schnitt er die Fußfesseln durch. Heiss bot einen sonderbaren Anblick mit dem Plastiksack, der sich rhythmisch bauschte und zusammenzog.

»Nicht so hastig, Heiss! Verbrauche nicht zuviel Energie, und du schaffst es.«

Loss führte ihn durch die Tür hinaus auf den Rasen. Um keine Zeit zu verlieren, verließ er die Deckung und ging quer übers Gelände.

Sobald sie am Ford angelangt waren, öffnete Loss die hintere Tür, schob Heiss auf den Rücksitz und fesselte wieder seine Beine, bevor er ihm den Plastiksack herunterriß. Heiss schnappte nach Luft. Sein Gesicht war schweißgebadet.

Loss schloß die Wagentür und setzte sich ans Steuer. Qualvolle Sekunden vergingen, da der Ford nicht anspringen wollte. Der Motor röhrte kurz auf und erstarb. Loss versuchte es abermals und gab acht, daß ihm der Vergaser nicht absoff. Schließlich begann der Motor, wenn auch nicht auf allen Zylindern, zu laufen. Nach wenigen Sekunden dröhnte er gleichmäßig vor sich hin.

Loss fluchte innerlich über seine Ungeschicklichkeit. Eine Panne durfte er sich jetzt nicht leisten. Mit ausgeschalteten Scheinwerfern fuhr er im Rückwärtsgang hundert Meter zurück, machte dann erst die Scheinwerfer an und wendete den Wagen.

Stroud saß zusammengesunken auf dem Sitz neben ihm. Im Fond rang Heiss keuchend nach Luft.

Der Ort wirkte ebenso verlassen wie vorhin. Bei der Rumkneipe standen zwei Männer auf dem Gehweg und unterhielten sich mit wilden Gesten. Jener Teil des Krankenhauses, wo er gelegen hatte, war unbeleuchtet. Als er in die Küstenstraße einbog, huschte das Scheinwerferlicht über die Parkbänke am Westrand des Ortes. Ein Pärchen, beide dunkelhäutig, saß auf einer der Bänke.

Der Ort lag nun hinter ihnen, nur noch ab und an passierten sie ein Haus. Sie kamen an der Einfahrt zum Jachthafen vorbei. Im Clubhaus brannte kein Licht. Etwa eine halbe Meile weit verlief die Küstenstraße zwischen kümmerlichem Strauchwerk. Der Asphaltbelag war stellenweise mit Sand bedeckt, den der Wind herangeweht hatte. Zu seiner Linken sah Loss das Meer im Licht der Mondsichel glitzern. An der Zufahrt zum Flugplatz hielt er an und machte die Scheinwerfer aus. Gleich darauf leuchtete vor ihnen ein Feuerzeug in der Dunkelheit auf und erlosch dann. Erleichtert wartete er.
Sie tauchte an der Fahrerseite auf und blieb einen Schritt vom Wagen entfernt stehen.
»Es hat geklappt«, sagte er. »Steig hinten ein! Und gib acht auf Heiss. Er ist gefesselt. Stoß ihn einfach vom Sitz herunter!«
Sie stieg ein, beugte sich vor und küßte ihn. Sie roch nach Limonengras und Schweiß.
»Schön, daß du da bist«, meinte er. »Ist dir auf der Straße irgend etwas aufgefallen?«
Sie lehnte sich zurück und atmete schwer. »Nichts. Ich bin schon seit einer halben Stunde hier. Ich bin querfeldein gegangen, weil es noch hell war. Ich habe nur Landkrabben und Hunde gesehen. Das war alles.«
Auf der schmalen Zufahrt zum Flugplatz fuhr er schneller. Offensichtlich war sie weniger befahren als die Küstenstraße, die Risse im Belag waren mit Sand gefüllt oder mit Unkraut überwuchert. Er bremste jäh ab und bog nach links auf den Kiesstreifen neben der BP-Reklametafel ein. Dann rollte er langsam an der Flughafenbaracke vorbei und hielt hinter der einmotorigen Comanche, die vom Scheinwerferlicht einen Augenblick lang erfaßt wurde.
Er schaltete die Scheinwerfer ab und stieg aus, gefolgt von Holly. Er reichte ihr die Luger, öffnete die hintere Wagentür, zog Heiss an den Füßen heraus, packte ihn unter den Achseln und ließ ihn auf die Piste fallen. Heiss ächzte, als er aufschlug, rollte sich auf die Seite und atmete keuchend. Loss machte nun auch die rechte Vordertür auf und zerrte Stroud heraus. Er entfernte das Heftpflaster und die Fußfesseln, ließ aber die Hände zusammengebunden. Er näherte sich Stroud und flüsterte ihm ins Ohr: »Jetzt geht's los, Stroud. Tragen Sie nicht zu dick auf! Und vielen Dank noch!« Stroud nickte. Ein ironisches Lächeln huschte über sein Gesicht.
Loss band nun die beiden an der vorderen Stoßstange fest. Beide saßen auf der betonierten Piste und lehnten mit dem Rücken gegen

die Stoßstange. Loss wickelte das Seil noch ein paarmal um Heiss' Handgelenke und vergewisserte sich im Licht der kleinen Taschenlampe, die er in Strouds Tasche gefunden hatte, daß es stramm angezogen war.
Er zündete sich eine Zigarette an und verdeckte dabei die Flamme mit der Hand. Ausatmend setzte er sich vor die beiden gefesselten Männer. Stroud starrte ihn an. Sein Gesicht war wutverzerrt. Heiss drückte den Kopf gegen den Scheinwerfer, hielt die Augen geschlossen und wartete ab.
»Es ist an der Zeit, daß wir miteinander reden, meine Herren«, sagte Loss. »Ich möchte mich zunächst bei Ihnen entschuldigen, Stroud. Sie waren so hilfsbereit, Holly hierher zu fliegen, und wir revanchieren uns, indem wir Ihre Maschine stehlen. Das läßt sich leider nicht ändern. Aber Sie werden sie zurückerhalten.«
»Mr. Loss, ich rate Ihnen, mich loszubinden«, erwiderte Stroud mit zusammengebissenen Zähnen. »Sie stecken ohnehin schon in großen Schwierigkeiten. Zudem sind Sie mit meiner Maschine nicht vertraut. Mit dem verbliebenen Treibstoff kommen Sie nicht weit.«
»Das ist bedauerlich. Aber hierbleiben kann ich nicht. Bis Haiti werde ich es schon schaffen. Dort tanke ich heute nacht noch auf, bevor überhaupt jemand ahnt, daß ich getürmt bin. Wo sind die Zündschlüssel?«
»Er bewahrt sie unter der Bodenmatte im Gepäckraum auf«, warf Holly ein. »Ich denke, er ist nicht versperrt.«
»Sie haben Pech, Loss«, entgegnete Stroud. »Der Gepäckraum ist verschlossen, und der Schlüssel liegt im Hotel. Sie hätten daran denken sollen, als Sie heute abend zu mir kamen und mit der Luger herumfuchtelten.«
Loss stand auf und ging zur Rückseite des Ford. Als er zurückkehrte, hatte er seine Aktentasche, ein paar Plastiksäcke und die Wagenheberstange in den Händen. Er gab Holly die Tasche und die Eisenstange und sagte: »Wenn der Gepäckraum versperrt ist, brich ihn damit auf! Nimm die Schlüssel und schließ die Kabine auf! Laß die Schlüssel im Zündschloß stecken und rühr sonst nichts an! Sieh nach, ob du in der Kabine eine Bedienungsanleitung, Handbücher, Flugkarten und ähnliches findest! Leg das Zeug aufs Armaturenbrett! In zwanzig Minuten fliegen wir los. Wenn jemand kommt, noch eher. Wenn du damit fertig bist, stell dich auf die Tragfläche und behalte die Zufahrt im Auge! Scheinwerferlicht sieht man drei, vier Meilen weit.«

Loss hockte sich wieder vor die beiden. Er legte die Luger griffbereit neben sich und blies einen Plastiksack auf. Heiss beobachtete ihn argwöhnisch.
»Jetzt bist du an der Reihe, Heiss!« Loss stülpte Heiss den Plastiksack mit einer schnellen Bewegung über Kopf und Schultern. Dann packte er den Rand und drehte ihn zusammen. Heiss blieb regungslos sitzen und atmete langsam. Der Plastiksack bauschte sich und fiel zusammen. Loss begann die Sekunden zu zählen.
»38, 39 . . . «
Der Plastiksack bauschte sich jetzt rascher.
»54, 55, 56 . . . «
Heiss schnappte nach Luft. Sein Brustkorb hob und senkte sich.
»81, 82 . . . «
Heiss begann sich zu winden. Krämpfe schienen seinen Oberkörper zu schütteln. Loss nahm plötzlich den stechenden Geruch nach Urin wahr. Heiss verlor offensichtlich die Kontrolle über sich. Er warf den Kopf vor und zurück, als könne er so den Sack abstreifen.
Loss entfernte langsam den Sack, hockte sich nieder und sah zu, wie Heiss keuchend nach Luft rang.
»Großer Gott!« stieß Stroud aus. »Lassen Sie ihn doch . . . «
»Halten Sie den Mund, Stroud!« fuhr Loss ihn an. »Das Schwein da heißt nicht Bolken, sondern Heiss. Er ist ein Sowjetagent oder so was. Und bevor ich abfliege, brauche ich noch ein paar Informationen von ihm. Sie hören sich seine Aussage an, damit Sie hernach alles der Polizei berichten können. Auch der Presse, falls die sich dafür interessiert. Sperren Sie also die Ohren auf!«
Loss wandte sich Heiss zu und tätschelte seinen Kopf.
»Gut gemacht, Heiss! Das waren fast anderthalb Minuten. Unter so einem Ding wird der Sauerstoff nicht so schnell knapp. Es ist nur so, daß das Kohlendioxid die Atmung beeinträchtigt, man schneller zu atmen beginnt und somit noch mehr Kohlendioxid produziert. Und das führt zum Ersticken. Die Nordkoreaner schwörten auf diese Methode. Der Rekord liegt angeblich bei über drei Minuten. Allerdings kann dabei eine leichte Hirnschädigung eintreten. Du wirst wie eine frische Karotte aussehen.«
Heiss begann zu schreien, und Loss brachte ihn mit einem Schlag ins Gesicht zum Schweigen. Man konnte im trüben Mondlicht deutlich sehen, saß Heiss das Blut aus der Nase schoß.
Ächzend setzte sich Loss auf den Beton. Der Mond war nur noch ein fahler Lichtfleck, der bald im Westen versinken würde. Der Himmel

war beinahe wolkenlos. Nur ein paar Zirruswolken waren zu sehen. Der Wind war, wie Campbell gesagt hatte, schwach und wehte aus Osten. Die Sache mit Heiss ging ihm auf die Nerven. Er fragte sich, ob er sie zu Ende führen könnte. Er atmete aus und begann auf Heiss einzureden, freundlich beinahe, so wie ein leicht verärgerter Vater mit seinem Sohn sprechen würde, der den Kotflügel an seinem Wagen eingedellt hat. »Hör mal zu, Heiss! Ich habe nicht die ganze Nacht Zeit. Du sollst uns ein paar Fragen beantworten, die gleichen Fragen, die ich dir schon im Bungalow gestellt habe. Aber jetzt wirst du sie beantworten. Wenn ich merke, daß du mich anlügst, ziehe ich dir den Plastiksack über den Kopf und mache einen kurzen Spaziergang. Ich bleibe zwanzig Sekunden länger aus als beim erstenmal. Ich will dich nicht umbringen. Ob es dazu kommt, liegt allein bei dir. Und jetzt sage vor diesem Zeugen hier, wer du bist, was du für Klist erledigt hast und – darauf lege ich großen Wert –, ob ich die Aztec gestohlen habe.«

Heiss starrte ihn haßerfüllt an. Seine Augen wirkten wie dunkle Löcher. Er sagte kein Wort. Widerwillig bauschte Loss den Plastikbeutel und tat so, als wollte er ihn Heiss über den Kopf ziehen.

»Bitte nicht, Loss! Tun Sie's nicht! Ich gebe Ihnen mein ganzes Geld, wenn Sie mich laufen lassen. Es liegt auf einem Bankkonto in Zürich. Setzen Sie mich in Trinidad oder Venezuela ab. Ich werde dann . . «

Loss stieß die Luft zwischen den Zähnen aus, zog Heiss den Sack über den Kopf und zählte die Sekunden. Heiss begann dumpf zu schreien. Loss zog den Rand fester zusammen, stand auf und klopfte den Staub von seiner Hose. Er wollte die Tortur nicht so lange ausdehnen wie beim erstenmal. Heiss würde es ohnehin wie eine Ewigkeit vorkommen.

Diesmal war es noch ärger. Heiss bemühte sich gar nicht stillzuhalten. Schon nach dreißig Sekunden geriet er in Panik.

»62, 63 . . . «

Heiss wand sich, versuchte sich aufzurichten, schob dabei den Wagen ein Stück zurück und brach schließlich zusammen. Sein Körper zuckte wie in Krämpfen.

Loss riß ihm mit einem Ruck den Plastikbeutel vom Kopf und beugte sich über ihn. Heiss erbrach sich, es würgte ihn, und er begann keuchend zu husten.

Loss entfernte sich und versuchte hinter dem Kofferraum des Ford den aufkommenden Brechreiz zu unterdrücken. Lieber Gott, laß ihn

bitte reden, dachte er, ich muß die Informationen haben. Im Mund verspürte er den bitteren Geschmack von Galle.
Er wischte sich den Speichel von den Lippen und kehrte zurück. Er versuchte, möglichst gelassen zu wirken.
Vor Heiss hockte er sich auf die Fersen. Jetzt mußte er aufs Ganze gehen. »Wie lautet dein richtiger Name?«
»Heiss, Carl Heiss. Mehr darf ich nicht sagen. Volgel bringt mich sonst um. Wenn er glaubt, daß ich was verraten habe, wird er mich umlegen, er oder Klist.«
Loss griff nach dem Plastiksack. Er bauschte ihn, eine Bewegung, die Heiss angsterfüllt zusammenzucken ließ.
»Was wollen Sie sonst noch wissen, Loss?« fragte Heiss flehentlich.
»Erzählen Sie Mr. Stroud, warum wir den Flug unternommen haben!«
Heiss war kaum zu verstehen. Beim Reden schnappte er nach Luft, als würde sie gleich knapp werden. »Klist hat die Flugroute bestimmt. Er befand sich mit in der Maschine. Loss hat nur die Anordnungen seines Chefs befolgt. Er hat das Flugzeug nicht gestohlen. Klist ist geflüchtet. Nach Kuba. Mit einer Jacht.«
»Wer ist Klist? Wie lautet sein richtiger Name? Aus welchem Land stammt er?«
»Petrov. Er stammt aus einem Ostblockstaat. Er versucht Senator Welsh in irgendeine Sache hineinzuziehen. Ich weiß nichts darüber. Ich hatte nur die Aufgabe, die Gespräche mitzuschneiden. Und Fotos zu machen.«
Loss tätschelte seine Wange. »Nur weiter so, Heiss! Du machst dich. Wo sind die Tonbänder und das Filmmaterial? Hast du die Bänder mal abgehört?«
Heiss schüttelte heftig den Kopf und schwieg.
»Du lügst, Heiss. Ich glaube nicht, daß du noch eine Runde unter dem Plastiksack durchhältst. Wenn du die Gespräche schon aufgenommen hast, wirst du dir auch welche angehört haben. Na sag's schon, Heiss!« Loss hob den Sack und ließ ihn langsam über Heiss' Kopf sinken. Heiss schrie, seine Stimme überschlug sich.
»Nicht, Loss! Bitte nicht!«
Loss riß den Sack an sich, näherte sich Heiss' Gesicht und zischte: »Was war auf den Bändern, du Dreckskerl! Worum ging es bei den Gesprächen? In zwei Minuten starte ich. Von deiner Antwort hängt ab, ob du erstickst oder am Leben bleibst.« Er packte Heiss am Haarschopf, schüttelte ihn und schlug Heiss' Kopf gegen die Schein-

werfer. Die verzweifelte Wut der letzten fünf Tage brach in ihm durch und konzentrierte sich auf diesen Menschen.
»Ich weiß nicht!« schluchzte Heiss. »Es ist nur . . . «
»Nur was?«
»Nur ein Band. Die übrigen verwahrte Petrov. Er sagte, daß die Bänder irgendwie markiert seien, so daß er ein Abspielen feststellen könne. Ich traute mich nicht.«
»Weiter, Heiss, weiter! Um was ging es auf diesem Band?«
»Ich habe Petrov und die blonde Schlampe abgehört. Um vielleicht später Nutzen daraus zu ziehen. Aber sie sprachen russisch. Ich kann es zwar lesen, aber nicht sprechen. Nur ein paar Worte. Es sagte, daß Welsh Präsident werden würde, und erwähnte dann noch das Wort *Hood* oder so ähnlich. Es muß ein Ort sein. Und dann fiel noch das Wort *Husar.*«
»Was sonst noch?«
»Glauben Sie mir, Loss, das war alles. Volgel wird mich . . .«
»Dir geschieht nichts, Heiss!« erwiderte Loss und richtete sich auf. »Wende dich an Campbell. Er kann dich vielleicht schützen.«
Loss überlegte eine Weile und blickte auf die beiden. »Ich muß jetzt gehen, Stroud. Ihre Handfesseln sind nicht besonders straff. In kurzer Zeit haben Sie sie gelöst. Wenn nicht, wird man Sie morgen früh hier sicherlich finden. Wenn ich Sie wäre, würde ich Heiss gefesselt lassen, bis sich die Polizei um ihn kümmert. Wenn mit der Morgenmaschine Reporter eintreffen, würde ich an Ihrer Stelle zuerst mit denen reden und dann mit der Polizei.«
Stroud nickte. »Vielleicht sehen wir uns wieder, Loss. Ich denke, ich kann Sie jetzt besser verstehen. Aber warum warten Sie das Eintreffen der Reporter nicht ab? Ich könnte Ihre Aussage bezeugen.«
Loss schüttelte den Kopf. »Nein, Stroud. Ich habe mindestens drei oder vier weitere Dinge getan, für die sie mich einbuchten können. Ich warte, bis sich der Staub gelegt hat. – Adios, Sie Samariter!«
Heiss und Stroud saßen an die Stoßstange gefesselt da und schauten zu, wie Loss in der Flugzeugkabine verschwand. Gleich darauf sprang der Motor an, und die Maschine rollte zum westlichen Ende der Piste. Die Positionslichter blieben ausgeschaltet.
Sie hörten, wie das Dröhnen der Maschine immer lauter wurde. Dann raste sie, vom Mondlicht beschienen, an ihnen vorbei. Am Ende der Piste hob sie ab und stieg immer höher.
Hals- und Beinbruch, du dickköpfiger Yankee, dachte Stroud und lächelte wehmütig. Neben ihm zerrte Heiss an den Fesseln.

17

Petrov schäumte vor Wut. Er zündete sich eine kubanische Zigarette an, inhalierte einmal und drückte sie in dem Rest seines kalt gewordenen Kaffees aus. Er entfernte sich vom Schreibtisch, um dem hellblonden Unteroffizier, der mit aufgesetzten Kopfhörern vor der Instrumentenkonsole saß, über die Schulter zu blicken. Der junge Unteroffizier schaute fragend hoch. Petrov musterte ihn böse. Der Nachrichtentechniker schüttelte leicht den Kopf und konzentrierte sich wieder auf seine Instrumente.

Petrov begann über den mit einer Gummimatte ausgelegten Gang hinter der Konsole auf und ab zu gehen und blickte immer wieder auf die Instrumente. Die Klimaanlage übertönte die leisen Gespräche, die Schritte der Offiziere, die den Technikern der Beobachtungsstation Anweisungen gaben, und das Gerassel der Fernschreiber.

Petrov betrachtete den Bildschirm, der die ganze Vorderwand der Beobachtungsstation einnahm. Die Projektion zeigte das Karibische Meer – von der Yucatanstraße im Westen bis zum 800 Kilometer entfernten Teil des Atlantiks im Osten; im Süden wurde sie von der venezolanischen und kolumbianischen Küste begrenzt, im Norden vom Golf von Mexiko und Florida. Die Küstenlinien waren rot gekennzeichnet, die Längen- und Breitengrade weiß. Der Kurs der Schiffe war grün markiert. Die Schiffe selbst waren mit Kodekürzeln, die sich auf den Typ, die Nationalität, die Fahrtgeschwindigkeit, den mutmaßlichen Bestimmungsort und sonstige Besonderheiten bezogen, kenntlich gemacht. Der Kurs der Flugzeuge hingegen, denen Petrovs alleiniges Interesse galt, war in leuchtendem Orange angegeben. Die Flugzeuge waren mit ähnlichen Angaben versehen wie die Schiffe. Petrov musterte immer wieder einen bestimmten Bereich; er hatte die Form einer Ellipse von etwa hundert Kilometer Länge und einer Breite von nur wenigen Kilometern. Die Längsachse dieses Bereichs erstreckte sich von Norden nach Süden und

verlief durch die Windward Passage, die Meerenge zwischen Kuba und Haiti.
Die Digitaluhr über der Projektion zeigte klickend eine neue Zeitangabe an. Es war 22.10 Uhr Greenwicher Zeit oder 6.10 Uhr Ortszeit. Dieses verdammte Warten, dachte er und spürte, wie sich sein übersäuerter Magen zusammenkrampfte. Er rülpste, um den stechenden Schmerz zu lindern. Aber das Gefühl der Unsicherheit blieb.
Petrov ging zur Schaltkonsole des wachhabenden Offiziers. Der Offizier, ein Kapitänleutnant der Roten Flotte, Einsatzgebiet Atlantik, stand hastig auf. Petrov sah, daß er übergewichtig war und seine Uniform ein Plätteisen dringend nötig hatte. Er trug eine Brille mit dicken Gläsern, hatte vermutlich eine gleichfalls dicke Ehefrau und würde nach seiner Pensionierung in den Genuß einer Datscha am Schwarzen Meer kommen. Auf dem Namensschild aus Plastik stand *Kapitänleutnant Wladimirovitsch Alexandrovski.*
Petrov bedeutete dem Mann, Platz zu behalten, und neigte sich über die Konsole und stützte sich mit gespreizten Fingern ab. »Sind irgendwelche Meldungen durchgegeben worden, Kapitänleutnant?«
Der Marineoffizier nickte. »Jawohl, Genosse Oberst. Aber es waren nur Routinefunksprüche an die Aufklärungsmaschine. Noch keine Nachricht vom Genossen« – er blickte auf seinen Notizblock – »vom Genossen Volgel, seitdem er seine Position auf dem Flugplatz funkte.«
Petrov hoffte nur, daß Volgel, was Loss' Absichten anlangte, recht behielt. Das würde manches Problem aus der Welt schaffen.
Völlig erschöpft hatte Petrov vor sieben Tagen Kuba erreicht. Die kubanischen Milizionäre hatten ihn schließlich – mit vorgehaltener Waffe und viel Geschrei – zu einem russischen Dolmetscher gebracht. Von da an war es ihm nicht schwergefallen, seine Identität zu beweisen. Über die Russische Botschaft in Mexiko hatte Petrov sogleich angeordnet, daß ein KGB-Agent – ausgestattet mit einem tragbaren Sender und einer Schußwaffe – in Miami eine Maschine nach Great Inagua zu besteigen habe. Auf Great Inagua solle er sich als Heiss' Anwalt ausgeben. Ernst Volgel, der abkommandierte KGB-Agent, hatte daraufhin ausgezeichnete Arbeit geleistet. Heiss würde nach Entrichtung einer Geldstrafe auf freien Fuß gesetzt werden, Loss stand unter Beobachtung. Danach würden Heiss und Loss eliminiert werden – Heiss nach Verlassen der Bahamas, Loss, wann immer sich eine Gelegenheit ergab.

Nun sah es ganz danach aus, als sei bezüglich Loss diese Gelegenheit bereits gekommen. Volgel hatte am Frühnachmittag zur vereinbarten Zeit über Funk gemeldet, daß die kleine Maschine, eine einmotorige Comanche, von ihrem Besitzer startklar gemacht werde. Petrov zweifelte nicht daran, daß Loss das kaum bewachte Krankenhaus verlassen und einen Fluchtversuch wagen würde. Nachdem ihm über die Fernschreiberverbindung mit Moskau die Befugnis erteilt worden war, hatte er ein Beobachtungsflugzeug in den Luftraum über der Windward Passage beordert. Sobald diese Maschine Loss geortet hatte, würde er eine Staffel Abfangjäger einsetzen, die Loss über dem offenen Meer abschießen sollten. Die Situation entwickelte sich also durchaus positiv.

»Mit welchen Instrumenten ist die Beobachtungsmaschine ausgestattet, Genosse Kapitänleutnant?« fragte Petrov und neigte sich weiter vor.

Kapitänleutnant Alexandrovski, der wußte, daß Petrov dem KGB angehörte, antwortete prompt, obgleich sein Rang dem Petrovs entsprach. »Es handelt sich um eine Tupolev vom Typ TU-18. Sie verfügt über Radar und Infrator-Scanner. Sie befindet sich momentan in einer Höhe von 10 000 Metern. Die übrigen Daten dürften Ihnen wohl bekannt sein.« Er holte aus der Tasche seiner Uniformjacke eine flache Schachtel Zigaretten der Marke *Roter Stern* hervor, bot sie Petrov an und nahm selbst eine. Petrov drehte die Zigarette mit dem braunen Deckpapier zwischen den Fingern und beugte sich über das Feuerzeug, ein westliches Fabrikat, das der Kapitänleutnant aufschnappen ließ. Petrov bemerkte im Licht der Flamme, daß Alexandrovskis kahler Schädel mit einem Schweißfilm überzogen war.

Petrov wandte sich ab und betrachtete eine Zeitlang die Projektionswand. Er rauchte und ließ die Asche, ohne von dem nur Zentimeter von seiner Hand entfernten Aschenbecher Notiz zu nehmen, auf den frisch gewachsten Boden fallen. Er machte sich nichts aus Zigaretten. Er rauchte nur, wenn er nervös war. Überdies schmeckte die Zigarette nach getrocknetem Kameldung. Angeekelt ließ er sie zu Boden fallen und zertrat sie mit dem Absatz. »Wie lange sind Sie hier schon stationiert, Kapitänleutnant?« fragte er ohne besonderes Interesse, nur um die Wartezeit abzukürzen.

Der Kapitänleutnant hingegen war erstaunt, daß sich der KGB-Oberst für ihn interessierte, und antwortete bereitwillig: »Unsere Nachrichteneinheit ist vor sechs Jahren hierher verlegt worden.

Zuvor waren wir in der DDR stationiert. Dorthin würde ich am liebsten zurückkehren.«

»Warum?«

Kapitänleutnant Alexandrovski zuckte mit der Schulter. »Es liegt am Wetter. Am Essen. Wir verstehen uns nicht mit den Kubanern. Und zum Amüsieren gibt es nicht allzu viele Gelegenheiten.«

Petrov nickte verständnisvoll. »Was ist Ihr Aufgabengebiet?«

Der Kapitänleutnant zündete sich eine neue Zigarette an. »Mein Aufgabengebiet? Ich bin stellvertretender Kommandeur dieser Beobachtungsstation. Wir verfolgen den Schiffs- wie auch den Flugverkehr in der Karibik. Außerdem fungieren wir als Kommunikationsschaltstelle für die U-Boot-Basis von Cienfuegos an der Westküste.« Er lehnte sich zurück und fuhr dann fort: »Den U-Boot-Besatzungen geht es gut. Die Verpflegung wird aus Rußland eingeflogen, dazu die neuesten Filme. Wir aber erhalten nur den üblichen kubanischen Fraß.«

Petrov betastete den Schorf an seinem Hals. »Werden die Aufklärungsmaschinen und die Abfangjäger von unseren Piloten oder von Kubanern geflogen?«

Alexandrovski schüttelte den Kopf. »In den Beobachtungsflugzeugen sitzen unsere Leute. Sie haben den Auftrag, unsere U-Boot-Einheiten zu unterstützen und den Einsatz amerikanischer U-Boote, aber auch die Raketenstarts vom Kap Kennedy zu beobachten. Routineaufgaben also. Die Abfangjäger werden von Kubanern geflogen. Von unseren tapferen Verbündeten.« Er schnaubte verächtlich.

»Wieso? Sind sie schlecht ausgebildet?« fragte Petrov und unterdrückte ein Gähnen.

»Das nicht, aber mit ihrer Disziplin ist es nicht weit her. Sie gehen mit den Maschinen, die wir geliefert haben, äußerst nachlässig um. Da wir gerade von den Abfangjägern sprechen – ich habe das kubanische Luftwaffenkommando angewiesen, eine Staffel von vier MIG-19 auf dem Fliegerhorst von Baracoa in der Provinz Oriente in Alarmbereitschaft zu versetzen. Sie sind in zwei Minuten in der Luft und in zwölf über Great Inagua, wenn Sie den Startbefehl geben.«

Petrov stand auf und reckte sich. »Gut. Lassen Sie mich rufen, wenn Sie was Neues wissen. Ich bin im Zimmer des wachhabenden Offiziers.« Wortlos ging er davon.

Der Kapitänleutnant blickte ihm nach. Vielleicht war es unklug gewesen, so von den Kubanern zu reden, dachte er. Dieser Petrov ist schwer zu durchschauen. Man weiß nicht, was man von ihm halten soll.

Alexandrovski holte aus der Ablage die Kopie des entschlüsselten Fernschreibens, das zwei Stunden nach Petrovs Ankunft von dem kubanischen Mayor aus Havanna gebracht worden war, und las es noch einmal.

Es lautete:

ZENTRALKOMITEE AN CMDR 288STRATCOM KUBA KOMMA
SICHERHEITSSTUFE NEUN STOP FRAGLICHE PERSON IST
OBERST ANATOLI ANTONOVITSCH PETROV STOP PETROVS
ANWEISUNGEN IST BEDINGUNGSLOS FOLGE ZU LEISTEN STOP
AUSWERTUNG DER FINGERABDRÜCKE UND FOTOS FOLGT ÜBER
DIGITALSCANNERÜBERMITTLUNG STOP TELEXRUF KGB/VIKTOR
IN TAKTISCHEM KODE NOVEMBER KOMMA KENNRUF SALMACIS
STOP BESTÄTIGUNG KENNRUF PORT ARTHUR STOP
UNTERSCHRIFT ERSTER SEKRETÄR STOP ENDE

Mit diesem Petrov war nicht zu spaßen. Alexandrovski legte das Schreiben ab und wartete.

Petrov betrat den Aufenthaltsraum. Am Schreibtisch saß ein Mann, der gedankenverloren eine kleinformatige Kassette abspielte, sich gelegentlich Notizen machte und dann die Spule noch einmal zurücklaufen ließ, um seine Aufzeichnungen zu überprüfen. Die Stimmen, die vom Band ertönten, waren die von Senator Welsh und die von Petrov alias Klist.

»Na, was meinen Sie, hätte ich einen guten Schauspieler abgegeben, Vasili?« fragte Petrov und streckte sich müde auf der zerknüllten Wolldecke aus, die auf der Pritsche lag.

Vasili Rametka schüttelte abwehrend den Kopf und bedeutete ihn mit einer Handbewegung zu schweigen. Er ließ das Band zurückspulen und hörte sich die Passage von neuem an.

Petrov konnte das Gespräch nur mit Mühe verstehen. Er hörte, wie Welsh undeutlich Einwände erhob und er darauf beschwichtigend und zuvorkommend antwortete.

Rametka schaltete das Gerät ab. »Ausgezeichnet, Anatoli!« sagte er, knöpfte die Weste auf und lehnte sich in dem Ledersessel zurück. »Exzellent gemacht!«

»Von Volgel ist bisher noch keine Nachricht eingetroffen. Die

Situation ist unverändert«, erwiderte Petrov. Man merkte seinem Gesicht die Erschöpfung an. Er klopfte das Kissen zurecht und ließ sich darauffallen. Die Tropensonne hatte sein blondes Haar gebleicht. Er war braungebrannt, wirkte aber müde.
Rametka setzte die Nickelbrille ab und strich über den Nasenrücken. Die physiologischen Auswirkungen des »Jet-lag«, wie man diese Erscheinung im Westen nannte, machten ihm zu schaffen – Orientierungslosigkeit, Schlaflosigkeit und mangelndes Zeitgefühl. Der Flug mit Überschallgeschwindigkeit vom Ural über Moskau nach Havanna in der Aeroflot-Maschine hatte zwar nur sieben Stunden gedauert, aber ihm war es wie eine Weltreise vorgekommen. Doch an Petrovs Arbeit war nichts auszusetzen. Er hatte Welsh mit großen psychologischen Einfühlungsvermögen geködert. Wie die Dinge danach gelaufen waren, das stand auf einem anderen Blatt.
Rametka ließ den Kugelschreiber auf den Schreibtisch fallen, so daß die feine Spitze die betagte Schreibunterlage schrammte. Er lockerte die Krawatte, zögerte etwas und legte sie dann mit einem Ruck ab. Petrov lag entspannt auf der Pritsche. Er weiß es, dachte Rametka. Er ist noch jung und spürt meine Angst vor dem Versagen.
Rametka kritzelte mit seinem vergoldeten Kugelschreiber ein paar Worte auf den Notizblock. »Ich habe nun keinen Zweifel mehr, daß unsere psychologische Bewertung von Senator Welsh richtig war«, sagte er. »Anhand der Tonbandaufzeichnungen reagiert er, wie wir es erwartet haben. Er wird sich unserer Unterstützung in bestimmten politischen Situationen bedienen, um so seine Karriere voranzutreiben. Sollte er unverhofft vor seiner Verpflichtung zurückschrekken, können wir ihn mit den Fotos, den Tonbändern und dem von ihm unterzeichneten Schreiben unter Druck setzen.«
Petrov nickte nur und hielt die Augen geschlossen. »Aber?« fragte er.
»Aber«, fuhr Rametka fort, »der Flug ist nicht so verlaufen, wie es geplant war. Wir müssen jetzt die Situation irgendwie . . .«
Petrov richtete sich jäh auf. Seine blauen Augen funkelten zornig. Er deutete mit dem Zeigefinger auf Rametka. »Sie mit Ihrem ewigen Aber!« rief er aus. »Hören Sie zu, Dr. Vasili Rametka! *Wir* beide haben den Flug geplant. Ich wiederhole, wir beide! Welshs Flugzeug machte Bruchlandung – ohne mich. Und jetzt wird Loss passenderweise nach seiner Flucht über dem Meer verschollen sein. Damit ist auch die geringste Spur einer Verbindung zwischen Welsh und mir verwischt. Welsh hat seinen Piloten und seine

Maschine verloren. Na und? Das Ganze ist eine weitere Katastrophe im Bermuda-Dreieck. Welsh kehrt in die Vereinigten Staaten zurück, übernimmt seine Rolle in der amerikanischen Politik und steht völlig unter unserem Einfluß. Unter Ihren Unterlagen, Rametka, befinden sich drei Aktenmappen mit Daten über Welshs Maschine, über die Funkausrüstung, über die Zuverlässigkeit des Piloten. An alles hatte man gedacht, Rametka, nur nicht an solche Unwägbarkeiten wie schlechtes Wetter oder den Starrsinn eines Piloten, der gerade an jenem Tag beschloß, den Job bei Welsh aufzugeben.«

Rametka lehnte sich erwartungsvoll zurück.

»Sprechen Sie weiter!« sagte er nur und fuhr mit der Zunge in die Lücke zwischen seinen Backenzähnen.

Petrov streckte sich erschöpft auf der Pritsche aus. In seiner Stimme schwang eine gewisse Mißbilligung. »Wer denkt schon daran, daß dieser Loss die Anweisung seines Chefs mißachtet und die Südküste der Dominikanischen Republik ansteuert, um sich über seinen Kurs klarzuwerden und um sich die Möglichkeit zum Auftanken offenzulassen. Und danach entscheidet er, daß wir zum Auftanken irgendwo landen müßten.«

»Daraufhin landeten Sie auf Great Inagua?«

Petrov musterte den Wissenschaftler, der sich etwas notierte. Schließlich mußte alles in den Akten festgehalten werden. »Daraufhin sind wir auf Great Inagua gelandet. Als Loss' Entschluß feststand, gab ich noch über Funk unseren Leuten in Mexiko Bescheid. Ich hatte schon vorher Great Inagua als Alternative vorgeschlagen, weil die Insel nahe bei Kuba liegt, die Kontrolle nicht scharf ist und ausreichende Treibstoffreserven vorhanden sind. Loss war einverstanden. Doch dann wurde es ein Flug in die Hölle. So was habe ich noch nicht erlebt. Das übrige wissen Sie.«

Rametka saß stumm am Schreibtisch und ließ den Kugelschreiber über den Notizblock gleiten. Dann setzte er die Brille ab, legte sie auf die zerschrammte Unterlage und überlegte eine Weile. Er schaute auf und fragte: »Was haben Sie mit dem Pärchen aus Schweden und der Jacht vor?«

»Die Jacht wird auf See hinausgeschleppt und versenkt. Der Schwede und seine Freundin müssen eliminiert werden. Doch das können wir den Kubanern überlassen.«

»Hat man Ihnen solche Methoden in der Sektion V beigebracht, Anatoli?«

Petrov nickte erschöpft. »Mir gefallen sie auch nicht, Vasili! Aber die beiden Schweden könnten uns gefährlich werden, selbst hier.«
»Und was geschieht mit diesem . . . diesem Volgel?«
»Volgel ist ein überaus zuverlässiger Agent. Wir können ihn in Florida nicht entbehren.«
Rametka nickte. »Wie wird sich Ihrer Ansicht nach die Sache heute abend entwickeln?« fragte er.
Petrov zuckte mit den Achseln und ließ sich schwer auf die Pritsche fallen. Er schloß die Augen. »Ihnen wäre es am liebsten, wenn sich das berechnen ließe, nicht wahr, Rametka? Sie würden am liebsten einen Computer mit siebzehn Variablen füttern, ihn sämtliche Möglichkeiten überprüfen lassen, um dann die Gewißheit zu haben, daß mit großer Wahrscheinlichkeit die Situation zu bereinigen ist.«
Petrov verstummte und überlegte. »Aber es gibt da keine Gewißheit. Wir haben jedoch die Situation einigermaßen unter Kontrolle. Wenn Volgel seine Sache gut macht, können wir mit unserer Aktion fortfahren. Bis dahin träumen Sie weiter von dem Orden, den man Ihnen bei Ihrer Pensionierung ans Revers heften wird. Ich werde jetzt schlafen.«
Dreiundvierzig Minuten später orteten die Infrarotscanner der TU-18 die Wärmeausstrahlung der kleinen Maschine, die von der Piste auf Great Inagua abhob.

Ernst Volgel kaute nachdenklich auf einem wegstehenden Hautfetzen an seinem linken Zeigefinger. Er war nervös. Zudem tränten ihm die Augen von dem Blütenstaub, während er im Gras lag. Dennoch konnte er trotz der Lichtverhältnisse gut sehen. Er beobachtete Loss, der vor dem Wagen stand. Die Frau war mittlerweile auf die Tragfläche der Maschine geklettert. Volgel warf einen Blick auf seine Uhr und machte es sich bequem. Er konnte ruhig abwarten, da es sicher nicht mehr lange dauern würde. Vielleicht nahm ihm Loss sogar die Drecksarbeit ab.
Volgels Hemd war feucht vom Tau. Der Boden war uneben und hart. Die Arbeit in den Vereinigten Staaten war da viel bequemer, dachte er. Und nicht so kompliziert. Man versorgte ihn mit einem Namen und einem Foto und gab ihm den Termin an, wann das Opfer beseitigt werden mußte. Volgel war Experte im Auslösen von Herzanfällen, im Herbeiführen von tödlichen Verkehrsunfällen. Nur zweimal hatte er jemand auf die brutale Tour umlegen müssen. Diese Aufträge hatten ihn in seinem Profi-Stolz gekränkt.

Er zog die Walther-Pistole aus dem Gürtelholster und vergewisserte sich, daß keine Schmutzpartikel den Lauf verstopften. Wie jeder gute Handwerker achtete auch Volgel auf die Zuverlässigkeit seines Werkzeugs.

Der jetzige Auftrag bereitete ihm einiges Kopfzerbrechen. Volgel verabscheute es, sich persönlich mit seinen Opfern einzulassen. Bisher konnte man nur die Liquidierung des puertorikanischen Gewerkschaftsführers mit ihm in Verbindung bringen. Da der Wagen des Puertorikaners nicht völlig ausgebrannt war, hatte der Sterbende noch stammelnd eine Beschreibung des Attentäters geben können, eines mageren Mannes mit schütterem Haar. Das von der Polizei daraufhin angefertigte Phantombild glich jedoch mehr Woody Allen als ihm. Er hatte das Phantombild aus der Zeitung herausgerissen und es aus Spaß eine Zeitlang aufbewahrt.

Trotz allem war Volgel mit der Entwicklung der Ereignisse durchaus zufrieden. Er war sich bewußt, daß bei der Auswahl allein die möglichst rasche Erledigung des Auftrags den Ausschlag gegeben hatte. Von den vier KGB-Agenten, die ausschließlich für Liquidierungen eingesetzt wurden, befand sich allein er in der Nähe der Bahamas. Sein Führungsoffizier in Washington hatte sich gegen alle Regel telefonisch bei ihm gemeldet und ihn in eine freistehende Telefonzelle beordert. Dann hatte er ihm telefonisch ohne Umschweife mitgeteilt, was er zu tun habe. Schon die Tatsache, daß gegen sämtliche Sicherheitsbestimmungen verstoßen wurde, zeigte, daß möglichst rasch gehandelt werden mußte.

Volgel hob 20 000 Dollar von seinem Konto ab und war drei Stunden nach dem Anruf seines Führungsoffiziers in Nassau, wo er sich als Anwalt ausgab. Er traf sich unauffällig mit einem bahamesischen Kontaktmann, der angeblich über ausgezeichnete Verbindungen verfügte. Volgel machte ihm klar, wie schnell der Mensch unter Umständen den Tod findet und daß das für ihn zutreffen würde, falls es nicht bald zu den erwünschten Ergebnissen käme. Am nächsten Tag konnte Volgel um die Mittagszeit Heiss in seine Obhut nehmen und Loss wie auch die Frau überwachen lassen. Dennoch wußte Volgel, daß er, selbst wenn er seine Aufgabe noch so fachmännisch erfüllte, eine Spur hinterlassen würde, und das behagte ihm gar nicht.

Geduldig beobachtete er im fahlen Licht, was sich beim Wagen abspielte. Loss ließ sich offenbar Zeit. Aus alter Gewohnheit begann Volgel leise ein Kirchenlied zu summen. Er, der keine engen

Freunde oder Geschäftspartner haben durfte, besuchte seit einiger Zeit die kleine katholische Kirche in der West Flagler Street. Er hatte eine kräftige, wohlklingende Stimme und war ein »ausgezeichneter Tenor«, wie ihm der Pfarrer versichert hatte. Zudem liebte er den majestätischen Prunk der katholischen Messe, das magische Zusammengehörigkeitsgefühl, das ihn mit den anderen verband. Er empfand dann, ohne daß er sich besonders engagieren mußte, eine Art Heimatgefühl, was ihm bisher gefehlt hatte.
Binnen kurzer Zeit machte Volgel an den karitativen Veranstaltungen der Kirche mit. Anfangs hatte er sich dagegen gesträubt. Doch als ihm klar wurde, daß sein Leben im Untergrund dadurch den Anstrich des Normalen erhielt, beteiligte er sich mit Begeisterung daran. Zuerst hatte man ihn zum Einsammeln der Kollekte abgestellt. Diese Aufgabe löste er zu aller Zufriedenheit. Sein Klingelbeutel war stets randvoll. Wenn er mit dem Klingelbeutel vor einem Kirchenbesucher stand, stellte er sich ihn stets mit einer Garotte um den Hals vor. Fiel die Spende zu mager aus, zog er die Garotte in Gedanken fester an. Später hatte er einen Sommer lang an der Sonntagsschule unterrichtet. Im Lauf der Zeit reicherte er seine Redeweise mit Sprüchen und Ausdrücken aus der Bibel an, was ihm großes Vergnügen bereitete. Es war die Ironie des bezahlten Meuchelmörders aus einem Staat, der Gott nicht anerkannte, wohl aber Mord und den Empfang der Sakramente gelten ließ.
Ein Schauer überlief ihn, eine Folge der erwartungsvollen Spannung vor dem, was er gleich tun mußte. Zudem drang die kühle Nachtluft durch sein dünnes Sakko. Er freute sich schon auf Miami, auf sein frisch bezogenes Bett, auf seinen kleinen Laden, den er mit beachtlichem Erfolg führte. Überdies fand am kommenden Freitag eine Wohltätigkeitsveranstaltung statt, die er nicht versäumen wollte.
Aus dem Auspuffrohr der einmotorigen Comanche schossen fauchend bläulich schimmernde Flammen. Dann begann der Motor gleichmäßig zu dröhnen. Volgel blickte erstaunt hoch. Es hatte aber doch nicht so lange gedauert. Ich habe richtig vermutet, dachte er und war stolz auf seine Kombinationsgabe. Loss wollte mit der Maschine fliehen.
Er zog das Sony-Kofferradio heran und stellte den Sender ein, der auf engstem Raum in das Gehäuse installiert worden war. Er sprach leise und atmete vor Erregung ein wenig rascher. »Hallo Singvogel! Hier ist Seemöwe. Maschine eben gestartet. Bleibt auf Empfang!«
Gleich darauf ertönte die Antwort. Die Stimme war deutlich zu

verstehen, klang aber hohl, als käme sie aus einem Rohr. »Singvogel auf Empfang!« Volgel lächelte zufrieden und hängte sich das Kofferradio an dem schmalen Lederriemen über die Schulter.

Die Comanche war inzwischen zum östlichen Ende der Piste gerollt. Der nach Osten strömende Passat verwehte das Motorengeräusch. Volgel stand auf und klopfte den Schmutz von Hose und Hemd. Er blickte auf seine Uhr und drückte auf einen kleinen Knopf. Das Zifferblatt leuchtete auf, der Digitalanzeiger zeigte 20 Uhr 21 an.

Volgel griff mit der Hand unter sein Sakko, zog die 9-mm-Walther P-38 heraus und schraubte vorsichtig, damit er das Gewinde nicht verkantete, den Schalldämpfer aus grauschimmerndem Aluminium auf den Lauf.

Als die Comanche startete, rannte Volgel, nachdem er durchgeladen hatte, den niedrigen Erddamm hinunter zur Kante der Startpiste. Er setzte sich auf den kiesigen Boden, sützte die Ellenbogen auf die Knie und nahm die Pistole in beide Hände. Die Kabine schimmerte kurz im Mondlicht auf. Dann hob die Comanche ab. Volgel wartete. Sie flog über seinen Kopf hinweg. Das Fahrwerk wurde eingezogen. Von unten glich sie einem Kreuz am Himmel. Da ließ er die Walther zweimal trocken aufbellen. Er war sicher, daß er jedes Mal den Cockpitbereich getroffen hatte.

Er richtete sich auf und sah der Silhouette der Maschine nach, die in die dunkle Nacht flog. Plötzlich verschoben sich die Umrisse. Die Comanche drehte nach Süden ab. Das Motorengeräusch verstummte. Wollte Loss nach Puerto-Rico? Höchstwahrscheinlich.

Er nahm das Kofferradio von der Schulter und stellte den Sender ein.

»Singvogel! Hier Seemöwe! Drossel um 20 Uhr 24 in südlicher Richtung gestartet.«

»Hallo Seemöwe! Hier Singvogel. Wiederholen Sie Flugrichtung!«

Volgel knirschte mit den Zähnen. »Maschine in südlicher Richtung abgeflogen.«

Eine Pause folgte. Er hörte nur das Rauschen der atmosphärischen Störungen.

»Hallo Seemöwe! Hier Singvogel. Wieviel Liquidierungen stehen noch aus?«

Volgel drückte lächelnd auf die Sendetaste. »Noch zwei«, sagte er leise.

Abermals eine Pause. Volgel ging auf den geparkten Ford zu, der

etwa eine halbe Pistenlänge von ihm entfernt stand. Er fühlte sich beschwingt, gelassen. Die Waffe lag bequem in seiner Hand. Mit der anderen drückte er das Kofferradio ans Ohr. Er fühlte sich wohl. Im Empfänger knisterte es. ». . . reinigen Sie die Lage. Wiederholen Sie!«
»Hallo Singvogel!« sagte Volgel ins Mikro. »Hier Seemöwe. – Wiederholen Sie die letzte Anweisung!«
»Hallo Seemöwe! Hier Singvogel! Ich wiederhole: Bereinigen Sie die Lage. – Wiederholen Sie!«
Volgel begann zu laufen. Er drückte die Sprechtaste hinein und sagte: »Ich wiederhole: Lage bereinigen.«
Stroud sah ihn kommen. Das Nylonseil schnitt in seine Handgelenke, als er sich zu befreien suchte. Er wünschte, er wäre im kalten Norden Kanadas, wo um diese Zeit die Wildgänse trompetend einfielen und die Füchse über das sprießende Gras schnürten. Neben ihm geriet Heiss in Panik. Und Angst ist ansteckend.
Der sehnige, kleingewachsene Mann blieb vor ihnen stehen. Stroud sah ihn nur undeutlich. Er schien gut gekleidet zu sein. Er preßte etwas an den Kopf und hielt etwas in der anderen Hand.
»Wohin ist Loss geflogen?«
Stroud blieb stumm.
»Wohin ist Loss geflogen?« wiederholte Volgel. Seine Stimme klang schroffer. Es war mehr ein heiseres Flüstern.
»Ich weiß es nicht. Nach Süden vermutlich«, antwortete Stroud.
Blendend weißes Licht blitzte vor seinen Augen auf. Geräusch hörte er keines. Stroud blickte zu Volgel auf. Den Schmerz in seiner Brust spürte er anfangs gar nicht. Zuerst meinte er, der Mann habe ihm einen Fußtritt versetzt. Doch dann konnte er wieder klar denken. Er blickte nach unten und sah empfindungslos, daß sich sein Hemd dunkel färbte. Er verspürte keinerlei Schmerzen. Er verspürte gar nichts.
»Wohin ist er geflogen?«
Stroud schüttelte den Kopf.
»Gehe hin in Frieden!« sagte die Stimme freundlich, und das grelle Licht blitzte abermals auf. Es färbte sich rot, und dann war es dunkel. Das letzte, was er sah, bevor er starb, war ein Fuchs, der mit großen Sätzen davonrannte.
Heiss stieß unverständliche Laute aus und zerrte an seinen Fesseln. Der Wagen schwankte vor der Wucht seiner Bewegungen.
Volgel kniete vor ihm nieder wie ein Priester, der gleich zu beten

anfangen wird. Er holte eine Zigarette aus seiner Brusttasche, zündete sie an und steckte sie Heiss zwischen die Lippen.
Als er dann zu sprechen anfing, klangen seine Worte freundlich und vernünftig. »Du weißt doch, daß ich dich erschießen muß, Carl, nicht wahr?«
Heiss nickte wie eine Marionette. Die Zigarette entglitt seinen Lippen.
»Du weißt auch«, sprach Volgel weiter, »daß ich daran nichts ändern kann. Dir bleibt keine andere Wahl, als mir möglichst rasch zu sagen, was du Loss alles mitgeteilt hast.« Er entfernte die Zigarette von Heiss' Schoß und warf sie weg.
Heiss nickte wieder. Er hielt die Augen geschlossen und lehnte den Kopf an den Kotflügel. Er versuchte nicht mehr, sich loszureißen. Von der zusammengesackten Gestalt neben ihm ging ein unerträglicher Geruch nach Kot aus.
»Es ist doch sinnlos, die Informationen für dich zu behalten«, meinte Volgel. »Wenn du es tust, wirst du eben qualvoller sterben. Wir beide wissen doch, wie man das macht.«
»Ich habe ihm nichts gesagt, weil ich nichts wußte. – Laß mich doch laufen, Volgel!« bat Heiss, obwohl er wußte, daß es zwecklos war.
»Ich frage dich noch einmal, Carl«, entgegnete Volgel ein wenig ungeduldiger. »Wohin ist Loss geflogen? Wie lange reicht sein Sprit? Was hast du ihm mitgeteilt? Erspare uns beiden die Lügen!«
»Loss ist nach Süden geflogen, nach Haiti vermutlich, um dort aufzutanken. Weit kommen kann er nicht. Stroud sagte, daß er nicht frisch aufgetankt hatte. Ich kenne mich in diesen Dingen nicht aus. Ich bitte dich, Volgel. . .«
Volgel schoß ihm in die Kniescheibe. Er mußte jetzt methodisch vorgehen. Die Wunde würde kaum bluten, aber der Schmerz unerträglich sein. Eigentlich hatte er gehofft, daß er mit einem Kollegen besser zurecht kommen würde.
Heiss hockte stumm da, den Mund zum Schreien aufgerissen. Blut rann ihm aus dem Mund; er hatte sich die Zunge blutig gebissen.
Volgel rückte näher. Er sprach eindringlich, betonte jede Silbe.
»Bringen wir die Sache hinter uns, Carl. Noch einmal – wohin ist er geflogen? Und welche Informationen hast du ihm gegeben?«
Heiss bewegte ruckartig den Kopf. Seine Zähne hielten die Zunge fest. »Nach Süden«, antwortete er. »Ich habe ihm nichts gesagt.«
Die Walther bellte wieder auf. Glühend heiße Luft versengte ihm das Gesicht. Heiss trommelte mit den Absätzen auf den Boden.

Dann war es still.
Volgel erhob sich. Die unbeschwerte Stimmung war verflogen. Seine Energie war verpufft. Er durchlöcherte den Benzintank mit seinem Taschenmesser und sah zu, wie der Treibstoff ausfloß. Er wartete im bleichen Mondlicht, bis sich die Pfütze unter dem Wagen vergrößert hatte, und betrachtete die Sterne. Jetzt mußte er noch seine Fußspuren beseitigen. Dann konnte er in seinen Bungalow zurückkehren. Morgen würde man ihn verhören. Aber wohl jeder würde annehmen, daß Loss es getan habe.
Der Benzintank war mittlerweile ausgelaufen.
Volgel entfernte sich ein paar Schritte gegen den Wind, drehte sich um und zielte auf die Stoßstange zwischen den beiden regungslos daliegenden Gestalten. Der erste Schuß zeigte keine Wirkung. Erst der zweite schlug einen Funken. Eine hell auflodernde Flamme hüllte den Wagen und die beiden Gestalten ein. Er rannte auf der Piste davon und war betroffen über Heiss' Verschwiegenheit. Ich an seiner Stelle hätte ausgepackt, dachte er, als er seine Spuren verwischte und dann den Erdwall überquerte.
»Hallo Singvogel! Hier ist Seemöwe. *Over.*«
Rauschen. »Sprechen Sie, Seemöwe!«
Volgel fühlte sich ausgepumpt. Seine Brücke scheuerte am Gaumen. Er schwitzte am ganzen Körper, als er auf die Sprechtaste drückte. »Ich bestätige den Abflug nach Süden. Heiss und Stroud sind ausgeschaltet. *Over.*«
»Hallo Seemöwe. Operation beendet. Ende.«
Volgel ging über das unebene Gelände zu seinem Wagen. Den Ford umhüllten gelbe Flammen. Er stieg in seinen Morris Minor, drehte den Zündschlüssel herum und startete den Motor. Dann fuhr er zu der Ortschaft, wo er die Hauptstraße vermied und statt dessen die Seitengassen nahm. In seinem Bungalow zog er sich aus und ging unter die Dusche, wo er das Wasser in Strömen über seinen bleichen Körper laufen ließ. Danach reinigte er seine Zahnprothese und legte sie in ein Glas Wasser. Die Bettdecke fühlte sich kühl und sauber an. Er bekreuzigte sich noch, bevor er sich dem Schlaf überließ.

18

Leutnant Sidorow stellte den Infrarot-Scanner schärfer ein und reduzierte die 11 000 Meter unter ihnen befindliche Wärmeausstrahlung auf einen scharf umrissenen Lichtpunkt. Er drückte auf die Taste der Bordsprechanlage und machte gleichzeitig einen Eintrag in sein Logbuch. »Eine Meldung an den Kommandeur. Hier spricht der Beobachter!«

»Schieß schon los!« sagte eine gelangweilt klingende Stimme.

»Ich habe auf der Piste ein Bewegung ausgemacht. Es ist die Maschine, die wir beobachten sollen. Der Motor läuft« – er schaute aufs Logbuch – »seit Null-Null-Zwei-Eins GMZ.«

Der Kommandeur der TU-18 entspannte sich. Das lange Warten schien endlich ein Ende zu nehmen. Er haßte die Kubaner, die Karibik und insbesondere die langen Patrouillenflüge. Er wandte sich seinem Kopiloten zu, stieß ihn an und bedeute ihm, daß er die Steuerung übernehmen solle. Dann notierte er etwas auf dem auf seinem Knie befestigten Schreibblock. Endlich, dachte er. Er drückte auf die Sprechtaste. »Sonst noch was? Ist sie schon auf dem Radarschirm zu sehen?«

Der Elektronik-Offizier hatte die Frage erwartet. »Radarkontakt bisher negativ. Das Ziel ist wegen der Bodenströmungen nicht auszumachen. Erst wenn es sich in einer Höhe von 2000 Metern befindet, können wir es auf dem AWA-23-Schirm erfassen. Aber die Infrarotortung steht.«

Leutnant Sidorov atmete unter der Sauerstoffmaske tief ein. Die Jagd versprach etwas Abwechslung.

»Na schön,« erwiderte Sidorov. »Laut unseren Instruktionen sollen wir nur den Kontakt zur Maschine halten. Rufen Sie Singvogel an, und geben sie die Information durch! Verwenden sie dieselbe taktische Kode-Frequenz wie Seemöwe. Schalten Sie den Zerhacker auf Stufe 17 ein! Ich werde jetzt etwas tiefer gehen. Vielleicht orten Sie die Maschine dann auf dem Radarschirm.«

Der Leutnant drückte kurz auf den Mikroknopf, wählte die taktische Frequenz 249,7 und schaltete den Zerhacker auf Stufe 17 ein. Dann meldete er sich: »Hallo Singvogel! Hier Adler. Wir haben eine Meldung!«
»Hier Singvogel. – Melden Sie!«
»Drossel soeben gestartet.«
Die Antwort von der Beobachtungsstation auf Kuba ertönte ohne die geringste Verzögerung. »Verstanden. Seemöwe hat diese Information bereits durchgegeben. Versuchen Sie, die Kursrichtung nach dem Start festzustellen. *Over.*«
»Verstanden. Kursrichtung feststellen,« antwortete Leutnant Sidorov. »Adler bleibt auf Empfang.« Mit zufriedener Miene trug er den Funkkontakt in sein Logbuch ein und schaltete den Scanner so, daß er ganz Great Inagua abtastete. Am Rand des Bildschirms wurde das E-Werk als zerfließender orangefarbener Fleck sichtbar. Der Scanner spürte noch weitere Wärmequellen auf. Aber keine bewegte sich. Es handelte sich wohl um Häuser oder um geparkte Autos mit laufendem Motor. Sonst war nichts auszumachen.
Im Empfänger knackte es. Leutnant Sidorov beugte sich lauschend vor. Aber es handelte sich um einen Funkspruch des Beobachtungspostens auf der Insel an die Station auf Kuba.
»Hallo Singvogel. Hier Seemöve. Drossel um 20 Uhr 24 in südlicher Richtung gestartet.«
Der Leutnant schaute auf den Bildschirm und sah, daß sich die Wärmequelle bewegte. Es scheint loszugehen, dachte er. Wenn die Maschine abhebt und sich über dem Meer befindet, bin ich der einzige, der sie aufspüren kann. Er lauschte den Funksprüchen zwischen Seemöwe und der Beobachtungsstation auf Kuba.
Die Maschine flog nun über dem offenen Meer und nahm Kurs nach Süden Richtung Haiti. Sidorov wartete das Ende des Funkkontakts zwischen der Basis und Seemöwe ab. Er hörte, daß die Lage »bereinigt« werden sollte. Dann brach Seemöwe den Kontakt ab.
Leutnant Sidorov tat seine gewohnte Arbeit. Mittlerweile war sie ihm zur Routine geworden. Nach sechs Monaten würde er höchstwahrscheinlich zu den Marinefliegern der Roten Flotte im Mittelmeer versetzt werden. Vielleicht wurde er auch befördert. Das würde 87 Rubel mehr im Monat bedeuten.
Die Maschine unter ihnen, diese punktförmige Wärmequelle, gewann mittlerweile an Höhe, wie es bei voller Motorleistung nicht anders zu erwarten war. Er stellte den Peilzeiger auf den voraus-

sichtlichen Kurs ein und speicherte Daten in den Bordcomputer ein. Das ausgedruckte Ergebnis zeigte einen Kurs von 179 Grad und eine Geschwindigkeit über Grund von 210 Stundenkilometern.

»Hallo Singvogel! Hier Adler!«

Er vernahm die Antwort der Bodenstation auf Kuba. Diesmal schien ein anderer Techniker am Gerät zu sitzen. »Sprechen Sie, Adler!«

Leutnant Sidorov ließ die Mikrotaste einrasten. Seine Stimme klang wegen der Sauerstoffmaske hohl. »Hallo Singvogel! Hier Adler. Das Zielobjekt hat eine Strecke von 12 Kilometern in südlicher Richtung zurückgelegt und steuert einen Kurs von 179 Grad.« Als er den Mikroknopf lösen wollte, bemerkte er auf dem Infrarotschirm eine zerfließende Wärmequelle. Es war dieselbe Position wie vorhin. »Außerdem ist eine stationäre Wärmequelle auf der Piste auszumachen. Bleiben Sie auf Empfang!«

Er steuerte den Scanner anders aus, so daß er die Piste abstasten konnte. Bei der Wärmequelle mußte es sich um das Fahrzeug handeln, das am Rand des betonierten Abstellplatzes geparkt war. Er hatte da nicht die geringsten Zweifel. Es brannte lichterloh. Er drückte auf die Mikrotaste. »Hallo Singvogel! Hier Adler. Bei dem stationären Objekt auf der Piste handelt es sich um ein brennendes Fahrzeug. *Over.*«

»Verstanden, Adler. Geben Sie weitere Informatonen über Kurs und Geschwindigkeit von Drossel durch. Wenn der Kurs feststeht, werden vier Abfangjäger eingesetzt. Kennruf des Staffelführers ist *Zuckerrohrschneider.*«

»Verstanden. Kennruf Staffelführer ist Zuckerrohrschneider. Um was für Maschinen handelt es sich?«

Leutnant Sidorov hatte förmlich im Ohr, wie jetzt auf einem staubigen Fliegerhorst irgendwo im südlichen Teil Kubas die Alarmsirene ertönte.

Singvogel machte eine kurze Pause. »Um Maschinen des Typs MiG-19G. Haben Sie Radarkontakt mit dem Zielobjekt?«

»Bisher negativ. Nur eine einwandfreie Ortung auf dem Infrarot-Scanner. Erst in größerer Höhe kann mit Radar geortet werden. Vorher wegen der Bodenstörungen unmöglich.« Leutnant Sidorov warf einen Blick auf den Radar-PPI-Schirm. Es war nichts zu sehen. »Bleiben Sie auf Empfang, Singvogel!« Er stellte den Peilanzeiger auf dem Infrarotschirm ein. Der Kurs verlief weiterhin in südlicher Richtung. Der Bordcomputer druckte ein neues Ergebnis aus. Die Grunddaten hatten sich geringfügig geändert. Er schaltete die

Sprechtaste über den Fußschalter ein und drehte mit seinen geschickten Händen an den Kontrollknöpfen des Infrarotschirms.
»Hallo Singvogel! Hier Adler.«
Im Empfänger rauschte es. »Hallo Adler. Hier Singvogel. Sprechen Sie!«
»Das Zielobjekt bewegt sich weiterhin in südlicher Richtung. Kurs eins-acht-acht Grad. Geschwindigkeit 183 Stundenkilometer. Zurückgelegte Strecke 18 Kilometer in südlicher Richtung. Bisher noch kein Radarkontakt.«
Petrov gab dem jungen Nachrichtenoffizier den Kopfhörer zurück und schaute mit erfreuter Miene Rametka an. »Er ist losgeflogen, Vasili!«
Rametka nickte, ohne sich zu äußern. Er musterte Petrov, der erregt hin und her ging, als würde man ihm gleich ein Wild zum Abschuß vor die Flinte treiben. Sein Gesicht war gespannt. Jede Müdigkeit war aus seinem Blick verschwunden.
Er zündete sich eine neue Zigarette an, obwohl noch eine im Aschenbecher auf der Instrumentenkonsole brannte. Sein sonnengebleichtes Haar schimmerte im Licht des Suchschirms silbern. Er sprach kurz mit Alexandrovski, lachte laut und kehrte zu Rametka zurück.
»Die Abfangjäger sind vor zwei Minuten gestartet, Vasili. Drei MiG-19G. Der vierte konnte wegen eines überhitzten Triebwerks nicht abheben. Hier scheint man die Maschinen mit der Machete zu reparieren. Die Chinesen waren da viel besser.«
Sie hörten schweigend mit, wie der Einsatzoffizier der Flugleitstelle den drei Abfangjägern die Kursangaben durchgab, sie in südlicher und östlicher Richtung einwies, wo sie die allein fliegende Comanche abfangen sollten. Seine Anweisungen waren knapp und präzise. In acht Minuten würden sie das Zielgebiet erreichen.
Rametka ließ sich von Petrovs Jagdfieber anstecken. Es war eine Jagd mit Hilfe elektronischer Geräte. Mit jeder Schwenkung der Suchantenne tauchten auf dem Bildschirm als helle Lichtpunkte die gestarteten Abfangjäger auf. Die TU-18 flog etwas langsamer weiterhin in südlicher Richtung. Die Comanche war noch nicht auszumachen. Sie befand sich hinter dem Horizont, noch verdeckt durch die Erdkrümmung. Rametka stieß Pretov an und sagte leise: »Stimmt es, das Volgel gemeldet hat, er habe die Maschine zweimal getroffen?«
Petrov nickte unwillig, da ihn der Mann neben ihm weit weniger

interessierte als der Bildschirm. »Ja. Aber es waren Geschosse aus einer kleinkalibrigen Pistole. Vielleicht hat er die Treibstofftanks erwischt. Sie dürften wohl nicht schwer zu treffen sein.«
Rametka zupfte an seiner Nasenspitze. Die Haut fühlte sich trotz der Klimaanlage fettig an. »Heiss ist also erledigt. Jetzt sind Loss und seine Freundin dran. Und danach das Pärchen aus Schweden.«
Petrov musterte Rametka. Seine Stirn war gerunzelt. Die Augenfältchen unterbrachen die straff gespannte Gesichtshaut. »Ganz recht, Vasili. Sie sind alle geliefert. Heiss ist tot. Nur noch ein Haufen Asche. Er tut mir nicht leid. Bei dem Paar aus Schweden ist es was anderes.« Petrov lehnte sich gegen den Schreibtisch und suchte in seiner Hemdtasche nach einer Zigarette. Er fand eine und zündete sie an, obwohl sie etwas zerknautscht war. Im grünlich schimmernden Licht des Radarschirms wirkte der Rauch wie wallende Nebelschwaden.
»Nein«, sprach er weiter, »mir gefällt auch nicht, daß der Schwede und seine Freundin ausgeschaltet werden müssen. Die beiden imponieren mir. Wissen Sie, als ich sie zwang, mich hierher nach Kuba zu bringen, griff mich Anders, der Schwede, mit einem hölzernen Pfriem an. Das Ding verwendet man sonst beim Spleißen von Tauen. Ich schoß ihm mit der Schrotflinte ins Bein.« Petrov schaute auf die Zigarettenglut, als läge dort die Antwort auf eine unausgesprochene Frage. »Als er dalag, mit seinem zerschossenen Bein, starrte er mich an. Er überlegte immer noch, wie er mich umbringen könnte. Ich bewundere so einen Mann.«
Der Radartechniker drehte sich den beiden Männern zu, die hinter ihm im Halbdunkel standen.
»Ich habe das Zielobjekt im Radarschirm geortet, Genosse Oberst. Wollen Sie, daß es einwandfrei identifiziert wird?«
Petrov nickte nur müde und sagte kein Wort. Der Radartechniker wandte sich wieder dem Bildschirm zu und fütterte den Computer mit Angaben. Danach gab er dem Staffelführer in knappen Sätzen die Kursvektoren und die Entfernungsdaten durch.
Rametka trat einen Schritt zurück und setzte sich neben Petrov auf den Schreibtisch. Er merkte, daß er nach Schweiß roch. Oder war es etwa Petrov? »Wenn Loss abgeschossen ist, können wir weitermachen, oder?« fragte er und sah, wie die Lichtpunkte auf dem Radarschirm sich einander näherten.
Petrov schaute geradeaus, ohne etwas Bestimmtes zu fixieren. »Ja, wir machen dann weiter. Wir hätten auch weitergemacht, wenn

Loss nach Nassau transportiert worden wäre. Im Grunde weiß er nichts. Zudem wird man ihm jetzt den Tod von Heiss und Stroud anlasten.«

»Glauben Sie, daß wir den Zeitplan einhalten können?«

Petrov blickte Rametka von der Seite an. Er fühlte eine gewisse Sympathie für diesen Mann. Er, der einst sein Vorgesetzter, Lehrer, Mentor gewesen war, hatte seine Machtstellung längst eingebüßt. Wie es bei alten Männern zumeist der Fall war, wurden seine Handlungen von der Überzeugung gelenkt, ja nicht versagen zu dürfen. »Der Zeitplan gilt nach wie vor. Der Sprengsatz verläßt Wladiwostok an Bord eines U-Bootes der Z-Klasse. Dreihundertzwanzig Kilometer westlich von Britisch-Kolumbien wird er von einem Trawler mit kanadischem Hoheitszeichen übernommen. Es handelt sich um ein Schiff unserer Fangflotte, die im Golf von Alaska fischt. Der Trawler transportiert ihn dann zu der Jacht.«

Rametka nickte ein paarmal und betastete wieder seine Nase. Sie blutete etwas. Der Blutfleck auf seiner Fingerspitze wirkte im grellen, kalten Licht des Bildschirms beinahe schwarz. »Ist der Transport des Sprengsatzes mit einem Schiff nicht zu riskant?«

Petrov schüttelte verneinend den Kopf. »Nein, meiner Ansicht nach nicht. Er ist in eine Holzkiste verpackt. Diese wiederum befindet sich in einem Container zusammen mit ozeanographischem Forschungsgerät und ist damit geschützt vor einer möglichen Inspektion. Der Sprengsatz ist außerdem mit Schaumstoff umwickelt. Man könnte ihn gefahrlos aus drei Meter Höhe auf Betonboden fallen lassen. Drei Männer können ihn ohne weiteres tragen. Ich werde dabeisein, wenn er auf die *Husar* verladen wird.«

Rametka hoch die Augenbrauen. »Aus welchem Grund?«

»Ich will mich vergewissern, daß er sicher an Bord gelangt. Treten Sie mit unseren Leuten, die die Jacht gechartert haben, in Verbindung und vergewissern Sie sich, daß es in letzter Minute keine Komplikationen gibt.« Petrov beugte sich über die Stuhllehne und musterte die Lichtpunkte auf dem Radarschirm. »Bei einem derartigen Plan hängt vieles von Kleinigkeiten ab, Vasili, von denen man bei der Planungsarbeit am Schreibtisch keine Ahnung hat.«

»Wie gelangen Sie in die Vereinigten Staaten?«

»Ich fliege mit einer westdeutschen Skitouristengruppe nach Vancouver. Von da aus fahre ich mit dem Wagen. Ich treffe die *Husar* um den 16. oder 17. August. Danach begebe ich mich ins Zielgebiet.«

»Brauchen Sie Leute zur Unterstützung?«
»Unter den Skitouristen in der Maschine befinden sich Emil und sechs seiner Männer. Sie stehen zur Verfügung, falls ich sie benötige. Ich hoffe allerdings, daß es keine Komplikationen geben wird.«
Der Radartechniker winkte sie heran und deutete mit dem Lichtschreiber auf den Bildschirm. »Die MiGs haben Radarkontakt, Genosse Oberst. Der Staffelführer wird über die Maschine hinwegfliegen, um sich zu vergewissern.«
Petrov nickte. »Gut. Ich möchte, daß die Maschine zuerst positiv identifiziert wird. – Mit was für Bordwaffen sind die MiGs bestückt?«
Der Radartechniker sprach ein paar Sätze ins Mikrophon, erhielt die gewünschte Antwort und sagte: »Mit 20-mm-Schnellfeuerkanonen. Der Staffelführer meldete ferner, daß sie sich dem Luftraum von Haiti nähern.«
Petrov schaute Rametka an und zog die Augenbrauen hoch. »Das gefällt mir gar nicht.« Er wandte sich an den Radartechniker. »Der Staffelführer soll zunächst die Maschine identifizieren. Danach sollen sie die Maschine vor dem Abschuß zum Abdrehen nach Norden zwingen. Ich möchte nicht, daß der Abschuß von der Radarstation auf Haiti beobachtet wird.«
Der Radartechniker drehte sich um und gab die Anweisungen in Spanisch durch.
Petrov deutete auf die Projektion. Der Kurs der TU-18 verlief nach Süden. Sie näherte sich der Windward Passage zwischen Kuba und Haiti. Die Flughöhe betrug 10 000 Meter. Die Abfangjäger flogen niedriger und befanden sich knapp 50 Kilometer nördlich von Haiti.
»Ich war sicher, daß Loss nach Norden fliegen würde,« sagte er leise, als spräche er mit sich selbst. »Die Entfernung zwischen Great Inagua und dem Nordteil von Haiti beträgt nur 100 Kilometer. Ich kann's nicht fassen, daß er nach Süden fliehen will. Wie dumm von ihm!«
Kapitänleutnant Alexandrovski näherte sich den beiden Männern, die dem Radartechniker über die Schulter blickten.
»Oberst Petrov! Der kubanische Staffelführer gibt durch, daß sie gleich in den Luftraum von Haiti eindringen. Er meldet . . .«
»Seien Sie ruhig!« fuhr in Petrov an. »Die MiGs haben ihn gestellt!«
Die Lichtpünktchen auf dem Radarschirm flossen ineinander.

19

Loss trat auf die rechte Bremse und wendete die Maschine am Ende der Piste. Die mattrot beleuchteten Instrumente zeigten Normalwerte an. Von einem Fahrzeug, das sich dem Flugplatz näherte, war weit und breit nichts zu sehen. Du kannst dir Zeit lassen, dachte er, als er die Checkliste aufmerksam durchlas.

»Langsam auf Touren bringen.
Motor bis auf 1700 Umdrehungen laufen lassen.
Kontrollinstrumente im Normalbereich.
Linker Magnetzünder Abfall von 125 Umdrehungen.
Rechter Magnetzünder Abfall von 110 Umdrehungen.
Vergaserheizung einschalten. Normaler Umdrehungsabfall.
Ausreichender Ansaugdruck.
Propeller durchstarten lassen, bis er zufriedenstellend läuft.
Kreiselkompaß überprüfen, Höhenmesser auf Meereshöhe einstellen.
Zusatzpumpe einschalten.«

Also, die Startklappen um zehn Grad schwenken. Er blickte durchs Kabinenfenster und sah im Licht seiner Stableuchte, wie sich die Klappen bogenförmig senkten.

Die Positionslichter und das Blinklicht lasse ich besser ausgeschaltet, dachte er. Wir wollen schließlich nicht auffallen.

Er versuchte die Piste auszumachen. Da war alles nur schwarz in schwarz. Der Asphaltbelag schien den letzten Schimmer des Mondlichts absorbiert zu haben. Loss schaltete die Instrumentenbeleuchtung auf die schwächste Stufe. Jetzt konnte er Unterschiede feststellen. Das Gras beiderseits der Piste hatte einen leichten Grauton. Er suchte nach einem Stern, nach dem er sich richten konnte. War das da Bellatrix? Nein, vermutlich der Sirius. Jedenfalls ein Stern im Sternbild des Großen Hundes. »Fertig?« fragte er und schaute sie an.

Sie drückte seinen Arm. »Fertig«, antwortete sie.
Loss gab stufenweise Gas, trat leicht aufs Ruderpedal und versuchte die Maschine auf geradem Kurs zu halten. Die Comanche wurde immer schneller. Die Umdrehungszahl erreichte einen Wert von 2350. Der Druck des vom Propeller ausgehenden Luftstroms erschwerte die Steuerung. Er warf einen Blick aufs Armaturenbrett und sah, daß der Geschwindigkeitsmesser 50 Knoten anzeigte. Dann 65. Es war gleich soweit. Er ruckte am Steuerknüppel. Die Maschine hob ab und gewann an Höhe.
Er drückte auf den Fahrwerkschalter und zog das Fahrgestell ein. Die Klappen konnten noch einen Augenblick in dieser Stellung bleiben. Der *Lycoming*-Motor dröhnte gleichmäßig. Stroud hält die Maschine tadellos in Schuß, dachte er.
Die erste Kugel richtete nur geringen Schaden an. Sie drang achtern ins Cockpit und schlitzte den Bezug auf der Rückseite des linken Vordersitzes auf. Dann zerfetzte das Geschoß den Randwulst und die Isolierschicht des Kabinendachs und durchschlug abgeplattet die Rumpfoberseite. Das Dröhnen der Maschine und das Einrasten des Fahrwerks übertönten das Geräusch.
Volgels zweiter Schuß drang gut dreißig Zentimeter weiter achtern auf der rechten Seite ein. Das Kupfermantelgeschoß vom Kaliber 9 mm schlug ein Loch in die Unterseite der Comanche, bohrte sich durch die Ladefläche, auf der die zehn Spritkanister festgezurrt waren, durchlöcherte einen der mittleren Kanister und ließ ihn bersten.
Den zweiten Schuß nahm Loss als gedämpftes Knirschen wahr. Gleich darauf breitete sich penetranter Benzingeruch aus. Zuerst meinte er, eine Treibstoffleitung sei geplatzt, und erwartete, daß im nächten Augenblick Feuer ausbrechen wüde. Ein Funke oder die glühend heißen Abgase konnten eine Explosion auslösen. Er wollte schon die Hauptzündung ausschalten, überlegte es sich aber rechtzeitig anders. Wenn sich beim Unterbrechen des Stromkreises eins der Relais öffnete, konnte es gleichfalls einen Funken geben, der die Explosion bewirken würde.
»Mach die Tür auf!« schrie er ihr zu. Jetzt geht das Schlamassel schon wieder los, schoß es ihm durch den Kopf.
Sie stemmte sich gegen die unverschlossene Tür und versuchte sie aufzudrücken. Doch sie kämpfte gegen den Druck des vorübergleitenden Luftstroms an, der die Tür gegen den Rahmen preßte. Schließlich brachte sie sie einen Spalt breit auf.

»Klemm was rein!« schrie er. Als sie hilflos den Kopf schüttelte, begriff er, daß sie es allein nicht schaffen konnte.
Er tastete mit einer Hand den Cockpitboden ab und suchte nach einem Gegenstand, den er einklemmen konnte. Meine Tennisschuhe, dachte er und zog rasch den rechten aus. Als sie vereint gegen das Türblatt drückten, wurde der Spalt so breit, daß sich der Tennisschuh einklemmen ließ.
Papierfetzen und Staub wurden aus dem Cockpit herausgesaugt. Eine Rolle Papiertücher, die Stroud zum Putzen der Frontscheibe verwendet hatte, wirbelte durch den Spalt, dann packte sie der Luftstrom. Loss schmiegte sich geduckt gegen das kleine Plexiglasfenster auf seiner Seite und inhalierte die kühle, unverbrauchte Luft. Die Spritdämpfe schienen seine Lunge zu blockieren. Er konnte nicht mehr klar denken. Offensichtlich war da einer der Treibstoffkanister auf dem Rücksitz geborsten. Aber wie war es dazu gekommen? Da die Kanister nicht durch eine Leitung miteinander verbunden waren, konnte sich der auslaufende Treibstoff nicht auf sämtliche darunter liegende Batterien ergießen. Außerdem würde der Sprit durch den Bodenrost sickern und sich unten im Rumpf ansammeln, wo er dann verdampfen würde. Loss verwünschte seine Gedankenlosigkeit und öffnete rasch die Ventilationsschieber, durch die sogleich frische Luft ins Cockpit strömte.
Er merkte, daß sich die Gasdämpfe allmählich verflüchtigten. Der Gestank würde zwar noch einige Zeit anhalten, aber wenn es in den nächsten zehn Minuten zu keiner Explosion kam, war die Gefahr gebannt. Er schaute zu ihr hinüber. Sie hatte das Gesicht dem Spalt zugewandt. Ihr Haar flatterte im Luftzug.
Die Instrumente zeigten nichts Auffälliges an. Alles schien in Ordnung zu sein. Vielleicht war die Öltemperatur ein wenig zu hoch. Da fiel ihm ein, daß er ja die Gaseinstellung noch nicht auf die günstigste Steiggeschwindigkeit reduziert hatte und der Motor allmählich heißlief. Er nahm das Gas weg, verringerte langsam die Propellerrotation auf 2350 Umdrehungen, wartete dann, bis sich die Geschwindigkeit stabilisierte, und trimmte die Maschine neu ein. Seine Augen tränten. Außerdem quälte ihn ein Hustenanfall. Er blickte sie an. Sie weinte und schüttelte den Kopf, als könne sie so die Auswirkung der Dämpfe loswerden. Er klopfte ihr auf die Schulter und deutete mit aufgerichtetem Daumen an, daß alles wieder in Ordnung sei. Sie nickte, ließ den Kopf sinken und schloß die Augen.

Loss überlegte, was da passiert sein mochte. Der Luftdruck konnte nicht dazu geführt haben. Irgend etwas stimmte da nicht. Vielleicht war es ratsamer, weiterhin in südlicher Richtung zu fliegen, für den Fall, daß die Maschine einen größeren Defekt hatte. Der beleuchtete Flughafen von Haiti war ganz nah, lag nur etwa vierzig oder fünfzig Meilen südlich von ihnen. Dort wäre er überdies zumindest vorläufig vor dem Zugriff der bahamesischen Polizei geschützt. Ob es zwischen Haiti und den Bahamas ein Auslieferungsabkommen gab? Vielleicht würden die dortigen Behörden die Entführung von Strouds Maschine als einen Akt von Luftpiraterie bewerten. Er beschloß dann, vorläufig den südlichen Kurs beizubehalten, noch mehr Höhe zu gewinnen, bis die Spritdämpfe verweht waren. Dann wollte er den Schaden achtern überprüfen.
Acht weitere Minuten stieg die Maschine immer höher. In einer Höhe von 11 000 Fuß streifte sie eine dünne Wolkendecke. Loss trimmte die Maschine neu ein und drosselte die Spritzufuhr, um die Maximalflugweite zu erreichen. Der Benzingeruch war fast verschwunden. Vor sich sahen sie im bleichen Mondlicht die dunklen Umrisse von Haiti, die Lichter kleiner Ortschaften und das kreisende Scheinwerferlicht des Leuchtturms von Le Mole St. Nicholas an der Nordwestspitze von Haiti.
»Geht's dir wieder besser?« fragte er.
Er sah im fahlen Licht der Armaturen, daß sie lächelte. »Viel besser. Was ist denn passiert?« Sie putzte sich die Nase mit einem Papiertuch, das sie im Ablagefach gefunden hatte.
»Das möchte ich selbst gern wissen. Nimm die Taschenlampe und sieh nach! Mach den Sicherheitsgurt auf und kriech auf den Rücksitz! Ich versuche inzwischen, Port-au-Prince anzupeilen. Wenn der Schaden groß ist, werden wir dort landen.« Als sie über die Lehne kletterte, fügte er noch hinzu: »Überprüfe, ob die restlichen Kanister noch voll sind. Ich kann dann unsere Maximalflugweite berechnen.«
Loss schaute nach Westen. Der Mond streifte den Horizont. Wenn nur ein Kanister geborsten war, konnten sie es schaffen. Waren es mehrere, konnte er immer noch irgendwo in Florida landen, auftanken und wieder starten, bevor man ihm dumme Fragen stellte.
»Brian, ich glaube, du solltest es dir besser selbst anschauen«, sagte sie und beleuchtete die Kanister mit der Taschenlampe.
Loss stellte den Autopiloten ein, öffnete den Sicherheitsgurt und drehte sich um. Die zehn Spritbehälter waren in zwei Reihen

angeordnet. Der mittlere Kanister in der ersten Reihe war längs der Schweißnaht aufgeplatzt. Wenn ein dickwandiger Metallbehälter auf diese Weise platzt, kann es nur eine Ursache geben.
»Sieh mal!« sagte sie und steckte einen Finger in das Loch in der Kabinendachpolsterung. »Eine Kugel?«
»Vom Kaliber 45«, antwortete er und betrachtete das Einschußloch im Boden und die Schramme auf der Rückseite des Sitzes.
»Wer mag auf uns geschossen haben?« fragte sie. »Heiss kann es nicht gewesen sein. Er war an Händen und Füßen gefesselt.«
»Die Polizei vielleicht«, erwiderte er ohne rechte Überzeugung. Er hatte das Gefühl, daß Klist dahinter steckte. Den Gedanken an Stroud verdrängte er.
»Was soll's? Die übrigen neun Kanister sind voll. Und die Leitungen sind noch heil. Wie weit kommen wir damit?«
Er half ihr auf den Vordersitz. Gemeinsam entfernten sie den eingeklemmten Tennisschuh und schlossen die Tür.
»Da! Ein Siebenmeilenstiefel!« sagte sie und gab ihm den Schuh. Er mußte lächeln. Dann fragte sie: »Wie weit kommen wir nun? Müssen wir den Rest der Strecke schwimmen?«
Er neigte sich zu ihr und küßte sie auf die Nase.
»Davor brauchst du keine Angst zu haben. Wir können es noch immer im Nonstopflug schaffen. Wenn's nicht geht, werden wir im Morgengrauen irgendwo an der amerikanischen Ostküste landen. Wir drehen jetzt nach Norden ab und verschwinden aus dieser Gegend. Wir sind fast über Haiti. – Übrigens, hast du einen Schokoladenriegel . . . «
Er verstummte, als er jenseits der rechten Tragflächenspitze etwas im Mondlicht aufblinken sah. Was es war, konnte er nicht genau erkennen, da seine Sehschärfe durch die Gasdämpfe und das grelle Taschenlampenlicht von vorhin gelitten hatte. Er späte abermals hinaus. Jetzt sah er es deutlicher. Es war ein Flugzeug ohne Positionslichter.
»Sieh mal, Holly!« sagte er und deutete die Richtung an.
»Was? Was ist denn zu sehen?« fragte sie und schaute auf das 3000 Meter unter ihnen liegende Meer.
»Nein. Höher. Auf derselben Höhe wie wir!«
Sie blickte nach hinten, vorbei an der Tragflächenspitze. Sterne. Dann sah sie das Flugzeug. Im schwindenden Mondlicht konnte sie nur die Umrisse erkennen, den hellen Widerschein auf dem Cockpitdach. Die Maschine schien sich zu nähern, als ob sie ihren Kurs

kreuzen wollte. »Es ist ein Düsenjäger, glaube ich. Die Positionslichter brennen nicht!«
Loss spürte, wie sich sein Herz vor Angst verkrampfte. Er überlegte fieberhaft. Eine Maschine der bahamesischen Luftwaffe konnte es nicht sein. Von Haiti vielleicht? Haiti besaß veraltete Maschinen vom Typ Mirage III. Vielleicht meinten die da drüben, er käme aus dem verhaßten Kuba? Er tastete am Armaturenbrett und schaltete die Positionslichter an den Tragflächenspitzen und das Blinklicht ein.
»Sie kommt näher!« sagte Holly und reckte den Hals, um die Maschine genauer zu sehen. » Sie klappt das Fahrwerk aus!«
Loss drückte ihr die Taschenlampe in die Hand. »Holly, ich glaube, es ist ein Abfangjäger aus Haiti. Vielleicht hat man uns auf dem Radarschirm gesichtet. Und der Pilot soll jetzt feststellen, wer und was wir sind. Er drosselt die Geschwindigkeit, um uns besser zu sehen. Blinke mit der Taschenlampe das Morse-Kodezeichen für die Vereinigten Staaten! Dididah . . . dididit . . . didah! Hast du's dir gemerkt?«
Sie nickte und begann zu blinken. Der Abfangjäger reagierte nicht darauf. Loss sah ihn nun deutlicher – eine knapp hundert Meter entfernte Silhouette auf der Steuerbordseite. Er dachte kurz daran, sich bei der Flugleitstelle von Port-au-Prince zu melden, um die Sache aufzuklären. Dann überlegte er, was er tun könnte, um seine friedlichen Absichten kundzutun. Sollte er die Innenbeleuchtung und die Landelichter einschalten? Oder im Sinkflug Port-au-Prince ansteuern? Aber vielleicht war der Pilot da drüben einer von den schießwütigen Typen. Allerdings war die Entfernung zu gering, um einen Angriff zu fliegen. Doch dann kam ihm der Gedanke, daß vielleicht noch weitere Maschinen gestartet waren, in einer Entfernung von wenigen hundert Metern lauerten und den Rottenführer deckten, bereit, auf seinen Befehl hin einen Angriff zu fliegen. Er spähte aus dem Fenster. Die Nordküste von Haiti lag unter dem Bug der Comanche. Die dünne Lichterkette, die den Strand säumte, mußte die Küstenstraße sein. Östlich davon lag eine größere Ortschaft.
Der Pilot drüben schaltete die Landescheinwerfer ein. Das Licht blendete ihn. »Er leuchtet uns an!« rief Loss. »Wink ihm zu!« Dann kam ihm zum Bewußtsein, wie sonderbar diese Geste dem Piloten vorkommen mußte.
Die Scheinwerfer erloschen, die Düsenmaschine schien immer grö-

ßer zu werden. Sie rückte näher heran und war schließlich nur knapp zehn Meter von ihrer Tragflächenspitze entfernt. Loss konnte den langgezogenen haifischähnlichen Bug und die angewinkelten Tragflächen deutlich erkennen. Der Pilot hatte Fahrwerk und Klappen ausgefahren, um seine Geschwindigkeit der ihren anzugleichen. Loss fiel auf, daß die Maschine keine Deltaflügel wie die Mirage III hatte.
Der Düsenjäger kam noch näher und zwang Loss zum Abdrehen, wenn er eine Kollision vermeiden wollte. Dadurch drängte er Loss nach Osten ab, so daß dieser parallel zur Küste von Haiti fliegen mußte.
Loss spähte hinüber. Im matten Licht der Sterne und der Mondsichel am Horizont traten die Einzelheiten scharf hervor. Es handelte sich um einen Düsenjäger älterer Bauart, der vielleicht Schallgeschwindigkeit erreichte oder sogar noch schneller war. An den Tragflächenenden befanden sich noch Führungsleisten. Loss kam ein Verdacht. Das Hoheitszeichen am Rumpf war ein dunkles, auf den Kopf gestelltes Dreieck mit einem weißen Stern.
Die beiden Maschinen flogen jetzt dicht nebeneinander. Der Düsenjäger behielt seinen Kurs bei und ließ Loss nicht ausbrechen. Der Kreiselkompaß zeigte nach Nordosten. Sie entfernten sich also immer mehr von der Küste.
Loss konnte unter den Flügeln keine Raketen erkennen. Die Bordwaffen waren wohl in den Tragflächen oder im Rumpf eingebaut, vielleicht auch Raketen. Dann dämmerte es ihm. Es war eine MiG. Aber was für eine? Eine MiG-17? Nein, wahrscheinlich eine MiG-15. Und es war das kubanische Hoheitszeichen. Und irgendwo in ihrer Nähe befand sich noch eine Maschine, mit eingeschaltetem Radar und schußbereiten Bordwaffen. Deshalb drängte ihn der Jet ab. Er sollte sich von der Küste von Haiti fernhalten und das offene Meer ansteuern. Loss blickte aus dem rechten Fenster und musterte den Himmel. Er konnte zwar die andere Maschine nicht entdecken, aber sie lauerte zweifellos ganz in der Nähe. Der Jet neben ihm würde plötzlich nach unten abkippen und dem anderen die Möglichkeit zu einem Feuerstoß geben. Und sie boten sich dar wie auf einem Präsentierteller. Die Comanche war nicht zu verfehlen.
Sie flogen nun bereits nördlichen Kurs. Der Jet klebte weiterhin an ihrer Tragfläche. Plötzlich drückte er die Comanche in eine flache Kurve, so daß Loss nordwestlichen oder westlichen Kurs steuern mußte. Also Kuba entgegen. Er vernahm das Dröhnen des auf

vollen Touren laufenden Triebwerks. Es hörte sich an, als würde der Jet sogleich durchsacken, weil er die geringere Geschwindigkeit der Comanche nicht länger beibehalten konnte. Der Kubaner trug einen Pilotenhelm. Die Sauerstoffmaske baumelte lose. Er war – im grünlich-weißen Licht des vor ihm eingebauten Radarschirms – deutlich zu erkennen. Loss bildete sich ein, daß der Pilot lächelte. Oder täuschte er sich? Er wollte jedenfalls nicht warten, bis sie die Kurve ausgeflogen hatten. Denn der Rottenführer würde jäh nach unten tauchen, und das bedeutete dann ihr Ende. Er konnte den Abfangjägern nicht dadurch entkommen, daß er über sie hinwegflog oder unter ihnen durchtauchte. Wenn ihm jedoch ein Sturzflug gelang und er dann knapp über der Küste von Haiti dahinflog, konnte er wegen der Bodenstörungen von keinem Radargerät mehr erfaßt werden.
Es war nicht zu glauben. Vor gut einer Woche hatte er ein völlig normales Leben geführt. Ein Leben ohne Schmerz, ohne große Sorgen. Ein Leben mit einer Frau, die er liebte. Er hatte genug zum Anziehen, und niemand zwang ihn, um sein Leben zu kämpfen. Und nun schien er jenen anzugehören, die töteten oder getötet wurden. Er war die Maus, die vor der Katze floh. Er wußte nicht, warum er gehetzt wurde. Er wußte nur, daß der geringste Fehler seinen gewaltsamen Tod zur Folge haben würde.
Die Kurve des Jet wurde immer flacher. Seine Tragflächen lagen beinahe waagrecht. Jetzt ist es soweit, dachte er und wandte sich an Holly.
»Wir machen jetzt einen Sturzflug. Gib mir alle tausend Fuß die Höhenmesserdaten an! Und halt dich fest!«
Loss drehte an der Vergaserheizung und nahm stufenweise das Gas weg. Sogleich verringerte sich die Geschwindigkeit der Comanche. Loss hielt die Maschine gerade noch waagrecht, um gegenüber der MiG nicht an Höhe zu verlieren, während die Geschwindigkeit weiter abnahm. Die MiG begann ihn zu überholen und zog an ihrer Tragfläche vorbei. Sie hatte weiterhin eine leichte Schräglage. Loss sah nun die bläulichen Flammen, die aus der Heckdüse fauchten. Sie flogen immer langsamer. Der Fahrtmesser zeigte 80 Knoten an. Die Comanche ließ sich nicht mehr so präzise steuern. Loss griff nach unten und schaltete die Positionslichter und das Blinklicht aus. Der Steuerknüppel rüttelte in seiner Hand. Die Maschine stand kurz vor dem Durchsacken. Loss zog den Steuerknüppel mit einem Ruck heran und trat wuchtig aufs linke Ruderpedal. Die Maschine

erbebte, kippte über die linke Tragfläche nach unten und begann zu trudeln. Anfangs schien es ein unkontrollierbarer Sturz zu sein. Doch dann fing sich die Maschine, und die Rotationsgeschwindigkeit nahm zu.
»Zehntausend Fuß!« rief sie gepreßt.
Loss hielt Ruder und Steuerknüppel in derselben Stellung und sah die Sterne an der Frontscheibe vorüberhuschen. Die Comanche sackte wie ein Stein nach unten. Ihre Sinkrate betrug gut dreitausend Fuß pro Minute. Aber noch wichtiger war, daß die Maschine in Spiralen nahezu senkrecht auf die Erde zuschoß. Über ihnen blitzte es. Leuchtspurgeschosse durchschnitten die Nacht und erloschen auf einer bogenförmigen Bahn. Die Abfangjäger mußten dicht hinter ihnen sein.
»Achttausend!« rief sie. Ihre Stimme klang schriller.
Die Fliehkräfte drückten ihn gegen die Cockpitwand. Er fluchte, weil die Maschine nicht mit Schultergurten ausgerüstet war. So ein Leichtsinn, dachte er. Stroud hätte sich darum kümmern müssen. Doch was ihn noch mehr bedrückte, war, daß die Maschine sich zu überschlagen drohte. In welcher Höhe konnte er sie noch abfangen? Sie schrie ihm wieder einen Tausenderwert zu. Er sah Blitze an der Frontscheibe vorüberschießen, denen ein orangefarbener Flammenschweif folgte. Die Leuchtspurgeschosse erhellten den Himmel über ihnen. Druckwellen schüttelten die Comanche.
Schon drei- oder viermal hatte er die Maschine trudeln lassen. Das Sternenlicht floß mit den Lichtern an der Küste zusammen. Er merkte, daß er die Orientierung verlor.
»Fünftausend!«
Sekundenbruchteile zu spät schaltete er die Zusatzpumpe an, um den Druck in der Treibstoffzufuhr aufrechtzuerhalten. Die Maschine begann im Leerlauf zu stottern. Das dunkle Meer da unten schoß auf sie zu. Gleich kam der Moment, da er die Maschine abfangen mußte. Er überlegte kurz, welche Handgriffe damit verbunden sein würden.
»Dreitausend, Brian! Dreitausend!«
Aber da hatte er den rechten Fuß schon auf dem Ruderpedal und drückte es bis zum Boden durch. Die Linksrotation verlangsamte sich. Aber es reichte nicht. Er trat fester aufs Pedal, als ob das noch helfen könnte. Na komm schon, Mädchen! Komm schon! Die Comanche drehte sich noch einmal träge um die eigene Achse und pendelte sich dann ein. Loss verringerte den Ruderdruck, schob den

Steuerknüppel nach vorn und wartete, daß die Steuerung Wirkung zeigte. Die Geschwindigkeit nahm allmählich zu, und er gab leichten Gegendruck. Die Lichter an der Küste strahlten viel heller und waren nun deutlich zu unterscheiden. Autos glitten auf der Küstenstraße dahin. Die hellen Flecken waren Häuser. Dahinter sah er die Umrisse eines dunklen Bergs, der die Sicht auf den Horizont im Süden versperrte. Die Maschine lag fast waagerecht in der Luft. Er gab Gas, um den langsamen Sinkflug abzufangen. Das Getöse war verstummt. Er hörte das Dröhnen des Motors und den am Rumpf vorbeistreichenden Wind, während sie der Küste entgegenglitten.

»Achthundert!« sagte sie leise.

Er gab mehr Gas, während die Maschine weiter sank, und ging knapp über den Wellenkämmen in Horizontallage. Er behielt die Gasstellung bei und stabilisierte die Geschwindigkeit bei etwa 80 Knoten. Die Küste lag jenseits der rechten Tragflächenspitze, als er nach Osten dem Passat entgegensteuerte. Ihre Geschwindigkeit über Grund betrug wohl höchstens sechzig Knoten. Jetzt können sie uns nicht mehr aufspüren, dachte er. Die Maus ist der Katze entwischt.

Er blickte gespannt geradeaus. Sie flogen knapp über der Brandung. Die Minuten verstrichen. Nichts geschah.

Sie zündete eine Zigarette an und steckte sie ihm zwischen die Lippen. Er tat einen tiefen Zug, und sie entfernte sie wieder. Er atmete aus.

»Auch an Lungenkrebs kann man sterben«, sagte er.

20

Über der Windward Passage, in 8000 Meter Höhe, drehte die TU-18 nach Westen ab. Leutnant Sidorov stellte den Infrarotschirm schärfer ein. Die drei hellen Lichtpunkte flossen zusammen, als die MiGs in Formationsflug übergingen und in westlicher Richtung zu ihrer Basis in der Provinz Oriente zurückflogen. Die kleine Sportmaschine war nicht mehr auszumachen. Sie war verschwunden. Die Wärmeausstrahlung ihrer Abgase hatte ausgesetzt, als sich die drei MiGs ihrem Standort genähert hatten.

Er schaltete die Bordsprechanlage ein. »Navigator an Kommandeur. Kursrichtung Camaguey beträgt zwei-acht-acht Grad. Voraussichtliche Landezeit dreizehn Minuten nach voller Stunde.« Während er sprach, machte er Eintragungen ins Logbuch. Der Wulst der Sauerstoffmaske drückte auf seinen Nasenrücken. Doch sie würden gleich niedergehen. Dann konnte er endlich wieder frische Luft atmen. Von dem Zeug aus den Sauerstofftanks hatte er die Nase voll.

Major Aksjonov, der Kommandeur, stellte den angegebenen Kurs ein, überließ die Steuerung seinem Kopiloten und deutete mit nach unten gerichtetem Daumen an, daß der Sinkflug beginnen konnte. Die Triebwerke des Turbojet heulten auf. Diese Mühle macht mich fertig, dachte er. Irgendwann drehe ich noch durch. Er wartete, daß ihm Leutnant Sidorov die übrigen Informationen durchgab. Er hatte zwar den erregten Funkverkehr der Abfangjäger mitverfolgt, verstand aber kein Spanisch.

»Kommandeur! Hier ist der Navigator.«

»Was gibt's?«

»Die Abfangjäger haben die Propellermaschine abgeschossen. Der Staffelführer meldet, daß sie nach dem Bordwaffenbeschuß abgestürzt ist. Einer der Abfangjäger ist ihr bis zu einer Höhe von 1000 Metern gefolgt. Es war eine einmotorige Sportmaschine. Der Pilot hatte die Kontrolle über das Flugzeug verloren. Es stürzte drei Kilometer von der Küste entfernt ins Meer.«

Der Major setzte eine zufriedene Miene auf. Bei der nachfolgenden Lagebesprechung und im Abschlußbericht würde er ihren Einsatz gebührend herausstreichen. »Können Sie den Abschuß bestätigen?« fragte er.
»Ja. Als der Angriff erfolgte, verschwand das Objekt vom Infrarotschirm. Es konnte nicht mehr geortet werden. Zu sehen war nur die übliche Wärmeausstrahlung entlang der Küste. Die Geschwindigkeit der sich bewegenden Objekte war nicht groß genug. Es waren zumeist Lkw. Das E-Werk bei Cap-Haitien war deutlich auszumachen. Aber die Sportmaschine ließ sich nicht mehr aufspüren.« In seiner Stimme schwang eine Anflug von Selbstgefälligkeit.
»Gut. Geben Sie die Informationen an Singvogel durch! Und fertigen Sie einen ausführlichen Bericht an! Die Einsatzleitung will sieben Kopien haben.«
Major Aksjonov machte es sich bequem und hörte zu, wie der Leutnant seine Meldung machte. Militärisch-knappe Ausdrucksweise, dachte er, kein übler Offizier, dieser Sidorov. Er fixierte den Höhenmesser, als könne er dadurch die TU-18 in eine Höhe zwingen, wo er endlich die Sauerstoffmaske ablegen und heißen Tee aus der Thermosflasche trinken konnte. Er überlegte dann, wie er den Einsatzbericht abfassen sollte. Die Formulierung gelang ihm auf Anhieb. Dennoch hätte er gern gewußt, warum man mit einem derartigen Aufwand diese kleine Sportmaschine zur Strecke gebracht hatte. Wie nannte man gleich solche Opfer? Ach ja, »Volksfeinde«. Er lächelte freudlos.

Der Radartechniker sagte hastig ein paar Worte in Spanisch und machte sich nebenbei Notizen. Danach wandte er sich Petrov zu. »Die Sportmaschine ist eben abgeschossen worden, Genosse Oberst. Sie stürzte nördlich von Haiti ins Meer. Hier sind die Koordinatenangaben! Der Staffelführer meldet, daß er die Comanche einwandfrei identifiziert hat. In der Maschine befanden sich zwei Personen.«
Petrov stieß einen leisen Seufzer aus. Er bedauerte den Tod von Loss. Ihm als Piloten tat es leid, daß ein anderer Pilot hatte sterben müssen. »Hat die Aufklärungsmaschine den Abschuß bestätigt?«
Der junge Radartechniker lächelte breit.
Petrov sah seine Plomben und die schief stehenden Zähne. »Jawohl, Genosse Oberst. Der Abschlußbericht wird am frühen Morgen vorliegen.«
»Der Kommandeur soll mich gleich nach der Landung anrufen. Bis

zum Morgen kann ich nicht warten. Ich bin in der Nachrichtenzentrale der Marine zu finden.« Ohne die Bestätigung seiner Anweisung durch den Radartechniker abzuwarten, drehte er sich um und nahm Rametka am Arm. »Jetzt können wir die Funksprüche durchgeben, Vasili! Wir trinken dann einen und können danach ein paar Stunden schlafen.«

Sie verließen die Funkleitstelle. Petrov ging voraus. Rametka fiel auf, wie sehr sich Petrovs Gang und Haltung verändert hatten. Petrov hielt sich straff, schritt energisch aus. Er nickte dem Offizier vom Dienst kurz zu, deutete ein Lächeln an, trug seinen Namen ohne abzusetzen ins Meldebuch ein und sprach mit dem Wachtposten draußen herablassend freundlich. Sie bogen in den graugestrichenen Gang zur Kommunikationszentrale ein und kamen an von Neonröhren beleuchteten Seitenkorridoren und Sicherheitsbeamten vorbei, die bei ihrem Erscheinen Haltung annahmen.

Sie betraten die Kommunikationszentrale. Vor der Doppeltür überprüfte ein Marineinfanterist ihre Passierscheine. Dann durchquerten sie die Nachrichtenzentrale. Niedrige Zwischenwände aus schalldämpfendem Material trennten die Nachrichtentechniker voneinander. Schließlich gelangten sie zum Büro des Offiziers vom Dienst. Der Offizier, eine dickliche Frau in Uniform, erhob sich, um sie zu begrüßen.

Petrov reichte ihr seinen Passierschein und ein zusammengefaltetes Fernschreiben. »Dürfen wir kurzfristig Ihr Büro benützen, Leutnant?«

Sie schlug die Absätze zusammen, was Rametka ein wenig lächerlich fand.

»Selbstverständlich, Genosse Oberst. Das Büro steht zu Ihrer Verfügung. Soll ich Ihnen Tee servieren lassen?«

»Kaffee wäre mir lieber, Leutnant. Starker, schwarzer Kaffee aus Kuba. Mit Sahne bitte. Und ein paar Brötchen.«

Sie nahm wieder Haltung an. Die ruckartige Bewegung brachte ihre Gestalt zum Beben. Die Fettpolster an den Armen und ihr üppiger Busen schwabbelten. Rametka konnte sich kaum ein Lächeln verkneifen.

Petrov setzte sich auf den Schreibtischstuhl, dessen Sitzfläche sich noch warm anfühlte. Rametka nahm im Sessel Platz. In dem klimatisierten Raum roch es stark nach einem süßlichen Parfüm.

Sie schwiegen eine Weile und blickten durch das Kontrollfenster in die Kommunikationszentrale. Nachrichtenoffiziere gingen umher und kontrollierten die Arbeit der Funker, Chiffrierspezialisten und Fernschreiberoperatoren. Die Nachrichtenzentrale war mit etwa zwanzig Leuten besetzt. Computer speicherten die von Wettersatelliten ausgesandten Daten, Fotos und weitere Informationen und druckten das Nachrichtenmaterial zur Begutachtung und Weitervermittlung aus.

Die Russin im Leutnantsrang kehrte mit einem Tablett zurück. Sie setzte es auf dem Schreibtisch ab, nahm ein Bündel Fernschreiben, deutete eine Verbeugung an und begab sich in die Nachrichtenzentrale.

Rametka und Petrov tranken schweigend ihren Kaffee. Als sie in das kleiige Brötchen bissen, schauten sie einander an. Petrov warf es angewidert in den Papierkorb. »Im letzten Jahr haben wir 448 Milliarden Rubel für unser Militär ausgegeben. Doch die paar Kopeken, die ein knuspriges Brötchen kosten würde, bringt man wohl nicht auf. Das ist doch absurd, meinen Sie nicht auch, Vasili?«

Rametka nickte nur und wartete, daß Petrov auf die Entscheidungen zu sprechen käme, die nun gefällt werden mußten.

Petrov steckte sich eine Zigarette an, lehnte sich zurück und legte die Beine auf den Schreibtisch. Er versuchte erfolglos zwei Rauchringe hintereinander zu blasen. Dann fragte er unvermittelt: »Glauben Sie, daß die Kubaner diesen Loss wirklich abgeschossen haben?«

Rametka hob die Schultern. »Für mich ist die Sache klar. Warum fragen Sie, Anatoli?«

Petrov kreuzte die Beine, schaute zur Decke empor und sah den emporschwebenden Rauchschwaden nach, die zwischen dem Gitter der Klimaanlage verschwanden. »Mir sind mittlerweile Bedenken gekommen. Wie Sie wissen, habe ich selbst schon Abfangjäger geflogen. Der Abschuß einer kleinen Sportmaschine hat so seine Tücken.«

Rametka setzte die Nickelbrille ab und putzte sie mit seinem Taschentuch. Er schob sie in ein Etui, das er in der Brusttasche verwahrte. Einen Augenblick berührte seine Hand die emaillierte Miniaturausgabe des Leninordens an seinem Revers, als könnte dieser seine Zweifel zerstreuen. »Spielt das in der jetzigen Phase eine Rolle?« fragte er gepreßt.

»Vielleicht nicht. Dennoch werde ich die Piloten persönlich befragen. Auch den Beobachter der TU-18.«

»Hat das eine Auswirkung auf unseren Plan? Auf den Transport des Sprengsatzes? Auf Welsh?«

»Wir machen wie geplant weiter«, sagte Petrov entschlossen. »Ich werde die zweite Phase noch heute anlaufen lassen. AW-4 wird die Vorkehrungen für den Transport über den Pazifik treffen. Das U-Boot wird um den 9. August an der vereinbarten Stelle im Golf von Alaska sein. Damit haben wir einen Spielraum von vier Tagen für die Verladung an Bord des Trawlers. Der Trawler nimmt dann Kurs auf die Nordspitze von Vancouver-Island und läuft in die Queen-Charlotte-Straße ein, wo er am 16. oder 17. nahe North-Broughton-Island auf die Jacht stößt. Die Jacht hat dann vier Tage Zeit, um zu ihrer Position im Hood-Kanal zu gelangen.«
»Wie groß ist die Wahrscheinlichkeit, daß das amerikanische Trident-U-Boot um diese Zeit ausläuft? Was ist, wenn es nachts geschieht?«
Petrov hörte nicht mehr zu, sondern klopfte gegen die Scheibe des Kontrollfensters, um die Aufmerksamkeit des weiblichen Leutnants zu erregen. Gleich darauf betrat die Russin den Raum. Petrov hob seine Tasse mit dem kalt gewordenen Kaffee und bedeutete ihr, daß sie zwei weitere bringen sollte. Sie nickte. »Wie groß die Wahrscheinlichkeit ist?« erwiderte Petrov. »Wir können mit Gewißheit davon ausgehen, daß das Auslaufdatum der 22. August ist. Wir haben Informanten in der US-Marine und unter den Unternehmern, die für die Marine arbeiten. Zudem braucht man nur die Urlaubsdaten der Besatzungsmitglieder ins Kalkül einzubeziehen, die Lieferung von leicht verderblichem Proviant für die U-Boot-Besatzung und andere Faktoren mehr. Es ist ein Puzzlespiel. Was das Auslaufen bei Nacht anlangt, so sprechen die Fakten dagegen. Die *Ohio* ist für ein U-Boot ziemlich groß. Sie hat eine Länge von gut 150 Metern und die Wasserverdrängung und die Ausmaße eines Zerstörers. Sie ist, solange sie nicht tauchen kann, auf Schlepper angewiesen, die sie durch den Hood-Kanal und den Puget-Sund ziehen. Derartige Manöver werden üblicherweise nachts nicht durchgeführt.«
Petrov fuhr mit der Zunge über die Schneidezähne und meinte dann: »Die Jacht wird jedenfalls ihre Position in dem kleinen Hafen von Squamish am Nordende des Hood-Kanals nachts beziehen. Eine Meile entfernt befindet sich eine Drehbrücke, die das U-Boot passieren muß. Diese Entfernung müßte genügen. Ich hoffe allerdings, daß das Unternehmen am Tage und bei geringerer Entfernung durchgeführt wird.«
Rametka stimmte ihm kopfnickend zu. »Die Entfernung dürfte

ausreichen. Unsere Computerberechnungen haben ergeben, daß eine Detonation im Umkreis von 500 Metern den Anschein erweckt, als sei das U-Boot selbst explodiert. Wenn die US-Navy danach von Sabotage sprechen sollte, wird ihr kaum jemand Glauben schenken. Die Kanadier bestimmt nicht. Auch nicht die Westeuropäer. Wir sind auf eine derartige Reaktion gefaßt. Solange noch Zweifel bestehen, werden die Amerikaner keinen Gegenschlag durchführen. Sollte es dennoch dazu kommen, sind wir darauf vorbereitet.« Er klopfte nachdenklich mit dem Kugelschreiber gegen seine Schneidezähne. »Kein angenehmer Gedanke, ein Gegenschlag, nicht wahr, Anatoli?«

Petrov nickte bedächtig mit dem Kopf. »Nein, der Gedanke behagt auch mir nicht. Aber das ist nun mal der Risikofaktor bei diesem Plan. Allerdings hat die amerikanische Presse in jüngster Zeit immer häufiger ihre Besorgnis wegen einer derartigen Katastrophe geäußert. Auch die Kanadier haben lautstark gegen die nur 80 Kilometer von ihrer Grenze entfernte Atom-U-Boot-Basis protestiert. Wenn sich Welsh an seine Anweisungen hält, wird in den Vereinigten Staaten ein Sturm der Entrüstung losbrechen. Und danach wird man unverzüglich abrüsten.« Er verstummte und betrachtete die Russin, die Kaffee und diese kleiigen Brötchen brachte. »Ich denke – und darin sind wir uns wohl einig –, daß ein derartiger Gewinn den Einsatz rechtfertigt.«

Eine halbe Stunde dauerte nun schon der Flug längs der Nordküste von Hispañiola. Sie waren der Küstenlinie von Haiti gefolgt, überquerten dann die Grenze und befanden sich über dem Territorium der Dominikanischen Republik. Zu sehen waren nur die spärlichen Lichter einiger Ortschaften, dann und wann ein Auto auf der kurvigen Küstenstraße und die weiß leuchtende Brandung an den zerklüfteten Riffen.

Loss hielt die Maschine in einer Höhe von 200 bis 500 Fuß und orientierte sich an der Küstenlinie. Die Navigationslichter waren ausgeschaltet. In den ersten zwanzig Minuten hatte er jeden Augenblick erwartet, daß Geschosse die dünne Außenhaut der Comanche durchlöchern würden. Fatalistisch hatte er sich mit dieser Möglichkeit abgefunden. Doch als die Minuten verstrichen und die zurückgelegte Strecke immer größer wurde, festigte sich in ihm die Überzeugung, daß die Abfangjäger die Verfolgung aufgegeben hatten. Man nahm wohl an, er sei über dem Meer abgestürzt.

Der Aktionsradius eines Abfangjägers war ohnehin nicht besonders groß. Für einen Einsatz in geringer Höhe und bei niedriger Geschwindigkeit ist ein Turbojet nur wenig tauglich. Und die Radargeräte mußten sich als unwirksam erweisen, wenn sie ihn inmitten der Bodenstörungen längs der Küste aufspüren wollten.
Im Osten sahen sie gut dreißig Meilen entfernt den Lichtschein einer größeren Ortschaft. Das war Puerto Plata. Loss beschloß, nach Norden abzudrehen. Er wollte die Küstenlinie verlassen und in nördlicher Richtung Kurs auf die Bahamas nehmen.
Er wandte sich an Holly. »Hol bitte die Flugkarte für diesen Bereich aus meiner Flugtasche! Sie hat die Nummer JNC-47. Auch die für den Bereich nördlich davon. Es ist JN-45, glaube ich. Nimm die Taschenlampe und überzeuge dich, daß Hispañiola drauf ist!«
Sie kramte in der Tasche, fand die gesuchte Karte und zog sie heraus. Da die entfaltete Karte zu unhandlich war, legte sie sie so zusammen, daß nur die südlichen Bahama-Inseln und Hispañiola zu sehen waren.
»Was soll ich jetzt machen?«
Er warf einen Blick auf die Karte und konzentrierte sich wieder auf die Steuerung. »So ist's richtig. Die Rechtecke da stellen jeweils einen Längen- und Breitengrad dar. Jedes Rechteck hat etwa eine Länge von sechzig Meilen. Wie viele Rechtecke sind wir inzwischen von der kubanischen Ostküste entfernt?«
Sie umspannte das äußerste Rechteck mit Daumen und Zeigefinger und rutschte dann auf der Karte weiter. »Drei Rechtecke etwa. 180 Meilen, eher 200, wenn das da vorn Puerto Plata ist.« Sie stockte eine Sekunde. »Du, Brian, auf der Karte ist bei Puerto Plata ein Flugplatz eingezeichnet.«
Er nickte. »Ich weiß. Aber so weit nach Osten wollen wir nicht. Wir sind zuerst nach Süden geflogen. Nördlich von Haiti haben uns die Abfangjäger abgedrängt. Danach sind wir in östlicher Richtung geflogen. Wir sind ihnen entkommen, weil wir uns in niedriger Höhe längs der Küste gehalten haben. Jetzt drehen wir nach Norden ab. Wir werden die Flughöhe noch dreißig Meilen weit beibehalten. Denn vielleicht gibt's bei Puerto Plata eine Radarstation.« Er blickte auf die Karte und deutete auf eine bestimmte Stelle. »Siehst du die Inseln, die nördlich von unserer jetzigen Positon liegen?«
Sie beugte sich über die Karte und blendete das Taschenlampenlicht mit der Hand ab. »Es sind mehrere – Grand Turk Island, North Caicos, Grand Caicos, East Caicos, South Caicos.«

»Grand-Turk-Island – dorthin fliegen wir zunächst einmal. Neben der Abkürzung GT stehen in einem roten Feld Zahlen. Lies sie mir vor! Das ist die Frequenz der Radiopeilstation.«
»Zwei-dreißig-zwei.«
Er stellte die Frequenz im automatischen Peilfunksender ein und wartete auf das Kennsignal. Er konnte den kodierten Kennruf wegen der atmosphärischen Störungen kaum hören. Die Kompaßnadel zeigte eine nördliche Richtung an. Sie würde sich jedoch einpendeln, wenn sie weiter nach Norden flogen und an Höhe gewannen.
Er drehte in einer flachen Kurve nach Norden ab. Vor ihnen breitete sich das dunkle Meer aus. Die Küste lag hinter ihnen. Als die Comanche auf nördlichen Kurs wieder waagerecht in der Luft lag, erblickte er den Großen Bären. Die beiden hinteren Sterne bildeten mit dem tief am Horizont stehenden Polarstern eine Linie. Ihr Kurs verlief also geradewegs nach Norden. Es war 21 Uhr 51. Sie flogen schon über eine Stunde. Er notierte die Zeit mit dem Kugelschreiber auf seinen linken Handrücken. Später wollte er den Treibstoffverbrauch feststellen und die mögliche Länge der Flugstrecke berechnen. Selbst bei günstigem Wind konnte es knapp werden. Er beugte sich übers Armaturenbrett, überprüfte sämtliche Instrumente und suchte nach irgendwelchen Unregelmäßigkeiten oder Funktionsstörungen. Aber alle wiesen Normalwerte auf. Der Treibstoffanzeiger des Haupttanks signalisierte, daß der Tank noch zu gut drei Vierteln voll war. Hoffentlich würden sie von nun an weniger verbrauchen.
Es war jedenfalls an der Zeit, den Spritverbrauch zu drosseln. Er suchte im Ablagefach nach den Tabellen, die Stroud in seiner gut lesbaren Handschrift angefertigt hatte. Eine Zahlenkolonne hatte Stroud mit einem Filzstift rot umrandet. Darüber stand »55prozentige Gaseinstellung«. Die Höhenangaben standen untereinander, daneben jeweils die Gaseinstellung und die Propellerdrehzahl. Loss nahm das Gas weg und verringerte die Propellerrotation. Die Geschwindigkeit stabilisierte sich bei knapp 150 Knoten.
Im Westen war der Mond gerade noch zu sehen. Die orangefarbene Sichel tauchte in den Dunst über dem Horizont. Sie sahen beide bedauernd zu, wie es immer dunkler wurde. Schon vor Tausenden von Jahren müssen die Menschen ähnlich empfunden haben, dachte er. Wenn der Mond unterging, wurde es dunkel. Die Sterne funkelten kalt und fern, der Mond dagegen war heimelig, eine kleine Sonne am nächtlichen Himmel.

Sie umfaßte mit der Hand seinen Hals und begann seine Nackenmuskeln zu kneten und zu lockern. »Tut das gut?«
»Das tut wohl. Ich bin müde. Außerdem habe ich Kopfschmerzen.«
»Kannst du nicht den Autopiloten einschalten? Du brauchst mir nur zu sagen, worauf ich achten soll. Ich wecke dich, wenn etwas nicht in Ordnung ist.«
»Dazu ist es noch zu früh. Ich muß die Maschine selbst steuern, solange wir uns knapp über dem Meer befinden. Ich traue dem Autopiloten nicht. Aber in zehn Minuten werden wir höher steigen. Bis dahin müssen wir wegen der Radarstation, die es vielleicht bei Puerto Plata gibt, in dieser Höhe bleiben.«
»Reicht der Sprit?« fragte sie und blickte auf die Treibstoffuhr.
»Ich denke schon. Was du da siehst, ist die Spritmenge im Haupttank. In ein paar Stunden stelle ich auf die Zusatztanks um. Damit kommen wir rund 500 Meilen weit. Und mit dem Sprit in den Kanistern da hinten an die 750 Meilen.«
»Haben wir in der vergangenen Stunde nicht eine Menge Sprit verbraucht?« Sie strich sich die Haare aus der Stirn, eine anmutige Geste, die ihn jedesmal entzückte.
»Es hätte schlimmer sein können. Es waren an die 12 Gallonen. Ich bin möglichst langsam geflogen. Bis nach New Jersey oder ins Hinterland von New York gelangen wir allemal. Bei günstigem Wind sogar bis nach Nova Sevtia.«
Sie wies nach Westen. »Waren das kubanische Düsenjäger?«
Er nickte.
»Und sie sollten uns abschießen?«
Er nickte abermals und zog die Maschine langsam höher. Das Meer unter ihnen war dunkel. Man konnte nicht erkennen, wie hoch sie flogen. Der Höhenmesser gab 640 Fuß an. Nach der Indikatoranzeige betrug ihre Steigrate 50 Fuß pro Minute.
Sie schwieg und massierte seinen Nacken. Er spürte, wie sich wohlige Wärme in seinen Nackenmuskeln ausbreitete. Der Kopf tat ihm noch weh. Aber der Schmerz schien nachzulassen. Hoffentlich reichte der Treibstoff. Hoffentlich hielt der Motor durch. Wenn er es bis Kanada nicht schaffte, konnte er immerhin in den Vereinigten Staaten mit einem fairen Prozeß rechnen. Einen Augenblick dachte er, es sei ratsamer, in den Vereinigten Staaten zu landen und der Justiz ihren Lauf zu lassen. Was ihn abschreckte, war, daß er einen Senator der Vereinigten Staaten würde beschuldigen müssen. Aber wessen sollte er ihn bezichtigen?

21

Es begann zu tagen. Ein matter Gelbton überzog allmählich den Himmel. Im Osten verblaßte ein Stern nach dem anderen. Der helle Saum breitete sich nach Westen aus, bis nur noch Venus und Saturn am Himmel funkelten.

Der Sonnenaufgang kündigte sich mit einem grauroten Streifen am Horizont an, der bald darauf von hoch dahinziehenden Zirruswolken, einer Gewitterfront und dunklen Regenschleiern verdeckt wurde.

Unter ihnen trieben träge grünlich-weiße Wogen nach Westen, um sich an der Küste Neuenglands zu brechen. Ein riesiger Tanker stampfte in südöstlicher Richtung dahin. Hohe Wellen schlugen über das Schiff und begruben das Deck unter weißem Gischt. Loss blickte dem Tanker nach, bis er verschwunden war. Meer und Himmel wirkten öde und verlassen.

Loss nahm das Gas etwas weg, da die Zylinderkopftemperatur sich der kritischen Grenze näherte. Die Comanche schien bewegungslos in der Luft zu hängen. Der Treibstoffmesser aber zeigte eine stetige Fluktuation an, die sich bei sieben Gallonen pro Stunde stabilisiert hatte. Sie flogen also. Loss speiste in den Bordcomputer verschiedene Daten, Zeitangaben und die bisher zurückgelegte Flugstrecke ein. Der Computer errechnete, daß ihnen noch eine Flugdauer von zwei Stunden und vierzehn Minuten verblieb, bis die Tanks leer waren. Unberücksichtigt war dabei der sich lang hinziehende, langsame Sinkflug vor der Landung, bei dem der Spritverbrauch geringer sein würde.

Als er die Berechnungen noch einmal überprüfte, merkte er, wie sehr ihm der Flug in dieser Höhe, der Schlafmangel und die körperliche Erschöpfung zugesetzt hatten.

Er schaute aufs Meer hinunter und musterte die aus südöstlicher Richtung anrollenden Wogen. In ihrer Höhe schien der Wind aus Süden zu wehen. Seiner Schätzung nach brachte er sie pro Stunde gut dreißig Meilen weiter. Vor drei Stunden hatten sie sich neunzig Meilen westlich der Bermudas befunden. Er hatte ihren Kurs mit Hilfe des VOR-Senders von Kindley Field bestimmt. Seine Berechnungen schienen zu stimmen. Der Rückenwind kam ihnen zupaß und würde die Flugweite vergrößern.

Allerdings konnte er den Informationen nicht allzusehr trauen. Sie hatten seither 420 Meilen in nördlicher Richtung zurückgelegt. Die Wetterbedingungen und damit auch die Windrichtung waren hier anders.

Neben ihm, auf dem rechten Sitz, bewegte sich Holly im Schlaf. Sie hatte die Beine hochgezogen und sich zusammengerollt. Ihr Gesicht wirkte entspannt und arglos. Ein Gefühl des Mitleids, das stärker war als seine Zuneigung zu ihr, ergriff ihn. Nachts hatte sie, während er schlief, auf die Instrumente achtgegeben, allein mit ihren Gedanken in einer einmotorigen Maschine 15 000 Fuß über dem dunklen Atlantik. Sie hatte ihn nur einmal geweckt, um ihn auf die Positionslichter einer Maschine aufmerksam zu machen, die hoch über ihnen in nördlicher Richtung nach Kanada flog. Sie hatte nicht einmal Bedenken geäußert. Sie vertraute ihm einfach, glaubte seinen Angaben über Treibstoffverbrauch, mutmaßliche Flugdauer und Kurs. Nachdem sie ihn gegen fünf Uhr früh geweckt hatte, hatten sie den restlichen Treibstoff aus den Kanistern in die Haupttanks gepumpt. Gegen 5 Uhr 30, eine Stunde vor Sonnenaufgang, hatten sie den letzten Tropfen Sprit in den Zusatztanks verbraucht. Der Motor begann bereits zu stottern, als er auf die vollen Haupttanks umschaltete. Jetzt schlief sie.

Er stellte den VOR-Empfänger auf eine Frequenz von 113.3 ein und wartete, daß der Indikator sich bewegte. Aber die Nadel in ihrem Gehäuse regte sich nicht. Im Kopfhörer vernahm er ganz schwach das Ticken des gemorsten Kennrufs. Er lauschte und versuchte ihn zu entschlüsseln. Die Station befand sich an der Südküste von Neuschottland nahe der Stadt Yarmouth. Die Farm der Kents war neunzig Meilen von dort entfernt. Sie lag zwei Meilen südlich von Lunenburg, unweit der Ostküste. »Gras, Kühe und eine 2000 Fuß lange Piste unmittelbar hinter der Landzunge«, so hatte ihm Kent den Landeplatz beschrieben. Und auf diese ungenauen Angaben muß ich meine Hoffnungen gründen, dachte er.

Er schaltete den Niederfrequenz-ADF-Empfänger ein und begann am Senderknopf zu drehen. Anfangs hörte er nur einen Wirrwarr von Stimmen und atmosphärischen Störungen. Doch dann fand er einen deutlich vernehmbaren Sender. Es war vermutlich Boston. Der Sprecher gab die Ergebniss von Eishockeyspielen durch. Ein Werbespot für Fiat-Elektrokarren folgte. Danach abermals Resultate von Hockeyspielen. Loss, der wissen wollte, um welchen Sender es sich handelte, wurde nervös. Dann ertönte eine Frauenstimme:

»In Maine, New Hampshire und Vermont wird heute das ungewöhnlich warme Wetter mit Temperaturen um 15 Grad Celsius und einem aus südöstlicher Richtung wehenden Wind anhalten. Im Norden von Vermont und New Hampshire wird sich der Himmel im Lauf des Nachmittags bewölken. Gegen Abend ist mit Regenfällen zu rechnen. Hier in Bar Harbor ist der Himmel teilweise mit Wolken bedeckt. Die Temperatur beträgt 12 Grad Celsius. Barometerstand 1013 Millibar, Tendenz fallend. – Und nun erklärt Ihnen unser Experte Jack, wie Sie Ihre Heizkostenrechnung . . . «

Loss stellte den Antennenselektor auf ADF-Empfang und sah, daß die Radiokompaßnadel nach Westen zeigte. Die Station im Norden von Maine war somit angepeilt. Zwar schien ihm die Peilung nicht besonders verläßlich, aber es war immerhin ein Hinweis darauf, daß der Rückenwind beträchtlich geholfen hatte. Er stellte ihre Position anhand der Flugkarte ungefähr fest und notierte sich die Zeit. Er grenzte die Strecke zwischen ihrem jetzigen Standort und der Südküste von Nova Scotia mit Daumen und Zeigefinger ein und kam auf eine Schätzung von etwa 110 Seemeilen. Er blickte auf den VOR-Indikator, der auf Falmouth eingestellt war. Noch war nichts zu sehen.

Neben ihm begann sich Holly zu rekeln. Sie strich sich die Harre aus der Stirn, setzte sich auf und schaute gähnend nach Osten. Dann lehnte sie sich an ihn und gab ihm einen Kuß. »Da unten muß es furchtbar kalt sein«, meinte sie. »Wo sind wir jetzt?«

»Neunzig, vielleicht hundert Meilen von der Südküste von Nova Scotia entfernt. Ich denke, wir schaffen es.«

Sie blickte in die Tiefe. Im Licht der Frühlingssonne wirkte das drei Meilen unter ihnen liegende Meer bleiern. »Meinst du, daß man uns gesichtet hat? Auf dem Radarschirm oder was immer es ist?« fragte sie, verschränkte die Arme auf dem gepolsterten Armaturenrand, stütze das Kinn darauf und schaute nach Norden.

»Vielleicht von Bermuda aus. Doch ich bezweifle es. Wie es mit der

Südküste von Nova Scotia bestellt ist, weiß ich nicht. Die Flugleitstelle von Flamouth besitzt sicherlich eine Radaranlage.«
»Was geschieht, wenn man uns auf dem Radarschirm sichtet?«
Er strich nachdenklich über seine Bartstoppeln. Im Mund hatte er einen ekelhaften Geschmack. Seine Stirnwunde begann zu schmerzen. »Keine Ahnung. Vielleicht denken sie, wir seien in Halifax gestartet. Wir werden uns knapp an der östlichen Grenze ihres Radarbereiches halten. Auf der Anflugkarte für diesen Bereich von Nova Scotia ist eine Radiostation mit dem Kennruf CKBW eingezeichnet, die nur acht Meilen von der Kent-Farm entfernt ist. Wenn sie sich einwandfrei einstellen läßt, können wir anhand der Funkpeilung zur Landung ansetzen.«
Sie nickte und blickte stumm nach Norden. Er holte aus dem Ablagefach zwei Schokoladenriegel hervor. Sie verzehrten sie schweigend.
Die Öltemperatur stieg etwas an. Sie war höher als noch vor einer Stunde. Loss fiel ein, daß ihn Stroud vor einem allzu großen Ölverbrauch gewarnt hatte. Widerstrebend öffnete er die Kühlungsklappen am Motor. Die Windschlüpfrigkeit der Maschine verringerte sich dadurch, was sie etliche Meilen pro Stunde kosten würde. Aber vielleicht konnte er mit dem Sinkflug beginnen, wenn er den VOR-Sender von Falmouth hereinbekam. Er suchte auf der Sektionskarte nach der Radiostation. Sie lag zehn Meilen westlich von Lunenburg. Er stellte die Frequenz ein und lauschte. Die Stimme des Spreches war deutlich zu hören. Er erläuterte mit kanadischem Tonfall das Fischereiprogramm im St.-Lorenz-Golf. Loss stellte auf ADF-Funkpeilung um, worauf der Indikator nach Nordwesten schwenkte, etwa um volle vierzig Grad zur Backbordseite ihres jetzigen Kurses. Er schaltete den Autopiloten ab und steuerte nach links, bis sich der Indikator zentriert hatte.
Sie hob die Augenbrauen. »Stimmt was nicht?«
»Kein Grund zur Besorgnis«, log er. »Wir sind nur weiter von der Küste entfernt, als ich gedacht habe. Aber der ADF-Indikator hat sich auf CKBW eingependelt.«
»Wird der Sprit reichen?«
»Das kann ich noch nicht beantworten. Wir haben voraussichtlich . . .« Er stockte und betrachtete die Anflugkarte. Er berechnete die bisherige Flugdauer und zog die verbrauchte Treibstoffmenge seit ihrer Positionsbestimmung anhand des Senders von Bar Harbor ab. »Wir haben voraussichtlich noch Sprit für eine Flugzeit von einer

Stunde und vierzig Minuten. Das sind umgerechnet rund 240 Meilen. Dabei ist die Windbeeinflussung unberücksichtigt. Und wenn der Motor aus Spritmangel stehenbleiben sollte, können wir immer noch vierzig Meilen im Gleitflug zurücklegen.«
Sie blickte aufs Meer hinunter. »Wie kalt mag das Wasser sein?« fragte sie und drückte die Stirn gegen das Fenster, das sogleich beschlug.
»Kalt wie eine Hundeschnauze«, erwiderte er und blickte gleichfalls nach unten.
»Es interessiert mich wirklich.«
»Mich auch«, sagte er. »Laut dieser Flugkarte liegt die südliche Packeisgrenze im März etwas nördlich von unserer jetzigen Position. Wir würden kaum fünf Minuten durchhalten. Aber wir schaffen es schon.«
»Wir müssen wohl«, meinte sie und lehnte sich an ihn. »Muten wir den Kents nicht zuviel zu?«
Loss lachte. »Wieso denn? Ich habe doch nur zwei Flugzeuge gestohlen, Great Inagua ohne Flugfreigabe verlassen und werde illegal auf kanadischem Territorium landen.«
»Mal im Ernst, Brian. Er war schließlich Offizier bei der *Royal Canadian Air Force*. Sie geraten in Schwierigkeiten, falls man uns bei ihnen aufspürt.«
»Weißt du, Holly, die Kents gehören einem aussterbenden Menschenschlag an.« Er schaute auf den Öltemperaturanzeiger. Die Temperatur war zwar gesunken, aber immer noch bedenklich hoch. Überdies war auch der Öldruck gefallen. Er wandte den Blick vom Instrumentenbrett ab, als würde ihn Unwissenheit vor einer Motorpanne schützen. »Die Kents werden uns eine Weile bei sich aufnehmen, bis wir die Sache geregelt haben. Und Stroud«, sagte er nachdenklich, »Stroud wird sich in Mathewtown schon zu behelfen wissen. Wenn's sein muß, fahre ich nach New York und nehme mir Welsh vor. Für all das muß er mir eine Erklärung geben.«
Sie streckte sich, um den Anflug von Erschöpfung loszuwerden. Dann musterte sie aufmerksam den Horizont.
»Wie weit kann man aus dieser Höhe wohl sehen, Brian?«
Er zögerte mit der Antwort, weil er die Instrumente überprüfte. »Etwa fünfzig Meilen. Die Sicht ist gut.«
Sie deutete nach vorn. Er sah am Horizont einen braunen Streifen. Sie spähten hinaus und hofften, daß er sich nicht auflöste oder sich als eine Wolkenbank entpuppte. Doch der Streifen wurde immer

länger und erstreckte sich nach einer Weile über den ganzen Horizont. Im Süden tauchte eine felsige Landzunge auf und wurde immer größer. Und den braunen Saum sprenkelten nun grüne, blaue und weiße Farbtöne. Fichten- und Föhrenwälder waren zu sehen. Dazwischen lagen eisbedeckte Seen.
Im Norden erblickten sie zwei von einer Landzunge getrennte Buchten, in denen Fischkutter ankerten. Unweit der Küste, den Buchten vorgelagert, tauchten Hunderte von kleinen Inseln auf. Auf einigen wuchsen verkrümmte Fichten und Birken.
Als sie die Küste überflogen, nahm er das Gas weg und setzte zur Landung an.

Im verblassenden Zwielicht des Juniabends saßen sie nebeneinander auf Gartenstühlen. Nur wenige Zentimeter trennten sie, dennoch waren Welten von ihnen getrennt. Im Gebüsch am Rasenrand sah Welsh Glühwürmchen. Zuweilen kam es ihm vor, als würden sie alle in bedrückender Lautlosigkeit gleichzeitig aufleuchten.
»Nun hast du erreicht, was du haben wolltest«, sagte sie und nippte von ihrem Glas.
»Noch nicht«, erwiderte er. »Noch lange nicht. Der Weg dorthin ist weit.«
Judith Welsh drehte den Kopf, so daß ihr Kinn die Schulter berührte. Dennoch konnte sie in der einsetzenden Dämmerung seine Gesichtszüge nur undeutlich erkennen. In letzter Zeit wirkte er verschlossen. Man wußte nicht, was in ihm vorging. Sie wandte sich ab. Sie wollte ihn zwar zum Reden bringen, hatte aber gleichzeitig Angst vor dem, was sie zu hören bekommen könnte.
In einiger Entfernung tobten die Kinder auf dem Rasen umher. Ihr Geschrei klang bis zu ihnen herüber. Die Kinder liefen aufeinander zu, machten kehrt und stoben davon. Dann sah sie, daß er sich eine Zigarette anzündete. Einen Augenblick war sein Gesicht im Halbrelief klar zu sehen.
»DeSilva ist begeistert«, sagte sie und schenkte sich Wein ein. »Allein in dieser Woche sollen sechs Einladungen von Talk-Show-Redaktionen eingetroffen sein. Stimmt das?«
»So hat man mir berichtet«, erwiderte er.
»Dein Vater wäre stolz auf dich«, meinte sie. Ihre Stimme klang nicht hämisch.
»Laß diese Anzüglichkeiten!« Verärgert warf er die brennende Zigarette in die Dunkelheit. Aber sie hatte im Grunde recht. Sein

alter Herr wäre vor Stolz und Neid übergeschnappt. DeSilva, sein Wahlkampfmanager, rechnete bereits die Gewinnchancen aus, sonderte die Spreu vom Weizen. Obwohl sich Welsh noch in keiner Vorwahl beworben hatte, hatten sowohl *TIME* als auch *Newsweek* eine Titelgeschichte über ihn gebracht. Und ein Kolumnist der *Washington Post* hatte ihn gar als den aussichtsreichsten Präsidentschaftskandidaten bezeichnet.

In knapp zwei Monaten war Welsh gelungen, worum sich vier Präsidenten in vierzehn Jahren vergeblich bemüht hatten – nämlich der Rückzug amerikanischer Truppen aus der Kanalzone, ohne daß die Vereinigten Staaten ihr Gesicht verloren. Danach hatte er mit kubanischen Parteifunktionären »vielversprechende Gespräche« über die Zukunft der amerikanischen Enklave Guantańamo geführt. Das Ergebnis dieser Kontaktaufnahme waren der stufenweise Rückzug der dort stationierten amerikanischen Verbände und der Abtransport kubanischer Truppen aus Afrika gewesen. Die Regierung hatte zwar einige Bedenken wegen der vereinbarten Bedingungen geäußert, der Außenminister hatte ein paar Tage geschmollt, aber die Ergebnisse konnten sich sehen lassen und wurden von der Bevölkerung, seinen künftigen Wählern, gutgeheißen. Alles verlief so, wie Klist es vorausgesagt hatte.

»Willst du wirklich den eingeschlagenen Kurs beibehalten?« fragte sie. Sie hatte eine schwere Zunge. Normalerweise hätte er das auf den Wein, den sie zum Abendessen getrunken hatten, zurückgeführt und auf die Drinks danach. Aber seit ihrer Rückkehr aus der Karibik war ihr täglicher Alkoholkonsum beträchtlich gestiegen.

»Ich werde am Parteitag teilnehmen, wenn du das meinst. Mehr kann ich vorläufig nicht sagen.«

»Das sind die Worte eines Mannes, der sich schon als Präsident sieht. Direkt zum Mitschreiben.«

Er blickte sie an. »Du trinkst in letzter Zeit zuviel, Judith. Letzte Woche bist du beim Bankett zugunsten unserer Partei unangenehm aufgefallen. Und dann noch die Szene in Gegenwart des Versicherungsagenten.«

Sie hob ihr Glas. Es war in der Dunkelheit kaum zu sehen. »Hat er die volle Entschädigungssumme gezahlt?«

»Das mit der Aztec war schließlich ein Totalschaden. Er konnte nicht anders.«

»Und was ist mit Loss? Hast du für ihn gleichfalls eine Entschädigung erhalten? Reicht es für eine Grabplatte aus Bronze? Vielleicht auch noch eine für seine Freundin? Wir könnten neben der Remise eine Gedenkstätte errichten.«

»Die Schuld trägt allein Loss. Daß er aus dem Krankenhaus geflohen ist und ein weiteres Flugzeug entführt hat, kann man nicht gut uns anlasten. Damit ist die Sache wohl abgeschlossen.«

Einer der Jungen hatte eine Taschenlampe eingeschaltet und hielt sie nun unters Kinn, so daß sein Gesicht einer gespenstischen Fratze glich. Die übrigen Kinder schrien auf, als ob sie sich ängstigten, und rannten an den Eltern vorbei ins Haus. Als sie vorüberstürmten, wurde Welsh klar, wieviel Spaß sie noch am Leben hatten.

»Ich versichere dir, daß meine Beziehung zu Klist beendet ist«, sagte er. Er hörte, daß sie trank und sich nachschenkte. Ihr Schweigen machte ihm klar, wie sehr sie sein Handeln mißbilligte.

»Die Sache ist erledigt«, log er.

»Drei Millionen Dollar auf einem Schweizer Bankkonto«, sagte sie leise. »Dazu noch die testamentarische Verfügung deines Vaters, daß du erst zehn Jahre nach seinem Tod von diesem Geld in Kenntnis gesetzt werden sollst. Zieht man die Steuern ab, bleiben immer noch gut zwei Millionen für die Wahlkampagne übrig. Hinzu kommen noch die eindrucksvollen Reden, die du im Senat hältst. Und die Reisen zu den Konferenzen in Havanna und Panama City«. Sie rülpste dezent. »Aber die Verhandlungsergebnisse sind beachtlich. Du hast Großartiges geleistet, Clifford!«

Sie erhob sich schwankend und griff nach der Weinflasche. »Ich bringe jetzt die Kinder zu Bett.«

Er hielt sie an ihrer freien Hand fest. »Ich brauche dich, Judith. Der Wahlkampf wird hart werden. Die Verbindung mit Klist habe ich abgebrochen. Von jetzt an muß ich es allein schaffen.«

Er dachte kurz an die Weideflächen in Wyoming, an friedlich grasende Schafe in unmittelbarer Nachbarschaft von dräuenden Raketenstellungen. Daran, daß diese beiden Bilder, miteinander in Zusammenhang gebracht, ihm die Wähler zutreiben würden. Klist hatte recht gehabt. Wenn man die Gelegenheiten nutzte, konnte man an die Macht gelangen.

Sie entzog ihm ihre Hand. »Ich weiß, daß die Sache mit Klist keineswegs zu Ende ist. Und du weißt es auch. Du magst meinetwegen DeSilva belügen und deine Wähler. Mich kannst du nicht täuschen.«

Sie wandte sich ab und ging schwankend über den Rasen auf ihr Haus zu, das über den schmutzigen Fluten des Hudson thronte.

22

Ian Campbell deckte mit einer Hand die Augen vor dem grellen Sonnenlicht ab, führte die andere mit der Rothman-Zigarette zum Mund und begann zu paffen. Seine Hände und sein Gesicht hatten eine rosige Farbe. Er wurde, ebenso wie viele, die den gleichen Teint hatten wie er, nicht braun. Über seine Wangen und die Nase zogen rote Äderchen. Man merkte ihm an, daß er gern trank. Er spürte das dumpfe Pochen seines Herzens, das mühsam das Blut durch die von Fett verengten Arterien pumpte.

Er musterte den freien Platz vor dem Flughafengebäude und den Haupteingang. Er sah Tausende von Menschen, ohne jemand deutlich wahrzunehmen. Befriedigt seufzte er auf, setzte sich auf den zerschrammten Lederkoffer und wartete.

Seine Kopfhaut juckte in der schwülen Hitze. Er nahm den leichten Strohhut ab und fuhr mit dem Taschentuch über den Kopf. Die Haare, die sich um die Ohren herum kräuselten und am Nacken lang und strähnig waren, klebten naß vor Schweiß an seinem Schädel. Der leichte Luftzug tat ihm wohl.

Er blickte auf seine Uhr. Er mochte es nicht, wenn man sich verspätete. Zwanzig Minuten wartete er schon. Für ihn war es eine grobe Unhöflichkeit, wenn sich jemand verspätete, selbst wenn sich die Verspätung in Grenzen hielt. Wenn ihm jemand sagte, er würde um 15 Uhr 10 kommen, dann sollte er auch gefälligst um 15 Uhr 10 kommen. Nicht um 15 Uhr 15 oder noch später. Man durfte einem anderen Menschen nicht auf diese Weise die Zeit stehlen. Zuweilen mochte es sich auszahlen, wenn man jemand schmoren ließ. Dennoch war es höchst unhöflich.

Er betrachtete neugierig die Menschen, die durch den Haupteingang strömten. Waren das alles Kanadier? Eigentlich sahen sie recht amerikanisch aus mit ihrer betont modischen Kleidung und den Aktenkoffern. Robuste Ledertaschen standen hier nicht hoch im Kurs, wohl aber diese Dinger aus Plastik, die Leder vortäuschten.

Ein Flugzeug mit angewinkelten Tragflächen hob donnernd ab und flog, eine Rauchschleppe hinter sich her ziehend, nach Westen, der Sonne entgegen. Am Rumpf prangte, umgeben von roten, goldfarbenen und grünen Streifen, das Emblem einer kanadischen Fluglinie. Wie ein riesiger, bunter Bonbon sieht das Ding aus, dachte er.

»Mr. Campbell?«

Er drehte sich um und schaute den Sprecher an. Die Sonne blendete ihn.

»Ja, ich bin Campbell. Und Sie sind wohl Kent?«

Der Sprecher nickte kurz mit dem Kopf. »Sind Sie allein gekommen, Mr. Campbell?«

»Ja. Sie haben mich doch darum in Ihrem Brief gebeten.«

Edwin Kent nickte abermals und streckte dann lächelnd seine Hand aus. »Wir hielten es für ratsamer. Hoffentlich waren die Informationen für Sie von Nutzen.«

»Das waren sie«, brummte Campbell und schüttelte Kents Hand. »Allerdings kann ich nicht sagen, ob wir in dieser Hinsicht etwas unternehmen können.«

Sie gingen zu einem staubbedeckten Chrysler. Kent humpelte. Der tiefblaue Sommerhimmel über Nova Scotia war wolkenlos und klar. Trotz der Abgase, die der Jet hinterlassen hatte, nahm Campbell den würzigen Duft der Föhrenwälder und den Salzgeruch des Meeres wahr, das nur wenige Meilen entfernt lag.

Campbell war noch nie in Nova Scotia gewesen. Wie für die meisten Engländer seiner Generation war für ihn Halifax Ausgangshafen des Nachschubs während des zweiten Weltkrieges gewesen. Von drei Schiffen, die damals von da losgefahren waren, waren zwei am Nab Tower vorbei in den Solent eingelaufen, um ihre Ladung an den rußgeschwärzten Docks von Southampton zu löschen. Sein Sohn, der einzige, hatte an diesen Konvoifahrten teilgenommen und bei einer Kollision unweit der irischen Küste sein Leben verloren. Campbell versuchte, nicht daran zu denken. Aber er wollte die Stadt, den Hafen und die Pennant-Bucht sehen, von wo aus damals die Konvois ausgelaufen waren.

Kent verstaute den Koffer im Fond und setzte sich ans Steuer. Er hob das rechte Bein mit den Händen über die Schwelle und stellte es auf den Boden.

»Eine Kriegsverletzung?« fragte Campbell und deutete auf die Prothese.

»Sozusagen. Eine Erinnerung an den kalten Krieg. Aber es ist nicht so schlimm. Es stört mich nur manchmal. Die Ärzte möchten mir ein neues Bein verpassen – mit Batterien, künstlichem Gelenk und dergleichen. Aber ich mag das modische Zeug nicht. Ich habe mich mittlerweile an die Prothese gewöhnt. Margaret, meiner Frau, habe ich einmal vorgeflunkert, daß im unteren Teil eine Rumflasche verborgen sei. Als ich an einem der nächsten Abende zu Bett ging, sah ich, wie sie nachschaute.« Er lachte und startete den Motor.

Sie nahmen die Schnellstraße nach Süden. Kent fuhr bedächtig. Man merkte ihm an, daß er mit Maschinen umzugehen wußte. Dieses Gespür besitzen nur wenige, dachte Campbell.

»Waren Sie nicht mal Marschall bei der kanadischen Luftwaffe?« fragte er, zündete sich eine Rothman-Zigarette an und betrachtet die grünen Fichten, die vorüberglitten.

»Das war einmal«, erwiderte Kent und musterte die Straße. »Jetzt hat man mich pensioniert. Mit allen Ehren. Manchmal sehne ich mich danach zurück. Übrigens, Ihr Vorname ist doch Ian, nicht wahr?«

Campbell nickte.

»Nennen Sie mich ruhig nur Kent. Das machen alle. Nur meine Frau nicht. Sie nennt mich Edwin. Ein komischer Name.« Er betrachtete Campbell. Ein Dummkopf ist dieser Engländer gewiß nicht, dachte er. Er sieht nur so aus. »Ich denke, ich sollte Ihnen jetzt von Loss erzählen, Ian. Bis zu unserer Farm dauert es noch gut eine halbe Stunde. Sie sollten sich zuvor ein Bild machen können.«

Campbell nickte. »Ich würde gern Bescheid wissen, bevor ich selbst mit Loss spreche. Doch zuvor möchte ich noch etwas sagen. Ich mache hier angeblich Urlaub. Ich bin also nicht offiziell hier. Es hängt ganz von Loss ab, ob sich unsere Abteilung mit dieser Sache befaßt oder nicht. Die Angelegenheit ist heikel.«

»Inwiefern?«

»Das müßte Ihnen klar sein, Kent! Es handelt sich um eine geheimdienstliche Tätigkeit in einem befreundeten Land. Weder die *Royal Canadian Mounted Police* noch der CIA wissen davon. Loss ist am besten geholfen, wenn es möglichst lange so bleibt.«

Kent zündete bedächtig seine Pfeife an. »Das leuchtet mir ein. Dennoch habe ich Bedenken. Loss ist ziemlich mitgenommen. Er hat sein Selbstvertrauen verloren.«

Campbell schob die Lippen vor. »Das kann ich mir gut vorstellen. Aber berichten Sie weiter. Wie ist es ihm und seiner Freundin ergangen?«

Kent bog von der Schnellstraße in die asphaltierte Straße entlang der Küste ein, die nach Südwesten verlief. Sie fuhren durch kleine Ortschaften mit hübschen Holzhäusern und ulmenbestandenen Wegen. Die Ortschaften trugen Namen wie *Fourteen Mile House* oder *Beechville*. Typisch für die Neue Welt, dachte Campbell. Seinem Sohn hätte es hier gefallen.

»Loss. Nun ja.« Kent schaute mit zusammengekniffenen Augen in die Nachmittagssonne. »Er ist vor zwei Monaten im April hier angekommen. In Strouds Flugzeug. Er schaffte es im Direktflug von den Bahamas hierher.« Er warf Campbell einen Blick zu. »Er hatte achtern in der Maschine eine Treibstoffreserve. Ein Wunder, daß das Flugzeug nicht explodierte. Jedenfalls landete er sicher auf unserer holprigen Piste. Damals lag noch Schnee. Und morastig war es obendrein. Wir mußten das Flugzeug mit dem Traktor von der Piste schleppen. Es steht jetzt in der Scheune.«

»Weiß die kanadische Luftfahrtbehörde etwas davon?«

»Ich glaube nicht«, erwiderte Kent. »Loss hielt sich nicht an die übliche Anflugschneise. Er flog Nova Scotia in einem Bereich an, der von den Radaranlagen nicht erfaßt ist. Zudem haben wir in dieser Gegend hier keine großen Probleme mit Sportmaschinen. Die Schmuggelflüge finden in der Gegend von Quebec statt.«

»Und wie ging's dann weiter?«

»Loss erklärte, daß man ihn des Diebstahls der Maschine seines Arbeitgebers beschuldigte und ihn deswegen auf den Bahamas ins Gefängnis stecken wollte. Er war, wie er sich ausdrückte, hereingelegt worden. Daraufhin floh er, mit Strouds Einverständnis, mit dessen Comanche. Nach dem Start wurde er zudem von drei Abfangjägern angegriffen. Seine Freundin bestätigt seine Angaben. Ich habe beide im Gästehaus untergebracht, ohne die Polizei zu informieren. Man muß Loss Zeit geben, die Sache in Ordnung zu bringen.«

Campbell zündete sich eine neue Zigarette an, wobei etwas Asche auf sein Revers stäubte, und drückte die Kippe im Aschenbecher aus. »Ich kann verstehen, warum Sie ihm geholfen haben«, meinte er. »Allerdings werden sie später Schwierigkeiten mit der Polizei bekommen.«

Kent nickte. »Das ist mir klar. Margaret, meine Frau, findet das Ganze unglaublich. Vom CBC haben wir erfahren, daß Stroud und dieser Heiss ermordet worden sind. Die bahamesische Polizei häl Loss für den Mörder. Er kann sich also der Polizei nicht stellen, solange er keine Beweise für seine Unschuld beibringen kann. Und das wird schwierig sein. Außerdem wirft man ihm Rauschgiftschmuggel und Diebstahl vor. Er ist ziemlich niedergeschlagen und macht sich Vorwürfe wegen Strouds Tod.«

»Warum stellt er sich nicht der amerikanischen Polizei? In den Vereinigten Staaten kann er doch mit einem fairen Prozeß rechnen.«

»Ich kann ihn dazu nicht bewegen, Ian. Er ist überzeugt, daß Welsh in die Sache verwickelt ist. Dann würde Aussage gegen Aussage stehen. Welsh ist, wie Sie vielleicht wissen, derzeit in den Vereinigten Staaten der Mann der Stunde. Wegen der Verträge mit Panama und Kuba. Ich selbst teile Loss' Vermutung, Welsh ist in die Sache verwickelt. Vielleicht nur unwissentlich.«

»Loss ist unschuldig«, erklärte Campbell gähnend und streckte die Arme aus. »Zu dieser Ansicht bin ich aufgrund meiner Nachforschungen und der spärlichen Informationen der bahamesischen Polizei gelangt. – Punkt eins«, sagte er und zählte an seinen dicklichen Fingern auf: »Heiss alias Bolken war ein russischer Agent. Zudem ein höchst unerfreulicher Zeitgenosse. – Punkt zwei: An Bord der Aztec muß sich noch eine dritte Person befunden haben, wie auch Loss behauptet. Ein Mann namens Klist oder Petrov, wie immer er heißt. Wir wissen nichts von ihm. Die Spur seiner angeblichen Frau konnten wir bis in die DDR zurückverfolgen. Sie ist nicht seine Frau, sondern steht vermutlich im Dienst der Russen. Petrov ist verschwunden. Wir vermuten, daß er mit einer Jacht geflohen ist. Sie ist bisher nicht aufgefunden worden. – Punkt drei – der wohl schlüssigste Beweis für Loss' Unschuld –: Ich habe auf der Piste in Great Inagua Patronen vom Kaliber 9 mm gefunden. Loss' Pistole hat zwar das gleiche Kaliber, aber die Schlagbolzenabdrücke stimmen nicht mit Loss' Luger überein. Es handelt sich vermutlich um eine Walther. Ich habe die Kugel, die in Strouds Körper steckte, ballistisch überprüfen lassen. Die Laufspuren stammen gleichfalls nicht von einer Luger. Alles deutet auf eine Walther P-38 hin.«

»Haben Sie diese Informationen der bahamesischen Polizei mitgeteilt?«

»Ja«, antwortete Campbell seufzend. »Aber ich habe das Gefühl, daß man davon nichts wissen wollte. Zumindest die Zuständigen nicht. Man sagte mir mit höflichen Worten, daß ich mich zurück nach London scheren solle.«

Kent fuhr durch eine Ortschaft, die nur aus weißgestrichenen Kirchen, einem Bootshafen und einem großen Kramladen zu bestehen schien. Auf dem Friedhof übten sich Kinder im Schnurspringen. Sie winkten. Am Ortsausgang bog Kent nach links auf einen Feldweg ein und hielt dann im Schatten von Ahornbäumen. Die grasenden Kühe hoben neugierig den Kopf und blickten kauend zu ihnen herüber.
Kent schaltete den Motor aus und wandte sich an Campbell. »Was Sie mir da gesagt haben, entlastet doch Loss. Bei der amerikanischen Polizei, meine ich.«
Campbell nickte. »Ja, soweit es die polizeilichen Ermittlungen betrifft. Aber wir denken, daß es um mehr geht als nur um Loss. Für uns ist die Sache von großer Wichtigkeit. Loss ist nur das Opfer. Uns interssiert vor allem die Verbindung zwischen Petrov, Heiss und Welsh. Jetzt um so mehr, nachdem Welsh politisch so hoch im Kurs steht. Was die Angelegenheit so bedeutungsvoll macht, ist die Tatsache, daß Welsh für eine einseitige Abrüstung eintritt, ein Vorhaben, das anscheinend auch die Billigung unserer jetzigen Regierung findet. Zwar hat meine Abteilung mit Politik nichts zu schaffen, aber wir bezweifeln dennoch, daß eine derartige Politik ratsam ist.«
Kent blickte auf seine schwieligen, braungebrannten, kräftigen Hände. Sein Beinstumpf schmerzte. Er musterte Campbell. Der Blick seiner grauen Augen war durchdringend. »Sie können also Loss nicht helfen. Sind Sie von London hierhergeflogen, um mir das zu sagen?«
Campbell lächelte. »Nein, Kent. So ist es nicht. Ich habe Ihnen schon gesagt, daß meine Abteilung nur bedingt Unterstützung gewähren kann. Wir können Nachforschungen anstellen, Kontakte knüpfen, observieren. Aber nun scheint die Verbindung zwischen Senator Welsh und den übrigen – Heiss, Volgel, Petrov – abgebrochen zu sein. Wir können Loss nur helfen, wenn er seinen Schlupfwinkel verläßt. Erst dann können wir feststellen, wer hinter ihm her ist.«

Margaret Kent räumte das Kaffeegeschirr ab, verließ das Arbeitszimmer und schloß leise die Tür.
Kent saß hinter seinem zerschrammten Schreibtisch. Das rechte Bein ruhte auf einem Sessel. Hinter ihm an der Wand hingen Schwarzweißfotos, die alle einheitlich dunkel gerahmt waren.

Manche waren schon verblichen. Sie zeigten Kent mit seinen Staffelkameraden. Ernst dreinblickende junge Männer mit Lederjacken, die Hände in die Taschen gesteckt. Manche waren schnurrbärtig. Im Vordergrund lag ein gefleckter Hund, den ein junger Pilot – in Uniform, Schiffchen auf dem Kopf – an der Leine hielt. Auf einem Foto war Kent in jungen Jahren zu sehen. Er saß allein im Cockpit einer Gypsy Moth und lächelte schüchtern.

Vor zwei Wänden standen Bücherregale. Die Bücher sahen alle zerlesen aus. Die Schutzumschläge waren eingerissen oder zerfetzt. Campbell bemerkte Churchills Gesammelte Werke, Janes »Aircraft of the World«, Bücher von Bertrand Russell und sonderbarerweise dickleibige Bände über die Geschichte der kanadischen Eisenbahnen.

Campbell erhob sich von der Ottomane und goß Cognac in drei Gläser. Er stellte eins vor Kent, gab das zweite Loss und behielt das dritte. Sie prosteten einander zu und tranken.

»Mögen unsere Gegner blind werden!« sagte Campbell und wischte die Lippen mit seinem Taschentuch ab.

»Und taub dazu!« meinte Loss. Er lehnte sich im Ledersessel zurück und stellte das Glas auf die gepolsterte Armlehne. In den drei Monaten hatte er sich einen Vollbart wachsen lassen. Die Stirnwunde war mittlerweile verheilt. Das weiße Narbengewebe hob sich von der sonnengebräunten Haut ab. Er hatte draußen auf den Feldern gearbeitet. Er trug verblichene Arbeitshosen und roch nach Erde. Er blickte Campbell an. »Sie glauben also nicht, daß die ballistischen Untersuchungen mich entlasten?«

Campbell zog die Schultern hoch. »Nicht gänzlich. Man kann nur daraus schließen, daß die Waffe, mit der Stroud und Heiss erschossen worden sind, keine Luger war. Falls die bahamesische Polizei mein Beweismaterial überhaupt in Erwägung zieht. Betrachten Sie die Sache doch mal vom Standpunkt eines Geschworenengerichts! Sie fliegen mit Welshs Flugzeug davon. Er behauptet, Sie hätten es gestohlen. Dann flüchten Sie aus dem Krankenhaus, entführen Stroud und Heiss und bringen sie zum Flugplatz Sie fesseln sie an Strouds Mietwagen und fliehen mit Strouds Maschine. Die beiden werden erschossen und halb verbrannt aufgefunden.« Er zog die Augenbrauen hoch. »Wie würden Sie als Geschworener in diesem Fall urteilen?«

»Es muß doch einen Ausweg geben, Mr. Campbell! Ich kann doch nicht ewig . . .«

Campbell schnaufte. »Natürlich gibt es einen Ausweg. Stellen Sie

sich der amerikanischen Polizei! Ich werde versuchen, Ihnen zu helfen. Aber bedenken Sie, daß die Straftaten auf bahamesischem Territorium begangen wurden und Sie folglich dort abgeurteilt werden. Die Amerikaner würden Sie ausliefern. Und dann sitzen Sie wieder in der Klemme.«
Kent atmete tief aus. »Die andere Alternative wäre, daß Sie weiter hier bleiben, Loss. Sie sind uns herzlich willkommen. Meinetwegen für immer. Ich bin schon zu alt, um die Farm noch allein zu bewirtschaften. Mein Bein behindert mich. Sie und Holly können im Gästehaus wohnen bleiben und sich um die Farm kümmern, während ich ein Buch über die Geschichte der *Canadian Pacific Railroad* schreibe.«
Loss wollte etwas sagen, aber Kent schnitt ihm das Wort ab. »Lassen Sie mich ausreden, Brian! Ich habe das alles mit Margaret besprochen. Uns sind keine Kinder vergönnt gewesen. Wir haben euch gern. Campbell könnte euch kanadische Pässe verschaffen. Wir könnten den *Newfi*-Schoner in Chester kaufen, ihn von einem Bootsbauer herrichten lassen und dann auf große Fahrt gehen. Wir würden euch die Farm überschreiben.« Kent lächelte Loss an. »Keine schlechte Alternative, Brian!«
Loss betachtete eine Weile die Fotografien über dem Kamin.
»Es ist keine schlechte Alternative«, sagte auch Campbell. »Ich habe mich mit Kent darüber unterhalten. Sie brauchen eine neue Identität, einerlei, was Sie machen werden. Ich habe für Sie und Holly kanadische Pässe. Auch die übrigen Dokumente, die man so braucht.« Er schnippte mit den Fingern. »Sie dürfen nur nicht verraten, woher Sie sie haben, falls Sie mal verhaftet werden sollten. Das würde meine Abteilung in eine peinliche Lage bringen.«
Loss blickte verlegen auf seine rissigen Stiefel. »Ich weiß nicht, wie ich Ihnen für das Angebot danken soll, Mr. Kent. Holly und mir gefällt es bei Ihnen. Hier habe ich mich zum erstenmal in meinem Leben geborgen gefühlt. Sie und Ihre Frau . . .«
Kent spielte mit den Streichhölzern auf dem Schreibtisch und blickte zur Seite. »Wir meinen es ernst, Brian. Wir möchten, daß Sie bleiben.«
»Sie müssen mich verstehen, Mr. Kent! Ich muß herausfinden, warum Welsh das getan hat. Und was er damit bezweckt. Wenn ich das herausfinde, regelt sich das übrige von selbst.« Er schaute Kent an. »Ich kann nicht den Rest meines Lebens hier mit dem Gedanken

verbringen, daß ich hereingelegt worden bin, solange ich die Möglichkeit habe, die Sache zu bereinigen.«
Campbell schenkte Cognac nach, ging dann schwerfällig zum Fenster und schaute hinaus. Ein leichter Braunton schien die Landschaft zu überziehen, während die Dämmerung einsetzte. Der Wind trug den Geruch der Wiesen und Wälder herbei. Kent, dieser Glückliche, hat einen Sohn gefunden, dachte er. Er steckte die plumpen, rotgeäderten Hände in die Taschen und wandte sich an Loss. »Sie möchten also die Sache bereinigen. Wollen Sie das wirklich?«
»Ja. Ich möchte das Ganze aufklären. Und vor allem möchte ich Welshs Version hören.«
»Wir haben nur wenige Anhaltspunkte. Vielleicht zahlt sich der Einsatz nicht aus.«
»Was für Anhaltspunkte sind es?«
Campbell holte einen versiegelten Umschlag aus seiner Aktentasche. Er brach das Siegel mit dem Daumennagel entzwei, zog ein perforiertes Computerprintout heraus und legte es auf den Schreibtisch. Der Bogen war dicht beschrieben. »Das ist alles, was wir haben«, erklärte er.
Kent zog den Bogen näher, um ihn zu lesen. »Was soll das alles bedeuten?«
Campbell nahm auf der Ottomane Platz und zündete eine Zigarette an. Die blaugraue Rauchwolke schwebte zur Schreibtischlampe. »Es ist der Versuch, die beiden Wörter, die Heiss Loss mitteilte, in irgendeinen Zusammenhang zu bringen. Heiss hatte diese Wörter von dem Band des heimlich aufgezeichneten Gesprächs zwischen Petrov und dieser Frau. Er wollte sein Wissen später in klingende Münze umsetzen. Sich vielleicht an den amerikanischen Geheimdienst wenden. Leider unterhielten sich die beiden in Russisch. Heiss hatte nur diese beiden Wörter verstanden. Wir haben nun mit Hilfe der MI-5s-Datenbank versucht, zwischen den Wörtern *Hood* und *Husar* eine Verbindung herzustellen. Es könnte sich natürlich auch um Decknamen für irgendeine Operation handeln. Aber warum sollten die Russen englische Decknamen verwenden? Wir sind davon ausgegangen, daß *Hood* der Name eines Ortes sein muß. *Husar* wiederum muß ein Ding sein. Ein Schiff vielleicht, ein Antiquitätengeschäft, ein Lokal. In der Richtung etwa.«
Er blickte auf den Bogen. »Sie können sich wohl vorstellen, wie schwer diese Nadel im Heuhaufen zu finden war. Wir wußten ja nicht, wonach wir suchen sollten. Wir haben sämtliche Telefonbü-

cher überprüft, Atlanten, Wirtschaftsmagazine und was immer es noch gibt, um auf Namen und Dinge zu stoßen, die sich auf die beiden Wörter beziehen könnten. Danach haben wir eine chronologische Verbindung zwischen den Dingen und den Örtlichkeiten herzustellen versucht. Das schien uns am aufschlußreichsten. Wir mußten einen Zusammenhang zwischen einem *Husar* genannten Ding an einem *Hood* genannten Ort herstellen.«

»Und zu welchen Ergebnissen sind Sie gekommen?« fragte Loss.

»Drei Kombinationen sind annehmbar«, erwiderte Campbell. »Einige sind gerade noch akzeptabel. Das soll allerdings nicht heißen, daß es nicht noch andere gibt.«

Loss musterte den Bogen. »Nur drei also?«

»Ja«, antwortete Campbell und drückte an dem Pickel auf seinem Kinn. Angewidert blickte er dann auf seinen schmierigen Finger und fuhr mit seinem schmutzigen Taschentuch übers Gesicht.

»Die Zahlenkolonnen unter der Bezeichnung *Hood* sind doch Koordinaten, nicht wahr?« fragte Loss und fuhr mit dem Finger die Zahlenreihen entlang.

Campbell nickte. »Ja. Längen- und Breitengrade. Gegenüber stehen die *Husar*-Entsprechungen.«

»Und welche sind es? Sie sind doch chiffriert?«

»Wir hielten es für ratsamer«, erwiderte Campbell. »Die meisten Computerangaben sind belanglos. Die drei annehmbaren Korrelationen oder Verbindungspaare beziehen sich übrigens alle auf Nordamerika. Da ist einmal Port Hood auf Cape Breton Island. Allerdings läßt sich keine direkte Verbindung zu *Husar* herstellen. Es gibt dort nur ein Lokal, das sich ›Zu den Räubern‹ nennt. Wie Sie sehen, haben wir uns verschiedene Bedeutungen von *Husar* vorgenommen. Die meisten Menschen meinen, daß *Husar* die Bezeichnung für einen Kavalleristen ist. Aber das Wort stammt aus dem Serbischen und bedeutete ursprünglich ›Pirat, Straßenräuber‹ Zur zweiten Korrelation gehört Port Hood am Columbia-Fluß in Oregon. Auch hier gibt es keine direkte Verbindung zu *Husar*. Es könnte sich allerdings um den Namen eines Schiffes oder einer Jacht handeln.« Campbell betupfte die Pustel mit dem Taschentuch, um festzustellen, ob sie noch näßte. Mit unwirscher Miene sprach er dann weiter: »Die dritte Korrelation ist der Hood-Kanal im Staate Washington. Man gelangt in ihn von der Juan-de-Fuca-Straße aus. Bei der Entsprechung könnte es sich gleichfalls um ein Schiff handeln.«

Loss setzte sich auf den Schreibtisch und zog das Printout näher heran. »Haben Sie ein Schiff mit dem Namen *Husar* gefunden? Die Namen müssen doch irgendwo registriert sein.«
»Bei Lloyds in London beispielsweise«, antwortet Campbell. »Dort sind alle Handelsschiffe registriert. Auch das *Bureau Veritas* hat Daten. Ferner DOT in Kanada und in den Vereinigten Staaten. Diese Angaben zu ermitteln war nicht schwierig. Wir haben insgesamt sechzehn Schiffe mit dem Namen *Husar*. Handelsschiffe und Jachten. Von diesen sechzehn interessieren uns nur zwei. Da gibt es eine Segeljacht, die im Bundesstaat Washington registriert ist. Und bei dem zweiten Schiff handelt es sich um einen liberianischen Frachter, der zwischen Seattle und Vancouver und den Philippinen verkehrt. Beide Schiffe hätten die Gelegenheit, den Hood-Kanal zu befahren.«
Kent kritzelte nachdenklich auf einem Schreibblock. »Im Grunde läuft also alles auf diese drei geographischen Orte hinaus – den Columbia-Fluß, Cape Breton Island und den Hood-Kanal.«
Campbell nickte zögernd. »Im Grunde ja. Ich denke, wir können die ersten beiden beiseite lassen. Port Hood auf Cape Breton Island ist nur ein winziger Hafen. Nicht anders verhält es sich mit Port Hood am Columbia-Fluß. Nein, es muß der Hood-Kanal sein. Er wird viel befahren. Und der liberianische Frachter dürfte wohl der gesuchte *Husar* sein. Die fragliche Jacht kreuzt zwar in dieser Gegend, ist aber in amerikanischem Besitz. Zudem hat sie noch nie größere Fahrten unternommen.«
»Gibt es eine Verbindung zwischen Welsh und Petrov und diesem Schiff?« erkundigte sich Loss.
Campbell schüttelte den Kopf. Sein Doppelkinn bebte. »Nicht die geringste. Wir können nur davon ausgehen, daß Petrov einen Menschen oder ein Ding mit dem Schiff in die Vereinigten Staaten transportieren oder aus ihnen herausbringen möchte. Ich vermute, daß Petrovs Verbindung mit der *Husar* und mit Welsh sozusagen auf verschiedenen Gleisen läuft.«
Kent lehnte sich zurück und warf den Kugelschreiber auf den Notizblock. Er musterte den Engländer, als wolle er irgendeinen Makel an ihm entdecken, der wiederum seine Schlußfolgerungen zweifelhaft erscheinen lassen würde. »Es muß doch noch andere *Hood-Husar*-Entsprechungen geben. Es gibt viele Orte oder Örtlichkeiten, die die Bezeichnung *Hood* tragen. Wir können uns doch nicht nur auf diese drei versteifen.«

»Das ist richtig, Mr. Kent. *Hood* als geographische Bezeichnung kommt häufig vor. Da gibt es Mount Hood, Port Hood, Hoodsport. Der Großteil dieser Namen läßt sich auf Lord Hood, einen Admiral, zurückführen. Zumeist handelt es sich um Häfen. In Nordamerika kommt der Name nur viermal vor. Wir haben bei unseren Berechnungen einen gleichnamigen Berg und eine kleine Stadt in Kalifornien ausgeklammert. Ich möchte Ihren Einwand nicht herabsetzen, Kent. Es gibt natürlich noch viele Orte, die diesen Namen tragen. Es gibt auch viele Lokale, Läden und Hotels, die den Namen *Husar* führen. Aber Schiffe gibt es weitaus mehr. Und Schiffe laufen einen Hafen an. Es muß da eine Verbindung geben. Und alles deutet auf Nordamerika hin. Lassen Sie das gelten?«
Kent nickte. »Ich lasse es gelten.« Er beugte sich über den Schreibtisch und betrachtete sein Gekritzel. Wenn Campbell die Schwierigkeiten bei der Datenbeschaffung wahrheitsgemäß geschildert hatte, hatte MI-5 offenbar weder Mühe noch Kosten gescheut. Es ging also nicht allein um Loss. »Wieso interessiert Ihre Regierung diese Sache so sehr?« fragte er unverblümt.
Campbell ging mit schweren Schritten zum Kamin und musterte die rauchgeschwärzten Ziegel. Er drehte sich um und lehnte sich an den niedrigen Sims. »Wieso sich die englische Regierung dafür interessiert? Sie wollen wohl wissen, warum sich meine Abteilung dafür interessiert? – Die englische Regierung ist mit den Gewerkschaften beschäftigt, mit dem sinkenden Lebensstandard, mit der Inflation. Sie möchte den Wohlfahrtsstaat weiter ausbauen. Meine Abteilung hingegen interessiert sich für die Absichten der Sowjets in Europa, in Nordamerika und wo immer auch. Die Tatsache, daß dieser Petrov, den wir für einen Sowjetagenten halten, mit einem Senator der Vereinigten Staaten zu irgendeiner Übereinkunft gelangt ist, interessiert uns sehr. Zumal Senator Welsh als künftiger Präsidentschaftskandidat gilt und für eine einseitige Abrüstung eintritt, was sich wiederum auf das Kräftegleichgewicht bedenklich auswirken könnte.«
Kent zog die Augenbrauen hoch. »Inwiefern?«
Campbell schüttelte schnaufend den Kopf. »Das können Sie sich doch selbst zusammenreimen, Kent. Das nukleare Patt hat bisher dreißig Jahre angehalten. Es ist zwar nicht die beste Methode, um den Frieden zu bewahren, aber sie funktioniert. Doch wenn sich dieses Gleichgewicht verschiebt, werden sich die Sowjets unserer Ansicht nach die Schwäche zunutze machen. Es heißt, daß die

Sowjets keinen Grund zum Angriff haben würden, wenn die Vereinigten Staaten und Westeuropa abrüsteten. Doch die Geschichte lehrt, daß sich der Kreml an derartige Konzepte nicht gehalten hat.«

Loss neigte sich mit nachdenklicher Miene vor. »Ich weiß nicht recht, Campbell. Wir drei hier denken vielleicht zu sehr in militärischen Kategorien. Wir sehen die politische Entwicklung mit anderen Augen als die übrige Bevölkerung. Wir haben doch in den vergangenen Jahren unsere Meinung öfters revidieren müssen. Die Russen haben sich im Nahen Osten zurückgehalten, auch in Indochina. Es könnte doch sein, daß die Russen nach einer Hebung ihres Lebensstandards trachten, wenn die Bedrohung durch die NATO wegfällt und die Vereinigten Staaten sich nur auf eine defensive Streitmacht beschränken.«

»Klingt nicht übel«, entgegnete Campbell. »Diese Meinung hört man oft auf Cocktailpartys. Dennoch finde ich sie irrig. Soll ich erklären, warum?«

Loss lehnte sich zurück, während Campbell vor dem Kamin auf und ab zu gehen begann. Eine Motte flog unter die Schreibtischlampe und flatterte ziellos hin und her.

Kent zündete seine Pfeife an und blies die Zündholzflamme aus. »Sprechen Sie, Campbell!«

»All unsere Vergleiche stützen sich auf Erfahrungen«, sagte Campbell. »Wenn wir die Motive und Handlungen der herrschenden Schicht in Rußland zu analysieren versuchen, tun wir es von unserem westlichen Standpunkt aus. Aber es gibt da einen entscheidenden Unterschied zwischen diesen beiden Regierungsformen, den wir zumeist übersehen. Bei uns im Westen wird die Politik mehr oder minder vom Willen des Volkes bestimmt. Zwar wissen die Menschen nicht immer, was für sie gut ist, aber sie wählen zumindest eine Regierung, die sich auf ihre Wünsche einzustellen hat. Aus diesem Grund kann es bei uns keine langfristige Politik geben, die über die Steigerung des Lebensstandards hinausgeht. In Rußland hingegen ist die Politik langfristig angelegt. Seit dem Tod Stalins wird dort die Regierung durch Komitees ausgeübt, die das Ziel, die Welt zum Kommunismus zu bekehren, nicht aus dem Auge verlieren. Die führenden Politiker dort sind durch ihre Erziehung und ihre Erfahrungen so programmiert, daß sie diese Regierungsform als die einzig richtige ansehen. Sie brauchen vor der Bevölkerung keine Rechenschaft abzulegen. Rechenschaft müssen sie nur vor sich selbst und vor der zentralen Idee ablegen. Dieses Ideal bleibt, auch wenn neue Männer am Ruder sind. Es kommt manchmal vor, daß die russische Regierung die politischen Prioritäten anders sieht, was wir dann mit unserem westlichen Verstand zu analysieren versuchen. Aber diese politischen Verschiebungen halten sich in einem bestimmten Rahmen.«

»Da stimme ich Ihnen zu«, sagte Kent.

»Sehen wir uns jetzt mal diese Machtausübung durch Komitees näher an«, sprach Campbell weiter. »In den Vierzigern, Fünfzigern, Anfang der Sechziger waren unverwechselbare Persönlichkeiten am politischen Ruder – Stalin – Chruschtschow. Diese Politiker hielten sich durch einen sogenannten Personenkult an der Macht. Und danach wurden sie, gemäß der zentralen Idee des Weltkommunismus, als Abweichler verurteilt. Damit hatten sie ausgespielt. Doch seit Breschnew regiert ein Kollektiv von Männern, die die verschiedenen Säuberungen überlebt haben, weil sie sich an die zentrale Idee hielten.«

»Damit deuten Sie an, daß die Mitglieder des Zentralkomitees die russische Außenpolitik nach den Grundsätzen der marxistischen Idee führen«, mengte sich Loss ein.

»Nein«, erwiderte Campbell. »Ich behaupte, daß die russische Außenpolitik von Männern bestimmt wird, die Angst haben, von der zentralen Idee einer Expansionspolitik abzuweichen, weil diese sich bewährt hat. Denn diese Politik lief auf eine langsame, bedächtige Expansion hinaus, ohne daß es zu einer direkten Konfrontation kommen mußte. Manchmal gab es einen Rückschlag. Die Russen, die zwei Schritte nach vorn gemacht hatten, wichen einen zurück. Aber sie hatten einen Geländegewinn erzielt. Die Politiker im Westen hingegen versuchten mit unzulänglichen Mitteln, diesen Vormarsch zu blockieren, ohne je eine klare Grenze zu ziehen. Und wenn mal so was wie eine eindeutige Grenze gezogen worden ist, macht das die nächste Präsidentschaftswahl in den Vereinigten Staaten zunichte.«

Kent säuberte den Pfeifenkopf mit einem Brieföffner. »Und wann hört dieser Vormarsch auf?«

»Erst wenn überall auf der Welt die Sowjetfahne weht«, antwortete Campbell. »Können Sie sich noch an das Foto erinnern, das ein UPI-Korrespondent von der Plakette in Stalins ehemaliger Wohnung 1974 gemacht hatte? Darauf stand die Inschrift: ›Wer nicht herrscht, wird beherrscht.‹ Versetzen Sie sich doch in die Lage dieser Leute! Jedes Mitglied im Zentralkomitee führt die Politik der Vorgänger fort. Und diese Politik zahlt sich aus. Man verfolgt das Ziel, die Welt unter einer Flagge zu vereinen. Dann gibt es keinen Krieg mehr, keine politischen Auseinandersetzungen. Man braucht dann nur seine Pflicht zu tun, sein Arbeitspensum zu schaffen und kann sich an der sozialistisch gewordenen Welt erfreuen. Rußland ist der Ausgangspunkt einer neuen, besseren Weltordnung. Die Reichtümer dieser Welt werden aufgeteilt, die Nahrungsmittel, die Industriegüter, wobei für Rußland natürlich eine gehörige Portion abfällt. Eine Kommission wird dafür schon sorgen.« Campbell lachte auf. »Viele Länder wollten schon mal die Welt beherrschen. England hat's versucht. Noch früher die Römer. Deutschland wollte es mal. Ein vernünftiges Konzept. Ein menschheitsbeglückendes Konzept. Es ist nur mit der Idee der politischen Freiheit nicht nicht vereinbar.«

»Sie meinen also, daß mit einer Abrüstung des Westens das letzte Hindernis auf dem Weg zur Weltherrschaft durch die Sowjets beseitigt wird«, fragte Loss.

Campbell nahm einen Silberpokal vom Kaminsims und las die Inschrift. Er lächelte kurz und stellte ihn wieder an seinen Platz. »So einfach ist das nicht«, entgegnete er. »Was heißt schon Abrüstung? Die Vereinigten Staaten könnten aus der NATO ausscheiden, ihr Nuklearwaffenpotential reduzieren. Eine Reststreitmacht bliebe immer noch. Abfangjäger, Raketen. Eine auf die Defensive beschränkte Armee. Also ein Militärpotential, mit dem der Gegner rechnen muß. Nein, entscheidend ist, daß die Vereinigten Staaten dann keinen massiven Vergeltungsschlag mehr führen können, falls die Russen zuerst angreifen.«

»Aber warum sollten die Russen über uns herfallen, wenn wir keine offensive Streitmacht mehr haben?« fragte Loss. »Wir sind doch dann keine Bedrohung mehr für sie.«

»Aus drei Gründen, Brian«, antwortete Campbell. »Punkt eins: Rußland möchte sich die industrielle und landwirtschaftliche Produktion der Vereinigten Staaten sichern, vor allem die letztere. Denn die Nahrungsmittel werden einmal zu den kostbarsten Gütern auf unserer Erde gehören. Die Entwicklung ist vorauszusehen – fruchtbares Land ist knapp, und die Menschheit wächst ständig. Wer die Kontrolle über die Nahrungsmittel hat, der hat auch die ungefährdete Kontrolle über die besetzten Länder. Mit Nahrungsmittelentzug kann man Menschen disziplinieren. – Punkt zwei:

Wenn die Vereinigten Staaten ihre Freiheit behalten wollen, müßten sie irgendwann wieder aufrüsten. Diese Möglichkeit müßten die Russen ein für allemal ausschalten. – Und der letzte Punkt: Wenn die Russen nach Weltherrschaft streben, darf kein Land sie davon abhalten. Denn die Moral der Arbeiterklasse leidet, wenn sie die Konsumartikel vergleichen kann, den Lebensstandard hüben und drüben und was sich sonst noch vergleichen läßt . . . Nein, Brian, man darf sich da nichts vormachen. Wenn die Erfolgswahrscheinlichkeit groß genug ist, werden die Russen einen massiven Angriff führen. Die Siegesbeute ist schließlich die Weltherrschaft. Eine einseitige Abrüstung der Vereinigten Staaten, selbst wenn sie nur partiell ist, verringert das Risiko der Sowjets auf ein annehmbares Niveau.«

»Und damit sind wir bei Welsh angelangt, nicht wahr?« fragte Loss.

Campbell lächelte. »Richtig. Die Russen bedienen sich seiner, um die Abrüstung durchzusetzen. Die Sowjets müssen bei den Verhandlungen mit Panama und Kuba kräftig nachgeholfen haben. Doch das reicht noch nicht. Seine Chancen, Präsident zu werden, sind vorläufig gering. Etwas fehlt noch. Etwas, das seine Chancen mit einem Schlag so verbessert, daß er zweifellos gewählt werden wird. Ich glaube, damit haben die Bezeichnungen *Hood* und *Husar* etwas zu tun. Es müßte ein Vorfall sein, von dem nur Welsh allein profitiert, ein Ereignis, das ihn zum Mann des Tages stilisiert.«

»Sie glauben das wirklich?« fragte Loss.

Campbell griff nach der Cognacflasche und schenkte sich ein. Er leerte das Glas und wischte mit dem fleckigen Taschentuch die Lippen ab. »Ob ich das glaube? Ich weiß es! Halten Sie mich nicht für überheblich. Ich bin nun mal ein Zyniker. Wir, die wir in der sogenannten freien Welt leben, sehen die Realitäten nicht. Wir führen ein behagliches Leben. Wir bilden uns ein, so würde es immer weitergehen. Deswegen ignorieren wir alles, was nicht in dieses Denkschema paßt. Du lieber Himmel! Zum erstenmal in der Menschheitsgeschichte besitzt ein Staat das Waffenarsenal, um die Welt zu erobern, und zudem die Ideologie, die diese Eroberung rechtfertigt. Wir sehen diese Möglichkeiten nicht, weil wir sie nicht sehen wollen. – Tut mir leid, wenn ich schulmeisterlich geworden bin. Das geschieht immer, wenn ich was getrunken habe.«

Kent räusperte sich. »Sie haben natürlich recht, Campbell«, sagte er. »Wir stecken alle den Kopf in den Sand. In einer Demokratie

kann man die Menschen für solche Ideale nicht gewinnen.« Nachdenklich fuhr Loss mit den Fingerspitzen über die Narbe an seiner Stirn. »Wie können wir diese Entwicklung aufhalten?«
Campbell steckte zornig die Hände in seine Rocktaschen. »Aufhalten? Wir haben nur die Namen *Hood* und *Husar*.
»Warum schalten wir nicht den CIA und die kanadische Polizei ein?« fragte Kent.
»Das wäre verfrüht«, erwiderte Campbell. »Und vermutlich auch gefährlich. Beide Organisationen könnten von Spionen durchsetzt sein. Nein, jetzt noch nicht. Ich kann die genannten Orte und die beiden Schiffe im Auge behalten. Aber ohne Loss werden wir nicht weiterkommen.« Er machte auf dem Absatz kehrt und schaute Loss durchdringend an. »Überlegen Sie doch mal! Alle Verbindungen sind abgebrochen. Heiss, Stroud, Petrov, seine angebliche Frau, sie alle sind sozusagen von der Bildfläche verschwunden. Die Russen müssen annehmen, daß Sie tot sind. Doch was geschieht, wenn Sie wiederauftauchen, neugierige Fragen stellen?«
»Dann legen sie mich um!«
»Vielleicht«, erwiderte Campbell sachlich. »Aber die Russen gehen methodisch vor. Sie werden zunächst feststellen wollen, wieviel Sie wissen, zu wem Sie Kontakt haben, wie Sie auf den Zusammenhang zwischen *Hood* und *Husar* gestoßen sind. Erst danach wird man Sie eliminieren. Sie werden von uns natürlich rund um die Uhr bewacht werden. Wenn jemand Kontakt zu Ihnen aufnehmen will, werden wir feststellen, wer es ist.«
»Und wenn ich nun nicht mitmache?« fragte Loss.
Campbell überlegte eine Weile und ging vor den Fotos an der Wand hin und her. »Ich könnte die kanadische Polizei benachrichtigen und hoffen, daß man Ihnen einen fairen Prozeß macht. Ich würde zu Ihren Gunsten aussagen. Aber ich glaube, daß Sie an der Aufklärung dieser Sache mehr interessiert sind als ich. Sie wollen sich doch nicht Ihr ganzes Leben verstecken? Ich glaube es einfach nicht.« Er nahm im Sessel Platz. »Bedenken Sie ferner, daß ich dabei Kopf und Kragen riskiere. Mein Chef übrigens auch. Sollten meine Männer in den USA bei ihrer Tätigkeit geschnappt werden, dann wird das noch das geringste Vergehen sein.«
»Sie haben also meinetwegen noch mehr Gesetze gebrochen?«
Campbell schenkte sich Cognac ein. »Ja«, sagte er. »Das habe ich.«

23

David Fox lehnte an der Reling der *Husar* und sah den Seemöwen zu, die im Licht der Abenddämmerung am Ufer der Booker Lagoon flogen. Die Jacht ankerte am Ostrand der Küste, wo das Wasser zehn Faden tief war. Steile, mit Zedern bewachsene Felsen bildeten hier die Küste. Das Wasser war wie Blei. Der Wind hatte nachgelassen. In der feuchten Abendluft hörte man, wie Hirsche durch das Unterholz brachen. Fox stieß einen zufriedenen Seufzer aus und trank aus der mit Rum gefüllten Tasse.

In den sieben Wochen, seitdem die Jacht gechartert war, waren sie zu den San-Juan-Inseln gesegelt, dann durch die Straße von Georgia bis hin zum Nordteil der Queen-Charlotte-Enge. Im Osten hatte er die schneebedeckten Gipfel der Berge von Britisch-Kolumbien gesehen und im Westen, jenseits der Enge, verschwommen die Küste von Vancouver Island.

Nebel und Sonnenschein, Regen und strahlend blauer Spätsommerhimmel hatten die Tage geprägt.

Fox lächelte selbstgefällig. Besser hätte die Fahrt nicht verlaufen können. Nicht eine einzige Panne hatte es gegeben. Zudem hatte er reichlich Zeit gehabt, das Schiff in Ordnung zu halten. Mit den Leuten, die das Boot gechartert hatten, war er gut ausgekommen. Die beiden Männer hatten nicht zuviel verlangt und sich überdies als umgänglich erwiesen. Sie hatten beide englische Pässe, sahen aber nicht wie Engländer aus. Amed hatte ihm anvertraut, daß er im Libanon zur Welt gekommen sei und einen englischen Vater und eine ägyptische Mutter habe. Sein Aussehen hatte er wohl von seiner Mutter geerbt. Der andere, der sich Trig nannte, wohl ein Spitzname aus seinen Kindertagen, war der Sprößling weißhäutiger Eltern, die auf Jamaika eine Plantage besaßen.

Die Charterfahrt, für die Ameds Vater finanziell aufgekommen war, sahen sie als eine Entdeckungsreise an. Sie verbrachten viele Stunden an Land, wo sie die Überbleibsel der Indianerkultur und alle möglichen Pflanzen fotografierten. Ihre Neugierde erstreckte sich auch auf das Schiff. Sie hatten sich dem Alltag auf der *Husar* bereitwillig angepaßt und lernbegierig die Routinearbeiten übernommen. Fox hatte ihnen das Segeln beigebracht. Amed hatte sich im Verlauf der Zeit als ein verläßlicher Steuermann entpuppt, einerlei ob sie nun segelten oder mit Motorkraft fuhren. Trig dagegen interessierte sich mehr für den Maschinenraum und pflegte die Dieselmotoren und den Generator. Da sie behaupteten, es mache ihnen viel Spaß, hatte Fox sie gewähren lassen.

Jetzt ankerte die *Husar* in der Booker Lagoon am Südende von Broughton Island. Nur noch die Fahrt zum Alaskagolf stand ihnen bevor. Fox tat es leid, daß sie bald nach Süden segeln würden.

Myra kletterte aus der Luke auf dem Vorderdeck und zog einen wollenen Sweater an.

»Das war wieder mal ein schöner Tag heute, nicht wahr?« fragte sie freundlich und legte den Arm um seine Hüfte.

»Man soll den Tag nicht vor dem Abend loben«, erwiderte er lächelnd. »Schau mal! Hirsche. Fünf sind es. Drüben bei den Felsen!«

Sie konnte sie im Dämmerlicht ohne ihre Brille nicht sehen. Aber sie nickte begeistert. »Meinst du nicht, David, wir könnten es riskieren?«

»Was riskieren?« fragte er und reckte sich.

»Die Fahrt in die Karibik. Mit dem Geld, das wir mit der jetzigen Charterfahrt und der Ende September einnehmen, haben wir genug für den Trip nach Mexiko oder in den Atlantik, um es dort mit Charterfahrten zu versuchen.« Sie schaute ihn an. Sein Gesicht war braungebrannt. Die Krähenfüße im Augenwinkel schienen sich vermehrt zu haben. Er war schlank geworden, sehniger. »Wir sollten es riskieren, David. Wenn wir hier einen weiteren Winter verbringen, öden wir uns nur an.«

Er nickte und nippte von dem Rum. »Ich habe auch schon daran gedacht. Wir beherrschen jetzt die *Husar* viel besser. Und Jane würde eine erstklassige Köchin abgeben. Wenn ich in Vancouver noch einen zuverlässigen Mann finde, den ich anheuern kann, würde das die Arbeit erleichtern.« Er tätschelte ihre Schulter. »Wenn diese Charterfahrt vorbei ist, werden wir uns die Sache gründlich überlegen.« Er drehte sich um und ging zumCockpit. »Komm mit! Ich mache die Cockpitlampe an, damit sie uns sehen.«

Sie folgte ihm ins Cockpit, wo er eine Petroleumlampe entzündete.

Die Messingarmaturen werfen das Licht zurück. Warme Luft und der Geruch nach Essen strömten aus der Kombüse. Sie schmiegte sich an ihn, da es sie in der kalten Abendluft fröstelte. Ein Vogel flog über das Wasser. Die Felsen warfen seinen klagenden Ruf zurück.
»Die vergangenen sieben Wochen hätten nicht schöner sein können«, sagte sie. »Trig und Amed sind wie Kinder. Amed ist zudem überaus wohlerzogen. Sie machen jeden Morgen ihr Bett selbst. Es könnte nicht besser sein. Ich schäme mich fast, daß wir von ihnen Geld verlangen.«
»Das würde ich nicht an deiner Stelle!« sagte er auflachend. »Ameds Vater ist reich. Er ist ein Ölmakler oder so was. Er arbeitet für die Araber.«
»Und Trig? Woher hat er das Geld?«
»Er hat keins«, erwiderte Fox und trank die Tasse leer. »Ameds Vater hat ihm die Fahrt spendiert. Beide kennen sich von der Schule her. Sie arbeiten beide für irgendeine französische Firma, hat mir Amed erzählt, die Unterwassermikrophone herstellt und magnetohydrodynamische Geräte, die der Erforschung des Meeres dienen.«
»Wann wollten sie zurück sein? Ich möchte Jane sagen, wann sie servieren soll.«
Fox blickte auf das Leuchtzifferblatt seiner Uhr und runzelte die Stirn. »Es wird noch zwanzig Minuten dauern. Sie wollten sich bei Cullen Point ein Lager der Kwakiutl-Indianer ansehen. Dort, wo der große Trawler heute nachmittag geankert hat. Amed sagte noch, daß sie versuchen würden, auf dem Trawler Pfeifentabak zu kaufen.« Er stand auf und streckte sich. »Was gibt's heute abend zum Essen?«
»Lachs. Maispüree. Vorher in Butter gedünstete Muscheln. Wie klingt das?«
»Köstlich wie immer.« Er blieb am Niedergang stehen. »Jane ist dir eine große Hilfe gewesen. Habt ihr euch schon auf irgendeine Entlohnung geeinigt?«
Myra zuckte mit den Schultern. »Nein. Sie sagt, sie wollte mal den Alltag auf einer Jacht erleben. Ihr Freund möchte eine Jacht kaufen und dann mit ihr auf dem Pazifik segeln. Ich würde mir da keine Gedanken machen. Außerdem wird sie sicher ein gutes Trinkgeld erhalten. Aber du hast schon recht. Sie ist mir eine große Stütze. Ich werde richtig verwöhnt.« Sie gab ihrem Mann ein leeres Glas. »Wenn du schon runtergehst, könntest du mir einen Gin-Tonic mixen.«

Er salutierte und ging den Niedergang hinunter. Er durchquerte den Salon, wo der kardanisch aufgehängte Tisch mit teurem Porzellan und Silberbestecken bereits gedeckt war, kam an den Kabinen vorbei und gelangte zur Kombüse.
Jane blickte von der Pfanne hoch. Auf ihren nackten Schultern waren Schweißperlen zu sehen. Sie zog die Wickelschürze höher und wischte die Hände an einem Handtuch trocken. Sie lächelte ihn freundlich an und fragte: »Sind sie schon zurück?«
Fox zog unwillkürlich den Bauch ein und hielt sich gerade. Jane war zweifellos hübsch. Das lange blonde Haar trug sie hinten zu einem Knoten gebunden. Er lächelte zurück, goß Rum in seine Tasse und suchte im Wandschrank nach der Gin-Flasche.
Holly schüttelte die aufgeschnittenen Pilze in die Pfanne und rührte sie um. Ihre Miene wirkte heiter. Ich verschwende nur meine Zeit, dachte sie und wartete, bis die Butter geschmolzen war.
Loss befand sich zweihundert Meilen weiter unten im Süden und forschte den übrigen *Hood-Husar*-Kombinationen nach, die Campbell ihm mitgeteilt hatte. Das hier war jedenfalls eine Sackgasse. Fox und seine Frau waren völlig unverdächtig. Und die beiden jungen Männer, die das Boot gechartert hatten, waren zurückhaltend und auffallend höflich. Die Jacht würde bald nach Süden auslaufen. Sie freute sich schon darauf.
»Nein Jane«, antwortete Fox lächelnd und versuchte den Gedanken zu verdrängen, den der Rum in ihm geweckt hatte. »Sie sind noch nicht zurück. Aber sie müssen bald da sein.« Er sah ihren prüfenden Blick und lächelte verlegen. »Tut mir leid, Jane. Ich habe nicht über dich gelacht. Weißt du, Myra und mir geht es so gut wie schon seit langem nicht.« Als er merkte, daß sie ihn nicht zum Reden ermutigte, wechselte er das Thema. »Myra ist froh, daß sie dich hat. Du bist ihr eine große Hilfe. Außerdem kochst du ausgezeichnet. Wir werden uns nach diesem Trip irgendwie finanziell einigen.«
»Das möchte ich nicht«, erwiderte sie und schüttelte den Kopf, so daß der Haarknoten in Bewegung geriet. »Ich habe das nicht anders gewollt. Ich habe von Ihrem Agenten erfahren, daß Sie Ihr Schiff verchartert hatten, aber nur zu zweit seien. Daraufhin habe ich mich an Myra gewandt und sie um diesen Job gebeten. Ich will keine Bezahlung, ich will Erfahrungen sammeln. Aber ich höre gern, daß Sie mit mir zufrieden sind.«
»Myra sprach noch von einem Freund von Ihnen.« Er versuchte aufrecht zu stehen und ihr in die Augen zu blicken.

»Ja. Er hält sich in Vancouver auf.« Sie goß etwas Zitronensaft in die Soße und schaute ihn nicht an.
Sie schwiegen. Man hörte nur das Zischen des Gasofens und das Plätschern der Wellen am Schiffsrumpf. Er nickte ihr zu und ging davon.

Sie kamen eine Viertelstunde später über die Bucht gerudert. Einer sang vor sich hin. Wenn das Ruder mal ins Wasser patschte, lachten sie schallend auf. Fox machte die Spreaderlichter an und wartete an der Reling, um ihnen behilflich zu sein.
Ein Ruderboot mit drei Männern tauchte aus der Dunkelheit auf. Zwei ruderten, der dritte saß achtern. Das aufblasbare Dingi der *Husar* zogen sie hinter sich her. Es tanzte auf und nieder wie eine Spielzeugente. Fox befestigte rasch ein paar Fender und beugte sich vor, um die Leine zu ergreifen. Amed schaute hoch und lächelte ihn an. »Guten Abend, Captain Fox. Wir haben uns leider etwas verspätet.« Seine Zähne schimmerten weiß und hoben sich von der braunen Haut und dem schwarzen Haar deutlich ab. »Wir haben einen Freund mitgebracht. Er bleibt aber nicht lange.«
Das Ruderboot legte längsseits an und scheuerte an den Fendern. Man hörte, wie die Ruder aus den Dollen gezogen und verstaut wurden. Jemand lachte. Dann kletterten die drei die Strickleiter hoch. Amed kam als erster an Bord und begrüßte Fox mit einem Handschlag. Seine arabischen Gesichtszüge wurden durch die hoch angesetzten Jochbögen und die tiefliegenden braunen Augen noch verstärkt. Er war kräftig gebaut. Fox konnte ihn sich gut in einem Burnus vorstellen – sich würdevoll verbeugend, die Hände aufeinandergepreßt.
Dann folgte Trig, klein, dicklich, das schüttere Haar sorgsam über den braungebrannten Schädel gekämmt, mit verrutschter Brille. Er blickte Fox kurz an und lächelte zögernd. »Guten Abend. Es tut mir leid, daß wir so spät kommen. Aber die Strecke zurück war länger, als wir gedacht hatten«, erklärte er und deutete über die dunkle Bucht hinweg nach Westen. »Und das ist Mr. Krissholm, den wir auf dem Trawler kennengelernt haben.«
Krissholm sprang gelenkig an Bord und streckte Fox die Hand entgegen. Er war hochgewachsen und mager, ohne schwächlich zu wirken. Blonde, mehrere Tage alte Stoppeln bedeckten sein Kinn. Seine Augen waren blau wie Gletschereis. »Es freut mich, Ihre Bekanntschaft zu machen, Captain Fox«, sagte er förmlich. Nach-

dem sie sich begrüßt hatten, führte Fox sie achtern ins Cockpit, wo er ihnen Drinks anbot und Krissholm Myra vorstellte. Myra begab sich dann hinunter, um die Drinks zu mixen und sich um das Abendessen zu kümmern.

Fox bot reihum Zigaretten an. Nur Krissholm nahm eine. Fox fühlte sich aus einem unerklärlichen Grunde nicht wohl in seiner Haut. Er gab Krissholm Feuer und zündete dann seine Zigarette an.

»Sie sind also mit dem Trawler gekommen?«

Krissholm nickte. »Ja. Die *Franklin Gaines III.* Ein langer Name für den alten Pott.

Nun ja, ich bleibe nicht lang an Bord. Ich arbeite für eine staatliche Fischereibehörde.«

Fox kratzte sich verlegen an der Nase und schnippte die Asche in das Cockpitspeigatt. »Handelt es sich um eine Behörde, die die gleichen Aufgaben wie unser Amt für Umweltschutz hat?«

Krissholm bestätigte es mit einem Kopfnicken. »So ungefähr. Ich habe soviel von Ihrer Jacht gehört, daß ich sie unbedingt sehen wollte. Außerdem wollte ich dem Fischgestank für eine Weile entfliehen.« Er lachte.

Fox konnte nicht feststellen, daß Krissholms Kleider nach Fisch rochen. Aber vielleicht täuschte er sich. »Wie sind die Fangergebnisse ausgefallen?« fragte er, weil ihm sonst nichts einfiel.

»Nicht besonders gut, soviel ich weiß. Mich interessiert viel mehr, wie weit die Gewässer hier schon mit Quecksilber verseucht sind. Die Papierfabriken lassen eine Menge von dem Zeug ab. Weitaus mehr, als es in den Vereinigten Staaten der Fall ist. Ich kann jedenfalls über mangelnde Beschäftigung nicht klagen.« Er sah sich im Cockpit um und musterte den Radarschirm, den Tiefenmesser und die Steuerungshebel. »Sie sind gut ausgerüstet, sehe ich.«

Fox nickte. »Danke für das Kompliment.«

Myra erschien mit den Drinks im Niedergang. Sie stellte das Tablett, eine Schale mit Salzgebäck und einen Teller mit verschiedenen Käsesorten auf den Cockpittisch und ging wieder. Sie ist wütend, dachte Fox.

»Bleiben Sie zum Abendessen?« fragte Fox ohne rechte Begeisterung.

»Nein. Vielen Dank für die Einladung. Ich bin eigentlich nur gekommen, um Sie um einen Gefallen zu bitten.«

Amed strich eine Haarsträhne zurück und lehnte sich, den Kopf auf die Ellenbogen gestützt, vor. »Mr. Krissholm hat uns um einen

Gefallen gebeten. Aber ich meinte, er sollte sich an Sie wenden.«
»So war's«, bestätigte Krissholm. »Ich hoffe, daß ich nicht zuviel von Ihnen verlange. Ich habe da eine Kiste mit Nansen-Flaschen, die unsere Behörde für das Ozeanographische Institut der Universität von Washington gesammelt hat. Normalerweise würden wir sie mit dem nächsten Fährschiff, das von der Alert Bay nach Süden ausläuft, dorthin verfrachten. Aber das geht erst in zehn Tage ab. Mir würde es schon genügen, wenn ich sie nach Port Townsend oder Anacortes bringen lassen könnte. Amed hat sich bereit erklärt, sie von dort als Frachtgut weiterzuschicken. Wenn Sie die Kiste sozusagen als Ladung an Deck . . .« Krissholm lächelte spöttisch und schnippte die Asche in die gekrümmte Innenhand.
»Wo ist die Kiste und wieviel wiegt sie?« fragte Fox, dem ein Stein vom Herzen fiel, weil Krissholm nicht zum Abendessen bleiben würde. Er wollte früh zu Bett gehen.
»Etwa hundertfünfzig Pfund. Sie befindet sich im Ruderboot. Sie ist bereits versandfertig. Es dürfte nicht schwierig sein, sie auf dem Vorderdeck zu vertäuen. Ich habe zwei Flaschen kanadischen Whisky mitgebracht. Sozusagen als Bestechung.« Er schmunzelte.
Fox seufzte und verzog das Gesicht zu einem Lächeln. »Mir soll's recht sein. Wir werden gut auf sie aufpassen. – Und Amed weiß, wohin sie geschickt werden soll?«
Amed nickte. »Ja. Außerdem ist sie beschriftet. Was kann da noch schiefgehen?«
Fox, der mit dem Glas in der Hand dasaß, fühlte sich erleichtert. »Ich bin einverstanden. Schaffen wir die Kiste an Bord! Danach nehmen wir alle noch einen Drink.« Er leerte sein Glas und merkte nicht, daß die anderen von ihren Drinks nur genippt hatten.
Sie gingen alle nach vorn. Krissholm und Amed kletterten die Strickleiter hinunter ins Ruderboot. Dann gaben sie Zeichen, daß Trig und Fox zupacken sollten, und hoben eine Kiste aus Fichtenbrettern in die Höhe. Sie war etwa einen Meter lang und ebenso breit, sorgfältig geschreinert und mit einem Sicherheitsschloß versehen. Sie schleppten sie an den Seilgriffen über das Teakholzdeck und zurrten sie mit einer Leine an den Ringbolzen fest.
Krissholm richtete sich auf und wischte die Hände ab. »Das dürfte halten!« Er ergriff Fox' Hand und schüttelte sie. »Ihr Amerikaner seid ein hilfsbereites Volk. Nochmals vielen Dank, Captain Fox. Sie haben mir sehr geholfen.«
Fox winkte ab. »Es war mir ein großes Vergnügen. Wollen Sie

nicht doch zum Abendessen bleiben?« Er hatte eine schwere Zunge. Krissholm drückte seinen Arm und ging zur Reling. »Nein. Ich habe Sie lange genug aufgehalten. Vielen Dank noch.« Er verabschiedete sich von Trig, Amed und Fox. Myra kam noch heraus, nachdem sie die Spreaderlichter ausgeschaltet hatte. Er schüttelte auch ihr die Hand und betrachtete einen Augenblick lang die Takelage und den Mast. »Ein schönes Schiff!« sagte er und stieg dann die Strickleiter hinunter. Sie schauten ihm nach, bis er im Dunkel verschwunden war.

Holly Stone blickte ihm vom Kombüsenbullauge auf der Steuerbordseite aus nach. Der Mann winkte zum Abschied, als er davonruderte. Sie trat vom Bullauge zurück, rührte die angebrannten Karotten um und schaltete den Gasofen aus. Das ist doch Petrov, dachte sie starr vor Schreck.

Loss stand draußen im Regen vor dem Bogengang und musterte die fleckigen Namensschilder aus Messing, die untereinander neben der Tür angebracht waren. Er fand das gesuchte, verzog verächtlich den Mund und betrat das schmuddlige Foyer. In dem mit Platten ausgelegten Gang brannte ein trübes Licht. Er wartete, bis sich seine Augen an die Beleuchtung gewöhnt hatten, und betrachtete sein Gesicht in dem blinden Spiegel. Sein Haar, jetzt lang, war kunstvoll geschnitten und fiel ihm in die Stirn, so daß man die Narbe kaum sah. Sein Vollbart war gestutzt.

Neben dem Fahrstuhl fand er auf einem Tischchen ein Verzeichnis mit den Telefonnummern der Mieter. Unter »W« gab es nur einen einzigen Eintrag: *Western Pacific Shipping, immer 212.* Das Z fehlte.

An der Liftuhr sah er, daß der Fahrstuhl sich im siebten Stockwerk befand. Loss nahm die Treppe am Ende des muffigen Gangs. Beim ersten Absatz blieb er stehen und schaute durch das fleckige Fenster mit dem rostigen Gitter hinaus auf die regennasse Straße von Seattle. Der Verkehr an diesem Spätnachmittag im August schien zuzunehmen. Im Nieselregen funkelten die Lichter. Eine Frau eilte über die Fahrbahn. Sie hielt den Autos den aufgespannten Schirm abwehrend entgegen. Loss mußte lächeln. Ich kann es ihr nachfühlen, dachte er.

Zum Büro der *Western Pacific Shipping* gelangte man durch eine Glastür, hinter der ein kahler Gang lag. Loss hörte das Klappern einer Schreibmaschine. Er öffnete die Bürotür und trat ein.

Die Sekretärin hörte auf zu schreiben und blickte ihn fragend an. »Sie wünschen?«

»Ich habe in Manila eine Fracht, die ich gern in die Vereinigten Staaten transportieren lassen möchte. Es sind etwa drei Tonnen. Es handelt sich um Möbel.«

Sie klopfte mit einem Bleistift gegen die Vorderzähne und musterte ihn. Sie hatte langes, schwarzes Haar. Die Augen waren mandelförmig. Sie ist hübsch, dachte Loss.

»Da kämen nur zwei Frachter in Frage. Die *Lancer* und die *Husar.* Auf welchem Schiff soll die Fracht transportiert werden und wie heißt Ihre Firma?« Sie begann in der Schublade zu kramen, schüttelte dann ärgerlich den Kopf und machte sich an dem Karteikasten in der Ecke zu schaffen.

»Auf der *Husar.* Ich komme im Auftrag der Firma *Golden West Imports*!« rief er ihr zu. Klingt doch recht eindrucksvoll, dieser Name, dachte er.

Sie näherte sich ihm mit einer zerknitterten Fotokopie und las. »Die *Husar.* Da ist es. Am 28. September in Seattle. Am 4. Oktober in Vancouver. Ich habe allerdings noch kein Frachtverzeichnis. Wir erhalten es erst einige Tage nach dem Auslaufen der *Husar* von Manila.« Sie lächelte ihn entschuldigend an.

Loss runzelte die Stirn. »Ich dachte, sie würde eher eintreffen. So um den 6. September.«

»Sie hat einen Kesselschaden. Irgend etwas mußte ausgebaut werden«, erklärte sie achselzuckend. »Kann ich sonst noch was für Sie tun?« Sie verzog die Lippen zu einem Lächeln und entblößte Zähne, die mit Lippenstift beschmiert waren.

»Das wäre alles. Ich komme wieder, sobald das Frachtverzeichnis eingetroffen ist. Das wird so um den . . .«

». . .10. September sein«, vervollständigte sie den Satz. »Wir werden Ihnen Bescheid geben. Wie hieß Ihre Firma doch gleich? *Golden West?*« Sie notierte sich den Namen auf einem Zettel, der, wie Loss annahm, im Papierkorb landen würde, sobald er das Büro verlassen hatte.

»Ja, *Golden West Imports*«, sagte er.

»Das wär's dann wohl«, erwiderte sie und setzte sich wieder an die klapprige IBM-Schreibmaschine.

Loss verließ das Haus und ging auf der regenglatten Straße zum Parkplatz. Die vernachlässigten Häuser ringsum waren um die Jahrhundertwende erbaut worden. Kleine Läden mit vergitterten

Schaufenstern befanden sich im Erdgeschoß, Läden, in denen alte Kleider, staubbedeckte Briefmarken und Pizzas feilgeboten wurden. Ab und zu blieb er in einem Hauseingang stehen und musterte die Passanten. Nur wenige Leute waren auf der Straße. Büroangestellte zumeist. Ein Penner schlurfte vorbei. In diesen Stadtteil verirrten sich Touristen nur selten.
In den drei Wochen hatte Loss nicht ein einziges Mal feststellen können, daß er beschattet wurde. Er befolgte Campbells Instruktionen, zeigte sich in der Öffentlichkeit und war sich stets bewußt, daß man ihn beobachten könnte. Wenn Petrov jemand auf ihn angesetzt hatte, mußte es sich um einen Experten handeln. Ihm war bisher niemand aufgefallen.
Es ist zum Verzweifeln, dachte er. Er kam sich vor wie ein Junge, der sinnlos hin und her geschickt wird. Campbell mußte sich auf einer falschen Fährte befinden. Er winkte ein Taxi herbei und ließ sich drei Häuserblocks weit zum Parkplatz fahren. Niemand schien ihm zu folgen. Auf dem Rückweg zu seinem Motel hielt er an einer Tankstelle. Als er zahlte und dem Tankwart die Benzingutscheine überreichte, bemerkte er einen Oldsmobile, der im Leerlauf neben der Bordsteinkante stand. Er hatte diesen dunkelgrünen Wagen mit der Delle im linken hinteren Kotflügel schon mal gesehen. Der Fahrer war stämmig und trug ein großkariertes Sakko. Er entfaltete eine Straßenkarte und beugte sich darüber. Loss stieg in Kents betagten Chrysler und startete den Motor. Nachdem er in die Straße eingebogen war, beschleunigte er nur langsam und blickte in den Rückspiegel. Aber der Oldsmobile fuhr nicht an. Loss parkte drei Querstraßen weiter neben einem Getränkeladen. Der grüne Wagen war nicht zu sehen. Er überlegte und kam zu dem Schluß, daß der Oldsmobile, den er auf dem Parkplatz vor seinem Motel bemerkt hatte, höchstwahrscheinlich schwarz gewesen war. Vielleicht auch dunkelbraun. An jenem Abend war es neblig gewesen.
Loss verschloß die Wagentür und suchte den Nachtportier in seinem Büro auf. Der Nachtportier, der ein vom Trinken verwüstetes Gesicht hatte, rekelte sich in einem Sessel, aß ein Sandwich und schaute sich eine Quiz-Show im Fernsehen an. Ein mit Mayonnaise beschmiertes Stück von einem Salatblatt klebte im Mundwinkel. Fasziniert starrte er auf den Bildschirm und wiegte den Kopf.
»Für Sie ist keine Nachricht gekommen, Mr. Lange.« Er deutete mit dem Finger auf das Gerät und riß den Mund auf. »Es geht um 12 000 Dollar! Wer drei Baseballspieler nennen kann, die . . .«

Loss schloß die Tür, vermied die tropfende Dachrinne und suchte sein Zimmer auf. Der Papierstreifen im Türschlitz war nicht verschoben. Das Haar lag noch immer auf seiner Aktentasche. Er atmete tief durch, setzte sich auf das harte Bett in dem muffigen Zimmer und betrachtete seine Fingernägel. Niemand schien von seinem Auftauchen Notiz zu nehmen. Campbells Plan war eine Niete.

Kurz entschlossen wählte er die Nummer des Verbindungsmannes in Vancouver. Jemand hob ab, als wäre sein Anruf erwartet worden.

»Hier bei Thurston!« Eine sonor klingende Männerstimme.

»Verbinden Sie mich mit Campbell!« sagte Loss.

»Tut mir leid, ich kenne niemand mit diesem Namen.«

»Hier ist Loss. Ich möchte Campbell sprechen. Lassen Sie die Geheimnistuerei, und holen Sie ihn an den Apparat!«

Eine Pause folgte. »Ich werde es versuchen. Bleiben Sie dran.« Die Stimme klang nicht mehr so freundlich.

Loss steckte sich eine Zigarette an und klopfte ungeduldig mit dem unteren Ende ein paarmal gegen den Aschenbecher. In der Leitung klickte es zweimal.

»Mr. Lange?« Campbells Stimme klang heiser.

»Ich will nicht länger Geheimagent spielen, Campbell. Hier scheint alles in Ordnung zu sein. Das Schiff läuft erst um den 28. September ein. Ich bin in Port Hood am Columbia-Fluß gewesen. Auch am Hood-Kanal. Ich habe alles getan, um aufzufallen. Am liebsten hätte ich noch vor dem russischen Konsulat ein Ständchen gesungen. Wir verschwenden hier nur unsere Zeit.«

»Von wo aus rufen Sie an?«

»Von meinem Hotelzimmer. Jemand hat den Hörer in der Telefonzelle am Parkplatz herausgerissen. Aber das hat nichts zu bedeuten. Niemand beschattet mich.«

Campbell hustete und räusperte sich. Es klang, als würde eine leere Mülltonne über eine gepflasterte Straße holpern. »Ich habe Ihnen doch gesagt, daß Sie nur im Notfall und von einer öffentlichen Zelle aus anrufen dürfen. Wenn Ihr Gespräch abgehört wird, ist alles im Eimer.«

»Ich versichere Ihnen, Campbell, daß mich niemand beschattet. Es ist, als gebe es mich nicht.«

»Das stimmt nicht, Loss. Zwei meiner Leute beschatten Sie.« Loss hörte Papier rascheln. »Ich weiß beispielsweise, daß Sie gestern abend gedünstete Muscheln, Salat und zwei Bier zu sich genommen haben. Danach waren Sie im Kino. Um 23 Uhr sind Sie zu Bett gegangen. Wir bewachen Sie rund um die Uhr.«

»Ihre Männer werden ebenfalls nichts Verdächtiges bemerkt haben«, erwiderte Loss unwirsch.

»Das ist richtig. Aber so schnell geht es nun mal nicht.«

»Was heißt hier schnell!« sagte Loss ärgerlich. »Ich bin schon drei Wochen hier. Wir sind auf der falschen Fährte.«

»Das können Sie ruhig mir überlassen!« entgegnete Campbell barsch. »Halten Sie sich nur an Ihre Anweisungen!« Er hüstelte. »Wir haben hier ein kleines Problem, Loss. Es ist nichts Ernstes. Ihre Freundin sollte sich doch die Jacht ansehen, feststellen, um was für Leute es sich handelt, herausfinden, wohin sie fahren.«

»Na und?« fragte Loss leise und packte den Hörer fester.

»Sie hat als Köchin angeheuert. Sie hat die Jacht in Britannia Beach aufgespürt, einer kleinen Ortschaft nördlich von Vancouver. Dann hat sie sich an die Frau des Jachteigners herangemacht und sie um diesen Job gebeten.«

»Wo ist die Jacht jetzt? Sie hätten es nicht zulassen dürfen, daß Holly . . .«

»Ich habe gar nichts zugelassen! Es war ihr freier Entschluß. Die Jacht befindet sich, soweit wir wissen, im Nordteil der Queen-Charlotte-Enge. Ich habe einen meiner Männer dorthin abgestellt. Er bleibt der Jacht mit einem gemieteten Wasserflugzeug auf der Spur. Eine kostspielige Observierung ist das!«

Loss nahm den Rand-McNally-Atlas vom Nachttisch und schlug die Karte von Britisch-Kolumbien auf. Er betrachtete die kleinen Inseln in der Queen-Charlotte-Enge zwischen dem Festland von Britisch Kolumbien und Vancouver Island.

Campbell sagte etwas. Loss schob den Atlas zur Seite. »Tut mir leid. Ich habe nicht zugehört.«

Campbell räusperte sich. »Ich habe gesagt, daß die Jacht gestern bei Broughton Island geankert hat. Das Leben an Bord verläuft völlig normal. Sie schippern herum und ankern jeden Abend in Landnähe. Mein Mann hat nichts Auffälliges bemerkt.«

»Haben Sie Informationen über die Leute, die die Jacht gechartert haben?«

»Wir haben uns bei dem Schiffsagenten erkundigt. Es handelt sich um zwei Männer in den Dreißigern. Der eine scheint reiche Eltern zu haben. Die Reise wurde ihnen vom Vater des einen bezahlt.«

»Hat sich Holly schon gemeldet?«

»Sie hat vor einer Woche angerufen. Sie teilte mit, daß die Jacht einem älteren Ehepaar gehöre und die Leute ihrer Ansicht nach unverdächtig seien. Ich glaube nicht, daß wir da weiterkommen. Sie werden etwa in einer Woche hier eintreffen.«
Loss legte den Kopf aufs Kissen. Es roch nach einem Desinfektionsmittel. Unter dem Bettuch lag eine Plastikdecke. Die Motelleitung befürchtete wohl, daß die Gäste ins Bett pissen könnten. »Ich fahre nach Vancouver«, sagte er entschlossen.
Ein langes Schweigen folgte. Loss vernahm plötzlich ein Rauschen, als ob die Verbindung gestört sei. Dann klickte es zweimal. Campbell hustete unmittelbar über der Sprechmuschel. »Tut mir leid. Ich werde diese Bronchitis nicht los.« Er räusperte sich. »Sie bleiben, wo Sie sind. Holly droht keine Gefahr. Ich habe das Gefühl, daß die Sache in Ihrer Umgebung ins Rollen kommt. Warten Sie noch ein wenig und rufen Sie nicht mehr von Ihrem Zimmer aus an! Wenn es schon sein muß, dann suchen Sie eine öffentliche Telefonzelle auf!« Campbell stockte. Im Hintergrund redete jemand. Dann war Campbell wieder am Apparat. »Ein guter Bekannter aus New York ist heute abend um 19 Uhr auf dem Bildschirm zu sehen. Er diskutiert mit Journalisten und wird sein politisches Programm erläutern, habe ich gehört.«
»Welche Chancen werden ihm nach den Umfragen eingeräumt?«
Campbell zögerte mit der Antwort. »31 Prozent der Wähler würden ihm ihre Stimme geben. Die Zahl steigt noch.«
»Nicht zu fassen!« stieß Loss aus. »Diese Popularität hat er in knapp drei Monaten geschafft!«
»Vor drei Monaten war er noch mehr oder weniger unbekannt. Er hat bisher noch an keiner Vorwahl teilgenommen. Die Verhandlungen mit Panama und Kuba haben ihm Auftrieb gegeben. Ich denke, daß er heute abend einiges sagen wird, das ihm politisch weiterhilft.«
Eine Pause folgte.
Loss brach das Schweigen. »Ich habe eine Frage, Campbell. Durch wen lassen sie mich hier beschatten?«
Campbell zögerte. »Diese Auskunft möchte ich am Telefon nicht geben. Ursprünglich wollte ich vier Leute einsetzen. Aber das Interesse meiner Abteilung scheint etwas abgenommen zu haben. Ich räume ein, daß wir bisher noch auf keine heiße Spur gestoßen sind. Aber ich kann Ihnen versichern, daß die beiden Leute, die ich auf Sie angesetzt habe, Experten . . .«

»Ist einer von ihnen ein vierschrötiger Mann, etwa vierzig Jahre alt, der einen Oldsmobile fährt?«
Campbell hielt die Luft an. »Rufen Sie mich von einem anderen Apparat aus an!« Er legte auf. Das Freizeichen ertönte.
Loss lud die Luger durch, steckte sie in den Hosenbund und zog einen Regenmantel an. Er verließ sein Zimmer, überquerte mit raschen Schritten den Parkplatz und ging zwei Häuserblocks weit, bis er zu einem Platz gelangte, wo Gebrauchtwagen zum Kauf angeboten wurden. Dort blieb er stehen und beobachtete den Moteleingang. Er konnte nichts Auffälliges entdecken und wartete noch eine Weile. Es war kalt. Der Regen troff von seinem Kragen. Der Verkehr hatte zugenommen. Die Autos schoben sich Stoßstange an Stoßstange die Straße entlang. Er spähte mehrmals hinüber. Dann bog er in eine Seitenstraße ein, gelangte in eine Wohngegend, machte kehrt und stieß einen Häuserblock weiter nördlich wieder auf die Hauptstraße. Niemand schien ihm gefolgt zu sein.
Er entdeckte einen Grillroom, der sich *Oyster Shack* nannte, ging hinein und fragte, ob er telefonieren dürfe.
Campbell meldete sich und nahm das R-Gespräch an. »Wo sind Sie jetzt?«
»In einem Grillroom. Ich habe mich vergewissert. Niemand ist mir gefolgt.«
Campbell seufzte erleichtert auf. »Ich lasse Sie von zwei Agenten beschatten. Von einer Frau und einem Mann. Sie ist in den Dreißigern und bewohnt das übernächste Zimmer neben Ihrem. Sie behält Ihr Zimmer tagsüber und abends im Auge. Der Mann ist etwa fünfzig Jahre alt und mager. Er fährt einen Lieferwagen mit der Aufschrift *Elektro-Reparaturen.*«
»Ich habe beide noch nicht bemerkt. Der Mann, den ich meine, sieht anders aus. Er ist mir heute aufgefallen. Ich glaube, ich habe ihn auch schon auf dem Hotelparkplatz gesichtet. Er fährt einen dunkelgrünen Oldsmobile mit Sonnendach. Der Wagen ist im Staate Washington zugelassen.«
»An mehr können Sie sich nicht erinnern?«
Loss schaute durchs Fenster auf den dahinflutenden Verkehr. Der Regen prasselte fast senkrecht hernieder. Man sah im Scheinwerferlicht der Autos, wie die Tropfen barsten. »Leider nicht«, antwortete er. Ach ja, er trug ein kariertes Sakko.« Loss schämte sich fast, daß er keine weiteren Angaben machen konnte.
»Ich werde Nachforschungen anstellen«, erwiderte Campbell.

»Rufen Sie mich in einer Stunde wieder an! Vielleicht ist das die Spur, nach der wir suchen.« Er legte auf.
Loss bestellte Fischstäbchen und Pommes frites und trank zum Essen ein Bier. Er saß hinten in dem trübe beleuchteten Raum und behielt die Tür im Auge. Zwei Männer kamen herein, kippten einen Bourbon und gingen wieder. Loss war der einzige Gast. Der Lokalbesitzer näherte sich ihm und polierte ein Glas. Auf der elektrischen Uhr neben der Registrierkasse war es 19.03 Uhr.
»Haben Sie noch einen Wunsch?« Der Wirt räumte den Tisch ab und fuhr mit einem fettigen Lappen über den Tresen.
»Ein Glas Bier noch. Funktioniert das Ding?« fragte er und deutete auf den Fernsehapparat, der an Ketten über einer Bierreklame hing. Lamettastreifen zierten die Ketten. Von der Unterseite baumelten zwei angeschlagene Christbaumkugeln.
Der Lokalbesitzer schaltete den Apparat ein. »Wollen Sie was Bestimmtes sehen?« fragte er und drückte auf die Kanaltaste.
»Ja. Die Diskussion mit diesem Senator Welsh«, antwortete Loss. »Der Mann interessiert mich«.
»Was, dieser Fatzke!« Der Lokalbesitzer stellte Kanal sieben ein und ging entrüstet davon. Loss nahm sich vor, ihm ein anständiges Trinkgeld zu geben.
Die Sendung hatte eben begonnen. Welsh trug einen taubengrauen Anzug. Sein Gesicht war sorgsam geschminkt, so daß man die Falten nicht sehen konnte. Er wirkte gelassen und fotogen. Louis Rickter von der UPI stellte als Moderator die Gesprächsrunde vor – Harris von der *Associated Press,* McKennin vom *Manchester Guardian* und DeRouche von der Nachrichtenagentur *Reuters.* Dann wurden sie ausgeblendet und der Werbespot einer Versicherungsgesellschaft erschien. Loss trank einen Schluck Bier. Der Wirt sprach am anderen Ende des Tresens mit einer Frau mittleren Alters. Sie hatte toupiertes Haar und lachte schrill.
Auf dem Bildschirm war ein Versicherungsagent in schimmerndem Harnisch zu sehen, der einen Drachen mit der Aufschrift „Geldsorgen im Alter" mit seiner Lanze durchbohrte. Danach wurde wieder das Studio eingeblendet. Der Moderator erschien in Großaufnahme.

Rickter: Ich freue mich, unseren Zuschauern den Senator aus New York vorzustellen, der in letzter Zeit der amerikanischen Außenpolitik kräftige Impulse verliehen hat. – Senator Welsh, ich heiße Sie in unserer Runde willkommen!

Welsh: Danke, Lou. Auch ich freue mich.
Rickter: In letzter Zeit hat man in den Medien darüber spekuliert, ob Sie im nächsten Monat von Ihrer Partei zum Präsidenschaftskandidaten nominiert werden. Möchten Sie dazu etwas sagen?
Welsh (senkt den Blick und lächelt verlegen): Wie Sie wissen, habe ich bisher an keiner Vorwahl teilgenommen. Ich weiß allerdings, daß ein beträchtlicher Teil der Bevölkerung meine Nominierung gutheißen würde. Das freut mich natürlich. Aber ich fühle mich – um Ihre Frage zu beantworten – noch nicht als Kandidat. Ich möchte am Parteitag sozusagen (er lächelt verschmitzt) als Beobachter teilnehmen.«

Die übrigen Gesprächsteilnehmer schmunzelten. Er ist mit allen Wassern gewaschen, dachte Loss. Die Gesten, die Wahl der Worte, alles ist gründlich einstudiert.

Rickter: Ich verstehe. Dennoch würden unsere Zuschauer gern erfahren, ob Sie die Nominierung durch Ihre Partei annehmen würden, falls es dazu kommen sollte. Nach den Meinungsumfragen zu schließen, reicht ihre Popularität an die des Präsidenten beinahe heran.
Welsh: Ich würde mir das Angebot, wenn es mir gemacht werden sollte, jedenfalls gründlich überlegen. Ich würde an der Formulierung des außenpolitischen Programms meiner Partei gern mitarbeiten. In den letzten Monaten habe ich auf diesem Gebiet (er lächelt zurückhaltend) einige Erfahrungen sammeln dürfen. Ich würde den Präsidentschaftskandidaten meiner Partei tatkräftig unterstützen.
Harris: Ich habe aus gut unterrichteten Kreisen, die dem Präsidenten nahestehen, erfahren, daß man Sie als Kandidaten für die Vizepräsidentschaft in Erwägung zieht. Würden Sie ein derartiges Angebot annehmen?
Welsh: Ich glaube nicht, daß ich mich für die Vizepräsidentschaft eigne. Ich bin nicht der Meinung, daß sich meine Einstellung mit der Politik der jetzigen Regierung vereinbaren läßt. Ich würde meiner Partei damit keinen Gefallen erweisen. Außerdem habe ich meinen Wählern und meinem Amt als Senator gegenüber gewisse Verpflichtungen. Für mich sind das hypothetische Fragen. Ich will mich erst dann entscheiden, wenn die Situation mir eine Entscheidung abverlangt.
DeRouche (setzt die Brille ab und zeigt der Kamera sein markantes Profil): Senator Welsh, wir in Europa hegen seit drei Monaten die Hoffnung, daß die internationale Politik von Verständnisbereitschaft geprägt wird, daß die Vereinigten Staaten auf Ihre Initiative hin eine

Neuorientierung im Zusammenleben mit den übrigen Völkern anstreben. Ihre Verhandlungen mit der Volksrepublik von Panama und mit Kuba legen die Ansicht nahe, daß man politischen Fortschritt eher mit Konzessionen als mit Konfrontation erzielen kann. Sehen Sie das auch so?

Welsh: Durch Konzessionen? Einiger meiner konservativ eingestellten Senatorenkollegen haben dieses Wort benutzt (er lächelt ironisch). Ich glaube, »gegenseitige Rücksichtnahme« trifft es besser. Ich bin von jeher der Ansicht gewesen, daß das Konzept des »Handelns von einer starken Position aus«, wie die jetzige Regierung ihre schwerfällige Politik gern bezeichnet, nichts ist als eine wenig taugliche Form der Machtpolitik. Um es anders auszudrücken – sie hängt davon ab, in welchem Ausmaß die jetzige Regierung ein anderes Land unter Druck setzen kann.

Die Journalisten hoben die Augenbrauen. Welsh forderte offensichtlich die Führung seiner eigenen Partei heraus. Loss schaute gebannt auf den Bildschirm.

Welsh: Ich glaube, daß in den sich ständig ändernden internationalen Beziehungen die Staaten, die über eine gewisse Macht verfügen, am ehesten in der Lage sind, ihre Macht zu teilen, Rücksicht zu üben (er preßt die Fingerspitzen bogenförmig gegeneinander). Ich würde es begrüßen, wenn die amerikanische Außenpolitik von einem neuen Geist geprägt würde, wenn eine Ära der gegenseitigen Rücksichtnahme anbräche. Welche Position ich auch immer in der politischen Führung unseres Landes erlangen mag, ich werde sie ausfüllen mit dem festen Ziel, meinen Beitrag zu einem dauerhaften Weltfrieden zu leisten. Wir sind ein mächtiges, ein großzügiges Land. Deswegen können wir auch den ersten Schritt hin zum Weltfrieden tun.

Harris: Diese Idee ist nicht neu. Ich möchte Ihre außenpolitischen Leistungen nicht schmälern – aber wie erklären Sie sich Ihre erstaunlichen Erfolge?

Welsh: Wir vergessen allzu leicht, daß die Politiker anderer Nationen Menschen sind wie wir auch. Es ist nun mal menschlich, auf Rücksichtnahme mit Entgegenkommen zu reagieren, zumal wenn der Stärkere den ersten Schritt macht. Mit meinen Reden im Senat habe ich versucht, die Vorbereitungen zu schaffen, die für eine Atmosphäre des Vertrauens und des Goodwills in der Außenpolitik nun mal nötig sind. Als ich den Vorschlag machte, daß wir unsere Enklaven in Panama und auf Kuba räumen sollten, hat die politische Führung in diesen Ländern mit Entgegenkommen reagiert. Daraus kann man ersehen, welche Erfolge Rücksichtnahme bewirkt.

Loss verschlug es die Sprache. Man blendete Welshs Gesicht aus und zeigte einen Werbespot. Für ihn, der Welsh so gut kannte, war die Verwandlung, die in diesem Menschen vorgegangen sein mußte, kaum zu fassen. Welsh verhedderte sich nicht mehr beim Reden. Er bewegte auch den Kopf nicht mehr hin und her, wenn ihm eine Frage gestellt wurde. Er sprach fließend. Seine Stimme klang voller. Dabei hatte er eigentlich nichts Wesentliches gesagt. Wer nicht genau zuhörte, merkte nicht, wie hohl das Gerede war.
Der Werbespot – ein älteres Ehepaar tanzte auf einem mit Versicherungspolicen ausgelegten Regenbogen – wurde nach sechzig Sekunden ausgeblendet. Die Kamera war auf das Gesicht von McKennin gerichtet.

McKennin: Senator Welsh, Sie haben gestern vormittag in einer Pressekonferenz erklärt, es gebe – ich zitiere Sie – »noch weitere Wege, die zur Festigung des Friedens führen könnten«. Würden Sie das näher erklären und unseren Zuschauern sagen, an welche Initiativen Sie da denken!
Welsh (mit der Hand über den Nasenrücken streichend, als müsse er nachdenken): Ich habe an die SALT-Gespräche gedacht, insbesondere an die SALT-III-Verhandlungen. Der kalte Krieg mit der Sowjetunion dauert mittlerweile schon vier Jahrzehnte. In dieser Zeitspanne haben beide Länder ein höchst bedenkliches Arsenal an Nuklearwaffen geschaffen. Doch in all den Jahren haben weder die Vereinigten Staaten noch die Sowjetunion ernsthaft einen Krieg gegeneinander in Erwägung gezogen. Beide Staaten sind reich, mächtig, ungefährdet. Aber sie sind sozusagen an diese sinnlosen Konferenzen gefesselt, bei denen dann die Quoten immer zerstörerischer Waffen festgesetzt werden, die in den Arsenalen lagern dürfen. Jeder vernünftige Amerikaner wird mir wohl zustimmen, wenn ich sage, daß wir diese tödliche Bedrohung verringern und im Lauf der Zeit gänzlich ausschalten müssen. Ich habe bereits gesagt, daß wir mächtig genug sind, um den ersten Schritt zu wagen.
McKenning: Wollen Sie damit ausdrücken, Senator Welsh, daß wir einseitig abrüsten sollten?
Welsh: Ich denke, daß wir diesen Vorschlag zumindest ernsthaft in Erwägung ziehen sollten. Ein derartiges Vorhaben würde nicht nur die

politischen Spannungen abbauen, sondern auch die Gefahr einer Katastrophe verringern. Allein in unserem Land lagern an die sechstausend atomare Sprengköpfe. In Europa sind es etwa dreitausend. Ein fahrlässiger Umgang mit diesen Waffen, ein defekter Mechanismus könnte eine Katastrophe auslösen, von der Millionen von Menschen betroffen wären. Viele dieser Depots befinden sich in der Nähe von Großstädten. Manchmal denke ich, daß wir mehr Angst vor unserem Leichtsinn haben sollten als vor den Sowjets.
Rickter: Damit drücken Sie aus, daß die Regierung die SALT-III-Verhandlungen aufgeben und mit der einseitigen Abrüstung beginnen sollte?
Welsh (lächelnd): Das unterstellen Sie mir. Nein, eine derartige Entscheidung kann nur die Regierung fällen. Es gibt vielleicht gute Gründe, warum der Präsident an den SALT-III-Verhandlungen festhält. Bedenken sollte man allerdings, daß diese Verhandlungen im Grunde von den Militärs und dem Verteidigungsministerium bestimmt werden. Von diesen Leuten kann man schwerlich erwarten, daß sie die Verschrottung von Waffen befürworten. Überdies hat die Rüstungsindustrie in Washington eine einflußreiche Lobby. Ich glaube, wenn die Bevölkerung die Initiative ergriffe, die Abrüstung verlangte und sich über militärische Erwägungen hinwegsetzte, würden die Sowjets gleichziehen. Eine partielle Abrüstung unsererseits wäre ein Beweis unseres guten Willens.

Jetzt läßt er die Katze aus dem Sack, dachte Loss. Er tritt offen für die einseitige Abrüstung ein. Als die Journalisten weitere Fragen stellten, drehte er das Gerät leiser. Er vernahm nur noch einzelne Worte. Welsh schien seinen Standpunkt zu erläutern. Loss hörte, daß er von der »Auflösung der NATO« sprach. Das wird man in Bonn mit Interesse registrieren, dachte er. Für die Bundesrepublik hätte das die gleichen Konsequenzen wie damals die Konferenz in München für die Tschechoslowakei.
Loss zweifelte nicht daran, daß die Russen Welsh nun überschwenglich loben und gleichfalls eine Rüstungsbeschränkung ankündigen würden.
Er sah Welsh, der mit den Journalisten weiter Katz und Maus spielte, noch fünf Minuten zu. Welsh hatte die Fragen dieser ausgepichten Korrespondenten geschickt pariert und das Interview in eine Polit-Show umfunktioniert.
Irgend etwas gab Loss zu denken. Etwas, das Welsh gesagt oder

angedeutet hatte. Der Vorschlag, einseitig abzurüsten, war es nicht. Darüber hatte er schon vor fünf Monaten gesprochen. Dieser Vorschlag klang vernünftig. Aber der Mann auf der Straße mißtraute den Russen nach wie vor. Mit diesem Programm konnte Welsh wohl kaum die nötigen Stimmen gewinnen.

Es mußte etwas anderes sein. Die durch Fahrlässigkeit bewirkte Detonation eines auf amerikanischem Boden gelagerten atomaren Sprengkopfs? Das war's! Welsh hatte vor dieser Gefahr gewarnt. Wenn es zu dieser Detonation kam, noch vor Beginn des Parteitags, würde man Welsh mit überwältigender Mehrheit nominieren, und die Bevölkerung würde die einseitige Abrüstung verlangen.

Die Vorstellung ließ Loss nicht mehr los. Petrov würde die Detonation irgendwie herbeiführen. Vielleicht war doch etwas dran an Campbells *Hood-Husar*-Theorie. Die Detonation mußte vor dem Parteitag stattfinden, wenn sie die erwünschte Wirkung erzielen sollte. Damit fiel der Frachter, dessen Auslauftermin verschoben worden war, aus. Nur die *Husar* blieb übrig. Loss verspürte einen Anflug von Panik. Zwölf Tage hatten sie noch Zeit, vielleicht nicht einmal mehr das.

Er legte einen Geldschein auf den Tresen und wählte Campbells Nummer. Sie war besetzt. Er fluchte. Einerlei, was Campbell dachte, es mußte die Jacht sein. Und Holly war an Bord. Die Jacht befand sich noch irgendwo im Norden von Kanada. Wenn er am frühen Morgen losfuhr, konnte er gegen neun in Vancouver sein.

Er machte sich auf den Weg zum Motel. Er hielt sich möglichst an die Seitenstraßen, überquerte den Baseballplatz einer High School und näherte sich dem Motelparkplatz von der Rückseite. Der Papierstreifen war unberührt. Er huschte schnell ins Zimmer, verschloß die Tür und legte die Kette vor.

Diesmal war Campbells Nummer nicht besetzt. Die Telefonistin ließ zehnmal läuten. Aber niemand hob ab. Loss sagte ihr, daß sie es noch einmal versuchen sollte. Es war vergebens.

Irgend etwas stimmte da nicht. Die Agentin, die Campbell erwähnt hatte, fiel ihm ein. Vielleicht wußte sie, wo er Campbell erreichen konnte. Campbell hatte gesagt, sie wohne im übernächsten Zimmer. Aber auf welcher Seite? Zur Straße oder zur Rückseite hin?

Er rief den Nachtportier an.

»Was gibt's?« Aus dem Fernsehgerät im Hintergrund ertönte schallendes Gelächter.

»Hier ist der Mieter von Zimmer 17. Eine Frau wohnt in einem der

Zimmer neben mir. Könnten Sie mir ihre Telefonnummer geben?«
Der Nachtportier schnaufte: »Hab' ich mir's doch gedacht«, erwiderte er.
»Was meinen Sie damit?«
»Mr. Lange, Sie sitzen in der Klemme. Ihr Mann weiß von Ihrem Techtelmechtel.«
«Wovon reden Sie?«
Der Nachtportier lachte wieder spöttisch. »Machen Sie mir doch nichts vor, Mr. Lange! Ich sitze schon seit fünf Jahren Nacht für Nacht in diesem Büro. Die Hälfte des Geldes, das der Laden abwirft, stammt von Pärchen, die mal ein paar fröhliche Stunden verbringen wollen. Darunter sind viele Ehefrauen, denen der Angetraute nicht mehr das bieten kann, was sie gern haben möchten. Der Mann dieser Frau ist jedenfalls vor einer halben Stunde aufgetaucht. Er bezahlte ihre Rechnung und sagte, er würde sie nach Hause schaffen. Fünf Minuten darauf sind sie in seinem Wagen davongefahren. Sie saß zusammengesackt auf dem rechten Frontsitz. Er muß ihr eine Tracht Prügel verpaßt haben.«
»War es ein dunkelgrüner Oldsmobile? Ein stämmiger Typ mit einem karierten Sakko?«
»Sie wissen ja gut Bescheid!« Er zögerte und sagte dann: »Da ist noch was, Mr. Lange!«
»Was denn?«
»Der Mann bat mich, Ihnen nichts zu sagen. Ich halte es aber für besser, Sie zu warnen. Außerdem möchte ich nicht, daß die Bullen hier herumschnüffeln.«
»Wovor wollen Sie mich warnen?«
»Wie ich schon sagte, ich möchte keine Scherereien. Bevor er ging, fragte er mich noch, wann Sie meistens heimkommen. Vor zehn Minuten ist er draußen vorgefahren. Er wartet auf Sie.«
Loss spürte, wie sich sein Herz verkrampfte. »Danke, Swanson!« sagte er und überlegte. »Hören Sie zu! Ich habe für die ganze Woche im voraus bezahlt. Um fünf Uhr früh fahre ich ab. Begleichen Sie mit dem Geld meine Telefonrechnung und behalten Sie den Rest!«
»Danke«, antwortete Swanson. »Wird alles erledigt.« Er lachte meckernd. »Und denken Sie beim nächstenmal daran, daß Nutten weniger Scherereien machen!« Er legte auf.
Loss überlegte, ob er die Polizei anrufen sollte. Aber was konnte er dem Mann da draußen vorwerfen? Wenn es sich um einen von

Petrovs Leuten handelte, dann bedeutete das noch lange nicht, daß er etwas von Petrovs Plänen wußte. Am besten war es, wenn er nach Kanada fuhr und von dort aus Campbell zu erreichen versuchte. Und Holly mußte von der Jacht runter. Dafür konnte Campbell mit seinen Leuten sorgen.

Er legte die Luger in Reichweite aufs Bett und packte seine Reisetasche. Er ließ das Licht brennen und überzeugte sich, daß die Vorhänge zugezogen waren. Dann ging er mit der Tasche ins Bad und verriegelte die Tür. Das kleine Fenster befand sich über der Toilette. Mit seinem Schweizer Armeemesser löste er die Schrauben der Kippschiene, hängte das Fenster vorsichtig aus und stellte es in die Duschwanne. Dann machte er die Lampe aus und wartete, bis sich seine Augen an die Dunkelheit gewöhnt hatten.

Vor dem Fenster lag eine verwahrloste, mit Papierfetzen bestreute Rasenfläche, die von einem Holzzaun eingefriedet wurde. An der niedrigen Wolkendecke sah er den Widerschein der südlich gelegenen Stadtteile von Seattle. Die Luft roch herbstlich nach feuchter Erde.

Auf der regennassen Straße fuhren Autos. Er sah sie wegen der Bäume nur undeutlich. Er wartete, bis ein Wagen mit aufgeblendeten Scheinwerfern vorbeikam und die geparkten Fahrzeuge auf der gegenüberliegenden Straßenseite beleuchtete. Eins war von dunkler Farbe. Aber sicher war er sich nicht. Die Föhren vor ihm boten ihm zwar Deckung, versperrten aber gleichzeitig die Sicht.

Er holte tief Luft und warf seine Reisetasche hinaus. Dann zwängte er sich durch das schmale Fenster und ließ sich fallen. Geduckt schlich er die Hausmauer entlang, bis er die Vorderseite des Motels erreichte. Von da aus robbte er über den aufgeweichten Boden zu der Föhre neben der Straße, deren Äste tief herabhingen.

Es war der Oldsmobile. Allerdings konnte er in der Dunkelheit nicht erkennen, ob sich jemand im Wagen befand. Ein Laster näherte sich. Sein Scheinwerferlicht glitt über den Oldsmobile. Am Steuerrad saß zusammengesunken ein Mann. Er schien zu dösen.

Loss zog die Luger aus dem Hosenbund und entsicherte sie. Er konnte den Mann stellen. Aber was wäre damit gewonnen?

Swanson schaute vermutlich aus dem Fenster und würde die Polizei anrufen. Wenn ich den Kerl umlege, überlegte Loss, schnappen mich die Bullen, und ich stehe unter Mordverdacht. Wer weiß, was der FBI-Computer noch alles ausspuckt! Nein, das führt zu nichts.

Ihm war klar, daß man sein Telefon angezapft hatte. Höchstwahrscheinlich von draußen. Er glaubte nicht, daß Swanson mit der Sache etwas zu tun hatte. Es mußte sein Gespräch mit Campbell gewesen sein. Dadurch hatten sie erfahren, daß die Frau Campbells Agentin war. Jetzt rechneten sie damit, daß er fliehen würde. Unterbinden konnten sie das nur, wenn sie ihn in seinem Motelzimmer stellten oder ihm folgten, wenn er in Kents Wagen wegfuhr. Campbell hatte vermutlich recht. Sie wollten ihn lebend haben, um herauszufinden, wieviel er wußte. An das, was danach kommen würde, wollte er nicht denken. Er hatte die Zeitungsberichte über die Ermordung von Heiss und Stroud gelesen. Nein, daran durfte er jetzt nicht denken. Er robbte zum Haus zurück und huschte um die Ecke, um seine Tasche zu holen.

Der hintere Teil des Motels lag im Dunkeln. Auf dem kiesigen Parkplatz standen nur wenige Wagen. Solange ich die Scheinwerfer nicht anmache, kann er mich nicht sehen, überlegte er.

Doch dann fiel ihm ein, daß ja die Innenbeleuchtung angehen würde, wenn er die Wagentür aufmachte. Loss klappte die Motorhaube hoch, tastete nach der Batterie und entfernte die Anschlußkabel. Dann öffnete er die Wagentür und klemmte ein Streichholz in den Schalter der Innenbeleuchtung. Als er die Anschlußkabel wieder an der Batterie befestigte, hatte er nur einen Gedanken: Hoffentlich geht das Licht nicht an! Es blieb dunkel.

In dem Oldsmobile rührte sich nichts. Loss bildete sich ein, eine Zigarette aufglimmen gesehen zu haben.

Sein Haar war klatschnaß. Regentropfen liefen ihm über den Nakken. Es fröstelte ihn. Er war müde. Dabei begann seine Flucht erst. Er senkte die Motorhaube und ließ sie sachte einrasten. Das Geräusch kam ihm so laut vor, als habe ein Lastwagen ein Haus gerammt. Die Motelmauer schien das Klicken zurückzuwerfen. Er erstarrte und spähte zum Oldsmobile hinüber. Nichts regte sich.

Er schaltete den Chrysler in den Leerlauf, schob ihn in den Schatten des Gebäudes und startete den Motor. Die Ausfahrt konnte er nicht benutzen, die Scheinwerfer durfte er nicht anmachen. Er legte den ersten Gang ein und fuhr vorsichtig über das freie Gelände, das an den Parkplatz grenzte. Der Wagen sackte ein paarmal in einen flachen Graben. Sobald er den Baseballplatz erreicht hatte, gab er Gas. Er fuhr zwei Häuserblocks weit, bog dann in die Bundesstraße 99 ein und fuhr nach Norden der kanadischen Grenze entgegen. Er schaute öfters in den Rückspiegel. Aber er konnte keinen Verfolger entdecken.

24

Er kam um 1,05 Uhr an die Grenze, verlangsamte unter den Quecksilberlampen die Fahrt seines Chryslers und hielt gegenüber dem Zollhäuschen. Ein kleiner Mann mit langen grauen Koteletten, die sein knochiges Gesicht einrahmten, beugte sich zu seinem offenen Fenster hinab. Er trug die braune Uniform und das Abzeichen des kanadischen Zolls, und sein Atem roch nach Mundwasser.

»Haben Sie was zu verzollen?« Eine Spur von Hochlanddialekt war unüberhörbar da, obwohl der Mann sich der Umgangssprache bediente.

Loss mußte ins grelle, chromgelbe Licht schauen, und seine Bartstoppeln offenbarten seine Müdigkeit. »Nichts. Nur Persönliches. Einige Zigarettenpäckchen.«

»Und woher kommen Sie?« Sehr gesprächig. Seine bifokalen Brillengläser vergrößerten und zerschnitten zugleich die braune Iris seiner Augen. Über der Uniform trug er einen durchsichtigen Regenumhang aus Plastik.

»Nova Scotia.« Loss dachte an Kent und die sandigen, ins Meer abfallenden Hügel. »Aus der Gegend von Chester, an der Mahone-Bucht.«

»Können Sie sich irgendwie ausweisen, Mr. –?«

»Ein Paß, wenn das reicht. Mein Name ist Lange. Brian Lange.« Loss drehte sich herum und suchte auf dem Rücksitz nach der Aktentasche.

In einem orangenfarbenen Regenumhang näherte sich nun ein größerer Mann. Vom Rand seines Hutes lief der Regen in schimmernden Tropfen. Er blieb an der rechten Wagenseite stehen und klopfte an die Scheibe. Loss beugte sich hinüber und kurbelte das Fenster herunter.

»RCMP.« Das war alles.

Heiliger Mist, dachte Loss, Polizei. Er knipste das Licht in seinem Wagen an und blickte in das glatte Gesicht des Offiziers von der

Royal Canadian Mounted Police. Er war Anfang der Zwanzig und man sah den Anflug eines Schnurrbarts, der seine Oberlippe zierte wie ein schwaches Unkraut.
»Bitte fahren Sie Ihr Auto hinüber zur Zollkontrolle.« Während er Loss mit seiner Hand, die in einem Handschuh steckte, die Ausfahrt wies, behielt er ihn fest im Auge.
Loss wandte den Kopf wieder dem Zollbeamten zu. Dem umgesiedelten Hochlandschotten hatte sich ein weiterer Offizier beigesellt, der mit einem Schreibblock hinter ihm stand. Die Situation war so idiotisch, daß Loss am liebsten losgelacht hätte. Jetzt saß er in dieser verregneten Nacht an der Grenze wegen einer Routineinspektion fest; dabei hätte er mit diesen Leuten genausogut in irgendeinem Pub ein Bier trinken können.
»Bitte fahren Sie an die Box Nr. 1, Mr. Lange«, sagte der Schotte, während er seine Autonummer niederschrieb und das Blatt an den Mann hinter ihm weitergab.
Loss schaltete die Automatik in die niedrigste Stufe und ließ sein Auto auf den überdachten Bereich zugleiten. Im selben Augenblick flammte eine Deckenlampe auf, die den ganzen Platz in helles Licht tauchte. Seine Gedanken begannen zu rasen. Den Paß würden sie durchgehen lassen, genauso wie seine anderen Ausweise und seine Kreditkarten. Die Luger, die unter dem Fahrersitz versteckt war, nicht. Campbell hatte ihn davor gewarnt, sie mitzunehmen, und auch Kent. Aber von seiner Waffe wollte er sich nicht trennen. Zu lange schon Gewohnheit. Seine Entscheidung war gefallen. Er trat das Gaspedal durch, riß das Steuer herum in Richtung Hauptstraße und raste auf den Schlagbaum zu. Er rammte ihn in Augenhöhe und sah, wie die rechte Hälfte der Windschutzscheibe in eine schimmernde Wolke von Glaskristallen zerbarst. Wie ein aufgescheuchtes Pferd preschte der Chrysler aus der beleuchteten Zone in die Dunkelheit. Loss hörte das Aufheulen der Polizeisirene und sah im Rückspiegel das Blaulicht. Keine drei Meilen würde der alte Chrysler das Rennen durchhalten. Als die Straße sanft nach links bog, verlor er die Verfolger aus den Augen. Loss bremste, ließ das Auto auf die linke Fahrbahn schlittern und drehte das Steuerrad nach rechts. Nun ging's über die Bordsteinkante und durch dichtes Buschwerk, die Bodenwanne kratzte über Felsen, und dann überschlug sich das Auto einen flachen Abhang hinunter wie in Zeitlupe. Wieder hörte er Glas splittern, seine Aktentasche flog vom Rücksitz an seinem Kopf vorbei aufs Armaturenbrett. Nach einem letzten trägen Rollen

kam das Auto zum Stehen, indem es schwer auf seine Räder zurückfiel. Er saß wie gelähmt und hatte dabei das Gefühl, daß er das alles früher schon einmal erlebt hatte. Er schaltete den Motor, der noch lief, ab.
Oben auf der Straße entfernte sich langsam das Heulen der Sirenen, blaue Lichtblitze streiften die Tannenwipfel, und dann erstarb der Ton in der Nacht.
Durch die zerbrochene Windschutzscheibe schlug der Regen ins Innere des Autos. Loss lehnte sich gegen das Steuerrad und fühlte, wie sich sein Haar mit Regenwasser voll sog. Kleine Bäche liefen an seinem Kragen hinab. Seine Rippen schmerzten. Stunden schienen vergangen zu sein und immer noch saß er da, lauschte dem Klang des Windes, dem Regen und der davonlaufenden Zeit.
Langsam kam er wieder zu Sinnen. Da es nicht nach Benzin roch, zündete er sich eine Zigarette an und begann nachzudenken. Die Polizei konnte sich ausrechnen, daß sein Vorsprung von knapp zwei Minuten reichen würde, die Abzweigung zur Küste in Richtung Langley zu erreichen. Drei mögliche Routen. Zwar würden sie keine Straßensperren errichten, aber der Chrysler würde mit seinen Nova-Scotia-Nummernschildern in allen Polizeiberichten erwähnt werden. Außerdem kannten sie seinen Namen, zumindest den Namen Lange. Unwahrscheinlich daß sie die über den Straßenrand führende Reifenspur noch in dieser Nacht entdecken würden. Zum Teufel auch, dachte er, öffnete seinen Sicherheitsgurt und stieg auf den Rücksitz. Er deckte sich mit seinem geöffneten Schlafsack zu und versank in einen unruhigen Schlaf.
Als er am Morgen erwachte, drangen die ersten Lichtstrahlen durch eine Wolkenbank, die nach Osten zog. Der Himmel über ihm war klar, die Luft kühl und trocken. Er stieg den Damm hinauf, wobei er manchmal im nassen Gras ausglitt. Der Chrysler hatte keine Spuren hinterlassen. Wenn es überhaupt welche gegeben hatte, so waren sie vom Regen weggewaschen worden. Auch dem Buschwerk war die Durchfahrt des Chryslers nicht mehr anzusehen.
Mit dem Auto war es etwas anderes. Eine schwarze Ölpfütze breitete sich unter dem Motor aus und tränkte die Erde. Er prüfte den Ölmeßstab und fand ihn trocken.
Loss setzte sich auf den Kotflügel und dachte nach. Man würde einiges dahinter vermuten, daß er an der Grenze davongerast war. Die Zollbeamten würden ohne Zweifel glauben, daß das Ganze mit Rauschgift zu tun hatte, und, sobald es hell geworden war, Hub-

schrauber anfordern und die Gegend entlang der Hauptstraße absuchen lassen.
Der Motor sprang ohne Schwierigkeiten an. Er fuhr den Wagen in ein Fichtengehölz ungefähr eine viertel Meile abseits der Straße und häufte Zweige auf das Dach. So war der Chrysler von der Luft aus praktisch nicht zu sehen, und nur ein Suchtrupp würde vielleicht auf ihn stoßen.
Er packte sein Rasierzeug aus, nahm Wasser aus dem Kühler und rasierte sich Kinn- und Lippenbart ab. Das Rasieren ging überraschend leicht, obwohl Haare ständig im Apparat hängenblieben und er die Klingen deshalb dreimal wechseln mußte. Danach warf er sie jedesmal in die Büsche. Sie sollten glauben, daß er immer noch einen Bart trug.
Seine Uhr zeigte kurz nach fünf. Er zog seine alten Cordhosen und eine Lederjacke an und verstaute die meisten seiner Sachen in einem Kleidersack. Er ließ nur einige Hemden und seinen Schlafsack zurück.
Er versuchte, die Nummernschilder vom Auto zu entfernen, aber die Muttern waren zu fest. Es war ohnehin egal. Sie konnten genausogut die Seriennummer des Motors nachprüfen, und dann hätte Kent wahrscheinlich eine Menge zu erklären. Am Ende wischte er Steuerrad und Türgriffe ab, um seine Fingerabdrücke zu entfernen. Bevor er aufbrach, wartete er noch eine Minute und betrachtete die zerschmetterte Windschutzscheibe und die zerbeulte Karosserie. Die Flucht an der Grenze kommt noch auf die Rechnung obendrauf, dachte er und lächelte. Und plötzlich merkte er, daß es ihn den Teufel kümmerte. Campbell hatte völlig recht, mich als Köder zu benutzen, dachte er. Der Rand von Petrovs Operation war durch das Aufauchen des Kerls im Oldsmobile enthüllt worden. Und wenn es einen Rand gab, dann mußte es auch ein Zentrum geben und Petrov mittendrin. Es war ihm klar, daß er so bald wie möglich mit Campbell Kontakt aufnehmen mußte.
Er begann zu laufen, zuerst entlang einem Entwässerungsgraben und dann über ein Feld, bis er eine halbe Meile weiter nördlich die Hauptstraße erreichte. Der kleine Lastwagen, der ihn zehn Minuten später in Richtung Norden mitnahm, fuhr für eine Bäckerei. Er saß vorne beim Fahrer, der leise vor sich hin summte. Der Duft des frischen Brotes, hefig und feucht, überwältigte ihn. Sein Magen knurrte.
»Riecht toll«, sagte er. Der Fahrer schnaufte. »Ich fahre die halbe

Zeit mit einer Erektion herum – riecht nämlich genau wie eine Frau kurz nach dem Vögeln.« Er grinste und wendete sich Loss zu. Er war ein großer Mann mit rosigem Gesicht und einem immerwährenden Lächeln. Sein rotes Haar lief über die ganze Länge seiner Kiefer in Koteletten aus. Er reichte ihm eine riesige Hand, die ebenfalls von rotem Haar bedeckt war. »Ich heiße Corrigan. Michael Corrigan. Aber sie nennen mich Muff. Bist du Amerikaner?«

»Kaum. Von Nova Scotia. Bin nur hergekommen, um mir Arbeit zu suchen.«

Gegen den blendenden Sonnenglanz setzte sich Corrigan ein paar Sonnengläser auf. »Hab' gedacht, du wärst ein Yankee, so nahe der Grenze. Ich kann die Hunde nicht leiden.«

»Ich weiß, was du meinst. Im Sommer sind sie überall in Nova Scotia mit ihren Camping-Anhängern. Sie klagen über das Wetter und das Essen und geben dabei keinen Pfennig aus.«

Corrigan nickte. »Das gleiche hier. Ich bin stinksauer. Im Herbst karren sie von hier die Elche und Hirsche über die Grenze, als wollten sie damit ganz Kalifornien ernähren. Macht wirklich krank.« Er beobachtete Loss aus dem Augenwinkel. »Du siehst aus, als wärst du gerade verprügelt worden.«

»Autounfall. Aber nichts Ernstes.« Loss wühlte in seinen Hosentaschen und fischte einen Geldschein heraus. »Besteht die Möglichkeit, daß ich mir ein paar Krapfen kaufe?« Corrigan lächelte. »Geritzt«, sagte er. »Alles, was du fressen kannst. Dreh dich nur um und greif in den Karton.«

Er fand Zimtgebäck und eine Thermosflasche mit Styroportassen obendrauf.

»Milch und Zucker ist schon drin. Nimm dir und gieß mir eine halbe Tasse ein. Zuviel von dem Zeug frißt mir Löcher in den Magen.«

Corrigan schwieg lang genug, um einen Volkswagen zu überholen. »Ich habe deinen Namen nicht verstanden.«

»Lange. Brian Lange.«

»Dein Beruf?«

Loss zögerte. »Sagen wir einmal, Farmer. Rohrleger.«

Auf der Gegenfahrbahn fuhr ein RCMP-Wagen in Richtung Süden vorbei. Langsam bewegte er sich im Verkehr auf die Grenze zu. Loss war sich klar darüber, daß Corrigan seine Reaktion bemerkt hatte.

»Hast du Ärger gehabt, Lange?«

Loss zuckte mit den Achseln. »Eigentlich nicht viel. Ich hatte da eine

Sache mit einem Kerl in Seattle . . .« Er überlegte schnell, welche Story ihm Corrigan abkaufen würde. »Ein lausiger Pokerspieler. Er behauptete, ich hätte ihn reinlegen wollen. Dann schlugen wir uns.«
»Hast du gewonnen?«
»Ich glaube schon. Jedenfalls fällt jetzt mehr Licht durch sein Gebiß.«
Corrigan lachte. »Gut gemacht, Kumpel. Aber du solltest dein Gesicht besser bräunen lassen, dort wo du den Bart abrasiert hast.« Er zog eine lange Zigarre aus seiner Brusttasche und hielt sie an ein Streichholz, das er an seinem Daumennagel entzündet hatte. »Ganz ruhig, Lange – mir ist völlig gleich, was du gemacht hast. Ich kümmere mich nur um meinen eigenen Kram.«
Loss wendete sich ihm zu. »Danke.«
Corrigan grinste ihn an, und Falten entstanden um seine Augen. Die Farbe seiner Iris war ein stählernes, rauchiges Grau. Loss dachte bei sich, daß er wahrscheinlich ein guter Kämpfer war.
Noch war die Straße feucht vom Nachtregen, und in der Morgensonne stieg Dampf vom Asphalt.
»Schöner Tag«, sagte Corrigan. Er kratzte seine Koteletten, gerade so wie ein Hund sich kratzt, nur zum Vergnügen.
»Wirklich nicht übel«, gab Loss zu.
Gerade als er wieder etwas sagen wollte, warf Corrigan das Steuerrad nach rechts herum, worauf der Lastwagen gefährlich in seiner Federung schwang. Ein grüner Cadillac war an ihnen vorbeigerast und hatte beim Wiedereinschwenken in die Spur fast den rechten Kotflügel des Lastwagens mitgenommen.
Corrigan drückte auf die Hupe und sandte dem schnell sich entfernenden Auto eine ganze Reihe von Flüchen nach.
Eine Frau schaute süß lächelnd aus dem Hinterfenster des Cadillac und zeigte Corrigan den Vogel. Das Auto hatte kalifornische Nummernschilder und einen Gepäckträger auf dem Dach.
»Verdammte Hunde«, stieß Corrigan hervor. »Glauben, wir gehören ihnen. Stehlen uns Gas und Öl und Holz für nix, und dann kommen sie her und stoßen uns von der Straße. Verkaufen uns ihren selbstgemachten Dreck, mit Etiketten drauf, als würde er in Kanada gemacht.»
Offenbach versuchte er, mit seinen rotzigen Worten über die Sache hinwegzukommen. Heftig zog er dabei an seiner Zigarre und erfüllte bald das Wageninnere mit solchen Schwaden, daß man die Armaturen kaum noch erkennen konnte.

Um sich etwas zu entspannen, lehnte sich Loss in seinem Sitz zurück. Er war froh, daß Corrigan mit etwas anderem beschäftigt war, und so warf er in dessen Redeschwall nur ab und zu ein Grunzen oder ein »Ja, ja« ein, um ihn nicht abzulenken. Aus den leeren, grünen Feldern erhoben sich bald die Ausläufer von Vancouver. Vor dem Hintergrund der Berge im Norden ragten die ersten Häuser in den Himmel. Sie fuhren an einem RCMP-Patrouillenwagen vorbei, der an die Seite gefahren war und sein Blinklicht ausgeschaltet hatte. Der Polizist lehnte an der Wagentür und beobachtete den Verkehr. Loss ging instinktiv in Deckung. Er spürte förmlich, wie sich die Augen des Polizisten zu ihm durchbohrten. Er begann zu schwitzen, wartete auf das Aufheulen der Sirene.
». . . und dazu noch die verdammten Yankee-U-Boote.«
Corrigan redete schon wieder. »Wahrscheinlich wird einmal eine Explosion Vancouver nach Ost-Alberta hineinblasen. Mußten den Stützpunkt direkt an unsere Grenze pflanzen. Das Parlament hat gemotzt, aber die gottverdammten Hohlköpfe aus dem Weißen Haus sagten, daß ihnen das egal wäre. Prompt erzählten die ganzen Würstchen in Ottawa uns Wählern: ›Alles, was für Washington gut ist, ist auch gut für Kananda.‹ Totaler Quatsch, sag' ich dir.«
Loss richtete sich etwas auf und hörte Corrigan zu. »Ich hab' das nicht verstanden.«
Corrigan schnippste seinen schwelenden Zigarrenstumpf aus dem Fenster. Er wischte sich mit dem Unterarm über den Mund und blickte hinaus in das harte, helle Licht der Augustsonne. »Ja. Ich wollte nur sagen, daß die Amerikaner ihren Stützpunkt für die Nuklear-U-Boote direkt südlich von unserer Grenze errichtet haben. Sie haben dort Atomraketen auf einen Haufen gestapelt, als wären es Holzknüppel. Ein Unfall – und dann Mahlzeit.« Corrigan machte eine Faust und spreizte dann die Finger wie bei einer Explosion.
»Redest du von der Navy-Basis in Bremerton?«
»Scheiße, nein! Sie haben doch eine total neue gebaut, nur für die neuen Atom-U-Boote. Die tragen 24 Raketen, alle mit Atomsprengköpfen. Meinetwegen sollen sie die verdammten Dinger drunten in Las Vegas stationieren, aber nicht an der kanadischen Grenze.«
Offenbar entging Corrigan, daß Las Vegas 500 Meilen vom Meer entfernt war.
Loss fühlte einen Schauder über seinen Rücken laufen. »Nie davon gehört.« Jesus, dachte er! Wie konnte ich so dumm sein?

Als Corrigan merkte, daß Loss wie gebannt zuhörte, begann es sich für den Gegenstand langsam zu erwärmen. Er steckte sich eine neue Zigarre zwischen die Zähne und bot auch Loss eine an. »Kubanische Zigarren. Verdammt gut, was? Ja, genau wie ich sagte«, fuhr er fort. »Sie haben diese geheime Basis drunten in der Nähe von Seattle gebaut. Geplant ist, die ganzen U-Boote dort auch zu warten. Die Mannschaften leben auf dem Stützpunkt und wechseln sich bei ihren Tauchfahrten ab. Alle sechs Monate müssen die U-Boote zurückkommen. Dann werden sie mit Ice-Cream und einer frischen Mannschaft vollgepackt und fahren wieder hinaus zum Hood Canal, von wo sie dann in den Pazifik verschwinden oder Gott weiß wohin. Direkt durch die Straße von Huan de Fuca auf *unserer* Seite der Grenze! Wenn eines von denen mit einem Frachter zusammenstößt, verwandelt sich Vancouver in einen Aschenhaufen.« Er klopfte seine Zigarre am Belüftungsschlitz ab. »Hab' so etwas vor einem Monat in einer Fernsehshow gesehen. Das erste U-Boot soll ungefähr in einer Woche auslaufen.«
Loss hörte sein Herz deutlich schneller schlagen. »Wo sagtest du, daß dieser Stützpunkt ist?«
»Bangor. Kleine Stadt am Hood Canal«, wiederholte Corrigan und überholte einen Schulbus. Die Kinder winkten, als sie an ihnen vorbeifuhren. Corrigan winkte zurück, und zeigte in seinem grinsenden Mund eine beachtliche Zahnkollektion.
»Ich war schon drunten«, sagte Loss. »Trotzdem habe ich nichts davon gehört.« Das Ganze hatte direkt vor seiner Nase gelegen.
»Überrascht mich nicht«, sagte Corrigan und hupte ein Auto an, das langsam vor ihnen herfuhr. »Sie reden nicht darüber. Nachdem so viele Arbeitsplätze bei Boeing eingespart worden sind, motzt kein Politiker mehr über etwas, das neue Jobs schafft. Und so sitzt dieser Stützpunkt da, ein Haufen Atombomben, der groß genug ist, um Westkanada in den Pazifik zu pusten.«
Problemlos ging er nun zu einem Monolog über Atomkraftwerke über und wie sie das Wetter verhunzen, und dann quatschte er weiter über die kanadischen Indianer, die aus der Brust der Regierung das ganze Wohlfahrtsgeld saugen. Loss starrte auf die Straße, die sich vor ihnen hinzog, und dachte nach.
Der Lastwagen hatte jetzt die Vororte erreicht und fuhr vorbei am alten Messegelände. Als sie an einer Ampel hielten, stieg Loss aus, wobei er sich auf der Trittstufe umwandte, um Corrigan zu danken. Sie schüttelten einander die Hände, und Corrigan grinste. »Paß auf

dich auf, Lange. Halt dich aus Keilereien raus und mach, daß du ein bißchen Bräune ins Gesicht bekommst. Wir sind alle bloß Arbeiter, nicht?« Er schlug die Tür zu und fuhr singend weiter.

Das kleine Einkaufszentrum hatte noch nicht geöffnet, aber Loss fand eine BP-Tankstelle mit einem Telefon. Er wählte Campbells Nummer. Schon beim zweiten Klingeln meldete sich jemand.

»Hier bei Thurston . . .«

»Lange hier. Ich möchte mit . . .« Er zögerte. »Holen Sie den alten Mann her.«

Die Stimme war nicht mehr die, mit der Loss noch gestern gesprochen hatte. Der Ton war etwas anders, und da war jetzt ein fast unmerklicher Akzent. »Sie müssen etwas warten. Er ist in einer Konferenz. Geben Sie mir Ihre Nummer, er wird Sie zurückrufen.«

»Ich kann nicht warten«, antwortete Loss. »Ich bin in einer Telefonzelle. Ich rufe wieder an, sobald ich ein Zimmer habe.«

»Wo sind Sie?«

Loss ließ den Hörer auf die Gabel fallen. Er wollte unbedingt weg von der Straße. Aber er mußte Kent anrufen. Er warf eine neue Münze ein und wählte die Vermittlung, die für ihn Kents Farm anrufen sollte. Margaret meldete sich. Er hörte die Stimme der Dame in der Vermittlung, die in einer gelangweilten, nasalen Stimme seinen Namen aussprach.

»Ich bin's«, sagte Loss. Er sah einen Mann an der Tankstelle Benzin in einen kleinen Morris füllen. Ständig blickte er herüber zu ihm.

»Ja«, antwortete sie. »Edwin und ich haben uns schon gedacht, daß du anrufen würdest. Sie haben wegen dem Auto nachgefragt. Edwin sagte ihnen, daß er dir das stets für die Sommerferien überlassen habe. Deswegen gibt es kein Problem hier.«

»Ich mußte es in einem Graben zurücklassen. Ihr könnt es abschreiben.«

»Ach, mach dir nichts daraus. Er war sowieso alt. Wir sind versichert, und außerdem dränge ich Edwin schon lange, einen MG Sedan zu kaufen. Aber er denkt, sie wären nicht stabil genug.«

Loss wurde ungeduldig. »Hör zu«, warf er ein. »Du verstehst mich nicht. Ich bin durch eine Grenzkontrolle gerast. Sie suchen mich.«

»Du lieber Gott«. Nach einer Pause sagte sie: »Hier ist Edwin.«

»Hallo«, sagte Loss mit schwacher Stimme.

»Brian, hör gut zu. Der Ortspolizist hat letzte Nacht angerufen. Ich sagte ihm, daß du das Auto geborgt hat und daß alles in Ordnung ist. Außerdem, daß du wahrscheinlich nur deshalb an der Zollkontrolle durchgedreht hast, weil du die Fahrzeugpapiere nicht bei dir hattest. Ich denke, daß er mir glaubt.« Seine Stimme gab ein Echo, als ging das Telefongespräch über Satellit.

»Es ist übrigens ein Wrack. Ich hab' wahrscheinlich sogar Fingerabdrücke daraufgelassen.«

»Ich würde mich darum nicht kümmern«, antwortete Kent. »Diese Art Dinge passieren häufig. Wenn die es überhaupt nachprüfen sollten, werden sie sicher nur in kanadischen Karteien nachchecken. Ich bezweifle, daß sie weitergehen würden. Von meiner Seite aus werde ich tun, was ich kann. Ich habe einige Freunde, auf die ich mich verlassen kann.«

»Danke, Kent. Es tut mir leid, daß ich dich in diese Lage bringen mußte.«

»Mach dir keine Sorgen, Brian. Es ist das mindeste, was ich tun kann. Und wie steht die Sache auf deiner Seite? Irgend etwas Neues?«

»Ja. Ich bin jetzt in Vancouver. Ab Seattle ist mir jemand nachgefahren. Campbell denkt, daß es damit sein Bewenden hat. Ich werde ihn heute übrigens sehen. Ich bin überzeugt, daß es etwas Großes ist. Etwas wirklich Großes. Ich werde dir heute schreiben. Und alles detailliert erklären, nur für den Fall, daß mir was passiert.« Er machte eine Pause und blickte wieder zu der Tankstelle hinüber. Der Tankwart sprach jetzt mit einem älteren Mann in einem Arbeitsanzug. Sie sahen beide zu Loss herüber.

»Kent, ich muß jetzt gehen. Vielen Dank für alles.«

»Mach's gut, Brian. Paß auf das Mädchen auf. Wir haben Platz für euch, wenn ihr zurückkommt. Denkt immer daran.« Er hängte auf.

Drei Blöcke weiter fand er ein billiges Hotel. Die Frau an der Rezeption schien etwas beunruhigt über sein verwahrlostes Äußeres. Sie bat ihn um sofortige Bezahlung. Nachdem sie ihm ein Stück Seife und ein Handtuch gegeben hatte, zog sie sich in ihr Wohnzimmer, das hinter dem Büro lag, zurück. Sie schloß die Türe ab.

Loss wählte sofort Campbells Nummer. Diesmal brauchte er nur einmal klingeln zu lassen.

»Bei Thurston . . .«

»Ich bin's wieder. Holen Sie ihn her.«

»Er ist immer noch in der Konferenz. Geben Sie mir Ihre Nummer und den Ort, er wird Sie diesen Abend treffen . . .«

Loss fühlte sich etwas unbehaglich. »Ich werde ihm alles sagen, wenn ich ihn persönlich treffen kann.«

Er hörte ein Klicken im Telefon. »Wo sind Sie – in einem Motel?«
»So etwas Ähnliches. Hören Sie: Sagen Sie Campbell, daß der Kerl im Olds zur Gegenseite gehört. Ich glaube, daß er die Frau hat.«
»Sie bauen Mist«, sagte die Stimme. »Er war bloß Ersatzmann. Die Frau hatte eine Lebensmittelvergiftung. Jetzt hören Sie auf mit dem Spiel und geben Sie mir Ihre . . .«
Wieder legte Loss den Telefonhörer auf. Er war unsicher geworden, konnte sich auf nichts, auf niemanden mehr verlassen. Er würde warten. Und er würde niemand anders akzeptieren als Campbell.
Er warf sich auf sein Bett, schloß die Augen und versuchte das, was geschehen war, zu rekonstruieren.
Was Corrigan über den U-Boot-Stützpunkt gesagt hatte, war das fehlende Stück im Puzzle. Irgendwie wurde das durch Welshs Rede bestätigt. Und die *Husar* mußte ein Teil davon sein. Erschöpft schlummerte er ein. Er träumte in einer verwirrenden Bilderfolge Teile seines alten Alptraums, die sich vermischten mit Bildern von Welsh und Petrov, wie sie gemeinsam am Strand liefen, und einem Auto voller Menschen, die im Vorbeifahren seinen Namen riefen. Dann wieder sah sich Loss senkrecht in die Luft steigen, indem er mit den Armen um sich schlug, ohne jedoch jemals den Menschen, der über ihm war, erreichen zu können. Er erwachte am späten Nachmittag, eingerollt in die Bettlaken und schweißgebadet.
Sofort rief er wieder Campbells Nummer an.
Diesmal eine andere Stimme. Fest und sachlich, mit einem Akzent aus dem mittleren amerikanischen Westen. »Thurston . . .«
»Ich bin versehentlich eingeschlafen. Holen Sie ihn her. Er erwartet meinen Anruf.«
»Hören Sie genau zu, Loss. Campbell spricht gerade mit einigen Leuten in der Regierung. Sehr wichtig. Er wird Sie um 9 Uhr heute abend treffen.«
Eine lange Pause entstand. Loss konnte den Mann atmen hören.
»Sagen Sie ihm, daß *ich* anrufen werde. Ich möchte mit ihm sprechen, vorher unternehme ich nichts. Mit ihm *persönlich.* Haben Sie verstanden?«
Die Stimme des Mannes klang verärgert. »Das ist unmöglich, Loss. Die kanadische Abwehr hat Petrov ausgehoben. Campbell verhört ihn seit fünf Stunden. Die Sache kann die halbe Nacht dauern.«
»*Petrov!*« Der Schock traf ihn unerwartet. »*Wann?*«
»Heute morgen. Er nahm ihn fest, als er ein Flugzeug aus Japan

verlassen wollte. Die möchten auch Sie verhören, aber Campbell sagt, daß Sie sich deswegen keine Sorgen zu machen brauchen. Es wird keine Anklage gegen Sie erhoben werden.«
»Was ist mit der *Husar?* Wo ist sie?«
»Ich habe keine Ahnung. Das müssen Sie mit Campbell selbst besprechen. Haben Sie das Auto?«
»Nein, es ist ein Wrack.«
»Okay. Sie müssen sich ein Taxi nehmen. Lassen Sie sich von dem Fahrer zum südlichen Eingang des Hauptquartiers der Royal Canadian Mounted Police in der Market Street bringen. Fragen Sie den Sergant am Eingang nach Leutnant Fletcher von der Inneren Sicherheit. Haben Sie das?«
»Sie sagten, der Name sei Fletcher?«
Die Stimme buchstabierte es. »Und noch etwas, Loss . . .«
»Nämlich?«
»Campbell rät Ihnen, Ihren besten Sonntagsanzug anzuziehen. Eine gewisse Dame, die Sie kennen, will abends vorbeikommen. Campbell hat einen von unseren Leuten losgeschickt, um sie in Vancouver Island abzuholen. Sie sollten, sagen wir, bis Mitternacht zurück sein.«
»Holly?«
»Ich glaube, das war der Name. Hören Sie – finden Sie sich am Eingang in der Market Street um 9 Uhr ein. Und Loss . . .«
»Was noch?«
»Vergessen Sie nicht, saubere Unterwäsche anzuziehen.« Der Mann lachte und legte auf.
Loss war total verblüfft. Er ließ sich schwer auf das Bett fallen. Eine plötzliche Wendung, und alles hatte sich gelöst. Er fühlte sich befreit, als wäre das Gewicht der letzten vier Monate von seinen Schultern genommen. Aber etwas trübte die Euphorie, die ihn überkam. Das Mißtrauen, das er einmal gelernt hatte, wurde er nicht mehr los. Er blätterte im Telefonverzeichnis, bis er den Eintrag für Royal Canadian Mounted Police fand. Er wählte die Nummer für Innere Sicherheit und hörte das Klicken des Anschlusses.
»Innere Sicherheit, hier Mrs. Weller.«
»Ich möchte mit Leutnant Fletcher sprechen.«
»Er ist augenblicklich nicht hier. Darf ich fragen, wer anruft?«
»Mein Name ist Loss. Ich bin ein Freund von Mr. Campbell.«
Sie überlegte. »Gut, ich verstehe. Haben Sie eine Botschaft?«

Jetzt dachte er nach. »Nein – nur, daß ich um 9 Uhr da sein werde.«
»Ich werde dafür sorgen, daß er die Botschaft bekommt. Haben Sie eine Nummer, unter der Sie erreichbar sind?«
Loss überlegte und klopfte dabei mit seinem Feuerzeug auf das Nachttischchen.
»Nein«, antwortete er endlich. »Sorgen Sie nur dafür, daß er die Botschaft bekommt.«
Loss war beruhigt. Er setzte in Eile einen Brief für die Kents auf, in dem er berichtete, was bisher geschehen war. Er zögerte lange, bevor er den letzten Satz niederschrieb:
»Wenn diese verflixte Sache vorbei ist und die Einladung noch gilt, würde ich Euch gerne für einige Zeit besuchen und eine Braut mitbringen.«
Unter der Dusche mußte er grinsen, als ihm klar wurde, wie gut Campbells Mann die Sachlage durchschaut hatte. Seine Kleider *waren* schmutzig. Bewaffnet mit 100 Dollar aus seiner schwindenden Geldreserve, bat er die spitzgesichtige Hotelchefin um Auskunft, um dann acht Straßen weiter zu einem Einkaufszentrum zu marschieren. Von seinen Kleidern behielt er nur das Lederjackett, während er die Cordhosen und das Hemd wegwarf. Dann verbrachte er eine genüßliche Stunde bei Steak und Salat und bewunderte dabei sein Spiegelbild in einer Kunstmarmorwand. In den neuen Hosen und dem schicken Pullover sah er wie ein normaler Mensch aus. Vielleicht etwas glücklicher.
Um dreiviertel acht kam er zum Hotel zurück. Ungeduldig packte er seinen Kleidersack säuberte gedankenverloren das Badezimmer. Er sang, während er den Boden wischte, das Lied vom Cowboy »from down in Col-o-rado«. Drunten in Vermont färbten sich die Blätter jetzt rotgolden, dachte er. Und es würde einen schönen gemütlichen Winter geben.
Um 8 Uhr blätterte er im gelben Teil des Telefonbuches und suchte nach einem Taxi-Service. Er entschied sich für den Veteranen-Taxidienst, weil er dabei an Kitzner dachte. Eine offenbar Kaugummi kauende Frau versprach ihm ein Taxi um halb neun.
Zum dritten Mal putzte er seine Zähne und verstaute dann sein Rasierzeug. Für einen Moment dachte er, er sollte die Luger zurücklassen, nahm sie aber dann doch mit. Falls es den Mounthies nicht passen würde, würde Campbell ihn schon raushauen.
Er nahm den Brief an die Kents, der unfrankiert auf der Kommode lag, verließ das Zimmer, ohne die Tür zu schließen, und ging

hinunter zum Hotelbüro. Die Chefin kam im Morgenrock heraus, mit einer Tasse Kakao in der Hand, in der sie heftig rührte.
»Ich hätte gerne einige Briefmarken und außerdem die Telefonrechnung. Ich werde heute nacht das Hotel verlassen.« An ihrem Gesichtsausdruck sah er, daß sie mit Befriedigung zur Kenntnis nahm, daß er doch kein Mitglied der Arbeiterklasse war. Seine Kleider bewiesen es, ebenso wie sein rasiertes Gesicht und die sauberen Fingenägel. Sie lächelte, ein Lächeln, das sie wahrscheinlich für ihre liebsten Neffen reserviert hatte und für Besitzer von American Express-Karten.
»Aber natürlich, Mr. Lange«, sagte sie nervös und schloß den Kragen ihres Morgenrocks. »Einen angenehmen Abend noch.«
Er ließ einen Geldschein auf die Theke fallen, es war mehr, als die Rechnung ausmachte, und fühlte sich wunderbar. Auf dem Weg zum Briefkasten, der zwei Straßen weiter war, pfiff er.
Den Rückweg zum Hotel kürzte er über ein Privatgrundstück ab, wobei er über ein Plastik-Dreirad stolperte. Vorsichtig überquerte er einen unbebauten Platz, der mit Glassplittern übersät war. Dann gelangte er zum geschotterten Vorplatz des Hotels und hielt zwischen zwei geparkten Autos. Mit einem Blick suchte er sein Zimmer in der langen Reihe von birkenbraunen Außentüren. Direkt vor seiner Tür stand im trüben Licht ein Mann in einem weinroten, grobkarierten Jackett. Er klopfte nicht, lauschte nur, indem er sein Ohr gegen die Tür drückte. Über seiner rechten Hand hing eine Zeitung, wie die Serviette über dem Handgelenk eines Kellners. Die andere Hand hielt den Türknopf und drehte ihn langsam. Loss erkannte ihn sofort. Er war der Mann im Oldsmobile.
Loss ging in Deckung und suchte am Rand des Asphalts nach einem der großen, weißen Steine, die die Blumenbeete einrahmten. Der Stein löste sich leicht, und er bemerkte das Geräusch, das er dabei verursachte. Er zog seine Slippers aus und ging lautlos auf Strümpfen über den Schotter. Näher gekommen, erkannte er die Mündung einer Pistole, die aus der gefalteten Zeitung herausragte.
»Veteranen-Taxi«, sagte Oldsmobile sanft und hob die Waffe in Brusthöhe. Er drückte mit den Fingerspitzen seiner linken Hand leicht gegen die Tür.
Loss hob den Stein, der die Größe einer Grapefruit hatte und kühl wie ein Grabstein in seiner Hand lag. Noch zwei Schritte, und er konnte die Schulter des Mannes zerschmettern. Unter seinem Fuß knirschte der Schotter.

Der Mann drehte sich blitzschnell um und feuerte zwei Schüsse in schneller Folge ab, die zu niedrig gehalten waren und Loss knapp an seiner Seite verfehlten. Jetzt hob sich der Pistolenlauf, und Loss sah, daß er von einem Schalldämpfer verlängert war. Loss schleuderte den Stein und ließ sich flach zu Boden fallen. Wieder schoß es mit dumpfem Knall, und irgendwo splitterte Glas. Die Waffe fiel krachend zu Boden, der andere holte röchelnd Luft. Loss sah den Mann über den Gang stolpern, sein Gesicht hatte sich in eine blutige Maske verwandelt, deren Züge nicht mehr zu erkennen waren. Dort lag die Pistole, eine Colt-Lightweight. Loss sprang auf, packte die 38 mit der linken Hand und stürzte in der Dunkelheit dem anderen nach. Er sah ihn wie blind vom Rand des Gebäudes nahe dem Diensteingang hinüber zum Gelände des Swimming-pools taumeln. Loss hörte einen Stuhl umfallen und dann ein lautes Aufklatschen. Vom Beckenrand aus blickte er hinunter ins Wasser. Der Mann lag mit dem Kopf nach unten, seine Beine zuckten, um seinen Kopf waren die Hände verkrallt. Der Körper versank, wobei ein Schwall von Blutblasen an die Oberfläche stieg und eine dunkelrote Tönung im Wasser hinterließ.

»Scheiße«, stöhnte Loss verzweifelt und warf die .38 hinter dem versinkenden Körper her ins Becken. Er hörte das Quietschen eines Sicherheitsschlosses, und eine Tür öffnete sich hinter ihm. Bevor er in die entgegengesetzte Richtung davonrannte, schrie er in das überraschte Gesicht des Neugierigen: »Polizei. Schließen Sie Ihre verdammte Türe!«

Augenblicklich fiel die Türe wieder ins Schloß.

Wieder im Zimmer, nahm er die Luger aus dem Holster, klemmte den Wäschesack unter den Arm. Die Lampen und das Fernsehgerät ließ er an, löschte aber das Licht über dem Eingang und schlug die Türe hinter sich zu. Er rannte leise in Richtung Parkplatz. Dort fand er seine Slippers wieder, drehte sich noch einmal um und betrat dann die Straße. Er sah Licht im Hotelbüro, die Chefin telefonierte hinter halbgeschlossenen Jalousien. Die Straße war menschenleer.

Von hier war der Kerl nicht gekommen. Loss nahm seinen Weg also in die entgegengesetzte Richtung vom Briefkasten und hielt sich dabei im Baumschatten, möglichst weg von der Straßenbeleuchtung. Eine Straße weiter fand er den Oldswagen. Da er unverschlossen war, stieg er sofort ein. Er wischte eine Tüte Plätzchen vom Fahrersitz. Auch der andere Sitz war bedeckt mit den Überresten einer Mahlzeit, einer leeren Hamburger-Packung und einem zerdrückten Milkshake-Becher. Innerhalb von zwei Minuten hatte er den Schlüssel gefunden, der unter der Fußmatte des rechten Sitzes versteckt war.

Eine viertel Stunde lang fuhr er in Richtung Westen durch die Vorstädte, sein Herz hämmerte gegen die Rippen, sein Verstand war dumpf und benommen. Gedankenabwesend kaute er die restlichen Plätzchen und beobachtete die vorbeifahrenden Autos durch die Scheibe. Nette Mittelklasse-Umgebung, gelegentlich eine Bar dazwischen. Ein Kino zeigte die Wiederaufnahme des Films »2001: Odyssee im Weltall« an. Er dachte, daß er den Film schon immer einmal hatte sehen wollen.

Immer noch konnte er das Geschehen der letzten halben Stunde aus seinem Kopf heraushalten. Er erinnerte sich, daß Barber ihm einmal in einem seiner klaren Momente gesagt hatte, daß »Adrenalin betäubende Eigenschaften besitzt«. Bilder stiegen jetzt auf, aber er stieß sie von sich. Das Auto fuhr weich, die tiefen Sitze fühlten sich sinnlich an. Holly würde es in einem Atemzug verdammen und lieben. Es hatte sogar ein Sonnendach. Er öffnete es und sog gierig die Nachtluft ein. Aber dann fühlte er sich doch etwas übel.

Plötzlich fühlte er, wie sein Magen sich hob, und er hielt auf einem Parkplatz vor einem unbeleuchteten Laden. Noch bevor er das Fenster herunterkurbeln konnte, erbrach er sich auf dem rechten Vordersitz. Hände und Beine zitterten jetzt heftig, wie tote, hölzerne Gegenstände. Wieder würgte es in der Kehle, schoß Flüssigkeit in seinen Mund, und unfähig, sie zu halten, erbrach er über das Lenkrad und die Gangautomatik. Der Gestank von Erbrochenem erfüllte das Auto. Wieder würgte er, sein leerer Magen verkrampfte sich, Speichel lief aus seinem offenen Mund.

Als die Krämpfe nachließen, lehnte er sich zurück, seinen Kopf auf die Nackenstütze gelehnt, und starrte in den Nachthimmel zwischen den niedrigen Gebäuden. Dunstig, dachte er, aber wie mit Sternen bestickt, ihr Licht vom Smog gegilbt. Die Luft schmeckte in seinem Mund wie Zinn und Blätter und angesäuerte Milch. So weit bin ich nun gekommen, dachte er. Ich habe einen Mann mit einem Stein getötet, wie man eine Ratte tötet, mit dem, was gerade zur Hand ist. Das Gesicht des Mannes war wie rohes Fleisch gewesen, es wäre besser, er hätte geschrien, aber er hat nur diese saugenden Geräusche gemacht. Als hätte ihm die Intensität des Schmerzens die Stimme geraubt. Und dann war er gelaufen, war herumgetaumelt, wie ein tollwütiges Tier in seinen letzten Minuten, das in seinem

Wahnsinn die eigenen Gedärme anfrißt. Und ich hab' seine Plätzchen gegessen, dachte er. Ich habe sie alle gegessen. Petrov hatte ihm das eingebrockt. Ohne es jetzt wirklich analysieren zu können, wußte er, daß sie Campbell erledigt hatten und daß er jetzt allein war.

Er legte sich auf das Erbrochene, fluchte, weinte, fiel endlich in Schlaf. Die Nacht, und später der Morgen, verschwanden hinter der beschlagenen Windschutzscheibe.

Auf der Uhr im Armaturenbrett war es sieben, als er erwachte. Er fühlte sich verbraucht und krank, sein Magen schmerzte. Er ließ den Motor an und blickte auf die Scheibenwischanlage. Er wollte nicht mehr über die letzte Nacht nachdenken, er wußte, es gab jetzt kein Zurück mehr. Er blickte in den Rückspiegel, drehte ihn, bis er sich sehen konnte. Zwei völlig normale Augen starrten zurück. Sein Kinn sah normal aus, etwas bleich ohne den Bart. Es hatte einen blauen Anflug von Stoppeln. Seine Nase war immer noch gequetscht. Alles normal. Wirklich . . . außer den Augen.

Bevor er in ein McDonald's zum Essen ging, wechselte er seine Kleider hinter dem Kotflügel, wie er sie als Kind, vor dem Schwimmen, hinter Büschen gewechselt hatte. Das Erbrochene war noch feucht und hatte einen stechenden Geruch. Er zog die Bodenmatten aus dem Auto, faltete sie sorgfältig und steckte sie in eine weiße Mülltonne. Es folgten die neu gekauften Hosen, ein Hemd und der schick geschnittene Pullover, alles zusammen im Wert von 97 Dollar. Jetzt fühlte er sich besser, wie ein Teil der arbeitenden Klasse. Mit viel Arbeit vor sich. Er lächelte kurz und dachte dabei, daß es für diese Art von Arbeit wahrscheinlich keine Gewerkschaft gab.

Er bestellte sich einige Brötchen, die den Namen McMuffins trugen, und las auf der Verpackung, daß er der dreißigmillionste Kunde war, der sich für diese Kreation entschied. Der Kaffee schmeckte im Vergleich dazu wie Nektar und Ambrosia, und er holte sich gleich eine neue Tasse. Das Mädchen lächelte, als sie sein Kleingeld nahm. Sie war Indianerin, mit sanften Zügen, hohen Backenknochen, rußschwarzem Haar und feingliedrigen Fingern. Corrigan hätte es sicher gerne gehört, daß seine Beschreibung der Indianer nicht ganz zutreffend sei. Wo war Corrigan jetzt? Fuhr er singend mit seinem Lastwagen die Route 99 hinunter. Kaffee und Zimtgebäck. Spucken und schwarze kubanische Zigarren. Wie gern hätte er Corrigan jetzt bei sich gehabt.

Während er seinen Kaffee austrank, behielt er die Telefonzelle im Auge. Er überlegte, wie er das Gespräch führen würde, war sich aber gleichzeitig klar darüber, daß das ein lächerliches Unterfangen war. Er wußte nicht, was er sich davon erwarten durfte, aber er hatte den Plan nun einmal gefaßt. Er war der einzige, der übriggeblieben war, um Petrov zu stoppen.

Es klingelte viermal, und dann war da so etwas wie ein dumpfer, elektrpnischer Schlag, auf den ein erneutes Klingeln folgte, diesmal aber in anderer Tonlage, eher wie bei einem Privattelefon. Dieselbe Stimme wie gestern antwortete, ebenso sauber, rasiert und aufmerksam. »Welche Nummer rufen Sie?«

»Hier ist Loss. Holen Sie ihn an die Leitung.«

Es folgte eine lange, fast unerträgliche Pause, während der Loss seine Styroportasse Kaffee austrank. Er wartete.

Dann eine keimfreie Stimme. »Loss, hier ist Klist. Wo sind Sie?«

»Wir hatten dieses Theater schon einmal. Wo ist Campbell?«

Petrov seufzte hörbar in die Telefonmuschel. »Das ist eine sehr lange Geschichte.« Loss hörte das Knipsen eines Feuerzeugs, dann ein tiefes Ausatmen. »Sie scheinen immer ein ziemliches Durcheinander hinter sich zu lassen, Loss. Die Polizei ist schon hinter Ihnen her.

»Zweifelsohne.« Es war nur eine schwache Eröffnung, aber er versuchte es. »Ich glaube, es ist Zeit, daß ich mich ergebe.«

»Unserem berühmten Leutnant Fletcher? Er hat nie von Ihnen oder Campbell gehört. Er recherchiert gerade einen Mord oben in Prince Rupert. Und außerdem bezweifle ich, daß es Holly etwas nützen würde.«

Loss zögerte lange genug, um Petrov merken zu lassen, daß er gewonnen hatte. »Wo ist sie?« fragte er endlich.

»In Sicherheit«, antwortete er. »Wir sollten dieses Gespräch nicht zu lange ausdehnen. Ich werde Sie sprechen, von Person zu Person, ohne Waffen. Wir werden über einen Tausch diskutieren, Ihr Schweigen gegen die Rückkehr der Frau. So einfach ist es eben, und es gibt dazu keine Alternativen. Entscheiden Sie sich.«

»Wo?«

Es entstand eine lange Pause, als ob Petrov nachdächte. Dabei war die Leitung so stumm, als hätte sich auf der anderen Seite eine Hand über die Muschel gelegt.

»Ein guter Platz, Loss. Er ist in der Öffentlichkeit und dennoch nicht überlaufen. Es gibt da eine Mole mit einer zweispurigen Straße, die vom Festland zur Landestelle der Fähre in Tsawwassen führt. Sie ist über eine Meile lang. Treffen Sie mich auf halber Strecke um Mittag. Ohne Waffen und allein. Ich werde auch allein sein. Wir können uns dann unterhalten.«

»Mittag«, sagte Loss. »Ich werde dort sein.«

»Und noch etwas, Loss. Sie werden sicher nachforschen. Diese Telefonnummer ist augenblicklich bereits aus dem Verkehr gezogen. Beim Brand des Hauses vorgestern nacht sind die Drähte geschmolzen.«

»Ich werde dort sein«, flüsterte Loss.

»Könnte mir denken, daß Sie das wollen«, sagte Petrov und legte auf.

Er fuhr zuerst nach Westen, dann nach Süden in Richtung Tsawwassen, wobei er dem Wegweiser zur Fähre folgte. Der Tag war ein spätherbstliches Schaustück. Die Bäume in voller Farbpracht, der Himmel strahlend blau. Kinder spielten mit Gartenschläuchen und rannten kreischend über gepflegte Rasenflächen.

Campbell war tot. Er mußte sich damit abfinden. Jetzt würde Petrov versuchen, ihn festzusetzen oder zu töten. Es würde kein Geschäft wie im Märchen geben. Die elektronische Uhranzeige über dem Eingang eines Zweiges der Royal Bank of Canada blinkte 9.21 Uhr, Temperatur 27 Grad Celsius. Ohne sonderliches Vergnügen dachte er daran, daß ihm zweieinhalb Stunden zur Rettung der westlichen Welt blieben. In der Arena stand der Wettkampf »Löwen gegen Christen« 7 : 0.

In der südlichen 12. Straße parkte er den Olds hinter einer Bibliothek. Eine hinkende junge Frau brachte Bücher zu den Regalen zurück. Mit einem verächtlichen Schnüffeln zeigte sie ihm die gewünschte Abteilung. Er sah, wie sie beim Weggehen ihren linken Fuß nachzog und sich mit einem amtlichen Gesichtsausdruck nach ihm umdrehte. Mit einem schwachen Lächeln blickte er zurück.

Er fand den »Seeführer für den Puget Sound und British Columbia« und fotokopierte die Karte mit der Passage von der Königin-Charlotte-Straße zum Hood Canal. In der Zeitschriften-Abteilung fand er den gültigen Fahrplan für die British Columbia-Fähre und steckte ihn ein, weil er knapp an Kleingeld war. Es folgte ein kurzes Studium von »Handfeuerwaffen der Welt« und »Die Luger und ihre Variationen«. Aus letzterem xerokopierte er zwei Seiten. Für die verbleibende halbe Stunde setzte sich Loss in einen tief gepolsterten Ledersessel, plante, was zu planen war, und überlegte sich, was er

wohl zu improvisieren hätte. Bestenfalls würde es ein Treffen mit offenem Ausgang sein.
Petrov würde versuchen, ihn entweder zu töten oder zu entführen. Da der Russe zwei Männer zu seiner Verfügung mitbringen würde, war Loss sich darüber im klaren, daß seine einzige Chance darin bestand, Petrov selbst als Gefangenen zu nehmen und ihn als Schild gegen die anderen zu benutzen. Was er dann zu tun hatte, würde sich aus der Situation ergeben.
Er stand auf, lächelte und ging. In einer seiner eigentümlichen Redewendungen hatte Barber einmal zusammengefaßt, was Loss jetzt zu tun hatte. *Du mußt die anderen so hereinlegen, wie sie dich hereinlegen würden!*
Auf der anderen Straßenseite war ein Einkaufszentrum. In einem Bürowarenladen kaufte er Gummibänder und Verpackungsschnur. In einem Haushaltwarengeschäft besorgte er sich Wäscheleine und ein Federmesser, die er im Auto lassen wollte für den Fall, daß er Gelegenheit hatte, Petrov festzubinden.
Um 11 Uhr hatte er den Olds aufgetankt und ging in die Herrentoilette der Tankstelle, um sich umzuziehen. Nachdem er die Tür verschlossen hatte, zog er sich aus und erfrischte sich mit einem Handtuch und Seife. Er zog seine Jeans wieder an und setzte sich auf den Toilettensitz, um noch einmal die Fotokopien zu lesen. Er holte sich die Luger aus dem Kleidersack und legte sie nach der Schemazeichnung auseinander. Er entfernte den Griff und den Abzugsmechanismus. Blieben der Lauf und der Mittelteil der Pistole. Sie maßen ungefähr 20 cm in der Länge und zweieinhalb Zentimeter im Querschnitt.
Versuchsweise spannte er den Hahn, drückte den Einrasthebel mit der Fingerspitze und hörte in der leeren Kammer das Klicken des Schlagbolzens. Zufrieden mit dem Ergebnis, steckte er nun eine Patrone in die Kammer, verriegelte den Verschluß und band ihn mit zehn der dicken Gummibänder an das Mittelteil der Pistole. Durch Drücken des Einrasthebels würde die Waffe nun zu einer einschüssigen Pistole, wobei die Gummibänder den Rückstoß des Verschlusses verhindern würden. Mit einem Stück Schnur band er den Lauf lose an seinen Vorderarm und wählte dabei die Lage der Waffe so, daß sie durch leichtes Schütteln in seine Hand hinabgleiten würde. Er zog ein weites blaues Hemd mit langen Ärmeln an und ließ die Manschetten offen. Nach drei oder vier Versuchen fand er heraus, wie er die Waffe in weniger als einer Sekunde in seiner Hand haben

würde. Bevor er ging, grinste er in den Spiegel, und sein Gesicht blickte nicht bedrohlicher zurück als das eines müden Pendlers. Ich habe keine Wahl, dachte er und verließ den gekachelten Raum. Der Tankstellenbesitzer sagte ihm, daß er keinen Mann frei habe, daß er aber dafür einen Jungen kenne. Der kam nach 15 Minuten, eine schlaksige Gestalt auf einem Zehngangfahrrad, die bremsend auf ihn zurutschte.

Loss nahm ihn am Arm und führte ihn unter einen schattigen Baum am Straßenrand. Er zog zwei Zehndollarscheine hervor.

»Diesen hier«, sagte er, »bekommst du dafür, daß du mich auf die Straße nach Tsawwassen bringst. Ich möchte, daß du mich auf halbem Wege absetzt. Du parkst den Olds auf der Fähre und läßt die Schlüssel im Aschenbecher.«

»Und wofür sind die anderen zehn?«

»Wenn ich nicht kommen sollte, fährst du mit hinüber und stellst den Wagen auf der anderen Seite ab.«

»Ist das legal?«

Loss zuckte mit den Schultern. »Für dich sicher.«

Der Junge lächelte. »Geben Sie noch zwanzig drauf für Spesen und Rückfahrkarte, und die Sache ist gemacht.«

Loss nickte, gab ihm das Geld, das sofort in einer Tasche verschwand.

Viertel vor zwölf verließen sie die Tankstelle. Der Junge sprach endlos über Fußball und rasselte die Namen von Clubs und Spielern herunter, von denen Loss nie gehört hatte. Er hörte nur mit einem Ohr zu, beobachtete dafür aber die Straßen und den Verkehr.

Die Mole war ein schmaler Asphaltstreifen, zweispurig, mit Gehwegen auf beiden Seiten. Zum Meer hin waren Bruchsteine aufgeschüttet. Loss bat den Jungen, langsamer zu fahren und sich Zeit zu lassen. Gleich am Beginn der Mole saßen zwei fischende Männer auf Holztonnen. Beide waren von orientalischem Aussehen und offenbar mehr von einem Streitgespräch als vom Fischen in Anspruch genommen. Sie drehten sich nicht einmal um, als der Wagen vorbeifuhr. Weit in der Ferne sah Loss eine einzelne Person stehen, die sich gegen das Geländer lehnte.

In der Wegmitte ließ der Junge ihn aussteigen. Er war jetzt ungefähr hundert Meter weiter von der Küste entfernt als Petrov.

Der Russe trug teure Hosen und ein kurzärmeliges Sporthemd. Als Loss sich näherte, drehte er sich herum und streckte ihm die Hand entgegen. Loss ignorierte sie.

»Schade, daß Sie das so empfinden«, sagte Petrov. Sein Haar war jetzt kürzer und gebleicht, sein Gesicht sonnengebräunt, und seine Augen spiegelten wie Glassplitter das Blau des umgebenden Meeres wider.

»Woher haben Sie meine Adresse?« Loss lehnte sich gegen das Geländer und legte seine linke Hand leger über den rechten Vorderarm. Durch den dünnen Stoff fühlte er den Einrasthebel unter seinen Fingern.

Vorsichtig zog Petrov eine Zigarette aus seiner Hemdtasche und zündete sie an. »Wir haben Ihr Motel in Seattle abgehört. Da Sie von dort einmal Campbell anriefen, wußten wir seine Nummer innerhalb von zwei Stunden. Natürlich verriet uns Campbell, wo die Frau war.«

»Ich meine das Motel in Vancouver.«

Petrov lehnte sich wieder locker gegen das Geländer. »Sie waren mißtrauisch, Loss, das wußten wir. Fragen Sie sich selbst, wem Sie bei einem Treffen am meisten getraut hätten und wo Sie glaubten, daß der sicherste Platz wäre.«

»Ein Polizist in der Polizeiwache.«

Petrov nickte. »Statt Ihnen Ihre Telefonnummer abzujagen, haben wir es vorgezogen, sie von Ihnen selbst zu bekommen.«

»Sie hatten jemand in der Taxizentrale?«

Petrov schnitt eine mißfällige Grimasse. »Aus Ihnen würde nie ein Spion werden, Loss. Nicht schlau genug. Nein, wir wußten, daß Sie irgendwann zwischen halb acht und acht anrufen würden. Da gibt es diese wunderbaren kleinen Apparate, die man Radioempfänger nennt. Mit diesen kann man den Polizei- und Feuerwehrfunk abhören.«

»Und Taxi-Rufe . . .«

»Schon besser. Nachdem Sie Ihre Adresse und als Ziel das Polizei-Hauptquartier in der Market Street angegeben hatten, riefen wir an und bestellten das Taxi ab. Und schickten statt dessen einen von unseren Leuten.«

»Fletcher?«

Petrov zuckte mit den Achseln. »Fletcher ist Fletcher. In zweierlei Hinsicht sind alle Sekretärinnen gleich, sie nehmen immer Botschaften in Empfang, sagen aber niemals, wo ihr Boss ist. Seit vier Tagen ist Fletcher nun weg. Ihre Botschaft, wie immer sie lautete, wird für ihn bedeutungslos sein. Und außerdem, glaube ich, zwei Tage zu alt, um Ihnen zu helfen.«

»Wo ist Campbell?«
Petrov schüttelte den Kopf und blickte hinunter ins Wasser. »Campbell war ein alter Mann. Zweite Klasse. Seit Jahren hatte er keine praktischen Operationen mehr geleitet. Und als er es wieder tat, hatte er einige Grundregeln vergessen.«
»Und Sie töteten ihn?«
Petrov warf die Zigarette weg und wandte sich wieder Loss zu. »Vergessen Sie nicht, Brian, in diesem Geschäft darf man keine Fehler machen. Verluste sind nicht von der Steuer absetzbar. Campbell dachte, er bräuchte bei dieser Angelegenheit nur die Rosinen aus dem Pudding herauszupflücken. Etwas Schönes, um damit in Pension zu gehen: vielleicht die Ehrenliste der Königin. Und dann bemerkte er zu spät, daß er zuwenig Leute hatte und zuwenig Geld und außerdem nicht einmal die volle Unterstützung seiner Abteilung. Wir beobachteten ihn seit seiner Rückkehr aus England. Als er zwei V-Männer nach Seattle schickte, brauchten wir ihnen nur zu folgen, um Sie zu finden.«
»Und was ist der Sinn des Ganzen?«
»Ich glaube, das würde uns jetzt zu weit führen, Loss.«
»Es ist die *Husar*, nicht wahr? Und wollten Sie nicht, daß Welsh gewählt wird?«
Petrov lächelte. »Lassen Sie diese Spielerei, Loss. Heiss wußte nichts. Die Tatsache, daß Sie nach Seattle gekommen sind, beweist mir, daß weder Sie noch Campbell irgend etwas wußten. Jetzt ist Campbell tot. Und mit ihm alle seine fröhlichen kleinen Leute. Und Sie sind der letzte.« Er blickte Loss an. »Irgendwie hoffte ich, Sie würden doch nicht kommen.«
»Wann kommt die große, schwarze Limousine?«
Petrovs Gesicht brach in ein Grinsen aus. »Sie meinen ›das große Kidnapping‹? Es wird nicht kommen. Sie werden erschossen.«
Loss trat vom Geländer zurück und bewegte sich nach hinten, aber Petrov ignorierte ihn und sprach weiter in einem leichten Konversationston. »Keine Angst, ich bin nicht bewaffnet. Aber jede Ihrer Bewegungen wird von einem sehr fähigen Mann verfolgt, der mit einem Gewehr oben auf der Klippe liegt, einem Teleskopgewehr mit Magnum-Kaliber. Und für alle Fälle wird auch das andere Ende der Straße kontrolliert. Ich fürchte, Sie haben einen Fehler gemacht.«
Loss schaute zur Klippe hinüber, die weniger als einen Kilometer entfernt war. Nicht einmal tausend Meter und sehr wenig Wind. Kein schwieriger Schuß. »Und was wollen Sie jetzt tun. Petrov?«

Mit den Augen suchte er Petrovs Hemd nach dem Herzschlag ab; an einem Punkt 12 cm unterhalb des Alligator-Symbols würde ihn die Kugel treffen.
»Nichts Besonderes. Ich dachte, wir unterhalten uns noch ein paar Minuten, und dann werde ich gehen müssen. Es steht Ihnen frei, zu gehen, wann Sie wollen. Solange Sie dabei schneller sind als ein Hochgeschwindigkeitsgeschoß.« Er trat einen Schritt zurück. »Es tut mir leid, daß wir Ihr Mädchen nicht am Leben lassen können. Sie müssen mir das glauben. Aber niemand wird sie anrühren.«
»Sie Bastard!« schrie Loss, fühlte, wie sich seine Muskeln zusammenzogen und durch seinen plötzlichen Zorn Adrenalin in die Blutbahn schoß.
»Bewegen Sie sich lieber nicht!« warnte ihn Petrov mit immer noch ruhiger Stimme. »Die Kugel braucht nur eine halbe Sekunde von der Klippe hierher. Der Mann ist ein Experte. Außerdem, Loss, haben Sie sich das selbst zuzuschreiben. Sie waren es, der das Mädchen in die Sache hineingezogen hat, nicht ich, und so müssen Sie auch allein die Schuld tragen.«
Loss konnte jetzt die Fähre ziemlich nah an der Küste sehen. Das hochgezogene Oberdeck gab ihr eher das Aussehen eines schwimmenden Kuchens als eines Schiffes. Er schätzte, daß sie in zwei oder drei Minuten anlegen würde. »Woher wußten Sie, daß Holly an Bord ist?«
Bevor Petrov antwortete, schaute er ungeduldig auf seine Uhr. »Ich wußte es gar nicht. Nicht, bevor Campbell es mir erzählte. Wissen Sie, er hatte ein sehr schwaches Herz. Wir mußten beim Verhör sehr vorsichtig vorgehen. Aber wie bei den Kents war Rauchen im Bett tödlich. Ich bezweifle, daß die Polizei ihn überhaupt identifizieren kann.«
»Die Kents?« Er wollte Petrov nicht glauben.
»Ja. Es ist sinnlos, weiter darüber zu reden.«
Er schaute die Straße hinunter. »Die Fähre ist eingelaufen, Loss. Sie werden ziemlich bald mit dem Ausladen der Autos beginnen. Ich glaube, es ist Zeit für mich zu gehen.«
Als er sich von ihm wegdrehte, stieß Loss seinen Arm heftig nach unten, so daß der Lauf der Luger in seine rechte Hand glitt. Die linke hielt er auf den Einrasthebel. Beide Hände hielt er dabei so, daß sie der direkten Einsicht des Schützen auf der Klippe entzogen waren.
»Halten Sie Ihre Hände unten, Petrov. Dies ist eine einschüssige

Luger. Machen Sie keine Bewegungen außer langsamen und natürlichen. Wenn ich sterbe, sterben auch sie.«
Petrov versuchte nach seiner Hosentasche zu langen. »Gar nicht schlecht. Ich habe etwas unter Ihrem Ärmel sich abzeichnen sehen, aber ich dachte, es sei ein Messer. Es muß . . .«
Loss unterbrach ihn scharf. »Hände aufs Geländer. Genau wie zuvor. Ganz natürlich. Keine plötzlichen Bewegungen.« Sein Herz pumpte in einem schweren Stakkato-Rhythmus. Er schob sich jetzt vorsichtig an den Russen heran, wobei er die Pistole weg von Petrovs Ellbogen hielt. »Ihre letzte und einzige Chance, Petrov. Sie tun genau, was ich sage, oder ich zerschieße Ihr Rückgrat. Wir gehen jetzt langsam zurück, und dann über die Straße. Sie bleiben vor mir. Ich zweifle, daß Sie eine Kugel von Ihrem Mann auf der Klippe aufhalten können, aber ich bin sicher, daß Sie sie verlangsamen werden.«
Petrov atmete jetzt schwer. Loss sah, wie er die Arme anzog und versuchte, sich herumzuwerfen. Im selben Augenblick rammte er ihm den Lauf der Luger in die Nieren und packte ihn am Gürtel, um ihn am Fallen zu hindern. Mit seinem Körpergewicht drückte er ihn gegen das Geländer. Der Russe schnappte nach Luft und versuchte zu schreien. Loss spürte den Hauch einer kleinen Druckwelle, als die erste Kugel an seinem Gesicht vorbeischoß. Irgendwo hinter ihnen schlug sie in den Bruchsteinen ein und schlug sirrend quer. Er zog Petrov näher an sich heran und hielt ihn als Schild zwischen sich und der Klippe.
Die Autos, die von der Fähre auf die Mole gefahren waren, näherten sich in einer Schlange. Loss warf einen Blick in ihre Richtung und sah sie als zitternde Farbfläche in der Hitze, die vom Straßenasphalt aufstieg.
»Jetzt!« Noch einmal drückte er ihm den Pistolenlauf in den Rücken und zog ihn rückwärts an seinem Gürtel auf die Fahrbahn. Petrov hustete heftig, als er ihn mit sich schleppte. Ein neuer Schuß heulte vorbei, nahe genug, um den Luftzug spürbar zu machen. Betonstücke splitterten gegen Loss' Schienbeine. Der Schuß klang, als würde etwas in der Ferne zerplatzen.
Loss packte Petrov am Hemdkragen und zerrte ihn in die Fahrspur, auf der sich die Autos näherten. »Kommen Sie, Petrov, kommen Sie oder Sie sind ein toter Mann.«
Der Russe folgte, stolpernd und mit den Händen rudernd.
Das erste Auto, ein kleiner Fiat, war an ihnen vorbeigefahren. Loss

sah die Fahrerin, eine weißgesichtige Frau, die zu erschrocken gewesen war, um auf die Hupe zu drücken. Dahinter kam nun ein ununterbrochener Strom von Autos, eine Barriere zwischen ihm und dem Schützen. Niedergeduckt rannte er, Petrov hinter sich herziehend, in Richtung Anlegestelle, die noch eine halbe Meile entfernt war. Petrov, der zu keuchen begonnen hatte, stolperte erneut, und Loss mußte ihn wieder auf seine Beine ziehen.

Vor ihnen hupte es. Loss sah, wie ein alter Mustang aus der gelben Autoschlange heraus beschleunigte und versuchte, die Autos vor ihm zu überholen. Loss warf sich auf den Gehsteig, fühlte, wie kleine Steinchen die Haut seiner Hand aufrissen – das Auto hatte ihn nur um Zentimeter verfehlt. Der Mustang, der eine Schnellbremsung versucht hatte, blockierte und schleuderte zur Seite. Metall knallte auf Metall, ein kreischender, reißender Klang; der Mustang war voll auf den Fiat aufgefahren.

Loss sah, wie Petrov aufsprang und, die eine Hand an die Schulter gepreßt, davonrannt. Er versuchte zu schießen, aber der Mustang hatte sich zwischen ihn und sein Ziel geschoben. Noch einmal sah er Petrov, wie dieser über das Geländer sprang, um dann im flachen Wasser wegzutauchen.

Wieder hörte Loss ein Pfeifen und spürte, wie die Kugel sein Hemd streifte. Er bückte sich und rannte geduckt zum Rand der Fahrspur zurück, um sich hinter den wartenden Autos zu verstecken. In weniger als zwei Minuten hatte er die erste Hälfte der Distanz zurückgelegt, aber seine Lungen brannten von den heißen Auspuffgasen. Er hörte keine Kugeln mehr um sich pfeifen. Die Überwachsamkeit hatte seine Sinne ermüdet, und er fühlte nur noch die Schmerzen in seinen Beinen und den Schlaghammer seines Herzens in seinem Brustkorb.

Loss blickte noch einmal über die Schulter zurück, wechselte vom schnellen Lauf zum Traben. Die Schlange der Autos, die auf das Festland zufuhren, staute sich jetzt. Um den zerbeulten Mustang war eine Menschenmenge versammelt. Er sah, wie ein rostroter Kleinlastwagen mit offener Ladefläche aus der Schlange ausscherte, wendete und auf ihn zugefahren kam. Er sah, daß das Auto Nummernschilder des Staates Alberta hatte, und außerdem zwei Gesichter im hohen Führerhaus. In der Mitte der Straße stehend, winkte er ihnen zu, anzuhalten.

Loss rannte auf die Fahrerseite zu und klopfte gegen die Glasscheibe. Das Gesicht im Inneren, gerötet von einem Sonnenbrand, war das Gesicht eines Farmers. Er trug ein geblümtes Sporthemd. Das Gesicht der Frau war bleich. Der Mann schob seine Schirmmütze zurück. »Was ist los?«

Außer Atem deutete Loss in Richtung der Fähre und der Anlegestelle. »Dieser Kerl . . .« Er rang nach Atem. »Wir müssen einen Krankenwagen holen.« Er hatte nicht genug Luft, den Satz fertigzusprechen.

»Springen Sie auf die Ladefläche. Ich fahre Sie zum Telefon am Dock.« Loss nickte und sprang von hinten auf die Ladefläche auf. Plötzlich fühlte er die Blöße, die er dem Schützen auf der Klippe bot. Er warf sich flach auf den Boden und rollte hinter eine der eisernen Seitenflächen.

Nachdem sie kurz am Fahrkartenschalter gehalten hatten, wurden sie durchgewinkt. Loss entdeckte niemand. Quietschend hielt der Lastwagen vor einer Reparaturwerkstatt, und der Fahrer schrie Loss etwas von einem Abschleppwagen zu. Er ging in Richtung des Eingangs davon, das Fett seines Bauches rollte in Wellen unter seinem Hemd.

Noch immer hatte Loss den Lauf der Luger in der Hand als schwarze Verlängerung seiner Finger. Er schob es den Ärmel hinauf und band es mit zwei Schlingen am Oberarm fest. Erst als er sich sicher fühlte, kletterte er von der Ladefläche. Die Auffahrtrampe war nur 20 Meter vom Gebäude entfernt. Ruhig ging er an Bord der »Queen of Victoria«, die 48 Autos und 2000 Tonnen tragen konnte, »nur 8 Dollar für Tsawwassen–Vancouver Island und zurück«.

Er ging an einem Deckarbeiter in einem orangefarbenen Anorak vorbei, der mit einer Kette die Einfahrt absperrte.

»Jemand bei dem Unfall da hinten verletzt«, sagte Loss.

Ohne aufzublicken, nickte der Mann.

Das Deck über ihm war mit Menschen gefüllt, die hinunter auf die Straße blickten. Einige fotografierten, weil sie die Todesnähe, die sie erlebten, festhalten wollten. Niemand schaute zu ihm hinunter.

Aus dem Sonnenlicht trat er in die Düsternis der Parkfläche, die ihm wie ein Tunnel erschien, der mit geparkten Autos gefüllt war. Nur 15 von ihnen standen auf dieser Seite, und er konnte den Olds nicht sehen. Er blieb neben einem Campingwagen stehen und ließ seine Augen sich an die Dunkelheit gewöhnen. Petrov hatte gesagt, daß an beiden Enden der Mole seine Leute wären. Loss zweifelte nicht daran. Und auch nicht daran, daß sie die Nummernschilder des Olds kannten. Aber konnten sie wissen, daß er ihn verwendete?

Als er an die Dunkelheit gewöhnt war und sein Atem wieder ruhiger ging, nahm er einen Durchgang mittschiffs, um die Hafenseite abzusuchen. Der Olds stand als letzter in einer Reihe, der zweiten von außen. Über eine Minute lang beobachtete er die Autoschlangen und dann sein eigenes Fahrzeug. Plötzlich fühlte er sich sehr müde. Als die Fähre ablegte, begannen die Bodenplatten unter seinen Füßen zu vibrieren. Drei lange Stöße aus der Schiffssirene. Keine Bewegung war auf dem Wagendeck wahrzunehmen. Nur das Stampfen der Maschine unter ihm und das Zufallen von Türen. Vorsichtig ging er in Richtung Olds.

Das Auto war leer, die Beifahrerseite verriegelt. Er ging hinten um das Auto herum und blickte über die Autodächer hinaus auf die verschwindende Küste. Ein Matrose in Jeanshosen und -hemd ging über die Ladefläche und verschwand in einer Tür, die er fest hinter sich zuzog. Die Küstenlinie war noch dünner geworden, und das Schiff ließ grün und weiß schäumende Wellen hinter sich zurück. Schreiend folgten ihm einige Möwen.

Loss ging jetzt auf die linke Seite des Autos hinüber und versuchte, die Fahrertür zu öffnen. Da sie unverschlossen war, ließ er sich in den dick gepolsterten Sitz fallen. Die Schlüssel steckten nicht, aber er fand sie unter einigen Zigarettenstummeln im Aschenbecher. Dufter Junge, dachte er.

Plötzlich sah er eine Bewegung wie einen gelben Blitz im Rückspiegel. Ein Mann rannte auf ihn zu. Loss fluchte, wünschte, er hätte die Luger wieder zusammengebaut. Er schüttelte den Arm, um wenigstens den Lauf wieder in seine Hand zu bekommen. Aber da war schon etwas links über ihm. Instinktiv riß er die Hand hoch, und dämpfte so den Aufschlag einer Art Röhre auf seine Stirn. Ganz klar stand die Tachonadel vor Loss' Augen, als er in den Sitz zurückfiel. Sie sagte ihm, daß er sich nirgendwo hinbewegte.

25

Er erwachte vom Lärm einer schweren Kette, die durch ein Eisenrohr rasselte. Das Geräusch wurde langsam leiser, dann hörte es ganz auf. Unter ihm war etwas in Bewegung, so als drehe er sich seitwärts. Inzwischen reagierten alle seine Sinne, kamen wirre Botschaften von der Peripherie seines Bewußtseins herein. Ein Gefühl von Feuchtigkeit, ein muffiger Geruch. Loss öffnete die Augen und beoachtete eine Fliege, die einen gestrichenen Holzbalken etwa eine Armlänge über seinem Kopf überquerte. Er versuchte den Arm zu bewegen, konnte es aber nicht. Auch seine Beine waren unbeweglich, nur seinen Fuß konnte er drehen.

Abermals schloß er die Augen, ruhte sich aus, ließ die Geräusche auf sich einwirken. In seinem Kopf wirbelte es, als hätte er zu schnell zuviel getrunken. Im Mund hatte er einen unbestimmten, unangenehm beißenden Geschmack; seine Zunge fühlte sich schwammig und trocken an.

Eine Tür wurde geöffnet, scharrte über die Schwelle, als sei sie schlecht eingepaßt. Er öffnete die Augen und reckte den Hals, um in seiner liegenden Position etwas sehen zu können. Eine Frau stand da, die Hände in den Taschen ihrer Strickjacke; ausdruckslos sah sie ihn an. Loss schätzte sie auf ungefähr Ende Dreißig, entschied dann aber, daß sie doch älter sein mußte; in ihrem glatten schwarzen Haar, in Schulterlänge gerade und streng abgeschnitten, schimmerten Silberfäden. Ihr Gesicht wies weder Falten noch Runzeln auf. Kein Lächeln, kein Krausen der Stirn. Keine Emotionen. Die hohen Wangenknochen und eine Andeutung von Mandelform in den Augen ließen auf asiatische Abstammung schließen. Aber es war kein Gesicht, das man sich leicht merken konnte.

»Hätten Sie gern etwas mehr Luft, Loss?« Ihre Stimme klang wie die eines Kindes: hoch und dünn, aber weich. »Sie müssen leise sprechen.« Sie stieß die Tür ganz auf, trat ein, ging zu einem Bullauge und öffnete es. Er spürte einen Hauch von Nebel.

»Wo bin ich? Was ist passiert?« Er lauschte seiner eigenen Stimme und fand, daß sie heiser klang. »Ich habe Durst.«

»Gleich«, antwortete sie und schloß die Tür hinter sich.

Er hatte keine Möglichkeit, die Zeit zu bestimmen. Seine Arme waren mit einer Art Riemen an die Schlafkoje gefesselt, auf der er lag. Das Licht, das durch das kleine Messingbullauge hereinfiel, war von dem schmutzigen Grau dichten Nebels. Es konnte ebensogut Morgen wie Abend sein. Oder dazwischen.

Der Raum, in dem er sich befand, war dreieckig; die Spitze wurde von der keilförmigen Koje gebildet, die Decke bestand aus Eichenbalken mit Teakverschalung. Der Rest des Raumes vor dem Fußende der Koje bot unter einer niedrigen Decke begrenzt Platz zum Stehen. Das einzige Licht kam von den beiden Bullaugen. Aus der ganzen Form und der allgemeinen Konstruktion schloß er, daß er sich in der Back eines kleinen Motorkreuzers befand. Ein Eisenrohr von ungefähr vier Zoll Durchmesser lief von der Mitte des Raumes aus durch die Decke. Ankerkettenrohr? Die Quelle des Lärms, der ihn geweckt hatte? Es führte die Kette von dem Verschlag unter dem Kabinenboden durch die Decke über das Ankerspill. Also ankerten sie im Nebel – doch wo?

Achtern hinter der Tür hörte er gedämpfte Stimmen, dann begann ein kleiner Generator zunächst zu husten und dann leise zu summen – eher Vibrationen als Geräusch. Er legte sich wieder lang und ruhte sich aus; in seiner linken Schläfe pochte es dumpf. Er schlief ein.

Minuten oder Stunden später erwachte er wieder. Er wußte nicht, wieviel Zeit vergangen war. Das Bullauge war immer noch vom grauen Schimmer dichten Nebels verhangen. Ein Mann beugte sich über ihn, rüttelte ihn behutsam an der Schulter. »Möchten Sie jetzt etwas essen, Mr. Loss?«

Er fühlte, wie ihm die Brustriemen gelöst wurden. Als sich der Mann bückte, um auch die Fesseln an seinen Beinen zu lösen, erkannte Loss kurz eine Gestalt mit schütterem Haar.

»Wer sind Sie?« Loss stemmte sich auf die Ellbogen hoch.

»Sie können mich James nennen. Kommen Sie in die Hauptkabine hinüber. Wir haben etwas zu essen vorbereitet, aber ich warne Sie, ich dulde weder Gewalttätigkeit noch Lärm. Sonst müßten wir Ihnen ein Sedativum verabreichen.« Der Mann machte kehrt und ging wieder hinaus, eine magere Gestalt in blauer Kordhose und einer dicken Marinejacke. Loss folgte ihm, streckte die Glieder und schwankte dabei ein wenig, weil ihm schwindlig wurde. James

deutete auf den kardanisch aufgehängten Mahagonitisch, auf dem mit Geschirr und Serviette für eine Person gedeckt war. Loss sank erleichtert auf die Bank und stützte sich, den Kopf zwischen den Händen, mit den Ellbogen auf die Tischplatte. Die Frau stellte einen Teller mit Spiegeleiern und Bratkartoffeln vor ihm hin. Dazu brachte sie ihm zwei Scheiben Toast und setzte einen großen Emaillebecher mit schwarzem Kaffee daneben.
»Essen Sie«, befahl sie und verschwand durch einen Laufgang nach achtern, wo sich vermutlich die Schlafkabinen befanden.
Loss aß anfangs sehr langsam und ohne seiner Umgebung oder dem Mann, der ihm gegenübersaß, Beobachtung zu schenken. Er aß mit gesammelter Konzentration, es mundete köstlich, fast waren die einzelnen Geschmacksinhalte, salzig, bitter, süß und sauer, herauszuschmecken. Als reagiere jede einzelne Geschmacksknospe für sich allein. Er schloß die Augen, kaute genüßlich den Toast. Jedes Weizenkorn, jedes Hefemolekül, jede Spur Salzbutter schien sich seinen Sinnen aufzudrängen. Der Kaffee war einfach unglaublich, einfach unbeschreiblich gut. Mit der letzten Brotkruste wischte er den Teller blank und lehnte sich dann zurück. James bot ihm eine Zigarette und ein Päckchen Küchenstreichhölzer an. Loss' Hand zitterte, als er das Streichholz anriß und inhalierte. »Sie kocht gut«, bemerkte er, löschte das Streichholz und stieß den Rauch aus. Mein Gott, dachte er, noch nie hat mir eine Mahlzeit so gut geschmeckt; so etwas wie das hier habe ich noch nie gegessen.
»Eine Nebenwirkung der Drogen«, erklärte James und schlug ein Notizbuch auf, das neben ihm auf der Bank lag.
Loss musterte sein Gegenüber eingehend. Genau wie die Frau, besaß auch der Mann vor ihm leicht asiatische Züge, und sein schütteres, glattes schwarzes Haar war nach zeitgenössischen Maßstäben extrem kurz geschnitten. Die Augen hinter der gelblich eingefärbten Brille glichen Vogelaugen: blank, schwarz, ruhig. Die übrigen Gesichtszüge waren unauffällig, bis auf den schmalen, harten Strich, den seine Lippen bildeten.
»Finden Sie die Situation komisch?« James starrte ihn ausdruckslos an.
»Nein«, erwiderte er, »komisch nicht. Ich fühle mich nur vollkommen erledigt.«
James nickte. »Kann ich mir vorstellen. Ebenfalls eine Nebenwirkung.« Er notierte etwas in seinem Buch und klappte es zu. Dann begann er ohne weitere Einleitung: »Brian Loss, geboren vor

neununddreißig Jahren, amerikanischer Staatsbürger. Ehemals Angehöriger der US Air-Force. Pilot bei Clifford Welsh. Aber es gibt hier noch eine ganze Menge mehr über Sie.«

»Wo bin ich?«

James warf einen Blick auf seine Uhr. »Sie waren jetzt, äh, zweiundfünfzig Stunden lang bewußtlos. Sie befinden sich auf der ›Sunflower‹ Und gegenwärtig ankern wir im Squamish Harbor auf der Olympic Peninsula von Washington.«

»Am Hood-Kanal?«

James nickte. »Am Hood-Kanal.«

»Und Sie sind . . .?«

»James. Wie ich schon sagte, können Sie mich James nennen. Ich glaube, man könnte sagen, daß ich bei der Regierung bin. In einer Abteilung der äußeren Sicherheit.«

»In welcher Abteilung? CIA?«

James nickte abermals. »So etwas Ähnliches. In Situationen wie dieser hier arbeiten wir mit der CIA zusammen.« Er hielt inne und blickte auf seine feingliedrigen Hände hinab. »Es gibt an der Westküste eine beträchtliche Anzahl chinesischer und japanischer Amerikaner. Von denen die Weißen jedoch genausowenig Notiz nehmen wie von den Schwarzen und den Chicanos.« Er zögerte und strich sich mit zierlicher Fingerspitze über die Stirn. »Sie mögen keine Asiaten, Mr. Loss?«

Brian zuckte die Achseln. »Darüber habe ich noch nie groß nachgedacht. Über Mögen und Nichtmögen, meine ich. Mir sind unliebsame Erinnerungen an Vietnam geblieben. Gelegentlich hat man dort nämlich versucht, mich umzubringen.« Seltsamerweise stellte Loss fest, daß er am liebsten geweint hätte. Seine Hand zitterte jetzt auch wieder; er versteckte sie unter dem Tisch.

»Machen Sie sich keine Gedanken über Ihre Reaktionen, Mr. Loss. Ihre Nerven sind strapaziert worden. Doch eine Nacht normaler Schlaf, und Sie sind wieder in Ordnung. Noch etwas Kaffee?«

Loss nickte, mit geschlossenen Augen in die Polster gelehnt. James verließ die Kabine und kehrte nach wenigen Minuten mit dem gefüllten Becher zurück. »Im Schrank hinter Ihnen finden Sie Zucker und Trockenmilch.« Er blätterte in seinem Notizbuch.

»Sie sprachen von Drogen. Was für Drogen?«

James zog die Brauen hoch. »Drogen, die Ihnen zweifellos unbekannt sind. Aber wir hatten keine Zeit für Halbwahrheiten und persönliche Meinungen. Wir wollten alles erfahren, was Sie wissen,

und zwar schnell. Ich glaube, Sie würden sie als Wahrheitsdrogen bezeichnen, aber das wäre vielleicht nicht ganz zutreffend.«
Eine Weile von Übelkeit und Schwindel überfiel Loss. Er würgte, suchte die aufsteigende Galle zurückzudrängen.
»Bücken Sie sich und lassen Sie den Kopf zwischen den Knien hängen«, befahl James knapp und nahm Loss die Zigarette aus der Hand. »Dann ist es gleich wieder vorbei. Ich würde allerdings vorschlagen, daß Sie ein paar Stunden lang nicht rauchen.« Loss befolgte seinen Rat und hatte, als er die Augen schloß, vorübergehend das Gefühl, kopfüber im leeren Raum zu schweben. Dann wurde sein Verstand jedoch ebenso rasch wieder klar.
Langsam richtete er sich auf und schaute James an. »Verdammt, ihr Hunde macht wirklich Nägel mit Köpfen. Was ihr mir da gegeben habt, ist Scheiße. Und außerdem absolut überflüssig. Ich hätte euch mit Freuden alles mitgeteilt, was ich weiß.«
James musterte Loss einen Moment, bevor er antwortete. »Das möchte ich bezweifeln, Mr. Loss. Sie hätten uns nur das mitgeteilt, wovon Sie *annahmen*, daß Sie es wüßten, oder auch das, was Sie uns erzählen *wollten*. So aber konnten wir uns die, wie man es in der Industrie ausdrücken würde, Rohdaten verschaffen. Tut mir leid, daß wir, äh, Ihre Bürgerrechte beeinträchtigt haben. Das können Sie, wenn Sie wollen, zu gegebener Zeit mit den zuständigen Behörden klären. Aber ich möchte Sie doch darauf hinweisen, daß Sie ohne unsere Gruppe jetzt tot wären.«
»Um Gottes willen, James, hören Sie auf, Charlie Chan zu spielen! Sie sind hier, um mir etwas mitzuteilen oder mich etwas zu fragen. Sonst hätten Sie mich in eine Zelle oder sogar in eine Gummizelle gesteckt. Das ist doch bei euch so üblich, nicht wahr? Kommen Sie, verdammt noch mal, endlich zur Sache!«
James erhob sich und kehrte Loss, eindeutig verärgert, den Rücken. Er öffnete und schloß die Fäuste, bemüht, eine heftige Antwort zu unterdrücken. Schließlich wandte er sich mit ausdrucksloser Miene und gelassenem Blick wieder zu Loss um. Auch seine Stimme war durchaus ruhig. »Mr. Loss, ich wäre Ihnen sehr verbunden, wenn Sie das Fluchen ließen. Es stößt mich ab. Ihre jetzige Reaktion beruht auf Verwirrung und Angst. Ich bin hier, um Sie zu informieren. Nur deswegen. Aus den Informationen, die Sie uns gaben, schließe ich, daß Sie bereit sein würden, in dieser Angelegenheit noch eine letzte Aufgabe zu übernehmen.« Er setzte sich und schlug das Notizbuch auf. »Habe ich mich klar ausgedrückt?«

Loss nickte wortlos, starrte auf seine nackten Füße hinab. James hatte natürlich recht. Es war die Angst und Nervenanspannung der letzten fünf Tage, die seinen Wutanfall ausgelöst hatten. »Nun gut, James. Schießen Sie los. Was ist auf der Fähre passiert?«

»So ist es schon viel besser, Mr. Loss. Und bitte, versuchen Sie sich so viel wie nur möglich einzuprägen. Es könnte zu Ihrem Nutzen sein. An Bord der Fähre war einer von Petrovs Leuten, der offensichtlich an jenem Ende des Dammes postiert war. Zur Vorsicht hatten wir einen unserer Leute beauftragt, ihn zu beschatten. Als Sie eintrafen, hatte sich Petrovs Mann hinter einem Campingwagen in der übernächsten Reihe versteckt. Er war es, der Ihnen den Schlag über den Kopf gegeben hat und er wollte gerade das hier bei Ihnen in Anwendung bringen, als unsere Agentin eingriff – übrigens die Frau, die Ihnen das Frühstück gemacht hat.«

James holte einen kleinen Plastikzerstäuber mit dem Etikett eines Schnupfensprays heraus. Er stellte ihn vor Loss auf den Tisch. »Blausäure. Das war knapp, Mr. Loss.«

Brian untersuchte den Plastikbehälter so vorsichtig, als handele es sich um eine tote Ratte, mit seinem Löffel. »Ich glaube Ihnen aufs Wort. Und dann?« .

»Dann hat sie Petrovs Mann einfach zu Ihnen in den Wagen verfrachtet, Ihnen beiden ein Betäubungsmittel gespritzt und Sie mit dem Sicherheitsgurt auf dem Vordersitz festgeschnallt. Für einen Vorübergehenden mußte es so aussehen, als schliefen Sie beide.«

»Und kein Mensch auf der ganzen Fähre hat etwas bemerkt, von dieser Geschichte?«

James schüttelte den Kopf. »Soweit wir es beurteilen können, nicht. Die Fahrt nach Vancouver Island hinüber dauerte ungefähr zwei Stunden. Die meisten Autofahrer begeben sich so lange aufs Oberdeck oder zur Snackbar, statt in ihren Wagen zu bleiben.« Mit einer fast graziösen Bewegung berührte James seinen Brillenrand. »Von dort aus nahm sie Sie beide mit zum Rendezvous mit diesem Boot in Nanaimo, wo die *Husar* zu jenem Zeitpunkt ankerte. Leider wußte Petrovs Mann außer dem, was seinen unmittelbaren Einsatz betraf, überhaupt nichts. Wir halten ihn in einer psychiatrischen Privatklinik unter Drogen.«

»Fangen wir doch mal von vorne an, Mr. James. Oder heißt es einfach nur James? Wie erfuhren Sie von der Welsh-Petrov-Verbindung? Durch Campbell?«

»Wie schon gesagt, Sie können mich James nennen. Der Anfang? Wir wußten nichts von Welsh und Petrov. Unsere Kenntnis von dieser Affäre begann in Rußland. Durch dortige Quellen erfuhren wir, daß die Russen in ihrem Werk Shignask drei Sprengsätze hergestellt und einen davon unterirdisch getestet hatten. An diesen Dingen war einiges merkwürdig. Zunächst wurden sie nur in einer Stückzahl von drei Exemplaren gefertigt, eine ungewöhnlich geringe Zahl für eine angeblich zur industriellen Produktion vorgesehene Waffe. Wichtiger noch: Aus unserer Analyse der Geheiminformationen und anhand einiger Proben der Legierungen, die bei der Herstellung des Mantels verwendet wurden, ersahen wir, daß da eine bemerkenswerte Ähnlichkeit mit einer Waffe bestand, die gegenwärtig in den Vereinigten Staaten zur Verwendung im Gefechtskopf der Poseidon C-4 bestimmt ist. Das war allerdings etwas, das von uns im Auge behalten werden mußte.
Wir verfolgten den Transport eines Sprengsatzes nach Wladiwostok, wo er an Bord eines der älteren U-Boote der Z-Klasse verladen wurde. Von dort aus verfolgten wir ihn über den Pazifik mit einem unserer eigenen Atom-U-Boote. Der Sprengsatz wurde vor der Küste von British Columbia auf einen russischen Trawler mit dem Kennzeichen der kanadischen Fischerei- und Wildbehörde und anschließend bei Brighton Island auf die *Husar* verladen. Petrov begleitete die Waffe entweder den ganzen Weg von Rußland bis hierher, oder er befand sich bereits auf dem Trawler. Das wissen wir nicht mit Sicherheit. Definitiv wissen wir jedoch, daß er die Waffe persönlich an Bord der ›*Husar*‹ bringen ließ, die von zwei für die Russen arbeitenden Männern gechartert worden ist.«
»Dann hat er Holly also gesehen?«
»Nein, anscheinend nicht. Er war nur wenige Minuten an Bord, um das Umladen des Sprengsatzes zu überwachen. Ihre Freundin muß sich unter Deck befunden haben, denn ich glaube, daß Petrov sie mit Sicherheit wiedererkannt hätte. Die beiden anderen Männer hatten von ihrer wahren Identität offenbar keine Ahnung und hielten sie für ein normales Mitglied der Crew.«
»Sie war also noch an Bord der *Husar*?«
James nickte. »Ja. Wir sahen sie in Nanaimo auf der Jacht. Alles schien absolut in Ordnung zu sein. Der Sprengsatz liegt auf dem Vorderdeck der Jacht, mit Stricken festgezurrt. Wie es scheint, trägt er sogar eine Adresse, genau wie reguläres Frachtgut. Das können wir aber bis jetzt noch nicht genau sagen.«

»Soll das heißen, daß sie das ganze Unternehmen noch nicht gestoppt haben? Großer Gott! Worauf warten Sie denn noch?« Wütend sprang Loss auf, spürte jedoch sehr schnell, wie eine Woge von Schwindelgefühl sein Bewußtsein vernebelte.

Sofort kam die Frau wieder herein und drückte Loss sanft, aber mit unverhohlenem Abscheu auf die Sitzbank zurück. Sie reichte ihm eine Tablette und bedeutete ihm, er solle sie mit dem restlichen Kaffee herunterspülen. James blieb unterdessen stumm, blätterte gelassen in seinen Notizen und sah durch das offene Bullauge nach dem Wetter.

Als Loss sich beruhigt hatte und bequem zurückgelehnt auf der Bank saß, fuhr James fort: »Sehen Sie, Mr. Loss, Ihr Herz ist während der letzten Tagen überanstrengt worden. Leider sind die Drogen dafür verantwortlich. Eine Nacht ausreichend Schlaf, und Sie werden wieder ganz in Ordnung sein. Aber Sie dürfen sich nicht aufregen.«

Die Frau sah James an, wartete auf weitere Anweisungen. Er schüttelte kaum wahrnehmbar den Kopf. Sie verließ die Kajüte und zog leise die Tür hinter sich zu. James nahm seine Brille ab, legte sie beiseite und massierte sich den Nasenrücken. »Nein, Mr. Loss. Sie scheinen sich nicht darüber klar zu sein, daß man die Russen nicht einfach verhaften kann. Täten wir das, würden wir eine Situation aufdecken, die man als Versuch der Russen interpretieren würde, innerhalb der Grenzen der Vereinigten Staaten eine Kernwaffe zu zünden. Die einzig mögliche Reaktion der USA würde dann sein, Rußland zu beschuldigen und womöglich einen totalen Krieg auszulösen.« Er hielt inne, um nachzudenken; dann sagte er: »Ich glaube, das alles wäre unproduktiv. Man kann dieses Problem nur so lösen, daß man die Bombe entschärft und einfach alle Personen, die mit Petrov in Verbindung stehen, eliminiert. Das Ergebnis wäre eine Warnung für die Russen, eine Verhärtung der US-Politik und vielleicht auch eine gewisse Wiederaufrüstung der Vereinigten Staaten, um das militärische Gleichgewicht wiederherzustellen. Die Öffentlichkeit darf nichts davon erfahren. Welsh muß natürlich endgültig von der Bildfläche verschwinden.«

Loss hörte in der Ferne das tiefe Stöhnen eines Nebelhorns. Es klang so gedämpft und verzerrt, daß es wirkte wie das Stöhnen eines verwundeten Tieres. Er blickte auf seine Hände hinab. Sie zitterten immer noch gelegentlich, das Gefühl der Desorientierung ließ jedoch allmählich nach. »Wie sind Sie auf mich gestoßen?«

James räusperte sich. »Durch Petrov. Nachdem er den Sprengsatz an Bord der Jacht gebracht hatte, kehrte er auf den Trawler zurück. Wir dachten, er würde in See stechen, statt dessen jedoch nahm der Trawler Kurs auf die Alert Bay, wo er an Land ging. Am folgenden Morgen flog er nach Vancouver. Von dort aus folgten wir ihm weiter, bis er sich schließlich bei Tsawwassen auf dem Damm mit Ihnen traf. Durch Sie waren wir in der Lage, alle Einzelteile zusammenzufügen. Sein Plan liegt jetzt ganz klar auf der Hand.«

»Und wie lautet er?« warf Loss ein.

»Die Sowjets haben sich eine amerikanische Präsidentschaftshoffnung gefügig gemacht, indem sie Situationen, die innerhalb ihrer Kontrolle lagen, steuerten. Sie haben zum Beispiel die positive Reaktion der Kubaner auf die amerikanischen Vorschläge bezüglich Guantanámo ebenso arrangiert wie die Zustimmung der Panamesen. Wie Sie bemerkt haben werden, Mr. Loss, gab Welsh bei seinem letzten Fernsehinterview eine Erklärung über Kernwaffen-Aufrüstung und die Gefahren der Lagerung so vieler Kernwaffen innerhalb der US-Grenzen ab. Anscheinend wollen die Russen den Sprengsatz so rechtzeitig zum Hood-Kanal schaffen, daß er möglichst nahe an dem ersten Trident-U-Boot explodieren kann, das mit voll bestückten Raketen auf Patrouillenfahrt geht. Es würde dann so aussehen, als hätte die Explosion auf dem U-Boot selbst stattgefunden, so daß Welshs Voraussagen hinsichtlich des Spiels mit dem Feuer bestätigt würden und seine Wahl dadurch so gut wie gesichert wäre. Alles in allem ein sehr geschickt aufgebautes Szenario.«

»Aber Petrov ist vermutlich tot!«

»Das glauben wir eigentlich nicht. Unsere Leute auf der Landseite des Dammes haben gesehen, wie er ins Wasser sprang. Er schien auf einen bestimmten Landpunkt nördlich des Dammes zuzuschwimmen. Anscheinend war er doch nicht so schwer verletzt, wie Sie dachten. Jedenfalls würde sein Tod vermutlich ohnehin nichts an der Situation ändern. Die Bombe ist an Ort und Stelle, und daß die Männer an Bord der *Husar* wissen, daß etwas schiefgegangen ist, möchte ich bezweifeln. Typisch russisch übrigens, diese Trennung. Jeder Agent arbeitet völlig unabhängig von den anderen.«

»Wieviel Mann sind es denn?« erkundigte sich Loss.

James erhob sich und trat an den Navigationstisch.

Mit einem Stoß Schwarzweißfotos kam er zurück. Er legte sie vor Loss auf den Tisch. »Nur diese beiden. Ist Ihnen einer von ihnen bekannt?«

Loss blätterte den Stapel durch. Alle Aufnahmen waren, wie die typische Verkürzung des Hintergrunds zeigte, offensichtlich mit dem Teleobjektiv gemacht worden. Der eine schien ein Araber zu sein und war beinahe als gutaussehend zu bezeichnen. Der andere war unauffälliger, ein typischer Jedermann. Loss schüttelte den Kopf.

»Habe ich mir gedacht«, murmelte James. »Der Weiße« – er tippte auf das erste Foto – »ist Engländer. Über ihn wissen wir nur, daß er ein Physikstipendium in Cambridge hatte. Außerdem ist er sehr sprachbegabt. Über den anderen, den Araber, wissen wir sehr viel mehr. Amed Menkar. Ein junger libyscher Marineoffizier, Elektronik-Experte mit hohem, bei der Arbeit mit der PLO erworbenem Rang bei den Terroristen. Absolvierte Ende der sechziger Jahre die Universität Leningrad. Besitzt jetzt die russische Staatsbürgerschaft. Ein seltsames Paar für einen eindeutigen Selbstmordauftrag.«

»Glauben Sie, das ist beabsichtigt?« Loss, dem wieder ein wenig übel war, rieb sich die Stirn. »Ich meine den Selbstmordauftrag.«

»Wohl kaum«, erwiderte James. »Sie wurden wahrscheinlich zum Montieren und zum Zünden des Sprengsatzes Bombe abkommandiert. Darauf läßt schon ihre Vorgeschichte schließen. Wahrscheinlich haben sie Befehl, die Jacht so nah wie möglich an das U-Boot heranzumanövrieren. Möglich, daß es einen Schalter gibt, mit dem der Sprengsatz gezündet wird. Andererseits kann ihre Rolle, soweit es die Bombe angeht, auch eine rein passive sein. Die Bombe kann von einer Außenquelle, etwa einem Sender, oder irgendwie vielleicht sogar durch das U-Boot selbst gezündet werden. So schätzen wir die Lage ein.«

»Hören Sie, James. Das ist alles gut und schön. Ich bin wirklich beeindruckt. Die Drogen, das nehme ich Ihnen nicht weiter übel. Ich gebe zu, daß Sie dadurch vermutlich mehr aus mir herausgekriegt haben, als wenn ich Ihnen die Informationen freiwillig gegeben hätte. Aber eines muß unbedingt sofort geschehen: Stoppen Sie die beiden Männer auf der *Husar*! Und holen Sie die Besatzung heil von Bord. Es sind nur zwei Mann. Sie werden doch wohl in der Lage sein, eine Situation zu schaffen, in der sich beide gleichzeitig an Deck befinden. Dann könnten Sie sie mit Schnellfeuerwaffen wegputzen.«

James' Kinnbackenmuskeln spannten sich, verliehen seinem Gesicht einen harten, kantigen Ausdruck. »Loss, wir wissen nicht, wie die

Waffe zur Explosion gebracht wird. Es kann mittels einer Apparatur am Holzbehälter, es kann aber auch durch Funkimpuls geschehen. Die Eliminierung der beiden Männer garantiert uns noch lange nicht, daß dadurch die Explosion unterbunden wird. Abgesehen von den Menschen, die hier in der Umgebung wohnen, liegt Seattle keine zwanzig Meilen östlich von hier, direkt in der Windrichtung.«
Loss hieb mit der Faust auf den Tisch, daß sein Kaffeebecher umkippte. »Verdammt noch mal, James, was wollen Sie denn sonst tun? Brauchen Sie einen Kongreßbeschluß, damit Sie Ihren Hintern endlich bewegen?« Er wollte aufspringen, sank aber sofort auf den Sitz zurück, weil seine überreizten Sinne eine Woge von Übelkeit auslösten.
James langte hinüber und tastete nach Loss' Puls. »Sieht nicht gut aus«, sagte er leise. »Beherrschen Sie sich, Mr. Loss.« Er stand auf, trat ans Bullauge und blickte hinaus auf die verschwommenen Konturen der in der Bucht ankernden Boote. Der Nebel schien sich zu lichten. Er drehte sich wieder zu Loss um, setzte sich und seufzte schwer. »Ich habe bereits Vorbereitungen für einen Angriff auf die *Husar* getroffen. Ich warte nur noch auf die Zustimmung von Leuten weiter oben in der Regierung.«
»Was haben Sie vor?« Er versuchte in James' Miene zu lesen, hatte aber Mühe, ihn zu fixieren.
»Die *Husar* ankert auf der anderen Seite der Bucht. Die USS *Ohio* soll morgen früh, von vier Schleppern begleitet, um fünf Uhr in See stechen. Also wird die *Husar* wohl kaum vor Tagesanbruch die Anker lichten. Deswegen werden wir den Atomsprengsatz noch heute nacht zerstören.«
»Zerstören? Besteht dabei denn nicht die Gefahr, daß er explodiert?«
»Kaum«, erwiderte James. »Der Sprengsatz funktioniert im Grunde wie eine Atombombe. Diese wird gezündet, indem man durch Explosion der Zündmasse die für eine Wasserstoffreaktion notwendige intensive Hitze erzeugt. Dieser Atom-›Zünder‹ besteht aus einer Plutoniumkugel, eingebettet in einen Mantel aus einem hochbrisanten Spezialsprengstoff, der durch elektrische Impulse in einer hochkomplizierte Sequenz gezündet werden muß. Wenn wir diesen Sprengstoffmantel zerbrechen, ist der Zündmechanismus zerstört. Das Resultat wäre im schlimmsten Fall die Explosion von etwa zwölf Kilo hochbrisantem Sprengstoff. Das Kernmaterial würde weit verteilt, und es gäbe lediglich in der Umgebung ein wenig radioaktive Verseuchung. Aber keine Kernexplosion.«

»Woher wissen Sie, daß es sich so abspielen wird?«
»Genau wissen wir es natürlich nicht.« James senkte den Blick auf sein Notizbuch. »Das ist jedoch die beste Kalkulation, die unsere Techniker liefern konnten. Wenn wir Glück haben, kommt es noch nicht mal zur Sprengstoffexplosion.«
»Und was wird aus der Besatzung?« erkundigte sich Loss.
»Für die können wir nicht garantieren. Die Zerstörung der Kernwaffe hat Vorrang. Wenn es keine Sprengstoffexplosion gibt, werden wir versuchen, sie von der *Husar* herunterzuholen.«
»O Gott im Himmel!« Loss barg das Gesicht in beiden Händen.
»Ich weiß. Es tut mir leid. Doch bei der wenigen Zeit, die uns bleibt, gibt es keine andere Möglichkeit. Wir werden die *Sunflower* ziemlich nah längsseits der *Husar* bringen, als wollten wir näher an der Küste ankern. Wir müssen so dicht heran, daß unsere erste Panzerabwehrrakete ins Ziel geht. Wir dürfen es nicht riskieren, ein zweites Mal schießen zu müssen.«
»Also James, Sie können doch nicht . . .«
»Es gibt keine Alternative zu diesem Plan, Mr. Loss. Falls es zu keiner Explosion kommt, werden wir der Rakete Haftladungen folgen lassen. Wir müssen ganz sichergehen, daß der Sprengsatz wirklich zerstört wird.«
Loss blickte auf; Tränen des Zorns liefen ihm übers Gesicht. »Sie eiskalter Hund! Und wer von euch drückt ab? Es sind fünf Menschen auf der Jacht. Und Sie sind das Schwein, das den Orden für den Dienst an Fahne und Vaterland einsteckt!«
James wirkte im bleichen Licht klein und zerbrechlich. Er rieb sich, zur Decke emporblickend, nachdenklich den Hals. »Für Fahne und Vaterland? Ein seltsamer Ausdruck.« Er hielt inne. »Ich glaube, Sie haben recht, Mr. Loss. Letztlich ist es für Fahne und Vaterland. Genauer gesagt, weil man es uns befohlen hat.« Er sah Loss mit zusammengekniffenen Lippen lächelnd ins Gesicht. »Wenn wir angreifen, dürfen wir nicht mehr als fünfzehn Meter Abstand vom Sprengsatz haben. Ich werde zu den Männern gehören, die die Rakete abschießen.«
»Herrgott im Himmel!« schrie Loss verzweifelt. Schwankend kam er auf die Füße. »Was für eine Scheißorganisation ist das eigentlich? Ein Kamikaze-Team vom CIA?« Urplötzlich sackte er zusammen. Übelkeit überfiel ihn, Tränen stiegen ihm in die Augen. Schwerfällig setzte er sich auf den Kajütboden, versuchte weder zu kichern noch zu weinen.

Im Hintergrund ertönte Stimmengemurmel, und er spürte, wie jemand ihm, ehe er protestieren konnte, eine Nadel in den Arm stieß. Das letzte, was er von James sah, war ein Paar Tennisschuhe an zwei Beinen, die zu einem außerhalb seines Gesichtskreises aufragenden Körper emporführten.

26

Ganz allmählich wurde er wach, weil ihn der hartnäckige Druck auf seinen Arm störte. Seine Sinne waren, wie er meinte, durch Drogen betäubt, und er wollte in die Tiefen zurückkehren, in denen er geweilt hatte.

»Es wird Zeit«, sagte die Stimme: »Schützen Sie Ihre Augen.« Ein Licht flammte auf, flackerte gelblich mit dem Pulsieren des Generators. Die Glühbirne war matt, aber er hatte das Gefühl, ein greller Scheinwerfer sei auf ihn gerichtet. Blinzelnd versuchte er etwas zu sehen.

»Stehen Sie auf!« befahl die Stimme. Die Frau. Sie löste die Riemen, und er bewegte versuchsweise die Arme. Die zusammengekniffenen Augen schützend, blickte er zu ihr empor. Sie hatte sich, eine kleine Automatik in der Hand, an die Tür zurückgezogen.

»Wieviel Uhr?« Gewohnheitsmäßig sah er auf sein Handgelenk, aber seine Uhr war verschwunden. Automatisch warf er einen Blick zum Bullauge hinüber, draußen war es jedoch dunkel.

»Ein Uhr nachts. Stehen Sie ganz langsam auf. Bleiben Sie einen Moment stehen, bevor Sie zu gehen anfangen. Ich habe etwas zu essen für Sie. Anschließend brechen wir auf.« Sie wich noch weiter in den Salon zurück. Sie hatte eine dunkelblaue Marinejacke über die Schultern geworfen und trug jetzt schwarze Kordhosen.

Er glitt vorsichtig von der Koje, testete seine Reaktionen. Seine Gliedmaßen waren gefühllos, aber lediglich von den Riemen und der langen Bewegungslosigkeit. Seltsamerweise fühlte er sich wohl, ausgeruht. Und hungrig. Er wollte es sagen, beherrschte sich gerade noch. Statt dessen stütze er sich am Türrahmen ab, lehnte sich an den Türstock und legte den Arm über die Augen.

»Sie haben sieben Stunden geschlafen, Mr. Loss. Wenn Sie etwas gegessen haben, wird es Ihnen gleich bessergehen.« Sie machte eine knappe Bewegung mit der Automatik hin zum Tisch, als sei sie eine Platzanweiserin, die ihn mitten in der Vorstellung an seinen Platz führen müsse. »Setzen Sie sich. Halten Sie die Hände stets oberhalb der Tischplatte. Und keine unmotivierten Bewegungen. Ihr Essen ist fertig.«

Loss blickte nach achtern den Gang entlang, hielt nach einer Spur von James Ausschau. Eine Frau mit einer Damenpistole schien ihm kein sonderlich großes Fluchthindernis zu sein – solange sie die einzige war, mit der er es zu tun hatte. Nur, überlegte er sich, muß ich mein neu erwachtes Gefühl der Kraft vor ihr verbergen.

»Ich habe keinen Appetit«, sagte er zögernd. Mit zusammengekniffenen Augen ließ er den Blick, als müsse er sich orientieren, von einem Gegenstand zum anderen wandern. Nirgends ein Zeichen von James. Auch die Marinejacke, die James getragen hatte, hing nicht an einem der Kleiderhaken im Niedergang. Wie ein Betrunkener schlurfte er in den Salon und ließ sich schwer auf die Sitzbank fallen. Loss sog scharf die Luft ein und schüttelte dabei den Kopf, als müsse er ihn von irgend etwas freimachen.

»Ich will nicht mit Ihnen streiten«, sagte die Frau, die sein Gesicht beobachtete, »aber halten Sie mich nicht für dumm.« Sie stellte einen Teller vor ihn hin. »Essen Sie, wenn Sie mögen.«

Er hob ein wenig den Blick und stellte fest, daß der Teller mit Reis und schmalen Fleischstreifen gefüllt war. Es dampfte und duftete köstlich nach Safran. Sie legte ihm einen Löffel hin. »Falls Sie wünschen – es gibt noch mehr. Ich rate Ihnen, gut zu essen. Es ist kalt auf dem Wasser, und wir haben eine lange Fahrt vor uns.«

Mechanisch löffelte er das Essen in sich hinein, notierte schweigend die Geräusche auf dem Boot. Der Generator lief; die Vibrationen waren durch die Tischplatte zu spüren. Sie hatte sich ans andere Ende des Salons gesetzt, die Beine übergeschlagen, den Körper entspannt, und trank mit einer Hand aus einer Tasse, während die andere lässig die Automatik hielt. Zwischen zwei Löffeln schenkte ihr Loss schließlich die schwache Andeutung eines Lächelns. Sie erwiderte es nicht, nickte aber. Als er halb fertig war, hörte er an Deck eine Männerstimme, eine monoton und nasal vor sich hinsingende Männerstimme. Es war ein ewig gleichbleibender Ton, eine Art liturgischer Gesang oder vielleicht sogar ein Gebet. Aber es klang nicht wie die dünne, hohe Stimme von James.

»Wo ist James?« erkundigte er sich, während er den Rest der Sauce mit einem Stück Brot auftunkte.

»Li Po?« fragte sie mit hochgezogenen Brauen. »Ich dachte, er hätte es Ihnen gesagt.«

»James Li Po?« wollte Loss wissen. Er hörte auf zu kauen.
»Li Po Ching«, berichtigte sie langsam. »Nicht ›James‹. Den Namen benutzt er nur in englischsprachigen Ländern.« Sie sagte das alles sehr ruhig und beobachtete dabei seine Augen. »Er stammt aus derselben Provinz wie unser Vorsitzender – Hünan.«
»Hünan – in Festland-China?« In der Stille, die nun folgte, hörte er das Ticken der Schiffsuhr, das stete Summen des Kühlschranks.
Es kam ihm vor, als vergingen Minuten, bis sie endlich antwortete. »Es gibt nur ein China, Mr. Loss. Eine viertausend Jahre alte Kultur. Eine kleine Insel voll hundefressender Krämer ist noch lange kein eigenes China.« Ihre Augen waren hart und kalt. Ohne den Blick von ihm zu lassen, trank sie aus ihrem Becher.
Langsam, beinahe mechanisch schob er den Teller von sich. Anfangs dachte er, sie scherze; dann wurde ihm klar, daß dem nicht so war.
»Ja, um Gottes willen, warum . . .?«
»Weil es im Interesse unseres Landes liegt.« Sie stellte den Becher hin und tupfte sich mit einer zierlichen Bewegung des Fingers einen Tropfen Tee von der Lippe. »Oder vielleicht sollte ich sagen, im gemeinsamen Interesse unserer beiden Länder. *Wir* waren es, die in Shignask die ungewöhnliche Art des Sprengsatzes entdeckt haben, und *wir* waren es, die ihn nach Wladiwostok und anschließend quer über den Pazifik verfolgt haben. Wäre Zeit genug gewesen, hätten wir den Geheimdienst der USA hinzugezogen, das Schema war jedoch noch unvollständig, bis durch Sie das sowjetische Unternehmen mit Welsh in Verbindung gebracht werden konnte. Und jetzt ist es zu spät. Wir müssen selbständig handeln.«
»Das erklärt überhaupt noch nichts!«
Ein Ausdruck der Ungeduld und des Abscheus blitzte in ihren Augen auf. »Wirklich nicht, Mr. Loss?« Sie zog ein Päckchen Zigaretten aus ihrer Jackentasche und warf es, zusammen mit einer Schachtel Streichhölzer, auf den Tisch. »Vielleicht nicht in Ihren Augen. Aber wir haben mindestens fünfundfünfzig sowjetische Divisionen an unseren Grenzen stehen, die hechelnd wie Bluthunde darauf warten, daß sie von der Leine gelassen werden. Wäre Ihr Land keine Gegendrohung für sie, würden sie keine Sekunde lang zögern.«
Loss steckte sich eine Zigarette an, inhalierte den Rauch, blies ihn wieder aus. Er beobachtete ihr Gesicht, ihre Hände. Vor allem aber ihre Augen. Ihre Augen wirkten jetzt hart wie Stahl, nicht mehr sanft grau, sondern von einem feuergehärteten Schwarz. »Dann

müssen die USA jetzt also den Wachhund für China spielen?« fragte er ironisch.
Sie entspannte sich merklich, als hätte sie es notwendig gefunden, die Atmosphäre zu lockern. Und sie lächelte. »Wenn Sie es so formulieren wollen. Vielleicht müssen wir Ihnen gelegentlich auch mal einen Floh aus dem Fell fangen.« Ungeduldig rutschte sie auf ihrem Platz hin und her. »Aber Sie müssen verstehen, Mr. Loss, daß unsere beiden Länder Zeit brauchen, um sich ausreichend gegen die Sowjets zu rüsten. Unter einer pragmatischeren Führung wird Ihr Land, wie wir glauben, wieder aufrüsten. Es darf keinen Gedanken an Détente in dem Sinn mehr geben, in dem Ihre Regierung den Ausdruck gebraucht. Sie stehen vor einer ganz neuen Realität. Und China ist bereit, sich der neuen Realität mit Ihnen gemeinsam zu stellen. Gemeinsam können wir die Sowjets in Schach halten, bis wir wieder erstarkt sind.«
Er drückte die Zigarette aus. »Und was wird aus einem neuen, erstarkten China?« Erst jetzt fiel ihm auf, daß er nicht mal ihren Namen kannte.
Sie zuckte die Achseln. »Diese Frage wird wohl erst in fünfzehn Jahren zu beantworten sein«, gab sie zurück. »Oder auch erst, wenn wir nicht mehr sind. Aber wie alle starken Nationen, Mr. Loss, werden wir eines Tages einen Machtfaktor darstellen, mit dem die Welt rechnen muß.«
Eine Weile herrschte Schweigen zwischen ihnen. Loss lehnte sich auf der Sitzbank zurück. »Und James gehört auch dazu?« fragte er schließlich.
»Ching ist unser Befehlshaber. Er ist an Land gegangen, um telefonisch die endgültige Zustimmung zu unserem Angriff einzuholen. Funkkontakt wäre zu gefährlich. Unsere Botschaft muß es arrangieren, daß wir uns kurz nach Tagesanbruch in Everett, Washington, mit Vertretern der US-Geheimdienste treffen. Und dann . . .?« Sie ließ die Frage unbeantwortet.
»CIA?«
Sie nickte. »Sie und ich, wir sind wichtig. Wenn es nach dem Angriff keine Überlebenden gibt, werden Sie und ich die einzigen sein, die bezeugen können, was geschehen ist. Begreifen Sie, wie wichtig das ist?«
Loss steckte sich eine weitere Zigarette an; er wollte Zeit gewinnen, nach einem Ausweg suchen. Sein Blick fiel auf die Schiffsuhr; ein Uhr fünfzehn. Dann sah er wieder zu ihr auf und zuckte die

Achseln. »Ich begreife, was Sie sagen – in allgemeiner Hinsicht. Jemand muß übrigbleiben, um erklären zu können, was geschehen ist, und um Welsh das Handwerk zu legen. Aber das trägt nicht zur Rettung der *Husar*-Besatzung bei. Wann wird Ching angreifen?«

»Nach fünf Uhr morgens. Aber vor sechs.« Sie hielt inne, musterte ihn. »Ich verstehe Ihre persönlichen Gefühle. Ching wird versuchen, die Crew zu retten, aber das ist zweitrangig. Die Zerstörung des Sprengsatzes ist das wichtigste. Er möchte, daß Sie glauben sollen, daß er alles tut, was in seiner Macht steht. Aber noch wichtiger ist, daß Ihnen klar wird, daß Ihre Informationen über Welsh, Heiss und Petrov zur Bestätigung unentbehrlich sind. Ich kann nur nachreden, was Sie unter dem Einfluß der Drogen gesagt haben. Hinzu kommt die Tatsache, daß ich eine illegale Ausländerin und Agentin der Volksrepublik China bin. Eine Kombination, die ihrem CIA nicht gerade Vertrauen einflößen wird, Mr. Loss.« Sie stellte den Becher hin und schluckte, als hätte der Tee einen üblen Nachgeschmack. »Er möchte Ihr Wort, daß Sie die große Bedeutung Ihrer Rolle in dieser Angelegenheit begreifen.«

»Ich begreife sie durchaus«, antwortete er. Aber begreifen und handeln sind zwei verschiedene Dinge, dachte er. Mit dem Kopf deutete er zur offenen Luke hinüber. »Welche Aufgabe hat denn der?«

Sie stand auf, die Automatik auf ihn gerichtet. »Der wird mit den Haftladungen zur *Husar* hinüberschwimmen und sie, falls möglich, an Deck anbringen – für den Fall, daß Chings Panzerabwehrrakete nicht trifft. Sie ist leider nur ein französisches Modell, und die sind nicht immer absolut zuverlässig.«

»Und er hat gebetet?«

Sie warf ihm einen verächtlichen Blick zu. »So etwas halten wir nicht mehr für notwendig, Mr. Loss. Er hat seine Ahnen um den erforderlichen Mut gebeten.« Dann wurde ihr Ausdruck etwas weicher, und sie fügte hinzu: »Doch, ja. Es ist wohl eine Art Gebet.« Sie warf ihm eine Ölzeugjacke zu. »Ziehen Sie das an«, sagte sie. »Die Fahrt dauert über vier Stunden, da wird es kalt werden.«

»Wo liegt die *Husar?*«

Sie winkte ihn ans Bullauge und trat zurück. »Das einzelne Licht da drüben. Als es dunkel wurde, haben sie ein Ankerlicht angemacht, seither hat sich an Deck nichts mehr gerührt. Es war nur ein einzelner Mann zu sehen – der Araber, wie wir annehmen.«

Er blickte über das schwarze Wasser des Anlegeplatzes hinweg landeinwärts. An der Küste brannten einige Lichter, im Mittelgrund jedoch konnte er die Umrisse eines Bootes ausmachen – eine dunkle Masse vor dem Himmel. Hundertfünfzig Meter, dachte er.
Vielleicht weniger. Als seine Augen sich an die Dunkelheit gewöhnten, glaubte er vorn ein schwaches Flackern zu sehen. Das Ankerlicht, in halber Höhe des Vorstags angebracht, malte orangefarbene Ellipsen an den Himmel, wenn die *Husar* in einer leichten Dünung rollte. Ein paar Sterne waren auch herausgekommen. Es klarte auf.
»Also«, sagte sie. »Wir haben eine weite Fahrt vor uns.«
Er stieg den Niedergang hinauf, die Frau folgte. Im dunklen Deckshaus sah er die Gestalt eines Mannes. Die Frau sprach auf chinesisch mit ihm, und der Mann knurrte eine Antwort. Dann trat der Mann vor Loss und der Frau hinaus an Deck und führte sie beide nach vorn. Längsseits war eine kleine Barkasse festgemacht; von der Reling hing ein Fallreep.
Die Frau stieg als erste hinunter, während der Mann Loss am Ellenbogen festhielt und ihm einen Pistolenlauf ins Kreuz drückte. In der Barkasse turnte die Frau nach achtern und startete nach zweimaligem erfolglosem Ziehen einen Außenbordmotor, so klein, daß er fast gar keinen Lärm machte.
»Runter!« befahl ihm der Mann. Loss hatte den Eindruck, daß es sich um einen sehr jungen Mann handelte, drahtig und untersetzt. Im Halblicht sah Loss, daß er eine Brille und einen Taucheranzug trug. Loss schlurfte, mit den Füßen nach der Reling tastend, langsam vorwärts. Der Mann stützte ihn und sagte leise in akzentfreiem Englisch: »Sie werden jetzt sehr vorsichtig sein, Mr. Loss. Sie werden weder stolpern noch über Bord fallen. Sie werden alles tun, was sie Ihnen befiehlt.« Sein Griff an Loss' Arm wurde so fest wie ein Schraubstock. »Verstanden?« Er sagte es im Gesprächston. »Sie hat Anweisung, Sie abzuliefern – lebend, wenn's geht; falls nötig aber auch tot.«
Die Frau stieß einen leisen Zischlaut aus. Der Mann nickte und half Loss das Fallreep hinab; dann machte er die Fangleine der Barkasse los, sie gab Gas und lenkte das Boot von der *Sunflower* fort. Loss hatte den Eindruck, daß der Mann hinter ihnen sehr aufrecht an der Reling stand. Als sie Geschwindigkeit zulegten, rief ihm die Frau etwas Freundliches zu, und der Mann antwortete ebenso.
»Was haben Sie ihm zugerufen?« erkundigte sich Loss.

»Wir haben einander Glück gewünscht.« Sie winkte mit der Automatik. »Setzen Sie sich auf die Bodenbretter, mit dem Rücken zu mir. Nach einer Stunde werden wir die Plätze tauschen. Und jetzt wünsche ich keine Unterhaltung mehr.«

Loss hatte überlegt, einen Plan gegen den anderen abgewogen. Auf der *Sunflower*, wo er zwei gegen sich hatte, die beide bewaffnet waren, wäre es viel zu riskant gewesen. Jetzt, da sie allein war, mochte es weniger schwierig sein. An Steuerbord fiel die Silhouette der *Husar* zurück. Sie war zu weit entfernt, um hinüberzuschwimmen, solange die Frau die Barkasse steuerte. Und James würde wieder zurückkommen – wann? Er fluchte, weil er sie nicht danach gefragt hatte. Er wagte einen Blick über die Schulter. Sie saß auf dem Ankerplatz, die Ruderpinne des Outborders in der Linken, die Automatik in der Rechten.

»Runter, sagte ich, Mr. Loss!« flüsterte sie. »Runter auf die Bodenbretter!«

Er nickte, ließ sich zwischen Bug und Bootsmitte nieder und beobachtete die Bugseen, die hell schimmernd von der Barkasse aus seitwärts ins Dunkel rollten. An der Küste brannten einzelne Lichter wie gelbe Punkte, während gelegentliche Lichtansammlungen auf kleine Ansiedlungen schließen ließen. Im Osten, ungefähr zwanzig Meilen entfernt, glühte dort, wo Seattle liegen mußte, ein heller Schimmer. Über sich konnte er durch die aufreißende Wolkendecke die Sterne sehen. An der Position der Kassiopeia erkannte er, daß sie nordöstlichen Kurs nahmen.

Die Kälte begann seine Jacke zu durchdringen, salzige Gischtflocken näßten sein Gesicht. Schwimmen kam überhaupt nicht in Frage. Er mußte die Barkasse in seine Gewalt bringen. Unter den Fingerspitzen fühlte er die Bodenbretter. Aber sie waren fest, gut verschraubt, konnten ihm nicht als Waffe dienen. Ruder lagen vermutlich weiter achtern. Langsam, suchend kroch seine rechte Hand vorwärts und stieß auf eine nasse Seilrolle: die Bugfangleine. Drei, eventuell auch fünf Meter halbzölliges Nylonseil. Vorsichtig, mit beiden Händen begann er es aufzurollen, damit es später ablief, ohne sich zu verheddern. Eine Minute, vielleicht auch zwei vergingen. Noch drei Minuten, dachte er. Die Barkasse lief ungefähr sechs Knoten und mußte innerhalb von zehn Minuten eine Meile zurücklegen. Irgendwas an dieser Berechnung schien ihm jedoch nicht zu stimmen, und er begann noch mal von vorn. Mein Verstand ist immer noch nicht richtig klar, dachte er. Die glatte Seilrolle vorsichtig in der Linken, beschloß er, sich nach rechts zu wenden, ihre Aufmerksamkeit dorthin abzulenken, und dann das Seil links, kurz hinter dem Bug, über Bord zu werfen. Lautlos begann er zu zählen. Einundzwanzig, zweiundzwanzig dreiundzwanzig. Mechanisch haspelte er drei Minuten ab.

Dann wandte er sich halb nach rechts und zog die Beine unter sich. »Mir ist schlecht«, flüsterte er, verdeckte den Mund mit der rechten Hand und schob sich den Zeigefinger tief in den Rachen.

Während er zu würgen begann, ließ er die Leine aus der linken Hand fallen, spürte, wie sie, vom Kielwasser mitgenommen, glatt und leicht nach achtern glitt. Vor dem Himmel sah er, daß sie sich halb erhoben hatte und das Gas zurücknahm. Die Automatik hielt sie noch immer in der Rechten. Auf einmal stotterte der Motor und erstarb, weil sich die Leine fest um die Schraube gewickelt hatte. Die Barkasse verlor sofort an Fahrt und hob sich, als das Kielwasser unter ihr nach vorn rollte, mit dem Heck aus dem Wasser. Die Frau verlor das Gleichgewicht und neigte sich, ohne zu fallen, vornüber. Loss sprang von den Bodenbrettern hoch; zu seinem Entsetzen bemerkte er jedoch, daß seine Reaktionen zu langsam waren, daß sie schießen würde, ehe er sie erreicht hatte. Ein Schlag gegen die Kopfseite ließ Sterne vor seinen Augen tanzen, und dann rangen sie in der Bilge, kämpften in verzweifeltem Schweigen. Er würgte wieder und spie ihr Erbrochenes über die Brust; sie zischte wütend, versuchte hektisch ihre Hände aus der Verschlingung ihrer Körper zu befreien. Es wurde ihm klar, daß sie mit dem Pistolenlauf zugeschlagen hatte und daß sie die Waffe jetzt abermals wie einen Knüppel zu heben, ihren Arm zum Ausholen zu befreien suchte. Er war ihr so nahe, daß er durch den Gestank des Erbrochenen hindurch ihren Atem roch und fühlte, wie Speichel sein Gesicht traf, als sie ihm in geflüstertem Chinesisch einen Strom von Schimpfwörtern entgegenzischte. Der Schlag kam, verfehlte jedoch seinen Kopf und traf statt dessen die Halssehnen. Diesmal aber nagelte er ihre Arme mit seinem rechten Arm und seinem Oberkörper auf die Ducht und versuchte ihr mit der anderen Hand die Pistole zu entwinden. Ihre Gesichter waren nur Zentimeter voneinander entfernt; beide waren sie durch sein Gewicht immobilisert, beide rangen sie um einen Vorteil. »Dummkopf!« spie sie ihm entgegen.

Die zähe Kraft, die hinter ihren sanften Zügen und dem weichen Körper steckte, hatte ihn überrascht. Immer wieder schoß es ihm durch den Kopf, daß sie eine Frau war, daß sie irgendwie leicht zu überwältigen sein müsse. Doch sie war hart, muskulös und wehrte sich verzweifelt gegen eine Niederlage. Seine Hand, die den Lauf der Automatik umklammerte, rutschte am Metall; sie hatte den besseren Hebelansatz. Zentimeterweise drehte sich der Lauf seiner Brust zu. Nur noch Sekunden. Mit zusammengebissenen Zähnen stieß er mit dem Kopf nach unten und vorn, traf ihr Gesicht und zerschmetterte ihr die Nase. Mit einem erstickten Aufschrei fiel sie rückwärts, die Waffe landete klappernd auf den Bodenbrettern, und es war vorbei.

Den Kopf an die Heckducht gelehnt, keuchend, lag sie da und weinte, beide Hände vors Gesicht geschlagen.

Er tastete nach der Automatik und zog sie aus dem eiskalten Wasser, das in der Bilge schwappte. Mit dem Daumen spannte er den Hahn und drückte ab. Die Waffe war gesichert. Er ließ den Hahn los und entsicherte sie. Die Chinesin hatte gar nicht schießen wollen.

»Stehen Sie auf!« befahl er ihr.

Sie nickte, die Hände immer noch vorm Gesicht, und kroch blind, wie ein verwundetes Tier, nach vorn. Er hielt die Waffe weit von ihr entfernt, weil er befürchtete, sie könne plötzlich die Hand ausstrekken und einen erneuten Versuch machen. Aber es war wirklich vorbei. Den Kopf zwischen den Knien, hockte sie sich nieder, begann den Kopf langsam zu schütteln und erstickte ihre Laute mit den Händen.

Er zitterte – nicht vor Kälte, sondern als Reaktion auf den Kampf und die Erwartung des Todes. Er konnte die Automatik nicht still halten.

»Scheißkälte!« fluchte er, wußte jedoch, daß das eine Lüge war, daß er zitterte, weil er sich am Rand des Todes gewähnt hatte. Wenige Sekunden nur, und sie hätte ihn vielleicht besiegt.

»Hätten Sie tatsächlich geschossen?« fragte er sie. Sie antwortete nicht, unzugänglich für alles außer ihren Schmerzen.

Er brauchte mehr als zehn Minuten, um die Leine klarzubekommen, tastete blindlings mit einer Hand nach der festgefahrenen Schraube, während er sie nicht aus den Augen ließ. Das Nylonseil war von den scharfen Kanten der Schraubenflügel stark beschädigt, aber noch ganz. Er fesselte ihr damit die Füße, ließ ihre Hände jedoch frei. Dann hockte er sich neben sie und legte ihr die Hand auf die Schulter.

»Kühlen Sie Ihr Gesicht mit Wasser, das tut gut.«

Im Glanz der Sterne und des reflektierten Lichtscheins von Seatlle

sah er, daß ihr das Blut aus der Nase lief und dort, wo sie das Gesicht in die Hände gestützt hatte, über die flachen Wangen verschmiert war. In den Winkeln ihrer Augen, die sie vor Schmerz fest zusammenkniff, bildeten sich Tränen.
Ihre Stimme, nasal, beinahe unkenntlich, klang jedoch noch immer kraftvoll. »Sie sind ein Dummkopf, Loss. Allein können Sie überhaupt nichts ausrichten. Denken Sie doch mal nach . . .«
»Ich habe nachgedacht. Ich werde es auf meine Art machen.«
Er empfand den lächerlichen Impuls, es ihr zu erklären, ihr den Schmerz der Niederlage zu erleichtern. Sie hat recht, dachte er. Aber ich muß es versuchen. Er ging nach achtern zur Heckducht hinüber. Der Outborder startete beim fünften Versuch.

27

Es war ihm, als hätte es sehr lange gedauert, doch ohne Uhr konnte er das nicht genau feststellen. Er hatte Kurs nach Süden genommen, also kehrtgemacht, den Hood-Kanal wieder hinunter. Den Liegeplatz passierte er in einer guten Viertelmeile Entfernung, aber doch so, daß er die Umrisse der beiden Jachten und eine Vielzahl von Booten erkannte, die weiter gegen Land zu an Schwimmern festgemacht waren. Am Auftankkai des Jachthafens leuchtete eine Gulf-Reklame wie eine durch Nebel gekämpfte Sonne herüber, und noch weiter landeinwärts kennzeichneten ein paar Lichter die Hauptstraße der Ortschaft.

Es schien heller geworden zu sein, aber er wußte, daß das nur so aussah, weil sich der Nebel aufgelöst hatte und die Sterne herausgekommen waren. Weit südlich des Liegeplatzes steuerte er wieder auf Land zu und hielt Ausschau nach unbewohnten Sommer- oder Bootshäusern. Einige davon schieden aus, weil sie so tief unter Bäumen versteckt lagen, daß man nicht feststellen konnte, ob sie wirklich leerstanden; andere mied er wegen des Widerscheins der Sterne auf der Kühlerhaube eines Autos oder der unbestimmten Umrisse eines Kabinenkreuzers an der Pier. Er versuchte die zurückgelegte Strecke abzuschätzen, aber das war im Dunkeln und ohne Uhr praktisch unmöglich.

Als er schließlich eine kleine Bucht umrundete, entdeckte er zwei dicht nebeneinander stehende Hütten, deren Grundstück zum Wasser hin mit Gras überwuchert war. Zwei kleine Boote waren auf den Strand gezogen und umgekehrt hingelegt worden. Er steuerte die Barkasse an den Steg, stellte den Motor ab und lauschte. Bis auf das Singen der Moskitos und seine eigenen Atemzüge war alles still.

»Werden Sie mich töten?« fragte sie mit verzerrter, aber ruhiger Stimme. Obwohl sie flüsterte, klang es in seinen Ohren überlaut.

»Nein«, entgegnete er ungeduldig. »Seien Sie still! Ich werde das Haus kontrollieren. Wenn es leersteht, werde ich Sie hierlassen.« Er stieg, bemüht, kein Geräusch zu machen, aus der Barkasse auf den Steg. »Wenn Sie aber laut werden, bleibt mir nichts anderes übrig, als das hier zu benutzen.« Er hob die Automatik, damit sie die Umrisse sehen konnte. Er kam sich ziemlich töricht vor. Sie war auf den Bodenbrettern zusammengesunken, ganz darauf konzentriert, ihre Schmerzen nicht laut werden zu lassen, keine überflüssige Bewegung zu machen. Einer Eingebung folgend, nahm er auch noch die Ruder und das Verbindungsrohr vom Tank zum Motor mit.

Es war eine kleine Hütte mit dazugehörigem Schuppen. Vorsichtig schlich Loss um die zottigen Bäume herum. Die Hütte lag schweigend; die Einfahrt war von Gras überwuchert, der Schuppen kaum ein solcher zu nennen, halbfertig, auf einer Seite offen. Unter dem Dach fand er einen Betonmischer und aufgeschichtete Zementsäcke. Unter dem Vordach an der Außenwand war nachlässig Holz aufgestapelt, das nach Schimmel roch und mit schlüpfrigem Moos bewachsen war.

Er schlich zur Rückseite der Hütte. Als er an ihr emporblickte, konnte er weder Strom- noch Telefonleitungen ausmachen. Er prüfte ein Seitenfenster, dann die Haustür. Beide waren sie verschlossen. Er klopfte, zuerst leise, dann lauter, nachdrücklicher. Keine Antwort. Er wartete eine Minute und versuchte es dann noch einmal. Nichts.

Unter dem Abflußrohr der Dachrinne kratzte er eine Handvoll Matsch zusammen, klebte ihn ans Vorderfenster neben der Haustür, holte sich ein Holzscheit vom Stoß und schlug damit die Scheibe ein. Sie zersplitterte, ein Geräusch, das quer über die enge Bucht echote. Heftig atmend blieb er still stehen und wartete auf einen Ruf oder ein anderes Zeichen von Alarm, aber das Echo erstarb, und die Bucht hüllte sich bis auf das Geräusch der kleinen Wellen, die an der Kaimauer kicherten, wieder in Schweigen.

Der Fensterriegel funktionierte lautlos; er ließ sich drinnen hinab und blieb stehen, absorbierte Geräusche und Gerüche der Hütte. Mit ausgestreckten Händen bewegte er sich in der Finsternis vorwärts, stieß gegen einen Stuhl, dann gegen einen Kartenspieltisch. Seine Hände fanden die Wand, tasteten sich an den Holzstämmen entlang, bis er auf Stein traf. Hier roch es nach mit Wasser gelöschter Asche. Er tastete nach dem Kamin, fand ihn und dann auch den Kaminsims. Auf einem Teller standen zwei niedergebrannte Kerzen, gleich darauf berührten seine Finger eine Schachtel. Er nahm sie herunter, schob sie auf und riß ein Streichholz an.

Die Hütte war unbenutzt, schmutzig, auf dem Fußboden lagen wahllos durcheinander Matratzen. In der Mitte des einzigen Raumes standen der Kartentisch und zwei Stühle. Am anderen Ende befand sich eine geschlossene Tür. Er zündete eine der Kerzen an und begann den Raum zu untersuchen. In einer Nische entdeckte er einen kleinen Spülstein. In der Ecke hockte ein geschwärzter Holzherd, die Platte zersprungen und von Streifen verbrannter Speisen überzogen. Die geschlossene Tür führte in eine fensterlose Schlafkammer. Vor Loss' Füßen huschte eine Maus davon und verschwand im Schatten. Hier geht es, dachte er.

Sie hatte sich nicht vom Fleck gerührt. Er löste die Fesseln an ihren Füßen, und sie kletterte wortlos auf den Steg. Er wollte sie führen, aber sie stieß seinen Arm weg und ging voraus, auf die Hütte zu. Drinnen ließ sie sich schwerfällig auf eine Matratze nieder.

»Ins Hinterzimmer«, sagte er. »Da gibt es ein Bett und ein paar Wolldecken.«

»Wissen Sie überhaupt, was Sie tun?« erkundigte sie sich mit gesenktem Kopf. »Wenn Sie versuchen, an Bord der *Husar* zu gelangen, gefährden Sie nicht nur das Mädchen und die Crew, sondern eine ganze Million Menschen. *Ihre* Landsleute«, fügte sie hinzu, »nicht meine.« Sie hob den Kopf und sah ihn an; ihr Gesicht war mit getrocknetem Blut bedeckt, die Nase eingedrückt, die Region unter den Augen geschwollen. » . . . und wenn der Sprengsatz explodiert, haben die Sowjets erreicht, was sie wollten. Es wird niemand übrigbleiben, weder Sie noch ich oder sonst jemand, um zu berichten, was wirklich geschehen ist.«

»Ich habe eine ebenso gute Chance wie Ching. Eine bessere sogar. Und wenn's nicht klappt . . . « Er dachte darüber nach. Irgendwo hatte er gelesen, daß die Zündtemperatur einer Kernwaffe in die Millionen Grade ging. Wenn er sein Ziel nicht erreichte, würde er es niemals erfahren. »Sie werden am Leben bleiben«, erklärte er schließlich.

Die flackernde Kerzenflamme warf Schatten, die über die Wand huschten, als bewegten sie sich selbständig.

»Innerhalb eines Radius von zehn Meilen wird überhaupt nichts am Leben bleiben, Mr. Loss. Überhaupt nichts.«

Er fühlte sich alt, verbraucht. Er winkte ihr mit der Automatik. »Gehen Sie in die Schlafkammer hinüber. Dort gibt es Wolldecken. Sobald alles vorbei ist, werde ich der Polizei mitteilen, wo Sie zu finden sind.«

Sie rührte sich nicht, sah ihn nur an. »Sie sind ein Dummkopf, Loss. Ein absoluter Dummkopf. Wenn es in meiner Macht stünde, würde ich Sie erschießen lassen. Nicht als Feind meines Landes, sondern als Verräter des Ihren.« Sie hielt inne, hob die Hand ans Gesicht, betastete behutsam die Schwellung. Dann schüttelte sie den Kopf. »Überlassen Sie es lieber Ching. Der weiß wenigstens, daß es ihn möglicherweise das Leben kostet. Sie denken wie ein Kinoheld. Bum, bum, Sie retten das Mädchen und machen sich aus dem Staub. So einfach, Mr. Loss?«
Loss zuckte die Achseln. »Ich muß es versuchen. Sagen Sie mir alles, was mir Ihrer Meinung nach nützlich sein kann. Ching – James, wie immer er heißen mag, sagte, das verdammte Ding sei auf dem Vorderdeck festgezurrt. Was noch?«
Sie schüttelte den Kopf. »Sonst nichts. Wir wissen nur, daß sich der Sprengsatz in einer Holzkiste befindet.« Abermals schüttelte sie den Kopf. »Nur, falls Sie es überleben, müssen Sie unbedingt das Greentree Motel in Everett anrufen. Bis dahin werden Ihre Geheimdienstler informiert worden sein. Sie müssen dort mit ihnen Kontakt aufnehmen. Oder Sie rufen meine Botschaft an. Fragen Sie nach Lee Sun Kwow. Mit ihm hat Ching Verbindung gehalten.«
Er führte sie in die Schlafkammer. Dort lagen auf einem Gestell zwei verschmutzte Wolldecken, von denen er eine für sie holte. Er hüllte sie ein, sie legte sich hin und sah ihn an; ihr Gesicht war jetzt bis zur Unkenntlichkeit geschwollen. Er hob die Kerze und sah sich um, konnte aber keine Fluchtmöglichkeit entdecken. Die Wand zog sich bis zu den Dachbalken hoch, war zwar roh zusammengefügt, aber stabil.
»Die Kerze nehme ich mit«, sagte er und ging zur Tür.
Sie antwortete ihm etwas auf chinesisch; die Wörter liefen weich ineinander über. Und sie versuchte ihm zuzulächeln. Es glich eher der Grimasse eines Totenschädels.
Er machte noch einmal halt. »Was haben Sie gesagt?«
»Sogar Toren gehen zuweilen mit den Göttern.«
»Ich denke, Sie glauben nicht mehr an diesen Unsinn.«
Ihr Gesicht lag jetzt im Schatten. »Tun wir auch nicht, Mr. Loss. Es ist nur ein gebräuchlicher Ausdruck.«
Er schloß die Tür von außen und klemmte den Kaminbock unter die Klinke. Dann nahm er Ruder und Benzinrohr, trottete durch das nasse Gras, stieg in die Barkasse und nahm Kurs Nord in Richtung *Husar*.

Die *Husar* war eine schwarze Silhouette vor dem Horizont. Das Gewirr ihrer Takelage war nur ein verschwommener Fleck, der manchmal aufblitzte, wenn er beim Rollen den Mondschein einfing. Als er näher herankam, ragten die verkürzten Masten hoch über ihm auf, und allmählich konnte er Einzelheiten erkennen.

Er war durch den Kanal wieder nach Norden gefahren, weiter in der Mitte jedoch, und hatte versucht, sich einen Plan zurechtzulegen. Doch einen brauchbaren Plan zu finden, war kaum möglich. Komplizierte Pläne waren fast immer zum Scheitern verurteilt. Er hatte die Pistole und den Überraschungseffekt für sich. Jetzt versetzte er sich an die Stelle der beiden Männer. Der eine würde sich wohl schlafen gelegt haben, während der andere Wache hielt und auf den Sonnenaufgang, das Auftauchen des Trident-U-Bootes mit den vier Bugsierdampfern wartete. Nachdem er zweimal haltgemacht hatte, um den Wind zu prüfen, drehte er die Barkasse in den Wind und stellte in einer geschätzten Entfernung von einhundert Metern den Motor ab. Mit dem Wind im Rücken pirschte er sich mit Hilfe eines Ruders langsam näher und hielt nach einer Bewegung an Deck Ausschau. Aber die *Husar* lag schwarz und schweigend.

Er paddelte bis auf zehn Meter an die Jacht heran und schob sich zum Bug vor. Unglaublich, er hörte schwach, doch ganz deutlich Musik, irgend etwas Symphonisches oder dem progressiven Jazz Verwandtes. Außerdem arbeitete im Bootsrumpf eine Maschine, das weiche Surren eines Motors, der auf niederer Stufe lief.

Als die Jacht dicht neben ihm aufragte, erhob er sich und suchte mit den Fingerspitzen zu verhindern, daß seine Barkasse gegen die Bootswand stieß. Dann schob er sich behutsam weiter, unter dem Bug hervor bis unter das Bugspriet.

Von der Wasserlinie des Schiffsrumpfes aus verlief ein dickes Drahtseil über eine vorspringende Strebe und endete im äußeren Ende des Bugspriets. Loss lächelte, als er sich erinnerte, wie Kitzner stets peinlich darauf bedacht gewesen war, daß er die seemännische Ausrüstung kennenlernte und präzise zu benennen wußte. Er prüfte die Spannung des Wasserstags. Es handelte sich um ein mindestens dreiviertelzölliges Drahtseil, von Spannschrauben so gestrafft, daß es bei Berührung summte. Die Wasserstagstrebe war mit Draht so befestigt, daß sie nicht bewegt werden konnte. Loss hatte diesen Umstand häufig dazu benutzt, um nach dem Schwimmen wieder an Bord der *Surprise* zu gelangen.

Er bückte sich, zog die Schuhe aus und kletterte, die Fangleine der

Barkasse zwischen den Zähnen, auf das Wasserstag hinüber. Die Barkasse lag nun, mit dem Wind treibend, dicht am Schiffsrumpf der *Husar*, doch die segeltuchüberzogenen Fender, die ihre Seiten schützten, sorgten dafür, daß höchstens ein leichtes Scharren entstand.

Er ließ nach seiner Schätzung mehrere Minuten vergehen, doch weder an noch unter Deck gab es eine Bewegung – nichts als die leise Musik aus dem Bootsinneren. Zufrieden kletterte er aufs Bugspriet und hob erst das eine, dann das andere Bein über die Reling. Abermals wartete er. Das Motorengeräusch war lauter geworden, und er spürte leichte Vibrationen.

Sein Sehvermögen war jetzt ausgezeichnet, das Adrenalin floß reichlich, sein Herz schlug kraftvoll. Er sehnte sich nach Bewegung, auf die der Stoffwechsel seines Körpers eingestellt war. »Besser, als Ching es könnte«, dachte er. Aber sein Magen krampfte sich zusammen, und er merkte, daß seine Hand vor Anspannung zitterte. Er atmete tief durch, zwang sich, ganz langsam Luft zu holen. Es geht hier, mahnte er sich, einzig darum, sie heil und gesund von Bord zu holen. Sollte sich doch der Chinese um alles übrige kümmern.

Er schrak zusammen; ein Fall war gegen den Mast geklatscht. Er spürte, wie ein leichtes Zittern durchs Deck lief. Von drinnen kam jedoch kein Geräusch.

Um ganz sicherzugehen, wartete er noch ein paar Minuten; dann befestigte er die Leine mit einem Halbschlag an einem Klampen, aber so lose, daß sie sich mit einem kräftigen Ruck lösen ließ. Über die Reling gebeugt, sah er unten im Schatten, längsseits der *Husar*, die vagen Umrisse der Barkasse, die sich in der leichten Dünung wiegte, aber nicht so stark, daß es zu einem Geräusch kam, das durch die Außenhaut des Bootes gehört werden konnte.

Loss duckte sich, die Füße auf einer Gräting gleich hinter dem Bugspriet, und versuchte Einzelheiten an Deck zu erkennen. Das Ankerlicht direkt über ihm hatte eine Art Sockel, so daß das Licht – er nahm an, daß es sich um eine Öllampe handelte – nicht unmittelbar auf ihn fiel. Aber es war hell genug, um den unteren Teil der Masten und des Deckshauses zu beleuchten.

Nach achtern blickend, konnte er nur ein paar Meter von der Stelle entfernt, wo er an der aufgerollten Stagfock hockte, die Ankerwinde sehen. Dort ungefähr, hatte Ching ihm erklärt, müsse die Kiste an Deck festgezurrt sein. Im schwachen Licht konnte Loss jedoch nur das leere Teakholzdeck ausmachen. Er strengte seine Augen noch mehr an, dann war er sicher: Die Kiste mußte weggeschafft worden sein!

Weiter achtern erhob sich der mittlere Teil des Decks zu einem niedrigen Kajütdach, hier und da unterbrochen von eisernen Windhutzen. Sie glänzten in der matten Beleuchtung, reflektierten mehrfach das Ankerlicht hoch oben. Die Lüftungshauben waren nach vorn gedreht, und er wußte, daß sie den Wind auffingen und ihn direkt nach unten leiteten. Und wenn sie den Wind nach unten leiteten, mußten sie auch Geräusche nach unten leiten. Das durfte er nicht vergessen. Weiter achtern ragte, geschützt von einem flachen Dach, eine Windschutzscheibe schräg empor. Das mußte das Deckshaus sein. Dahinter konnte er nichts mehr erkennen. Irgendwo achtern würde das Deckshaus wahrscheinlich aufhören, und über den Achterkabinen würde sich das niedrigere Kajütdach fortsetzen. Also ein klassischer Motorsegler, dachte er.

Auf einmal kam ihm die ganze Ungeheuerlichkeit seines Vorhabens zu Bewußtsein. Hier an Bord befand sich ein Atomsprengsatz, hundertemal stärker als die Hiroshima-Bombe. Und er hatte keine Ahnung, wie man ihn zündete. Vielleicht mit einem Funkimpuls, vielleicht durch Zeituhrkontakte, die sich schlossen, vielleicht durch das Umlegen eines Hebels. Ein Sprengsatz, der mit Sonnenhitze detonierte und innerhalb eines Umkreises von Meilen alles zu geschmolzenem Glas erstarren ließ. Der Ausdruck »Bodennullpunkt« kam ihm in den Sinn. Das war genau hier, wo er jetzt stand.

Er schaute nach Osten zurück, suchte die Umrisse der *Sunflower* zu erkennen. Aber sie war verschwunden oder, wahrscheinlicher, abgedunkelt. Ching mußte inzwischen wieder zurück sein und denken, die Frau sei losgefahren und haben Loss auftragsgemäß mitgenommen. Sie hatte gesagt, der Angriff werde nach fünf Uhr, jedoch noch vor sechs Uhr erfolgen. Irgendwo da draußen auf dem schwarzen Wasser des Kanals bereiteten die Männer also einen Angriff vor und dachten gar nicht daran, die *Husar* zu entern; sie wollten sie bloß zerstören. Nur, die Holzkiste war entfernt worden. Loss beschloß, rasch zu handeln.

Er wollte sich über das, was zu geschehen hatte, klarwerden und schob alle Gedanken an das, was an Unvorhergesehenem passieren konnte, energisch beiseite. Falls Holly noch lebte – die düstere Alternative mochte er nicht näher untersuchen –, mußte er sie bis spätestens fünf Uhr von der *Husar* heruntergeholt haben. Wenn möglich, weit, weit früher. Er hatte keine Ahnung, wann in diesen Breiten und zu dieser Herbstzeit der Tag anbrach. Vor zwei, drei Tagen, an der kanadischen Grenze, war er mit der Sonne aufgewacht. Da mußte es schon nach fünf gewesen sein, aber die genaue Zeit war ihm damals unwichtig erschienen. Mit Sicherheit wußte er, daß Corrigan ihn mit seinem Lastwagen etwa um halb sechs aufgelesen und die Sonne zu jenem Zeitpunkt knapp über dem Horizont gestanden hatte, ein roter Ball, der die Türme von Vancouvers Wolkenkratzern in Gold tauchte. Also, dachte er, habe ich Zeit bis zum Morgengrauen. Nicht länger. Er warf einen Blick nach Osten, aber kein heller Schimmer zeigte sich am Horizont – einzig der silberne Mond, Vorläufer der Sonne, als liegende Sichel.

Er zog die Automatik aus dem Hosenbund und kontrollierte den Sicherheitshebel. Es war ein jämmerliches Ding, eine Waffe für das Handtäschchen einer Dame, kaum größer als eine .22er. Bestimmt nicht groß genug, um sich damit einen Mann vom Leib zu halten. Er verließ seinen Platz bei dem aufgerollten Segel und schlich an der Ankerwinde vorbei nach achtern. Mit dem Zeh stieß er an ein Beschlagstück auf dem Deck, bückte sich und tastete mit der Hand danach. Es war ein Ringbolzen; einen zweiten fand er in etwa einem Meter Entfernung. Nach Chings Beschreibung war hier offenbar die Kiste festgezurrt gewesen. Er mußte Holly unbedingt hier rausholen, und zwar schnellstens!

Immer noch hörte er die Musik, ganz leise, und so gut wie sicher Bartók. Eigentlich unglaublich, daß der Agent einer fremden Macht, der eine Kernwaffe in ihren letzten Stunden bewachte, sich mit klassischer Musik berieselte. »Konzert für Bodennullpunkt«, dachte er. Der Gedanke kam ihm, daß möglicherweise niemand mehr auf der Jacht war. Daß das Boot, gleich einem riesigen mechanischen Spielzeug, noch weiterlebte, seine Systeme so lange funktionierten, wie die Batterien durchhielten.

Wenn ich noch weiter nach achtern gehe, gerate ich in den Lichtkreis des Ankerlichts. Es wird mich zwar nicht direkt beleuchten, aber immerhin so, daß jemand, der im Deckshaus sitzt, mich gut sehen kann. Er spielte mit der Idee eines Sturmangriffs, wollte die zehn, fünfzehn Schritt übers Deck bis ins Deckshaus in einem schnellen Spurt zurücklegen. Aber dann wäre er so, wie er aus dem matten Licht in die Dunkelheit kam und das Ankerlicht im Rücken hatte, eine perfekte Zielscheibe, ohne zu wissen, wo sein Gegner steckte. Er legte sich lang aufs Deck. Falls jemand von der Crew noch am Leben war, würde man ihn in die Kabinen gesperrt haben, damit er nicht weiter im Weg war. Mittschiffs, in der Plicht, befanden sich die Funkgeräte, die Maschinenbedienung, das Steuer. Es war also wahrscheinlich, daß die Crew entweder im Vorschiff, direkt unter der Stelle, an der er stand, untergebracht war oder in der Achterkabine, wohin er nur unter sehr viel größeren Schwierigkeiten gelangen konnte.

Er tastete sich das Deck entlang, von Backbord nach Steuerbord, an der Ankerwinde vorbei. Im Gegensatz zur *Surprise* oder zur *Mintar* fehlte der *Husar* eine erhöhte Backsluke. Irgendeine Öffnung im Deck aber war unerläßlich, um die Vorsegel unten verstauen zu können. Mit der Hand tastete er von der Winde aus nach achtern das Deck ab und stieß auf einen kalten Metallstreifen. Er folgte ihm: rechteckig, an jeder Seite ungefähr einen Meter lang. Seine Finger fanden die Angeln, auf der achteren Seite ins Deck eingelassen. Kurz darauf berührte er einen ebenfalls ins Deck eingelassenen Ring, höchstens zwölf Zentimeter von da entfernt, wo sein Knie auflag.

Der Ring ließ sich mühelos anheben. Er zog und fühlte, wie sich der Lukendeckel einen Spalt weit öffnete, dann aber durch etwas aufgehalten wurde. Behutsam senkte er ihn wieder, sich stets dessen bewußt, daß das Geräusch unten verstärkt zu hören war. Das gab keinen Sinn. Daß der Lukendeckel von innen befestigt werden konnte, war erklärlich; aber es mußte auch hier außen einen Verschluß geben, damit die Seen, die über das Deck spülten, den Deckel nicht hochsaugen konnten. Er tastete um die Luke herum. Nichts. Abermals hob er den Ring und bewegte ihn dabei versuchsweise. Er ließ sich drehen. Mit trockenem Mund und heftigem Herzklopfen drehte er ihn um 180 Grad und zog. Der Deckel bewegte sich in gut geölten Angeln, ließ sich ohne jede Anstrengung heben.

Die Musik war jetzt lauter geworden, aber es klang, als komme sie von weiter achtern, aus einer Kabine oder dem Salon. Den Lukendeckel mit einer Hand haltend, tastete er mit der anderen nach unten und fand eine an einem Schott befestigte Leiter, die hinunterführte. Er schob die Automatik in seinen Hosenbund und stieg vorsichtig hinab; dann ließ er den Lukendeckel langsam wieder sinken.

Es war ein Korridor, pechschwarz, mit dickem Teppichbelag und dem Geruch nach eingewachstem Holz. Vorsichtig streckte er die

Hand aus. Zu beiden Seiten Täfelung, glatt, mit einem Wachsfilm. Hinten schloß eine Tür den Korridor ab. Er versuchte den Knauf zu drehen und stellte fest, daß er sich spielend leicht bewegen ließ, so leicht, daß sich die Tür unerwarteterweise einen Spalt öffnete. Behutsam zog er sie wieder zu und drehte den Knauf zurück. Ganz unten an der Tür entdeckte er einen Lichtstreifen und fand, als er sich auf den Teppich legte, mehrere Luftschlitze. Zwar konnte er nicht hindurchsehen, aber er hörte die Musik jetzt deutlicher und spürte einen Luftzug.

Er machte um 180 Grad kehrt, schlich vorsichtig weiter und merkte, daß der Boden ein wenig anstieg. Nach zwei behutsamen Schritten stellte er fest, daß der Korridor auch hier an einer Tür endete. Er packte den Knauf, versuchte ihn ganz sacht zu drehen und merkte, daß die Tür verschlossen war. Seine Hand tastete nach dem Schloß und stieß auf ein Schlüsselloch. Es war leer, der Schlüssel fehlte.

»Verschwinden Sie!« Ihre Stimme klang erstickt, ängstlich. Sie ließ ihn hochfahren. Er zog die Automatik aus dem Gürtel, spannte den Hahn und fuhr zur achteren Tür herum. Nichts. Nur der dünne Klang der Musik. Er wartete auf Schritte, aber nichts kam.

Den Mund an die Tür gepreßt, flüsterte er: »Holly? Ich bin's, Loss.« Er kramte in seinem Gedächtnis, suchte ein Erkennungswort.

Stille. Dann eine Bewegung hinter der Tür. Eine Diele knarrte. Ihre Stimme kam jetzt ganz klar. »Hier unten«, flüsterte sie, »die Luftschlitze.«

Er legte sich, tastete die Türfüllung entlang und fand die gleichen Ventilationsöffnungen wie an der anderen Korridortür. Ihre Stimme ertönte nur Zentimeter von seinem Gesicht entfernt. »Mein Gott, Brian! Sie werden dich umbringen!« Sie hielt inne, so daß er das Rascheln ihrer Kleider hören konnte.

»Sag mal, bist du's wirklich . . . ?« Ihre Stimme klang, als werde sie gleich in Panik ausbrechen.

»Ja. Verdammt, sprich leise!« flüsterte er. »Carriacou, Whistler Mountain . . . Ach Scheiße, du weißt schon, der Ort in Montana, wo ich dich kennengelernt habe.« Er wollte ihm zunächst nicht einfallen, dann wußte er's wieder. »Missoula. Wo wir Enchiladas gegessen haben.«

Sie seufzte erleichtert. »Oh, Gott sei Dank!« flüsterte sie.

»Wo ist der Schlüssel zu dieser Tür?«

»Amed. Er hat jetzt Wache. Sie haben ihn immer bei sich.«

Er spürte ihren Atem auf seinem Gesicht, sogar einen Hauch der

Seife, die sie benutzte, konnte er riechen. Er hielt inne, lauschte angestrengt. Die Musik war verstummt. Im Korridor hinter der anderen Tür hörte er Schritte, das Geräusch einer Kreiselpumpe.
»Er ist in der Kombüse«, flüsterte sie. Die Pumpe kreiselte abermals, dann verklangen die Schritte nach achtern. Anstelle der Musik war jetzt ein Ansager zu hören. Loss verstand die Worte: »Wiener Symphoniker«, dann ein weniger deutlicher Satz, und hernach die ersten Takte eines barockähnlichen Stückes. Er fühlte, wie ihm der Schweiß den Rücken herablief.
»Wann läßt er dich raus?«
»Überhaupt nicht. Ich warte immer, bis der andere Wache hat, der Engländer. Der belästigt mich wenigstens nicht.« Ihre Stimme erstickte. »Amed . . . Amed ist wie ein Tier. Immer wieder sagt er zu mir, daß er mich . . . daß er mich schon kriegen wird.«
Loss knirschte mit den Zähnen. »Wo ist der Engländer jetzt?«
»Ich glaube, er schläft. Sie wechseln sich ab. Unregelmäßig. Wenn der Wachhabende müde wird, weckt er den anderen.«
»Wo schlafen sie?«
»Ich . . . weiß . . . es . . . nicht!« Sie dehnte die Worte, voll Verzweiflung.
Er bewegte die Beine, weil sich ein Krampf in seiner Hüfte bemerkbar machte.
»Brian . . .« flüsterte sie. »Alle beide sind bewaffnet. Pistolen mit diesen Dingern drauf – Schalldämpfern.«
Das hatte er erwartet. »Die übrige Besatzung, das Ehepaar. Wo sind sie?«
Sie schwieg. Er konnte sie atmen hören. »Wo?« wiederholte er.
»Gestern. Captain Fox hatte das mit der Kiste entdeckt. Er stellte sich immer wahnsinnig an, wenn es um Drogen ging. Um alles, was auch nur entfernt damit zu tun hat. Es gab eine furchtbare Auseinandersetzung, und dann hat Amed beide umgebracht.«
Loss schloß die Augen. Jesus, dachte er. Die winzige Automatik war praktisch nichts als ein Spielzeug. Abermals beugte er sich hinunter und legte die Lippen an die Luftschlitze. »Holly, wie kannst du erreichen, daß Amed hierherkommt, ohne allzu viel Lärm zu machen? Damit der Engländer nicht aufwacht?«
Pause. »Ich könnte ihn rufen.« Sie schob einen Finger durch einen Luftschlitz, berührte mit der Spitze sein Gesicht. Wieder spürte er ihren Duft. »Brian . . . bitte geh! Hol Hilfe.«
Er wollte keine Zeit damit verschwenden, ihr zu erklären, es gebe

keine Hilfe, die *Husar* sei Bodennullpunkt eines nuklearen Feuerwerks. »Ich hole dich raus«, sagte er schließlich. »Wie könntest du Amed noch herlocken?«

Er lauschte ihrem Atem, dem abrupten Einsaugen der Luft. »Der Wasserhahn!« sagte sie beinahe zu laut. Dann, etwas leiser: »Der Wasserhahn. Hier drinnen gibt es ein Waschbecken. Es wird von einer elektrischen Pumpe gespeist. Wenn man das Wasser anstellt, fängt die Pumpe an zu arbeiten, bis man den Hahn wieder zudreht. Captain Fox hat mich immer dazu angehalten, nicht zuviel Wasser zu verbrauchen.«

»Wie kommst du darauf, daß Amed darauf reagieren würde?«

»Weil wir knapp sind, fast gar kein Wasser mehr haben. Und Amed hat mir befohlen, das Wasser ausschließlich zum Trinken zu benutzen.«

»Okay«, flüsterte er. »Wir werden's versuchen. Du machst den Wasserhahn auf und tritts von der Tür zurück. Wenn er kommt, sagst du ihm, daß du . . . daß du dich wäschst. Laß mir jetzt dreißig Sekunden Zeit, bis du das Wasser aufdrehst.«

Sekundenlang schwieg sie; dann flüsterte sie: »Sieh dich vor, Brian!« Pause. »Ich liebe dich.«

Lautlos zählend, stieg er hastig die Leiter hinauf und drückte den Lukendeckel auf. Elf, zwölf. Er fluchte, weil er vergessen hatte, ihr zu sagen, sie solle das Licht in ihrer Kabine anmachen, damit alles normal wirkte und Ameds Aufmerksamkeit von der offenen Luke abgelenkt wurde. Achtzehn, neunzehn, zwanzig. Der Deckel war offen, lehnte an der Vorderkante des Kajütdachs. Er stemmte sich hinaus und legte sich bäuchlings aufs Deck, damit er seine Hände frei hatte. Er drehte die Automatik um, hielt sie wie ein Hammer und probierte, ob ein Schlag durch die Öffnung nach unten genügend Schwung hatte. Der Korridor war ziemlich niedrig, gerade so hoch, daß ein normal großer Mann stehen konnte. Ungefähr einsachtundachtzig groß . . .

In ihrer Kabine ging das Licht an; zwei Lichtstreifen fielen durch die Luftschlitze, lagen auf dem Teppichboden des Korridors. Achtundzwanzig, neunundzwanzig . . .

Die Pumpe kreiselte. Einmal. Zweimal. Dann begann sie stotternd ihre Arbeit. Er hörte Wasser plätschern. Unglaublich, aber wahr: Sie summte vor sich hin.

Er wünschte, er hätte etwas Schwereres. Wenn Amed nach vorn kam, würde er stehenbleiben müssen, um den Schlüssel ins

Schloß zu schieben. Damit würde er Loss zwei Sekunden Zeit geben. Und wenn er aufblickte . . . Loss vergewisserte sich, daß die Waffe entsichert war. Ihm war klar, daß er den Araber töten würde, wenn es sein mußte.

Immer weiter kreiselte die Pumpe, hörte jedoch urplötzlich auf. Er lauschte aufmerksam, vernahm aber nichts; es war, als sei das Schiff gestorben. Die Musik war verstummt, die Pumpe stand still. Loss hielt den Atem an; sein Herz ging wie ein Schmiedehammer. Nichts, dachte er. Verdammt noch mal, nichts!

Die hintere Tür wurde aufgestoßen, so daß der Knauf gegen die Täfelung krachte. Der Strahl einer kleinen Stablampe tanzte durch den dunklen Korridor, streifte Türknauf und Schlüsselloch. Unter ihm bewegte sich etwas, der Lichtstrahl jedoch stand jetzt still. Loss sah das geschlitzte Rohr des Schalldämpfers, dann die Waffe selbst, dann die verkürzte Gestalt des Mannes.

»Ich habe Ihnen doch gesagt, daß Sie kein Wasser benutzen sollen!« sagte er heiser, mit starkem Akzent. Sie antwortete nicht. Die Faust des Mannes hämmerte gegen die Tür. »Haben Sie verstanden? Ich habe den Strom abgeschaltet.« Jetzt klang die Stimme ungeduldig. Loss spannte die Muskeln, zum Zuschlagen bereit, aber da bückte sich der Mann und legte das Auge ans Schlüsselloch. Loss hörte, wie er scharf einatmete.

Ihre Stimme klang normal, ein wenig erregt, gedämpft. »Amed?«

Der Mann antwortete nicht. Er legte die Pistole beiseite, holte einen Schlüssel aus der Tasche und richtete den Strahl der Stablampe aufs Schlüsselloch. Er schob den Schlüssel in die Tür, drehte ihn um. Loss hörte das metallische Klicken der Fallen.

»Amed?« rief sie laut. »Verschwinden . . . «

Der Araber hatte die Tür aufgestoßen, hielt inne und starrte gebannt in die Kabine hinein. Sie stand unmittelbar hinter der Tür, nackt, nur ein Handtuch um den Körper gewickelt. Gesicht und Hals glänzten naß, ihre Wangen waren gerötet, die Augen weit aufgerissen.

»Insch'allah!« flüsterte Loss. Das einzige arabische Wort, das er kannte.

Überrascht fuhr Amed herum, blickte nach achtern. Loss ließ den Knauf der Automatik genau in dem Moment niedersausen, als der Araber den Kopf hob, und legte seine ganze Kraft in den Schlag. Ameds Gesicht wurde bis auf den Knochen aufgerissen, vom Haaransatz bis zum Kinn begann Blut zu fließen. Der Schrei blieb ihm

in der Kehle stecken; er hustete und spie Zähne. Auf allen vieren tastete er blindlings nach der Waffe, schrie etwas diesmal auf russisch, versuchte mit der freien Hand das Blut aus dem Gesicht zu wischen. Gerade wollte sich seine Hand um den Pistolengriff schließen, da pumpte Loss vier Schüsse in ihn hinein. Loss konnte zusehen, wie die Kugeln trafen, denn mit jedem Einschuß hob sich die Brust des Arabers. Die letzte traf ihn in den Hals, und er brach zusammen, stürzte, wie eine Lumpenpuppe von der Hüfte aus einknickend, vornüber. Ein Bein zuckte noch wie im Krampf, dann lag er still. Loss wurde übel; er konnte das Würgen nicht mehr unterdrücken und erbrach sich.
Irgendwo auf dem Schiff wurde eine Tür aufgestoßen. Loss hielt den Atem an und spähte durch die Luke nach achtern. Holly stand regungslos, mit blutleerem Gesicht, und starrte auf den am Boden liegenden Mann. Loss wollte ihr sagen, sie solle das Licht ausmachen, doch seine Lippen konnten die Worte nicht formen.
Irgend etwas hustete metallisch. Die nur halbgeöffnete Tür ihrer Kabine splitterte, die Kugel traf singend auf Stahl und rikoschettierte. Holly stand immer noch wie versteinert.
»Keine Bewegung, Holly!« Die Stimme klang gezwungen, dünn und beinahe feminin. Sie blickte in den Korridor hinein, der unten nach achtern führte.
»Ihre Hände, Holly. Hoch damit! Kommen Sie langsam zu mir her.« Sie ließ das Handtuch fallen, hob die Hände über den Kopf und ging unter der Luke vorbei nach hinten.
»Sie da, an Deck!« Die Stimme des Mannes klang beherrscht. »Lassen Sie Ihre Waffen durch die Luke fallen. Und dann kommen Sie herunter!«
Sie war jetzt außerhalb seines Gesichtsfeldes. Sein Magen krampfte sich zusammen. seine Sinne waren wie abgestorben. Er dachte an die Barkasse. Bis zur Reling war es ein kurzer Sprung, und dann ins Wasser des Hood-Kanals gehechtet. Er blickte über die Schulter und sah am östlichen Horizont einen hell opalfarbenen Streifen. Noch nicht Sonnenaufgang, aber kurz davor.
Sie schrie. Langgezogen.
»Wahrscheinlich bricht er ihr den Arm«, sagte eine Stimme hinter ihm. Eine andere Stimme. »Eine einzige Bewegung, und Sie sind tot.«
Loss atmete tief ein und stieß den Atem wieder aus. Er warf die Automatik durch die offene Luke.

»Schön langsam, Loss«, befahl die Stimme hinter ihm. »Kommen Sie an Deck nach achtern. Hände hinterm Hals verschränkt.«
Petrov kauerte auf dem Kajütdach, halb hinter dem Mast versteckt, eine Pistole in der Hand. Sein Gesicht wurde vom Ankerlicht beleuchtet, die Augen im Schatten, aber die Züge unverkennbar. »Guten Morgen«, sagte er gelassen und winkte Loss mit der Waffe herbei. »Passen Sie auf, wohin Sie treten. Und jetzt in die Plicht!«
Loss trat über die Süll der Plicht auf ein Sitzkissen und dann auf den Boden. Es war eine große, halb geschlossene Plicht mit Duchten, die nach vorn und nach achtern liefen, sowie einem Steuerstand mittschiffs.
»Gehen Sie rüber zum Niedergang, wo ich Sie sehen kann. Hände immer noch hinterm Hals. Unten ist Trig und hat Sie ebenfalls vor dem Lauf; wenn Sie also auf eine Kugel scharf sind, können Sie sie von vorn oder von hinten haben – ganz nach Wahl.« Loss hörte, wie Petrov hinter ihm heruntersprang. »Na schön, Loss. Runter mit Ihnen! Aber keine hastigen Bewegungen.«
Er stieg die vier Stufen hinab in einen mit Teppichboden ausgelegten Salon. Es war ein großer, luxuriöser Raum mit einem dicken, bronzefarbenen Teppich, in die Wand eingelassenen, gefüllten Bücherregalen und einem geräumigen Eßtisch. Auf Backbord gab es eine schmale Ledersitzbank, eine Stereoanlage und einen Navigationstisch.
Der matte Schein einer Schreibtischlampe beleuchtete den Kartentisch. Der Engländer stand geduckt im Treppenschacht an der vorderen Seite des Salons. Die Treppe, stellte Loss fest, mußte nach vorn zu Hollys Kabine führen.
»Wo ist sie?« fragte er scharf. Hinter ihm schob Petrov einen Lukendeckel zu.
»Setzen Sie sich, Loss!« befahl Petrov. Loss wurde grob auf die Sitzbank zugestoßen. Er stolperte auf seinen Strümpfen und fiel über die eigenen Füße vornüber auf die Lederpolster. »Was hast du mit ihr gemacht?« fragte Petrov an ihm vorbei.
»Ich habe sie in die Steuerbord-Gästekabine gesteckt«, erwiderte der Engländer. »Eingeschlossen. Nette kleine Biene«, setzte er hinzu. »Hübsche Titten.«
Loss sah ihn wütend an. Er konnte den Engländer jetzt besser erkennen. Klein, höchstens einsfünfundsechzig. Schwer, aber ohne Fett, bis auf eine gewisse Fülle der Wangen. Sein Haar war schütter und sonnengebleicht; es glich vom Wind gebeugtem Raigras.

»Geh nach vorn und sieh nach, was mit Amed ist«, befahl Petrov. Der Engländer nickte und verschwand im Niedergang. »Drink?« erkundigte sich der Russe höflich. Er trat hinter den Eßtisch und legte die Automatik so vorsichtig hin, als wolle er die Politur nicht zerkratzen. Ohne den Blick von Loss zu wenden, streckte er die Hand aus, tastete nach einem Schalter und knipste die Tischlampe an.

»Wie lange sind Sie schon hier, Petrov?«

»Leider kein Eis.« Er öffnete eine kleine, in den Tisch eingelassene Klappe und holte eine Flasche heraus. »Geschickt eingerichtet, nicht wahr? Jeder Raum genutzt. Stört es Sie, wenn Sie aus einem Pappbecher trinken müssen?« Ohne auf eine Antwort zu warten, griff er, den Blick immer noch auf Loss, hinter sich und nahm zwei Pappbecher von einem Stoß im Regal.

»Wie lange . . . ?«

Er schenkte ein und schob Loss einen der beiden Pappbecher hinüber. »Langsam, Brian. Ich biete Ihnen einen Drink an, nicht aber meine Gastfreundschaft.«

Trig kam den Niedergang heraufgeeilt. »Er ist tot.« Mit einem Seitenblick auf Loss.

Petrov zog die Brauen hoch. Er hob den Becher und trank einen Schluck. »Wirst du allein mit allem fertig, Trig? Mit der Anlage? Der Senderüberprüfung und dem Einstellen der Zeituhr?«

Der Engländer nahm die Brille ab und steckte sie ein. »Kein Problem. Wir sind beide dafür ausgebildet. Was ist mit dem da?«

»Das ist mein Ressort«, erwiderte Petrov. »Er muß mir ein paar Fragen beantworten.« Er neigte den Becher und betrachtete den bernsteinfarbenen Whisky, als könne der ihm zu einem Entschluß verhelfen. »Setz den Generator in Gang, Trig. Die Batterien müssen voll aufgeladen sein. Und laß uns eine Weile allein. Ich rufe dich dann.«

»Was soll ich mit Amed machen?« Der Engländer zog sich, den Blick noch immer auf Petrov gerichtet, mit einem flüchtigen Seitenblick auf Loss den Niedergang hinunter zurück.

Petrov zuckte kaum wahrnehmbar die Achseln. »Schaff ihn weg. In eine der leerstehenden Kabinen. Mach die Luke dicht und sammele die Waffen ein. Ich möchte sie hier haben.« Der Engländer knurrte etwas und verschwand.

»Schöne Patsche, nicht wahr?« Der Russe lehnte sich zurück. Er strich sich mit den flachen Händen übers Haar bis in den Nacken.

Auf seinen Wangen standen blonde Stoppeln. Er griff nach dem Pappbecher, trank einen Schluck und schürzte die Lippen, während er den Whisky im Mund rollte und ihn erst dann schluckte. »Schöne Patsche, in der wir stecken, Loss.«
»Seit wann sind Sie hier?«
»Seit zwei Stunden.« Er blickte auf seine Armbanduhr. »Um wieviel Uhr wollten die Chinesen angreifen?«
Seine Frage traf Loss wie ein Hammerschlag. »Ich verstehe nicht.« Aber er wußte, daß ihn sein Ton verriet.
Petrov lächelte. »Und die Chinesin – wo ist die?«
Loss wandte den Blick ab und schwieg. Unten vorn hörte er Trig rumoren. Er sehnte sich nach einer Zigarette.
»Was hat sie Ihnen gesagt?« Petrov wartete einen Moment, dann atmete er ungeduldig aus. »Aber das ist auch nicht weiter wichtig«, sagte er schließlich. »Wir sind seit zwei Tagen über die *Sunflower* informiert. Seit unserer kleinen . . . Begegnung in Tsawwassen. Wir hatten einen zweiten Mann auf der Fähre postiert. Er hat das Ganze beobachtet und ist dann der Frau gefolgt, als sie Sie und den anderen Mann fortbrachte. Von da an war es nur noch eine Frage des geschickten Beschattens.«
Loss blickte zu ihm auf.
Petrov schenkte noch einmal nach, dann steckte er sich eine Zigarette an und reichte Loss das Päckchen hinüber. »Bedienen Sie sich.« Er schob ein Wegwerffeuerzeug über den Tisch. »Zwei von ihnen haben die *Sunflower* um Mitternacht verlassen. Sie sind im Jachthafen an Land gegangen und in einen Wagen gestiegen, der auf sie wartete. Als sie wiederkamen, hatte ich inzwischen vier Mann dort postiert. Es war eine sehr kurze Begegnung. Von dort sind wir zur *Sunflower* hinübergerudert. Der Mann an Bord ist keines sehr schönen Todes gestorben.« Petrov tat einen langen Zug an seiner Zigarette und stieß den Rauch dann wieder aus. » . . . aber er hat uns nicht gesagt, wo die Frau Sie hingebracht hat.« Er lächelte flüchtig. »Immerhin, hier sind wir beiden nun endlich wieder vereint.«
»Wo ist die *Sunflower*?«
Petrov drückte seine Zigarette aus. »Die *Sunflower*? Ich würde sagen, im Moment wahrscheinlich in der Straße von Juan de Fuca. Heute nachmittag wird sie vermutlich auf der kanadischen Seite in irgendeiner günstig gelegenen Bucht sinken.« Er griff nach der Automatik. »Also los, Brian«, sagte er. »Ich habe sehr wenig Zeit.

Wohin sind Sie mit der Frau gefahren?«
»Mit welcher Frau?«
Petrov stand auf, trat vorsichtig hinter dem Tisch hervor und ging zum Niedergang hinüber, ohne Loss aus den Augen zu lassen. Der Lauf der Automatik mit dem Schalldämpfer blieb ständig auf Loss' Magen gerichtet.
»Trig!« rief Petrov hinunter. Und als der andere sich meldete: »Du aktivierst jetzt die Sprengsatzbatterie!« Trig tauchte mit schweißglänzendem Gesicht am Niedergang auf. »Soll ich die Zeituhr auch schon einstellen?«
Petrov schüttelte den Kopf. »Noch nicht. Erst wenn ich endgültig den Funkkontakt mit Emil hergestellt habe. Tu, was ich dir sage.« Petrov wandte sich wieder an Loss, musterte ihn eingehend und warf dann einen Blick auf seine Uhr. »Wir haben nur noch sehr wenig Zeit, Brian. Ich nehme an, es ist Ihnen klar, daß Sie und das Mädchen sterben müssen.«
Unwillkürlich erstarrte Loss. Sein Magen zog sich wieder zusammen, die Angst zerrte an seinen Nerven.
Petrov hob warnend die Waffe. »Aber noch nicht, Brian. Noch nicht. Und wie Sie und das Mädchen sterben werden, liegt einzig in Ihrer Hand. Entweder sehr sauber oder unter sehr großen Schmerzen.« Petrov lehnte sich zurück und entspannte sich ein wenig; die schwarze Mündung der Automatik blieb jedoch auf Loss' Magen gerichtet.
»Darum wollen wir keine Zeit mehr verschwenden«, fuhr Petrov fort. »Ich wünsche mehrere Dinge von Ihnen zu erfahren. Die Antwort auf einige Fragen ist mir bekannt, aber eben nicht auf alle. Der Chinese auf der *Sunflower* neigte in den letzten Minuten seines Lebens dazu, ein wenig unverständlich zu sprechen. Wollen mal sehen, ob Sie's besser können.«
»Ich habe Ihnen nichts zu sagen, Petrov. Nichts, was Sie vermutlich nicht schon wissen.«
»Vielleicht«, entgegnete der Russe. »Vielleicht. Aber das lassen Sie mich bitte selbst beurteilen.« Er schenkte Loss ein freundliches Lächeln. »Ich weiß, was Sie jetzt denken, Loss. Wo Leben ist, da ist auch Hoffnung. Stimmt's? Aber bedenken Sie bitte folgendes: Dieser Sprengsatz, der sich jetzt im Maschinenraum befindet, wird sich bei der Detonation in einen Feuerball von nahezu zwei Kilometer Durchmesser verwandeln. Dort, wo Sie jetzt sitzen, wird – allerdings nur sehr kurze Zeit – die Temperatur der Sonne erreicht

werden. Und auf eine Entfernung von zehn Kilometern wird es nichts, Loss, überhaupt nichts mehr geben als radioaktiven Staub, davongetragen von einem Feuersturm, der bei Anbruch der Nacht einen großen Teil von Seattle zerstören wird.«
Loss war aschgrau im Gesicht geworden. »Großer Gott – Sie sind ja wahnsinnig!«
Petrov zuckte die Achseln. »Wahnsinnig? Verrückter bolschewistischer Bombenwerfer – das denken Sie wohl jetzt? Er lachte ein wenig über seinen Einfall, dann wurde seine Miene hart. »Der Beschluß, dieses Projekt durchzuführen, stammt nicht von mir. Ich persönlich habe durchaus nicht den Wunsch, Millionen von Menschen sterben zu sehen, nicht einmal Amerikaner. Der Beschluß wurde jedoch von durchaus nüchtern denkenden Menschen gefaßt, genauso und aus denselben Gründen, aus denen Ihr Präsident Truman den Entschluß faßte, Atombomben auf zwei japanische Städte zu werfen. Aus zwingenden militärischen und politischen Gründen.« Er hob die freie Hand, die Handfläche nach oben gekehrt. »Nein, wahnsinnig nicht. Dies ist lediglich der Beginn der endgültigen Auseinandersetzung zwischen Rußland und dem Westen. Der erste Schlag, sozusagen.« Er ließ die Hand wieder in seinen Schoß fallen. »Damit, Loss, will ich sagen, daß der Sprengsatz, sobald er einmal aktiviert ist, durch nichts mehr an der Explosion gehindert werden kann. Die Chinesen hätten es vielleicht geschafft, aber es war ein Versuch in letzter Minute, schlecht vorbereitet, mit zuwenig Personal, und außerdem wird dieser Angriff, wie Sie ja wissen, nun nicht mehr stattfinden. Der Sprengkopf wird detonieren, wenn die USS *Ohio* auf dem Weg in den Pazifik an diesem Jachthafen vorbeikommt.«
»Wie wird er gezündet?«
Petrov zog die Brauen hoch. »Ausgezeichnet, Brian! Damit haben Sie mir eine der Fragen beantwortet, die mir am meisten am Herzen lagen. Soll das heißen, daß die Chinesen nicht wußten, wie er gezündet wird?«
Loss überlegte. Seiner Meinung nach gab es keinen Grund, Petrov diese Wahrheit zu verschweigen. Das Ergebnis würde davon nicht mehr berührt werden. »Nein«, antwortete er also. »Anscheinend wußten sie es nicht.«
»Und wenn sie's gewußt hätten, so hätte es keine oder nur eine sehr kleine Rolle gespielt, weil es nämlich zwei Zündsysteme gibt. Das erste wird durch ein impulsweise gesendetes Funksignal ausgelöst.

Und für den Fall, daß das versagt, ist die Bombe auch noch mit einer Zeituhr versehen. Beide Zündsysteme sind ausreichend.« Unter ihren Füßen begann hustend der Generator zu laufen. Er nahm Geschwindigkeit auf und fiel dann in ein stetes Summen. Loss hörte, wie eine Stahltür zugeschlagen wurde, die das Generatorgeräusch zu einem leisen Flüstern dämpfte. Mit schweißnassem Hemd erschien Trig am Niedergang.
»Der Generator läuft«, meldete er. »Die Batterie der Bombe ist aktiviert und zeigt volle Ladung an. Die Testschaltung zeigt drei gelbe Lichter. Alles ist einsatzbereit.« Er ging nach achtern und holte sich ein Bier aus dem kleinen Kühlschrank unter den Bücherregalen.
Petrov nickte. »Laß jetzt das Funkgerät warmlaufen. In ein paar Minuten rufen wir Emil. Es ist gleich Viertel nach fünf.« Er wandte sich wieder an Loss. »Ein paar kleine Fragen noch . . . Wie wollten die Chinesen die *Husar* in die Luft jagen?«
Loss sah erst Petrov an und dann zu den geschlossenen Vorhängen hinter dem Rücken des Russen. Draußen konnte er nichts erkennen, die aufgehende Sonne jedoch verlieh dem Stoff einen orangefarbenen Schimmer. »Ich weiß es nicht«, antwortete Loss.
Mit vor Ungeduld verkniffenem Mund erhob sich der Russe. »Ich habe kostbare Zeit auf Sie verschwendet, Loss. Ich habe mich freundlich mit Ihnen unterhalten und Ihnen Whisky eingeschenkt. Ich dachte, Sie wären sich über die Alternativen im klaren.« An Trig gewandt, blaffte Petrov: »Bring mir das Mädchen rauf! Sofort! Und eine Lötlampe.«
»Das Mädchen weiß nichts!« Loss beugte sich, auf dem Rand der Bank sitzend, weit nach vorn.
Petrov spannte seine Waffe und packte sie in Kombathaltung mit beiden Händen. »Eine Bewegung noch, und ich schieße! Auf Ihren Magen. Eine sehr schmerzhafte Todesart.«
Trig ging hinter Petrov vorbei und verschwand nach vorn. Man hörte, wie eine Tür geöffnet wurde, dann zuerst ihre Stimme und dann, heftig, die Trigs. Kurz darauf erschienen beide am Niedergang, Holly in einem viel zu großen Herrenbademantel, Trig unmittelbar hinter ihr, in der einen Hand die Automatik, in der anderen die Butanlötlampe. Er stellte die Lötlampe auf den Kartentisch, entzündete sie und adjustierte die Flamme zu einer glatten, blauen Feder.
»Hinlegen!« befahl Petrov. Ihr Gesicht war geschwollen, eine

Wange wies einen dunklen Bluterguß auf. Als sie Loss ansah, bildeten sich Tränen in ihren Augenwinkeln.
»Hinlegen, Kleine!« echote Trig und stieß sie an den Schultern so hart vorwärts, daß sie stolperte. Aus dem Gleichgewicht gebracht, schwankte sie und fiel auf die Knie. »Auf den Rücken!« fuhr er sie an. Er nahm die Lötlampe, trat vor, stellte sich breitbeinig über sie und nagelte ihre Arme mit den Füßen am Boden fest. Dann blickte er, auf weitere Befehle wartend, zu Petrov empor.
»Schmerz ist etwas Relatives, Loss«, erklärte Petrov gelassen. »Es liegt bei Ihnen, ob er für Holly nur eine Mikrosekunde dauert oder ob sie Minuten der Agonie ertragen muß.« Er nickte Trig zu, und ehe Loss noch reagieren konnte, hatte dieser die Lötlampe rasch über ihr Haar geführt. Sie schrie auf, mehr vor Schreck als aus Schmerz. Ein dichtes Büschel schwarzer Haare verkohlte und erfüllte den Salon mit ekelerregendem Gestank. Sie schluchzte jetzt vor Entsetzen.
»Sehen Sie?« sagte Petrov. »So viel kann Ihnen das Zurückhalten von Informationen nicht bedeuten.«
Mit wildem Blick biß Loss die Zähne zusammen. Ohne Holly aus den Augen zu lassen, flüsterte er: »Gott im Himmel, Petrov! Rufen Sie dieses . . . dieses Tier von ihr herunter! Ich sage Ihnen alles, was Sie wissen wollen.«
Der Russe entspannte sich. »Nun gut. Keine Lügen, kein Zögern. Womit wollten die Chinesen die *Husar* in die Luft sprengen?«
»Mit Sprengstoff. Haftladungen, sagten sie. Ich habe sie selber nicht gesehen.«
»Ausgezeichnet. Aber *ich* habe sie gesehen. Und die Frau. Wohin ist sie mit Ihnen gefahren?«
»Sie ist nicht . . . Ich meine, sie wollte, ja. Nach Everett in Washington. Um ein paar CIA-Typen zu treffen. Sie wollte, daß ich die Story bestätige.«
»Und . . . ?«
»Ich . . . ich nahm ihr die Waffe ab. Wir haben miteinander gerungen.«
»Haben Sie sie getötet?«
Loss schüttelte den Kopf. »Nein, ich bin mit ihr durch den Hood-Kanal nach Süden gefahren und habe sie in einer verlassenen Hütte eingeschlossen. Sie kannte die ganze Geschichte, die Bombe, die Sache mit Welsh. Später, nachdem ich Holly gerettet hatte, wollte ich zurückkehren und sie ebenfalls abholen.«

Petrov lachte. »Glaubten Sie wirklich, Sie könnten zwei bewaffnete Männer überwältigen, die Bombe vernichten und das Mädchen vom Boot holen?«

Petrov hatte recht. Es war verrückt gewesen. »Nein«, antwortete Loss. »Nicht ganz. Ich dachte, ich könnte sie vom Boot holen, bevor die Chinesen eingriffen. So ähnlich.« Er blickte auf sie hinab. Sie hatte die Augen geschlossen, die Hände zu kleinen Fäusten geballt.

Petrov schob einen Vorhang beiseite. An ihm vorbei sah Loss den blassen, aprikotfarbenen Himmel. Wolkenlos. Das diffuse Licht der Morgendämmerung, das vom Wasser reflektiert wurde, beleuchtete Petrovs Züge. Er ließ den Vorhang fallen, wandte sich um und sah Loss an.

»Beschreiben Sie die Hütte. Auf welcher Seite des Kanals. Alles, was zur Identifizierung dienen kann.«

Er dachte an die Frau. Einfach eine Frau. Vielleicht in den Vierzigern, Fünfzigern. Die weichen, runden Züge der Asiaten, die klare Stimme. Die Härte, und dann wieder die Art, wie sie ihm Glück gewünscht hatte.

»Ich weiß es nicht«, sagte er schließlich. Aber er merkte, daß ihn sein Zögern verraten hatte. Petrov sah ihn an.

»Versuchen Sie's. Mehr Einzelheiten.«

Trig blickte zu Loss empor und dann wieder auf das Mädchen hinab. Er adjustierte die blaue Feder, öffnete das Ventil, bis die Flamme zu einem harten, grellgelben Strahl wurde. Die Lötlampe gab ein flattriges Zischen von sich.

Er sprach überstürzt, stolperte über die eigenen Worte. »Es war eine Hütte, zwei Hütten, aber eine war bloß ein Schuppen. Ziemlich runtergekommen. Blockhausbauweise. Ein Anlegesteg. Mit zwei Booten, Kanus, glaube ich; die lagen umgekehrt auf dem Rasen. Und es war die Westseite des Kanals. Ungefähr anderthalb bis zwei Meilen südlich von hier.«

»Sonst noch was?«

Loss überlegte, durchforschte sein Gedächtnis nach Einzelheiten. »Nein. Höchstens, daß es sich wahrscheinlich um eine Jagdhütte handelt. Auf der Tür stand ein Name – *Sans Souci.*«

»Sorgenfrei«, übersetzte Petrov. »Sehr hübsch. Und das macht auch mich sorgenfrei. Zwei Meilen Radius vom Bodennullpunkt.« Er winkte Trig. »Laß sie aufstehen. Ich werde jetzt Emil rufen.« Mit der Automatik deutete er auf Holly. »Auf! Neben Ihren Freund!«

Trig reichte Petrov ein kleines Transistorfunkgerät. Petrov schaltete

es ein und drückte auf den Mikroknopf. »Lkw drei, hier Lagerhaus. Hört ihr mich?«
Ein Schwall von Geräuschen, und dann: » . . . gerhaus. Hier Nummer drei. Ich versuche euch seit einer halben Stunde zu erreichen. Ende.«
Petrov drückte auf den Mikroknopf. »Alles okay. Wir hatten Schwierigkeiten mit der Gewerkschaft. Wie ist eure Position?«
»Vierzig Meilen südlich. Die Ladung, auf die wir warten, ist bereits unterwegs. Ende.«
Petrov wandte sich mit verzerrtem Gesicht an Trig. »Die *Ohio* hat schon den Stützpunkt verlassen!« Er sah auf die Uhr.
»Lagerhaus, hört ihr mich? Ich wiederhole: Die Ladung ist bereits unterwegs. Ende.«
Seine Stimme verriet einen Anflug von Panik. »Um welche Zeit wird sie schätzungsweise hier sein? Ende.«
»Lagerhaus . . . « Es gab eine Verzögerung, das Rauschen hier und da durch statische Geräusche unterbrochen. »Lagerhaus, hier Nummer drei. Unsere Berechnungen haben ergeben, in etwa sechsundvierzig Minuten. Um fünf Uhr einundfünfzig. Haben Sie das, Lagerhaus? Ende.«
Petrov wandte sich an Trig. Das Gesicht des Engländers war schweißüberströmt. Seine Miene war ausdruckslos wie bei einem Menschen, der unter schwerer Schockeinwirkung steht. »Die Zeit genügt«, sagte Petrov heiser. »Wir können innerhalb von drei Minuten fort sein. Vier, um weiter landeinwärts zu gelangen. Bis die Bombe hochgeht, können wir dreißig Meilen südlich sein.« Er wandte sich wieder dem kleinen Funkgerät zu und drückte auf den Mikroknopf.
»Lkw drei, hier Lagerhaus. Ich habe verstanden. Wir haben hier nicht mehr viel Zeit. Machen Sie sich bereit, uns auf der anderen Frequenz ein Signal zu senden. Wir brauchen eine Minute, um alles vorzubereiten. Verstanden?«
Die Antwort kam beinahe lakonisch. »Nummer drei in Bereitschaft.«
Petrov fuhr zu Trig herum. »Du gehst runter in den Maschinenraum. Mach alles fertig für den Test mit dem Auslöserton. Dann stellst du anschließend die Zeituhr ein.«
Der Engländer sah ihn flehend an. Abscheu im Blick, war Petrov mit zwei Schritten am Niedergang. »Schon gut. Du bewachst Loss und das Mädchen. Ich mach's lieber selbst.« Und nachträglich rief er

noch die Treppe herauf: »Falls sie sich rühren, sofort schießen!« Eine Stahltür wurde geöffnet. Von unten kam gedämpft Petrovs Stimme: »Sag Emil, er soll den Auslöserton senden!«
Trig riß sich sichtlich zusammen. Er schwitzte so stark, daß sein Hemd klatschnaß war. »Nummer drei«, sagte er ins Mikrofon, »hier Lagerhaus. Sendet jetzt auf der anderen Frequenz.«
Die andere Stimme meldete sich: »Wir senden . . . JETZT!«
Loss beobachtete Trig, berechnete die Entfernung. Er konnte sich nicht zum Handeln aufraffen, zögerte es hinaus, suchte nach einer Möglichkeit, den Mann abzulenken. Unauffällig rutschte er ganz an den Rand der Sitzbank vor, verlagerte sein Gewicht nach vorn auf die Fußballen und stützte die Hände hinter sich aufs Leder, um sich noch besser abstoßen zu können. Jede Sekunde mußte Petrov zurückkommen.
Der Russe rief aus dem Maschinenraum herauf: »Sag ihm, Auslöserton empfangen. Ich habe grünes Licht auf dem Auslösertonschaltkreis. Ich stelle die Zeituhr jetzt auf vierundvierzig Minuten.«
»Nummer drei, hier Lagerhaus. Eure Übertragung ist empfangen worden. Unser Inventar ist transportbereit. Ich wiederhole, unser Inventar ist transportbereit.«
Nummer drei war sofort wieder da. »Verstanden. Noch etwa dreiundvierzig Minuten. Wir sehen uns im Norden. Macht euch auf die Socken!«
»Zeituhr auf vierundvierzig Minuten eingestellt und läuft«, rief Petrov von unten.
Trig drückte den Mikroknopf. »Lagerhaus okay. Alles in Ordnung. Wir sind bereit, die Ladung zu übernehmen. Lagerhaus Ende und aus.«
Loss schnellte sich ab, die Hände hinter sich auf die Sitzbank gestemmt, die Beine angezogen, die holzverkleidete Unterkante der Sitzbank als Katapult benutzend. Dicht über dem Boden schoß er auf den Engländer zu. Ein Schlag wie von einem Dampfhammer traf seinen linken Arm, und plötzlich schien die Zeit stillzustehen: der Ausdruck auf Trigs Gesicht, die Pistolenmündung, die auf ihn zielte, das Gefühl brennender Gase, die an seinem Gesicht vorbeiströmten, der Schock, nicht das Gefühl, als sei ein Teil seines Körpers weggeschossen worden. Aber er verlor den Schwung nicht. Er prallte gegen Trig, die Arme erhoben, um die Pistolenmündung beiseite zu stoßen. Er nahm alles wahr wie ein unbeteiligter Dritter, ein Zuschauer: Trigs Keuchen, den Druck seiner bis zum Platzen

gespannten Muskeln, den Gestank seines Schweißes, sowohl vor Anstrengung als auch vor Angst. Die Automatik, wegen des Schalldämpfers unhandlich, lag in Trigs rechter Hand und schwang herum. Aus den Augenwinkeln sah Loss eine schnelle Bewegung. Die blaue Stahlflasche der Lötlampe traf Trig am Kopf, trennte ein großes Stück Schwarte ab. Dann war Holly über ihm, hämmerte von hinten auf Trig ein, während Loss ihm die Waffe entwand. Gerade noch rechtzeitig drehte sich Loss um, sah Petrov mit emporgewandtem Gesicht die Treppe heraufkommen und feuerte.

Zu hoch. Die Täfelung über Petrovs Kopf zersplitterte unter der Wucht des Schusses. Er feuerte abermals, doch der Russe war schon wieder verschwunden.

Aus dem dunklen Korridor kamen zwei Schüsse, beide, ohne zu treffen; die Kugeln pflügten nur Furchen in die Deckenisolierung.

Loss packte Holly und zog sie auf den Teppich herunter. Trig stand immer noch aufrecht, warf sich jetzt aber herum und stieß gegen mehrere Möbel. Ein hellroter Blutstrom schoß aus seiner Wunde.

Einen Moment herrschte Stille. Loss versuchte über das Hämmern seines klopfenden Herzens, das rauhe Keuchen seines Atems hinwegzulauschen und packte die Automatik fester. Kleine Fetzen der Isolierung kamen im Dämmerlicht herabgeschwebt. Vorn im Korridor hörte er ein Geräusch, eine Tür, die in den Angeln schwang, ein Griff der gedreht wurde. Allmählich setzte der Wundschock ein. Mit der Rechten tastete er seinen linken Arm ab. Unterhalb des Ellbogens hatte er kein Gefühl mehr, die linke Hand war unbrauchbar, er konnte sie nicht bewegen. Blut tränkte den Ärmel, bis sich der Stoff vollgesogen hatte. Loss merkte, daß ihm ein wenig schwindlig wurde; er fürchtete, das Bewußtsein zu verlieren.

Hinter ihm klapperte der Lukendeckel. Ohne den Blick vom Niedergang zu nehmen, drehte er sich halb um.

»Trig läuft davon!« rief Holly aufgeregt. Sie wollte aufstehen, doch Loss zog sie wieder zu sich herunter. Im Korridor bellte die Pistole auf; die Kugel zerschmetterte ein Fenster etwa dreißig Zentimeter über ihren Köpfen. Er wußte nicht, ob Petrov auf ihn oder auf Trig gezielt hatte. Schritte stampften das Deck entlang. Sekunden später wurde ein schwerer Außenbordmotor angeworfen, heulte auf und begann dann friedlich zu brummen, bis der Gang eingelegt wurde. Dann stiegen die Umdrehungen wieder, jaulten laut auf, und schließlich erstarb der Lärm in der Ferne. Jetzt herrschte Stille; nur noch das Geräusch mühsamen Atmens sowie die kleinen Geräusche,

die ein Boot macht, und die alles begleitenden Vibrationen des Generators waren zu vernehmen.
»Petrov, hören Sie mich?« Loss richtete die Automatik auf den Niedergang. Er drückte ganz leicht auf den Abzug, um das Spiel wegzunehmen.
Die Stimme kam aus überraschender Nähe. »Ich höre.«
»Ihr Freund hat das Motorboot genommen.«
Petrov seufzte. »Das habe ich mir gedacht. Trig ist so eine Art Überlebenstyp.«
Loss wandte den Kopf, redete hastig flüsternd auf Holly ein. »Du kriechst aus der Schußlinie! Dort drüben hin, an die Seite. Und behalte die vordere Luke im Auge.«
»Ich habe Sie genau verstanden«, behauptete Petrov. »Es ist sinnlos.«
Loss' Arm schmerzte teuflisch, jetzt, da der Schock nachließ. Loss versuchte seine Gedanken zu ordnen, aber der Schmerz hinderte ihn, sich zu konzentrieren. Sein Ärmel war naß, das Blut tropfte auf den Teppich. Albernerweise ertappte sich Loss bei dem besorgten Gedanken, der Fleck könnte den Teppich ruinieren.
»Begreifen Sie, was geschehen ist, Loss? Daß die Bombe losgeht, ob Sie mich umbringen oder nicht?«
»Sie können sie noch entschärfen.« Loss sagte es als Befehl.
Petrov schnaufte verächtlich. »Nicht mal der Konstrukteur selbst könnte das. Es gibt keinen sogenannten Notschalter. Die Bombe explodiert entweder auf Emils Auslöserton hin, oder sobald die Zeituhr abgelaufen ist.« Er hielt inne. »Also haben Sie zwar gewonnen, Brian, zugleich aber auch verloren.«
»Der Chinese hat gesagt, man könnte sie entschärfen, indem man sie hochgehen läßt.«
»Möglich. Durchaus möglich. Ich nehme an, Sie haben drei bis vier Kilo hochbrisanten Sprengstoff greifbar. Vorausgesetzt natürlich, daß ich es zulasse.«
»Sie wollen sterben!«
Längere Zeit herrschte Schweigen. Schließlich erwiderte Petrov in müdem Ton: »Nein. Ich möchte nicht unbedingt sterben. Aber selbst wenn wir die *Husar* jetzt verließen, würden wir uns, wenn die Explosion stattfindet, immer noch innerhalb des tödlichen Kreises befinden.« Abermals eine Pause, dann: »Noch neununddreißig Minuten, Loss.«
Unvermittelt erkannte Loss die Bedeutung dessen, was Petrov eben

gesagt hatte: daß sie schon jetzt lebende Tote waren. Selbst wenn sie die Barkasse erreichten, überstieg deren Geschwindigkeit doch nicht sechs Knoten. Sie lief also innerhalb einer halben Stunde drei Meilen. Doch Holly hätte an Land vielleicht eine Chance. Sein Kopf wurde allmählich klarer, sein Verstand begann wieder zu funktionieren. Er winkte ihr, deutete an, er wolle schreiben, und zeigte auf den Navigationstisch. Anfangs runzelte sie fragend die Stirn; dann begriff sie und nickte ihm zu. Sie streckte die Hand aus, nahm einen Bleistift und die Karte vom Tisch und schob sie ihm über den Teppich zu.

Seine linke Hand war nicht zu gebrauchen. Er ging also das Risiko ein, legte die Pistole hin und schrieb:

». . .Barkasse am Bugspriet festgemacht. Fahr an Land! Nimm dir ein Auto, fahr nach Süden. SOFORT!«

Das SOFORT unterstrich er noch, dann schob er ihr die Karte wieder hinüber.

Sie las, schüttelte den Kopf, schrieb mit kurzen, abgehackten Strichen und schob die Karte zu ihm zurück.

»ICH LIEBE DICH. NEIN!«

Er sah sie an. Das blonde Haar wirr und zerzaust, das Gesicht geschwollen, die Augen gerötet, lächelte sie ihm zu, mit einem Lächeln, das teils eine Bestätigung ihrer Liebe und teils eine Unabhängigkeitserklärung war. Sie krauste die Nase und streckte ihm die Zunge heraus.

»Loss, Sie sind mir zu still!«

»Ich habe nachgedacht.«

Das stimmte. Das Seefunkgerät war ins vordere Schott eingelassen und lag außerhalb von Petrovs Schußweite, leider aber auf der entgegengesetzen Seite des Salons. Sie kann hinter mir vorbeikriechen, dachte er, während ich den Niedergang im Auge behalte. Auf die Seekarte kritzelte er:

»Wenn du das Funkgerät bedienen kannst, kriech hinter mir vorbei, aber bleib unten, und gib dann auf der Notfrequenz MAYDAY. BOMBE AN BORD. UMGEBUNG RÄUMEN!!!

Sie nickte und begann hinter ihm entlangzukriechen.

»Loss? Was führen Sie im Schilde?«

»Gar nichts. Wieviel Uhr ist es?« Er fragte es laut, um die Geräusche zu übertönen, die sie machte, und um ihn abzulenken.

»Noch siebenunddreißig Minuten.«

Sie schaltete den Sender ein und drehte dann am Wähler. Der Salon

füllte sich, als sie die verschiedenen Kanäle absuchte, mit einer Woge von Geräuschen, Gesprächsfetzen. Unten dröhnte eine Stahltür; man hörte Bewegungen, und dann fiel die Tür ins Schloß. Loss feuerte in den Korridor, doch der war leer.
»Mayday, Mayday, die Jacht *Husar* . . .« Die Lampe am Kartentisch verlöschte, die Beleuchtung des Funkgerätes fiel aus. Unten hörte man das Knacken von Schaltern, die umgelegt wurden.
Holly legte das Mikro hin. »Er hat überall den Strom ausgeschaltet«, flüsterte sie. »Er ist im Maschinenraum.«
Während sie das sagte, veränderte sich das Geräusch des Generators und erstarb dann. Rumpelnd kam er ganz zum Stillstand. Das Boot lag schweigend.
»Loss!« rief eine gedämpfte Stimme.
»Es ist Ihr eigener Schaden.«
»Und das ist der letzte von Ihren dummen Irrtümern. Ich bin im Maschinenraum, die Tür ist verriegelt. Eines habe ich Ihnen nämlich noch nicht von der Bombe erzählt.«
»Wir verschwinden jetzt«, flüstert Loss zu Holly hinüber.
»Loss – hören Sie mir zu?«
»Ich höre, Petrov.«
»Die Zeituhr kann zwar nicht angehalten, und sie kann auch nicht zurückgestellt werden. Aber ich kann sie vorstellen. Wenn Sie oder das Mädchen eine Bewegung machen, stelle ich sie so ein, daß die Bombe sofort detoniert. Von nun an wünsche ich ständig Ihre Stimmen zu hören.«
Er sah sie an. Aber sie stand da und starrte mit ausdrucksloser Miene durch die Windschutzscheibe der *Husar* nach vorn. Langsam erhob er sich; die Schmerzwellen in seinem Arm kamen mit jedem Herzschlag. Hinter dem Liegeplatz, sehr weit unten im Kanal spiegelte sich das Sonnenlicht im schwarzen Leib eines U-Boots. Neben ihm wirkten die Bugsierer, die es flankierten, winzig wie Zwerge. Nach seiner Schätzung mußte es noch etwa drei Meilen entfernt sein.
»Loss, haben Sie mich verstanden?«
»Ja. Ich habe Sie verstanden.« Schwer ließ er sich in einen Sessel sinken. »Wie lange noch?«
»Fünfunddreißig . . . Jetzt noch vierunddreißig Minuten.«
Loss erinnerte sich, daß es außer der Zeituhr noch ein Zündsignal gab. »Woraufhin wird Ihr Mann im Lkw das Signal senden?«
Er hörte Petrov lachen. »Der ›Lkw‹ wie Sie ihn nennen, ist ein

Fischerboot, dasselbe, auf dem ich eine sehr schöne Kreuzfahrt zu einem U-Boot der Roten Flotte in kanadischen Gewässern zu machen gedachte. Es sendet das Signal über ein streng geheimes elektronisches Suchgerät, genannt Fernseher?«

»Was soll das heißen – Fernseher!«

»Ein tragbares Fernsehgerät, Loss. Zwei Ortsfernsehsender von Seattle senden das Signal live. Wir werden das große Glück haben, mitten in einer Seifenwerbung gen Himmel zu fliegen.«

Loss stemmte sich hoch. Holly saß auf der Bank, das Gesicht in den Händen vergraben.

»Wie komme ich in den Maschinenraum? Es muß doch irgendeine Möglichkeit geben!«

»Nein«, flüsterte sie. »Es gibt nur eine einzige Tür, eine Stahltür. Captain Fox hat sie immer als Kollisionsschott bezeichnet. Auf See mußte sie stets geschlossen bleiben. Sie hat nur ein winziges Spiegelglasfenster, damit man hineinsehen kann. Zehn bis zwölf Zentimeter im Durchmesser.«

»Und die Lüftung?«

»Es gibt zwei Öffnungen, aber die befinden sich an Deck. Sie verlaufen durch Rohre bis zu entsprechenden Gebläsen, die die Bilge lüften. Fox hat sie immer fünf Minuten vor dem Anlassen des Motors eingeschaltet.«

»Warum – wegen der Hitze?«

Sie nickte. »Zum Teil; aber die Gebläse saugen vor dem Starten der Maschinen auch die Benzin- und Kochgasdämpfe ab.«

»Benzin? Dann muß es doch an Bord einiges davon geben, oder?«

Sie schüttelte den Kopf. »Nein, das wurde immer im Motorboot aufbewahrt. Und das mit dem Kochgas, das wird nicht klappen. Das würde er sofort riechen. Man hat dem Gas für den Fall, daß einmal die Leitung defekt wird, Knoblauchgeruch beigemischt. Dann würde er die Zeituhr sofort vorstellen.«

»Was machen Sie da oben?« rief Petrov herauf.

»Wir rauchen eine Zigarette. Wollen Sie auch eine?«

Der Russe lachte, aber es klang gepreßt. »Nein, danke. Einen Whisky hätte ich allerdings gern. Hätte die Flasche mitnehmen sollen. Aber bedienen Sie sich nur.«

Loss blickte hinaus auf den Kanal. Anfangs war es nur ein verschwommener Umriß gewesen, jetzt aber sah er die weißen Bugwellen der Bugsierer. Er wandte sich ab, wollte nicht ständig hinsehen. Er sah sie an, zog sie an sich. »'ne schöne Patsche, Hol-

ly, wie? Tut mir leid.« Sonst gab es scheinbar nichts mehr zu sagen. Sie erwiderte seine Umarmung, barg das Gesicht an seinem Hals.
»Noch neunundzwanzig Minuten, Loss! Glauben Sie wirklich , daß es einen Gott gibt?« Die Stimme klang jetzt ein wenig brüchig, entweder vom lauten Rufen oder aufgrund seiner Nervenspannung. Loss stellte sich vor, wie der Russe inmitten der Maschinen im dunklen Schiffsbauch saß, wo es nach Öl und Bilgenwasser roch, und darauf wartete, daß die Minuten verranen. Loss warf wieder einen Blick auf den Kanal. Nach seiner Schätzung konnte es höchstens noch eine knappe Viertelstunde dauern. Wenn er nur einmal auf Petrov schießen und die restlichen Kugeln in die Bombe pumpen könnte – möglicherweise genügt das.
»Holly, was führt außerdem noch in den Maschinenraum – Rohre, Drähte, Kabel? Irgend etwas, das groß genug ist, um Platz für einen Pistolenlauf zu bieten?«
Sie reagierte nicht, ließ den Kopf an seinem Hals liegen. Endlich hob sie dann doch das tränenüberströmte Gesicht. »Nichts«, flüsterte sie. »Alles liegt hinter der Täfelung. Und die ist sehr fest gefügt.«
»Es muß aber doch etwas geben: Rohrleitungen, Schläuche, die in den Maschinenraum führen. Komm, denk nach!«
Sie schüttelte den Kopf. »Ich weiß es nicht. Ich bin nicht oft drin gewesen. Eine Menge Rohrleitungen, glaube ich. Von der Frischwasserversorgung. Bündel von Drähten, Kabel zu den Kontrollinstrumenten in der Plicht, die Feuerlöschrohre . . .«
Er unterbrach sie mitten im Satz. »Was für ein Feuerlöscher? Wasser?«
Ihre Augen wurden groß. »Nein, Gas. Kohlendioxyd. In einem Verschlag in der Achterkabine stehen zwei große grüne Flaschen. Wenn im Maschinenraum Feuer ausbricht, schmilzt dort irgendein Verschluß, und beide Flaschen überfluten den Maschinenraum.« Scharf sog sie den Atem ein. »Brian . . .« Sie packte seinen Arm. ». . . in der Plicht gibt es einen Handauslöser! Falls es dort brennt, kann der Steuermann selbst das Gas auslösen. Ein roter Griff in einer roten Metallbox direkt unter den Kontrollinstrumenten in der Plicht!«
»Zieh du ihn. Ich bewache die Maschinenraumtür, für den Fall, daß er hinaus will.«
Sie hielt den Atem an. »Aber Brian, er wird ersticken!«
»Verdammt noch mal, denk einfach nicht dran! Zieh den Griff, sobald du hörst, daß ich mich mit Petrov unterhalte. Nicht eher!«

Loss klemmte sich die Automatik unter die linke Achsel, denn seine linke Hand war nicht zu gebrauchen. Mit der Rechten griff er sich die Flasche Scotch und schlich den Niedergang hinab. An Backbord fand er die Tür zum Maschinenraum. Sie war aus Stahl, mit einem schweren Fallriegel. In den oberen Teil der Tür war ein kleines Fenster eingelassen. Mit den Fingerspitzen klopfte er an.
»Sind Sie noch da, Petrov?« Drinnen hörte er eine Bewegung, das hohle, metallische Geräusch eines Absatzes auf einer Gräting.
»Ich werde zweifellos hierbleiben, bis ich sterbe, Loss.« Die Stimme war nur wenige Zentimeter entfernt, unmittelbar hinter der Tür. Abermals hörte er, daß Petrov sich bewegte.
»Ich habe Ihnen den Scotch mitgebracht.«
»Wie fürsorglich! Wo ist das Mädchen?«
»Im Salon. Sie . . . fühlt sich nicht wohl.«
Eine lange Pause entstand. Loss lauschte, wartete darauf, daß sie den Griff zog. Er mußte Petrov unbedingt von der Bombe fernhalten, so weit, daß der Russe die Zeituhr nicht mehr erreichte.
»Wer hat den Schlüssel zum Himmelreich?« fragte Petrov. Er hatte sich nicht mehr bewegt.
»Petrus – Sankt Peter.«
Pause. »Ich weiß nicht recht, aber ich möchte eigentlich nicht mit einer Alkoholfahne vor meinen Schöpfer hintreten.« Petrov lachte, doch es klang bitter. »Sagen Sie, Brian . . .«
»Schießen Sie los!«
»Das ist es ja gerade. Wir haben nicht mehr genug Zeit, um uns mit Neun-Millimeter-Patronen zu beschießen.« Er hielt inne. »Noch zwanzig Minuten. Ich vertraue Ihnen, Sie vertrauen mir. Wenn einer von uns durch dies kleine Fenster schießen würde, wäre das Glas dick genug, um die Kugel abzulenken. So daß der andere freies Schußfeld hat. Ich habe einen Vorschlag.«
Loss lauschte, aber noch immer hörte er nichts von Holly. Alles still. Lautlos fluchte er vor sich hin. »Ich höre, Petrov.«
»Ich würde gern mit Ihnen ein Glas Whisky trinken und eine Zigarette rauchen. Diese Sache läuft jetzt ohne uns ab. Ich werde den Strom für den Maschinenraum einschalten, damit Sie mich sehen können. Dann werfe ich meine Automatik in die Bilge. Anschließend schalte ich den Strom für die Kombüse ein, damit ich Sie durchs Fenster sehen kann. Und Sie werfen Ihre Automatik in den Kombüsenspülstein. Dann öffne ich die Tür, und wir trinken in Ruhe ein Glas zusammen. Einverstanden?«

»Warum, Petrov?«
»Warum nicht?« entgegnete der Russe. »Wir haben beide Fehler gemacht. Jetzt müssen wir dafür bezahlen. Wie Sie wissen, geht jeder, der in die Tat umsetzt, woran er glaubt, Risiken ein. Das ist der Preis dafür, daß er kein langweiliges Leben führt.«
»Okay. Werfen wir also die Waffen weg«, sagte Loss.
Eine Lampe flammte auf, badete den Maschinenraum in hartem, weißem Licht. Loss trat von der Tür zurück, damit er vom Fenster weg war. Er sah eine Bewegung. Der Russe sah ihn durch die Scheibe hindurch an und ließ dann seine Waffe zwischen den Spanten der Bilge los. Gebückt wegen der niedrigen Decke kam Petrov zur Tür. »Und jetzt Sie«, rief er. Flackernd ging das fluorezierende Kombüsenlicht an. Loss trat, ohne den Blick von der Tür zu lassen, noch einen Schritt weiter zurück. Der Russe beobachtete ihn, das Gesicht dicht hinter dem Fenster.
Das Ausstoßgeräusch des Kohlendioxyds glich einer Explosion; ein qualvolles Geräusch, als stehe ein Dampfrohr unter vollem Druck. Das Licht im Maschinenraum wurde zu undurchsichtigem Dunst gedämpft. Der Türgriff bewegte sich. Hastig stürzte Loss hinüber, stemmte sich mit dem ganzen Gewicht gegen die Tür, zwang sie schließlich ins Schloß zurück. Er ließ den Riegel an seinen Platz fallen. Durchs Fenster sah er Petrovs Silhouette; der Russe warf sich gegen die Tür, hämmerte voll verzweifelter Wut auf sie ein. Dann hörte das Hämmern auf. Flüchtig sah Loss noch einmal Petrovs Gesicht: die Zähne gebleckt, formten die Lippen eindeutig das Wort »Schwein«. Dann sank er, die Finger übers Fensterglas ziehend zu Boden.

Er traf sie im Salon, als sie mit in der steifen Brise wehendem Haar aus der Plicht kam. Sie war außer sich, deutete hastig hinaus. Er blickte an ihr vorbei. Die USS *Ohio* glitt schlank und schwarz wie ein großer Wal mit weißer Bugwelle durchs Wasser. Die Begleitbugsierer wie Pilotfische zu ihren Seiten. Loss sah Dutzende von Männern mit weißen, in der Sonne glänzenden Mützen auf den Aufbauten und auf den Decks zur Formation aufmarschiert. Sie waren keine Meile mehr entfernt. Minuten höchstens, dachte er.
Mit seiner gesunden Hand packte er Holly am Arm, drückte so fest zu, daß man ihrer Miene den Schmerz ansah. »Hör gut zu! Und tu genau, was ich dir sage. Du hast vorhin etwas gesagt. Was für Zeug benutzt ihr zum Kochen?«

»Gas. In Flaschen.«
»Ist das explosiv?«
Sie nickte. »Sehr sogar. Ich mußte beim Kochen immer in der Kombüse bleiben. Da ist ein Hauptventil . . .«
»Okay. Und nun die Lenzpumpen in der Bilge. Womit kann man die einschalten?«
»Mit einem Schalter. In der Plicht – aber es gibt auch eine automatische Pumpe. Die setzt ein, sobald auch nur ein paar Zentimeter Wasser in der Bilge stehen. Sie schaltet sich automatisch ein und aus.«
»Bist du sicher?« Er spie die Worte so scharf heraus, daß der Speichel ihr ins Gesicht flog; seine Finger gruben sich tief in ihr Fleisch.
»Ja –ja. Ich bin ganz sicher!«
Er wandte sich ab, blieb aber am Niedergang noch einmal stehen. »Sobald ich rufe, drehst du das Hauptventil für die Gasflaschen auf und anschließend alles andere, Backofen, Kochstellen, einfach alles!«
Loss entriegelte die Tür und trat beiseite, damit das Gas ausströmen konnte. Die offene Maschinenraumtür schwang hin und her, als sich die *Husar* in der leichten Dünung wiegte. Loss stieß sie ganz auf und trat ein. Petrov lag mit dem Gesicht nach unten, die Haare weiß überfroren, auf der Gräting. Der ganze Maschinenraum war mit einer weißen Schicht überzogen, denn als das Kohlendioxyd auf die feuchte Luft traf, hatte es sie in Reif verwandelt. Der aus dieser frostigen Feuchtigkeit bestehende Nebel lichtete sich jetzt allmählich und sank zu Boden. Und dann entdeckte Loss, was er suchte. In der hintersten Ecke stand auf einer Werkbank eine Holzkiste, an der in einer tief eingeschnittenen Nische drei grüne Lampen brannten.
Er fand den Stromschaltungskasten, suchte, bis sein Finger bei dem Schild »Autom. Lenzpumpe« anhielt, und unterbrach den Strom.
Die Einlaßventile der großen Mercedes-Maschine für Salzwasser waren nicht zu übersehen. Loss verfolgte sie bis dahin, wo die Metallrohre durch Klampen mit Gummischläuchen verbunden waren. Weiter unten endeten die Schläuche in einem Fitting am Bootskörper. Auf der Werkbank fand er einen großen Schraubenzieher. Er mußte die Klampen innerhalb von dreißig Sekunden gelöst haben, aber die Schläuche waren salzverkrustet und rührten sich nicht einmal, als er sie mit dem Schraubenzieher bearbeitete.
Ungestüm schleuderte er den Schraubenzieher quer durch den

Maschinenraum und nahm einen breiten Stechbeitel zur Hand. Damit hackte er auf die Schläuche ein und riß den Gummi in Fetzen herunter. Rinnsale bildeten sich, gefolgt zuerst von einem dünnen, unter Hochdruck stehenden Strahl und dann, als der Schlauch ganz abriß, von einer wahren Wasserflut.

»Gas abdrehen!« schrie er laut. Als er an der Werkbank vorbeikam, warf er einen hastigen Blick auf die Bombe. Leuchtende Digitalzahlen blinkten, rückwärts laufend, flüchtig auf und zeigten dann 02.16. Es blinkte abermals, aber er lief bereits weiter, stolperte über Petrov krachte gegen die Tür, die gerade nach innen schwang, und hastete davon.

Er brauchte weniger als eine Minute. Stolpernd, mit Schmerzen im Arm, als wäre er von einem glühenden Eisen aufgespießt, rannte er, Holly in dem viel zu weiten Bademantel mit flatternden Enden vor sich, das Deck entlang. Der Outborder startete. Sofort warf er den Gang hinein, der Motor stotterte einmal, faßte dann und heulte auf. Hinter ihnen schrumpfte die *Husar*, blieb der weiße Bootsrumpf mit den hell in der Morgensonne glänzenden Spieren zurück. Und vor sich sahen sie den schwarzen Leib der *Ohio* – noch immer fern, aber stetig wachsend, während die Flagge an ihrer Mastspitze im Morgenwind knatterte.

Die *Husar* starb. Meerwasser drang in ihren Leib ein, stieg langsam über die untersten Spanten hinaus, berührte die Unterseite der Ölwannen der großen Maschine, stieg weiter, schwarz vor Schmutz, glänzend von Öl, das in der Strömung der eindringenden See wirbelte.

Und das Gas strömte. Schwerer als Luft, suchte es sich den tiefsten Punkt, verdrängte die Luft, füllte die Bilgen, legte sich auf den Fußboden, stieg wie eine unsichtbare Flüssigkeit durch den Korridor, trieb in einzelnen Schwaden über den Fußboden des Salons hinaus.

Aber der Mann und die Pumpe lebten noch. Ein Atemzug, dann der nächste, unbewußt, wartend. Und das Wasser stieg.

Eine Membrane schloß sich vor dem Dock des steigenden Wassers. Kontakte berührten sich. Die Pumpe begann zunächst Luft anzusaugen, fiel dann in einen steten Rhythmus und spie Wasser über Bord. Zwar war die Pumpe nicht für diese massive Überflutung gedacht, aber sie arbeitete pflichtgetreu weiter, stemmte sich gegen diese übergroße Last. Während die Pumpe lief, versanken die

umschlossenen Seiten der Maschine, sowohl wasser- als auch luftdicht versiegelt, von ihren Herstellern garantiert funken- und wasserfest gefertigt – allmählich in dem ölverschmutzten Wasser.
Nun bewegte sich der Mann, nicht ganz tot, nicht richtig lebendig. Das Kohlendioxyd, das die Feuchtigkeit der Luft vereist hatte, hatte seine Lungen versengt. Seine Augen waren von einem Film überzogen, die Hornhaut durch das brüllende Einströmen des Gases milchig geworden. Ein Teil seines Gehirns war abgestorben, denn er hatte das giftige Gas, das den Raum füllte, zu lange eingeatmet. Sein Körper aber reagierte auf einer tieferen Bewußtseinsebene, als das Wasser an seinem Gesicht leckte, seine Kleider tränkte und sein erstarrtes Haar näßte. Er blickte auf, aber das Licht war zu matt und die Umrisse ringsum zu vage. An der Tür schien sich eine Gestalt zu bewegen, und etwas sehr Fernes in seinem Gedächtnis sagte ihm, das sei der Feind.
Seine Hand stieß auf den Schraubenzieher, der dicht neben seinen Fingerspitzen über die Gräting rollte. Er stützte sich ein wenig hoch. Ein Name, in sein Gedächtnis gegraben, stieg zu seinen Lippen empor.
»Loss!« keuchte er heiser und schleuderte den Schraubenzieher nach der Gestalt.
Die Klinge aus gehärtetem Stahl traf die Tür und entzündete einen winzigen Funken, bevor das Werkzeug klappernd zu Boden fiel. Ein nadelfeiner Lichtpunkt von intensivem Geld, schwoll an zu einer brüllenden Sonne. Sein letzter Gedanke war, daß er gesiegt hatte.

28

Es war eine entlegene, kaum bekannte Bootswerft am Sacramento, inmitten von Schwemmland gelegen und übersät mit den Kadavern verrottender Bootsrümpfe. Der braune Lastwagen, dick mit Staub bedeckt, mit Nummernschildern aus Washington, bremste an der Abzweigung, beschleunigte wieder und holperte, heftig in seiner Aufhängung federnd, den unebenen Zufahrtsweg entlang.

Die Werft war kaum mehr als ein Parkplatz mit einem großen Schuppen aus verzinktem Eisenblech, von dem aus ein Patentslip ins brackige Wasser des Flusses hinabführte. An den Schuppen lehnte sich ein einstöckiger Holzbau: das Büro, Produkt eines Baumeisters von zweifelhafter Begabung. Es war schwer zu sagen, welches der beiden Gebäude das andere stützte.

Der Lastwagen hielt, vorübergehend unsichtbar hinter der Staubwolke, die er selbst aufgewirbelt hatte, die jedoch vom ablandigen Wind gleich wieder von dem zerfurchten Zufahrtsweg fortgeweht wurde. Hier in der Bucht hatte es über zwei Wochen lang nicht mehr geregnet, daher waren Unkraut und Gras des Werftplatzes mit einer feinen, grauen Staubschicht überzogen.

Der Mann stieg ungeschickt aus dem Wagen; er schonte seinen linken Arm, der in einer Schlinge lag. Dann betrat er den Schuppen. Hier drinnen war es kühl und dunkel. Das Skelett einer teilweise verplankten Schaluppe ruhte auf einer Wiege, die rings von einem Gerüst umgeben war. Im Bootsbauch hörte er das Kreischen einer elektrischen Bohrmaschine.

Er klopfte kräftig an eine Strebe. »Mr. Bedameyer? Hallo!«

Das Kreischen erstarb. Schwere Stiefel polterten den Rumpf entlang, dann hustete ein Mann und spie seinen Schleim aus. Über der Reling tauchte ein Gesicht auf, wettergegerbt von Sonne und Wind, hager unter dem schattenspendenden Schirm einer Anstreichermütze. »Bedameyer. Das bin ich. Was kann ich für Sie tun?«

Der jüngere Mann erkletterte unbeholfen die Gerüstleiter und griff

dabei mit der rechten Hand zwischen je zwei Schritten am Geländer voraus, bis er auf einer Höhe mit dem Älteren angelangt war. »Ich bin Lund. Ich wollte mir den Schoner für den Mann ansehen, der heute morgen hier angerufen hat.«
Bedameyer legte die Bohrmaschine auf das Gerüst und nickte. Er kramte in den tiefen Taschen seines Overalls und holte eine Rolle Kautabak hervor. Nachdem er mit den Zähnen ein Stück abgebissen hatte, steckte er die in Alufolie verpackte Rolle wieder ein. »Ist zu gefährlich, im Bootsschuppen zu rauchen«, erklärte er, den Kautabak in seine Backentasche schiebend. «Ja, da hat heute so 'n Kerl angerufen. Sind Sie 'n Kunde oder nur 'n Seemann?«
»Wenn der Preis stimmt, ist es ihm ernst mit dem Kauf. Erzählen Sie mir was von dem Boot.«
Bedameyer ging in die Hocke und wischte sich den Schweiß von der Stirn. Er nahm die Mütze ab und schlug sie kräftig gegen seinen Oberschenkel, so daß eine kleine Wolke von Sägemehl aufstob. Er hatte einen starken Geruch nach harzigem Fichtenholz an sich.
»Ziemlich alter Kasten, diese Jacht«, begann er. »Ewige Jahre lang die Westküste rauf- und runtergeschippert. Unter Gott weiß wie vielen Eignern. Ich weiß noch, daß ich damals, achtundvierzig, drei Planken unter der Eisbox ausgewechselt habe, weil sie verrottet waren.« Mit zusammengekniffenen Augen blickte er zur Pier hinaus, wo der Schoner lag. »Im Grunde ist sie aber in guter Verfassung. Irgend jemand hat in den letzten Jahren 'n Haufen Geld reingesteckt. Gebaut wurde sie Ende der dreißiger Jahre in San Diego. Alden-Konstruktion, mit Bronzebeschlägen, nicht mit diesem galvanisierten Mistzeug.«
»Ich meinte ihre jüngere Geschichte.«
»'n paar Jungens. Haben sie in L. A. vom Liegeplatz geklaut und sind bis hierher gekommen. Hatten einen Defekt am Speeder. Irgendein einheimischer Jachteigner hat sie erkannt und die Bullen gerufen. Die Staatspolizei hat sie geschnappt. Haben aber wenigstens ihre Rechnung bezahlt, bevor sie abgeführt wurden.«
»Ich meine, vor dem Diebstahl.«
Der Mann kratzte sich den kahl werdenden Schädel. »Keine Ahnung, jedenfalls weiß ich nicht sehr viel. Eigner war ein Mann in L. A. namens Kitzner. Wurde von 'nem Auto erwischt, als er die Straße überquerte. War angeblich auf einem Auge blind und hat den Wagen nicht kommen sehen. Die Nachlaßverwaltung hat sie dann zum Verkauf ausgeschrieben, aber sie war ziemlich runterge-

kommen. Der Anstrich war hin. Die Jungens haben auch keinen Finger gerührt, um sie instand zu halten.« Er wischte sich die Nase. »'ne Woche Malerarbeiten, dann wird sie wohl wieder startklar sein.«

»Haben Sie die Papiere auch?«

»Ja. Vollmacht und Schiffspapiere. Der Nachlaßverwalter sagt, ich soll bloß keine Arbeit reinstecken. Dreiunddreißigtausend auf die Hand. Plus achtzig Dockgeld.«

»Ich werde sie mir mal ansehen«, erklärte Loss. »Vielleicht ist sie genau das, was der Käufer sucht.« Er kletterte die Leiter hinunter und ging auf die Pier hinaus. Dort wartete ein Mädchen auf ihn; sie saß auf den verwitterten Planken des Bootsstegs und beobachtete den Highway hinter dem Zufahrtsweg.

Bedameyer spähte mit zusammengekniffenen Augen zum Bürofenster hinaus und beobachtete den Schoner. Möwen schossen durch die Luft, kreischten unter einem Himmel, der wie schmutzige Wäsche wirkte. Durch kleine Risse in den Wolken schien gelegentlich die Sonne, schickte einen hellen Lichtstrahl zum Fluß hinunter. Der Wind frischte auf, Bedameyer schätzte, daß es noch mehr Regen geben würde, bevor es aufklarte.

Der Dieselhilfsmotor des Schoners hustete schwarzen Rauch und begann dann in ruhigem Rhythmus zu laufen. Erschrocken kreisten die Möwen um eine imaginäre Säule und zogen dann flußabwärts davon, hin zu friedlicheren Weidegründen.

Bedameyer hob die Hand an die gebräunte Stirn und wischte sich übers Gesicht. Lund – oder wie immer er heißen mochte – arbeitete jetzt seit einer Woche täglich vierzehn Stunden. Ein Mann auf der Flucht, dachte er. Alles an ihm deutete auf einen Ehemann, der seiner Frau durchgebrannt war.

Unsinn, diese Behauptung, er wolle das Boot für einen anderen kaufen. Bezahlte Besatzungsmitglieder arbeiteten nicht so schwer. Und das Mädchen war ein flottes, junges Ding, genau wie es von einem Mann in den Vierzigern, der es satt hatte, ewig Rechnungen zu bezahlen und sich vom Leben rumschubsen zu lassen, mitgenommen werden würde. Hübsche Titten außerdem, dachte er und ließ die Fingerknöchel knacken.

Er blätterte in einem Stoß Rechnungen, die meisten bereits bar bezahlt. Lund rüstete den Schoner für einen Hochseetörn aus, daran konnte kein Zweifel bestehen. Aber nicht mit dem üblichen Jacht-

Firlefanz. Keine verchromten Spielereien oder komplizierten Geräte, die beim ersten Sturm versagten. Nein, Lund kaufte methodisch kräftiges Zeug, das seinen Aufgaben gerecht wurde. Dieser Mann verstand was von Schiffen, das war klar. Nicht wie diese Leute, die Boote kauften, Efeutöpfe an den Baumgalgen hängten, in einem Jachthafen festmachten und sich dann als Segler bezeichneten. Nein, Lund und das Mädchen, die waren anders. Und solange Lund bezahlte, stellte Bedameyer keine Fragen.
Die *Surprise* sah für das ungeübte Auge nicht anders aus als vor einer Woche, doch Bedameyer erkannte die Veränderungen. Lund hatte für die gesamte Takelage neue Leinen ziehen lassen, die galvanisierten Spannschrauben durch bronzene ersetzt und die Segel zum Reinigen und Reparieren gegeben. Bedameyer fischte sich ein lauwarmes Bier aus der Kühlbox und überprüfte die Rechnungen. Wetterfahnensteuerung, ein aufblasbares Dingi, Ersatzmotor und Generatorteile reichlich. Insgesamt über neuntausend Dollar, bar auf die Hand.
Als er aufblickte, transportierte ein junger Mann, ein Japs, wie Bedameyer schätzte, eine Fuhre von Vorräten den knarrenden Bootssteg entlang. Konserven, anscheinend. Das ging jetzt schon seit fünf Tagen so, und der Schoner lag zehn bis zwölf Zentimeter tiefer als normal im Wasser. Eindeutig über eine Tonne Lebensmittel.
Ja, der läuft seiner Frau davon, folgerte Bedameyer. Kam ja immer wieder vor, wenn so ein Kerl ihn bei seiner Alten zum erstenmal nicht mehr hochkriegte. Da probierten sie's dann mit Handball und Abmagerungskuren, aber im allgemeinen half da nur frisches, junges Fleisch. Er stemmte sich aus dem Drehstuhl hoch und wog die versiegelte Kartenrolle in der Hand, die heute morgen gekommen war. Adressiert an Schoner *Surprise*, mit Bedameyers Anschrift. Dem Gewicht nach schätzte er, daß es sich um Karten vom gesamten Pazifik handelte.
Als Bedameyer näher kam, blickte Loss auf. Die Wetterfahnensteuerung war fast fertig installiert; er zog die Steuerleinen nur noch über Decksrollen zu einer Trommel am Ruder. In den Passatwinden würde sich die *Surprise* selbständig steuern. Kitzner und er hatten sich damals alles zurechtgelegt, bis hinunter zur letzten Mutter und zum letzten Bolzen.
»Sieht aus, als richten Sie sie für richtiges Segeln her.« Bedameyer war auf dem Steg stehengeblieben, den Fuß mit dem aufgeplatzten

Tennisschuh, aus dem der große Zeh hervorlugte, auf eine Klampe gestützt. Er holte eine Zigarette heraus und steckte sie an. »Wollen Sie in den Pazifik?«

»Zur mexikanischen Küste«, log Loss. »Und nächstes Jahr vielleicht durch den Kanal bis zu den Westindischen Inseln. Wir improvisieren.«

Bedameyer räusperte sich, spuckte aus und verfehlte knapp einen wassergetränkten Milchkarton. Dann kam ihm plötzlich ein Gedanke. »Sie gehören doch nicht etwa zu diesen Verrückten von der Friedensflotte?«

Irritiert hob Loss eine Augenbraue. Die Fleischwunde im Arm war kaum verheilt, die Steife im Gelenk störte ihn sehr, weil sie ihn bei der Arbeit behinderte. In den kommenden sieben Tagen gab es noch sehr viel zu tun – mehr, als er wahrscheinlich schaffen konnte. Daher konnte er sich müßiges Geplauder mit Bedameyer nicht leisten. »Friedensflotte? Davon hab' ich noch nie was gehört. Wir empfangen die neuesten Nachrichten nicht.«

Bedameyer zog sich die Schirmmütze tiefer in die Stirn, als wolle er etwas besonders Wichtiges verkünden. »Eine Bootsflotte von Fischern und Jachteignern. Wollen den Engpaß im Hood-Kanal blockieren, um zu verhindern, daß die USS *Ohio* zu ihrer Basis in Bangor, Washington, zurückkehrt. Und daß die anderen drei U-Boote die Basis benutzen, wenn sie vom Stapel gelaufen sind. Verdammt, die behaupten tatsächlich, es gäbe bis ganz hinauf in die Straße von Juan de Fuca Spuren von Radioaktivität! Die Strömung habe sie mitgetragen.«

Loss krauste die Stirn vor dem plötzlichen, grellen Sonnenlicht. Die Helle ließ den Fluß hart wirken, vertiefte das Grün, verlieh dem Braun einen Stich ins Schwärzliche. »Ich habe nicht viel von dem Zwischenfall gehört. Ist da nicht eine Jacht in der Nähe des U-Boots explodiert?«

»Ja. Aber das hat mit der Radioaktivität nichts zu tun, behauptet die Navy.« Bedameyer zog an seiner Zigarette, bis die Asche zum Filter reichte, und schnippte sie davon. »Es heißt, ein Schleppkahn hätte vor zwei Jahren bei einer Kollision einen Behälter mit radioaktiven Chemikalien verloren. Und der sei nun durch Korrosion von selbst aufgeplatzt.«

»Nehmen Sie denen das ab?«

»Nein, verdammt! Keine Minute. Da war neulich abends so 'n Kerl auf Kanal Sieben. Doktorgrad und so. Sie kennen den Typ, irgend so 'n kahlköpfiger Scheißer, der in zehn Minuten mehr verdient als ich im ganzen Jahr. Der hat gesagt, die Jacht sei wahrscheinlich aufgrund einer Kochgasexplosion in die Luft geflogen und die Schockwellen seien durch die Untiefen verstärkt worden, und das hätte 'ne Kühlleitung am Reaktor beschädigt.« Bedameyer sagte das, als hätte er diese Erklärung auswendig gelernt.

Bedameyer wechselte den Standfuß. Der andere Tennisschuh war in besserer Verfassung, und Loss erkannte, daß es sich um das Paar handelte, das er vor ein paar Tagen weggeworfen hatte. »Dann wurde das U-Boot also beschädigt?« erkundigte er sich bei dem Werftbesitzer.

»Wer weiß? Das verdammte Ding ist einfach weitergefahren. Möglicherweise haben sie bloß ein Schott dichtgemacht. Das Militär würde ja auch schön dumm dastehen, wenn eine kleine Schockwelle ein Spielzeug für acht Milliarden Dollar außer Gefecht setzen könnte.« Er schob Loss die Papprolle mit den Karten über die Reling zu. »Die Regierung wird so was natürlich sofort vertuschen und dann lauter Unsinn verzapfen, die Schuld irgend jemanden zuschieben, der nichts dafür kann.«

»Und was meinen Sie?« erkundigte sich Loss.

»Wer, zum Teufel, kümmert sich um meine Meinung?« entgegnete Bedameyer. Er machte kehrt, um wieder in sein Büro zu gehen. »Hauptsache, man pflanzt mir kein Uranium in den Garten. Ich muß schließlich Geld verdienen.«

Er reichte ihr eine Tasse Tee. Die Chinesin blickte mit feinem Lächeln auf. Ein fleischfarbener Heftpflasterstreifen zierte ihre Nase, die Verfärbungen unter den Augen waren jedoch hinter einer großen Sonnenbrille verborgen. »Dann brechen Sie also heute abend noch auf?« erkundigte sie sich.

Loss nickte und setzte sich auf die Bank. »Wir haben alles an Bord genommen, und der größte Teil der Arbeiten ist beendet. Der Mann, dem die Bootswerft gehört, behauptet, wir müßten unbedingt heute ablegen. Da herrscht nämlich die höchste Frühjahrsflut, und seine Einfahrt ist versandet. Wenn wir nicht jetzt fahren, müssen wir noch einen ganzen Monat warten oder uns einen Bagger mieten. Und ich glaube kaum, daß wir uns eines von beiden leisten können.«

»Wenn Sie noch irgend etwas brauchen. . .«

Er schüttelte den Kopf. »Nein, danke. Chou hat heute abend die

letzte Ladung Lebensmittel gebracht. Eier und Frischfleisch.« Er blätterte in den Dokumenten, die sie ihm mitgebracht hatte, und kam zu den lachsfarbenen Schiffspapieren. »In diesen Papieren wird der Name des Eigners als Howard Long angegeben. Wer ist das?«
»Sie«, antwortete sie ruhig. Sie schob ihm ein in Plastik gewickeltes Päckchen hin. »Kanadische Pässe, Führerscheine, Sparbücher. Miss Stone haben wir als Ihre Frau ausgewiesen.«
Loss lächelte flüchtig. »Bis jetzt habe ich sie noch nicht gefragt.«
»Und die Antwort lautet nein!« Sie war durch den Laufgang hinter ihm hereingekommen und hatte dabei ihre Ölhaut übergezogen. »Wenigstens, bis du mir richtiggehend den Hof machst, Loss. Vollmond, eine Flasche Champagner und ausreichend Zeit für mich zum Erröten und verwirrtem Stammeln.« Sie beugte sich zu seinem Ohr hinunter und flüsterte: »Genau das, was ich mir schon immer gewünscht habe – vom ersten Tag an, seit wir uns kennen.«
Er blickte zu ihr auf – ein wenig belustigt, bis er ihre Augen sah. Da wußte er, daß sie es ernst meinte.
»Ich mußte es auf meine Art machen«, flüsterte sie weiter. »Ich mußte wissen, daß ich auf eigenen Füßen stehen kann. Verstehst du das?«
»Ja«, antwortete er, obwohl er es nicht genau wußte; er wußte nur, daß er es eines Tages verstehen würde. Wir haben viel Zeit, dachte er voll Hoffnung.
Holly streifte mit den Lippen seine Stirn; dann stand sie auf und zog den Reißverschluß ihrer Jacke bis ans Kinn hoch. Sie trat auf die Chinesin zu und ergriff ihre beiden Hände. »Ich weiß nicht, was ich sagen soll. Vielen Dank für all Ihre Hilfe! Daß Sie uns aus Seattle herausgeholt haben, für die *Surprise* und die ganze Ausrüstung, die wir brauchten. Chou hat uns alles besorgt, was wir uns wünschten. Danken Sie ihm bitte auch von uns.« Mehr wollte ihr an passenden Worten nicht einfallen.
Die Chinesin stellte ihre leere Teetasse hin. »Ihr Dank freut uns, ist aber nicht nötig. Ich jedoch schulde Ihnen eine Erklärung. Daß Sie das Risiko eingehen und zurückkommen würden, um mich aus der Hütte zu befreien, hatte ich nicht erwartet. Allein hätte ich wahrscheinlich nicht mehr heraus können.« Ein Schauer Regentropfen klatschte gegen die Luke. Sie blickte empor, ein wenig abgelenkt oder auch nur, weil sie in Gedanken vorformulierte, was sie sagen wollte. »In Wahrheit sind Sie und Mr. Loss ein Störfaktor für die Volksrepublik China.«

Loss fuhr auf. »Aber warum denn nur, um Gottes willen? Nach all der Scheiße, die wir durchgemacht haben! Sie sagten doch, daß Sie sich mit den CIA in Verbindung setzen wollten!«
Beschwichtigend hob sie die Hand. ». . .Was wir auch vorhatten. Aber die Russen haben die Situation zu ihrem Vorteil verdreht. Vergessen Sie nicht, daß Petrov, Campbell, die Kents und James allesamt tot sind. Wir drei sind die einzigen lebenden Zeugen. Die Sowjets haben Beweise dafür untergeschoben, daß das gesamte Unternehmen von den Chinesen geplant war, ein Versuch meiner Regierung, die Russen in Verdacht zu bringen und die militärischen Verbindungen der USA mit China zu stärken. Unsere Informanten deuten an, der CIA sei davon unterrichtet, daß die *Husar* eine Kernwaffe an Bord hatte, und Froschmänner der Navy hätten einen Teil des Sprengsatzmantels sowie einige Teile des Zündmechanismus geborgen. Wem also wird Ihre Regierung glauben?«
»Vernehmen Sie Welsh!« warf Loss ein.
»Ach, das wissen Sie noch nicht?« Sie seufzte. »Welsh ist vor zwei Tagen umgekommen.«
Seine Lippen formten lautlos Welshs Namen.
Sie nickte. »Außerdem gibt es einen alles überwiegenden Faktor. In der Öffentlichkeit sind wegen der radioaktiven Verseuchung Stimmen laut geworden, die, ohne Rücksicht auf die Folgen, eine Beendigung der Kernwaffenlagerung und die Unterzeichnung von SALT III verlangen. Im Namen des *rapprochement*, eine Bezeichnung, die Ihr Präsident jetzt als Euphemismus für Détente benutzt, könnte die Volksrepublik China leicht zum Prügelknaben gemacht werden, falls bekannt wird, daß wir mit diesem Zwischenfall auch nur das geringste zu tun hatten. Das ist ein Risiko, das China nicht eingehen kann. Deswegen spielen weder James noch ich offiziell eine Rolle in dieser Angelegenheit, und wir können Ihre Story auch nicht bestätigen. Meiner Regierung bleibt nichts anderes übrig.« Sie blickte auf ihre Hände hinab und dann wieder zu Loss empor. »Wie Sie sehen, hat Petrov doch irgendwie gewonnen.«
Loss starrte sie ausdruckslos an. Die Chinesin stand auf und schüttelte Holly formell die Hand. »Ich wünsche Ihnen viel Glück«, sagte sie. »Alles Glück dieser Welt. Aber bitte, seien Sie mir nicht böse – ich muß mit Mr. Loss allein sprechen. Es wäre nicht gut für Sie, wenn Sie mehr wüßten.«
Holly entzog ihr ihre Hand. »Ich muß noch die Wassertanks auffüllen, daher werde ich euch jetzt allein lassen; aber es gibt da

noch etwas, das ich gern gewußt hätte. Wenn wir uns stellen und die ganze Story erzählen würden – wen hätten wir dann zu fürchten?«
Die Chinesin zögerte.
»Bitte – wen?« wiederholte Holly.
»Die Geheimdienste aller drei Supermächte.« Sie sagte es tonlos, nüchtern.
»Alle drei?«
Ein Nicken. »Jawohl, alle drei. Tut mir leid, aber das schließt auch mein Land und das Ihre mit ein. Und die Russen selbstverständlich.«
Holly wandte sich ab und stülpte sich einen Südwester auf den Kopf. Am Niedergang blieb sie noch einmal stehen. »Trotzdem nochmals vielen Dank«, sagte sie. Dann verschwand sie durch die Luke.

»Sind Sie sicher, was Welsh angeht?« fragte er schließlich.
Sie nickte. »Es war ein Profi-Job, sah aus, als hätte er die Kontrolle über den Wagen verloren. Nach dem Brand blieb nur noch sehr wenig übrig; aber die Schleifspuren waren eindeutig. Das Urteil lautete ›Unfalltod durch Verlust der Kontrolle aufgrund von Alkohol am Steuer‹.«
»Aber weshalb denn, um Gottes willen? Welsh war doch genau da angelangt, wo sie ihn haben wollten?«
»Das war er nicht«, antwortete sie. »Am Tag nach der Explosion kündigte er das Abkommen auf. Er muß gemerkt haben, daß die Russen ihn nur ausnutzten.«
»Aber warum mußten sie ihn gleich umbringen?«
»Weil er zuviel wußte.« Sie stand auf und sah auf ihre Uhr. »Gibt es noch irgend etwas, das ich für Sie tun kann? Haben Sie genug Geld? Sie verstehen doch sicher, daß unsere Mittel begrenzt sind?«
»Danke, wir haben genug«, antwortete er. »Es wird mindestens für ein Jahr reichen.« Er sah zu ihr auf. »Das alles war Ihre Idee?«
Sie nickte. »Ja«, sagte sie. »Ich fand, wir seien Ihnen etwas schuldig. Es gibt natürlich auch einige, die meinen, Sie und das Mädchen sollten . . . eliminiert werden. Ich bin froh, daß Sie heute abend abfahren. Mein Einfluß läßt nach.«
Sie knöpfte ihren Plastikregenmantel zu und stieg den Niedergang hinauf. Loss folgte ihr an Deck; das letzte Zwielicht war verblaßt, und der Regen glich einem feinen Nebel.
Holly hatte die Leinen eingeholt. Der Motor tuckerte im Leerlauf,

das Auspuffkühlwasser klaschte rhythmisch unter dem Heckwerk. Während er zusah, duckte sie sich in den Niedergang und schaltete die Fahrtlichter ein.

»Alles klar«, verkündete sie, als sie an ihm vorbeiging. Er sah ihre Silhouette vor sich, bereit, die Bugleine loszuwerfen.

Auf dem Steg schüttelte er der Chinesin die Hand, während der Regen, im Licht der Stegbeleuchtung wie silberne Perlenschnüre, in dicken Tropfen vom Himmel fiel.

»Dann wäre das wohl beendet«, stellte er fest. Der Regen durchnäßte sein Hemd, und der Wind hatte einen kalten Biß.

Die Chinesin hob ihren Schirm. »Vielleicht auch nicht«, entgegnete sie. »Mit der Abrüstung unter SALT III wird es weiterhin sehr langsam gehen, und in Ihrer Regierung wird sie sehr viele Gegner finden. Und die Russen tendieren dazu, einen Vorteil auszunutzen, sobald sie glauben, in der Vorhand zu sein. Unser Geheimagent in Shignask berichtete von drei Sprengsätzen, die montiert worden sind. Aber nur zwei sind bisher detoniert.«

Der Regen wurde zum Wolkenbruch, trommelte auf das Wasser des Ankerplatzes und verwandelte es in gehämmertes Blei.

»Wir fragen uns, wie sie den letzten einsetzen werden.« Sie wandte sich ab und ging mit ruhigen Schritten auf den wartenden Lastwagen zu. Seine Scheibenwischer arbeiteten hektisch, die Auspuffgase stiegen unter dem Flutlicht wie eine weiße Schwanzfeder empor.

Er gab Holly ein Handzeichen, warf die Heckleine los und ließ den Nordwind den Schoner vom Steg wegdrücken. Rückblickend sah er die schwachen Hecklichter des Lastwagens auf dem Zufahrtsweg verschwinden. Jetzt, nicht mehr im Schutz der Werft, war der Wind heftiger geworden, ein unablässiges Pfeifen in der Takelung. Den Ganghebel nach vorn schiebend, gab er langsam Gas und lief aus dem Anlegeplatz hinaus. Voraus markierten Leuchtbojen die Fahrtrinne, die in die Bucht und dann weiter ins Meer hinausführte. Vorn hörte er leise, aber deutlich ihre Stimme. Sie sang:

Blow you old blue northern
Blow my love to me
He's drivin' in tonight from Cal-if-ornia . . .
He loves his damned old rod-e-o
As much as he loves me.
Some day soon, goin' with him
Some day soon.

Karibik
0 100 200 300 km
nach Nova Scotia
Comanche
Bahamas
Kuba
Caicos Insel
Cienfuegos
Great Inagua
Gra
Tur
Angriff
Migs
Geplanter Flug der Aztec nach Mexiko
Sturm
Zentrum
Haiti
Dominikanisch
Republik
Jamaika
Karibik